L'IMPÉRATRICE
DES MENSONGES

ELEANOR COONEY
et
DANIEL ALTIERI

L'IMPÉRATRICE DES MENSONGES

PRESSES DE LA CITÉ

Titre original :

DECEPTION

Traduit par Alexis Champon

© Eleanor Cooney et Daniel Altieri, 1993
© Presses de la Cité, 1993, pour la traduction française

ISBN 2-266-06725-7

À la mémoire de Michael Harwood

« C'était un homme, au sens plein et entier,
jamais plus je ne reverrai son pareil. »

LISTE DES PRINCIPAUX
PERSONNAGES

Les personnages ci-dessous ont réellement existé dans la Chine des T'ang.

Ti Jen-Chieh, ou Dee Jen-chieh : Jeune magistrat, assistant du juge de la ville de Yang-chou.

Kao-tsung : Empereur de Chine, fils de l'empereur Tai-tsung.

Wu Tse-tien : Ancienne concubine de feu l'empereur Tai-tsung.

Dame Yang : Mère de Wu Tse-tien.

Shu Ching-tsung : Historien personnel de Wu Tse-tien et de Dame Yang.

Wu-chi : Conseiller auprès de l'empereur Kao-tsung.

Hsuan-tsang : Moine pèlerin, lettré et traducteur de textes bouddhistes.

Liao : Recteur d'un couvent bouddhiste et ami proche de Wu-chi.

Hsueh Huai-i : Moine tibétain et magicien.

PROLOGUE

Un gompa [1] *perché dans l'Himalaya, au Tibet, en l'an 651*

Des lampes à huile posées sur l'autel et aux quatre coins de la salle diffusaient une lumière jaunâtre, couleur de vieux ossements. D'une petite ouverture dans le plafond tombait un rayon de soleil poussiéreux qui réchauffait la tête de Jeune Chien, agenouillé au sol. Il fixait intensément une touffe de poils qui poussait sur un grain de beauté de son avant-bras. Cent moines psalmodiaient de leurs voix bourdonnantes un chant funèbre dans l'air enfumé, et les gorges résonnaient des bruits de la Création : profonds, gutturaux, monocordes, inhumains. Les grands cors bramaient, les clochettes tintaient, et l'os frappait l'os dans un rythme lancinant.

Jeune Chien fixait toujours la touffe de poils sans ciller, jusqu'à ce que tout dans sa vision périphérique, la pièce au relent moisi et les moines agenouillés, s'estompe et se dissolve. Ses yeux le picotèrent puis le brûlèrent, mais il ignora la douleur. La touffe de poils et le grain de beauté devinrent le centre exact de l'univers, un univers peuplé des voix des moines. Quand ils chantaient,

1. Monastère traditionnel du bouddhisme tibétain.

le temps changeait, comme une motte de beurre sur le feu. Les voix des moines réchauffaient et faisaient fondre le temps qui en perdait sa forme récalcitrante.

On lui avait dit que l'âme du moine mort chercherait à éviter une autre renaissance. L'idée le séduisait et il aurait bien aimé en parler à quelqu'un. Mais à qui? Mieux vaudrait choisir un moine sur le point de mourir. Le vieux Pied Gauche était âgé, très âgé. L'enfant de douze ans avait du mal à se représenter les innombrables années qu'avait vécues le vieux moine, mais il savait qu'il n'en avait plus pour longtemps. Jeune Chien considérait sa propre mort si lointaine qu'elle n'adviendrait sans doute jamais. C'était en tout cas ce qu'il se disait quand il examinait les crânes au lustre jauni des moines disparus, alignés sur les étagères de la salle des prières, et dont les sombres cavités oculaires témoignaient du vide de l'univers : la mort était si lointaine qu'elle ne viendrait jamais.

Le vieux Pied Gauche accepta de discuter avec Jeune Chien de sa mort prochaine.

– Oui, c'est pour très bientôt. Je sais exactement combien il me reste de battements de cœur, dit-il avec fierté. J'en fais tout le temps le décompte. Quand je ne suis pas en train de manger ou de parler, écoute-moi bien, et tu m'entendras compter.

Ils négociaient lentement le sentier caillouteux qui descendait du monastère, juché sur une éminence rocheuse qui semblait percer la limpidité du ciel bleu.

– Quand tu mourras, devras-tu lutter pour ne pas renaître? demanda Jeune Chien.

– Renaître? Je n'aurai pas besoin de renaître, sauf si je le *veux*.

Il se boucha une narine et se moucha énergiquement. Un jet visqueux gicla au sol.

– Et le voudras-tu? demanda Jeune Chien.

– Un corps qui chie, qui pisse et qui exige qu'on le nourrisse sans cesse ? Ah non, c'est trop de soucis ! Bien trop de soucis ! Certes, cela rend des services, mais non, je ne veux pas renaître. Que de problèmes, à commencer par l'enfance. Pouah ! Je n'aurais pas la patience. Non, cette fois je choisirai une autre voie.

– Tu te vantes, Pied Gauche, rétorqua Jeune Chien. Tu ne sais même pas où tu iras.

– Tiens donc ! Est-ce là l'opinion éclairée de notre jeune maître ? s'esclaffa le vieux moine. Apprends, précoce élève, que le choix m'appartient. Oui, il m'appartient.

– Dis-moi ce que tu choisiras, Pied Gauche.

– Eh bien, je chercherai un adulte qui aura déjà son lot de mauvaises habitudes. Quelqu'un d'ambitieux, d'égoïste, de lubrique. Je me glisserai en lui comme un cambrioleur dans une grande demeure, et je grefferai mon âme à la sienne, je transformerai ce vicieux en un être sage plein de bonté. Non pas que je me soucie particulièrement du bien, mais c'est un défi, et j'aime ça.

Jeune Chien n'en perdait pas une miette. Il lui vint une idée.

– Écoute-moi, Pied Gauche. Moi aussi, je peux faire ce que je veux. Et je te retrouverai. Je te retrouverai où que tu te caches, et j'annulerai ton influence. Pendant que tu te fatigueras à rendre vertueux le sujet que tu auras choisi, moi, j'en ferai un fripon encore plus malfaisant qu'avant.

Pied Gauche éclata de rire.

– Ah, je vois, jeune bienheureux, tu veux parier ! Il faudra que l'enjeu en vaille la peine, sinon cela ne m'intéresse pas. Puis-je te demander comment tu as l'intention de payer ta dette lorsque tu auras perdu ?

– Je gagnerai, Pied Gauche. C'est toi qui perdras. C'est à toi de décider comment tu comptes *me* payer.

– Oh ! non, mon garçon, *tu* paieras ! Et l'enjeu

13

sera immense, afin que chacun de nous ait envie de battre l'autre.

Jeune Chien était trop avisé pour parler de bijoux ou d'argent. Il savait que le vieil homme n'attendait que cela pour se moquer de lui, mais Jeune Chien était rusé ; il ne mordit pas à l'appât. Cependant, il ne réussit pas à imaginer un enjeu digne de son pari.

– Choisis ton enjeu, Pied Gauche, proposa-t-il, prudent.

Ils marchèrent en silence, Jeune Chien attendant la réponse de Pied Gauche pendant que le vieux moine comptait à mi-voix : *Cinq millions, cent quatre-vingt-quatre mille, six cent soixante-douze... six cent soixante et onze... six cent soixante-dix...*

– Des existences entières, mon jeune ami, finit par déclarer le vieil homme. Je ne parierai pas à moins. Je veux te voir payer ton effronterie outrecuidante en vivant de longues et multiples existences. N'aimerais-tu pas être un cul-de-jatte qui mendie son pain dans une de nos grandes villes sur un chariot à roulettes ? Et ensuite, l'une de ces brutes vouées à trouver son plaisir dans la copulation avec les animaux ? Et ensuite, pour te punir de ton audace, tu renaîtras dans la peau d'un demeuré, un idiot qu'on enchaîne dans une cave obscure, et qui vit parmi ses propres excréments pour ne pas embarrasser sa famille. Suivront cent vies de porcin qu'on engraisse pour l'abattoir. Qu'en penses-tu, mon garçon ? Le marché te convient ?

– Bien sûr ! s'exclama Jeune Chien. Bien sûr, parce que c'est *toi* qui paieras.

– Moi, je te dis que ce sera *toi*. On t'appelle Jeune Chien, mais viendra un jour où tu comprendras ce que cela veut dire de vivre à quatre pattes, pauvre créature dénuée de langage à la merci de la cruauté des hommes.

– Non, Pied Gauche, riposta le garçon avec délice. Je rendrai celui dont tu auras pris l'enveloppe charnelle si mauvais qu'avant de devenir un cul-de-jatte ou un idiot enfermé dans une cave, tu devras d'abord vivre des milliers d'existences en poulet, la tête sur le billot du boucher pendant que tu renifleras le sang de tes semblables. Et à chaque fois, ce sera une nouvelle et intense terreur. Ça te plaira ?

– Oh ! oui ! Parce que *je* serai le boucher et *tu* seras le poulet. Alors, es-tu prêt à parier ? N'oublie pas, dans l'univers astral on ne peut pas se dérober. On se retrouvera. Et il faudra tenir parole.

Jeune Chien écouta les pas de Pied Gauche qui le suivait sur le sentier. Devant lui, de gras nuages blancs jetaient une ombre sur les pics neigeux, perspective quasi géométrique. Il sentit le temps s'étirer à l'infini, et une énergie printanière vivifia son jeune corps, ses os, ses muscles. Il descendit le sentier rocheux en sautillant d'allégresse.

– Je suis prêt ! lança-t-il.

Derrière lui, la voix de Pied Gauche n'était plus qu'un léger murmure inaudible.

Cinq millions, cent quatre-vingt-quatre mille, quatre cent quatre-vingt-dix-sept... quatre cent quatre-vingt-seize... quatre cent quatre-vingt-quinze...

PREMIÈRE PARTIE

Inquiet trône le roi
Qu'il prenne conscience de sa ruine
Car sous l'essieu de la roue
Est gravé le nom d'Hécube

CARMINA BURANA

1

*Yang-chou, un port marchand sur l'embou-
chure du fleuve Bleu, où vient se jeter le Grand
Canal, pendant le règne de Yung Hui (Excellence Perpétuelle), en l'an 653*

Ce que l'assistant du juge, Ti Jen-chieh, ne pouvait oublier, c'étaient les dents du pauvre jardinier.
Sans ces protubérances jaunies, Ti n'aurait jamais
soupçonné qu'on avait envoyé un innocent à une
mort précoce et expéditive.

Rien ne rappelait tant à Ti la poignante destinée
mortelle de l'homme que la présence des dents
– ou leur absence – dans une bouche humaine. Les
dents sont comme des pierres ; plutôt que de notre
corps, elles proviennent de la terre elle-même,
minéraux plus durs que nos os. Combien de fois Ti
avait-il observé la pathétique protubérance jaunie
des dents d'un homme pendant qu'il lui parlait ? Et
combien de fois avait-il dû surmonter cette fascination pour s'intéresser aux paroles énoncées par la
bouche ornée de crocs de son interlocuteur ? Crocs
qui, si l'on devait exhumer le squelette de l'homme
une centaine d'années plus tard, garderaient inchangé leur aspect macabre. Dans de tels moments,
Ti ressentait une infinie compassion pour ses semblables, piégés qu'ils étaient – lui compris – dans
les affres de l'existence.

Aucune souffrance n'est vraiment comparable à un mal de dents. Au tribunal, les affreuses dents larges et mal plantées du prisonnier avaient captivé l'attention de Ti. En observant le prisonnier répondre aux questions, il avait partagé sa douleur. Sa propre expérience lui avait appris à reconnaître le léger bredouillement, la douce sollicitude que le jardinier portait à sa mâchoire gauche. Bien qu'il se fût efforcé de le cacher, l'homme souffrait atrocement, alors qu'il répondait à des questions dont sa vie même dépendait. Ce fut là qu'un doute désagréable s'empara de Ti.

Pourtant, il n'avait rien dit. Après tout, il n'était qu'un nouvel assistant du plus vieux et du plus respecté des magistrats de Yang-chou. Il s'était contenu, et avait attribué ses soupçons à son imagination trop fertile. Au moment de l'exécution, qui intervint avec une rapidité déconcertante après le prononcé de la culpabilité et de la sentence, le doute submergea Ti, et la dentition du jardinier hanta ses pensées. Si ses horribles soupçons se confirmaient – si les dents du prisonnier étaient le siège d'une intolérable souffrance – et si d'autres hypothèses avancées au cours du procès se vérifiaient, alors le jardinier ne pouvait en aucun cas être l'assassin qu'on venait de condamner.

C'était le lendemain du jugement. Le prisonnier, que des gardes conduisaient sans ménagement vers la cour pavée, titubait sous le poids de la lourde cangue de bois qui lui enserrait le cou. Il ne criait ni ne pleurait, comme la plupart des condamnés ; il ne se réfugiait pas non plus dans un silence de défi. Il parlait. Il se parlait à lui-même d'une voix calme, les yeux clos.

Ti Jen-chieh avait assisté à de nombreuses exécutions, et il croyait avoir vu tous les comportements possibles de la part des condamnés à mort. Certains paradaient avec arrogance, d'autres appelaient leur mère en souillant leur pantalon. Plusieurs avaient ri. Mais il n'avait jamais vu un homme se livrer à des apartés sur le ton d'une banale conversation.

Le prisonnier avançait à petits pas ; lorsqu'il s'arrêtait, un garde le poussait d'une bourrade. Le juge Ti se glissa au premier rang des officiels pour voir passer le condamné, et pendant un court instant, il entendit ses paroles avec clarté ; il fut sans doute le seul à y prêter l'oreille.

– Mes enfants, ma femme, raisonnait l'homme d'un ton persuasif, que vont-ils devenir ? Il faudra qu'ils mangent, il faudra qu'ils vivent... mais ils n'auront que la honte à se mettre sous la dent, la honte et le mépris... Et ma défunte mère, mon défunt père... leurs esprits dériveront dans l'obscurité de la disgrâce éternelle... Ils ne méritent pas cet horrible destin... ça ne va pas, non, ça ne va pas du tout...

Les gardes obligèrent le prisonnier à s'agenouiller, et ses paroles se perdirent en un faible murmure. Il se balança doucement, les yeux toujours clos. Ti comprit que le dernier espoir de grâce abandonnait le jardinier ; l'homme devait certainement sentir la porte se refermer derrière lui à jamais. Pas seulement la porte, mais un épais mur noir de dix mille pieds, imperméable à toute lumière et à tout son. Pendant les quelques minutes qu'il avait fallu au prisonnier pour franchir le portail et arriver au centre de la cour, Ti avait senti le poids de la mort qui s'abattait maintenant sur le pauvre hère agenouillé sur le sol pavé.

On détacha de la cangue les entraves de fer qui tombèrent sur le pavé avec un bruit sinistre. Le bourreau et ses deux aides ôtèrent le cruel instrument des poignets et du cou du supplicié. Ti aperçut la chair à vif à l'endroit où le bois avait frotté la nuque du jardinier. Les assistants attachèrent étroitement les mains du prisonnier derrière son dos à l'aide d'une solide corde.

Ti fut surpris de voir le prisonnier ouvrir les yeux. Il lançait de tous côtés des regards éperdus, comme possédé par un fantôme qui découvrait soudain un monde inconnu, et cherchait désespérément quelque chose à quoi se raccrocher.

Puis, comme on le remettait sur ses pieds et qu'on le forçait à reculer jusqu'au mur, Ti vit le fantôme abandonner le corps comme un pêcheur fuyant une barque qui coule. Les yeux de l'homme devinrent fixes, vides, hagards.

– Dites à mes enfants que je ne suis pas coupable ! hurla soudain l'homme d'une voix aiguë. Qu'ils sachent mon innocence ! Dites à mes enfants...

Les assistants le firent tomber d'une bourrade et le malheureux atterrit sur ses genoux. Le choc des os sur le pavé fit se crisper Ti. À présent, les yeux du prisonnier contemplaient la haute muraille, au-dessus du portail. « Il veut emporter une dernière image de ce monde, se dit le juge Ti, et il ne trouve qu'un triste mur de briques. Un sordide mur de briques grises. »

– Dites-leur que c'est une erreur ! Dites-leur que c'est une erreur ! C'est une *erreur* !

Le bourreau enroula les deux extrémités du garrot de cuir tressé autour de ses mains afin de ne laisser qu'une bande d'une quarantaine de centimètres qu'il fit claquer pour tester sa résistance. Satisfait, il fit un signe à ses deux auxiliaires qui forcèrent le prisonnier à courber la tête. Le jardinier appuya son visage contre le pavé froid comme pour y chercher une consolation; les auxiliaires s'effacèrent, puis s'inclinèrent devant le vieux magistrat qui se tenait au premier rang d'un groupe d'officiels au visage sombre. Le vieil homme sortit un rouleau de papier d'un étui en soie.

Le bourreau prit place au-dessus du condamné et le maintint au sol d'une pression du genou, puis il glissa le garrot entre le pavé et la joue du jardinier, et, d'un geste vif et soudain, il lui souleva la tête, forçant le malheureux à contempler le ciel gris.

– Pour les crimes commis contre le Fils du Ciel et la Couronne, pour les crimes commis contre le préfet de Yang-chou et la province de Huai-nan... proclama le magistrat qui paraissait lire le document, quoique Ti s'aperçût qu'il n'en faisait rien, et qu'il s'abstenait pareillement de lever ses yeux sur l'homme qui allait mourir.... pour le crime de vol, dû à une cupidité exacerbée, qui a conduit au meurtre brutal du révéré et honorable ministre des Transports...

– Vous croyez que vous ne vous trompez jamais ? articula le jardinier dans un souffle, la gorge tendue par le garrot. Les autorités civiles... (Il étouffa.) L'esprit de ma mère... de mon père...

– Bourreau, faites-le taire ! ordonna le magistrat.

– C'est *vous* l'assassin... réussit à clamer le jardinier avant que le bourreau ne resserre la bande de cuir.

Le bourreau appuya un genou entre les omoplates du jardinier dont le torse se colla au pavé ; en même temps il exerça d'une main experte un mouvement rotatoire qui resserra le garrot pendant que de l'autre main il tirait la tête du condamné en arrière. Il maintint cette position, puis tira encore la tête tout en tordant le garrot davantage. Les jointures du bourreau blanchirent sous l'effort ; Ti entendit les officiels haleter. Pendant un moment interminable, le bourreau maintint son effort, muscles des poignets et des bras tendus, véritable statue de bois. Les yeux du supplicié sortirent de leurs orbites, sa bouche s'ouvrit et se referma dans plusieurs spasmes successifs, et Ti ne put s'empêcher de penser à un poisson hors de l'eau.

« Quelle mort insultante ! songea Ti en fermant les yeux. Bien pire que la décapitation. » Quels que fussent les préjugés contre la profanation d'un corps dont on sépare la tête avant l'enterrement, c'était une mort bien douce comparée à cette insulte suprême faite au corps et à l'âme. Malgré lui, le juge Ti rouvrit les yeux.

Les jambes du supplicié se tendaient et frappaient l'air en violents soubresauts, danse macabre au rythme syncopé, pendant que ses mains cherchaient machinalement à se raccrocher aux cordes de soie qui les liaient. Le bourreau imprima un dernier tour au garrot, et la tête du condamné bascula, puis finalement, il relâcha le garrot et le corps du jardinier s'affaissa dans un ultime gargouillis. Ti savait qu'il s'agissait simplement du *ch'i* et de l'éther expulsés des poumons gorgés de sang et de mucus, et qui vibraient comme un tambour *weir*. Ce n'était pas, bien qu'il y parût, le râle d'une âme en colère forcée de quitter son enveloppe terrestre.

Ti attendit que le magistrat suprême ait prononcé la mort du condamné et qu'on ait emporté le cadavre. Il observa ses collègues reprendre leurs esprits. L'instant d'avant, il lui avait semblé qu'ils vivaient par procuration les affres du supplicié, qu'ils sentaient les genoux du bourreau contre leurs omoplates, le garrot leur serrer le cou ; maintenant, ils étaient détendus, et avaient repris les conversations comme pour marquer leur retour dans le quotidien. Pourtant, quand ils quittèrent un à un la cour du supplice, Ti en vit plus d'un passer une main machinale à son cou tout en échangeant des propos anodins avec un collègue.

Le lendemain matin, avant que la maisonnée ne s'éveille, Ti lissa la feuille de papier sur son bureau d'une main pendant qu'il trempait son pinceau dans l'encrier de l'autre. Il égoutta le trop-plein d'encre, puis contempla la feuille vierge.

Son grand-père avait tenu un journal toute sa vie, et avait laissé une somme de feuillets si considérable qu'il avait fallu deux serviteurs pour les transporter de la maison de son grand-père à celle de son père à la mort du vieil homme.

Ti soupira. Il avait déjà essayé de suivre l'exemple de son aïeul et de coucher ses pensées par écrit dans les moments difficiles. Il avait été confronté à de multiples problèmes dans sa vie, mais n'avait jamais rencontré d'épreuve aussi douloureuse. Il ne croyait pas tout à fait au pouvoir de clarification que son grand-père attribuait à l'écriture, mais il se sentait si triste et si impuissant... Il n'était dans la ville de Yang-chou que depuis une semaine, suite à son transfert de Pien-chou, et il ressentait déjà un lourd fardeau ; indécis, il était en proie à une sourde oppression. Il lui fallait agir.

Consigné dans le journal de Ti Jen-chieh, dans l'heure du Lièvre, le cinquième jour du dixième mois de la deuxième année du règne de Yung Hui – Excellence Perpétuelle – de notre Divin Souverain Fils du Ciel, l'empereur Kao-tsung :

Ce matin, je me suis réveillé avec un sentiment pesant d'inutilité. Le pauvre jardinier a été exécuté hier : il avait servi dans la propriété du ministre des Transports de Yang-chou. Quelques semaines avant mon arrivée, l'estimé ministre a été assassiné, et bien que les circonstances de sa mort fussent loin d'être claires, le jardinier a été promptement jugé. Hier, le quatorzième jour après la convocation des Assises d'Automne dans la capitale, cet homme, père de six enfants en bas âge, a été mis à mort par strangulation. En vérité, je doute que ce très haut et très noble conseil envisage la révision d'un procès de si peu d'importance. Le destin du pauvre jardinier n'est jamais sorti de la juridiction de Yang-chou. Les tragédies des pauvres passent inaperçues des puissants.

Le visage du jardinier ne quitte pas mes pensées. Qu'ai-je vu dans son regard ? J'ai tourné autour de la vérité, j'ai essayé de l'éviter, mais je sais maintenant avec une certitude angoissante que j'y ai vu ceci : un profond sentiment de trahison. Or, à l'heure de la mort, lorsque seule la vérité compte, il est impossible de feindre. Qui, ou quoi, a trahi l'innocent jardinier ? La réponse est terrible : la vie elle-même.

Je cherche le réconfort dans la certitude que le vieux juge Lu doit bientôt prendre sa retraite. Dans le cas contraire, j'adresserai une requête au trône afin d'être transféré.

L'attitude du vieux juge révèle un dangereux penchant, et à cause de décisions capitales prises à la hâte, il détient un pouvoir abusif sur la vie des hommes. Je ne veux plus servir le juge Lu et je ne veux plus revivre l'horreur de l'exécution d'hier. Mais...

J'ai le sentiment que le vieux juge Lu n'a pas toujours été aussi négligent. J'ai compris le premier jour qu'il a autrefois été un magistrat consciencieux. Les dossiers dont j'ai pris connaissance renforcent ma conviction. Mais il est indéniablement miné par l'âge, et par certaines tentations de la vie qui deviennent inévitables à mesure que nous prenons conscience du peu de temps qu'il nous reste. Il paraît que la sagesse vient avec l'âge. Sans doute. Mais la fatigue aussi. Alors, la corruption et les pots-de-vin deviennent comme les coussins qui soulagent les articulations arthritiques des vieillards.

De plus, la rapidité et la négligence du procès s'expliquent en partie par cet algorithme : quelqu'un devait mourir pour le meurtre du ministre des Transports. Sinon, l'affaire la plus importante de la longue carrière du juge Lu n'aurait pas pu se conclure dans les derniers jours de sa tenure. « Enterre le cadavre avant qu'il n'empeste », dit le vieil adage. Il y a là une malhonnêteté et, malgré mon souhait, je ne peux pas clore ce dossier.

Une force me pousse à vérifier l'exactitude de mon pressentiment sur l'état des dents du jardinier. Je dois donc, bien que ma démarche puisse lui causer un surcroît de douleur, rendre visite à sa veuve.

Las, envahi par un sentiment d'échec, Ti repoussa la feuille. Son cou et ses épaules noués lui faisaient mal. La douleur semblait plus vive que les autres matins ; il se secoua, fit jouer sa nuque pour se détendre, et sentit le désagréable craquement des vertèbres. Il revit le cou du jardinier, puis chassa vivement cette image sinistre.

L'échec ne concernait pas seulement ses activités extérieures, il régnait aussi dans sa maison. N'avait-il pas échoué dans ses obligations de père, d'éducateur, et surtout, dans la nécessaire inculcation d'une morale dans son foyer ? Ce dernier point le préoccupait par-dessus tout, car eût-il réussi en tant que père et en tant qu'éducateur, le reste aurait naturellement suivi. Mais les choses s'étaient à ce point dégradées qu'à peine Ti quittait la maison familiale, comme la veille pour assister à l'exécution, que le chaos s'installait. Confucius avait dit : « Si le maître est droit, tout se passera bien même s'il n'est pas présent pour donner des ordres. Mais si le maître manque de droiture, peu importe qu'il donne des ordres ; ils ne seront pas suivis. »

Qu'était-il donc, lui le maître d'une maison en désordre, le père de garnements désobéissants ? Un magistrat incapable de faire régner l'ordre chez lui ne devrait pas se montrer en public. Assurément un tel juge ne peut se leurrer sur la fonction qu'il occupe dans les affaires de la cité ; il ne peut davantage servir d'exemple civique à quiconque. Ses propres enfants n'avaient sûrement aucun respect pour les valeurs qu'il avait eu la prétention de leur inculquer. En son absence, la politesse et les bonnes manières abandonnaient ses garçons qui se transformaient dès son départ en créatures démoniaques.

Ti étendit ses jambes sur le canapé. Il avait faim. Il s'occuperait de ses deux garçons, mais pas avant d'avoir pris du thé avec des gâteaux et des fruits. Les jeunes démons ne résistaient pas aux fruits.

Les domestiques lui servirent dans le pavillon du jardin du thé à l'orange et à la rose légèrement épicé, des gâteaux de sésame, et des fruits. Ils s'activèrent en silence, posèrent le plateau en prenant garde d'entrechoquer les bols et les assiettes. Ti les observa en se demandant s'ils avaient deviné sa mauvaise humeur. Était-elle donc si manifeste ? Que pouvaient-ils bien penser ? Qu'il s'apprêtait à faire exécuter ses fils pour les punir de leurs transgressions incessantes ?

Lorsque les domestiques eurent débarrassé les assiettes en ne laissant que la coupe de fruits, Ti repoussa son siège et se leva.

– Faites venir les jeunes monstres, ordonna-t-il d'un air las.

Le second serviteur s'inclina.

– Deux brefs moments de plaisir, et voilà ce que cela coûte ! murmura Ti en hochant la tête.

Le serviteur esquissa un sourire gêné, puis s'inclina à nouveau et se hâta de rejoindre son collègue.

Ti poussa la coupe de fruits vers les deux garçonnets, assis à table en face de lui. Aucun ne manifesta le moindre intérêt pour l'offre.

« Dire que ce sont mes propres enfants, songea le juge. L'aîné, qui refuse de me regarder en face, contemple fixement le sol, les poings crispés. Le cadet, accroché à la manche de son frère, observe son père de ses yeux ronds. »

D'où tenaient-ils cet entêtement obstiné ? Cela ne venait pas de sa famille. Il ne leur avait pas non plus appris à fuir leurs responsabilités. L'aîné, à neuf ans à peine, savait dissimuler avec une telle facilité, et avec un tel air d'ingénuité blessée, que même son jeune frère, avec qui il venait de perpétrer un acte répréhensible, croyait fermement en leur innocence. Le plus vieux était un exemple de fourberie, le plus jeune, un exemple d'indéfectible loyauté, un enfant dont l'unique but tendait vers la satisfaction pleine et entière des désirs de son aîné.

La veille, à son retour tardif, Ti avait appris de

sa seconde femme, au bord de l'hystérie, la nature du méfait des garçons : une farce d'une indicible grossièreté avec un cochon incontinent dans l'une des chambres à coucher, le matin de l'exécution.

Dans sa confrontation, le juge Ti se retrouva dans une situation désavantageuse : le soleil dans l'œil, il éprouvait les pires difficultés à regarder ses enfants en face.

Il se déplaça pour être plus à l'aise. Aussitôt, les deux garçons en firent autant afin de maintenir la même distance avec leur père. Le regard sévère et pénétrant de Ti resta sans effet ; l'aîné testa son père d'un coup d'œil insolent par en dessous. Ti n'aperçut nulle trace de remords dans l'œillade de son rejeton. De son côté, le plus jeune soutint son regard sans ciller, le visage lisse et sans frayeur. Ti savait qu'ils pourraient rester tous trois dans cette position jusqu'à ce que l'eau de la clepsydre marque l'heure de fin d'après-midi s'il ne se décidait pas à parler.

— Maître Yung, dit-il en s'approchant de ses fils, qui restèrent à leur place cette fois. Je vous parle. Regardez votre père quand il vous adresse la parole, je vous prie. (Il souleva le menton de son aîné et l'obligea à lever la tête.) Allez-vous regarder votre père quand il vous adresse la parole ? répéta-t-il.

L'aîné obéit.

— C'est vous qui profitez de mon absence pour manigancer d'innombrables méfaits, n'est-ce pas ? C'est vous qui en êtes l'instigateur.

Comme sa remontrance était faible et son ton guindé !

— Que nous dit Confucius ? « Chasse le mal de tes pensées. » Un jour, vous servirez le gouvernement tout comme moi. Comment ferez-vous, jeune homme ?

Les yeux du garçon se rétrécirent, comme les portes d'une forteresse qui se prépare à un long siège. Ti affermit sa prise sur le menton du récalcitrant ; il sentit la délicate mâchoire se raidir, oh ! à peine, mais fermement.

– Ceux qui, dans leur vie privée, se comportent mal avec leurs parents et leurs aînés résisteront à l'autorité de leurs supérieurs dans leur vie publique... Et pour ces futurs révolutionnaires...

Ti s'arrêta, conscient de son erreur. Il remarqua l'esquisse d'un rictus étirer les lèvres de son aîné. Le garnement luttait contre le fou rire !

À ses côtés, le cadet renifla. Ti relâcha l'étreinte sur le menton de l'aîné qui n'en continua pas moins à le fixer d'un air de défi. « Ah, comme j'aimerais quitter ce jardin et laisser ces deux incapables en plan ! songea Ti. Hélas ! c'est un luxe qui m'est interdit. »

Il posa les mains sur la table et s'absorba dans la contemplation de ses ongles, puis il soupira et se tourna vers son cadet.

– Souvenez-vous... le Maître a dit : « L'homme n'est pas un jouet qu'un autre de *principe inférieur* peut utiliser à sa guise »... Vous comprenez ce que je suis en train de dire ? demanda Ti en se penchant.

Soudain, un ressort se cassa. Ti comprit que l'épreuve touchait à sa fin.

– Répondez ! tonna-t-il en frappant du poing sur la table.

Surpris par sa propre véhémence, il se réjouit néanmoins de voir les deux garçons sursauter.

– Je ne sais pas, père, avoua enfin l'aîné dans un murmure, le regard tout de même assombri par un voile de consternation.

– Je ne sais pas, père ? répéta Ti en écho, pressé de pousser son avantage jusqu'au bout. Croyez-vous que ce soit une réponse ?

Le garçon écarquilla les yeux, implorant presque.

– Tout commence par l'honnêteté, affirma Ti.

Il s'arrêta pour donner à son fils le temps de méditer, puis poursuivit avec une lenteur calculée :

– Qui est responsable des dégâts dans la chambre à coucher de l'aile ouest ?

Il y eut un long silence pendant lequel les deux garçons échangèrent des regards inquiets avant de se concentrer sur le bout de leurs chaussures. Frère aîné prit enfin la parole.

– Nous n'avons rien fait dans la chambre à coucher, annonça-t-il avec aplomb d'une voix flûtée.

– Alors qui ? demanda Ti, l'air sévère.

– C'est la faute du cochon.

Plus tard, après avoir congédié les garçons avec une ferme réprimande et une « punition » – obligation pendant une semaine de prendre leurs ordres auprès du majordome afin d'aider aux menues tâches ménagères –, Ti massa sa main encore meurtrie par la force avec laquelle il avait frappé sur la table. D'où lui était venue pareille colère ? s'interrogea-t-il en contemplant sa paume d'un air surpris. Il n'en était pas sûr, mais il pressentait que l'explication eût-elle eu lieu avant l'exécution du jardinier, les choses auraient tourné différemment. Il serait sans doute encore dans le jardin à proférer des platitudes devant leurs mines consternées, songea-t-il avec dégoût.

Mais son esclandre le dégoûtait tout autant. Allait-il dorénavant se conduire de la sorte avec ses enfants dévoyés ? En hurlant et en maltraitant le mobilier ?

Yang-chou vivait sur l'eau. Située au confluent du Grand Canal avec le Yang-tseu-kiang, là où le fleuve Bleu termine sa course de 9 500 *li* [1] à travers la Chine, la ville étend ses enchevêtrements de voies d'eau qui favorisent un intense commerce fluvial et maritime. Pour Ti, les odeurs et le vacarme du trafic naval, le brouhaha des commerces, étaient un pur délice après Pien-chou, ville calme et aride en comparaison, où il avait vécu avec sa famille au cours des dix années écou-

_____
1. Environ 5 500 km.

lées. Ti avait saisi l'opportunité du transfert sans l'ombre d'une hésitation, mais il ne comprit combien il était lassé de son ancienne résidence qu'en voyant Yang-chou et en respirant ses senteurs exubérantes.

Jeune magistrat proche de la quarantaine, Ti se bornait aux affaires civiles de second rang, celles dont l'importance n'exigeait pas l'attention de son supérieur. Les enquêtes qu'il menait – recherche d'antécédents, vérification de toutes sortes, registres de recensement, des impôts, ou encore interrogatoires à domicile de certains témoins – lui offraient de multiples occasions de quitter son bureau et de parcourir les rues. La plupart des magistrats que la paresse clouait à leur fauteuil confiaient ces missions à leurs jeunes assistants. Pas Ti. Il préférait de loin s'en charger ; il aimait marcher et explorer la ville.

Ce jour-là, il n'était pas à strictement parler chargé d'une mission officielle. Il ne lui revenait pas de rouvrir une affaire close. Pour cela, pour déjuger son supérieur, il devrait remplir une demande écrite et suivre un processus long et compliqué. Cependant, rien ne l'empêchait de mener sa propre enquête à des fins personnelles. « Si je dois rouvrir l'affaire, se dit-il en franchissant un pont qui enjambait un canal d'eau fangeuse, il sera bien temps de se soucier de la procédure classique. »

Les canaux et les ruelles devenaient plus étroits et plus sales, les odeurs moins familières, à mesure qu'il s'enfonçait dans les quartiers pauvres de l'ouest. Ti songea avec tristesse que le prisonnier rêvait sans doute à ces mêmes ruelles lorsqu'il attendait son exécution dans sa sombre cellule.

La veuve le reçut d'un regard qui cachait mal la haine qu'il lui inspirait. Comment aurait-elle pu accueillir autrement un représentant du système judiciaire qui lui avait enlevé son époux ? Ti retint son envie de lui avouer le véritable but de sa visite.

Humble devant le masque de douleur et de colère, dont la violence le fouetta en plein visage comme une rafale de vent glacé par une fenêtre ouverte en hiver, le juge interrogea la veuve sur les maux de dents de son défunt mari. Elle le regarda, ahurie, se demandant sans doute quel nouvel outrage allait-on lui infliger – une taxe, peut-être, calculée d'après le nombre de dents que l'infortuné avait emportées avec lui quand on l'avait forcé à quitter ce monde ? Son étonnement fit place à une vague de chagrin au souvenir de celui qui gagnait le riz familial.

– Il souffrait tellement ! s'écria-t-elle. Le pauvre homme ! Il souffrait jour et nuit. Ses dents ne le laissaient jamais en paix.

Elle regarda Ti, et laissa ses larmes couler sans honte.

– Je lui préparais à manger comme à un bébé. J'écrasais ses aliments pour qu'il puisse les avaler. Des fois, ajouta-t-elle, le visage fripé de douleur, je les mastiquais pour lui.

Incapable de poursuivre, elle suffoquait de chagrin. Ti la remercia, bien qu'elle l'entendît à peine, et prit congé, soucieux de ne pas l'accabler davantage. Poursuivi par la vision du visage douloureux de la veuve, il regagna le palais de justice aussi vite que s'il avait couvert la distance en voiture.

Il n'eut aucun mal à mettre la main sur les minutes du procès. Assistant du juge Lu, il avait le droit de consulter les dossiers, mais nouveau à Yang-chou et sans l'autorisation du chef magistrat, il dut remonter la filière des divers employés de tous grades qui encombraient l'appareil judiciaire. Lorsqu'il dénicha enfin celui qui avait la charge du dossier et qu'il lui signifia sa requête, l'homme lui décocha un regard aigre, mais lui fit grimper trois volées de marches et le conduisit aux archives en passant devant des douzaines de scribes et d'assistants judiciaires. Là, il dévisagea Ti en lui faisant bien sentir qu'il était un intrus. Désireux d'obtenir la discrète coopération de l'employé, Ti le remercia avec force effusions et lui fit comprendre qu'il était très impressionné par son pouvoir. Cette attitude révérencieuse adoucit considérablement l'homme ; Ti se retrouva donc confortablement installé à une table de lecture pendant que l'employé recherchait les documents et les déposait avec sollicitude devant lui. Il lui offrit une tasse de thé brûlant que Ti accepta avant de se mettre au travail.

Il nota des faits importants. Le ministre des Transports avait rencontré son destin dans son bureau. On l'avait matraqué par-derrière pendant qu'il dégustait sa collation d'après-midi composée de thé et de gâteaux. On avait retrouvé son cadavre étendu la face contre le sol, des miettes de gâteau éparpillées sur le tapis. On avait tracé un portrait saisissant du meurtrier endurci en train de repousser sa victime d'un pied cruel, puis de l'enjamber afin de dévorer avec gourmandise les gâteaux restants, sans se soucier des miettes qui tombaient sur le cadavre.

Un homme qui souffrait d'un atroce mal de dents au point de parler avec difficulté, et dont la femme devait mâcher la nourriture afin qu'il pût se restaurer, mangerait-il un gâteau glacé au miel ? « Seul quelqu'un qui, comme moi, a souffert des dents, songea Ti, qui a même envisagé une fois de se couper la tête pour faire cesser la douleur, peut répondre sans équivoque à cette question : C'est non. » Non, il ne mangerait pas le gâteau, sauf si on l'y forçait sous la menace du couteau. Bref, s'il s'avérait que le meurtrier avait bien avalé le dessert de sa victime, le jardinier n'était donc pas coupable du crime pour lequel il avait payé de sa vie. Restait à vérifier l'hypothèse du meurtrier cédant à sa gourmandise sur les lieux de son forfait.

Ti réfléchit au crime. C'étaient les miettes de gâteau qui lui avaient mis la puce à l'oreille. Les habits du cadavre en étaient couverts, disait le rapport, elles jonchaient même le tapis alentour. Le tableau du meurtrier dévorant le festin de sa victime dont le corps était encore chaud était certes une image frappante que l'audience avait diversement appréciée. « Si je n'avais pas été moi-même affligé des souffrances du jardinier, se dit Ti, j'aurais cru comme tout le monde à la culpabilité du monstre. » On l'avait présenté au tribunal comme un fait avéré – et la preuve était accablante –, mais Ti n'était pas dupe : il savait que le désir de croire cette version avait été un facteur décisif. Tel est l'appétit humain pour le morbide.

Puisque le cadavre reposait sur le ventre et que les miettes parsemaient son dos, le problème était réglé : quelle que fût la négligence de la victime, elle ne pouvait pas renverser des miettes sur son propre dos. Donc, si Ti voulait établir l'innocence du jardinier supplicié, il devrait prouver sans conteste que les miettes provenaient bien de la bouche de l'assassin et non de celle de la victime. Désormais, la voie était toute tracée pour Ti. Il remercia l'employé et quitta le palais de justice après avoir prévenu deux de ses assistants qu'il reviendrait bientôt.

À son retour, Ti portait deux paquets. L'un, qui embaumait, contenait des gâteaux provenant de la pâtisserie où se fournissait le ministre des Transports. Dans l'autre se trouvait un objet plus macabre : la robe que portait le ministre au moment de son assassinat. Ti avait eu de la chance de se la procurer. Il s'était arrêté à la morgue où on avait emporté le corps pour le nettoyer avant de le rendre à sa famille. Il avait demandé au préposé si la robe était toujours disponible, pressentant une réponse négative, mais à la grande joie de Ti, l'homme était revenu quelques instants plus tard avec l'habit et le lui avait remis. Comme c'était une tenue officielle, on l'avait rangée dans un coffre au cas où la famille la réclamerait. Les semaines avaient passé, personne n'était venu, et la robe était toujours là. Ti avait donné quelques pièces au préposé et l'avait remercié chaleureusement.

Il prit la robe, la secoua, la brossa avec soin pour la débarrasser des débris, puis il la revêtit en essayant d'oublier qu'un cadavre l'avait portée peu auparavant. Avec l'aide d'un jeune assistant, il disposa les meubles de la même façon que dans le cabinet du ministre ; puis il s'assit à son bureau, le dos à la porte, les gâteaux et la tasse de thé devant lui. Il se mit dans la peau du haut fonctionnaire s'apprêtant à déguster une collation après une journée bien chargée, la tête pleine de courbes et de statistiques.

Avec quelque hésitation, il mordit dans le gâteau. On lui avait arraché la dent qui l'avait tant fait souffrir, mais celui qui a souffert garde long-temps les habitudes acquises pour se protéger de la douleur. Il mastiqua avec précaution, découvrit que le chirurgien l'avait bien débarrassé de sa dent malade, et, détendu, dégusta le gâteau, aussi serein que l'avait certainement été le malheureux ministre des Transports. C'était délicieux. À peine Ti avait-il fini le premier gâteau qu'il s'attaqua au second.

Il but une gorgée de thé et contempla les dégâts : des miettes étaient tombées sur sa poitrine, sur ses genoux, accrochées au brocart de sa robe. Il se détendit davantage, et s'abandonna à sa gloutonnerie au point de ressembler à un de ses fripons de fils en train de s'empiffrer en cachette dans la cuisine. Les miettes tombaient à présent comme de la neige. Ti examina le sol. Il était resté vierge. Les miettes semblaient préférer s'agripper à la broderie de sa robe.

– Maintenant, ordonna Ti à son jeune assistant, je vous prie de bien vouloir m'assommer.

Obéissant, le « meurtrier » brandit son arme, un rouleau de papier, et frappa le juge à la base de la nuque.

Ti bascula, atterrit d'abord sur ses genoux, puis s'affala de tout son long, face contre terre. Le « tueur » s'approcha, le fit rouler d'un coup de pied, et s'assura qu'il était bien mort. Ti examina le sol autour de lui, puis ses vêtements ; les miettes, encore fraîches, restaient accrochées à sa robe. Elles ne s'étaient pas éparpillées sur le tapis. Avec un sourire satisfait, le meurtrier enjamba le corps, s'empara du gâteau restant et entreprit de le dévorer. Aussitôt, les miettes se mirent à pleuvoir.

Ti aurait dû se réjouir, or sa petite expérience l'attrista : comme il l'avait deviné, le jardinier n'avait pas pu tuer le ministre des Transports, mais il pressentait que cette découverte serait fraîchement accueillie.

La preuve décisive présentée devant le tribunal ne prouvait rien. On avait retrouvé chez le jardinier certaines babioles ayant appartenu à la victime – des statuettes en ivoire et quelques vases en porcelaine. L'accusé avait déclaré devant la cour qu'il avait trouvé ces objets en bêchant le jardin du ministère. Personne ne le crut, bien sûr, mais Ti trouvait sa version parfaitement plausible, probable même. C'était un jeu d'enfant de dérober ces objets dans le bureau du ministre – sans qu'il s'en aperçoive pour autant, d'ailleurs – et de les enterrer dans un parterre de fleurs où le jardinier les trouverait à coup sûr et les emporterait chez lui. Puis, une fois le meurtre commis, on retrouverait les bibelots chez le jardinier qui serait aussitôt soupçonné.

Pourquoi, songea Ti en ôtant la robe du ministre des Transports, suspecte-t-on plus facilement d'un meurtre un homme de basse extraction, un homme habitué à se salir les mains pour gagner sa pitance ? Au nom de quel mépris ? Questions intéressantes mais secondaires. Le principal était de découvrir l'identité du véritable coupable. Ti n'avait aucune théorie, aucune hypothèse, aucune piste, même minime. Il lui faudrait donc plonger dans le passé de l'infortuné ministre, celui-là même dont il avait revêtu, le temps d'une expérience, la robe qu'il épousetait en regardant d'un air songeur les miettes de gâteau s'éparpiller sur le tapis.

Habillé en riche marchand, le juge Ti déambulait dans une artère encombrée qui longeait le canal le plus emprunté de la ville. En cette fin d'après-midi, le trafic était intense ; les barges, flanc à flanc, s'enfonçaient dans l'eau noire huileuse sous le poids de leur cargaison : teck, aphrodisiaques, fer, sel, céréales, fruits, soie, étoffes, thé, bambous, briques, acajou, laques, ginseng et épices.

Ti se frayait un chemin parmi la foule bruyante. Çà et là, des attroupements se formaient, bouchant la circulation, et chacun hurlait avec force gestes des conseils contradictoires aux navigateurs empêtrés dans le flot du trafic. Sur les barges surchargées, les équipages s'invectivaient et tentaient en vain avec leurs perches d'éviter les collisions. Les badauds, à l'abri sur la terre ferme, espéraient secrètement assister à un accident spectaculaire, une collision entre deux grosses barges, un chargement renversé dans un grand vacarme au milieu des cris et des jurons des bateliers.

C'était le nouveau monde de Ti, Yang-chou l'effervescente, cité industrieuse avec son lacis de voies d'eau, centre de commerce où régnait la corruption, paradis des ambitieux sans scrupules.

Une bagarre éclata sur le canal. Deux barges étaient immobilisées, chacune refusant le passage à l'autre. Les jurons se mirent à fuser, et un frisson parcourut la foule attentive. Les chefs d'équipage, poussés par leurs hommes, se menacèrent du geste et de la voix. Les badauds jouèrent des coudes pour être au premier rang, chacun choisissant son camp, et les paris allaient bon train. Ti pressa le pas, soulagé de ne pas porter son bonnet officiel qu'il avait caché dans sa large manche, ce qui lui évita d'intervenir.

Ce qu'il s'apprêtait à faire n'était pas exactement contraire à l'éthique. Il n'y avait aucune raison pour que les fonctionnaires du ministère des Transports, où il se rendait, lui refusent l'accès aux dossiers ni même de jeter un coup d'œil aux locaux. Ti n'avait pas revêtu l'habit anonyme d'un marchand dans un but illicite ; son instinct lui avait simplement dicté la prudence. D'abord, le vieux juge ignorait qu'un membre de son cabinet enquêtait sur une affaire close ; ensuite, la vie du ministre des Transports avait sans nul doute été très mouvementée. « Forcément, songea Ti en contemplant le va-et-vient incessant des cargaisons, autrefois régi par le défunt. Dire qu'on veut nous faire croire que le ministre a été assassiné pour quelques malheureux bibelots volés ! » Non, celui qui lui avait ôté la vie était toujours là pour surveiller la suite des opérations et Ti devait éviter d'attirer l'attention sur ses recherches. Le parfum de l'aventure, parfum d'inquiétude et d'excitation, le fit frissonner lorsqu'il s'engagea dans la ruelle sombre et fraîche qui menait au ministère, qui, il le savait, serait presque désert à cette heure.

Son cœur se mit à battre plus vite. Ti attribua cette fièvre soudaine à un étrange sentiment de liberté. D'où lui venait donc cette exaltation suspecte ? Même le souvenir du supplice du pauvre jardinier ne parvenait pas à assombrir sa joie. Ti comprit la cause de son enthousiasme : la recherche de la vérité. « Je ne t'ai pas beaucoup aidé de ton vivant, mon pauvre ami, dit-il au défunt jardinier, mais je me rattraperai maintenant que tu es mort. Ta famille sera sauvée, ton nom lavé, et tes ancêtres reposeront en paix. »

Ti prit une ruelle encore plus étroite et plus sombre. Une femme chassa de son logis un coq agressif dans un tourbillon de plumes.

Cette partie de la ville, délimitée par les canaux et les écluses, était un labyrinthe de ruelles et de cours pavées. Certainement pas l'endroit idéal pour une promenade nocturne, songea le juge Ti sachant qu'il serait obligé d'emprunter le même chemin à son retour, et qu'il ferait nuit.

Il ne lui restait plus que quelques centaines de mètres avant d'atteindre le ministère. Il avait fait prévenir le gardien de son arrivée, en précisant qu'il ne porterait pas son habit de juge. Mais son déguisement était-il nécessaire ? Qui savait quelles relations le ministre des Transports avait entretenues ? Peut-être avait-on souvent vu des fonctionnaires revêtus de leur robe et de leur bonnet de magistrat dans ces lieux ?

Il traversa une petite cour pavée et tira sur la sonnette fixée dans un trou du mur, près du lourd portail en bois. Quelque part dans le bâtiment une clochette métallique résonna. L'esprit en ébullition, le juge Ti s'efforça de calmer son ardeur impatiente.

C'était l'heure du Chien. Au premier étage, seul, assis derrière le bureau du ministre défunt, Ti s'accouda au plateau en bois de rose ouvragé. Quelle sorte d'homme était l'ancien occupant ?

La nuit tombait. Fasciné par les silhouettes des sculptures exotiques qui encombraient la pièce, Ti restait songeur. Des bruits lui parvenaient des rues avoisinantes. Il se leva, alla à la fenêtre jeter un coup d'œil à la cour déserte, puis il ferma les volets et alluma plusieurs lampes. Dans les ombres dansantes, il contempla la frise en bois sculpté qui courait sur la partie supérieure des murs : corps sensuellement entremêlés, membres virils en érection, femmes offertes, seins tendus au comble de l'excitation. Muni d'une lampe il examina les pièces de plus près : elles étaient sculptées dans du vieux bois à la peinture craquelée et décolorée et semblaient provenir de quelque ancien temple étranger. Contre un mur, près de la porte, une grande roue en bois à huit rayons, fendue en divers endroits, portait d'étranges inscriptions. Ti approcha la lampe pour glisser un œil derrière la roue. L'étagère murale était vide, comme si un voleur avait fait main basse sur les objets qui la garnissaient.

Les sculptures avaient certainement été dérobées dans des temples sacrés. Ti imaginait mal les moines offrir au premier venu des statuettes dont ils avaient la garde. À moins qu'ils n'aient été soudoyés? Pourquoi pas? Certains dévots n'étaient pas dépourvus de cupidité. Mais quels que fussent les moyens de leur acquisition, ces objets évoquaient un commerce illicite. À ce stade, Ti en était réduit aux suppositions. Cependant...

Il approcha la lampe d'une table située au centre de la pièce et sur laquelle étaient disposées les statuettes les plus insolites. Il en prit une qu'il considéra longuement. Il en avait déjà vu de semblables, mais jamais en aussi grande quantité. C'était un lingam, phallus sculpté dans la pierre, d'origine indienne. Un symbole divin de la création. Il prit un autre lingam et compara les deux objets. Le premier était beaucoup plus grossier; l'autre était d'un réalisme déplaisant, jusqu'aux veines qui couraient le long du membre érigé. Il le reposa vivement avec un frisson de dégoût, et décida de conserver le premier. Il l'enfouit dans sa bourse avec des gestes de voleur, en se persuadant qu'il ne faisait qu'emporter une pièce à conviction. Ensuite, il s'intéressa aux autres statuettes dont le ministre avait décoré son bureau avec amour. Comment le haut fonctionnaire pouvait-il se concentrer sur son travail entouré de tels objets? se demanda Ti, songeur.

Ce qui attira ensuite l'attention de Ti était plus rare que les lingams. C'étaient deux bronzes dorés identiques représentant des accouplements. Ti disposa trois petites lampes à huile en demi-cercle afin d'étudier les détails.

Les personnages semblaient presque animés. La femme, très menue, les bras chargés d'étranges objets symboliques, chevauchait son partenaire masculin gigantesque, assis en lotus. La figure démoniaque de chacun des géants était coiffée d'un entrelacs de crânes et de viscères humains, symboles de magie tantrique. Ils tenaient dans leurs mains des sceptres et des clochettes étranges.

Chacun de ces objets, symboles de pays lointains et d'un culte exotique, était insolite en soi, mais tout ce qui était étranger, surtout indien, paraissait mystérieux : symboles différents, métaphores obscures évoquant un univers inconnu et trouble. Ici, l'amoncellement de figurines et de phallus donnait un effet saisissant où l'impression d'exotisme faisait place à la fascination.

Des bruits de voix et le grondement des chariots dans la rue réveillèrent Ti de la rêverie où l'avait entraîné l'examen des statuettes. Il éprouva cette pénible impression qu'il avait, enfant, lorsqu'il sortait d'un lourd sommeil fiévreux et qu'il devait lutter pour se rappeler où il était – et même qui il était. Un médecin lui avait dit un jour que la fièvre provoquait des rêveries délirantes parce qu'elle conduisait aux portes de la mort. Ti s'était laissé entraîner l'espace d'un instant dans l'univers obsédant du ministre.

Il se leva, alla à la fenêtre et ouvrit les volets, puis il se pencha afin de respirer l'air frais du soir. Il contempla le ruban argenté du canal.

Revigoré, il ferma les volets puis la fenêtre, traversa la pièce et s'arrêta devant le bureau du ministre. Il jeta un dernier coup d'œil aux statuettes et aux murs sculptés, puis il éteignit les lampes à huile à l'exception d'une qu'il brandit au-dessus de sa tête.

Le spectacle des sculptures avait entraîné Ti hors de son univers habituel. Son esprit s'était-il donc recroquevillé, fermé, au point de réagir comme un vulgaire paysan devant la nouveauté ou l'exotisme ? Non, ce n'était pas la bizarrerie des sculptures ni leur nombre qui le troublait. Oh !

elles étaient exotiques : hindoues, bouddhiques, indiennes, tantriques, tout cela oui ! Mais il y avait autre chose. Ti chercha une raison plus précise, et soudain il comprit. Ce n'était pas tant ce qu'elles représentaient que le lieu où elles se trouvaient – à des milliers de kilomètres de leurs temples, détournées de leur sens originel. Et surtout, qu'avaient-elles signifié pour le ministre des Transports ?

Pris par ses réflexions, il souffla la dernière lampe et sortit.

Une lanterne à la main, le gardien raccompagna Ti à la porte. Le juge avait songé à exiger de l'homme le silence sur sa visite, mais il se ravisa. Peut-être était-il préférable de laisser planer un doute, afin, par exemple, de tenir en éveil celui ou ceux que sa démarche était susceptible d'inquiéter. Il remercia donc le gardien, lui donna une pièce et s'engagea en frissonnant dans le labyrinthe de ruelles inhospitalières.

2

Yang-Chou, en l'an 653

Ti avançait à grands pas au milieu du flot humain qui encombrait l'avenue principale. Il avait dormi d'un sommeil irrégulier, impatient de profiter de son jour de repos pour satisfaire sa curiosité. La veille, il avait fait déposer sa carte de visite chez le ministre des Transports et le régisseur lui avait répondu dans l'heure suivante qu'il le recevrait le lendemain matin. Sa nuit agitée lui avait fait comprendre combien l'affaire lui tenait à cœur et occupait son esprit, et il était prêt à s'investir encore davantage. Oubliant sa fatigue, il coupa avec agilité à travers la foule, et quitta l'avenue pour s'enfoncer dans une large rue grouillante de commerces.

Tout à ses pensées, il ne s'aperçut pas tout de suite qu'il était suivi. Un petit chien décharné lui avait emboîté le pas, et reniflait ses talons, la queue frétillante. Pour tester l'animal, Ti ralentit puis accéléra ; le chien, créature pathétique et sans charme, calqua son allure sur celle de Ti, tricotant de ses maigres pattes. Au bout d'une centaine de mètres, Ti s'arrêta, s'accroupit et tendit une main amicale en claquant la langue pour inciter l'animal à approcher.

Un intense conflit animait le chien. Il voulait

venir lécher la main, mais une crainte instinctive l'en empêchait. La queue entre les pattes, il s'enfuit furtivement en coulant des regards inquiets derrière lui. Après plusieurs tentatives, Ti abandonna et reprit sa route. Ses pensées retournèrent au meurtre, aux dents du jardinier et aux mystérieuses sculptures sacrées, quand il s'aperçut que le chien était revenu sur ses talons. Il s'arrêta et regarda par-dessus son épaule.

– Tu veux que je te donne à manger, hein ?

Le chien s'arrêta à son tour, effrayé, tête baissée, queue basse. Mais cette fois, il ne s'enfuit pas.

– Tu as gagné, je vais te trouver à manger.

Ti scruta les étals des marchands. Il avait faim, lui aussi.

– Tu me rappelles mes fils, déclara Ti en tirant quelques pièces de sa bourse. Ils sont comme toi, dès qu'il s'agit de se remplir le ventre, ils suivraient leur père n'importe où.

Après un bon repas, Ti reprit sa route, suivi à distance respectable par le chien. Le juge se prit à rêver : ses deux garçons rampaient à ses pieds, sales, grelottants, affamés, et doux comme des agneaux, après avoir été jetés à la rue quinze jours auparavant.

La propriété du ministre des Transports était vaste et luxueuse. Dans le jardin, Ti interrogeait le régisseur tout en admirant quatre jeunes filles qui évoluaient, avec des grâces de biches, sous le flamboyant feuillage automnal d'un arbre géant.

– Le maître était un véritable connaisseur, disait le majordome. Il ne collectionnait que l'excellence. Les objets de second ordre ne l'intéressaient pas.

Fier du goût de son défunt maître, il guetta l'approbation de Ti.

– Bien sûr, bien sûr, fit ce dernier, sans quitter les jeunes filles des yeux.

– Quand je vous ferai visiter la maison, vous remarquerez la qualité du mobilier. Le maître ne se fiait qu'à certains d'entre nous pour l'entretien de ses meubles et de ses pièces de collection. Il exigeait que nous portions des gants de soie.

– J'ai remarqué qu'il avait un goût prononcé pour les objets d'origine étrangère, glissa Ti. Il semblait avoir une prédilection pour... euh, certaines pièces très spéciales.

– En effet, acquiesça le régisseur en se rengorgeant. C'est moi qui étais chargé de l'entretien de ces objets d'une rareté exceptionnelle. Je devais m'assurer de la fraîcheur et de la pureté des mélanges de cire et d'huile, et que le produit adéquat était utilisé pour chaque objet. C'était une tâche d'une grande importance. J'avais ordre de cirer les tables afin qu'elles brillent comme des miroirs.

– Extraordinaire ! s'exclama Ti, que le lustre des tables laissait froid. Quel travail passionnant ! L'entretien des statuettes demandait sans doute un soin tout particulier, surtout les anciennes.

– Oh oui ! Le maître m'avait appris lui-même comment les nettoyer. Évidemment, les plus vieilles pièces n'étaient pas exposées à tous les regards.

– Ah bon ? Elles étaient très rares, j'imagine.

– Il les avait réunies dans une salle spéciale, précisa le majordome. Vous plairait-il de la voir ?

– Ce serait un grand honneur.

Ils quittèrent le jardin par une agréable allée pavée. Près de l'entrée de la maison, deux fillettes, main dans la main, les regardèrent passer. Ti leur sourit ; elles avaient à peu près l'âge de ses fils. L'une d'elles, coquette, lui rendit son sourire, sa mignonne bouche aussi délicate qu'un bouton de rose ; l'autre resta impassible. « J'aurais dû avoir des filles, songea Ti. Les garçons sont exténuants. »

Ils traversèrent les appartements du défunt ministre des Transports, frais, sombres et chargés de riches parfums. Intérieur harmonieux d'un goût exquis, où il régnait un ordre scrupuleux et un silence opaque ; la permanente présence du maître des lieux se faisait impérieusement sentir.

– La pièce est à l'autre bout, indiqua le régisseur en baissant la voix. Elle est aménagée dans la roche et garde par conséquent une température fraîche et constante.

Devant eux, une jeune femme d'une beauté remarquable traversa le couloir et s'engagea dans une chambre adjacente. Avant d'en franchir la porte, elle coula un regard vers les deux hommes ; aussitôt, le régisseur s'inclina respectueusement.

– Si la température varie trop, poursuivit le majordome, les objets en pâtissent, surtout les objets en bois. Ils se dessèchent, se craquellent et perdent leur lustre.

– Ah oui, assura Ti qui s'efforçait de paraître attentif. C'est très important, en effet.

La jeune femme avait laissé dans son sillage un doux parfum de fleur ; Ti risqua un œil dans la chambre où elle avait disparu dans l'espoir de l'apercevoir, mais il ne vit qu'une pièce déserte.

– L'entretien et la conservation d'antiquités sont de grandes et nobles responsabilités, ajouta-t-il.

Vêtu de son bonnet et de sa robe de magistrat, Ti s'était gardé de préciser les raisons de sa visite et les soupçons que l'étrange et sans doute illicite collection avait fait naître en lui. Il avait opté pour une approche détournée dont il espérait qu'elle lui permettrait de lever un voile du mystère. C'est ainsi qu'il avait prétendu s'intéresser aux objets volés à l'époque du meurtre, ce qui nécessitait un inventaire précis des pièces restantes. L'entreprise était ardue : la conversation avait tendance à s'égarer et Ti éprouvait des difficultés à l'empêcher de se limiter aux vertus comparées des différentes techniques d'encausticage.

Ils quittèrent le corps principal du bâtiment, traversèrent un autre jardin. Au sortir de l'obscurité des appartements, la lumière les aveugla. Des voix enfantines chantaient une comptine. Ti aperçut six ou sept têtes qui dépassaient d'un bosquet fleuri, des fillettes rassemblées dans un jardin secret baigné de lumière. Ti fut charmé. Jamais il n'entendait ses fils chanter ainsi. Non, ils n'étaient capables que de désordre et de méfaits.

– Les plus jeunes sont dispensées des épreuves du deuil, expliqua le régisseur sur un ton d'excuse. Elles ne peuvent pas encore comprendre que Père ne reviendra plus.

– Bien sûr, pauvres petites. Pourquoi gâcher leur plaisir ? Elles apprendront assez tôt les peines et les soucis du monde.

Ils pénétrèrent dans un autre corps de bâtiment et arrivèrent devant une imposante porte en bois. Le régisseur ouvrit le loquet avec déférence, comme s'il s'agissait d'un temple sacré. C'était une pièce sombre, presque une cave. Le régisseur alluma une lampe à huile et regarda Ti avec un sourire de fierté.

– Voici la chambre des trésors, annonça-t-il. Ce sont des antiquités d'une extrême rareté.

Ti jeta un regard circulaire. Cavaliers, chevaux, éléphants, singes démoniaques de toutes sortes, les sculptures étaient à l'évidence anciennes, rares, toutes d'origine étrangère, la plupart indiennes. Mais aucune ne rappelait le mystérieux temple érotique.

Gonflé de fierté, le régisseur leva la lampe afin que Ti puisse détailler chaque pièce. Le juge émit des sifflements admiratifs pour ne pas décevoir son guide.

– Ces sculptures indiennes sont d'un raffinement exceptionnel, risqua-t-il. J'en ai vu d'autres de même origine dans le bureau du ministre. Une collection très intéressante, d'ailleurs. Y en a-t-il également ici ? Je veux parler d'objets plus... euh, disons plus exotiques.

Un air de reproche assombrit le majordome, prouvant qu'il avait parfaitement compris à quoi le juge faisait allusion.

– Monsieur comprendra, dit-il. Le ministre était un grand connaisseur et ses goûts étaient vastes, mais il y avait ses filles... il ne pouvait décemment garder ces... euh, sous son toit. Il ne les apportait ici que pour en faire l'inventaire et les remportait aussitôt. Les jeunes demoiselles ne devaient pas... voir ces choses, conclut-il, gêné.

– Bien sûr, s'empressa Ti. C'est pourquoi il les conservait au ministère. Oui, je comprends, je comprends fort bien. Combien le ministre avait-il de filles ? demanda-t-il à brûle-pourpoint.

Ti avait vu au moins dix fillettes depuis son arrivée. Et la jeune femme dans le couloir ?

– Trente-sept, répondit le régisseur avec emphase.

– Trente-sept ! Et combien de fils ?

– Aucun, monsieur le juge. Il n'avait que des filles.

– Trente-sept filles et pas de garçons ! fit Ti, incrédule. Comment est-ce possible ? Combien avait-il d'épouses ?

– Seulement deux, monsieur.

– Deux épouses, trente-sept filles et aucun garçon ? Les mères ont dû s'épuiser à donner naissance à tant de vies ! Et aucun héritier ! Pardonnez-moi, mais je trouve cela fort étrange.

Le régisseur semblait de plus en plus gêné.

– C'est que, voyez-vous... il n'y a pas eu de naissance à proprement parler... Le ministre est... ou plutôt était, devrais-je dire... sans descendants. Toutes ses filles ont été adoptées.

– Il n'avait pas de descendants, et il a adopté seulement des filles ! s'exclama Ti, abasourdi.

– Il préférait les filles. Question de goût. Il aimait être entouré de personnes du sexe féminin.

Ti se souvint de sa propre réaction en entendant les voix enfantines dans le jardin secret. Après tout, il comprenait le ministre. Non, ce n'était qu'une boutade ; ses fils lui pesaient, bien sûr, mais ils étaient ses enfants, la chair de sa chair.

– J'imagine que les orphelinats ont dû être reconnaissants, hasarda-t-il. Trente-sept adoptions ! Quand on songe à la difficulté de placer les enfants... et dans une si belle demeure !

– Oh ! mais il ne les a pas trouvées dans des orphelinats. C'est un gentilhomme qui les a amenées.

– Un gentilhomme ? Quel genre de gentilhomme ?

– Un gentilhomme de... couleur, répondit le majordome, mal à l'aise.

– Que voulez-vous dire ? Était-ce un Africain ? Un Maure ?

– Oh ! non ! Il était indien, je crois. Il venait deux ou trois fois l'an avec une exquise sélection de fillettes, certaines encore bébés. Une douzaine, et aucune n'avait plus de deux ou trois ans. Le maître les examinait soigneusement, et choisissait. Il en prenait parfois une, parfois aucune.

– Que devenaient celles qu'il ne choisissait pas ?

– Elles repartaient avec le gentilhomme. Nous ignorons où elles allaient, ou ce qu'il advenait d'elles.

– Et d'où venaient-elles ?

– Nous l'ignorons. Le maître n'en parlait jamais, et nous ne posions pas de questions.

– Et vous ne savez pas non plus qui était cet Indien ? Connaissez-vous son nom ? Traitait-il les enfants convenablement ?

Les questions se précipitaient. Ti avait oublié son rôle de juge chargé d'un inventaire d'objets volés.

– Oh ! non ! s'écria le majordome, troublé. Je veux dire oui. Oui, il les traitait bien. En fait, il était très prévenant. Les fillettes étaient bien nourries, soignées, cela se voyait. Et il leur parlait avec douceur. Simplement, je ne sais ni son nom ni d'où il venait. Il se présentait, allait dans les appartements du maître avec les fillettes et repartait. Deux, exceptionnellement trois fois par an. Je n'en sais pas plus.

– Mais vous l'avez vu, insista Ti. À quoi ressemblait-il ?

– Que monsieur m'excuse, mais pour moi, tous les Indiens se ressemblent. Peut-être était-il un fidèle d'un des monastères de la ville. Comme beaucoup d'Indiens, ajouta le régisseur d'une voix éteinte.

Ti était exaspéré. L'homme ne lui était d'aucune aide. La suffisance et l'absence totale de curiosité des gens ne cessaient de l'étonner. Eût-il fait partie de la domesticité du ministre, il était persuadé qu'il se serait renseigné sur les étranges activités de l'Indien, ne serait-ce que par pure curiosité. Ah, si les fillettes n'étaient pas arrivées à un âge aussi précoce, au moins aurait-il pu les questionner !

– Était-il vieux ? Jeune ? Gros ? Maigre ? insista-t-il. Combien de temps a duré ce manège ? Certaines filles me semblent bien grandes.

Le régisseur fit un effort.

– Il n'était ni jeune ni vieux. Il n'était pas maigre non plus, mais on ne peut pas dire qu'il était gros.

« Excellent, songea Ti. Voilà qui me sera utile. »

– Il portait des habits chinois, si cela peut vous aider, poursuivit le majordome. Et cela a duré pendant au moins... au moins dix ans. Peut-être davantage, mais je ne suis au service du maître que depuis dix ans. Oui, l'aînée vient d'avoir dix-sept ans, j'imagine donc que cela a duré seize ou dix-sept ans.

– Bien sûr, vous ignorez aussi où votre maître se procurait les statuettes indiennes qu'il conservait au ministère ?

– En effet, repartit le régisseur d'un air pincé. Et je ne voulais pas le savoir.

Ti traversa en sens inverse les halls, les appartements et les jardins. Il entendit des rires et des pas d'enfants résonner dans la maison ; dans le jardin, les fillettes chantaient encore.

Le chien, qui l'attendait couché à la même place, dressa la tête quand Ti franchit le portail, puis il se leva et trotta derrière lui.

Où chercher un Indien, ni vieux ni jeune, ni gras ni maigre, et qui était venu maintes fois à Yang-chou au cours des dix-sept dernières années ? se demanda le juge. Il réfléchit longuement, le chien sur les talons, puis une idée lui vint. Après tout, le régisseur lui avait peut-être été utile. Ti savait enfin par où commencer ses recherches.

Ti changea de position pour soulager son dos. Le vétuste char à bœufs malmenait ses os, tant et si bien que de lancinantes douleurs lui transperçaient la colonne vertébrale et la nuque à chaque cahot. Il chercha une place confortable, se tassa contre des fagots qu'il retint d'une main pour les empêcher de s'écrouler sur lui.

Ti préférait ce moyen de transport rustique à la longue marche de cinq *li* qu'il fallait parcourir pour rejoindre le monastère du Nuage Doré. Ce jour-là, ses jambes ne l'auraient pas porté. Durant le trajet, le petit chien trottinait aux côtés du lourd et bruyant attelage, et ne quittait pratiquement jamais la roue arrière. Parfois, Chenapan, ainsi que Ti avait surnommé la créature, disparaissait de sa vue et le juge s'attendait à tout moment à voir son corps écrasé sur la route ; mais aussitôt, le chien réapparaissait indemne et ses courtes pattes trico-taient inlassablement pour suivre le train du cha-riot.

La veille, lorsqu'il avait quitté la demeure du ministre des Transports, Ti était repassé chez lui, s'était changé, et, pressé de suivre la piste ténue que le régisseur lui avait indiquée, il avait passé le reste de la journée à visiter les quatre monastères bouddhiques, malencontreusement situés aux quatre coins de la ville. Jusqu'à présent ses recherches s'étaient avérées vaines.

Ces petits monastères possédaient un point

commun : ils étaient ternes, lugubres, mal entretenus, leur peinture s'écaillait et leurs autels vétustes renfermaient de vieilles icônes sans valeur et sans charme.

Les moines que Ti rencontra n'avaient jamais entendu parler d'un étranger. Chaque fois qu'avec moult précautions il engagea la conversation sur le sujet, aucun ne trahit un quelconque intérêt ni n'éveilla chez le juge le moindre soupçon. Ti ne devinait pas toujours si on lui cachait quelque chose, mais il était persuadé que les moines interrogés ne savaient rien.

Le régisseur avait dit vrai : les Indiens de Chine étaient souvent placés sous l'autorité d'un établissement bouddhique. Si l'homme que recherchait Ti faisait partie de ceux-là, un monastère avait très certainement avancé l'argent de son voyage et favorisé son établissement dans le pays dans un but éminemment religieux : enseignement ésotérique, restauration de vieilles reliques, découvertes de nouveaux textes sacrés, traduction de soutras, etc. Avant de se lancer dans un commerce clandestin avec le ministre des Transports, si tel était bien le cas, l'inconnu avait appartenu à l'une des communautés bouddhistes de Chine. Après avoir visité quelques petits temples misérables de la ville, Ti comprit qu'il perdait son temps et décida de s'aventurer jusqu'au monastère du Nuage Doré, dont les moines qu'il avait rencontrés parlaient comme d'un endroit majestueux et bien entretenu.

Alors que le vieil arbre penché qui marquait sa destination se dessinait à l'horizon, Ti se prit à penser que l'énigmatique gentilhomme de couleur n'avait rien à voir avec le bouddhisme et que son voyage inconfortable risquait d'être inutile.

Le conducteur du char ordonna aux bœufs de s'arrêter et Ti descendit à terre. Il remercia l'homme, lui donna un pourboire, et se mit en route vers le monastère du Nuage Doré qu'on apercevait au loin, comme le lui avait annoncé le fermier.

Ti en eut le souffle coupé. Immense, le monastère se dressait au fond d'une vaste vallée bordée d'arbres. Ti s'arrêta pour contempler cette merveille. Des toits ouvragés comme ceux d'un palais dépassaient des arbres ; de magnifiques passerelles rouge et or enjambaient des torrents. Incontestablement, l'énorme monastère était une œuvre de l'homme, mais conçue avec le souci constant d'épouser la nature. Le respect de la terre et des lois de la géomancie en faisait certainement un lieu propice aux divinités. Un sentier accueillant sinuait vers le monastère. Ti tapota sa robe pour l'épousseter avant de s'engager dans la descente, Chenapan sur ses talons.

En chemin, il songea avec remords qu'il s'était désintéressé de la religion bouddhiste – religion d'origine étrangère, certes, mais qui avait si complètement pénétré le cœur, l'âme et la fibre mystique de la Chine qu'elle avait fini par tisser un vaste système, une multitude de systèmes en réalité, qui façonnaient les pensées, les actions et les coutumes d'un grand nombre de Chinois. Ti avait réussi à se tenir à l'écart de cette influence. En réfléchissant, il s'aperçut qu'il remarquait rarement si tel ou tel entretenait un autel bouddhique dans sa maison. Comme les pierres dans un champ ou les feuilles d'automne sur un sentier, ces autels étaient si naturels qu'il ne les voyait même plus.

Avant de pénétrer dans le monastère du Nuage Doré, Ti se reposa un instant sur un banc abrité par un bosquet d'arbres à l'écorce rugueuse. Le chien, essoufflé, une longue langue rose pendante, attendit à ses pieds. Un coup d'œil par le portail informa Ti que, contrairement aux monastères de la ville, celui-ci grouillait d'activité. Des moines allaient et venaient, s'arrêtaient pour discuter à plusieurs, riaient, d'autres déambulaient solitaires, la tête courbée en signe de dévotion. Un dieu semblait planer sur le monastère, et une atmosphère de vénération se dégageait de toute cette animation. Même peu versé dans le bouddhisme, Ti n'ignorait pas que l'existence d'un tel dieu était contraire à cette religion.

Chenapan dressa la tête, aux aguets. Quelqu'un approchait; une silhouette rondelette en robe safran s'avançait le long du sentier qui menait au portail de tuiles.

– Avez-vous faim, pèlerin? lança le moine, arrivé à cinquante pas du juge et du chien.

Les dévots que Ti avait rencontrés depuis le matin évoquaient l'humilité et l'abstinence, celui-ci dégageait un parfum de richesse et d'opulence, comme un poisson au soleil suinte la puanteur.

Ti se leva pour le saluer. En approchant, le moine eut une moue de désapprobation.

– Juste ciel, vos habits! Dans quel état êtes-vous!

Petit homme râblé à la face ronde, l'attitude pompeuse, le sourire onctueux, il hocha la tête d'un air éloquent. Le chien courut se cacher derrière le juge.

– Vous êtes d'une saleté, pèlerin! Vous avez bien besoin de vêtements propres. Un bain, peut-être?

Ti s'aperçut de l'état dans lequel l'avaient mis son voyage et ses multiples génuflexions devant des bodhisattvas assis sur leurs éléphants ou sur leurs lions dans des temples poussiéreux. Parfait! Cela rendait son déguisement plus convaincant. Cependant, il lui parut anormal qu'un ascète se formalise de son apparence. Les pèlerins fatigués et couverts de poussière ne devaient pourtant pas manquer dans un monastère aussi vaste et riche que celui du Nuage Doré. Surtout quand on songeait à la courte distance qui le séparait de Yang-chou. Alors pourquoi le moine s'offusquait-il de son aspect?

– Vous avez fait un long voyage? demanda l'homme.

La question ne reflétait pas seulement une légitime curiosité ; il y avait une pointe de suspicion dans la voix du dévot.

– Je suis un peu fatigué, déclara Ti, mais je vais très bien, merci. J'ai beaucoup marché ces derniers jours pour offrir mes prières et brûler cet... cet...

Il fouilla dans ses poches et sortit un paquet froissé d'encens bon marché qu'il exhiba d'une main tremblante, puis poursuivit avec une note d'anxiété qu'il s'efforça de ne pas trop appuyer :

– ... cet encens dans les autels des bodhisattvas miséricordieux.

– D'où vient tant d'angoisse ? demanda l'homme. (La peau de son front se plissa jusqu'à son crâne rasé.) Puis-je faire quelque chose pour vous ?

Ti fixa le sol d'un air hésitant.

– Euh... non, finit-il par répondre.

– Rien, vous êtes sûr ?

– C'est que... je ne voudrais pas trahir mes amis.

– Trahir vos amis ? Expliquez-vous.

– C'est que... je viens de si loin, voyez-vous. Ils ont dépensé toutes leurs économies pour que je puisse offrir des prières au temple du Nuage Doré.

– Vos amis vous auraient-ils confié une mission ?

– C'est cela.

– N'y a-t-il donc pas de temples bouddhiques plus près de votre village ?

– Oh si ! Mais on m'a dit que mes prières au temple du Nuage Doré seraient... comment dire ?

– Plus efficaces ? intervint le moine avec enthousiasme. C'est bien ce que vous vouliez dire ?

Ti acquiesça, les yeux rivés humblement sur le sol.

– Entrez prier dans la grande salle, proposa le moine en prenant Ti par le bras. Je suis le recteur du monastère et je vous souhaite la bienvenue au Nuage Doré.

Ti se laissa conduire docilement.

– Votre chien peut venir, dit le recteur. Il doit avoir faim, lui aussi.

Ti le remercia et rangea le paquet d'encens dans sa poche. Lorsqu'ils franchirent le portail, le recteur lâcha le bras du juge qui le suivit alors dans un magnifique jardin rocailleux. Des sentiers serpentaient à travers une pinède ; des rochers et des bosquets de bambous aériens se réfléchissaient dans des bassins aux eaux sombres. Quatre Rois Célestes, gardiens des points cardinaux, veillaient dans l'ombre du jardin au centre duquel, tourné vers le portail pour accueillir les visiteurs, trônait le joyeux Maitreya – le Bouddha des temps futurs – sur un tapis de lotus, un bâton noueux à la main, la face hilare, le ventre pansu. Perchés sur les larges épaules et sur la vaste bedaine du jovial Bouddha, des grappes d'Arhats, ses disciples, étaient représentés en enfants minuscules. Au fond du jardin rocailleux, une immense Kuan-yin couverte de feuilles d'or reposait avec volupté près d'un ruisseau artificiel au cours sinueux. Ti reconnut ces personnages du panthéon bouddhiste grâce aux rapides recherches qu'il avait effectuées avant d'entreprendre sa tournée des monastères. Mais c'était autrement impressionnant de les voir, vivants pourrait-on dire, dans ce paysage de rêve que sur les dessins accompagnés de légendes explicatives.

– Puis-je vous demander la nature de votre mission ? s'enquit enfin le recteur.

« Ah, mon ami, songea Ti, je pensais bien que tu ne pourrais pas résister plus longtemps, mais je t'aurais tout de même accordé une centaine de pas supplémentaires. »

– Je suis venu prier pour la fillette d'un ami cher, expliqua-t-il.

Il surveilla la réaction de son compagnon, à l'affût d'une hésitation, d'un signe. Mais si la réponse de Ti surprit le recteur, il n'en laissa rien paraître.

– Cette enfant est-elle gravement malade ? demanda-t-il aussitôt d'un ton plein de sollicitude.

Comme ils approchaient de l'entrée du monastère, un doux et entêtant parfum d'encens assaillit le juge et chassa les senteurs de la pinède et des roches humides.

– Nous l'ignorons, avoua-t-il.

– Vous ne savez pas si elle est malade ? s'étonna le recteur, consterné. L'enfant serait-elle... possédée par les démons ?

– Oh non ! Non, certainement pas. Du moins, nous l'espérons. Voyez-vous, elle a disparu. Elle a été enlevée.

– Enlevée ?

– Elle avait à peine deux ans.

– À peine deux ans ! répéta le recteur, ébranlé. Si jeune !

– Eh oui, fit Ti avec tristesse, si jeune. Qui voudrait d'un enfant de cet âge ? Une fillette, qui plus est, incapable d'assurer la prospérité de quiconque.

Ti s'absorba dans la contemplation de ses mains d'un air accablé.

– Le monde est parfois cruel, remarqua le recteur. Si éloigné de notre sensibilité, si indifférent à notre morale.

Ti écoutait tête baissée, et la relevait parfois pour risquer un œil discret vers le religieux.

– Bien que ce monde ne soit qu'une illusion matérielle, ânonna le recteur en gravissant les marches qui menaient à la grande salle, son existence s'impose de temps à autre, et nous sommes alors prisonniers des souffrances qu'il nous inflige. Ce monde est sans doute un rêve, mais doué d'une richesse et d'une vitalité trompeuses. Ainsi, vous êtes venu vous soustraire aux dures réalités de l'existence... trouver un réconfort moral...

– Je suis venu prier pour le retour de l'enfant, corrigea Ti.

– Certes. L'objet de vos prières s'impose. L'enfant... la fillette de deux ans. Les bodhisattvas miséricordieux sauront lire dans votre cœur. Il vous suffit de les invoquer.

Et d'un geste large, il désigna la vaste salle dont l'extraordinaire richesse stupéfia Ti. Il n'avait jamais rien vu de pareil. Sur le grand autel qui courait le long du mur du fond trônaient quatre gigantesques statues en or – les quatre bodhisattvas sacrés de Chine : Kuan-yin, Wen-shu, P'u-hien et Ti-tsang. La tête des dieux, assis en lotus, se découpait sur une immense auréole d'or et d'argent, chacune rehaussée de démons et d'anges en or et en argent repoussé qui illustraient les légendes de la vie de Bouddha et de ses saints. À la périphérie, des centaines de minuscules fleurs ciselées avec leurs feuilles et leurs pétales incrustés d'innombrables pierres précieuses donnaient l'impression d'un flamboiement divin.

À l'intérieur d'une enceinte se tenaient les trois incarnations du Bouddha – le passé, le présent et le futur –, le sourire énigmatique, l'œil fixe et brillant d'un savoir mystérieux. La mine réjouie, le recteur précéda Ti dans la grande salle, tel un propriétaire fier de faire visiter son riche domaine. Ce qui, d'une certaine manière, était le cas.

Quelques moines les dépassèrent, tête baissée en signe de déférence, et en murmurant si bas que Ti se demanda comment ils pouvaient s'entendre. Arrivés au fond de la salle, les moines franchirent la porte de la chapelle entre les quatre énormes bodhisattvas que le recteur montra du doigt.

– *Ils* entendront vos prières, affirma-t-il en posant une main compatissante sur l'épaule de Ti. Mais dites-moi d'abord, qui vous a parlé du monastère du Nuage Doré ? Nous sommes tellement loin du monde... pas en *li*, mais dans nos esprits et dans nos cœurs. Voyez-vous, ce monastère est un lieu de contemplation, voué à l'étude et au savoir. Nous avons une grande bibliothèque remplie de textes et de soutras anciens, et nous entretenons un musée de reliques et d'objets rares.

– Auriez-vous donc peu de visites de pèlerins ou de dévots ? s'étonna Ti qui avait noté les derniers mots : reliques et objets anciens.

– Non, c'est plutôt exceptionnel, concéda le recteur. Il passe peu de voyageurs comme vous. Rares sont ceux qui *n'appartiennent* pas à ce monastère et qui... euh...

Qui n'appartiennent pas ? L'amabilité forcée du recteur l'avait poussé à outrepasser sa pensée.

– Vous aurez besoin d'eau chaude et de vêtements propres, reprit-il en retrouvant ses manières accueillantes.

– Vous êtes trop aimable, mais je repars sitôt après mes prières.

– Vous avez donc un endroit où aller, mon ami ?

– Oui, mon beau-frère et sa famille résident à Yang-chou. Ils m'ont offert l'hospitalité. Mon beau-frère est menuisier. C'est un membre de la guilde. J'ai moi-même quelques connaissances en menuiserie et je compte m'établir chez lui comme apprenti. Il a besoin de main-d'œuvre et j'espère gagner ainsi quelque argent. Ses affaires sont florissantes. Le travail ne manque pas à Yang-chou, m'a-t-on dit, ajouta Ti pour faire bonne mesure. Il paraît que beaucoup de riches citoyens désirent se faire construire une maison en ville.

– Il paraît, oui. Les canaux ont énormément développé le commerce, et bien des gens ont prospéré sous l'œil bienveillant de Kuan-yin. Mais dites-moi, poursuivit le recteur en rivant son regard à celui de Ti, comment vos amis, ceux dont l'enfant a été enlevé, vous ont-ils adressé à notre monastère ? Comment ces malheureux ont-ils appris notre existence ?

C'était l'ouverture qu'attendait Ti avec impatience. Il se lança.

– Par un gentilhomme indien, commença-t-il en surveillant le visage du recteur. Tout à l'ouest où se trouve notre village, on ne rencontre pas souvent d'étrangers, et encore moins des étrangers de couleur. D'habitude, nous nous méfions des gens de couleur ; ils sont si différents de nous, n'est-ce pas ? Mais comme je vous l'ai expliqué, mes amis étaient désemparés, ils ne savaient plus vers qui se tourner.

– Un Indien ? répéta le recteur, comme si ce détail lui paraissait incongru. Et cet Indien... a mentionné ce monastère ? Avez-vous rencontré cet... euh, cet étranger ?

– Non, ce sont mes amis qui m'en ont parlé.

– Et il a suggéré que la famille s'adresse à nous ? demanda le recteur, comme plongé dans la résolution d'une énigme d'une complexité particulière.

– Il a conseillé d'aller au monastère du Nuage Doré pour être délivré du fardeau de la douleur. Mes amis avaient grand besoin d'aide. Le gentilhomme pensait que des offrandes et des prières... (Ti improvisait au fur et à mesure.) Il semblait s'être intéressé au sort de la fillette ; il paraît qu'il aimait les enfants, particulièrement les filles. Il a assuré qu'au temple du Nuage Doré, les prières seraient entendues.

– Et il a eu raison ! Oui, il a eu mille fois raison, affirma le recteur en pensant visiblement à autre chose. La miséricorde des Quatre... leur miséricorde est infinie et leurs pouvoirs immenses. Ils entendront vos prières, prières pour les enfants... ou prières d'enfants... Mais je vous prie de m'excuser. Je vous laisse à vos méditations et à vos offrandes.

Sa patience avait fait long feu et il semblait pressé de s'esquiver. Ti ne résista pas à la tentation d'une question directe.

– Connaîtriez-vous cet Indien ? demanda-t-il.

Le recteur secoua négativement la tête d'un air absent.

– Je vous laisse, répéta-t-il. Puisque vous ne comptez pas rester, il vaut mieux vous hâter. J'imagine que vous souhaitez rentrer à Yang-chou avant la nuit.

Ti considéra le recteur avec soin. Bien qu'il parût mal à l'aise ou pour le moins troublé, il était trop tôt pour en tirer des conclusions définitives. Qui savait si l'air préoccupé du bonhomme ne cachait pas des ennuis gastriques qui lui rappelaient que l'heure du dîner approchait ? Son embonpoint témoignait d'un goût prononcé pour la table.

– Tous mes vœux vous accompagnent, ajouta le recteur avec un sourire angélique avant de s'en aller.

Ti sortit l'encens de sa poche tout en suivant l'homme des yeux. Se trompait-il ou le religieux s'était-il éloigné d'un pas pressé ? Ti soupira. Il n'avait pas appris grand-chose. De plus, il avait faim, lui aussi. Las et découragé, il ne pouvait cependant pas partir avant d'avoir rempli ses obligations.

Tant qu'il était dans l'enceinte du monastère, il devait continuer à jouer son personnage de composition. Peut-être le surveillait-on. Il avisa un socle en bronze où l'on faisait brûler l'encens, sorte de bœuf sculpté aux pieds d'un des bodhisattvas. Il arrangea les petits cônes en arc de cercle, alluma l'un d'eux à la flamme d'une bougie, puis s'en servit pour enflammer les autres. Une fumée colorée s'éleva en lourdes volutes. Ti se laissa tomber à genoux et se mit à murmurer des inepties en respirant les effluves épicés de l'encens.

Ti prit une statuette dans l'une des caisses qui encombraient la pièce, l'examina longuement, puis la plaça sur une étagère au-dessus de son bureau.

Il avait fait emballer la collection du ministre des Transports et l'avait fait parvenir à son bureau. Elle n'avait pas sa place chez le défunt et son successeur au ministère qui devait arriver la semaine suivante avait exprimé le désir qu'on en débarrasse les locaux. D'autre part, Ti considérait les statuettes comme des pièces à conviction.

En fait, sa curiosité avait décuplé depuis sa visite des monastères. Il voulait pénétrer l'âme mystérieuse de l'Inde, où le sacré et le profane semblaient intimement mêlés.

Il souleva la paille d'une caisse : sous ses yeux émerveillés s'étalait une section de frise où un enchevêtrement de corps enlacés s'embrassaient, copulaient dans toutes les positions, se livraient à des fellations, etc. Un homme s'accouplait même avec un cheval. Ti déposa la frise contre un mur. Décidément, il préférait les statuettes de couples humains.

L'une d'elles figurait un géant qui enlaçait une femme gracile, sa poitrine voluptueuse pressée contre celle de son partenaire, une jambe enroulée avec grâce autour de son torse. Il soutenait sa jambe d'une main et lui levait le menton de l'autre afin de plonger son regard dans le sien. Ti prit d'autres statuettes, les examina, caressa avec tendresse leurs jambes, leurs bras, leurs seins, s'extasia devant les regards épris des amoureux. Les statuettes étaient si vivantes qu'elles en paraissaient presque... humaines. Ti était profondément ému. Il regarda la frise ; il s'en dégageait une atmosphère orgiaque de sexualité rituelle, le déchaînement d'une force incontrôlée, bestiale. En revanche, les couples suggéraient la douceur, le plaisir partagé, un érotisme bien compris, plus à son goût.

Ti avait vu beaucoup de tableaux érotiques dans sa vie. Les peintres chinois se livraient souvent à des descriptions graphiques et picturales de l'acte sexuel. Même l'idée de la sensualité comme forme de méditation religieuse ne lui était pas étrangère ; il connaissait les pratiques ésotériques de certaines sectes taoïstes qui s'immergeaient, disaient-elles, dans le flot immense du fleuve de la vie à travers le sexe. Mais on les considérait comme des marginaux dévoyés, des débauchés qui ne pensaient qu'à satisfaire leurs appétits obscènes et justifiaient leur indignité par une prétendue recherche spirituelle.

Ti avait l'impression qu'il en allait différemment aux Indes. C'était comme si les sculpteurs indiens avaient puisé leur inspiration à une source divine. Il prit une pièce de bois sculptée, l'approcha de ses narines et huma sa faible senteur avec l'impression fugitive qu'il respirait l'air même de l'Inde.

Peut-être y voyagerait-il un jour. D'après ce qu'il avait entendu dire, un érotisme franc et pur imprégnait la société indienne tout entière. Le bruit courait qu'en Inde – mais était-ce vrai ? – on pouvait à peine respirer l'air, manger, contempler un nuage, sans ressentir la dimension érotique de l'univers. Comme si l'acte sexuel bien compris, et consommé en quantité, était indispensable pour que le monde continue de tourner. Les premières écritures hindoues insistaient sur l'importance d'une sexualité vigoureuse afin d'encourager les dieux à honorer leurs déesses, chargeant ainsi l'univers d'un pouvoir divin qui vivifiait l'homme en retour.

Un souffle divin avait sans conteste inspiré les sculpteurs des pièces que Ti contemplait avec amour. Il reconnut dans les gestes et dans les positions des couples enlacés son propre idéal de félicité charnelle, et se souvint avec émotion des rares moments de plénitude, d'harmonie et de plaisir sublime que l'amour lui avait apportés. Oui, il commençait à comprendre le bien-fondé d'un temple dédié à l'amour pour insuffler aux fidèles les joies et les plaisirs exquis de l'acte reproducteur.

Il alluma une lampe qu'il plaça sur son bureau. Il ne faisait pas encore nuit, mais des nuages bas assombrissaient la fin d'après-midi. Il ôta le couvercle d'une caisse ; elle contenait des lingams de toutes tailles, de toutes formes, certains grossiers, d'autres plus élaborés. Il en prit plusieurs et les disposa sur son bureau, bataillon de membres érigés qui se dressaient vers le plafond comme attirés par une force mystérieuse.

Le lingam attestait pleinement de l'âme de l'Inde. La Chine possédait son yin et son yang, principes femelle et mâle de l'univers, étroitement dépendants. Mais, comparée au lingam, la forme chinoise était aride... abstraite. Le symbole hindou, lui, possédait une force ardente et passionnée. C'était en fait le symbole d'un symbole, car l'organe mâle qu'il figurait représentait déjà la puissance divine.

Un moine indien lettré avait dit un jour à Ti que certains dévots de cette contrée éloignée, plutôt que de vénérer le symbole secondaire, le lingam, préféraient vénérer leur propre sexe. Ce même moine lui avait raconté que les temples possédaient des pièces spéciales où des centaines et des centaines de lingams étaient entreposés. Chaque maison, avait ajouté le moine, avait un lingam sur son autel, et il était vénéré par tous, entretenu, oint de beurre fondu et couronné de fleurs. Il y avait même certains endroits, avait susurré le moine, où la coutume voulait que la mariée fût déflorée non point par son mari, mais par le lingam sacré, afin qu'elle appartînt d'abord au dieu avant d'appartenir à son époux.

Eh bien, songea Ti, le ministre des Transports avait une collection de phallus divins digne d'un temple indien, et il pouvait témoigner lui-même de son effet envoûtant. Cependant, il s'interrogeait toujours sur l'intérêt du défunt pour les sculptures érotiques : Était-il sensible à leur pouvoir ? Les conservait-il parce qu'elles l'excitaient ? Qu'elles stimulaient ses fantasmes ? Ou ne s'intéressait-il qu'à leur valeur artistique, à leur valeur marchande, et au prestige qu'une collection d'antiquités aussi rares conférait à leur propriétaire ? Ti alluma une deuxième lampe et tourna son attention vers le temple sculpté.

Les *apsaras*. C'était ainsi qu'on appelait les danseuses célestes, lui avait appris le moine. Courtisanes divines, dont la beauté, le désir qu'elles inspirent et l'art de l'amour excèdent de loin ceux des mortelles, de même que la sagesse des dieux et leur longévité excèdent celles des humains. On prétendait que les *apsaras* habitent l'autre monde où elles se languissent de désir pour les morts vertueux et que leur unique but est de les récompenser en leur procurant une satisfaction éternelle. Il semblerait même que la récompense commence sur terre ; il incombe à l'homme de devenir de son vivant un maître dans l'art de l'amour s'il veut se retrouver plus tard dans les bras des *apsaras* et goûter à la plénitude de jouissance pour l'éternité.

Ti se pencha sur une sculpture restée dans sa caisse : une *apsara* au corps magnifique qui se déhanchait avec volupté, les seins hauts et fermes ornés d'un collier qui épousait les courbes, descendait sur le ventre où de soyeux plis horizontaux suggéraient une tendresse de la chair encore rehaussée par le triangle un peu bombé en haut des jambes. Hormis les élégants bijoux qui décoraient ses bras, ses chevilles, ses pieds et sa tête, elle était nue ; un sourire sibyllin adoucissait ses lèvres. Tout en elle suggérait qu'elle attendait... et qu'elle était prête. Courtisane céleste. Ti ferma à demi les yeux et essaya de l'imaginer en chair et en os, sa douce peau ambrée, ses seins sur lesquels scintillaient les pierres précieuses à chaque respiration, ses cheveux et ses yeux de jais. Il sourit. Dans la demi-obscurité, son imagination donna libre cours à ses rêveries et, un court instant, il vit réellement l'*apsara*. Elle avait la même peau soyeuse qu'une courtisane qu'un de ses amis lui avait offerte pour son quinzième anniversaire, en cachette de ses parents. C'était une Indienne, et sa peau sentait le patchouli. Elle lui avait fait connaître une nuit ardente et folle dont il se rappelait encore chaque minute avec une extraordinaire clarté.

Ti s'apprêtait à mettre la statuette en évidence sur l'étagère quand plusieurs rouleaux de papier s'en échappèrent. Ti rangea la statuette et ramassa les rouleaux. Il les lissa, les approcha d'une lampe et lut :

> *... ses cuisses forment un autel sacrificiel; sa toison est l'herbe sacrée sur laquelle l'homme s'agenouille; sa peau est la liqueur sacrée qui l'enivre; ses lèvres, le lieu où le bâton s'active pour créer le feu sacré. En vérité, le monde de l'homme qui pratique l'art de l'amour en sachant cela est aussi exaltant que le monde de celui qui se fortifie par des libations sacrificielles...*

Émoustillé, Ti arrêta sa lecture. Le texte semblait issu d'une traduction d'écritures indiennes sacrées; apparemment, le défunt ministre des Transports s'intéressait aussi aux écritures suggestives. Ciel, c'était encore plus bouleversant que les sculptures ! Ces dernières ne l'avaient pas ému à ce point. En proie à une envie irrépressible, un sang brûlant courait dans ses veines.

Il pensa à ses épouses, et décida d'aller en voir une le soir même. Oui, mais laquelle ? C'était le tour de la seconde. C'était elle qu'il devait honorer, et en vérité il ressentait pour elle une affection particulière. Cependant, sa première femme, plus souple, plus imaginative, se plierait plus sûrement à ses penchants du moment. Il devrait ensuite se rattraper auprès de sa seconde épouse, et vite. Fermant les yeux, il se laissa bercer par ses rêveries. Il se sentait bien; après une bonne relaxation, ses forces seraient décuplées. Peut-être pourrait-il même honorer ses deux épouses ? Oui, pourquoi pas ? Il revint à sa lecture. « ... le lieu où le bâton s'active pour créer le feu sacré. »

S'il n'avait pas entendu un léger craquement, il aurait reçu le choc de plein fouet, mais son corps réagit avant qu'il ne comprenne ce qui se passait. Il se retourna d'un geste brusque et un violent coup s'abattit sur son épaule gauche. Il saisit au vol le morceau de bois rugueux dont les échardes s'enfoncèrent dans ses chairs. De l'autre main, il attrapa l'habit de son agresseur, et ne lâcha pas sa prise. Ainsi enlacés, aucun des deux lutteurs ne voyant le visage de l'autre, ils se débattaient parmi les meubles et les sculptures qui se renversaient dans un fracas épouvantable. Ti serrait toujours le gourdin et le tira de toutes ses forces malgré les échardes qui lui labouraient la paume. Il sentit le souffle tiède de son agresseur dans son cou. Il se lança brusquement en arrière et écrasa l'intrépide visiteur contre un mur, une fois, deux fois, trois fois, jusqu'à ce que l'autre lâche le gourdin. Ensuite, il traîna son agresseur à travers le bureau en le tenant fermement par son habit, puis il se retourna pour l'affronter, le saisit au collet et le plaqua contre le mur.

Ce qu'il vit le stupéfia. Un garçon de treize ans à peine, maigre, les cheveux courts et raides, le regardait d'un air affolé, suffocant. Ses pieds touchaient à peine le sol. Ti relâcha son étreinte pour que l'enfant puisse respirer. Ces quelques secondes de moindre vigilance étaient tout ce que le garçon désirait. Il planta ses dents dans le bras de Ti, se faufila dessous quand le magistrat hurla de douleur, et s'échappa par le balcon avant que le juge ait le temps d'esquisser un geste. La surprise passée, Ti s'élança, dérapa sur un objet et atterrit sur le dos avec un grand bruit. Lorsqu'il se releva et qu'il courut au balcon, l'enfant avait disparu.

Tremblant, le dos meurtri, Ti réintégra son bureau. La belle *apsara* gisait face contre le sol ; les lingams avaient roulé dans toutes les directions. C'était sur l'un d'eux qu'il avait glissé, bien sûr : un phallus avait causé sa chute et c'était miracle qu'il ne se soit pas brisé le crâne. Fébrilement, il ramassa les objets qui par chance étaient intacts. Il prit l'*apsara* et la contempla. Elle avait toujours aux lèvres ce sourire mystérieux, puissante invite à l'amour. Les querelles des mortels ne pouvaient l'atteindre et son désir rayonnait, inassouvi, éternel.

Le gourdin avait roulé dans un coin de la pièce. Ti le ramassa. C'était un lourd morceau de bois, long comme la moitié d'un bras et certainement aussi gros, l'objet idéal pour fracasser mortellement le crâne d'un homme. C'était précisément ainsi que le ministre des Transports avait été assassiné. Nul doute que Ti tenait entre ses mains l'arme qui avait envoyé le ministre de vie à trépas. Et le petit démon s'était envolé par le balcon ? Dire que l'espace d'un instant, il avait aussi tenu entre ses mains le véritable meurtrier !

Ti regarda ses paumes. Celle qui avait tenu le gourdin était percée de dizaines de petites échardes ; elle commençait à gonfler et à le faire douloureusement souffrir. Ce soir, lorsqu'il irait voir une de ses épouses, ce serait pour qu'elle retire avec une infinie patience chaque minuscule flèche de ses chairs meurtries, et que, de ses mains douces, elle oigne ses blessures d'un baume apaisant.

Journal

Mon épaule douloureuse, mon dos endolori, ma main et mon bras bandés me rappellent que le jardinier exige mon secours. Son souvenir ne me quitte plus. Je boitille comme un vieillard ; que je me lève de mon lit, que je glisse mes pantoufles ou que je tienne un pinceau pour écrire mon journal, je sens son âme outragée dans chaque douleur. Jusqu'à présent, mes démarches aveugles n'ont abouti qu'à attirer l'attention de ou des assassins du ministre.

Le garçon qui a failli m'ôter la vie, et dont je porte encore les traces de morsures sur mon bras ? J'ai peine à croire qu'il soit l'instigateur du meurtre. La vie mystérieuse et mouvementée du ministre des Transports m'incite à penser que le garçon est un simple exécutant, un tueur à gages, habile à agir dans l'ombre en toute impunité. Il se glisse sans bruit par la moindre ouverture, escalade le balcon, se promène sur les toits avec agilité, mais comment envisager qu'il agisse pour son compte ?

Je ne puis me consacrer à cette affaire ; d'autres m'attendent, car j'ai été promu premier assistant du juge principal. D'autres affaires de meurtres m'attendent dont je dois m'occuper avec diligence. Je n'ai pas le droit de laisser un autre innocent affronter le bourreau. Mes commotions et mes blessures guériront, et le fantôme du jardinier me laissera sans doute en paix, mais je ne l'oublierai jamais. Je retrouverai l'enfant dans la foule. Oui, je le retrouverai. Je ferai attention au moindre craquement, aux portes qu'on ouvre sans bruit, aux pas feutrés dans mon dos.

Et s'il avait réussi dans son entreprise ? Si on avait retrouvé mon corps affalé sur le tapis, exsangue et sans vie ? Aurait-on mis ma mort sur le compte d'un quelconque jardinier ? Ou aurait-on cherché à découvrir la vérité ? J'ai peur de répondre à ces questions.

3

Lo-yang, capitale orientale, siège du gouverne-
ment impérial et du palais royal, en l'an 653

La lumière qui filtrait par les rideaux de sa
chambre à coucher jouait de vilains tours à Dame
Yang. C'était la seule explication. Sinon, pourquoi
son miroir lui renvoyait-il ce visage hagard, terrible
présage d'un avenir encore lointain ? Les traits
tirés, les yeux sombres, enfoncés dans leurs orbites
osseuses, la peau d'albâtre parsemée de taches de
vieillesse, des poils de grand-mère sur le menton,
le beau visage juvénile de Dame Yang était
méconnaissable. Te voilà fripée comme une vieille,
dit-elle à son reflet. C'est d'ailleurs ce que tu seras
bientôt. Alors, elle comprit la raison de ce vieillissement précoce : c'était un signe que la naissance approchait.

La tête inclinée, elle contempla dans le miroir la
sorcière qui lui faisait face. Elle était devenue sa
propre mère en une seule nuit. On disait qu'on
devenait peu à peu le portrait d'un parent : c'était
donc vrai ! Assurément, Dame Yang ne s'attendait
pas à ce que cela arrivât si vite.

Du couloir à la salle de réception, les miroirs
polis renvoyaient la même image disgracieuse à
l'infini. Elle tenta de se persuader que seule la
mauvaise lumière en était cause. Une prophétie

sans fondement. Un tour de son imagination. Les prophéties, Dame Yang le savait, ne s'accomplissaient que si on y croyait, si on leur permettait de se réaliser. Elle chassa cette idée de mauvais augure. Elle tourna la tête, et revint brusquement dans sa position initiale comme pour tromper la vigilance des miroirs. Les mêmes visages la contemplaient, mais il y en avait quatre. Ils avaient encore vieilli, et, si elle ne se trompait pas, ils la regardaient avec une exaspération grandissante. Comme s'*ils* étaient las de *la* voir !

Sourcils froncés, yeux écarquillés, elle releva fièrement le menton, et fixa avec dédain le reflet de droite, puis celui de gauche. Elle se savait encore jeune et belle, elle n'était pas du tout devenue sa propre mère. Mais les outrages des ans, le reflet désavantageux qu'elle voyait de plus en plus souvent dans son miroir, étaient particulièrement obsédants ce matin-là. Oui, songea-t-elle, cela ne peut vouloir dire qu'une chose : l'heure approche. Et plus vite qu'elle ne l'aurait cru ! Elle sursauta. Peut-être était-il déjà trop tard ? Peut-être était-ce la raison de l'absence de sa fille ?

Incapable de rester en place, véritable boule de nerfs, Dame Yang se mit à arpenter ses appartements de long en large. Elle traversa le couloir sans un regard pour les reflets désobligeants que les miroirs lui renvoyaient, alla droit à la fenêtre, et souleva légèrement les lourds brocarts pour regarder par les fentes des volets. La cour était déserte.

Elle se dirigea vers la salle de réception, mais avant d'atteindre l'antichambre, les multiples visages de vieille femme l'assaillirent de nouveau. Elle retourna dans la pièce du devant dont les rideaux s'agitaient encore. Elle les tira, et ouvrit les volets. Aussitôt, une lumière crue envahit la pièce.

Inondée de soleil, la cour désespérément vide la nargua. Aucun son, pas un martèlement de sabot ne parvenait de la rue que le haut portail de bois cachait à sa vue. Les narines frémissantes d'impatience, Dame Yang respira l'air matinal. Les lourdes portes en bois semblaient figées dans un immobilisme éternel.

Dame Yang s'éloigna de la fenêtre et appela ses domestiques. Elle s'anima, comme pour chasser la mort qui planait, et introduire une activité fébrile dans le temps suspendu. Elle cria des ordres à travers ses appartements. Elle venait de sentir la présence de sa fille.

Comme tous les membres de sa famille qui s'épargnaient toujours les inconvénients peu enviables de l'effort, Mademoiselle Wu arriva dans un palanquin porté par huit hommes. Tout travail est commun et vulgaire, lui répétait sans cesse Dame Yang.

Ces derniers temps, cependant, la position de Dame Yang s'était améliorée. La famille avait perdu la place enviée qu'elle occupait autrefois sous la dynastie Sui et sous le premier empereur de la dynastie T'ang, Kao-tsu. Sous le règne de Tai-tsung, usurpateur du trône de Kao-tsu, et père du présent empereur, Kao-tsung, la famille avait retrouvé grâce à Wu une partie de son lustre. Jeune, ensorceleuse et ambitieuse, Wu avait été la favorite du vieil Empereur. Avec la mort de Tai-tsung et l'accession au trône de son fils Kao-tsung, les circonstances étaient favorables au rétablissement de la famille dans son rang antérieur. Sous Tai-tsung, Wu n'était qu'une concubine, mais elle exerçait sur Kao-tsung un pouvoir sans limites. Cela n'avait pas été sans efforts ni sacrifices. Un travail difficile attendait Dame Yang et sa fille, mais c'était un travail noble et justifié. Dame Yang était certaine de l'approbation du défunt père de Wu. « Quand il s'agit de travailler, se disait-elle, nous les dépassons tous. » Ah, elles montreraient au monde de quoi elles étaient capables !

Wu descendit du palanquin, ses doigts aux ongles immenses appuyés doucement sur la main que lui offrait sa femme de chambre. Dame Yang constata avec soulagement que la rondeur opulente du ventre de sa fille tendait la soie chatoyante de sa robe. Parfait. Il était encore temps.

À peine Wu eut-elle posé le pied sur le pavé qu'un énorme parasol s'ouvrit au-dessus de sa tête pour la protéger du soleil ardent, et qu'on déroula devant ses pas un tapis richement coloré. Les regards des deux femmes se croisèrent. *Pense en reine. Conduis-toi en reine. Sois une reine.* Dame Yang avait recommandé à sa fille de réciter ces mots tous les jours, de même que les nonnes du Mahayana égrènent les noms de myriades de bodhisattvas sauveurs. La ferme conviction amène la réalisation. C'est ce que les bouddhistes enseignaient lorsqu'ils parlaient de l'esprit qui transcende la matière. Dame Yang l'avait parfaitement compris.

La mère et la fille s'assirent à la grande table du pavillon d'été. Désireuse de se protéger des oreilles indiscrètes, Dame Yang avait renvoyé les six servantes qui folâtraient à présent au bord de l'étang. On entendait à peine leurs gloussements et leurs murmures. Dame Yang versa du vin frais à sa fille pour accompagner leur dîner de porc frit au gingembre et de fruits au miel.

– Est-il toujours heureux ? demanda Dame Yang la bouche pleine en désignant le ventre rebondi de sa fille.

– Très heureux. Tout lui fait plaisir. (Elle prit un gros morceau de porc.) Tu avais raison, mère, comme d'habitude.

– Puis-je savoir en quoi j'avais raison ?

– Il a hérité des goûts de son père.

Wu caressa le coin de la table d'une main sensuelle.

– Mais chez le fils, poursuivit-elle, ce sont plus que des goûts.

– Qu'il s'agisse de chevaux ou d'humains, le sang ne ment pas, décréta Dame Yang en enfournant une bouchée de viande. Les goûts du père deviendront des habitudes chez le fils. A condition d'y veiller, bien sûr.

Elle n'en dit pas plus ; la complicité entre les deux femmes rendait superflu de s'étendre davantage. Wu posa son bras sur la table dans une attitude langoureuse. Dame Yang remarqua les quatre doigts aux longs ongles manucurés ; le cinquième, le médium, portait un exquis capuchon cloisonné. La mère et la fille se sourirent.

– Ce que le père aimait, le fils l'aime aussi, déclara Wu. Mais chez le fils, les goûts sont... comment dire ?... plus ancrés.

– Mieux assouvis, proposa Dame Yang.

– Avec mon aide, bien sûr.

Elle leva sa main et exhiba son doigt à la pointe couverte d'émaux.

– Ce doigt rend l'empereur Kao-tsung complètement fou, souffla-t-elle.

Dame Yang pouffa et bientôt les bruyants éclats de rire des deux femmes attirèrent l'attention des servantes qui les observèrent avec inquiétude. Dame Yang reposa ses baguettes pour essuyer ses larmes. Le menton appuyé sur ses mains délicates, Wu contemplait attendrie la joie de sa mère.

– C'est vrai, mère, assura-t-elle en s'efforçant de recouvrer son sérieux. L'Impératrice essaie de le satisfaire, mais sans conviction, sans plaisir, et uniquement parce que c'est son devoir d'épouse. Elle doit obéir aux désirs de son impérial mari. Mais il sent que son cœur n'y est pas, et me confie que son attitude refroidit ses ardeurs. Alors que moi...

Inutile d'en dire plus. Elle exhiba de nouveau son médium, et ôta le cloisonné.

– Les médecins impériaux m'ont opérée pour enlever l'ongle ; il ne repoussera plus.

Cet aveu arracha une grimace à la mère.

– Je me suis fait fabriquer plusieurs objets

comme celui-ci, reprit Wu en jouant avec le petit capuchon. De plusieurs couleurs et de plusieurs formes. Ils protègent mon doigt qui est devenu trop sensible. Et, bien sûr, la seule vue du capuchon lui rappelle constamment...

Elles rirent de concert, puis Wu replaça le capuchon sur son médium avec des mines suggestives qui firent sourire Dame Yang d'un air appréciateur.

– J'ai mis au point une technique très subtile, Mère. Elle lui fait perdre la tête. Sa volonté est annihilée, son membre devient si dur qu'il passe du grès au jade, précisa Wu en caressant son doigt avec amour.

– Aucun sacrifice n'est trop grand.

– La torture atteint de tels degrés qu'il est absolument sans défense. Absolument sans défense ! Si je quittais la pièce à ce moment-là, je crois qu'il deviendrait fou. Il n'est plus qu'un jouet... un jouet avec une chose si dure en bas du ventre...

Wu parut se perdre dans les souvenirs du désir exacerbé de l'Empereur, docile et démuni comme un nourrisson affamé.

– C'est la torture la plus exquise, poursuivit-elle. Le flot du *ch'i* est obstrué dans son membre de sorte que ses humeurs refluent dans son corps. Il est incapable de supporter la tension. Sauf si... sauf si je le soulage. Sais-tu, mère, que je l'ai souvent conduit jusqu'à cet état insupportable et que je l'ai abandonné... juste pour l'agacer davantage ! Je l'ai amené à cet état de dureté insoutenable, j'ai attaché ses mains – par jeu, bien sûr – avec la ceinture en soie de ma robe aux montants du baldaquin.

Elle soupira de plaisir, et, les yeux baissés, mordit à belles dents dans un morceau de gingembre.

– Et après – et c'est le plus drôle – je danse, en soulevant ma robe pour le provoquer ; ou alors je m'allonge à côté de lui en prenant des poses langoureuses. Je gémis, je me caresse... il ne supporte pas ! Il affirme qu'aucune autre concubine ne l'amène à cet état de jouissance. Il fait mine de m'attraper. Il adore cela. Le fauve enchaîné. Il essaie de se détacher à coups de dents, il secoue le baldaquin comme s'il allait le démolir. S'il le voulait vraiment, je crois qu'il pourrait se libérer. Mais ce n'est pas ça qu'il veut. Il s'arrête toujours avant de se blesser ou de casser les meubles. Ce jeu lui sert à l'amener aux portes de la jouissance... la calotte de sa tortue est aussi rouge et luisante que les piliers vermillon de son palais.

– Quand il n'était que le prince héritier, ta perversité l'excitait déjà, j'en suis sûre. Inconsciemment, il était attiré par toi. Il ne le savait pas encore ; moi si. Je l'observais quand il te regardait : il était ensorcelé. Au début, il ne comprenait pas ce qui lui arrivait. Il devait s'imaginer qu'il s'agissait d'un désir banal qu'il pourrait satisfaire en couchant avec toi. Mais tu étais la concubine de son père, il lui fallait chasser cette idée de son esprit. Puis le moment est venu où la voie était libre. Là, il a compris que tu étais un instrument du destin, et, ajouta Dame Yang en pointant un doigt sur sa fille, il ne pouvait pas te chasser de son esprit.

Droite comme un I, Wu buvait les paroles de sa mère, qui lui racontait pour la énième fois la genèse de son pouvoir sans limites. Elle ne s'en lassait pas.

– C'est vrai, mère. Il ne me quitte jamais des yeux, même quand l'Impératrice est là. À vrai dire, elle est plutôt tolérante. Elle s'imagine sans doute qu'il ne s'agit que d'une passade, ou que nous pourrions le partager ; elle, l'Impératrice, et moi, la concubine. Elle est tolérante, mais la cour, dit-elle d'un air mauvais... La cour, c'est une autre histoire. Les pires, ce sont les six vieux conseillers à qui Tai-tsung a demandé de veiller sur Kao-tsung comme des mères poules. Ce n'est pas convenable, radotent-ils à l'unisson. Ces vieux aristocrates s'imaginent que je devrais être exilée dans une province lointaine, ou dans un couvent, avec toutes celles qui ont appartenu à Tai-tsung, et passer le restant de mes jours dans un deuil mortifiant. Notre époux impérial est mort, nous n'aurions donc plus le droit de vivre ! Oh ! ils nous l'ont clairement fait sentir ! Ils ne tolèrent ma présence que parce que j'ai donné à Kao-tsung le courage de les affronter. Tant que je ne suis pas trop voyante, tant que je reste à l'écart, qu'il vient me rejoindre par l'escalier de service, ils ne s'en formalisent pas trop. Mais cela ne leur plaît pas, mère. Oh non, cela ne leur plaît pas ! Eh bien, moi, je ne les aime pas non plus, ces vieux benêts, ces empêcheurs de tourner en rond !

L'indignation se lisait sur son visage.

– Enfin, mère ! Pourquoi six vieillards, qui devraient être dans leur tombe depuis longtemps, partageraient-ils le pouvoir, les responsabilités ? C'est insensé... *insensé* ! s'écria Wu en frappant sur la table d'une main furieuse. Qu'ils aillent au diable ! Au diable, tu m'entends !

Les servantes lui coulèrent des regards apeurés.

– Ils sont vieux ; qu'ils *crèvent* au lieu de se mettre en travers de mon chemin !

– Tu as fini ? demanda Dame Yang avec calme, habituée aux emportements de sa fille. Tu apprendras, mon enfant. Tu apprendras par exemple que la cour ne compte pas. Ce qu'ils veulent pour le jeune Empereur et ses concubines ne compte pas, tout simplement.

Wu regarda le beau visage de sa mère, et sa fureur se calma. Comme toujours, elle pouvait se reposer sur elle.

– Il est presque à toi, Wu-chao, déclara Dame Yang.

– Que veux-tu dire ? Explique-toi, mère.

– Je veux dire que tu ne l'as pas encore apprivoisé. Tu as seulement apprivoisé la *bête* en lui, mais tu n'as pas encore pris l'*homme* au piège.

Dame Yang étudia ses bagues d'un air songeur.

– Sa dévotion ne t'est pas encore acquise. Tu n'es avec lui que depuis peu, trop peu. Et il y a l'Impératrice. Elle entrave tes plans. Et, bien que ces vieillards comptent peu, il faut s'occuper du Conseil des Six. Ils dictent sa conduite à l'Empereur. Ils décident qui il doit épouser. S'ils le pouvaient, ils lui diraient quand il peut respirer, vider ses intestins. Et à ce propos, je crains que ton jeune Empereur n'ait pas la volonté de leur résister...

Fascinée, Wu attendait que sa mère poursuive la leçon. Soudain, Dame Yang saisit les poignets de sa fille.

– Tu peux changer tout ça! s'écria-t-elle avec véhémence. Tu as une occasion unique!

– Je ne comprends pas, s'étonna Wu, déconcertée.

– Tu possèdes ce que l'Empereur désire, ce dont il est fier, très fier... l'enfant, expliqua Dame Yang en caressant le ventre de sa fille. Cet enfant sera l'instrument du destin que nous attendions depuis longtemps.

Wu contempla son ventre, puis elle posa un regard perplexe sur sa mère.

– Que veux-tu dire, mère?

– Ma fille, il faut profiter des circonstances, souffla Dame Yang. Tu as l'occasion d'assujettir Kao-tsung corps et âme malgré les objections du Conseil des Six, et en même temps de te débarrasser de l'Impératrice. Tout cela peut se faire vite et sans risque... (Dame Yang considéra sa fille d'un œil critique.) Ce que je te dis te choque?

– Oh! non, mère, pas le moins du monde! Peu après la naissance de mon enfant...

– Il faut agir vite, dit Dame Yang, péremptoire. Pas plus de quinze jours après la naissance.

Wu se contenta d'acquiescer en silence.

– Sache que ton père m'est apparu la nuit dernière, poursuivit Dame Yang en baissant la voix. Il m'a assuré qu'il ne connaîtra pas le repos tant qu'il n'aura pas fait tout ce qui est en son pouvoir pour toi. Son esprit devrait être dispersé parmi tout ça, fit-elle dans un geste large : les pierres, les murs, les arbres, les étangs, les poissons. Mais il ne peut, il attend. Il s'arrache à l'éther pour de brefs moments, s'efforce de reprendre forme humaine, difficile équilibre entre le réel et l'irréel, le matériel et l'immatériel, l'être et le néant, l'*anatta* et l'*atman*... et il le fait pour sa fille ! Pour toi. (Elle se pencha au-dessus de la table et murmura dans un souffle à l'oreille de Wu :) Les textes du Hinayana m'ont permis de comprendre le processus. Tout est dans le soutra du Diamant. Mais bien sûr, les Tibétains vont beaucoup plus loin...

– Qu'est-ce qu'il t'a dit, exactement ?

– Il voit le passé et le futur. Il n'est plus aveuglé par la barrière du temps linéaire ; il a dépassé ce stade. Pour lui, le temps est comme un ruban de soie, tu comprends. Il peut saisir les deux extrémités et les nouer ensemble, comme ça !

Joignant le geste à la parole, Dame Yang forma une boucle avec une serviette de table.

– Voilà, fit-elle en considérant son œuvre d'un air ravi. Le passé et le présent convergent. Seuls les aveugles croient à l'invisible. Il n'y a aucune différence entre ce qui s'est passé, ce qui se passe, et ce qui se passera. Pour celui qui se tient au milieu, tout est pareil.

Le crépuscule qui enveloppait peu à peu le jardin conférait une étrangeté opalescente aux paroles de Dame Yang. Les domestiques, qui savaient se faire oublier, avaient depuis longtemps rejoint la maison. Çà et là, des oiseaux de nuit poussaient quelques notes timides, qui, la nuit tombée, retentiraient avec une sonorité éclatante. Cachés dans les hautes herbes, les insectes entamaient leur concert de crissements, les grenouilles coassaient, et l'air se chargeait d'une humidité glacée.

– Parfois sa silhouette est à peine esquissée, reprit Dame Yang, comme s'il appréhendait mal notre monde matériel. Parfois, il est au contraire très substantiel. Dans ces cas-là, j'ai l'impression que son haleine chaude va me caresser, dit-elle avec tendresse. Il a vu le futur et la naissance de ton enfant.

– Ce sera un garçon ou une fille ?

– Il ne l'a pas dit.

– Tu ne lui as pas demandé ?

– Lorsqu'on rencontre une âme dans cet état de passage, on ne demande pas, déclara Dame Yang avec la dignité d'un lettré qui corrige une faute de texte. Mais il a précisé : qu'elle n'attende pas plus de quinze jours. La chance se présente comme une porte dans une maison de granit sans fenêtre. Et seuls les braves osent franchir ces portes lorsqu'elles apparaissent.

– Peu importe, mère. Je ferai ce qu'il faut.

Sans doute ne croyait-elle pas aux visions de sa mère, mais elle croyait à son infaillibilité.

– La suite viendra d'elle-même. C'est ce qu'il a...

– Prédit ?

– Juste ciel, non, ma fille ! Les prédictions sont pour les aveugles, corrigea Dame Yang en se levant. Ton père énonce des faits. Il fait des *proclamations*.

Dans la nursery où le jour pointait à peine, Wu était assise, son nourrisson sur les genoux. Elle contempla avec émerveillement la perfection des traits de sa fille : les minuscules lèvres délicatement ourlées, les cils luisants, la peau diaphane sous laquelle couraient comme des liserons de fines veines bleutées. Elle ouvrit l'un des petits poings mignons, étendit les doigts, examina la paume et les ongles, si incroyablement petits, mais déjà parfaitement dessinés. Le bébé reposait sur le dos, dans cet état de torpeur particulier aux nourrissons : ni endormi ni éveillé, les bras et les jambes secoués de saccades comme s'il rêvait, un pli soucieux au milieu du front, comme préoccupé par une gêne intérieure. Wu caressa d'un doigt le front de sa fille; le bébé serra la main de sa mère dans son petit poing et l'agita.

Wu ouvrit sa robe, et, baignée par un rayon de lumière matinale, donna le sein à l'enfant. Attendrie, elle admira le doux visage aux yeux clos qui s'ouvraient de temps en temps pendant la tétée. Lorsque le bébé eut son content et commença à dodeliner de la tête, Wu se leva en prenant bien soin de ne pas réveiller sa fille, et la coucha dans son lit.

Wu tendit l'oreille. Aucune voix, aucun écho de pas ne lui parvenaient. Elle était seule. Elle ramassa une épaisse couverture et s'approcha du lit du bébé. Elle l'admira encore comme pour ancrer ses traits dans sa mémoire. «Tu vas aider ton père à devenir puissant», murmura-t-elle, puis elle appliqua la couverture sur le visage du bébé, et appuya de tout son poids.

Au bout d'un long moment, elle se secoua. Il lui semblait avoir rêvé. Elle ouvrit les yeux, vit le bébé inerte, et relâcha sa pression sur la couverture. Elle tourna l'enfant sur le ventre, l'arrangea dans une position naturelle, et le borda.

Allongée dans son lit, les cheveux en broussaille comme si elle venait juste de se réveiller, elle entendit les pas de Kao-tsung approcher, puis un coup timide et poli frappé à la porte.

– Mon maître n'a pas besoin de frapper, cria-t-elle, comme d'habitude, et il pointa son nez, comme d'habitude, sourit et pénétra dans la chambre.

– Je croyais que vous auriez aimé vous reposer plus longtemps, ce matin, déclara-t-il avec sollicitude.

Elle l'observa traverser la pièce. Tout le monde s'accordait à trouver le jeune homme faible, indécis, le contraire de son père, Tai-tsung, aimé et

vénéré comme un dieu; mais elle appréciait la bon-
homie du jeune Empereur et la symétrie de ses
traits en faisait un homme plaisant à ses yeux. Pour
le reste, la force, la volonté, elle en avait à
revendre, et elle s'apprêtait à lui en faire don d'une
partie. Certes, l'Empereur serait un homme puissant, très puissant. Elle sourit.

– Je me sens très bien! assura-t-elle en prenant
sa main pendant qu'il s'agenouillait à son chevet.
Je suis une femme comblée. (Elle lâcha sa main et
l'attira contre elle.) Mais je crains de vous avoir
déçu, ajouta-t-elle avec tristesse.

– Déçu? s'écria-t-il. Non, c'est impossible.
Comment?

– Eh bien... euh... le bébé est très beau...

– Le plus beau que j'ai jamais vu.

– ... mais c'est une fille. J'aurais voulu vous donner un fils.

– Je ne veux pas d'un fils, protesta-t-il avec
ardeur. (Il lui baisa les mains avec fougue.) Je veux
des filles, vos filles, qui vous ressembleront en
grandissant.

– Sottises! s'amusa-t-elle. Un Empereur qui
prétend ne pas vouloir de fils! Vous cherchez à me
ménager.

– Non, je suis sincère, croyez-moi.

– Vous l'aimez donc?

– Elle est votre chair, elle est aussi la mienne. Je
l'aime, oui.

– Admirons-la ensemble, dit Wu comme si
l'idée venait juste de l'effleurer. Qu'on nous
l'apporte afin que nous puissions nous repaître de
sa perfection. Et vous me direz tout ce qui vous
plaît en elle.

Elle sonna la servante et l'envoya quérir l'enfant
à la nursery.

– Assure-toi qu'elle est bien propre et parfumée, ordonna-t-elle. Dis-lui que son père veut la
voir.

Le soleil inondait le lit de lumière. Kao-tsung, toujours à genoux, enlaça Wu pendant qu'elle caressait son cou, étreignait ses épaules. Il se releva à demi, se colla à son corps et la couvrit de baisers.

– Combien de temps... ? souffla-t-il.

– Oh ! au moins deux semaines, peut-être plus.

Il gémit de douleur.

– Mais l'enfant est née depuis dix jours déjà, protesta-t-il en se frottant à Wu avec impatience.

– Si mon maître l'ordonne, nous avancerons la date. Si son désir ne peut attendre, je suis prête à risquer les blessures, ma santé.

– Non ! Non, surtout pas ! Non, j'attendrai s'il le faut. Mais...

Elle l'attrapa par les oreilles, lui fit relever la tête et lui sourit d'un air complice.

– Mais ne vous inquiétez pas... je saurai prendre soin de vous... je connais des choses qui... déclarat-elle, puis elle enfonça une langue soyeuse dans le creux de son oreille. Je connais d'autres tortures délicieuses, murmura-t-elle. Tenez, je pense par exemple à... fit-elle en laissant sa main courir le long de son corps, qu'elle pinçait çà et là.

– Madame ?

Une voix, un cri de désespoir plutôt, tira les amoureux de leur jeu érotique, et le rire de Kao-tsung mourut sur ses lèvres. La servante se tenait sur le pas de la porte, un paquet dans les bras, le visage livide de terreur.

Les domestiques se déplaçaient sur la pointe des pieds pour respecter le chagrin de Wu. Elle avait pleuré et crié pendant un jour et une nuit sans discontinuer. De longs cris perçants d'agonie, suivis de râles d'angoisse, de gémissements à vriller le cœur. Sa voix s'élevait, aiguë, avant de mourir dans des sanglots. Puis les cris reprenaient, rauques et plaintifs.

D'où tenait-elle une telle force ? s'interrogeaient les domestiques. Car elle renversait aussi le mobilier, cassait des objets, cognait sur les murs. Un éléphant déchaîné.

La veille, elle avait réclamé sa mère, et on avait été chercher Dame Yang en ville. Dans une robe immaculée, maquillée comme pour une grande occasion, frémissante de suffisance, elle était arrivée au palais dans l'après-midi et s'était dirigée tout droit vers les appartements de sa fille. Le lendemain matin, elle était toujours avec elle. Certaines servantes prétendaient qu'on pouvait les entendre gémir et pleurer, qu'elles distinguaient la voix de l'une et de l'autre. D'autres trouvaient l'idée ridicule : quelle mère encouragerait sa fille à gémir avec tant de tristesse et de douleur, plutôt que de la consoler ?

Quand Dame Yang avait pénétré, tel un ouragan, dans le palais, tous et toutes avaient été frappés par la ressemblance entre la mère et la fille. En outre, les deux femmes semblaient du même âge. Chacun savait que Mademoiselle Wu n'avait que vingt-sept ans ; sa mère, à quarante et un ans, ne paraissait pas plus vieille. Elle n'avait que quatorze ans quand Mademoiselle Wu est née, avait murmuré la femme de chambre de la jeune femme. Elles sont comme deux jumelles.

Et où était l'Empereur ? Il arpentait les couloirs, abattu et impuissant, anéanti. Il venait de temps en temps frapper à la porte de Mademoiselle Wu, implorant. Mais les deux femmes l'ignoraient, et les portes restaient closes. Les gémissements de Mademoiselle Wu lui arrachaient des cris de désespoir. Il se couvrait la tête, et marmonnait des propos inintelligibles, livide et misérable. Il partait la tête basse, pour revenir plus tard et essuyer le même refus.

C'est terrible, c'est affreux, de le tenir à l'écart, commentaient les domestiques. Il aurait tout fait pour elle. Que pensaient-elles ? Croyaient-elles qu'il n'avait pas de chagrin ? se demandaient certains. C'est que, affirmaient d'autres, le chagrin d'une mère... c'est toujours pire. Qui peut mesurer le chagrin d'une mère?

En début d'après-midi, les gémissements cessèrent brusquement. Peu après, la porte des appartements de Mademoiselle Wu s'ouvrit, et Dame Yang parut, aussi immaculée qu'à son arrivée. Elle partit sans un mot, accompagnée d'un froissement de soie et d'un cliquetis de bijoux.

Kao-tsung pressait les mains de Mademoiselle Wu dans les siennes, et contemplait avec douleur son visage défait, ses yeux gonflés, ses cheveux emmêlés. De longues griffures, qu'elle s'était elle-même infligées, marbraient ses bras et sa poitrine. Les yeux secs, le regard absent, elle semblait épuisée. Un désordre épouvantable régnait dans la chambre, rideaux déchirés, vases brisés, tapisseries et couvertures en lambeaux, meubles fendus, renversés, des restes de victuailles maculaient les murs. Mademoiselle Wu était en guenilles. Elle s'assit, les yeux clos, et garda le silence.

– Je vous en supplie, murmura Kao-tsung, dites-moi ce que je peux faire pour vous rendre à nouveau heureuse.

Elle leva un sourcil et lui décocha un regard dur.

– Rendez-moi mon enfant. Ressuscitez-la et apportez-la dans mes bras.

– Ah, si je le pouvais, je le ferais volontiers! s'écria-t-il. Plutôt mille fois qu'une!

Il baissa la tête et éclata en sanglots.

– Ou alors... commença Mademoiselle Wu d'une petite voix hésitante.

– Oui? fit-il, plein d'espoir. Demandez-moi n'importe quoi, je le ferai.

– Faites de moi votre Impératrice.

– Mais... bredouilla Kao-tsung, interloqué.

– Faites de moi votre Impératrice et vous me rendrez heureuse. Rien ne me fera oublier mon enfant. La douleur restera en moi lovée tel un serpent jusqu'à la fin de mes jours. Mais il y a au moins une joie que vous pouvez m'apporter.

– Mais j'ai déjà une Impératrice, protesta faiblement Kao-tsung. Vous le savez bien. C'est mon père qui l'a choisie pour moi. Je ne peux...

– Vous me dégoûtez, lâcha-t-elle. Vous prétendez être prêt à tout ; je vous demande une simple petite chose, et soudain vous vous dérobez.

– Mais c'est comme si vous me demandiez de ressusciter l'enfant d'entre les morts ! C'est impossible... Il faudrait que je dépose l'Impératrice, que j'annihile tous les précédents, que je provoque des haines terribles, que je m'oppose à la volonté du Conseil des Six et à celle de mon père défunt ! La famille de l'Impératrice s'acharnerait sur moi et sur mes descendants... pour des générations ! Ce que vous me demandez me déchire !

Wu ne dit rien, mais ses cils baissés, ses épaules affaissées parlaient pour elle.

– Très bien, finit-elle par susurrer d'une voix éteinte. Très bien.

Kao-tsung était debout. Il arpenta la pièce nerveusement, désespéré.

– Je vous en supplie, plaida-t-il avec un geste de soumission.

Devant le silence de la jeune femme, il s'arrêta, et plongea son regard dans le sien. Puis il trouva le seul objet encore intact, un pot de chambre caché sous le lit. Il s'en empara et le fracassa contre un mur.

Face à l'empereur Kao-tsung se tenaient les vieillards du Tsai-hsiang, le Conseil des Six, tel un groupe de sages et vénérables tortues au visage ridé, dont la peau flasque frémissait de colère, de rage et de consternation.

– Nous ne pouvons le permettre, dit Sui-liang, le plus ancien. Votre père nous a confié un devoir sacré : nous devons vous conseiller, vous surveiller, être ses propres yeux après sa mort.

– Si votre père était encore là, vous n'oseriez jamais décider d'une telle ignominie, dit Wu-chi, qui, à soixante ans, était le plus jeune membre du Conseil. En nous défiant, vous défiez votre père. En fait, nous *sommes* votre père ! L'Impératrice est parfaite, ajouta-t-il avec fougue en agitant une main menaçante. Votre père l'aimait. Le peuple l'adore.

– Elle est dépourvue des défauts propres aux femmes, renchérit le vieux Han-yuan. Elle est innocente ; elle n'est ni ambitieuse ni frivole ; elle n'a pas l'esprit à comploter. Elle n'est pas jalouse ; elle est gracieuse et modeste ; elle est belle ; et elle vous a donné un fils ! Vraiment, conclut-il, la voix éraillée par la colère, à quoi songez-vous ?

Kao-tsung s'agita sur son siège en mordillant ses lèvres.

– Je n'ai pas à vous répondre, finit-il par déclarer. Si je veux déposer l'Impératrice, je n'ai pas à m'en justifier. Sachez que j'*ai* mes raisons, et que cela vous suffise !

– Jeune chien fou ! lança Lai-chi. Oseriez-vous regarder votre père en face et répéter ce que vous venez de dire ? N'avez-vous donc aucune considération pour la postérité ? Pour la famille de l'Impératrice ? Voulez-vous vous en faire des ennemis pour les générations à venir ? Sur quoi repose la stabilité d'un bon gouvernement, à votre avis ? Sur les désirs d'un jeune égoïste ?

Il avait dit ces derniers mots en hurlant presque.

– Pensez au moins à votre peuple, implora Wuchi d'un ton plus amical, en posant une main ferme sur le bras tremblant de son collègue. Le peuple est... un peu comme les enfants. Les gens ont besoin que la vie de ceux qui les gouvernent soit exemplaire, droite, et non sujette aux troubles de l'indécision et du destin qui commandent leurs propres existences. Vous êtes responsable d'eux !

– En d'autres termes, intervint Min-tao en hochant la tête, votre vie ne vous appartient pas. Vous feriez bien de vous en souvenir. Vous appartenez au peuple, à la mémoire de votre père, à l'Histoire.

– Attendez! fit Ho-lin, qui n'avait encore rien dit, et s'était contenté de fixer sur Kao-tsung ses yeux pleins de sagesse et de perspicacité. J'ai une question à poser à notre jeune Empereur. A-t-il... une remplaçante à l'esprit? Veut-il renvoyer l'Impératrice parce qu'elle a failli, ou souhaite-t-il en installer une autre à sa place?

Kao-tsung s'agita.

– Cela me regarde, dit-il d'un ton sec en fuyant le regard du vieil homme.

– Vous feriez mieux de nous informer, conseilla Ho-lin.

– Dites-nous tout, renchérit Lai-chi, dont la colère s'apaisait. Cela vaudra mieux.

– C'est Wu Tse-tien, déclara l'Empereur à regret. Je veux que Mademoiselle Wu soit mon Impératrice.

S'il avait annoncé qu'il envisageait d'épouser sa propre mère, les six vieillards n'en auraient pas été plus scandalisés.

– Wu Tse-tien! s'écria Han-yuan en jetant des regards éperdus. Mais... mais c'était la concubine de votre père! Il est assez fâcheux que vous l'ayez admise dans votre couche, ce qui est déjà scandaleux, mais de là à en faire votre Impératrice! Détruire les vœux sacrés du mariage pour officialiser une liaison corrompue, pour satisfaire vos... vos désirs misérables... vos passions abusives... vos vils besoins égoïstes... vos...

Il s'étrangla, incapable de poursuivre.

– Ce serait de l'inceste pur et simple, déclara Min-tao d'une voix lourde de sous-entendus. C'est comme si vous alliez uriner sur la tombe de votre père. Je n'en supporterai pas davantage, ajouta-t-il en quittant la pièce.

Les autres vieillards approuvèrent sa sortie en murmurant et s'apprêtaient à l'imiter.

Irrité, Kao-tsung se leva à son tour en renversant presque son siège. Sui-liang fit le tour de la table et empoigna le bras de l'Empereur. Le plus vieux conseiller de l'assemblée plongea son regard avisé, dans lequel on pouvait lire la bonté, la compréhension et l'expérience de la souffrance humaine, dans l'œil brûlant du jeune Empereur.

– Réfléchissez avant d'agir, implora-t-il. Souvenez-vous que vous pouvez tout me confier. Tout ! Je suis là pour cela. Je suis votre ami, votre allié, je ne vis que pour cela. Je n'ai pas toujours été la vieille carcasse que vous avez devant les yeux, ajouta-t-il en baissant la voix. J'ai été jeune, moi aussi.

Kao-tsung fut un instant ébranlé par le discours du vieil homme, mais il se reprit. Impressionné par le regard passionné, implorant, du vieil ami de son père, l'Empereur, paralysé, ne trouvait plus ses mots. Il se contenta de hocher la tête d'un air malheureux. Voyant la volonté de l'Empereur chanceler, Wu-chi s'approcha.

– Sui-liang a raison, déclara-t-il. Et vous pouvez aussi vous confier à moi, en privé, bien sûr. Prévenez-moi avant de prendre une décision irréversible. Nous en discuterons ensemble, conclut-il en serrant avec chaleur le bras de Kao-tsung.

Déchiré, Kao-tsung se rassit. Les conseillers avaient raison. S'il maintenait sa décision, il provoquerait des souffrances, des haines, et un bouleversement terrible. Il lui faudrait trouver une autre consolation pour Wu. Pourquoi pas la proclamer première concubine ? Il pourrait même lui construire un palais... et elle aurait d'autres enfants. La mort de son nouveau-né lui avait fait perdre la raison, mais avec le temps... elle s'en remettrait. Sa décision était prise : il lui expliquerait l'impossibilité de sa demande.

Mais il reporta l'entrevue avec Wu. Incapable de décoller de son siège, tel un rêveur qui veut se réveiller mais dont les membres n'obéissent pas, il resta assis, indécis.

Mademoiselle Wu écouta avec calme et dignité les explications de Kao-tsung. On avait remis ses appartements en ordre, et, maquillée, vêtue de neuf, elle semblait avoir surmonté sa douleur.

– Nous devons penser à mon père, disait Kaotsung. Nous l'avons aimé tous deux, non ? Pour un confucianiste, ce serait la pire des ingratitudes, une insulte à sa mémoire, de défaire après sa mort le travail qu'il avait entrepris.

Il se détendait. Wu l'écoutait et son discours était juste et sensé. Il ne doutait pas qu'elle finirait par comprendre la vanité de son exigence.

– Je sais que vous ne me demanderez jamais d'insulter la mémoire de mon père, reprit-il. Vous l'aimiez, vous aussi, je le sais.

Il lui caressa la main avec tendresse.

– Je sais qui a tué l'enfant, déclara enfin Wu.

– Qu'est-ce que vous dites ? s'exclama-t-il, aussi surpris qu'inquiet. Personne ne l'a tué. Il est mort, c'est tout. C'est ce qu'a dit le médecin. Ce sont des choses qui arrivent. Leur énergie vitale est fragile, et parfois les bébés... euh... oublient de respirer... voilà tout !

Elle plongea son regard dans le sien, et aussitôt, il sentit ses forces l'abandonner.

– Mon bébé n'est pas mort comme ça, affirma-t-elle d'une voix qui le fit frissonner. On l'a assassiné.

– On... mais... qui ? bredouilla-t-il, le cœur battant.

Wu le considéra longuement avant de répondre.

– C'est l'Impératrice.

– Comment ?... Vous délirez !

– Je le sais, assura-t-elle dans un murmure. J'ai des preuves. On l'a vue.

Kao-tsung se leva d'un bond et arpenta la pièce tel un ours en cage.

– Je ne sais plus quoi penser, gémit-il. J'ai l'impression de devenir fou. L'Impératrice, une tueuse d'enfant !

Il se rassit, et enfouit la tête dans ses mains, anéanti.

– J'ai des preuves, répéta-t-elle. Mais je suis prête à l'épargner.

Kao-tsung lui jeta un regard incrédule.

– Je pense qu'il est préférable qu'on ne connaisse pas son crime. Moi aussi, je pense à la mémoire de votre père. Si cette affaire était rendue publique, cela ferait des ravages, un scandale atroce. Je veux l'éviter, et pour cela, je suis prête au sacrifice. Même si j'aimerais que mon bébé soit vengé, dit-elle d'une voix étouffée par les sanglots, je veux bien faire cela pour vous.

Là, humble servante, elle courba la tête.

– Je... je ne comprends pas...

– Nous allons sceller un pacte, expliqua-t-elle. Nous garderons le secret du crime. L'Impératrice doit être déposée, mais pour des raisons entièrement différentes. Il faut éviter de salir la mémoire de votre père, trouver un argument imparable qui vous permettra de la répudier avec un minimum de disgrâce et qui évitera les conflits familiaux.

– Et vous avez une idée ? demanda-t-il, ébranlé.

– Oh ! c'est très simple ! susurra-t-elle en lui prenant la main qu'elle pressa sur son sein. Vous ferez une déclaration publique. Vous direz que vous souffrez d'une aversion physique pour l'Impératrice.

– Quelle horreur ! s'exclama-t-il en dégageant sa main. Je suis sûr qu'elle préférerait être accusée d'assassinat ! Non, elle ne mérite pas une telle insulte !

– Une tueuse d'enfant ne mérite pas une telle insulte ? s'offusqua Wu. La mort, oui ; l'insulte, non ? Celle qui a tué ma fille... *votre* fille... doit être protégée des insultes ?

– Je n'arrive pas à croire qu'elle ait tué le bébé ! hurla Kao-tsung.

– Chut ! fit Wu en plaquant une main sur la bouche de l'Empereur.

– Non, je n'arrive pas à y croire.

– Vous ne savez pas de quoi une femme jalouse

est capable, dit Wu avec tristesse. Moi si. Maintenant c'est à moi de vous implorer. Pensez aux conséquences. Votre père qui a choisi l'Impératrice ; sa mémoire bafouée ; votre famille disgraciée. Mais je t'éviterai tout cela.

Elle lui caressa la poitrine d'une main apaisante.

– Mais elle doit payer pour son crime. Je ne peux pas laisser une meurtrière s'asseoir sur le trône, impunie. Ma conscience me l'interdit.

Abasourdi, Kao-tsung mordillait ses lèvres, incapable de proférer un son, l'œil hagard.

– Faites la déclaration que je vous ai suggérée, insista Wu d'une voix douce, et tout rentrera dans l'ordre. Il n'y aura pas de heurts. Mais permettez-moi un conseil, pour vous faciliter la tâche à vous comme à elle.

– Oui ? fit-il, hébété.

– Parlez-lui d'abord en personne.

Pensif, Wu-chi marchait à côté de Kao-tsung. Il lui avait prit le bras d'une manière paternelle, et ce contact rassurant avait failli pousser Kao-tsung à tout raconter au vieil homme. Puis, il s'était ravisé, et maintenant il ne songeait qu'à fuir. Le souvenir des sanglots de l'Impératrice ne le quittait pas. Au sortir de ses appartements, il avait entendu de faibles bruits spasmodiques qu'il avait pris pour des rires. Il avait collé son oreille à la porte et avait compris son erreur. Honteux et gêné, car les affirmations de Wu l'avaient convaincu, il s'était enfui. En présence de l'Impératrice, il avait ressenti une vague répulsion. Sa douleur et son humiliation lui avaient paru odieuses, jamais plus il n'aurait envie de la toucher.

Il était alors parti à la recherche de Wu-chi, le seul capable de le comprendre et de l'aider, et ils se promenaient maintenant dans le jardin privé du vieil homme.

– Dans l'amour, il ne faut jamais tout donner à la femme, expliquait le docte Wu-chi. Votre père l'avait compris, et je crois qu'au fond de vous, vous le savez aussi. Si elle obtient ce qu'elle veut, la femme ne respecte plus l'homme. Il faut toujours la laisser sur sa faim.

Ils firent quelques pas en silence. Kao-tsung sentait la main du vieillard s'appuyer sur son bras pour affermir son équilibre chancelant, puis les doigts se crispèrent plus fort.

— Vous croyez peut-être rendre Wu Tse-tien heureuse en cédant à tous ses désirs, mais c'est une grave erreur. Vous renforcez son mécontentement. Elle en voudra toujours plus. Et quand elle sera Impératrice, que pourrez-vous lui donner d'autre ? Vous voyez, vous lui préparez une vie de frustration.

L'allusion à Wu braqua le jeune Empereur, et son envie de se confier l'abandonna. Au contraire, sa décision encore hésitante se fortifiait avec les conseils de Wu-chi.

— Si vous souhaitez son bonheur, poursuivait le vieil homme, soyez ferme. Les femmes sont des êtres contradictoires. Elles ne savent pas, comme les hommes, aller droit au but. Si vous mésestimez ce travers, vous serez emporté dans les méandres tortueux du raisonnement féminin, et...

— C'est trop tard, coupa Kao-tsung.

Le vieillard le regarda sans comprendre.

— Trop tard ? Comment ça, trop tard ?

— L'Impératrice m'a confié qu'elle souhaitait s'effacer.

Wu-chi s'arrêta et considéra Kao-tsung d'un air incrédule.

— Elle m'a déclaré qu'elle ne voulait plus être mon Impératrice, poursuivit Kao-tsung. Nous ne... nous n'avons plus d'attraits physiques l'un pour l'autre, conclut-il en détournant les yeux.

— Jeune écervelé ! s'exclama Wu-chi, que la patience et la sollicitude avaient abandonné. Vous ne me laissez pas le choix. J'avais espéré éviter cet acte inconsidéré ; j'avais espéré faire appel à votre raison et à votre jugement. Mais je vois que vous n'en avez guère. Il nous faudra donc vous protéger de votre propre bêtise, comme votre père l'aurait fait s'il était encore de ce monde. Moi, et les autres membres du Tsai-hsiang, nous nous opposerons à vos folies.

– Vous ne pouvez rien, Wu-chi. Vous ne pouvez vous élever contre le trône. Je *suis* le trône.

– Non, le trône c'est Tai-tsung, votre père.

– Mon père est mort.

– Son corps est mort, certes, mais son esprit souffle encore. Il vous connaissait bien. Il a pris des dispositions pour parer à vos inconvenances.

– Il est mort, répéta Kao-tsung.

– Tant qu'il me restera un souffle de vie, déclara Wu-chi dont la colère montait, je défendrai les intérêts de votre père. S'il apparaissait devant vos yeux et s'il vous ordonnait d'abandonner vos plans, vous obéiriez aussitôt.

– Oui, mais il ne le peut pas.

– Oh ! si, il le peut ! Il m'a transmis son pouvoir ! Sur son lit de mort, il m'a chargé de veiller sur vous. Je possède un document rédigé de sa main, une lettre qu'il vous a adressée et dans laquelle il vous ordonne de m'obéir comme à lui !

Wu-chi plongea son regard perçant dans les yeux affolés de Kao-tsung. Le jeune homme fuit le regard du vieillard comme s'il y avait reconnu la volonté inflexible de son père. Un combat intense et incertain se livrait dans l'âme du jeune Empereur. Puis, il se ressaisit.

– Personne, tonna-t-il, pas même mon père, ne peut dicter sa volonté depuis son tombeau. Le document de mon père n'a de valeur que selon mon bon vouloir. Son testament n'aura de pouvoir que si je lui en donne. Sinon, sans mon accord, ce n'est qu'un morceau de papier. C'est moi l'Empereur ; mon père est mort.

Wu-chi examina soigneusement le jeune homme.

– Où avez-vous acquis pareil entêtement ? Je ne vous avais jamais vu exprimer une volonté si radicale, mon garçon. Jamais ! Dommage que vous l'utilisiez si mal ! Dommage que cette volonté inespérée vous conduise à la ruine !

Kao-tsung prit congé, mais la voix du vieil ami de son père le poursuivit jusqu'au portail du jardin.

– Min-tao avait raison. C'est comme si vous pissiez sur la tombe de votre père.

Pour éviter d'assister au départ de l'Impératrice, Kao-tsung était allé chasser dans la réserve impériale. Mais son cœur n'y était pas, et après avoir raté plusieurs faisans en vol, il confia son arc à son domestique et se lança dans une longue chevauchée à travers bois.

Il n'avait pas aimé l'attitude de son domestique, homme d'habitude jovial et bavard, mais qui, ce matin-là, avait fui son regard et s'était muré dans un mutisme borné. Cela faisait d'ailleurs plusieurs jours qu'il lisait des reproches muets dans les regards de ses gens. Son eunuque lui avait à peine adressé la parole, et il avait remarqué que ses femmes de chambre avaient les yeux rougis de larmes. Toutes les femmes du palais semblaient partager un profond chagrin. A l'entrée des appartements des concubines, il avait surpris des pleurs et des gémissements. Il n'était entouré que de visages butés, de regards absents ou gênés, et de mines sinistres.

Seule Mademoiselle Wu osait le regarder en face. À mesure que le départ de l'Impératrice approchait, elle avait reporté sur lui son attention dévouée et exclusive. « Mon âme s'apaise et la souffrance a quitté mon corps », lui avait-elle déclaré ce matin même en passant avec langueur ses ongles longs sur sa nuque, et Kao-tsung en avait frémi de désir. « Vous avez réussi à calmer la douleur accablante de mon chagrin, avait-elle dit. Vous avez montré votre force indomptable, et vous l'avez fait pour moi, pour mon amour. » Kao-tsung chevauchait les yeux mi-clos en repensant avec délectation aux déclarations de Mademoiselle Wu, à ses caresses affolantes, et il en frissonnait encore. « Qu'ils pleurent et s'apitoient ! songea-t-il ; qu'ils implorent, qu'ils palabrent ! »

Qu'ils adressent leurs requêtes ! Deux jours auparavant, Wu-chi et les autres membres du Conseil des Six lui avaient présenté solennellement une liste de hauts fonctionnaires dont la plupart avaient servi dans le gouvernement de son père. Chaque nom était suivi d'un paragraphe dans lequel le susdit exprimait avec éloquence son opinion sur la conduite de Kao-tsung; la pétition décrivait avec force toutes les conséquences possibles : érosion de l'unité du gouvernement, mécontentement populaire – rébellion même. On dépeignait sans vergogne sa déliquescence morale dont les effets hautement néfastes se feraient encore sentir pendant des générations entières.

L'ensemble était déjà assez troublant, mais l'un des paragraphes, signé par un vieux ministre à la retraite, citait simplement le fantôme de son père, qui, le cœur brisé, tendait en vain une main tremblante pour remettre son fils dans le droit chemin. Un frisson glacé avait parcouru Kao-tsung. Seule Mademoiselle Wu avait réussi à dénouer ses muscles, à calmer son esprit et à réveiller sa volonté faiblissante. Et elle n'avait pas manqué de lui rappeler l'amour que lui portait Tai-tsung quand elle était l'une de ses concubines. Lui aussi aimait qu'elle le caresse, avait-elle susurré. Comme ça. Comment le père reprocherait-il au fils ce qu'il avait adoré lui-même, avait-elle ajouté en l'amenant au bord de l'extase avec des cajoleries savantes.

Plus tard, dans les draps défaits, il avait retrouvé le document du Conseil, froissé, trempé de sa propre sueur; il l'avait lissé, roulé, puis soigneusement rangé. Un jour, il le ressortirait et il leur montrerait combien ils s'étaient trompés.

Les ombres s'allongeaient; la nuit n'allait pas tarder à tomber. Il chevaucherait encore une heure ou deux, puis, profitant de l'obscurité, il rentrerait au palais. L'Impératrice serait partie, et la nouvelle Impératrice l'attendrait.

L'impératrice Wu Tse-tien traversait des périodes d'exaltation et de rage, sans pouvoir distinguer ces deux émotions avec clarté. La colère, soigneusement attisée comme un feu ardent, lui procurait une jouissance qui vivifiait son être tout entier avec l'intensité d'une drogue.

Elle savait cultiver le ressentiment, le laisser mûrir en elle, prêt à exploser. Elle ne regrettait pas sa colère; au contraire, elle en était fière : c'était son pouvoir et son trésor.

Assise sur le bord de son canapé, l'impératrice Wu se sentait revigorée. Ce matin, elle était en appétit. De quoi? Elle ne savait pas exactement. Elle avait étonnamment bien dormi. Bras tendus, le corps renversé, elle laissa les rayons du soleil réchauffer son visage en revivant avec délices ses colères passées. Sereine, elle s'autorisa tout de même un filet de haine régénérateur.

Il y avait un dernier obstacle à son bonheur; son sommeil peuplé de rêves lui avait permis de l'oublier, mais l'obstacle resurgit à son réveil avec une force décuplée. Six obstacles pour être précis : six ennuyeux vieillards qui n'avaient aucune place dans ses projets. Il faudrait qu'elle s'en débarrasse.

Wu Tse-tien se leva et enfila vivement une robe. Elle n'avait plus le temps de lézarder au soleil. Déterminée, elle alla à la porte et appela sa femme de chambre, puis, avant que la pauvre fille n'ait le temps de répondre, elle aboya un ordre aux autres domestiques :

– Trouvez mon mari, et vite !

Excitée par son objectif, elle ne tenait plus en place. Il fallait qu'elle parle à l'Empereur à l'instant même. Ce qu'elle avait en tête requérait sa présence immédiate ; elle n'avait jamais connu une telle impatience. Elle fouillerait le palais et les salles du gouvernement de fond en comble ; elle irait jusqu'à les démolir pierre par pierre s'il le fallait.

L'Audience Matinale était terminée depuis longtemps dans la salle de la Grande Harmonie. Il était près de midi, non ? Alors, où était l'Empereur ?

Quand on lui rapporta qu'il siégeait toujours à l'Audience Matinale, une fureur la prit. Sa place était auprès d'*elle*. L'Audience n'avait que trop duré. Elle se souvint que la veille, avant de s'endormir, elle avait entendu Kao-tsung parler de problèmes de greniers, ou d'inondations, ou de problèmes quelconques concernant la province de Kiang-hsi, mais elle n'y avait pas prêté attention. C'était cela qui le retenait, bien sûr.

Sa colère s'envenimait de minute en minute. Elle arpenta ses appartements telle une furie, certaine que lorsque Kao-tsung n'était pas auprès d'elle, il l'ignorait. L'Empereur de Chine n'avait pas le choix : soit il était avec elle, soit il n'y était pas. Et dans ce cas, son absence était contrariante. Pis, inexcusable.

Elle imagina l'Audience Matinale : une marée de vieillards en robe entourant l'Empereur, infatués de leur propre importance, chacun tenant dans ses griffes un long et fastidieux mémorandum qu'il lisait d'une voix monocorde, qui était ensuite discuté, débattu, disséqué mot à mot. La rage de Wu s'enfla d'un fiel délicieux qui l'amena au bord de l'extase.

L'œil égaré, elle commença à s'en prendre aux objets : les chaises, les lampes, les vases, les statues, dans leur stupidité inanimée, attendaient à l'évidence une juste punition. Elle renversa des brûleurs d'encens et des candélabres dans un grand fracas de métal qui fit accourir les domestiques. Alors, elle comprit ce qu'elle devait faire.

– Dites à l'Empereur que je suis malade!
ordonna-t-elle en s'appuyant sur une table, la main
à la poitrine.

– Mais... Madame... il est à l'Audience Matinale! Peut-être les médecins...

– Au diable les médecins! gronda-t-elle. Qu'ils
chevauchent leur mère défunte! Je me moque de
savoir *où* il est; dites-lui que son Impératrice *se
meurt*!

– Oui... bien sûr... bredouilla le majordome, en
reculant, effrayé, entouré des domestiques.

Elle s'avança, un lourd vase de fleurs brandi
d'une main menaçante.

– Allez le chercher *sur-le-champ*! hurla-t-elle.
Envoyez des émissaires dans la salle de la Grande
Harmonie, et qu'ils me le ramènent!

Effarés, les domestiques sortirent en se bousculant. Wu brisa le vase sur le sol dallé.

– Qu'on aille le chercher! vociféra-t-elle. Qu'on
aille le chercher *tout de suite! Je me meurs, entendez-vous?* Je me meurs!

Jamais de mémoire d'homme l'Audience Matinale sacrée – marée solennelle de centaines de
magistrats en robes turquoise, pourpres et or, alignés selon leur rang dans un ordre parfait – n'avait
été interrompue, même en temps de guerre.
Des eunuques de la Maison du Souverain aver-
tirent de la tragédie imminente le majordome-
major qui, incrédule, en informa à son tour les
hauts conseillers de la chambre impériale. L'infortuné messager surgit hors d'haleine au pied de la
salle de la Grande Harmonie, gravit les trois volées
de marches, franchit les lourdes portes et tomba à
genoux au milieu de l'allée centrale, face au Fils du
Ciel, puis il colla humblement son front sur le sol.
Abasourdi, Kao-tsung chuchota quelques mots à
l'oreille de son conseiller. Ce dernier descendit les
marches du dais, dépassa un ministre agenouillé
qui avait suspendu son exposé, et ordonna au mes-

sager de s'approcher de l'Empereur. Dans un bruissement de soie, tous les visages se tournèrent pour suivre la silhouette solitaire et une vague de murmures parcourut l'Audience.

– Le Fils du Ciel t'ordonne de parler. Notre Divin Empereur est très curieux d'apprendre quelle importante nouvelle justifie l'interruption de l'Audience Matinale ! déclara le conseiller.

Le messager tomba de nouveau à genoux. Incrédule, l'Empereur hochait la tête, et le conseiller ordonna à l'homme de se relever. Le messager obéit, mais garda les yeux fixés sur les pieds de Kao-tsung.

– Je suis venu dire à notre Auguste Fils du Ciel que l'Impératrice très Vénérée est mourante...

Assis sur le rebord du canapé où gisait Wu, Kao-tsung, l'air las et accablé, déclara enfin avec calme :

– La cour est en effervescence.

– En *effervescence* ? répéta l'Impératrice sans comprendre.

– Aussitôt après les funérailles de ma fille et la déposition de ma première Impératrice...

– Votre première quoi ? demanda Wu comme si elle ne comprenait pas non plus ce terme étrange.

– Ma première épouse impériale, corrigea-t-il. Vous êtes la seule véritable Impératrice, bien sûr. Mais j'éprouve quelques difficultés à saisir ce que vous attendez de moi.

Wu, qui s'était redressée, retomba sur ses oreillers.

– Je suis malade, c'est cela qui importe. J'ai besoin que vous restiez à mes côtés. Après les événements de ces derniers mois...

Ses yeux s'emplirent de larmes. Kao-tsung prit sa main et la pressa contre son visage sur lequel des larmes se mirent à couler aussi.

– Vous passez l'entière matinée à l'Audience, gémit-elle, comme si je n'existais pas.

– Les inondations du Kiang-si... commença-t-il d'une voix hésitante.

– Mais... mais moi, je suis inondée de pleurs !
s'écria-t-elle en l'enlaçant.

– Il y a de terribles souffrances, chuchota-t-il.
Les gens meurent par milliers... les pluies ont
rompu les digues et...

– Les paysans ne meurent qu'une fois. Leur sort
est enviable quand on songe à ce que j'endure. La
souffrance des grands est en rapport avec leur
place dans l'univers ; elle est incomparablement
plus profonde, plus douloureuse. C'est notre fardeau à nous, les puissants... Les vieux conseillers
cruels de votre père me feront mourir de douleur.

Elle s'arracha de son étreinte et lui lança un
regard assombri de chagrin.

– Qu'attendez-vous de moi ? gémit-il, accablé.
Que je répudie le Mandat ? Que je répudie le
Conseil des Six, qui partage mon fardeau ? Parlez
ma mie, je ne sais.

– Vous préféreriez sans doute me répudier,
n'est-ce pas ? fit-elle d'un air triste, le visage baigné
de larmes. Vous vous débarrasseriez de moi aussi
facilement, aussi arbitrairement que de votre malheureuse première épouse, sous le simple prétexte
qu'elle ne vous convenait plus physiquement ?

– Qu'elle ne me convenait plus physiquement ?
s'exclama-t-il, abasourdi.

– Qu'y a-t-il ? N'auriez-vous plus d'oreilles pour
entendre ?

– L'Impératrice ne me convenait plus physiquement ? Est-ce que je deviens fou ? C'est vous-
même qui m'avez mis cela en tête !

– Tiens donc ! Ce serait donc moi qui la trouvais
insipide ? Moi qui avais pris sa chair en dégoût ?
Était-ce donc moi qui couchais avec elle ? Est-ce
cela que vous insinuez ?

– Mais...

– Et c'est aussi moi qui l'ai congédiée ? L'histoire retiendra-t-elle qu'une simple concubine a
renvoyé l'Impératrice, uniquement parce qu'elle
sentait mauvais ? Les générations futures ne croi-

ront jamais qu'une femme aussi insignifiante ait eu une telle emprise sur le Fils du Ciel. Le grand et puissant Kao-tsung, dirigé par une femme et par six vieillards ? Non, jamais les historiens n'accréditeront une thèse aussi saugrenue.

Kao-tsung se releva et se prit la tête à deux mains.

– Vous déformez tout ! Je n'arrive plus à vous suivre !

– Vous oubliez mon angoisse et ma douleur. Vous ne songez qu'à vous, dit-elle d'un ton de reproche.

Kao-tsung arpenta nerveusement la pièce. Il était en sueur et ne savait plus que penser.

– Qu'attendez-vous de moi ? demanda-t-il enfin. Je vous en prie, dites-moi ce que vous voulez.

– Point n'est besoin d'élever la voix, mon époux, répondit-elle humblement. Je ne souhaite que la réalisation de vos désirs les plus chers. Je ne veux que le bien de l'Empire.

– Quel est-il, je vous prie ?

– Débarrassez-vous du Conseil des Six de votre père, répondit-elle d'une voix neutre. Chassez ces six affreuses tortues. Ces vieillards qui refusent de me considérer comme l'Impératrice légitime. Ces ignobles vieillards qui ne veulent pas de moi à vos côtés, conclut-elle tristement.

– Leur rôle se limite aux conseils de prudence, vous le savez bien.

– Ils se mêlent de tout, riposta-t-elle sèchement. Ils dressent la cour contre moi. Mais ce n'est pas pour cela qu'ils doivent partir. Non. Ils doivent partir parce que c'est un rite de passage que votre père exige de vous. Vous devez lui prouver que vous êtes un véritable Empereur !

– Mon père... ? répéta Kao-tsung, à court d'arguments.

– N'a-t-il pas forcé son propre père à abdiquer ? Vous devez l'imiter. Vous devez forcer le fantôme de votre père à abdiquer.

Elle prit ses mains et l'attira sur le canapé.

– Et le fantôme de votre père n'est pas un, il est divisé en six, murmura-t-elle en l'enlaçant.

Ils venaient des quatre coins de la ville et même de province : des artisans qui répondaient à l'appel lancé par la nouvelle Impératrice, Wu Tse-tien. Ils se pressaient aux portes du palais.

Chacun espérait que sa vie allait changer. Si seulement son art plaisait à l'Impératrice, si seulement on le choisissait. L'annonce qu'elle avait fait placarder quelques semaines auparavant avait précipité les artisans dans les bibliothèques des monastères bouddhiques pour apprendre le plus vite possible. D'autres, bien sûr, étaient déjà prêts, ayant étudié toute leur vie. Ce que l'Impératrice désirait, ce que chacun se flattait de lui fournir, c'était le plan d'un stoupa unique, original, comme le monde n'en avait encore jamais vu.

La rumeur disait que le monument funéraire était destiné à un membre de sa famille. Non, prétendaient d'autres, ils avaient entendu dire que c'était en l'honneur de l'ancien empereur Tai-tsung, qui avait lui-même commandé la construction de nombreux stoupas à la mémoire de guerriers morts pour lui offrir de grandes victoires. Non, disaient d'autres encore, ce serait une farce d'un goût douteux de la part de l'Impératrice de bâtir un stoupa pour l'Empereur défunt dont le fantôme devait déjà s'agiter, prêt à réintégrer le cadavre en décomposition dans son mausolée et à le dresser, vengeur, contre le palais. Ne s'était-elle pas moquée de Tai-tsung, ne l'avait-elle pas déshonoré en devenant Impératrice ?

Personne ne crut l'annonce quand elle vint enfin. On avait choisi un plan de stoupa parmi des centaines. L'artisan qui avait eu la chance d'être sélectionné avait appris à qui était destiné le monument. Dans la tradition de l'empereur Tai-tsung, qui élevait des stoupas pour les braves tombés au champ de bataille, un grand et glorieux stoupa, le plus haut jamais construit, serait dédié à une enfant de dix jours, une enfant sans nom : la fille de l'impératrice Wu Tse-tien, morte au berceau.

La stupeur s'empara des artisans et tous s'interrogèrent sans relâche. Mais qui était donc cette femme ?

4

Lo-yang, en l'an 655

La missive arriva un matin, plusieurs mois après l'achèvement du stoupa. Elle portait le cachet officiel de l'Office des Archives Historiques; sinon, Wu ne l'aurait certainement pas lue.

Elle brisa le sceau du bout d'un de ses ongles interminables et lissa le parchemin sur sa coiffeuse encombrée de flacons de parfums et de cosmétiques, puis elle commença à lire avec une lenteur appliquée, presque laborieuse. Elle faisait de constants progrès mais elle craignait toujours de laisser échapper une subtile nuance ou un sens caché. Elle examina donc chaque caractère d'un œil attentif.

> *À Wu Tse-tien, la Très Honorable, Très Estimée et Très Juste Impératrice du Grand T'ang, puisse-t-elle vivre un millier d'années!*
>
> *L'avènement de la Véritable Reine a inspiré à cet humble serviteur la recherche de la Vérité des Vérités dans les couches composites de l'Histoire où elle se cache comme l'or qui attend dans la terre d'être délivré par les mains du mineur. Cet humble mineur croit que la comparaison peut être poussée plus avant. Qu'est-ce que l'or? Le métal le plus difficile à tirer de la terre possessive, entêtée et jalouse de ses*

trésors; mais une fois obtenu grâce à des efforts immenses, c'est le métal le plus brillant, le plus précieux, le plus révélateur, mais aussi le plus malléable, la joie de l'artisan. En le travaillant, on peut obtenir des feuilles aussi fines que les ailes d'une mouche, ou des sculptures gigantesques qui rivalisent avec la Lumière du Soleil. Sa Nature est de servir. Et il en va de même de la Vérité.

Intriguée, Wu reposa le parchemin et se frotta les yeux. Sauf erreur, cette lettre avait peu de rapport avec l'art de travailler le métal. Elle relut la dernière ligne avant de poursuivre :

... Et il en va de même de la Vérité.
Pourquoi conservons-nous des Archives Historiques scrupuleuses ? Afin que la postérité nous connaisse, nous qui nous inclinons devant elle. Bien sûr, on ne peut laisser des choses d'une importance aussi vitale au hasard. Sa Majesté permettrait-elle que ses Habits Royaux fussent confectionnés par des couturières aveugles ? Pour une cérémonie d'État, s'habillerait-Elle dans le noir sans connaître les couleurs et les dessins de ses atours ? Bien sûr que non. Ainsi devrait-il en être des écrits que les générations futures liront sur notre compte.
Majesté, je sais que vous avez des coiffeurs, des couturières et des joailliers pour vous servir, exaucer vos vœux et satisfaire vos goûts hautement raffinés. De même, moi, Shu Ching-tsung, grand admirateur de la Véritable Reine Wu Tse-tien, je souhaite devenir votre Historien dévoué, perspicace et inventif.

Sa lecture terminée, Wu contempla son reflet dans le miroir et faillit éclater de rire. Cet homme, quel qu'il fût, avait presque lu dans ses pensées. En fait, elle s'était laissé aller à certaines rêveries, ces derniers temps. À la cour, on lui faisait sentir qu'elle était indésirable, on la comparait sans cesse à l'ancienne Impératrice, et, humiliée, elle se plaignait et tempêtait. Elle avait envisagé tous les moyens de faire taire ses détracteurs ; son idée préférée était de fournir des « preuves » compromettantes pour l'Impératrice déchue. Pourquoi, par exemple, ne pas payer un homme qui proclamerait avoir été l'amant secret de l'Impératrice ? Un homme de basse extraction, un domestique peut-être ? Mais Wu avait rejeté ce projet ; elle savait trop bien qu'aucun homme n'aurait accepté d'avouer une transgression punie de suicide forcé.

Wu se leva avec précaution pour ne pas malmener son ventre gros de six mois. Un historien personnel ? Son époux lui parlait sans cesse d'« histoire ». Ses discours sur la piété filiale chère à Confucius portaient invariablement sur le respect dû aux ancêtres, la vénération des morts. Wu ne voyait aucune raison d'accorder des vertus aux morts uniquement parce qu'ils étaient morts, mais la lignée semblait occuper une place prépondérante. Dans ce cas, pourquoi ne pas saisir la chance qui s'offrait ? Il serait juste et bon de prouver que l'Impératrice avait mené la vie dissolue d'une catin mais, avec un peu plus de réflexion et d'imagination, on pouvait mieux faire.

Elle se rassit, retourna le parchemin sur sa face blanche, prit un pinceau qu'elle trempa dans un pot d'encre noire, et commença à tracer des caractères. Avec une lenteur appliquée, peu familiarisée avec l'écrit, elle traça l'idéogramme de « première Impératrice » et celui de « père ». Puis elle ajouta ceux qu'elle croyait convenir à l'exposé de ses vœux et aux informations dont son correspondant avait besoin. Si elle ne s'était pas trompée sur ce Shu, il n'aurait aucun mal à interpréter le message. Elle sentit l'enfant remuer, comme un poisson lui mordillant les flancs. Elle constata avec plaisir que celui-ci avait tendance à réagir à ses propres pensées en se manifestant par de petits coups, par des mouvements ou même des soubresauts quand son activité cérébrale culminait. Cela, pensait-elle, prouvait qu'elle hébergeait un complice en son sein. Ce serait un allié précieux, elle en était convaincue.

Lorsqu'elle eut terminé, elle roula le parchemin et l'enveloppa dans un morceau de soie qu'elle se proposa d'envoyer à Shu Ching-tsung sans tarder. Elle espérait une réponse prompte; s'il y avait une chose qu'elle ne tolérait pas en ce bas monde, c'était bien qu'on la fît attendre.

Le pamphlet circula parmi la cour comme une traînée de poudre.

Toutes les conversations que le vieux Wu-chi surprenait portaient sur lui. En tendant l'oreille, il pouvait presque entendre un sourd murmure monter de la cour et de la ville elle-même, le pamphlet, le pamphlet. La rumeur s'insinuait douloureusement dans les vieux os de Wu-chi.

Assis à son bureau, il tenait enfin l'objet délictueux entre ses mains tremblantes. Un bol de thé fumait devant lui. Un oiseau chantait sur une branche. Wu-chi était prêt à lire l'immonde parchemin dans une intimité paisible.

Il nota le cachet, apparemment authentique, du Ministère des Archives Historiques. Le pamphlet, de belle qualité, était entouré d'un brocart coûteux. On n'avait pas regardé à la dépense. Cela décupla son appréhension. Il ferma les yeux, avala une gorgée de thé, puis déroula le parchemin, et le lissa. La première chose qui le frappa fut le nom, et un titre. Qui était donc ce Shu Ching-tsung qui s'intitulait président de l'Office des Archives Historiques? Il commença sa lecture.

Une biographie corrigée de Wang Chu-i,
père de l'ancienne impératrice Wang

Bien que le cœur triste et l'âme bouleversée par la déposition de l'impératrice Wang, nous pouvons trouver un réconfort dans la correction apportée par l'Histoire à une injustice, un processus qu'on ne peut qu'approuver. C'est ce même processus miraculeux par lequel le corps, dans son infinie sagesse, se régénère et cicatrise ses plaies. Le départ de l'Impératrice n'est donc qu'une manifestation de la Nature elle-même, la réparation d'un mal. Le mal rongeait la lignée royale. Nos cœurs devraient se réjouir que la Nature agisse si vite pour guérir un mal dans la lignée royale, car cela démontre que la lignée royale est juste, et nécessaire, aussi naturelle que le sang qui coule dans nos veines, que le soleil qui se lève et se couche, que les rivières qui coulent vers la mer.

Le mal qui frappait notre divine lignée provenait d'une présentation erronée des faits. Comme chacun sait, une Impératrice est comme une fleur sur une branche. Afin de préserver la pureté de la fleur, la beauté de sa forme et la douceur de son parfum, l'arbre d'où pousse la branche, d'où pousse la brindille qui porte la fleur, doit être sain. Dans le cas de notre Impératrice déchue, ce n'est pas de sa faute si la branche d'où provenait la brindille était tout sauf parfaite et pure.

La « biographie » prétendait qu'on venait de retrouver le journal du père de l'Impératrice déchue ; ce journal révélait que, bien qu'il eût laissé le souvenir d'un ministre estimé de feu Tai-tsung, Wang Chu-i cachait un passé sordide. Il appartenait certes à la maison Wang, mais pas une goutte du sang de cette noble famille ne coulait dans ses veines ; il n'était que le fils d'une simple domestique. La biographie décrivait ensuite l'ambition démesurée qui l'avait conduit à des actes pour le moins sans scrupules, et parfois même crapuleux. Ainsi, c'était avec du bois fourni par Wang Chu-i lui-même qu'avaient été fabriqués les chariots de guerre traîtreusement lancés contre l'empereur Tai-tsung, et qui avaient porté la mort et la désolation dans des batailles sanglantes contre la dynastie T'ang.

L'histoire décrivait comment il s'était enrichi par ce procédé, sans se soucier de l'érosion des terres provoquée par la coupe des arbres ; pis, quand la dynastie T'ang avait enfin vaincu ses ennemis, il avait, à force de ruses et de séductions, creusé son chemin dans la vie publique en se servant du nom de ses anciens maîtres.

Pour conclure, l'auteur soutenait que le jeune empereur Kao-tsung avait donc tout naturellement, bien qu'inconsciemment, fini par éprouver une aversion physique à l'égard de l'impératrice Wang, ce qui n'était que justice : la Nature répare et régénère.

Wu-chi referma le pamphlet. Il ne l'avait pas crue capable d'une telle minutie. Ses mains tremblaient davantage, une douleur vrillait son cœur et l'enserrait comme un serpent. L'impératrice Wu traitait donc les vivants et les morts avec un mépris égal. Pour servir sa cause, elle était prête à profaner des tombes, à enterrer des vivants. Et lui, Wu-chi, où se situait-il ? Parmi les morts. ou parmi les vivants ? La question le laissa perplexe.

Il jeta un dernier coup d'œil à l'en-tête du parchemin. Shu Ching-tsung. Qui diable était donc cet homme-là ?

L'historien Shu était un homme minuscule, ce qui plaisait beaucoup à Dame Yang ; il lui faisait l'effet d'un petit chien. Et comme un petit chien, il dressait les oreilles, attentif, son être tout entier tendu, prêt à tout pour lui plaire. Elle sourit. Elle avait du mal à chasser l'image du petit historien Shu, les pans de sa robe au vent, courant en frétillant après le bâton qu'elle lui lançait. Elle se sentit tout de suite à l'aise.

Personne ne connaissait le passé de Shu. Personne ne se souvenait de sa nomination. C'était le genre d'homme que personne ne remarque... jusqu'à ce moment précis où il était sorti de l'anonymat pour devenir l'historien en chef, le président des Archives Historiques, place grassement rémunérée. Dorénavant, on entendrait parler de lui, se dit avec plaisir Dame Yang.

Il prétendait détenir les diplômes du Ming Ching et du Chin Shih, mais Dame Yang en doutait. En effet, ceux qui avaient passé avec succès les trois jours d'épreuves écrites de la fonction publique devaient ensuite subir un examen oral devant l'Office des Jurys et des Charges ; examen au cours duquel étaient prises en compte des qualités sans rapport avec les compétences académiques : maintien, comportement, assurance, jusqu'à la qualité de la voix – éléments déterminants pour un candidat qui devrait honorer l'habit officiel du plus grand gouvernement en ce bas monde. À entendre la voix haut perchée aux intonations comiques du petit homme, Dame Yang doutait beaucoup que le Bureau des Affectations lui eût accordé le diplôme final.

Mais pour Dame Yang, la vérité était accessoire et une enquête approfondie pour la découvrir ne l'intéressait pas. La vérité ! Ils étaient précisément là pour discuter de sa nature fluide et flexible, n'est-ce pas ? Si l'historien Shu était capable de récrire l'histoire des autres, qu'est-ce qui l'empêchait de commencer par la sienne ? Shu avait de son propre chef contacté sa fille, l'impératrice Wu, démontrant son esprit d'entreprise et son imagination créatrice, et c'était ce qui importait aux yeux de Dame Yang.

Elle avait apprécié la célérité avec laquelle le majordome de Shu avait remis la carte de son maître au domicile de la famille Yang. Bien sûr, Shu Ching-tsung ne pouvait se permettre d'ignorer une invitation de la mère de sa protectrice, mais sa promptitude à y répondre et son enthousiasme sincère avaient conquis et flatté Dame Yang. Elle savait que leur collaboration serait productive.

Et ils abordèrent sans détours le vif du sujet : la nature de la vérité.

– Vous avez là un jardin magnifique et d'une grande élégance, madame ! s'exclama le petit homme de sa voix flûtée.

Il trottinait pour suivre Dame Yang, une grande femme, comme sa fille, qui, dans son empressement à montrer à Shu les splendeurs de sa propriété, avançait à grandes enjambées, insouciante des efforts de son visiteur.

– On devine la qualité et le rang du maître... euh, de la maîtresse dans votre cas... à la perfection de ses choix. Chaque objet à sa place, dans un équilibre qui atteste d'une grande sensibilité. Chaque pierre et chaque arbuste, chaque statue, chaque arbre...

Essoufflé, Shu rejoignit Dame Yang, qui avait ralenti pour l'attendre sur un pont qui enjambait une cascade miniature.

– Ces agencements sont l'héritage de mon défunt mari. C'est lui qui a voulu... que cette maison et ses jardins reflètent la noblesse et la grandeur de ses origines, ajouta-t-elle d'un air songeur.

– Ah oui... le défunt maître Wu Shih-huo... l'auguste père de l'impératrice Wu. Bien sûr, bien sûr !

– Si vous me permettez, je ne fais qu'entretenir la mémoire de mon époux, déclara Dame Yang avec fausse modestie.

Ils s'engagèrent dans une longue galerie bordée de colonnades qui débouchait sur un jardin, puis revinrent sur leurs pas vers la salle de réception à la décoration raffinée.

– Maître Shu, laissez-moi vous dire combien je me sens à l'aise en votre compagnie. Mon mari m'avait prévenue. Il m'a affirmé que vous seriez un allié fidèle et d'une grande humanité.

– Votre mari vous a parlé de moi ? Mais, Dame Yang... il est mort depuis...

– Depuis dix ans.

– Dix ans, répéta Shu. Je regrette de n'avoir pu le rencontrer, mais je ne suis ici que depuis sept ans...

Il dut s'interrompre, obligé de courir après son hôtesse. Elle marchait, tête haute, le menton relevé, le regard absent, un sourire serein aux lèvres.

– ... et c'est fort dommage, j'aurais tant aimé le connaître...

– Pardonnez-moi, maître Shu, coupa-t-elle. J'ai sans doute négligé de vous expliquer... (Elle s'arrêta pour lui faire face.) C'est un oubli malencontreux. Voyez-vous, c'est mon mari qui vous a invité.

– Mais votre mari est mort, madame, dit Shu, circonspect.

– Pour certains, oui. Mais ceux qui savent l'existence de niveaux d'existence parallèles...

À ces mots, Shu se détendit.

– Ainsi, madame, vous êtes bouddhiste ?

– C'est mon mari qui a dirigé vos talents d'historien et d'écrivain vers ma fille, poursuivit Dame Yang, ignorant la question. Vous avez sans doute pensé agir de votre propre chef en offrant vos services à ma fille, mais c'était une illusion.

Elle alla à la balustrade, et caressa d'un doigt rêveur le bois poli de la rampe.

– Je crains de ne pas comprendre aussi bien que je le voudrais, hasarda Shu.

– Même les plus pieux possèdent rarement une pleine compréhension de ces choses, assura Dame Yang avec un sourire condescendant.

– Bien sûr.

– Tout ce que vous voyez, maître Shu, la grandeur et la beauté de cette propriété, le mobilier, l'oratoire bouddhique, le jardin rocailleux, la salle de réception... tout ce que vous avez eu la bonté de trouver admirable n'est pas le reflet de la lignée de mon mari, mais plutôt celui de la famille Yang, une famille autrefois riche et puissante. *Ma* famille. Une famille qui remonte au-delà de la dynastie Sui, avant l'avènement de la dynastie T'ang, jusqu'à la dynastie Chou et même jusqu'aux grandes familles qui ont favorisé la propagation des enseignements du Bouddha.

Dame Yang s'éloigna de la balustrade d'un pas lent et réfléchi ; un voile de tristesse passa devant ses yeux.

– Contrairement à la famille Yang, celle de mon mari a été oubliée par l'histoire, maître Shu. La famille Wu, qui remonte pourtant jusqu'à la dynastie Wei, il y a plus de trois siècles, ne compte pas parmi l'aristocratie. Le seul espoir de mon mari résidait dans un mariage, une alliance, avec le nom fameux des Yang. Mais l'heure est venue de lui rendre justice. C'est le père de l'Impératrice. Je ne veux pas que les ennemis de ma fille dénigrent « sa naissance de basse extraction ». Le nom des Wu doit partager la grandeur de celui des Yang. Il faut qu'on reconnaisse la lignée de mon mari, Wu Shih-huo. Vous, historien, donnez-lui une nouvelle vie ! s'exclama-t-elle avec conviction. Pouvez-vous comprendre cela ?

– Je comprends *parfaitement*, madame, acquiesça Shu avec un large sourire.

– Vous avez été désigné par des forces qui vous dépassent. C'est la volonté d'un univers qui comprend que l'histoire doit être refaçonnée pour correspondre à une réalité complexe. Voilà la tâche – non, je devrais dire le destin – de celui qui a été choisi pour faire passer des élus à la postérité, celui qui, dans une encre indélébile, trace nos noms pour l'éternité.

Shu se rengorgea. Fier comme un paon, il s'approcha de Dame Yang et la regarda avec admiration. C'était une femme d'une grande beauté et d'une élégance distinguée, comme sa fille ; leur différence d'âge était à peine visible. Dame Yang avait exprimé sur la nature de la vérité des sentiments que l'historien partageait pleinement. Qui pouvait dire que ce qui aurait pu advenir était moins vrai que ce qui était advenu ? Et si ce qui était advenu était une erreur manifeste, ou si cela manquait de couleur, d'attrait, ou si cela conduisait dans une direction néfaste, n'est-on pas tenu d'y remédier ? Construit-on une maison sur des fondations instables, ou commence-t-on par les renforcer ?

Ils se penchèrent en silence au-dessus de la mare aux carpes ; les roseaux se mêlaient à leur reflet et formaient d'étranges figures angulaires aux dessins mystiques.

Fasciné par le discours de Dame Yang, mû par une vénération respectueuse, Shu déclara d'une voix humble :

– Oui, je comprends parfaitement. Mais... commença-t-il en s'efforçant de formuler sa pensée avec diplomatie, puis-je vous demander, madame, comment se fait-il que votre mari...

– Il me visite souvent dans mes rêves, maître Shu. Il a transcendé les barrières des mondes.

– Certes, madame, la mort est la transcendance ultime, approuva Shu, dans l'expectative.

– Ultime, non, maître Shu, corrigea-t-elle poliment. Ce n'est que la première étape. Je serais très heureuse de m'entretenir de ces choses avec vous. Tout est dans les divins soutras du Vijnanavadin. Plus tard, nous aurons tout le temps de spéculer sur la philosophie et sur l'ontologie... tout le temps. Mais un travail urgent nous attend. Mon mari m'est apparu car il désire modifier le souvenir qu'il a laissé.

À ces mots, le petit homme dressa une oreille attentive, professionnelle.

– Dame Yang... pardonnez-moi... quelle est la *vérité* concernant feu Wu Shih-huo ? demanda-t-il d'un air candide.

– Il n'était rien, répondit-elle sans l'ombre d'une hésitation. Indigne en tout cas d'être le père d'une Impératrice, tel que le *veulent* la tradition, la coutume et le consensus.

– Il n'était donc pas... euh... un héros fondateur des T'ang, comme l'impératrice Wu voudrait nous le faire croire ?

– À peine. Ma fille s'en est convaincue, mais nous sommes loin du compte.

Ils venaient de pénétrer dans la grande galerie et Dame Yang se lança dans des explications avec une désinvolture amusée, comme si les faits qu'elle révélait étaient de simples désagréments qui seraient bientôt réparés – ce qui était le cas.

– Wu Shih-huo n'a pas aidé Kao-tsu à fonder les T'ang contre Yang-ti, l'Empereur fou des Sui. En réalité, maître Shu, loin d'avoir aidé Kao-tsu et Tai-tsung à restaurer l'unité et la paix, mon défunt époux avait auparavant servi l'empereur Yang-ti. Il lui avait vendu le bois pour la construction de deux cent mille chariots de guerre. Non, il était loin d'avoir été un des fondateurs de la grande dynastie des T'ang.

Elle s'écarta de Shu en riant, et fit quelques pas vers le jardin.

– La vérité, c'est qu'il a fait fortune en fournissant les ennemis de l'Empire.

Shu rayonnait d'admiration.

– Je vois, je vois, fit-il. Et n'est-ce pas ainsi que votre estimé époux a... *adopté* le nom de famille de Wu... ?

– En effet, acquiesça Dame Yang en souriant au petit homme. Oh! historien, votre travail ne sera pas toujours d'une telle gravité. Ma fille et moi avons d'autres projets. Vous verrez, ce sera votre petite *récompense*.

– Ce sera toujours un grand honneur, madame, dit Shu en s'inclinant. S'il s'agit de vous distraire, vous pouvez toujours compter sur moi.

Calé derrière son bureau, le conseiller Wu-chi observait Kao-tsung de ses vieux yeux, noirs et brillants. En proie à une grande agitation, l'Empereur se tordait nerveusement les mains. Sur le bureau, entre les deux hommes, étaient posés trois pamphlets, chacun noué d'un ruban de soie. Wu-chi les repoussa d'un geste dégoûté, comme s'il s'agissait de poissons pourris.

– Que vous dire de plus, à vous le fils de mon cher ami? fit-il d'un air las. Vous savez lire, j'imagine? Vous avez donc sans doute parcouru ces chefs-d'œuvre littéraires et vous avez pu vous faire une opinion!

Kao-tsung fuyait le regard du vieil homme.

– Je n'ai pas eu le temps de les lire, Wu-chi.

– Vous n'avez pas eu le temps ? Certainement, l'un de vos assistants les a-t-il étudiés et vous en a-t-il résumé la teneur, non ?

Mal à l'aise, Kao-tsung s'agita sur sa chaise.

– Dans ce cas, permettez-moi, dit Wu-chi en s'emparant d'un des pamphlets.

– Wu-chi, je vous en prie ! s'écria Kao-tsung en détournant la tête.

– Celui-ci est du plus haut intérêt, déclara Wu-chi sans se laisser intimider. Une « biographie » de Wang Chu-i, le père de l'Impératrice déchue ; une lecture fascinante. Un scribe qui sait manier les mots peut nous apprendre beaucoup. Et dire qu'on s'imagine tout savoir ! Tenez, poursuivit-il en brandissant le deuxième rouleau, l'œil rivé sur l'Empereur, une autre œuvre d'une importance historique capitale ! Une « biographie » de Wu Shih-huo, père de l'impératrice Wu Tse-tien.

Il dénoua le ruban de soie, et fit rouler sur le bureau le pamphlet qui vint heurter le bras de Kao-tsung. L'Empereur ne bougea pas.

– Je suis positivement *fasciné* d'apprendre que c'était Wu Shih-huo, et non pas Wang Chu-i, l'ami dévoué de votre père. Que c'était lui qui avait eu l'honneur de vaincre Yang-ti et de consolider l'Empire des T'ang, et que Wang Chu-i, celui-là même que j'ai eu le plaisir et l'honneur de côtoyer, n'était qu'un vil opportuniste et un usurpateur ! Je trouve étonnant que l'on puisse fréquenter un homme pendant des années, travailler avec lui, et le connaître si peu ! conclut-il, sarcastique.

– Est-ce vraiment si important, Wu-chi ? murmura Kao-tsung d'une voix faible. Ils sont tous deux morts depuis longtemps ; ils ne liront plus ces bêtises.

– Vous, un confucianiste, prétendre qu'il est anodin de diffamer un mort, j'ai peine à le croire ! La vérité, mon jeune Empereur, et j'ai du mal à l'énoncer à voix haute, c'est que vous avez *peur*! Vous avez peur de votre *épouse*! insista-t-il en se penchant vers Kao-tsung. Pourquoi? Pourquoi n'osez-vous pas lui tenir tête?

— Personne ne nous dit qu'elle est responsable de ces... ces écrits, protesta faiblement l'Empereur.

— Je vous en prie, fit le vieil homme, l'heure n'est plus aux illusions stériles. Vous savez très bien qu'elle est derrière tout ça. Elle et sa sorcière de mère. Des fables, des détournements de l'histoire, des affirmations fallacieuses!

Wu-chi ne contint plus sa colère.

— Dites-moi au moins que j'ai tort. Dites-moi que l'Empereur de Chine n'a pas permis à une femme d'empiéter sur son autorité. Dites-moi que c'est vous qui avez nommé ce... Shu Ching-tsung. Un mauvais choix, certes, mais votre choix au moins. Et vous pouvez encore annuler cette désastreuse décision!

Kao-tsung envisagea de mentir, et faillit prétendre qu'il avait en effet nommé le calomniateur à la présidence de l'Office de l'Histoire. Il ouvrit la bouche, puis se ravisa, dévisagea Wu-chi, et comprit que le vieil homme avait deviné ses pensées.

— Voyez que je ne vous mens pas, déclara Kao-tsung avec lassitude, vous me le concéderez.

— Oui, et je vous en sais gré. Shu Ching-tsung, historien principal! Comme si les nominations aux postes officiels n'étaient que des farces, des jeux pour enfants... ou plutôt, des joujoux de *femmes*, des boîtes de peintures avec lesquelles elles peuvent se livrer à toutes leurs frivolités. Non, fit-il, soudain plus calme, il est inexact de parler de frivolité. Ce n'est pas de frivolité qu'il s'agit, mais d'un acte de guerre autrement plus sérieux. Un acte de guerre contre la maison régnante. Une déclaration de guerre contre la cour, contre moi et contre mes collègues.

— Contre vous? Mais... mais les pamphlets ne sont pas dirigés contre vous, déclara Kao-tsung.

– Il est vrai, mon jeune Empereur. Ces fables ne concernent que des morts, comme vous l'avez si justement remarqué. Mais je ne vous ai pas encore parlé du troisième, dit-il en poussant le dernier parchemin vers Kao-tsung. Et je m'en garderai bien. Je vous le laisserai lire vous-même. D'autre part, je vous l'accorde, ces contes diffamatoires ne concernent que des morts. Peu importe que mes collègues et moi-même n'ayons pas encore rejoint notre tombeau. Nous *sommes* effectivement *morts*.

– Je lui parlerai, s'empressa Kao-tsung en saisissant le bras du vieil homme. Je lui parlerai, Wuchi. Je la raisonnerai, je vous le promets.

– On ne raisonne pas les sorcières, déclara Wuchi en se libérant de l'étreinte du jeune homme.

Il se leva, contourna le bureau, prit le pamphlet et le laissa tomber sur les genoux de l'Empereur.

– On ne les raisonne pas... tant qu'on est prisonnier de leur charme.

Beaucoup plus tard, quand il fut seul, Kao-tsung se résolut à lire le pamphlet. Avant même de commencer, son estomac révulsé dégagea une bile amère qui remonta jusqu'à ses lèvres ; il déglutit avec peine. Ce n'était pas la première fois qu'une prose officielle déclenchait cette réaction en lui ; ces derniers temps, tout ce qui lui parvenait – pétitions, mémoires, nominations de fonctionnaires, demandes de retraite ou de transfert – lui occasionnait des brûlures d'estomac ou des maux de tête.

La veille au soir, il n'avait pu digérer le poisson au gingembre, son plat favori. Les fruits, que son estomac acceptait d'habitude, lui avaient causé des brûlures atroces ce matin même, et seuls les massages savants de ses médecins avaient réussi à le calmer. C'était décourageant. Le corps a besoin de se nourrir ; manger et digérer devraient s'accomplir sans encombre.

Il ferma les yeux pour mieux songer aux rayons du soleil lui réchauffant le dos, aux feuillages caressant son visage, au martèlement étouffé des sabots de son cheval sur le sentier forestier tapissé d'aiguilles de pin. Tout sauf ça, se dit-il en rouvrant les yeux pour prendre l'étui d'un raffinement racoleur. Son estomac émit un long gargouillement, aussi sonore qu'un rugissement de lion dans le lointain.

Kao-tsung dénoua le ruban de soie, et sortit le parchemin. L'étonnante finesse du papier le surprit ; l'impression des caractères avait été effectuée avec le plus grand soin ; le titre seul, chose rare, occupait une page entière : *Le Conte des Six Vieux Fous*. Sur la page suivante, une brève mise en garde : « *Le Conte des Six Vieux Fous* est une modeste création de l'auteur, le président du Conseil de l'Histoire. Le récit ne saurait s'appliquer à des faits réels. Ce n'est qu'une parabole que l'auteur espère divertissante. »

Kao-tsung retint son souffle, tourna la page, puis entreprit la lecture à contrecœur.

> *Il était une fois six hommes, amis d'enfance ou peut-être parents éloignés, nul ne le sait. Mais on sait qu'ils étaient déjà vieux pendant les jours finissants de la dynastie précédente dont personne n'a oublié l'abjecte corruption, et bien plus vieux encore quand la dynastie actuelle fut fondée. Dès l'aube de leur vie insignifiante, ces six hommes menèrent une existence inutile, triste et sans saveur. Chacun était affligé d'une tare qui affectait les yeux ou la mer de Marrow. Bref, ils étaient soit partiellement aveugles, soit complètement débiles.*
>
> *Ces six hommes allaient par couples afin de compenser leur déficience physique ou mentale, mais sans progrès sensibles. Dans le premier couple, l'un voyait distinctement de loin mais était affligé de myopie, alors son compagnon voyait de près mais pas de loin. Dans le deuxième, l'un ne voyait que les choses dont il connaissait le nom : ce qu'il ne pouvait nommer, il ne le voyait pas ; l'autre oubliait constamment les noms des choses qu'il voyait et prenait sans cesse l'une pour l'autre. Il mélangeait*

un chandelier avec un arbre, et prenait une chèvre qui passait pour la femme du voisin. Mais au moins pouvait-il nommer ce qu'il voyait (quand bien même se trompait-il) afin que son compère pût le voir aussi. Il y avait enfin le troisième couple. Dans ce dernier, l'un voyait chaque chose clairement et bien qu'il connût ce qu'il voyait, il ne pouvait ni parler ni écrire. Quant à l'autre, qui semblait normal en tout point, il ne pouvait restituer ce qu'il avait vu ou entendu sans s'embrouiller et tout mélanger.

Un jour, nos six vieux étaient attablés à une taverne de Lo-yang et discutaient de la nature du monde et des activités qu'ils pourraient, enfin, entreprendre. Nourris et hébergés par leurs voisins qui avaient pitié d'eux, le travail ne leur était pas indispensable, mais ils éprouvaient néanmoins le besoin d'être utiles. Après avoir passé un bon moment dans la taverne, à l'heure du couvre-feu annoncé à grands roulements de tambour, nos six vieillards étaient passablement saouls.

Ils commencèrent à rentrer chez eux mais s'aperçurent vite qu'ils s'étaient égarés. Ayant réussi à atteindre le canal en titubant, ils s'assirent sur un parapet. Mais, dans leur confusion, ils étaient convaincus d'être assis sur l'herbe grasse des berges de la rivière Lo.

Dans leur ivresse, ils attendirent, à demi endormis, au bord du canal qu'ils prenaient pour la rivière Lo. Au bout de quelque temps, ils aperçurent une belle jeune fille, un double nœud dans les cheveux, vêtue de haillons à la propreté pourtant immaculée, et portant à la main un petit panier d'osier. Elle rentrait bien sûr du marché avant la tombée de la nuit, mais ce n'est pas ce que nos bonshommes virent. En les croisant, la jeune fille leur adressa un signe courtois et des paroles aimables, s'imaginant sans doute avoir affaire à six vénérables lettrés de l'Académie Impériale. Mais ce n'est pas ce qu'ils entendirent.

Après son départ, les six fous s'engagèrent dans un long débat animé afin de définir l'identité de l'inconnue. Chacun avait vu et entendu des choses différentes et tout accord était impossible. Enfin, *celui qui paraissait parfaitement normal, mais qui mélangeait tout, résuma l'impression finale des six.*

D'après son apparence, proclama-t-il, elle ne peut être que la déesse de la rivière Lo. Après tout, n'était-elle pas revêtue des atours traditionnels d'une reine – sa chevelure était ornée d'or et de plumes de martin-pêcheur, ses habits de perles étincelantes – ainsi que les textes anciens les décrivent ? Et ne sommes-nous pas assis sur les berges de la rivière Lo ? Tous acquiescèrent en hochant vigoureusement la tête. Et ne lui avons-nous pas demandé ce que nous devrions faire ? Nouvel acquiescement. Et ne nous a-t-elle pas conseillé de servir l'Empereur de notre mieux, de devenir ses conseillers d'État ? Approbation générale. Quoi, la déesse de Lo, la fille du grand Fu Hsi, peut-elle se tromper ? Vigoureuses dénégations à l'unisson. Aucun d'eux n'imagina une seule seconde qu'une simple paysanne leur avait banalement souhaité le bonsoir. Le lendemain matin, les six vieux aveugles débiles se rendirent au palais, et on peut affirmer sans se tromper que quoi qu'ils entreprennent, où qu'ils aillent, ils sèmeront toujours la confusion sur leur passage.

Le parchemin glissa des mains de Kao-tsung et tomba au sol. L'Empereur ne supportait plus d'en lire une seule ligne. Plié en deux, il se tordit de douleur. Il avait un besoin urgent de sentir les caresses de Wu, seules capables de l'apaiser. En dépit de la certitude, tapie dans un coin obscur de son crâne, que l'Impératrice avait par ses manigances tortueuses déclenché ses douleurs, c'était plus fort que lui. Il songea aux mains de Wu, douces et soyeuses, caressant sa peau, et aussitôt ses maux d'estomac s'estompèrent. Toujours à demi courbé, il entrouvrit les yeux. Le parchemin gisait toujours au sol, à quelques pouces de son nez, son élégant brocart scintillant au soleil.

Sa mère portait l'un des jumeaux, elle l'autre. Wu rayonnait de fierté. Elle savait que ses enfants étaient un don de la merveilleuse Nature, une compensation pour le sacrifice de sa fille. Un garçon eût été une compensation suffisante, alors deux !

Avec un soupir satisfait, elle sombra dans la béatitude animale de la femme dont le travail, enfin achevé, a donné une progéniture mâle à son seigneur et maître.

Elle observa sa mère, pour qui ce double heureux événement semblait aller de soi. Dame Yang brandissait un des bébés qu'elle étudiait avec l'œil critique d'une cuisinière soupesant une oie pour le dîner.

— Celui-ci tient de toi, déclara Dame Yang avec autorité. C'est lui qui a hérité de ton caractère.

Wu ne comprenait pas ce que Dame Yang trouvait de particulier chez la petite créature braillarde à la laideur rosâtre qu'elle tenait à bout de bras. Mais puisque sa mère le disait, ce devait être vrai. On avait noué un ruban de soie rouge au poignet de l'enfant pour le distinguer de son frère.

— Celui-ci s'appelle Hsien, annonça-t-elle à sa mère. C'est le nouveau prince héritier. Du moins, le sera-t-il bientôt, ajouta-t-elle en voyant le regard interrogateur de sa mère. Et celui-là se prénomme Hung (elle désigna la chose emmaillotée sur ses genoux). C'est ma sécurité. Au cas où il arriverait malheur à l'autre.

Les deux femmes échangèrent un sourire complice.

— Oh ! mère ! s'exclama Wu, joyeuse. Je me sens si forte. J'ai l'impression que j'ai encore des centaines de fils qui attendent en moi que je les mette au monde !

— Mais ils y sont, en effet. Cependant, ne les mets pas tous au monde. Gardes-en quelques-uns. (Elle se pencha pour murmurer à l'oreille de sa fille, avec des airs de conspiratrice :) Garde un peu de leur énergie vitale pour toi. C'est ce que j'ai fait moi-même.

Elles se regardèrent un instant, puis éclatèrent d'un rire joyeux. Pas de doute, la vie était belle. Oh ! qu'elle était belle !

Bouche bée, l'Empereur admirait les deux nouveau-nés comme s'ils venaient de tomber du ciel dans leur berceau recouvert de gaze. Dans la fraîcheur de la véranda balayée par un léger vent parfumé, l'Impératrice s'appuya contre l'épaule de son époux. Paralysé par l'émotion, il dut faire un effort pour parler.

– Très chère, commença-t-il à regret, certaines choses sont arrivées à mes oreilles.

– Oui? fit-elle vivement.

Kao-tsung baissa les yeux sur les visages roses et fripés de ses fils, reprit son souffle, et poursuivit :

– Le conseiller Wu-chi s'inquiète de certains... heu... de certains écrits qui circulent à la cour et dans la ville.

– Quels écrits? répondit Wu, distraite.

Elle écarta le voile de gaze pour caresser les fins cheveux noirs d'un des jeunes princes. Kao-tsung soupira.

– Les écrits d'un dénommé Shu Ching-tsung, qui se prétend historien principal. Une position qui n'a pas été officiellement attribuée depuis des lustres.

– Wu-chi n'a pas à s'inquiéter, rétorqua Wu. Ce ne sont que des fables divertissantes. Rien de plus. Elles ne le concernent pas, ni lui ni ses amis.

– Il leur attache davantage d'importance. Il pense qu'elles... représentent une satire voilée contre lui et les membres du Conseil.

– Eh bien, s'il se reconnaît dans l'un des vieux fous de la fable, c'est qu'il est plus fou qu'il ne le croit. Vraiment, ces fables n'ont d'autre prétention que d'illustrer les méfaits et les folies d'un mauvais gouvernement; elles cherchent à édifier tout en amusant. Qu'y puis-je, si le conseiller Wu-chi et les autres se reconnaissent dans le miroir qu'on leur tend? D'autre part, ajouta-t-elle, Shu se pare du titre d'historien principal parce que je l'y ai autorisé. Bien sûr, ce n'est pas encore officiel, mais il ne tient qu'à vous que cela le devienne. Je suis sûr que son travail vous plaira. C'est un homme très talentueux, et il nous sera d'une aide précieuse.

– Son travail me plaira ? s'exclama Kao-tsung, abasourdi. Que dire de... de la... euh, biographie corrigée du père de l'Impératrice précédente ?

Il avait honte de son ton d'excuse, de la lâcheté qui perçait dans sa voix.

– Oui, qu'en dire ? répliqua Wu. N'avez-vous donc pas compris, mon ami, que tout cela vous servait ? (Elle darda sur l'Empereur un regard intense.) Je vous sauve la face, c'est aussi simple que cela. Le peuple apprendra qu'elle n'aurait jamais dû devenir Impératrice, et il acceptera plus facilement sa répudiation. Et il en aura d'autant moins accès à la vérité. Cela restera notre secret.

L'empereur Kao-tsung ne pouvait toujours pas se figurer l'ancienne Impératrice en meurtrière. Son esprit s'y refusait. Les mots se dérobaient.

Imitant Wu, il baissa les yeux sur le berceau, et fut surpris de voir une larme s'écraser sur la couverture de soie.

– Qu'y a-t-il ? s'écria-t-il en jetant un coup d'œil alarmé à l'Impératrice.

– Oh ! ce n'est rien ! Mais j'ai peur que mes fils ne soient maudits.

– Maudits ? Mais leur vie commence à peine ! Ils vivront cent ans !

– Ma fille n'a survécu que dix jours, dit-elle d'une voix triste, levant ses yeux embués sur Kao-tsung. L'avez-vous déjà oublié ?

– Non, fit-il en soupirant d'un air résigné. Non, je ne l'ai pas oublié. Mais qui songerait à... enfin, l'Impératrice...

– C'est juste, elle est partie, répliqua Wu. Mais cela ne veut pas dire que son influence ait disparu. Après tout, son fils demeure le prince héritier. Il est toujours là, lui. Et ces vieillards, eux aussi, sont toujours là.

– C'est impossible ! s'écria Kao-tsung d'une voix

éteinte, en proie à de violentes crampes d'estomac. Vous ne pensez pas ce que vous dites.

– C'est comme si mes bébés étaient déjà morts, déclara Wu, résignée. Il vaudrait mieux que je les tue moi-même sur-le-champ, et que je leur épargne une mort ignominieuse par une main étrangère.

Kao-tsung lui prit les mains.

– Ne parlez pas de cette façon, supplia-t-il, désespéré. Je ne le supporte pas. Il n'arrivera rien à nos fils.

Elle se serra dans ses bras et murmura contre sa poitrine :

– Je ne recherche que votre grandeur. C'est ma seule ambition ; je n'en ai jamais eu d'autre. Et je demande très peu en échange.

Kao-tsung était vaincu. Ses résistances cédèrent l'une après l'autre, et il était prêt à accepter tout ce qu'elle désirait.

– Dites, fit-il, accablé.

– Des gardes, dit-elle d'une voix soudain coupante et autoritaire.

– Des gardes ? répéta-t-il sans comprendre.

– Oui, je veux que deux gardes – non, quatre – accompagnent chacun des membres du Conseil des Six dans tous leurs déplacements, à toute heure du jour et de la nuit. Il ne faut pas les laisser un instant sans surveillance.

– Mais c'est de la folie pure ! protesta-t-il.

Elle le fit taire.

– De la folie ? Serait-ce de la folie de vouloir éviter à mes nouveau-nés le funeste destin de mon premier enfant ?

– Mais... mais je ne peux incriminer et humilier six honorables seigneurs de la sorte.

– Les vieillards et le prince Jung doivent être surveillés en permanence. En permanence !

– Le prince Jung aussi ? fit-il, interloqué. Mais... mais, ce n'est qu'un enfant !

– Le prince Jung aussi ! insista-t-elle avec véhémence. Nous ne devons prendre aucun risque. C'est le fils disgracié d'une Impératrice disgraciée.

Le regard de Kao-tsung erra, misérable, comme s'il cherchait un soutien dans le ciel placide, ou auprès des oiseaux qui gazouillaient sur une branche.

— J'ignore ce dont je serais capable, dit-elle avec douceur et sincérité. S'il arrivait quoi que ce soit à ces enfants, je ne sais pas ce que je ferais. C'en serait sans doute fini de moi.

— Non, non, non. Je ne veux pas que vous parliez de la sorte. Je ne le supporterais pas. Il en sera fait selon vos désirs. Très bien, des gardes. Autant que vous en voudrez.

— Il y a encore autre chose, dit-elle en posant sa tête contre l'épaule de l'Empereur. Une toute petite chose. Une insignifiante faveur qui m'aidera dans mon action.

Il ne répondit rien ; il attendait, résigné.

— Officialisez la nomination de Shu Ching-tsung. Accordez-lui la légitimité impériale. Il désire tant vous servir !

Kao-tsung ne répondit pas tout de suite ; il luttait contre un flot de bile qui lui soulevait le cœur. Les yeux clos, il sentit une sueur froide perler à son front douloureux. Puis il rouvrit les yeux, et eut l'impression de revenir d'un pays lointain ; elle le dévisageait avec un sourire satisfait, comme s'il avait donné son consentement. Pourtant, il ne se souvenait pas de l'avoir accordé. Profondément désorienté, il se demanda s'il ne l'avait pas fait à son insu.

— Vous êtes magnifique, dit-elle avec gaieté, sans attendre sa réponse. Je préviendrai Shu dès cet après-midi.

Elle lui prit les mains et les porta à ses lèvres, les baisa, les caressa avec tendresse.

— Nous travaillons sur des histoires merveilleuses, confia-t-elle d'un ton complice. Qui donc prétend qu'il n'y a pas de place pour la légèreté et l'humour dans les affaires du gouvernement ? Nous répandrons la joie et la bonne humeur chez le peuple, partout, aux quatre coins de l'Empire.

Il la repoussa brusquement, pris d'un autre accès nauséeux.

– Excusez-moi, très chère, dit-il vivement avant de se précipiter vers la balustrade.

Sur le point de vomir, il se pencha par-dessus la rampe, mais la nausée passa. Il ferma les yeux et resta un instant accoudé, la tête lourde. Il l'entendit approcher, puis sentit ses doigts frais masser légèrement ses tempes. Peu à peu son malaise se dissipa.

– Le peuple se souviendra de vous, et il vous remerciera.

Tapi dans l'ombre d'un bosquet d'arbres fruitiers décoratifs, Kao-tsung écoutait la voix qui appelait son nom. Il espérait qu'on ne le trouverait pas s'il restait parfaitement immobile.

La voix était celle de Wu-chi, ample et vigoureuse. Même à cette distance, Kao-tsung devinait la colère de son conseiller. Il coula un regard vers les branchages ; comme il serait facile de grimper à l'arbre et de s'y cacher le reste de l'après-midi ! On pourrait fouiller chaque recoin du parc impérial sans jamais le découvrir. Il saisit une branche, testa sa robustesse. Oui, elle supporterait son poids sans peine.

Les voix se rapprochaient, de même que le bruit de lourdes bottes. Terrorisé, il frissonna, comme un animal poursuivi par des chasseurs. Il resta coi. Tenant toujours la branche, il attendit, paralysé. Wu-chi apparut au tournant du sentier, criant le nom de Kao-tsung. Soudain, il s'arrêta, interdit à la vue de l'Empereur à quelques pas de lui, sous les feuillages d'un arbre.

Wu-chi n'était pas seul. Les bruits de bottes provenaient des quatre gardes au visage inexpressif qui escortaient le conseiller. Kao-tsung et Wu-chi se dévisagèrent avec surprise. Gêné, Kao-tsung lâcha la branche.

– Ainsi, vous étiez là, constata Wu-chi d'un ton neutre. Daignez, je vous prie, me débarrasser de mes trop zélés suiveurs, il y a d'importantes questions dont j'aimerais vous entretenir.

Kao-tsung ordonna aux gardes de s'éloigner. Ils hésitèrent, mais le ton impératif de l'Empereur les obligea à reculer d'une centaine de pas.

– Vous avez vu ? fit Wu-chi. Ils ont failli refuser de vous obéir. Le Fils du Ciel ! Ils ont reçu leurs ordres de quelqu'un dont l'autorité les impressionne davantage.

– Balivernes ! Ils ne m'ont pas compris tout de suite, voilà tout.

Wu-chi le gratifia d'un regard sarcastique, puis s'assit sur un banc de pierre.

– Avez-vous lu ceci ? demanda-t-il en exhibant un étui de parchemin.

L'Empereur voulut répondre, mais Wu-chi le coupa.

– Je ne parle pas du *Conte des Six Vieux Fous*, ni même de la fascinante histoire du remarquable héros des T'ang, le vénérable Wang Chu-i. Non, ceci les surpasse tous.

Kao-tsung perçut un danger dans le ton calme et posé de Wu-chi.

– Il semble que les Six Vieux Fous ne soient pas au bout de leurs extraordinaires exploits, reprit le conseiller. Vous ne l'avez pas lu ? Vous m'en voyez surpris. Toute la cour et toute la ville sont au courant. Certains peuvent même réciter des passages entiers par cœur.

Wu-chi tremblait de rage. Voyant que l'Empereur n'esquissait pas le moindre geste pour prendre l'étui, il entreprit de le dénouer et de sortir le pamphlet.

– Très bien, je vais donc vous le lire. Par où commencer ? demanda-t-il en feuilletant les pages. Oh ! peu importe ! Je vais choisir un passage au hasard. Asseyez-vous !

Kao-tsung s'exécuta, et s'assit, la tête rentrée dans les épaules, pendant que Wu-chi commençait à lire d'une voix glaciale.

Âne Boiteux, dont la lubricité sordide l'emportait sur la discrétion, était très représentatif des Vieux Fous. Combien de fois son majordome l'a-t-il retrouvé, robe par-dessus tête, pantalon baissé, suant et grognant, en train de forcer son chemin dans la fleur encore intacte d'une jeune servante, qui, bien sûr, n'avait d'autres ressources que de céder aux exigences infâmes d'un haut fonctionnaire de l'Empire...

En jetant un regard rapide vers Kao-tsung, Wu-chi fut surpris de voir le visage de l'Empereur tordu de douleur. Un mouchoir sur sa bouche, il fermait les yeux, les sourcils froncés. Wu-chi savait que l'Empereur souffrait de l'estomac; il fut satisfait de constater que le conte agissait avec force sur l'esprit de Kao-tsung.

– C'est grotesque, souffla douloureusement l'Empereur à travers son mouchoir. Comment a-t-on pu laisser faire cela?

– Oh! mais ce n'est pas tout! Écoutez la suite.

Absent aux funérailles de son père, le vieil Âne Boiteux retourna plus tard dans la ferme familiale pour retrouver sa sœur. Loin de vouloir son bien, mais habité d'un ardent désir incestueux, il la poursuivit autour de la maison. Cependant, son incapacité à distinguer les choses le conduisit à vouloir forniquer avec une chèvre qu'il avait prise pour sa sœur. Les autorités locales l'auraient surpris en train de sodomiser l'animal si elles n'avaient été au courant de la confusion mentale du vieil Âne Boiteux. Quand elles aperçurent le vieillard dans la cour de la ferme, robe par-dessus tête, pantalon de soie tire-bouchonnant sur les chevilles, elles supposèrent qu'il cherchait un endroit pour se soulager... Le vieil homme fut tout content de corroborer leur version, sachant que si on avait deviné ses intentions, le Tribunal Impérial l'aurait contraint à se suicider.

Pendant sa lecture, Wu-chi entendit l'estomac de Kao-tsung produire des grondements tourmentés. Il leva les yeux. À voir le visage de l'Empereur cramoisi et crispé, il crut d'abord qu'il pleurait. Des spasmes l'agitaient, étouffés par le mouchoir, et des larmes baignaient ses yeux clos. Sidéré, Wu-chi mit du temps à comprendre que l'Empereur ne pleurait pas, pas plus qu'il ne tentait de réprimer de quelconques troubles gastriques.

Il riait.

Stupéfait, Wu-chi resta quelques secondes interdit avant de se relever d'un bond.

– Je suis bien aise que cela vous amuse, hurlat-il. Et je ne doute pas que chacun dans l'Empire rie de même en lisant cette prose abominable !

Secoué de convulsions, Kao-tsung luttait désespérément contre le fou rire, le mouchoir toujours pressé contre sa bouche.

– Je suis désolé, Wu-chi, articula-t-il. Je suis désolé, désolé.

Il ne put poursuivre, agité d'une nouvelle crise de fou rire.

– Alors sans doute trouverez-vous ceci tout aussi hilarant ! jeta fraîchement Wu-chi. Ce matin, Min-tao et Ho-lin m'ont appris qu'ils avaient soumis leur démission officielle du Conseil des Six, le Tsai-hsiang.

Hébété, le regard vitreux, Kao-tsung, que le fou rire avait momentanément délivré de ses douleurs gastriques, dévisagea Wu-chi sans comprendre.

– De plus, poursuivit Wu-chi, solennel, Ho-lin est sur le point de se suicider. Il a rédigé son testament hier soir.

À ces mots, le fou rire de Kao-tsung s'éteignit aussi brusquement qu'un feu aspergé d'eau. Wu-chi poussa son avantage.

– J'ai demandé à maître Sui-liang d'intervenir, et de l'assurer que vous mettriez un terme à ces agissements honteux. Je lui ai affirmé que vous feriez pour le mieux.

– Je suis consterné... je ne trouve plus mes mots...

– La fable recèle d'autres surprises, coupa Wu-chi. Il reste à statuer sur le sort des quatre autres vieux fous. Dois-je poursuivre la lecture ? Les circonstances diffèrent pour chaque conte, mais on trouve toutefois un élément constant : la posture humiliante et dégradante du Vieux Fou, robe pardessus tête et pantalon sur les chevilles. Aimeriez-vous rire encore un peu ?

– Non... non, suffit, je vous en prie.

Kao-tsung se leva et s'épongea le front.

– Un décret impérial doit faire cesser ces calomnies, les fables doivent être désavouées, Min-tao et Ho-lin doivent reprendre leur siège au Conseil des Six, exigea Wu-chi avec grandiloquence. Vous seul pouvez le faire. Vous seul pouvez rétablir l'autorité du Conseil des Six et punir les offenseurs.

Il laissa à Kao-tsung le temps d'assimiler avant d'ajouter :

– Vous seul pouvez sauver la vie de Ho-lin. Je vous laisse réfléchir, conclut-il avant de s'en aller.

Les gardes, qui s'étaient tenus à l'écart, l'entourèrent de nouveau, toujours imperturbables, inexpressifs. Kao-tsung observa la petite troupe incongrue qui s'éloignait ; Wu-chi partit sans même un regard.

Le mal, qui avait cessé pendant la crise de fou rire de Kao-tsung, l'obligea de nouveau à crisper les poings. C'était une douleur noire et brutale, lancinante, avec des pointes de feu, des élancements subits. Il pensa à Wu, déglutit avec peine, et sentit au fond de sa gorge un vague arrière-goût de sang.

Elle le prit par surprise. Il l'avait attendue toute la matinée, et avait fini par céder à la somnolence. À présent, penchée sur lui, elle souriait. Il eut aussitôt l'impression qu'elle était là depuis longtemps ; à l'évidence, elle se plaisait à être la première personne qu'il vît en ouvrant les yeux.

Il se leva d'un bond. « Pour ce que tu as à lui

annoncer, mieux vaut être sur pied », songea-t-il.
Avec un synchronisme parfait, elle s'assit sur le lit
pendant qu'il se levait. Il l'observa. Curieusement,
les rigueurs de la grossesse et de l'accouchement
semblaient lui réussir. Contrairement aux autres
femmes qui perdaient de leur éclat à chaque enfan-
tement, Wu semblait s'y régénérer. Elle respirait la
vigueur et la joie de vivre.

– La visite de ma mère m'a fait grand plaisir,
déclara-t-elle, mais j'avais hâte de vous voir.
J'espère que vous me pardonnerez mon intrusion,
ajouta-t-elle avec un sourire charmeur. J'étais tellement impatiente !

« Dépêche-toi de lui parler, s'exhorta-t-il, ou tu
n'en auras bientôt plus le courage. » Il soupçonnait
que la satisfaction apparente de Wu avait quelques
raisons d'être.

– Vous avez été trop loin, dit-il avec calme. La
plaisanterie dépasse toute limite, et cause de vraies
souffrances. Je vais y mettre un terme.

Elle le gratifia d'un sourire sournois.

– Ainsi, vous avez aimé ! s'exclama-t-elle. J'en
étais sûre !

– Aimé ! lâcha-t-il, exaspéré. Deux des plus
vieux et des plus fidèles amis de mon père
s'apprêtent à se suicider. Les ministres et les hauts
fonctionnaires me regardent comme si j'avais
perdu la tête.

– Vous est-il venu à l'esprit, rétorqua-t-elle sans
se démonter, que ces vieillards avaient sans doute
des raisons personnelles de s'outrager de mes
innocentes fables ? (Elle lui jeta un coup d'œil
coquin.) Je ne vois qu'une explication : au cours de
leur longue et insignifiante existence, ils ont dû
commettre les mêmes crimes que les vieillards des
fables. Sinon, pourquoi tant de susceptibilité ?
Pourquoi ces protestations véhémentes ?

– J'ai promis à Wu-chi que les fables cesse-
raient, poursuivit Kao-tsung, déterminé. Et elles
cesseront !

– Pas si vite ! fit-elle, puis elle le regarda dans les yeux. Parlons-nous bien des mêmes histoires ? Mieux vaut s'en assurer afin d'éviter les confusions.

Elle se leva et s'approcha. Il recula d'un pas, incertain, redoutant le pire.

– Parlons-nous de l'histoire où les vieillards se soûlent dans une taverne avant de descendre vers le canal en titubant ?

– Vous savez parfaitement à quelle histoire je fais allusion.

– N'est-ce pas celle où les Vieux Fous s'assoient au bord du canal et se croient sur les berges de la rivière Lo ?

– Non, pas celle-là, dit-il nerveusement, pris d'un léger vertige en la voyant approcher davantage, l'œil noir.

– N'est-ce pas celle où ils rencontrent la jolie paysanne et la prennent pour une déesse ?

Elle parlait d'une voix basse et troublante, puis tendit les bras ; il esquissa un geste de défense. C'était absurde ; il était terrifié à l'idée qu'elle s'apprêtait à le chatouiller.

– Vous savez très bien à quelle histoire je fais allusion, répéta-t-il.

Il chassa les mains de Wu qui visaient un point sensible sous ses bras, mais sentit néanmoins un sourire ridicule lui échapper. Il lui saisit les mains ; elle se dégagea, et attrapa ses deux mains dans une des siennes ; de l'autre elle commença à explorer son flanc droit, puis le gauche. Plus il refoulait son sourire, plus l'envie de rire devenait irrésistible ; elle le titillait, le chatouillait, ici, là, les yeux pétillants et provocants.

– Oh ! je crois que je sais à quelle histoire vous faites allusion ! dit-elle en lâchant ses mains pour mieux s'attaquer à ses points sensibles. Attendez... oui, vous devez faire allusion au Vieux Fou qu'on surprend à l'office avec une jeune servante. Je me trompe ?

Sentant monter le fou rire, il ne put répondre.

– Le Vieux Fou qui force son chemin dans la fleur intacte de la jeune fille, souffla-t-elle avec une moue suggestive.

Il riait à perdre haleine. Elle en profita pour glisser ses mains le long de la longue robe de Kao-tsung, sans le quitter des yeux.

– Et on surprend le Vieux Fou, sa robe par-dessus tête, son pantalon de soie en tire-bouchon sur ses chevilles. Comme ça ! s'écria-t-elle en relevant d'un geste vif la robe de l'Empereur d'une main, pendant qu'elle lui baissait son pantalon de l'autre.

Elle enroula la robe sur sa tête pour l'aveugler et lui chatouilla la peau nue ; il rit, renversa des meubles en essayant de lui échapper d'un pas titubant, étouffant à demi sous l'épaisseur de la soie.

– Ou bien était-ce l'histoire où le fou lubrique court après sa sœur ? l'entendit-il demander.

Wu faisait courir ses longs doigts agiles sur le torse de l'Empereur, le forçant à reculer dans tel sens, puis dans tel autre, pendant qu'il se débattait impuissant, riant aux éclats ; il finit par atteindre le lit où il s'écroula de tout son long.

– Et où il sodomise une chèvre qu'il prend pour sa sœur ? Est-ce bien à cette histoire que vous faites allusion ? demanda-t-elle, riant à son tour.

Elle l'enjamba, puis, à califourchon sur lui, l'immobilisa.

– Répondez ! Est-ce bien la même histoire ?

– Oui, oui, oui et oui, c'est bien celle-là, pouffa-t-il en suffoquant.

Prisonnier de sa robe de soie, il se débattait, honteux de son rire et de sa lâcheté, soulagé que sa robe le protégeât du regard de Wu.

À en croire le peuple, l'impératrice Wu était la meilleure mère que le monde ait connue. Par centaines, par milliers même, les gens s'assemblaient pour participer au grand événement qu'elle avait préparé. Son couronnement correspondait au deuxième anniversaire de ses deux fils, les princes héritiers Hung et Hsien que le peuple adorait. Et sa robe étincelante, malgré son ampleur, cachait mal sa nouvelle grossesse.

Wu était devenue l'égale d'une déesse de la fécondité. Aux yeux de ses sujets, elle était sans tache. Son instinct maternel était un exemple pour tous. Les femmes de toutes conditions copiaient sa prévenance et les soins attentifs qu'elle prodiguait à ses enfants. Soucieux d'imiter les festivités impériales, les riches donnaient de somptueuses réceptions dans des jardins enchanteurs pour célébrer les anniversaires.

Si, comme le prétend le dicton, l'arbre pousse suivant l'inclinaison de l'arbuste, alors Wu aurait des princes parfaits et vénérables, parangons, comme leur mère, de la noblesse filiale. Ils révéreraient l'extraordinaire idéal humain de leur mère, et s'inspireraient de ses vertus. Et le jeune prince Hsien, dont les petites mains se crispaient sur la couronne qu'il présentait à sa mère, était son portrait conforme.

5

Yang-chou et ses environs, en l'an 657

Tous les habitants reconnurent le petit homme lorsqu'il descendit de la voiture qui s'était arrêtée près du puits après avoir traversé la place du village en cahotant. Son visage reflétait un dégoût amer, et les villageois, surpris par une expression inhabituelle chez cet homme, l'observaient dans un silence craintif. Il portait sur l'épaule un volumineux sac qui cliquetait à chaque foulée. Deux gendarmes descendirent à leur tour du coche et lui emboîtèrent le pas. L'homme arrangea en marchant les plis de sa robe de recteur de sa main libre, évitant avec morgue les regards braqués sur lui. Un officiel portant robe et toque de magistrat descendit à son tour, et rejoignit les deux gendarmes et le premier homme. Les villageois les suivirent à distance respectable.

L'homme tourna à un angle de rue et s'engagea dans une ruelle sans issue bordée de maisons délabrées. Lorsqu'il s'arrêta devant une porte, les villageois se poussèrent du coude et échangèrent des chuchotements incrédules. Il jeta un regard implorant aux gendarmes impassibles, puis frappa à la porte, mais si doucement qu'on n'imagina pas qu'il pût être entendu de l'intérieur. Cependant, la porte s'ouvrit et une vieille femme parut sur le seuil. À la vue du visiteur, intimidée, elle s'inclina plusieurs fois avec respect pendant qu'il déposait le sac à terre avec une grimace expressive. Grommelant et jurant, il l'ouvrit, y plongea une main pour fouiller à tâtons, et en tira un coffret incrusté d'argent et de nacre. Il examina l'objet d'un œil triste, puis se redressa et tendit le coffret à la vieille. Il s'adressa à elle, le regard délibérément fixé au-dessus de sa tête afin d'éviter ses yeux, qu'elle gardait pourtant soigneusement baissés.

– Mon vrai nom est Chang Feng-tsui, déclarat-il de sa voix familière, aiguë et hautaine. Je ne suis pas un vrai recteur, et je ne mérite pas le respect que l'on doit aux prêtres bouddhistes. Je...

Il s'éclaircit la gorge, répugnant à poursuivre, pendant que les villageois échangeaient des regards ébahis. L'un des gendarmes lui administra un léger coup de bâton sur le bras afin de l'inciter à conclure. Le faux recteur lui lança un coup d'œil venimeux et reprit :

– Je suis un voleur, déclara-t-il entre ses dents. Un propagateur de faux soutras. Je vous ai volée, ainsi que tous les autres habitants de ce village. J'ai... profité de votre foi naïve pour m'enrichir sans scrupules. Je désire vous offrir...

Ses yeux tombèrent avec regret sur le coffret scintillant qu'il tendait.

– Je désire vous offrir ceci en dédommagement, bien que mes fautes soient impardonnables, je ne le sais que trop.

Les habitants contemplèrent le riche coffret avec des yeux ronds. Il valait bien dix années de récolte, et suffirait à payer les impôts de toute une vie. Gênée, la vieille femme baissa davantage la tête, refusant de prendre le coffret.

– Prenez-le, je vous prie, intervint alors le magistrat. (Sa voix fit taire les murmures.) Ce coffret vous est dû. Il est à vous. Pour une fois, cet homme ne ment pas.

La vieille paysanne jeta des regards douloureux

autour d'elle. Le coffret était là, à quelque pouces de ses yeux, dans les mains du visiteur qui semblait résigné à endurer le supplice jusqu'au bout.

– Je... je vous le mets de côté. Je vous le garde, dit-elle enfin en prenant le coffret à contrecœur.

Elle rentra aussitôt chez elle. Le visiteur laissa échapper un long et profond soupir.

– Voilà qui est bien, déclara-t-il.

Il ne s'adressait à personne en particulier. Il reprit son sac, le jeta sur son épaule, puis lança d'un ton vindicatif :

– Finissons-en avec cette lamentable mascarade, voulez-vous !

Le quatuor se remit en marche, et s'arrêta à la porte suivante. Le faux recteur leva la main et frappa.

La nuit était tombée depuis longtemps quand le juge Ti ordonna au conducteur du coche de l'arrêter à quelques pâtés de maisons de chez lui ; il avait roulé depuis l'aube, et voulait prendre l'air et marcher un peu. On avait déposé Chang Feng-tsui et ses deux gardes à la gendarmerie. Le lendemain, ou le jour d'après, le prisonnier remplirait de nouveau son sac et répéterait la même opération à diverses portes des villages avoisinants, le sac toujours plus léger, la concupiscence en berne, l'avarice meurtrie.

Ti palpa sa toque pour s'assurer qu'elle était bien enfoncée sur sa tête. Son crâne rasé déplaisait fortement à ses femmes. La semaine précédente, il s'était installé dans son jardin, imperméable aux regards de reproche qu'il sentait posés sur lui – ceux de ses femmes, pleurnichards, et ceux de ses fils, moqueurs, impertinents – pendant que le majordome lui savonnait la tête et lui rasait les cheveux avec le meilleur couteau de la maison.

Pendant des années, Ti avait trouvé utile et riche d'enseignements d'épouser une identité différente pour se déplacer plus facilement dans les rues, ou pour satisfaire sa curiosité. Il savait s'y prendre et se sentait à l'aise dans la peau d'un autre. Dans sa jeunesse, un oncle, un tout jeune frère de sa mère, l'emmenait parfois dans l'exploration aventureuse des rues de Ch'ang-an où ils résidaient. Ils se faufilaient hors de la demeure familiale, se déguisaient en mendiants, en paysans, ou en étrangers de passage, et grâce à ces différents accoutrements, ils s'enfonçaient dans des quartiers où les jeunes gens de bonne famille ne mettaient jamais les pieds.

Adulte, devenu magistrat, il avait limité ses déguisements aux vêtements – habits de marchands, fripes paysannes, etc. Ses femmes les toléraient sans approuver. Elles en étaient gênées. Elles prétendaient que cela nuisait à sa dignité de fonctionnaire – et encore plus depuis qu'il avait été nommé juge principal après la retraite du vieux Lu. Mais les objections de ses épouses allaient plus loin ; sa première épouse lui avait dit un jour que ses déguisements l'éloignaient d'elles, et faisaient de lui un étranger. Il y avait du vrai dans cette accusation ; il se sentait en effet comme un étranger, ce qui n'était pas toujours pour lui déplaire. Il trouvait drôle et instructif de se dépouiller de son identité pour endosser un temps la peau d'un autre.

Cependant, il n'avait jamais été jusqu'à prendre des mesures aussi radicales. En voyant pour la première fois son crâne nu, ses épouses avaient dû songer que leur mari était devenu un inconnu, et il en avait tiré quelque amertume. Mais qu'y faire ? Du jour où il avait compris que son vieil « ami » Chang Feng-tsui – mieux connu dans certains milieux sous le sobriquet d'Œil de Diamant – était à l'œuvre, Ti n'avait eu d'autre choix que de lui donner la chasse, et pour ce faire, il avait bien fallu qu'il se déguise en moine. Au cours d'une semaine exténuante mais particulièrement satisfaisante, le juge Ti avait parcouru d'innombrables *li* dans de grossières sandales de cuir qui lui avaient laissé les pieds en sang, avait attrapé des ampoules dans des travaux manuels éreintants, s'était écorché les genoux à force de prières interminables, mais avait aussi amené un criminel devant la justice, lui avait concocté une condamnation qui le punissait si bien que Ti en avait ri de plaisir en l'imaginant, une condamnation directement inspirée du code légal des T'ang, dont l'infinie sagesse était inépuisable.

Tout avait commencé deux semaines auparavant par une affaire d'impôts. Ou plutôt, par plusieurs affaires d'impôts, toutes émanant du même village des proches environs de Yang-chou. C'était pourtant une époque de grande abondance ; dans la ville, les chariots et les barques croulaient sous le poids des produits fermiers ; malgré cela, sept paysans n'étaient pas parvenus à s'acquitter de leur taxe annuelle. Le sac de céréales qu'ils avaient remis au collecteur d'impôts était bourré de sable et de paille, avec une mince couche de grains sur le dessus.

Au cours des auditions, les prévenus avaient tenu des propos évasifs, mais quasi identiques. Ti n'avait pu s'empêcher de faire le rapprochement avec les interrogatoires auxquels il soumettait ses propres fils, à cette différence près que les paysans étaient naïfs et sincères, et contrairement à ce qu'il ressentait en présence de ses fils, il n'avait pas cru à une faute intentionnelle de la part de ces braves gens. Leur cruel manque de ruse et leur grossier stratagème pour différer le paiement de l'impôt plaidaient pour eux. Au cours des interrogatoires, les paysans avaient tous invoqué les noms du Bienheureux Maitreya et du Bienheureux Amitabha, ainsi que ceux d'autres saints hommes. Ti savait que le bouddhisme Mahāyāna, centré sur le Salut, s'était introduit dans les campagnes. Mais ces villageois-là baignaient dans une religiosité... excessive.

Intrigué, Ti avait suspendu la séance pour quelques heures et avait envoyé son assistant étudier les registres de recensement et le Registre des Temples. Combien d'habitants dans le village ? Était-ce un village habituellement prospère ? Y avait-il un monastère dans les environs ? Si oui, comment s'appelait-il et combien hébergeait-il de moines ?

Après le départ de son assistant, Ti choisit dans sa bibliothèque un énorme volume qu'il s'était juré d'étudier à fond depuis le meurtre du ministre des Transports, quatre ans auparavant, et qui l'avait conduit à s'intéresser à la culture religieuse et profane de l'Inde. En relisant le titre de l'ouvrage, il comprit pourquoi il avait remis à plus tard l'étude de son contenu : *Traduction du sanskrit des textes sacrés du bouddhisme Mahāyāna : le soutra Sukhavati-vyuha, le soutra Vagrakkhedikka, le soutra Prajnaparamita-hridaya, le soutra Amitabha-dhyana.* Ne sachant par où commencer, il décida de se plonger à tout hasard dans la lecture du soutra Sukhavati, dont le nom ne lui était pas entièrement étranger, vestige de ses études passées ; en outre, ce nom était revenu à plusieurs reprises au cours des interrogatoires des paysans.

Il étudiait depuis une bonne heure, absorbé par sa lecture, quand son assistant était revenu et lui avait fait part de ses découvertes : environ trois cents personnes habitaient le village, lequel n'avait jamais connu de problème d'impôts avant ce jour ; il y avait bien un temple dans le voisinage, construit deux ans plus tôt seulement, qui s'appelait la Terre de la Béatitude, et dont le bonze avait autrefois porté le nom de Chang Feng-tsui.

Ti répéta le nom à voix haute, se replongea dans sa lecture, puis se leva d'un bond. L'instant d'après, il était dehors. Il revint une heure plus tard, chargé d'objets de valeur qu'il avait ramassés chez lui, sur des étagères, sur des tables, dans des tiroirs, pendant que ses épouses le suivaient de pièce en pièce en regardant d'un air horrifié les trésors disparaître dans son sac.

Ensuite, il fit venir les paysans dans son bureau un par un, les désarma par des références à Kuan-yin la miséricordieuse, et en suppliant chacun d'accueillir le bodhisattva en lui et de le laisser agir. Déjà sidérés d'entendre le nom de la déesse la plus puissante du Mahāyāna dans la bouche d'un haut fonctionnaire confucianiste, ils restèrent sans voix quand Ti passa aux actes. Il donna à chacun d'eux un de ses trésors personnels : un lézard en argent, une épingle à cheveux en or et en rubis, une défense d'éléphant sculptée incrustée de pierres précieuses, une broche qui avait appartenu à sa grand-mère, et une cassette en perle et cloi-sonné de plus de six cents ans.

Prenez-le, mettez-le en gage, et payez vos impôts, ordonna-t-il solennellement à chaque pay-san abasourdi. Gardez le reste pour les impôts de l'année à venir, mais, ajouta-t-il à voix basse, que cela reste notre secret. Cachez-le dans votre bourse ou dans vos habits. Ne répétez surtout pas à vos compagnons ce qui s'est passé entre nous. Dites-leur que je vous ai imposé une amende sévère.

Il regarda chaque homme au fond des yeux, s'efforçant de le lier comme par une promesse, mais sans plus. Il espérait venir ainsi à bout de leurs défenses. Il assista avec une pointe de mélan-colie à la disparition de ses trésors irremplaçables, un à un, dans les replis d'une chemise élimée ou dans un sac dépenaillé, et essaya de se persuader que si son plan fonctionnait comme prévu, les objets seraient à leur juste place. Puis, il tenta de se souvenir avec un soupir de ce que le bouddhisme disait sur l'attachement néfaste aux choses de ce monde.

Puis il patienta. Le trajet qu'il entreprit une semaine plus tard – tête rasée, revêtu d'une robe au tissu rugueux qui lui grattait la peau – pour se rendre au monastère de la Terre de la Béatitude

était long et pénible, et il couvrit les douze *li* [1]
pédestrement afin d'arriver à destination couvert
de poussière et les pieds douloureux. Il espérait
aussi se mettre dans un état d'esprit propice. En
marchant, il ânonnait des morceaux de textes
sacrés qu'il venait de lire : Le plein c'est le vide, le
vide c'est le plein... le vide est identique au plein, le
plein est identique au vide... la perception est le
vide, la conception est le vide, et le savoir est le
vide... ici, dans ce vide, il n'y a ni forme, ni perception, ni nom, ni concept, ni savoir... ni œil, ni
oreille, ni langue, ni corps, ni esprit...

Il eut bientôt les pieds en feu, couverts
d'ampoules. Il était paradoxal de cheminer, aveuglé de poussière, d'avoir la bouche pleine de sable,
de respirer un air chargé des odeurs de fumier et
du parfum des fleurs, de croiser des fermiers sur
leurs chars à bœufs, des femmes qui portaient des
baquets d'eau et des paniers de légumes, et de prétendre que rien de tout cela n'était réel.

Le monastère de la Terre de la Béatitude était si
neuf qu'il n'était pas encore terminé ; des moines
et des paysans s'activaient de-ci, de-là, à creuser, à
charrier des rocs et de la terre dans des brouettes.
Il erra parmi eux, psalmodiant le soutra du plein et
du vide, et il reconnut au moins deux hommes qui
avaient comparu devant lui. Les paysans auraient
dû travailler aux champs ! L'œil exercé de Ti vit
que le terrain en friche hébergerait bientôt une
paisible oasis, mares aux carpes, arbres dispensa-
teurs d'ombre, élégants murets de pierres et fontaines rafraîchissantes. Un vide du meilleur goût et
savamment ordonné.

Et c'était précisément ce à quoi il s'était attendu.

Pour éviter de se faire remarquer, il offrit ses
services à un groupe d'ouvriers qui déplaçaient de
gros rochers. Au bout de quelque temps, les
moines qui travaillaient parmi eux déposèrent
leurs outils et se dirigèrent vers la porte du temple.

1. 6,4 km.

L'un d'eux gratifia Ti d'un signe de tête qui semblait indiquer qu'il pouvait se joindre à eux s'il le souhaitait. À l'intérieur, dans la salle des prières presque dépourvue de fenêtres, mal éclairée par des chandeliers accrochés aux murs, Ti s'agenouilla, bercé par les voix bourdonnantes des moines qui avaient entonné de puissantes et prenantes incantations. Il récita les prières, lui aussi, avec seulement une fraction de syllabe de retard sur les autres :

– Amitaprabha, pourvu d'une splendeur infinie ; Amitaprabha, pourvu d'un brillant infini ; Asamaptaprabha, dont la lumière est éternelle ; Asangataprabha, dont la lumière ne dépend de rien ; Prabhasikhotsrishtaprabha, dont la lumière provient des flammes de la lumière ; Sadivyamaniprabha, dont la lumière est celle des joyaux du ciel...

Lorsque les yeux de Ti se furent accoutumés à l'obscurité, ils accrochèrent, l'espace d'un instant, les éclats scintillants d'objets brillants qui reposaient sur l'autel.

Et les bourdonnements des moines perduraient, la tête de Ti s'emplissait des noms des sages du paradis occidental :

– ... Abhibhuyanarendrabhutrayendraprabha, pourvu d'une lumière plus grande que celle des seigneurs humains et des seigneurs des trois mondes ; Srantasankayendusuryagihmikaranaprabha, pourvu d'une lumière qui fait pâlir la lune et le soleil... Abhibhuyalokapalasakrabrahmassuddhavasamahesvarasarvadevagihmika ranaprabha, pourvu d'une lumière qui fait pâlir tous les dieux soumis, Mahesvara, les Suddhavasas, Brahman, Sakra, et les Lokapalas...

Les moines passèrent au soûtra Sukhavati, celui que Ti avait lu dans son bureau le jour où les paysans avaient comparu. Sukhavati : la Terre de la Béatitude, le joyau céleste, un nom prédestiné pour le monastère, assurément.

– ... Ô Ananda, le monde de Sukhavati embaume de doux parfums, regorge de fleurs et de fruits, s'orne d'arbres de joyaux où perchent des myriades d'oiseaux au chant limpide... et ô, Ananda, les fruits de ces arbres sont l'or, l'argent, le béryl, le cristal, le corail, la perle, le diamant... et oh ! ceux qui naîtront dans ce monde de Sukhavati posséderont les parures les plus belles, des jardins, des palais... et s'ils désirent des diadèmes, des boucles d'oreilles, des bracelets, des colliers, des parures de perles, de bijoux, des parures de clochettes faites d'or ou de pierres précieuses, alors ils trouveront sur cette terre du Bouddha tous ces ornements dans les arbres miraculeux...

L'interminable prière s'acheva enfin sur un passage que Ti trouva tout à la fois familier et étrange. C'était une exhortation pour ceux qui souhaitaient voir ces arbres de cristal, de béryl, de corail et de diamant, et pour ceux qui souhaitaient porter des bijoux et se promener le long des sentiers plantés d'arbres où poussaient les joyaux, et écouter le doux chant des oiseaux en respirant le vent parfumé qui agitait les pierreries qui pendaient aux branches, en grappes, et dont les agréables tintements étaient une musique douce à l'oreille, et pour ceux qui souhaitent se baigner dans les rivières aux eaux tièdes couleur d'émeraude et de saphir. Ceux-là, s'ils voulaient voir toutes ces choses merveilleuses, devaient bâtir un escalier d'or et de pierres précieuses bien terrestres, qui, bien sûr, sembleraient de viles pierres et de la boue comparés aux joyaux de la Terre de la Béatitude.

Puis Ti déplia ses jambes engourdies et suivit les moines qui approchèrent de l'autel garni de mystérieux trésors dont l'éclat semblait rivaliser avec les joyaux de Sukhavati. Il eut un mouvement de recul en reconnaissant son propre lézard en argent qu'il avait donné à l'un des paysans une semaine auparavant. Mais en y regardant de plus près, ce qu'il découvrit le laissa rêveur : l'émeraude des yeux était terne, les écailles grossières. Soudain, il comprit : chaque objet n'était qu'une pâle copie des originaux, une contrefaçon de pacotille, les diamants étaient de la verroterie, l'ivoire du bois peint, et les perles des coquillages polis. A la faible lumière des bougies, pour un œil non averti, la collection qui garnissait l'autel pouvait passer pour le trésor de l'Impératrice.

Mais où étaient donc les pièces authentiques ? En sortant du temple, Ti cligna des yeux, aveuglé par le soleil ardent, puis se dirigea vers un groupe d'hommes qui s'escrimaient à déplacer un gros rocher ornemental avec de longues perches et des tasseaux de bois. Il esquissa un sourire patelin et joignit ses efforts à celui d'un des hommes. De l'épaule, ils poussèrent le rocher pour le déséquilibrer. En sentant la dureté du granit contre sa joue, Ti se rendit compte que c'était le parfait paradigme de la vie terrestre. Dans ce bas monde, songea-t-il en produisant une forte poussée qui fit rouler le rocher de quelques pouces à peine, c'est chair contre pierre. Il n'y a pas de jardin enchanteur sans efforts douloureux des muscles, des os et des tendons. Pas de champs de blé ou de riz non plus.

Courbé en deux, ahanant, il entendit deux voix approcher. L'une lui sembla étrangement familière, bien qu'il ne l'eût pas entendue depuis plus de dix ans. Il tendit l'oreille ; la voix commentait la qualité médiocre des carpes tachetées comparée à celle bien supérieure des carpes de couleur unie. La seconde voix acquiesçait avec soumission et s'adressait à son interlocuteur en l'appelant « Votre Sainteté ». Les deux personnages s'arrêtèrent près d'un groupe d'hommes en sueur qui s'activaient avec force grognements.

Les voix n'étaient plus qu'à quelques pas de Ti, qui, l'épaule contre le rocher, courbé, regarda discrètement par en dessous, et aperçut dans des sandales des orteils manucurés qui dépassaient d'une robe safran.

– Prenez garde de ne pas vous blesser, dit avec sollicitude la voix que Ti connaissait. Prenez le travail comme une méditation, chaque poussée est une prière, le poids du roc est le poids de votre existence.

Ti n'avait pas pu résister. Quasiment certain que son crâne rasé, l'usure du temps et l'incongruité absolue de sa présence dans un tel lieu protégeraient son identité, il leva la tête et scruta la face joufflue et cordiale du supérieur du monastère de la Terre de la Béatitude. C'était exactement le visage qu'il s'était attendu à voir, mais ce qui l'incita à regarder plus longtemps que la prudence le voulait, ce fut la broche en or sertie de deux rubis étincelants, une pièce à l'authenticité indubitable, qui était épinglée à l'échancrure de la robe du recteur.

La broche de sa grand-mère !

Pendant que Sa Sainteté jacassait, expliquant exactement comment placer les roches afin qu'elles ressemblent à des têtes écoutant un sermon, selon ses propres termes, Ti le gratifia d'un sourire béat et rentra sa tête. Le lendemain, Chang Feng-tsui était arrêté.

Ti avait presque regretté d'avoir interrompu l'arrangement entre Chang et les villageois. Un arrangement qui satisfaisait les deux parties : il procurait un but et un réconfort moral aux paysans tout en garantissant à Chang un luxe auquel il était habitué et qu'il considérait sincèrement comme lui étant dû. Pour Chang Feng-tsui – ou pour Œil de Diamant comme Ti l'avait autrefois connu – une vie sans luxe, sans demeure somptueuse, sans vêtements raffinés, sans objets d'art, ne méritait pas d'être vécue. Il avait besoin de ces accessoires, plus encore que d'air ou de nourriture.

C'était du temps où Ti était encore un jeune assistant, il y avait maintenant plus de dix ans, qu'il avait rencontré pour la première fois Chang Feng-tsui. Descendant d'une famille riche et honorable mais dont la situation financière venait de connaître de graves revers, il avait reçu une excellente éducation qui l'aurait amené à une position dotée d'émoluments fort convenables, s'il n'avait tout abandonné sur un coup de tête. Il avait alors entrepris de cultiver l'amitié des riches. Pendant des années, il avait réussi dans le commerce d'objets d'art en profitant de ses relations. Il avait la passion du rare et du beau et principalement des bijoux.

Un soir, il fut pris au sortir d'une réception que donnait un riche ministre, les manches remplies des bijoux de son hôtesse. Tout son passé remonta à la surface – bijoux et autres trésors volés à ses riches amis pendant des années lui avaient permis de mener la vie animée et plaisante d'un commerçant de luxe ; il revendait certaines pièces et gardait pour sa collection personnelle celles qu'il préférait. Il fut arrêté et condamné à plusieurs années de travaux forcés, malgré l'appel à la clémence d'une quantité non négligeable de ses anciens amis, ceux-là mêmes qu'il avait volés. Un jour, quelques mois après sa condamnation, il disparut du bagne. On pensa qu'un de ses riches amis avait arrangé son évasion. Il en acquit une sorte de célébrité ; ce fut après cette évasion qu'on lui attribua le sobriquet d'Œil de Diamant.

Ti avait commencé à comprendre quand son assistant avait regagné le bureau après ses recherches le jour de l'interrogatoire des sept paysans. Le hasard avait voulu qu'il soit en train de lire le soûtra de Sukhavati-vyuha, la description des joyaux de la Terre de la Béatitude ; d'entendre son assistant prononcer le nom d'un homme pour qui cette terre semblait avoir été spécialement conçue avait provoqué chez le juge Ti une sorte d'éblouissement. Et comment aurait-il appelé son monastère autrement que la Terre de la Béatitude ?

Ti récupéra ses trésors de famille, y compris la

broche de sa grand-mère, quand on fouilla les appartements de Chang Feng-tsui le jour de son arrestation. Mais la veille au soir, après avoir regagné son domicile, éreinté et les pieds douloureux, Ti avait relu le soutra de Sukhavati et il avait découvert qu'une partie de la prière chantée par les moines ne figurait pas dans le texte. Apparemment, Œil de Diamant avait exercé ses talents d'écriture à la création de soutras, et avait greffé dans le texte sacré ancien et vénéré un passage apocryphe qui avait le bon goût de sonner juste, mais qui disait surtout : *ils doivent bâtir un escalier d'or et de pierres précieuses...*

Sur cette simple phrase, il avait bâti son petit Empire. Avec la sueur et le labeur de ses moines et des paysans, il s'était construit une agréable demeure pour son plaisir et son raffinement. Grâce aux biens et à l'argent que lui donnaient les paysans, convaincus qu'il leur ouvrirait les portes d'un paradis peuplé de trésors, il avait retrouvé avec délices son ancienne activité de trafiquant d'objets d'art. Le système était ingénieux : quand un paysan lui apportait une offrande, il l'utilisait pour acheter un objet précieux qu'il guignait, puis il le montrait à son donateur en lui expliquant qu'il lui appartenait désormais, à lui et à sa famille, et qu'il le disposerait en bonne place sur l'autel où il resterait pour l'éternité. Plus l'autel était garni de richesses, plus l'intervention de Kuan-yin la miséricordieuse serait efficace, et assurerait des pluies généreuses, des récoltes abondantes, la fertilité et tout le reste – sans oublier l'accès au paradis, bien sûr. Pendant ce temps-là, il commandait une réplique de l'objet qu'il plaçait ensuite sur l'autel mal éclairé, et l'article authentique rejoignait la collection personnelle d'Œil de Diamant, ou ses réserves, afin d'être vendu ou échangé.

Ti ignorait ces détails quand il avait donné ses trésors familiaux aux paysans, mais il avait parié qu'ils finiraient dans les mains du « chef spirituel » par un chemin ou un autre. Il avait deviné que l'emprise d'Œil de Diamant sur les paysans serait plus forte que leur tentation de conserver les objets ou de les mettre en gage afin d'acquitter leurs impôts. C'était la partie la plus risquée du plan, mais il avait vu juste.

Les années de travaux forcés, que Chang Feng-tsui méritait largement, n'auraient pas réussi à amener un tel homme à résipiscence. C'est pourquoi Ti avait imaginé une punition plus pénible et plus adéquate : la restitution des objets à leurs propriétaires, accompagnée d'excuses publiques. Pour Ti, rien n'était plus répréhensible que le détournement des croyances des braves gens, honnêtes et travailleurs, à des fins d'enrichissement et de confort personnels.

Ti avait apprécié la longue marche qu'il avait effectuée depuis que le coche l'avait déposé. Ce fut avec sérénité qu'il s'engagea dans la rue calme et déserte où il résidait. En passant devant les grandes et confortables demeures, abritées derrière leurs hautes grilles, il songea aux risques qu'encourait le commun des mortels : les intempéries, les caprices de la nature, le hasard, les aléas de la politique, auxquels il fallait ajouter les superstitions religieuses, d'où qu'elles viennent, qui surgissaient aux quatre coins du pays.

Le concierge attendait Ti. Il le fit entrer et l'éclaira d'une lanterne. En foulant l'herbe de son jardin, Ti se demanda quelle chance une société avait-elle d'être juste, rationnelle et morale, quand les hommes se désintéressaient de ce monde, leurrés par les visions chimériques de l'au-delà.

Et quelles forces obscures œuvraient à la création d'êtres aussi peu scrupuleux qu'Œil de Diamant, si portés à profiter des faiblesses humaines ?

Dans le vestibule qui donnait sur la réception, Ti surprit ses fils en grand conciliabule, leur cartable posé sur le sol derrière eux. Dès qu'il entra, les têtes se redressèrent et les chuchotements cessèrent. Les deux garçons se figèrent au garde-à-vous face à leur père, comme deux petits soldats.

Ti engagea la conversation, les questionna sur ce qu'ils avaient appris à l'école, et reçut des réponses convenues accompagnées de sourires en coin. Apparemment, sa présence avait le don de les amuser. S'efforçant à la patience, il leur tapota l'épaule, puis les quitta. Il n'ignorait pas que les chuchotements reprendraient dès qu'il aurait le dos tourné.

– Qu'est-ce ?

Campé au centre de la réception, Ti examina avec stupeur les statuettes.

– Il suffit que je parte une seule journée, et voilà ce que je trouve à mon retour !

Son regard s'arrêta sur la grande statue de Bouddha qui trônait au milieu de la vaste pièce.

– Si mon époux ne veut pas des statues dans cette pièce, nous les installerons dans nos appartements avec les autres, déclara la première épouse d'un ton sans réplique.

– Les autres ? Voulez-vous dire qu'il y en a d'autres ? demanda-t-il aux deux femmes qui lui faisaient face.

Il traversa la réception et se dirigea vers le couloir qui menait à la bibliothèque et aux chambres à coucher, mais il s'arrêta net au pied de l'escalier quand il vit un assortiment de livres et de parchemins qui encombraient les étagères murales décoratives. Sur les couvertures, des enluminures représentaient des lotus et des Bouddhas au milieu de caractères chinois et sanskrits.

– Et ces livres ? tonna-t-il. Qu'est-ce encore ?

Première Épouse se précipita pour poser ses mains protectrices sur les livres sacrés.

– Des soutras populaires et des livres de prières, expliqua-t-elle vivement. Ils ont été livrés avec les statues. (Puis elle ajouta avec gaieté, croyant limiter les dégâts :) Et sans augmentation de prix. Un bonze du monastère de la Glorieuse Fleur est venu. Tout est fabriqué là-bas. Ce sont d'habiles artisans.

– Oh! c'est merveilleux! déclara Ti avec une ironie appuyée. Merveilleux. Ainsi, les livres de prières ne m'ont rien coûté? Vous m'en voyez ravi. Quand je pense que je laisse mon majordome et mes domestiques marchander sur le prix de la nourriture! C'est à vous que je devrais confier cette tâche. Je ne vous savais pas si talentueuse, ma chère. Vraiment, je l'ignorais. Ah, les livres ne m'ont rien coûté! Eh bien, vous ne m'en voudrez pas de ce que je vais faire, conclut-il en poussant la pile de livres qui bascula, et se répandit par terre avec fracas.

– Ils ne sont là que pour le réconfort des moines mendiants, protesta Seconde Épouse.

– Où sommes-nous? Dans un monastère? gémit Ti. Un refuge pour pèlerins? Vais-je bientôt rentrer chez moi pour trouver des ascètes mendiants dans mon lit? Je ne le tolérerai pas!

Là-dessus, il gravit l'escalier qui menait aux chambres à coucher.

Il entra dans la chambre de Première Épouse et scruta la pièce. Devinant des rires étouffés derrière son dos, il se retourna et aperçut ses fils pointer un nez curieux par l'entrebâillement de la porte. Il leur jeta un regard menaçant qui les fit fuir.

– J'ai déjà assez d'ennuis avec mes fils. Maintenant, c'est au tour de mes femmes, pesta-t-il en désignant les statuettes rangées avec amour aux quatre coins de la chambre.

– Laissez cela! ordonna Première Épouse en voyant Ti s'approcher de la coiffeuse. Que faites-vous?

Ti débarrassa la nappe de soie, s'en saisit, y jeta deux statuettes de Bouddha posées sur la coiffeuse, puis s'approcha d'une autre table et répéta la même opération.

– Ce sont les Lohans et les Lokapalas, pleurnicha Seconde Épouse. Les saints disciples, nos protecteurs!

– Croyez-vous que je l'ignore ? riposta Ti en fourrant deux autres statuettes dans la besace qu'il avait improvisée avec la nappe de soie. J'ai dû voir toutes les statuettes de l'iconographie bouddhique dans cette foutue ville.

Il repoussa les mains de Seconde Épouse qui lui disputait la besace.

– Remettez-les tout de suite à leur place ! dit-elle avec colère.

Elle essaya de nouveau de s'emparer de la besace, mais Ti l'esquiva. Les statuettes s'entre-choquèrent bruyamment.

– Faites donc attention, vous allez les casser !

– Je vais faire mieux que ça. Je vais les empiler avec les chapelets et les livres de prières et je vais brûler toute cette quincaillerie.

– Certainement pas. Nous ne vous laisserons pas faire.

Première Épouse s'était jointe à l'échauffourée et elle agrippa un coin de la soie.

– Ces objets nous apportent aide et réconfort, dit-elle.

– Ce ne sont que des promesses creuses, répliqua Ti en tirant sur la soie.

– Vous me faites mal à la main ! gémit Première Épouse.

– Très bien. Tout sacrifice rapproche de la béatitude.

Il s'approcha de la statue de la déesse Kuan-yin, posée sur le rebord d'une fenêtre. Devinant son intention, Seconde Épouse se précipita.

– Non ! Vous ne la toucherez pas. Elle est notre bénédiction matinale.

– Voulez-vous me donner cet objet ridicule !

Elle entoura la statue de ses bras et la berça comme un bébé. Ti empoigna la tête de la déesse ; Seconde Épouse affermit sa prise ; Ti tira d'un coup sec qui décapita la statue en bois de rose.

– Regardez ce que vous avez fait ! couina Seconde Épouse. Vous m'avez fâchée, mon époux !

– Je ne veux pas de ces niaiseries dans ma maison ! gronda-t-il en jetant la tête dans la besace avec les autres objets.

L'éclat d'une empoignade les fit se retourner. Dans l'encadrement de la porte, le majordome venait d'agripper les deux garçons et les entraînait à l'écart.

– Elles ne sont pas dans votre maison ! décréta Première Épouse. Elles sont dans nos appartements. Vous n'êtes même pas obligé de savoir qu'elles sont là.

– Oui, mais comme je le sais, c'est trop tard.

– Eh bien, prétendez que vous l'ignorez.

– La ville entière me réclame la même chose. Faites comme si vous ne voyez rien ; laissez faire. Non, je ne peux pas ! Et je ne peux vous laisser succomber à ces fadaises. Pas sous mon toit. Mon père n'a jamais laissé la superstition envahir sa maison, lui non plus. C'est ce qui l'opposait à ma mère. « Une maison respectable doit être régie selon les préceptes de Confucius, disait-il. Le bouddhisme est pour les domestiques. » Sinon, où allons-nous ? Cette... cette religion étrangère est bonne pour les eunuques et les vieilles femmes.

– Nous vieillirons bien assez tôt, rétorqua Seconde Épouse. Je vous en prie, mon époux, nous ne demandons qu'un peu de réconfort, c'est inoffensif ! Auriez-vous le cœur de nous l'interdire ?

Plus tard, dans son bureau, après avoir quitté ses épouses à la suite d'une discussion au cours de laquelle il s'était excusé auprès de Première Épouse de lui avoir tordu la main, et avait accepté à contrecœur de leur laisser quelques statuettes à condition qu'elles les conservent dans leurs appartements, Ti se disposait à écrire quelques lignes dans son journal quand il entendit gratter au panneau de la porte d'entrée qui donnait sur le jardin. Il alla ouvrir. Chenapan s'avança avec l'air d'un chien qui a bien occupé sa journée, et s'affala de tout son long à sa place habituelle, sous le bureau du juge. Ti s'agenouilla pour lui caresser la tête. Le seul membre de la famille qui ne contribue pas à détériorer l'harmonie de la maison, songea Ti en s'étirant avec lassitude.

Il avait pris sa seconde épouse dix ans auparavant. Il n'était pas rare qu'un fonctionnaire confucianiste ait deux, voire trois femmes. Il fallait respecter un certain standing. Mais Ti s'était plié aux exigences sociales pour des raisons différentes ; il ne croyait pas qu'un homme dont la situation s'améliorait devait céder nécessairement à ces pratiques, mais sa mère avait beaucoup insisté. Il n'avait épousé une seconde femme que pour apaiser sa mère !

Assurément, pour un confucianiste, apaiser sa mère était un devoir filial majeur. Mère l'avait persuadé de prendre pour seconde épouse la fille d'un riche aristocrate, un de ses amis d'enfance. A l'époque, Ti avait déjà un fils de sa première femme ; un an plus tard, sa seconde épouse mit au monde un garçon, et on s'aperçut vite que le Destin était intervenu pour réunir les deux garçons. Dès son plus jeune âge, le cadet forma avec son aîné un couple indissoluble ; ils regardaient le monde avec les mêmes yeux, parlaient la même langue. Ti se souvenait très bien du premier incident au cours duquel le cadet – âgé de trois ans à peine – démontra son absolue loyauté à son frère ; l'aîné lui avait ordonné de manger un criquet – de le bien mastiquer et de l'avaler ! – et le cadet s'était exécuté, sans l'ombre d'une hésitation. Peu après, son grand frère avait exigé qu'il fourre les dessus-de-lit en soie dans le pot de chambre, et le cadet avait obéi avec joie.

À la suite de ces incidents, les deux épouses s'étaient querellées, chacune accusant le fils de l'autre d'être l'instigateur de la turlupinade. Mais quand elles ne se querellaient pas, les deux femmes avaient tendance à faire front ensemble.

Parfois, Ti avait l'impression que ses fils et ses femmes s'accordaient pour considérer que sa présence était tolérable, mais sans plus. La soirée venait d'en fournir un exemple édifiant.

La mère de Ti était une femme très persuasive, et son pouvoir s'exerçait en dépit des centaines de *li* qui séparaient la cité fluviale de Yang-chou de la capitale occidentale de Ch'ang-an où elle résidait. Ses lettres parvenaient avec une grande régularité, remplies de conseils, de mises en garde et de sermons. Elle n'avait jamais accepté de vivre avec son fils, comme il eût été normal de la part d'une parente âgée, et cela posait des problèmes de bienséance. Mais Ti s'en réjouissait en secret, de même que ses épouses. Mère avait certes approuvé le premier mariage de son fils, et elle avait choisi personnellement sa deuxième femme, mais elle prétendait ne s'entendre ni avec l'une ni avec l'autre, et habitait à Ch'ang-an, chez des parents. Les dieux en soient bénis, s'était dit le juge à maintes reprises.

Il soupira et s'apprêtait à prendre son pinceau quand on frappa à la porte de son bureau. Il reposa le pinceau d'un air las.

– Entrez ! cria-t-il.

Le majordome entrouvrit timidement la porte et passa sa tête par l'entrebâillement.

– Des visiteurs, maître.

– Je suis navré de déranger Son Excellence, dit une autre voix. Mais nous avons un problème délicat.

Ti leva la tête et reconnut l'un des agents de son district. Derrière lui se tenait un vieil homme qui gardait les yeux fixés au sol.

– Voici le sculpteur Ling, annonça l'agent. Il possède une échoppe dans le quartier voisin.

Le vieil homme commença à se prosterner, mais Ti l'arrêta d'un geste. Le vieillard se ravisa, puis s'inclina avec respect, mais il n'osait toujours pas lever les yeux sur Ti.

– Assurément, ce vieil homme n'a pu commettre un délit qu'on ne saurait lui pardonner ! déclara Ti, sans dérider pour autant l'agent.

– Votre Excellence, maître Ling n'a pas commis de délit, il en a été victime.

– Maître Ling a-t-il subi des préjudices ?

– Oui, Votre Excellence. Il y a eu un vol à son échoppe. Il affirme que des objets lui ont été dérobés. La méthode classique : l'un des voleurs a occupé l'attention de maître Ling pendant que l'autre se servait.

– Connaît-on les coupables ?

– Oui, Votre Excellence, je le crois.

Il y eut un long silence. L'agent choisit ses mots avec soin et poursuivit :

– C'étaient deux jeunes garçons. L'un devait avoir neuf ou dix ans ; l'autre douze ou treize environ. Tous deux étaient propres et bien vêtus. (Nouveau silence.) On les a suivis... jusque dans cette rue.

Ti dévisagea l'agent et le vieil homme en repensant à ses fils qu'il avait surpris dans le vestibule, cachant leur cartable de leur corps.

Il donna un violent coup de poing sur le bureau, puis alla à la porte, l'ouvrit, et hurla les noms de ses fils à travers le couloir désert.

6

Lo-Yang, en l'an 658

Wu-chi était très alarmé par l'état du vieux Sui-liang. Après dix jours d'audiences exténuantes, dont le but évident était d'épuiser les vieux conseillers, de les briser et de les démoraliser, Wu-chi s'aperçut que son ami souffrait. Le matin même, il était arrivé tout pâle et Wu-chi avait dû l'aider à gravir l'escalier, traverser le couloir interminable et venir s'asseoir à sa place dans la Chambre des Révisions.

Wu-chi saisit la main décharnée du vieillard et le rassura d'une pression amicale. Il sentit les os, aussi frêles que ceux d'un oiseau, se froisser comme le papier d'un éventail sous sa main. Il surprit des larmes couler sur les joues de son ami, mais fit semblant de ne pas les avoir remarquées. Il tapota la main du vieillard et détourna poliment les yeux.

À quatre-vingt-quatre ans, Sui-liang était le plus âgé des conseillers, et Wu-chi savait que son ami ne vivrait pas une année de plus. Il n'arpentait plus les sentiers ombragés de la Réserve Impériale, promenades qui lui avaient donné tant de plaisir et de réconfort. Et il ne jouait plus du *chin* à seize cordes depuis longtemps. Le magnifique instrument lui avait été offert par son fils quelque trente ans auparavant, et il en avait toujours joué avec un plaisir inégalé. « La musique procure des joies sans lesquelles l'homme ne pourrait vivre », avait-il déclaré un jour à son arrière-petit-fils. Wu-chi se souvenait du vieil homme en train d'accorder l'instrument puis de réciter le Livre des Rites sous le regard admiratif de l'enfant. « La vertu est la branche la plus robuste de l'arbre de la nature humaine, avait-il poursuivi, amusé par la fascination qui se reflétait sur le visage de l'enfant, et c'est grâce à elle que la branche fleurit. » L'incapacité de Sui-liang à jouer de son instrument était pour Wu-chi une poignante prophétie – comme la disparition d'un animal qui sait qu'il va mourir.

La vertu et l'honnêteté : c'était ce qui définissait le mieux le vieillard. Bien sûr, on pouvait en dire autant de Han-yuan et de Lai-chi, ses autres collègues du Conseil des Six. Ils étaient assis, stoïques, à sa gauche, sur les bancs de la Chambre des Révisions. C'était le dernier jour des audiences qui s'étaient poursuivies sans interruption, celui où la décision et les « attendus » seraient rendus publics.

Qui aurait pu prévoir chose pareille ? Ils ne représentaient même plus le Conseil des Six. Si grands étaient leur désespoir et leur humiliation que deux d'entre eux avaient déjà sauvé leur honneur par la seule voie qui leur était offerte : ils s'étaient donné la mort.

Wu-chi ne reconnut pas le nouveau vice-président du Censorat qu'il croisa dans le hall. Dans le flot des événements incompréhensibles des dernières semaines, sa nomination n'avait rien d'exceptionnel. Il n'avait jamais vu cet homme, bien qu'il fût, lui, Wu-chi, le président supposé du Censorat Suprême, poste qu'il occupait à plein temps, en plus de son mi-temps au service du Conseil des Six. Ou plutôt, qu'il occupait avant la dernière quinzaine, quand les « charges » contre les quatre survivants du Tsai-hsiang avaient été relevées contre eux.

Le Censorat était la juridiction la plus haute, entre l'Office Impérial des Châtiments et la Chambre des Révisions. Si on devait juger quelqu'un coupable de trahison ou de diffamation contre le gouvernement, la tâche aurait dû en incomber à Wu-chi. Mais l'Impératrice et son historien fétiche, Shu Ching-tsung, étaient partout. La semaine précédente, Wu-chi avait découvert la participation d'une nouvelle personne dans ce complot : Lai Chun-chen, récemment « promu » responsable du Ministère des Charges Civiles et de la Police Secrète de Wu. Un jumelage instructif, songea Wu-chi. Il ne faisait aucun doute que maître Lai portait la responsabilité de la sélection des fonctionnaires qui remplissaient les chambres des trois juridictions, avec ceux qui se montraient « compréhensifs » et qui possédaient une « juste vision des choses ».

Un homme ventripotent portant des rouleaux de documents officiels se fraya un chemin dans la salle d'un pas lent mais décidé. Il vint s'asseoir en soufflant avec d'autres membres de l'assemblée judiciaire. Wu-chi ne le connaissait pas non plus. Han-yuan et Lai-chi lui retournèrent son regard interrogateur.

Wu-chi pressa la main de son vieil ami pour l'encourager à faire front. Il avait également besoin de lui glisser quelque chose à l'oreille, mais il craignait qu'il soit déjà trop tard.

Dix jours auparavant, quand les audiences avaient commencé, les quatre rescapés avaient été placés en résidence surveillée. Les charges étaient démentes : on reliait les membres du Conseil des Six à une vague et invraisemblable « conspiration matriarcale », regroupée derrière la figure emblématique du fils de l'Impératrice déchue, l'ex-prince héritier de treize ans, Jung, et coupable de fomenter un coup d'État contre l'empereur Kao-tsung. Mais cette « résidence surveillée » était des plus étranges : ils étaient traités comme des princes.

Ils résidaient dans un sompteux bâtiment, sorte de palais où chacun possédait ses appartements privés servis par une nombreuse domesticité, et ils disposaient de médecins personnels. Les quatre appartements donnaient sur un grand jardin ornemental commun où ils pouvaient se réunir et converser librement.

Les gardes qui les suivaient dans leurs moindres déplacements avaient soudain disparu. Au début, Wu-chi voulut croire que leurs persécuteurs avaient, d'une certaine manière, recouvré leur bon sens. Après tout, les accusations de conspiration contre le trône étaient si peu plausibles ! Et que pouvaient donc faire quatre vieillards arthritiques ? Cependant, l'optimisme de Wu-chi restait prudent et modéré, mais ce mince espoir fut anéanti quand les « charges » furent rendues publiques. À présent, tout était clair.

Le gras magistrat s'éclaircit la gorge, déroula le parchemin, ce qui fit tomber un silence de mort sur la salle soudain attentive. Le juge commença sa lecture :

En ce quatorzième jour du septième mois de la deuxième année du règne de Lin Te, Excellence Morale de la Licorne, dans le règne de l'empereur Kao-tsung de la maison de Li... La haute et la basse juridiction des Trois Cours Supérieures sont parvenues à une conclusion concordante concernant les agissements des quatre conseillers du Tsai-hsiang. La cour a décidé que les quatre conseillers, serviteurs de Sa Majesté Suprême, l'Auguste Fils du Ciel, l'empereur Kao-tsung, et loyaux et valeureux conseillers d'État de son défunt père, le Divin Empereur T'ang Tai-tsung, sont innocents des accusations de conspiration contre le gouvernement ; sont innocents de toutes les charges de collaboration avec le prince Jung, noble fils de la vertueuse impératrice Wang ; et sont innocents de toutes les accusations de machinations concernant une « conspiration matriarcale » avec l'impératrice Wang, qui a abdiqué et vit à présent retirée du monde dans une retraite paisible aux frais de l'État...

Quelle sorte de ruse était-ce donc ? Wu-chi jeta un regard abasourdi vers ses collègues qui étaient toujours impassibles, comme taillés dans la pierre.
– Amusante plaisanterie, lui glissa Sui-liang.

Dans un élan protecteur dérisoire, Wu-chi étreignit les mains de Sui-liang, nouées dans une blancheur exsangue sur ses genoux. Le magistrat interrompit sa lecture, et contempla l'assistance avant de reprendre :

> *... pas plus qu'ils ne sont d'aucune façon, seuls ou ensemble, coupables de quelques tentatives que ce soit de nuire au bien-être de l'État ou de renverser le Trône de Paon, et de ce fait de tenter indûment de supplanter et d'usurper le Divin Mandat du Ciel. Ils sont innocents de toutes charges de méfaits, et de plus...*

Une bulle de salive décora les lèvres pincées de Sui-liang. La première réaction de Wu-chi fut d'épargner l'humiliation à son ami ; mais au moment où il s'apprêtait à essuyer d'une main discrète la bouche du vieillard, la tête de ce dernier s'inclina sur sa poitrine. Le regard de Wu-chi s'attarda sur le corps du malheureux, et il vit alors une tache sombre et brillante mouiller l'entrejambe de Sui-liang en même temps qu'une odeur tiède et âcre lui chatouillait les narines. La gêne de Wu-chi redoubla. « C'est bien le moment ! songeat-il, embarrassé. Pourquoi ce vieux fou s'est-il pissé dessus ? » Cependant, Sui-liang, œil grand ouvert, se pencha en avant comme s'il voulait reposer sa tête sur ses genoux, et la gêne de Wu-chi fit place à une certitude soudaine qui étreignit tout son être. Sui-liang était mort.

Wu-chi redressa son ami pour l'empêcher de tomber de son siège. Sa seule préoccupation était d'éviter la chute de Sui-liang, et le bruit déplacé qui, inévitablement, l'accompagnerait. Tout en maintenant le cadavre encore tiède dans une position convenable, il se retourna vers Han-yuan et Lai-chi : Han-yuan était inexpressif, comme d'habitude, mais Lai-chi souriait benoîtement. À l'extrémité de la salle, le président poursuivait sa lecture, imperturbable, pendant qu'un murmure se répandait parmi la foule de clercs, de scribes et d'officiels. L'audience luttait contre deux attitudes contradictoires : les yeux, frappés par le spectacle de la mort subite, s'écarquillèrent comme fascinés, puis se concentrèrent aussitôt vers le président dont la voix monocorde égrenait sa litanie comme si rien ne s'était passé :

> *... Les Trois Hautes Cours ont décidé que les quatre conseillers du Tsai-hsiang étaient incapables de trahison contre le trône, et incapables d'aucune tentative de conspiration ni d'aucune tentative de collaboration avec les conspirateurs, au vu des graves troubles mentaux et des profondes souffrances morales qu'ont déclenchées chez eux les suicides de deux de leurs collègues voici un an...*

Des domestiques se frayèrent un chemin parmi les rangées de sièges et s'arrêtèrent près de Wu-chi et de Sui-liang. À contrecœur, Wu-chi lâcha son ami afin que les hommes emportent son corps. Un domestique essuya le siège d'un geste discret. L'audience s'agita pendant que les domestiques sortaient le cadavre qu'ils maintenaient à bout de bras, au-dessus de leurs têtes : murmures et chuchotements, froissements d'étoffe, sièges qui craquent, têtes qui se tournent.

> *... C'est pourquoi, considérant leurs années de service exemplaire pour le trône, les quatre conseillers encore en vie – correction, les trois conseillers ; greffiers, notez que les registres doivent être modifiés afin qu'on lise les trois conseillers encore en vie...*

Cette précision macabre permit à Wu-chi de comprendre pleinement ce qui venait de se passer. D'un coup de pinceau impassible, avec une simple goutte d'encre, alors même qu'on enlevait son corps encore chaud, et sans la moindre pause respectueuse, Sui-liang venait d'être éliminé. Quant au magistrat, ce porc, ce bâtard pompeux et bouffi, il poursuivit sa lecture impitoyable pendant qu'on transportait dans l'allée centrale le cadavre dont les bras ballottaient sans grâce. La voix du président résonna comme dans une grotte :

... seront relevés de toutes leurs obligations et interdits de tout service public, ils seront traités avec le luxe nécessaire que justifient leur haute position et leurs bons et loyaux services, et ils bénéficieront de ces privilèges pour le restant de leurs jours...

La main de l'Impératrice et de ses « hauts fonctionnaires » agissait enfin à découvert. La Basse et la Haute Juridiction enverraient le texte à l'Empereur pour approbation. Et nul doute que Kao-tsung l'approuverait. Que pourrait-il faire d'autre quand il était sous le charme de deux sorcières ? Ou plutôt, que lui *permettrait*-on de faire d'autre ?

Kao-tsung. Ce nom avait cessé d'être celui d'un Empereur, pour devenir celui d'un homme terrorisé... sous la coupe d'une femme et à sa merci.

Wu-chi comprit aussi que « le restant de leurs jours » n'atteindrait pas des chiffres élevés. À soixante et un an, son espoir de vivre encore vingt ans, comme son père, était pour le moins utopique. Il lui restait quelques mois tout au plus. Le temps de laisser les vagues du procès s'estomper, et...

Han-yuan et Lai-chi n'avaient pas manifesté la plus petite émotion : la mort de Sui-liang n'avait pas plus d'importance que la lecture du jugement, semblait-il. De nouveau, Wu-chi tenta d'attirer leur attention, mais ils persistèrent à regarder droit devant eux, l'œil fixe. Plus que jamais, Wu-chi ressentit l'urgente nécessité de leur parler avant le soir.

Le président s'échinait, essuyant par instants du pan de sa robe la sueur qui perlait à son front adipeux :

> ... *Afin que le fonctionnement d'une administration bien ordonnée ne soit pas interrompu, il est jugé nécessaire, en attendant que de dignes remplaçants puissent occuper définitivement les postes vacants, que les Trois Hautes Cours honorent les affectations intérimaires comme suit : le président Shu Ching-tsung, dont l'activité à l'Office Impérial de l'Histoire, en référence notamment avec la rédaction des* Archives Authentiques *de l'empereur Kao-tsung, a été dignement appréciée, assumera dorénavant la fonction supplémentaire de secrétaire de la Chancellerie – poste occupé auparavant par le conseiller Han-yuan, aujourd'hui relevé de ses obligations après avoir été jugé incapable de poursuivre ses activités pour incompétence ; et le président Lai Chun-chen, du Ministère des Charges Civiles et de la Police Secrète de l'Impératrice, se verra attribuer au Censorat le poste tenu par l'honorable conseiller maître Wu-chi, dont l'incapacité à remplir...*

« Il m'est impossible de haïr mes accusateurs, songea Wu-chi. La plupart sont prisonniers des rets de l'Impératrice et de ses machinations. Qui parmi eux se considère comme un assassin ? Peuvent-ils seulement comprendre qu'ils sont, même partiellement, responsables de la mort d'un vieillard, poussé à la limite de ses forces par dix jours d'" audiences " ininterrompues ? »

Certains clercs, scribes, gardes et un grand nombre de petits fonctionnaires de la Chambre des Révisions et du Censorat croyaient avec sincérité ne remplir que leur devoir – ce qu'ils faisaient, d'ailleurs. Il ne leur serait jamais venu à l'esprit qu'ils fussent des criminels. Et pourtant, en scrutant les visages, Wu-chi crut déceler çà et là, chez tel clerc ou tel fonctionnaire, des signes qui démontraient que l'homme soupçonnait avoir commis un méfait : on le devinait à un regard, à la crispation d'une mâchoire, à un tic de la bouche, aux ongles que l'on ronge. La culpabilité serait à n'en pas douter refoulée avant que l'homme ne s'attable pour le repas du soir, avant qu'il ne pose les yeux sur sa femme ou sur ses enfants. Oui, Wu-chi savait qu'ils se mentiraient à eux-mêmes, ceux qui éprouvaient maintenant un obscur malaise, car telle est la nature de l'homme. C'est là qu'il est vulnérable.

La nature du mal, c'est la facilité avec laquelle on se laisse entraîner par lui. Le mal est ordinaire, banal, c'est le pain quotidien de l'homme. Cette triste vérité faisait de Wu-chi un homme mort.

Le jugement se termina par la déclaration concernant les postes rendus vacants par le départ des conseillers. Les membres des Trois Hautes Cours sortirent de la salle d'audience sous escorte, et des serviteurs s'approchèrent des trois vieux survivants.

Dehors, il faisait frais : l'air était presque glacial. Les pins du parc impérial dessinaient des motifs d'un vert saisissant sur le bleu pur d'un ciel sans nuage. Était-ce la dernière vision du monde pour Wu-chi ? Sous ses pieds, de surprenantes spirales de plantes s'élevaient des interstices des pavés. La brise agitait le sommet des conifères avec un léger sifflement ; elle fit onduler la robe de Wu-chi et s'engouffra dans le voile du palanquin richement décoré qui attendait le conseiller. Des aiguilles de pin s'élevèrent en tourbillon au-dessus de l'allée pavée, emplissant l'air d'un léger parfum résineux.

On transportait Han-yuan et Lai-chi à la résidence et leurs palanquins disparurent bientôt derrière une épaisse futaie. Dans la cour, les huit porteurs de Wu-chi attendaient patiemment à côté de la chaise ; il se plaignit du réveil d'une douleur arthritique et descendit l'escalier d'un pas lent, grimaçant à chaque marche. Poli, son jeune serviteur hochait la tête avec sympathie, et lui offrit un bras secourable malgré ses protestations.

Sitôt assis dans le palanquin, il serait perdu. Sous des dehors impassibles, il échafaudait de multiples plans tout en se dirigeant vers la chaise à porteurs. Puis, sans raison apparente, une image du *Conte des Six Vieux Fous* traversa son esprit : les vieux conseillers lubriques, leurs robes par-dessus tête. Pourquoi se laisser envahir par ces obscénités dans un tel moment critique ? C'est alors qu'il comprit.

– Je suis vivement désolé du trépas soudain de votre ami, déclara le serviteur, interrompant les pensées de Wu-chi.

– C'est une grande perte, mais les regrets n'ont pas leur place maintenant. Maître Sui-liang a eu la sagesse de naître avant nous, et celle encore plus grande de nous quitter aujourd'hui, nous autres, pauvres fous. Il est loin de tout cela à présent ; nous devrons affronter l'avenir sans lui. (Il réprima un sanglot.) Sa mort ne devrait pourtant pas nous surprendre.

Wu-chi s'appuya à la rambarde un instant. Le chagrin l'étouffait, et il sentit pour la première fois des larmes couler le long de ses joues. Il rejeta la tête en arrière ; le soleil et la brise lui caressèrent le visage et séchèrent ses larmes en laissant sur ses joues une agréable fraîcheur. La musique automnale de Sui-liang lui jouait un dernier morceau.

– L'acupuncture soulage-t-elle la douleur et la raideur des articulations, maître Wu-chi ? demanda le serviteur, gêné, et pressé de changer de sujet.

– Parfois, répondit Wu-chi d'un ton brusque.

Il se remit à descendre en boitant avec exagération et en grimaçant de plus belle à chaque fois qu'il posait le pied à terre. Maintenant, il savait ce qu'il lui restait à faire. Était-ce le fantôme du vieux Sui qui lui avait suggéré l'image des Vieux Fous, leurs robes par-dessus tête ? Il se retourna vers le serviteur et lui expliqua à voix basse :

– Mais c'est le diurétique qu'un médecin « attentionné » a choisi de m'administrer qui me cause les plus graves soucis... vous me comprenez, n'est-ce pas ? La matinée a été si longue...

Le serviteur ne comprit pas tout de suite, puis son visage s'éclaira et il gratifia Wu-chi d'un regard compatissant.

— Bien sûr, conseiller, bien sûr. Je comprends, fit-il en baissant les yeux. Nous avons la chance d'être près d'un bois.

— Une chance, en effet. Vous accorderez bien quelques instants à un vieil homme ? Mes boyaux n'ont plus la vigueur de la jeunesse.

— Je vous en prie, conseiller. Je vous attendrai près du palanquin.

Le serviteur retourna auprès des porteurs et leur fit signe de se reposer. Ils posèrent la chaise avec force grognements et récriminations, puis s'égayèrent dans l'herbe tendre.

Wu-chi avança d'abord avec une lenteur calculée, sachant qu'on l'observait peut-être. Il jeta un œil vers les porteurs et les vit adossés au palanquin, absorbés dans un puzzle en papier que Sui-liang avait confectionné pour son arrière-petit-fils, la semaine précédente. Wu-chi remercia le généreux fantôme de maître Sui, et se promit de déposer une offrande pour le départ de l'esprit du vieil homme. « J'oublie peut-être les funérailles de mon grand-père, songea-t-il en repensant à l'abjecte conte, mais toi, mon cher Sui-liang, je ne suis pas près de t'oublier. »

Il pénétra dans le sous-bois et se mit aussitôt à courir. Des branchages accrochèrent l'ourlet de sa robe et déchirèrent son gilet ; il se baissa pour éviter une branche menaçante, mais une autre lui arracha sa toque. « Tant mieux ! se dit-il. Que les bois gardent cette parure inutile ! » puis il accéléra, oubliant la douleur. Ses cheveux gris se dénouèrent et flottèrent sans grâce autour de son visage rougi par l'effort. Il s'enfonça sous les bois, se courba sous les branches basses, sauta par-dessus les souches recouvertes de mousse, escalada les pentes rocheuses avec une agilité retrouvée.

Il essaya de se remémorer l'agencement du parc impérial. Il se souvint alors des excursions de jadis et comment les bois touffus bordaient des terres cultivées au nord de la capitale. Il était un peu plus de midi ; il devrait donc avancer vers la gauche du soleil. Et surtout, surtout, éviter les pistes pour chevaux. L'odeur des feuilles moisies et celle de la riche terre forestière réchauffée par le soleil lui rappelèrent des souvenirs de temps plus heureux.

Des éclats de voix et des bruits de sabots le tirèrent de sa rêverie. Il s'était aventuré trop près des pistes. Il s'éloigna vivement, mais approcha d'une descente pentue au bout de laquelle il aperçut une grande nappe de ciel bleu, comme s'il arrivait dans une vaste clairière. Au loin bruissait un cours d'eau. Il se souvint : le ravin ! Une profonde dépression rocheuse plantée de pins tortueux et de hautes fougères zébrait le parc d'est en ouest, comme une gigantesque cicatrice ; et au fond coulait un petit ruisseau qui, à cette saison, ressemblerait davantage à un sentier boueux. S'il avait suivi la piste, il aurait trouvé un pont pour enjamber le ravin. Mais pour lui, il n'y avait qu'une solution : descendre la pente abrupte et gravir l'autre versant.

Il trébucha sur la pente caillouteuse, se cramponna aux branches et aux buissons pour rétablir son équilibre. Des pierres glissèrent sous ses pieds et dévalèrent la pente avec fracas. Il dérapa et tomba douloureusement sur ses fesses, puis glissa sur plusieurs mètres. Il se raccrocha à une branche qui cassa dans un bruit sec. Il eut l'impression d'un vacarme épouvantable, et eut peur d'être repris s'il faisait trop de bruit, mais il se dit qu'il était sans doute à distance respectable des pistes et qu'on ne le recherchait peut-être pas encore. De toute façon, il ne pouvait pas faire moins de bruit et surtout les bois abritaient quantité de cerfs et de sangliers qui s'enfuyaient à l'approche des hommes en provoquant des bruits analogues. Si par hasard quelqu'un l'entendait, il croirait avoir affaire à un animal effrayé. « Et c'est bien ce que je suis », songea Wu-chi.

Il parvint au ruisseau, le franchit, mais en escaladant l'autre versant du ravin, il s'aperçut que son évasion ne l'avait pas seulement épuisé, ses habits aussi avaient pâti et se trouvaient dans un état lamentable. Il s'arrêta et examina ses vêtements dépenaillés. Sa robe était déchirée jusqu'en bas, il avait perdu ses chaussons en traversant le ruisseau de boue, et de la glaise séchait comme du plâtre entre ses doigts de pieds. Il tâta ses cheveux : ébouriffés et plantés d'aiguilles de pin, de brindilles. Il avait l'air d'un dément.

Tremblant, il se demanda où aller. Qui hébergerait un pauvre fou ? Où dans la ville serait-il en sécurité ? Nulle part, si l'on songeait que la police de l'Impératrice serait forcément à sa recherche avant la nuit. Pas question d'aller dans une famille amie : sa présence serait trop dangereuse pour quiconque lui donnerait asile.

La douleur s'était réveillée et se propageait jusqu'à la hanche ; il grimaça. Il tenta de mettre de l'ordre dans son accoutrement, de se peigner, mais s'arrêta, pris d'une inspiration soudaine. Un fou. Quel meilleur déguisement ? Il savait où un vieux fou trouverait refuge – surtout un fou qui ne se rappelait même pas son propre nom.

Le monastère du Lotus Immaculé, au nord de Lo-Yang, en l'an 658

Wu-chi avait perdu toute notion du temps, mais cela faisait un bon mois que les moines et les nonnes compatissants lui avaient offert l'hospitalité. Il résidait dorénavant dans l'enceinte du gigantesque monastère bouddhique du Lotus Immaculé, au nord du parc impérial, à quelque dix *li* des portes de Lo-yang. À l'intérieur des murs du monastère, le temps s'écoulait paisiblement.

Mais il n'en avait pas toujours été ainsi. À son arrivée, chaque seconde durait éternellement, comme les bourdonnements des moines pendant les prières. Même la sollicitude des nonnes avec leur infinie compassion pour l'âme perdue de leur malheureux hôte qui prétendait avoir oublié son passé, et jusqu'à son propre nom, irritait et fatiguait Wu-chi. Et il y avait les interminables cloches, flûtes et carillons de pierre qui appelaient à la prière et à la méditation dans la grande salle, et qui découpaient les journées en tranches de temps rebelles. Le soleil mettait une éternité à étirer les ombres sur les murs gris de sa cellule.

Et puis tout changea. Wu-chi se détacha lentement des rigueurs du confucianisme ardent qui l'avait accompagné sa vie durant, et se détendit pour se mouler dans ce que les vrais bouddhistes appellent l'état supérieur de l'être. À soixante et un ans, dépouillé des charges et des responsabilités écrasantes de ses devoirs impériaux, Wu-chi avait peu à peu découvert le temps quand, par une belle journée estivale, il avait retrouvé l'émerveillement infini de l'enfance. Le bourdonnement des insectes, leur beauté et leur complexité, le parfum vert des arbres, des herbes et des plantes, puis le souffle frais de l'automne, rien ne lui échappait, tout l'intéressait, tout l'enchantait. Sa perte de mémoire, une fable qu'il avait racontée pour accentuer son déguisement, avait cessé d'être une fiction totale. Parfois, il se rappelait à peine son passé, même s'il prenait garde de ne pas tout oublier.

Il s'était lié d'amitié avec le recteur, maître Liao, un homme cultivé du même âge que lui, et que les nouvelles du monde extérieur passionnaient. Il se plongeait dans les informations quotidiennes en provenance de la capitale avec le même intérêt qu'il avait autrefois voué à l'étude des soutras. Wu-chi partageait la même passion. Pour le recteur, son hôte ne se rappelait que des fragments épars de son passé. Par exemple, Wu-chi se souvenait vaguement d'avoir été conseiller dans une province éloignée, ou quelque chose d'approchant. Sans doute le clerc d'un magistrat de rang inférieur, mais un clerc très cultivé. Au début, maître Liao craignait que cet intérêt pour les choses de ce monde n'altère sa béatitude, que les nouvelles de l'extérieur ne fassent resurgir des zones d'ombres douloureuses du passé de son fragile ami. Mais Wu-chi l'avait convaincu que les brefs regards sur son passé ne sauraient le retrancher de son état de béatitude, profondément ancré en lui et centré à la base de ses divins chakras. En outre, Wu-chi savait que le vieil homme avait besoin d'un compagnon intelligent avec qui discuter des bouleversements politiques de la capitale, dont l'étrangeté croissante ne cessait de l'intriguer.

Les premières nouvelles dont le recteur lui fit part avaient trait à ses propres funérailles. Il s'avérait que les trois derniers conseillers du défunt Conseil des Six s'étaient tous suicidés, malgré le traitement luxueux qu'on leur avait accordé :

> ... *La folie soudaine qui s'est emparée des deux premiers conseillers voici un an semble avoir été contagieuse. Les trois survivants, les honorables maîtres Han-yuan, Lai-chi et Wu-chi, ont été découverts morts dans leurs appartements. On pense qu'ils se sont suicidés... Leurs domestiques ne se souviennent pas qu'ils se fussent plaints d'indisposition ni de tourments avant la tragédie, ce qui a amené les médecins à conclure à une crise de démence...*

Wu-chi considéra les diverses éventualités. Avait-on rapporté son évasion, ou y avait-il eu un consensus pour la cacher à l'Impératrice ? Wu-chi eut un pincement au cœur en repensant au jeune domestique qui l'avait si gentiment autorisé à soulager sa vessie dans les bois. Nul doute que son sort fût des plus pénibles. Mais qu'y pouvait Wu-chi ?

Et qu'avait donc raconté l'impératrice Wu Tsetien à son époux, l'empereur Kao-tsung, sur le funeste destin des vieux conseillers ? Qu'ils étaient tous fous, assurément. Que leur mer de Marrow s'était asséchée au point de provoquer de graves crises d'hystérie et de violentes hallucinations. Et lui, le pauvre Empereur impuissant, aurait protesté qu'ils étaient tous sains d'esprit...

Ensuite, Wu-chi se demanda qui avait joué le rôle de son cadavre. Quelle pauvre âme avait eu la malchance de lui ressembler ? Et ses vieux amis Lai-chi et Han-yuan. Des larmes l'aveuglèrent pendant qu'il priait pour que leur mort n'ait pas été trop cruelle.

Toutes ces pensées le tinrent éveillé jusque tard dans la nuit. Quand il s'endormait brièvement, il était envahi d'images cauchemardesques qui le réveillaient aussitôt. Au petit matin, perclus de fatigue, il sombra enfin dans un profond sommeil sans rêves.

Au début de l'après-midi, il s'efforça d'émerger. Autour de lui, tout lui semblait baigner dans un halo grisâtre qu'il n'arrivait pas à percer. Une immense fatigue le clouait au lit et une mystérieuse angoisse l'oppressait. Il crut qu'il ne se relèverait jamais.

Il était un criminel, en fuite. Il ne retournerait jamais dans sa vie antérieure, parce qu'il n'en avait plus.

Mais il avait le recteur. Une solide amitié se noua entre les deux hommes.

– Vous m'apportez mon petit déjeuner en retard, remarqua Wu-chi quand maître Liao pénétra dans ses appartements avec le panier du repas.

Wu-chi rédigeait une lettre ; il ne daigna même pas lever les yeux.

– Vous m'en voyez navré, cher conseiller, mais trop de pauvres affamés nous attendent dans les rues chaque matin. (Maître Liao poussa un soupir exaspéré.) Nous donnons tous les jours à manger à une centaine de mendiants crasseux. Et pour un que nous nourrissons, il y en a un millier qui réclament du riz et notre miséricorde... dans cet ordre.

– Le riz sans la miséricorde suffirait, affirma Wu-chi sans quitter sa page des yeux. C'est tout ce qu'ils réclament, soyons honnêtes. Un vrai bouddhiste ne peut espérer autre chose du malheureux à qui il vient en aide. Les pauvres ne veulent pas de sermon ; donnez-leur à manger et ils n'exigeront rien d'autre de vous.

– Félicitations ! s'exclama le recteur. Vous devenez aussi cynique que moi.

– Je ne crois pas faire preuve d'un cynisme particulier. (Wu-chi reposa son pinceau et dévisagea le recteur.) La nourriture constitue le travail terrestre de ce monastère.

– Vous voulez dire notre pénitence terrestre. Nous avons sans doute été des porcs gras, nourris à satiété dans une autre vie. Ceci est notre récompense.

– À propos de satiété, où donc est mon petit déjeuner, vieux bonze ?

– Le voici, dit maître Liao en posant le panier sur le bureau de Wu-chi. Et... je vous ai apporté une surprise.

– Je ne veux pas de surprise, bougonna Wu-chi.

Vos expériences culinaires ne m'intéressent pas. Je veux mon petit déjeuner habituel. Des galettes de riz séchées ! C'est tout ce que je mange. Vous connaissez mes problèmes digestifs.

Wu-chi fouilla dans le panier et en tira une poignée de galettes de soja avec une moue significative.

– Des surprises, ces choses pâteuses et grasses ? Je m'en passerais bien, elles me donnent des gaz.

– Mais non, vous m'avez mal compris. Il n'y a pas de surprise dans votre nourriture, expliqua Liao d'un ton apaisant. (Il ouvrit un petit paquet et se mit à déplier les feuilles de papier qu'il contenait.) La surprise dont je parle n'est pas comestible.

– Ce ne peut être pire que ces galettes, grogna Wu-chi.

– N'en soyez pas si sûr, cher ami. Ce sont des *rêves*. Et je ne vous conseille pas de mordre dedans à pleines dents. À peine dans la bouche, vous seriez obligé de les recracher.

– Comme pour ces atrocités.

– Des rêves de notre majestueuse impératrice Wu, poursuivit le recteur sans se démonter. Des rêves dont la publication circule dans la capitale afin de prouver à tous ses sujets l'impressionnante réalité de sa grandeur divine. Afin de nous signifier, à nous pauvres mécréants, sa véritable place dans l'ordre de l'univers.

– Poursuivez, je vous en prie, adjura Wu-chi, soudain attentif.

– Eh bien, on dirait que notre petit historien, maître Shu Ching-tsung – président de l'Office Impérial de l'Histoire et secrétaire de la Chancellerie –, a ajouté quelques légers détails aux *Archives Authentiques* de notre pauvre Empereur asservi. Des présages prodigieux. Quand on croit avoir tout entendu, le prolifique maître Shu nous sort une nouveauté qui avait échappé aux *Archives Authentiques* du père de Kao-tsung. Quelle perspicacité !... Pourquoi mangez-vous ces galettes puisqu'elles vous font du mal ?

– Peu importe. Continuez.

– Le premier rêve, dit le recteur en feuilletant les papiers, est attribué au père de l'Impératrice, Wu Shih-huo.

– Ah, oui, Wu Shih-huo. L'un des vénérables pères fondateurs de la dynastie T'ang.

– D'après ce document, Wu Shih-huo a fait un rêve qui prévoit la destinée de sa fille. Je vous lis : « ... et durant ses longues années de service désintéressé auprès du divin fils de Kao-tsu, l'auguste empereur Tai-tsung, l'honorable gouverneur général de Ching-chou, le duc Wu Shih-huo... »

– Tiens ! Ainsi, le père de Wu était duc, en plus !

– « ... le duc Wu Shih-huo a fait un rêve dans lequel il flottait sur un vent parfumé... »

– Rien que ça !

– Pour résumer, dit Liao en parcourant les rangées de caractères, il est écrit que le père Wu fut transporté au ciel afin de planer parmi les constellations. Là, il toucha le soleil et la lune avec un bâton doré. À ce qu'il paraît, toucher la lune en premier signifie que le fondateur de la nouvelle dynastie sera *yin,* donc une femme. Et toucher le soleil ensuite implique qu'elle sera imprégnée de *yang,* donc de puissance mâle.

– Ainsi, Wu fondera une nouvelle dynastie. J'ignorais que l'ancienne, celle des T'ang, s'était écroulée. Voici qui a des conséquences plus décisives que la réincarnation du Bouddha.

Wu-chi s'esclaffa, essuyant d'un geste nonchalant ses doigts graisseux sur le gilet du recteur.

– Pourtant, cela ne devrait pas me surprendre, reprit-il, plus sérieux.

– C'est drôle que vous parliez de la réincarnation du Bouddha, fit Liao en tournant les pages. On dirait que le pauvre père de Kao-tsung, l'empereur Tai-tsung, avait aussi des penchants pour les rêves prophétiques, ou plutôt, comme il est écrit ici, pour les « voix désincarnées » qui chantaient ou murmuraient à son oreille ; par exemple, elles ont déclaré qu'un grand Prince Martial renverserait la dynastie T'ang. Ce fameux prince fonderait une nouvelle dynastie qui durerait mille ans avec la bénédiction du clairvoyant Maitreya, le futur Bouddha, et de ses deux représentations terrestres incarnées par le vigilant bodhisattva Avalokitesvara/Kuan-yin : les deux aspects, mâle et femelle, du même bodhisattva. Ce qui implique, d'après cet écrit, un sang mâle coulant dans des veines féminines. Ce prince, adoré du peuple, qui gouvernera selon la loi incarnée, sera en fait une femme qui assumera un rôle d'homme. Et d'après vous, poursuivit le recteur en dévisageant Wu-chi, qui cela pourrait-il bien être ?

Wu-chi resta un instant figé.

– Ainsi, finit-il par déclarer. Ainsi, les T'ang seront soumis à un nouvel Empereur, un être qui sera, par nature, un monstre. Ça, nous le savions déjà, conclut-il d'un ton amer.

Dame Yang était vêtue d'une robe élégante, presque austère, et ses cheveux tirés en arrière dans un chignon luisant l'embellissaient encore. Elle ne portait qu'un ou deux bijoux très simples, et sa peau parfaite était dépourvue de maquillage. Aux yeux de l'historien Shu, c'était la plus belle femme qu'il eût jamais vue.

Elle était assise en compagnie de Shu et de sa fille dans sa nouvelle salle de méditation, dont elle avait fait enlever le mobilier raffiné, les œuvres d'art et les bibelots. Ne restaient plus qu'un harmonieux tapis et plusieurs coussins moelleux de soie brodée, disposés devant l'autel où un petit mais délicieux Bouddha doré trônait, dégageant une sérénité totale, yeux clos dans une contemplation de l'infini, et flanqué de deux lampes à huile à la flamme vacillante. Les murs étaient nus, et l'odeur du bois fraîchement huilé se mêlait au parfum des lampes.

Dame Yang s'agenouilla devant l'autel, le visage tendu, l'œil rivé sur le charme en papier qu'elle approcha de la flamme. Elle le regarda s'embraser lentement, puis le déposa sur un plateau en or, aux pieds du Bouddha. Une langue de feu parcourut la feuille, dévorant sa blancheur immaculée, puis le papier se plissa, s'entortilla, et la flamme mourut. Dame Yang contempla un instant la légère fumée, puis se tourna vers ses hôtes.

– J'ai fait un rêve, annonça-t-elle.

Comme si l'Impératrice et l'historien ignoraient les raisons de leur présence en ce lieu ! Shu avait sur les genoux une discrète écritoire et tenait un pinceau à la main. Dame Yang ferma les yeux, plongée dans un profond recueillement, puis enchaîna :

– Dans ce rêve, je contemplais un étang d'eau pure flanqué de deux énormes rochers. Je trouvais bizarre de ne pas voir mon reflet dans l'eau, mais seulement ceux du ciel bleu et des nuages laiteux. Je me penchai de mon mieux, mais ne vis toujours pas mon reflet. Je trouvai un bâton et le brandis au-dessus de l'étang, mais lui non plus ne se refléta pas dans l'eau. Il n'y avait que le ciel et la valse des nuages.

Paupières closes, comme pour savourer l'image de ce monde enchanteur, elle resta un instant silencieuse. Le pinceau de l'historien dessinait avec agilité des rangées serrées de caractères.

– Puis le vent s'est levé, poursuivit Dame Yang, paupières toujours closes, en se balançant légèrement, comme en transe. J'avais peur, car des choses volaient tout autour de moi, des branchages, des roches et des animaux que le vent avait emportés. Recroquevillée, la tête dans mes bras pour me protéger, je priai. Le vent hurlait, on n'entendait plus que lui.

Elle imita le bruit du vent, avec une vigueur qui déclina ensuite pour mourir en un léger murmure. Alors, elle rouvrit les yeux et les posa sur sa fille et sur l'historien.

– Le vent finit par cesser. Je levai la tête et regardai autour de moi. Le vent avait tout balayé ; le monde était propre et pur comme le ciel, et seuls restaient les immenses et superbes rochers. Cette fois, je vis leur reflet dans l'eau. Puis, en regardant plus attentivement, j'aperçus une silhouette assise au sommet de la falaise. Malgré la distance, poursuivit-elle à voix basse, je compris tout de suite qu'il s'agissait du Bienheureux Maitreya, le futur Bouddha en personne. S'il était si loin, c'est qu'il n'était pas encore disposé à descendre dans ce monde d'ici-bas. Mais une petite grenouille dorée surgit des eaux profondes et me fixa de son œil vert. Elle avait une bouche humaine parfaitement dessinée, et me parla d'une voix fluette et chantante.

Figés, l'Impératrice et l'historien ne perdaient pas un détail du fascinant récit. Shu avait rempli une page entière de caractères minuscules. Il la posa sur le côté, sans se donner la peine de sécher l'encre, et poursuivit sur une autre feuille.

– La petite grenouille dorée m'annonça que le Maitreya descendrait bientôt et que nous serions prévenus de l'imminence de sa venue car elle sera précédée par l'arrivée d'un monarque universel qui purifiera ce monde de corruption et de confusion, exactement comme le vent avait purifié le monde des matières indésirables. Comment saurons-nous que ce monarque est arrivé ? demandai-je à la grenouille. Par son nom, me répondit-elle. Il aura le même nom que celui qui exprime le non-être. Le nom, ajouta-t-elle, qui a été prononcé par le vent.

De nouveau, Dame Yang imita le bruit du vent, puis elle posa un regard appuyé et éloquent sur sa fille.

– Il y a plusieurs mots pour signifier le non-être. Mais un seul reproduit le bruit du vent. Ce mot est *wu*.

7

Yang-chou, en l'an 660

– Voyez-vous, déclara le juge Ti à son assistant, sans un regard pour la lettre que ce dernier lui tendait, ce n'est pas par misanthropie que je refuse d'honorer tel ou tel banquet de ma présence. J'aime la bonne chair et les conversations comme tout le monde. Non, j'ai d'excellentes raisons de décliner ces invitations.

– Mais vous n'avez même pas jeté un œil sur celle-ci !

– Inutile. Trop de gens considèrent que...

– Et vous n'avez pas vu la carte de visite, non plus, protesta l'assistant, déterminé.

– Trop de gens n'invitent un haut magistrat de Yang-chou à leur table que pour l'abreuver de requêtes mesquines qui, bien souvent, prennent la forme de faveurs personnelles...

– Je serais surpris, maître, qu'une personne aussi haut placée visite souvent Yang-chou, réussit à glisser l'assistant.

– ... de faveurs personnelles pour asseoir leur grandeur, ou pis, d'interventions à leur profit. C'est pour cela que les riches s'enrichissent et qu'ils paient rarement le prix de leurs crimes ou de leur cupidité...

Ti était en pleine forme. Voilà déjà quelque temps qu'il mijotait ce sermon.

– Et il ne fait aucun doute que cette invitation vous a été envoyée grâce à vos succès dans la répression des abus cléricaux.

– ... alors que le pauvre ne peut nourrir une seule bouche supplémentaire sans risquer d'affamer sa famille. Il est honteux que le pauvre doive souffrir dans un système qui favorise trop souvent le riche, le puissant, et préfère l'escroquerie à la vérité.

– Votre Honneur a provoqué un intérêt considérable auprès des gens haut placés de la capitale orientale, c'est évident.

– Mais tout le monde ne se laisse pas acheter, et j'entends bien que cela se sache.

– Plus particulièrement auprès d'un personnage aussi important que le président de l'Office National des Sacrifices, conclut l'assistant, espérant un effet de surprise.

Ti s'interrompit pour le regarder sans comprendre. L'assistant présenta le parchemin. Ti jeta un coup d'œil sur le sceau officiel, et son visage refléta la stupéfaction.

– C'est arrivé aujourd'hui, expliqua l'assistant.

– Le président de l'Office National des Sacrifices est ici ? À Yang-chou ? Pourquoi ne pas me l'avoir dit tout de suite au lieu de me laisser déblatérer tout seul ? (Il saisit le parchemin d'une main tremblante.) L'invitation émane du président de l'Office National des Sacrifices et il me demande de le rencontrer au domicile d'une des familles les plus influentes de Yang-chou. Pourquoi veut-il me rencontrer, à votre avis ?

– Je l'ignore, maître. (Il s'éclaircit la gorge.) Mais c'est à n'en pas douter un immense honneur.

L'Office National des Sacrifices était l'organe impérial suprême qui contrôlait toutes les religions de l'Empire, les cultes d'État aussi bien que les pratiques, les rituels et les fêtes de myriades d'églises et de sectes barbares. À condition de ne pas perturber l'ordre public, les religions étrangères, telles que le christianisme nestorien, le manichéisme, le zoroastrisme et l'islam, étaient toutes tolérées sous le règne du Fils du Ciel, parce que, en réalité, l'Empereur régnait aussi sur les barbares – même si les nations barbares ignoraient souvent ce détail.

L'Office était l'arbitre suprême des litiges, celui qui châtiait les abus, accordait ou révoquait les licences des diverses sectes autorisées à pratiquer leur culte à travers l'Empire. Parmi elles, le bouddhisme connaissait une lente mais inexorable progression. Autrefois simple culte privé – dieux protecteurs de foyers, charmes de papier, bâtonnets d'encens –, le bouddhisme occupait maintenant l'esprit d'une nation et avait pénétré toutes les couches de la société. Avec ses milliers de monastères, ses fabuleuses propriétés foncières, son exemption des taxes et des impôts impériaux, ses lois et ses règlements, c'était devenu une puissance politique d'envergure, et le problème majeur de l'Office National des Sacrifices. Et hormis l'Empereur, le président de l'Office représentait la plus haute autorité en la matière.

Pourquoi ce président réclamait-il sa présence chez son hôte ? La question troublait le juge Ti.

– Ah, la voilà ! s'exclama l'assistant, après avoir longtemps fouillé la paperasserie qui s'entassait sur le bureau en désordre. La carte de visite du président, Votre Honneur. Avec l'heure et la date.

– Ne trouvez-vous pas tout cela... euh... singulier ? demanda Ti en examinant la carte.

– Singulier ? Pourquoi ? Vous représentez l'autorité suprême à Yang-chou.

– Non, ce n'est pas ce que je voulais dire. Singulier qu'il ne vienne pas en visite officielle dans nos locaux. Assurément, c'est là que se trouvent les dossiers sur les abus, les licences et tout le reste. Pourquoi vouloir me rencontrer chez un particulier ?

– Sans doute l'hôte est-il un vieil ami de la famille, avança l'assistant. Il doit posséder une superbe propriété, digne cadre d'une réception si importante. Et nous, qu'avons-nous ? Un ensemble de vieux bâtiments grisâtres et les maigres fonds que nous alloue le magistrat du district.

– Cependant, je ne trouve pas très orthodoxe qu'il ne vienne pas nous rendre visite avant.

– Peut-être viendra-t-il un autre jour.

– Peut-être. Mais... (Ti réfléchit, perplexe.) Enfin, à bon quoi poser des questions qui trouveront bientôt leur réponse ?

La soirée se déroulerait entre confucianistes rationalistes ; Ti et le président de l'Office des Sacrifices trouveraient une base de discussion solide. Si on ne pouvait pas revenir en arrière, du moins y avait-il moyen de ralentir le processus. Assurément, ils parviendraient à un accord sur le nombre de monastères autorisés, ou du moins à imposer des limites à la mendicité, au prosélytisme, et à l'aumône à la sortie des temples. À présent, la situation dans la ville échappait à tout contrôle ; le président l'aiderait certainement à trouver un compromis garantissant que la religion restât « pure » et non matérielle, ainsi que la véritable foi bouddhiste l'exigeait. Oui, ce serait une agréable rencontre entre confucianistes d'esprit et de cœur. Ti rêvait déjà d'y être.

Il s'apprêtait à quitter son bureau quand un grattement familier à la porte du jardin l'arrêta.

Chenapan entra, haletant, jambes raides, et se lova à sa place habituelle, sous le bureau. Ti s'accroupit pour caresser la tête de son ami ; le chien tirait une langue comme un long ruban rose humide. Les poils de son museau grisonnaient, sa croupe était pelée et Ti avait remarqué une opacité blanchâtre dans ses yeux sous un certain angle de lumière. Pourtant, de retour d'une de ses longues errances, le chien reprit son souffle, tranquille, embaumant des odeurs de la nuit, sans une larme pour sa mort prochaine, aussi insensible qu'un chien peut l'être.

Ti se releva, alla à la porte, puis se retourna vers son ami avant de sortir.

– As-tu un message particulier à faire parvenir au président ?

Le majordome reçut le haut magistrat de Yang-chou à l'entrée d'une allée brillamment illuminée et l'accompagna en silence pendant que Ti admirait la propriété de son hôte. De jolis ponts délicats enjambaient un petit torrent écumant, bordé par des gorges rocheuses miniatures et une forêt de bambous et de pins. Des arbres au tronc noueux étendaient leurs branchages feuillus, dessinaient de mystérieuses ombres dansantes au-dessus de l'allée, éclairée de lanternes. La beauté exquise du lieu enchanta Ti, qui en oublia presque les motifs de sa venue.

D'un petit pavillon provenait une agréable musique qui se mêlait au bruissement limpide du torrent : le doux pincement des cordes du *chin* rythmait une mélodie, reprise par les chœurs des flûtes de bambou *hsiao*, et des pipeaux *sheng*. Une composition des plus séduisantes, songea Ti, et grâce à la beauté originale du jardin, et aux tunnels de verdure féeriques, l'ensemble conférait une impression de pureté irréelle au paysage.

L'écho des conversations parvint au juge Ti, propos enthousiastes, semblait-il, assourdis par la distance et par l'épaisseur des feuillages. Le majordome lui fit traverser un nouveau pont, puis le conduisit le long d'un sentier pavé qui zigzaguait parmi un enchevêtrement de haies. Ti réussit à capter des bribes de conversations animées qui provenaient de la cour.

– ... les problèmes dus à la taille sont aisés à résoudre...

– ... mais le Mahaprajnapur comporte six cents chapitres entiers...

– ... quant aux Étapes du Yogacara, à part le traité initial, j'hésiterai à...

– L'ennui, c'est que les Arabes ont fermé les routes terrestres occidentales...

– Hsuan-tsang serait bien avisé d'entendre...

Ti tendit l'oreille, mais le majordome l'entraîna à l'écart des conversations et se rapprocha de l'orchestre. Bientôt, Ti n'entendrait plus que le roulement des tambours *weir* et le pianotage des *bi-pas*.

– ... et pourtant il a rapporté quelque six cent cinquante-sept soutras entassés dans cinq cent vingt caisses...

– C'est une gageure impossible. Cent mille pièces d'argent ne couvriraient même pas le commencement de...

– Il y a d'énormes problèmes de traduction...

– La difficulté, avec l'Abhidhar, c'est l'obscurité du dialecte...

Le majordome précéda Ti à travers un second portail et le conduisit vers le hall, dans la direction opposée aux conversations.

– ... tout cela est fort onéreux, disait une voix d'un ton officiel, mais avec un accent étranger prononcé. Mais si ce n'est pas là le devoir des riches, où est-il ?

« Si *quoi* n'est pas le devoir des riches ? » s'interrogea Ti alors que la douce mélodie avait fini par étouffer les voix. Agacé, il en vint à détester le léger pincement des cordes et la réponse mélodieuse des flûtes. La musique lui faisait le même effet que le sermon d'une grand-mère ennuyeuse.

– Magistrat principal Ti Jen-chieh, quel plaisir de vous avoir enfin ! déclara une voix toute proche.

Ti se retourna et se trouva face à face avec un grand quinquagénaire barbu à l'élégance discrète. Il rendit un sourire timide à celui, ouvert et chaleureux, de l'inconnu. Le majordome s'inclina et les laissa après avoir présenté la carte de visite de Ti au barbu. Mais ce dernier n'y jeta même pas un regard, reconnaissant apparemment Ti, alors que le juge ne se souvenait pas de l'avoir déjà vu ou rencontré.

– Pensez-vous que notre grand Confucius aimerait notre jardin et notre musique ? demanda l'homme, souriant toujours.

– Tout cela est magnifique ! s'exclama Ti avec un enthousiasme poli.

Son esprit était resté imprégné des conversations surprises dans la cour. Pourquoi les invités d'un confucianiste discutaient-ils du coût de traductions de soutras et des dépenses de pèlerins religieux ? On avait mentionné le nom de Hsuan-tsang ; Ti avait entendu parler de lui : c'était l'un des moines lettrés vivants les plus influents. L'homme avait effectué d'innombrables pèlerinages en Occident, d'où il avait rapporté des textes sacrés. « Ressaisis-toi, mon garçon, s'adjura Ti, la soirée s'annonce incomparablement plus intéressante que prévu. »

– Véritablement magnifique, déclara-t-il. Et la nuit est si douce.

– Nos divines prières n'auraient pas pu être mieux exaucées, répondit l'autre. C'est une soirée importante pour nous tous, ne trouvez-vous pas ?

– En effet, acquiesça Ti sans se compromettre, ne sachant pas trop ce que son hôte voulait dire.

– Pardonnez-moi... oh ! je vous prie de me pardonner, maître Ti Jen-chieh. J'ai complètement oublié les bonnes manières. Une telle soirée peut nous distraire à ce point que... Nous redevenons des enfants. Une attitude fort condamnable. Bien sûr, nous connaissons tous le bon et dévoué magistrat par l'immense travail qu'il accomplit pour la ville, mais comment pourrait-il nous connaître ? C'est très inconsidéré de ma part, veuillez m'en excuser. Je suis Lu Hsun-pei, votre très humble hôte, le maître de cette petite propriété rustique. Et je vous présente...

– Ainsi... vous êtes le brillant jeune magistrat supérieur Ti Jenchieh ! s'exclama une autre voix derrière eux.

Ti se retourna vers les marches qui menaient dans le hall. Un petit homme souriant, vêtu d'une robe de soie turquoise et coiffé du bonnet amidonné des plus hauts fonctionnaires confucianistes, descendit allégrement l'escalier et s'avança sur la terrasse.

– J'ai tellement entendu parler de vous, dit le nouvel arrivant. Un remplacement fort avantageux de votre prédécesseur. Un fonctionnaire d'un tel courage, d'une telle honnêteté... d'une telle intégrité ! Oui, maître Ti Jen-chieh, nous avons de la chance. La grande cité de Yang-chou est fière de vous avoir. Et elle a besoin de vous.

– Je ne sais que dire, fit Ti en s'inclinant.

Le petit homme l'arrêta, puis joignit les mains dans un geste suppliant.

– Ta, ta, ta ! C'est moi qui devrais m'incliner devant vous, maître Ti. Nous vivons dans un monde si difficile, si complexe. C'est encore plus vrai dans une ville comme la vôtre. Toutes ces allées et venues... le commerce fluvial, maritime. Et toutes ces influences étrangères... euh, *barbares*, auxquelles vous devez faire face. Vous êtes un fonctionnaire confucianiste des plus extraordinaires. Les affaires que vous avez à résoudre... le nombre et la nature des infractions. Cela semble inimaginable pour nous autres qui siégeons dans les hautes sphères de l'Office des Sacrifices ; nous sommes, pour ainsi dire, protégés de tout cela.

Voici donc le président de l'Office National des Sacrifices, songea Ti en jaugeant l'homme.

– Ce qui doit être épuisant, c'est le quotidien, la banalité et la répétition des petites affaires, déclara le petit homme avec une sympathie affectée.

– Comme vous l'avez certainement deviné, maître Ti, la personne qui s'adresse à vous est l'honorable maître Fu Yu-i, président de l'Office National des Sacrifices, expliqua l'hôte barbu.

Ainsi introduit, Ti gratifia le président d'un simple signe de tête. Les deux hommes avaient décidé d'ignorer toute cérémonie, ce que Ti apprécia. On pourrait de la sorte rompre plus vite les barrières sociales artificielles, et ouvrir la voie à des échanges véritablement instructifs. Du moins l'espérait-il.

– Notre hôte m'a déjà appris comment vous, maître Ti, déclara le président, l'illustre magistrat de cette ville, avez raffermi l'autorité de la justice après le laxisme de votre prédécesseur.

– Je crains, messieurs, de ne pouvoir accepter de telles louanges, protesta Ti. Mon prédécesseur avait établi une honorable réputation et réuni une excellente équipe de collaborateurs. Je ne suis que l'humble héritier de son infinie sagesse.

L'humilité de Ti semblait la réponse adéquate. Il n'eût pas été séant, alors que la conversation s'engageait à peine, d'attaquer le vieux Lu.

– Vous êtes trop bon, maître Ti, dit le président. L'incarnation même de l'idéal confucianiste. (Il s'approcha pour glisser à l'oreille de Ti :) Le juge Lu était un vieil imbécile corrompu ; c'est une bonne chose qu'il soit mort et que vous l'ayez remplacé. Ne louvoyons pas, voulez-vous. Au niveau impérial, nous voyons trop de cette engeance qui demande des promotions imméritées ou des changements d'affectations après avoir écumé un district, et...

– Messieurs, intervint Lu Hsun-pei en s'inclinant légèrement, je vous laisse à vos discussions sur la politique et l'éthique. Je dois m'occuper de mes honorables invités. Vous m'excuserez.

Ti resta un instant songeur. Honorables invités ? Ceux dont il avait surpris des bribes de conversation, sans doute. Il reporta son attention sur les propos du président.

– ... toujours, ce sont ceux que l'on achète, disait l'homme. C'était précisément le travers de votre vieux juge Lu. Un être mesquin qui ne mérite pas que vous le défendiez. Un fonctionnaire confucianiste de votre valeur n'a pas à se soucier d'excuser les agissements d'êtres inférieurs. Nous connaissons leurs actes.

Il baissa les yeux comme pour contempler la tristesse de ses propos, puis les releva vivement et considéra Ti d'un air jovial.

– De toute façon, maître Ti, vos activités vous valent une certaine renommée.

Au loin, des oies cacardèrent. Les deux hommes scrutèrent le ciel qui s'assombrissait, et virent au-dessus de la cime des pins se dessiner un nuage en chevron qui filait vers le sud, et oscillait comme une toile d'araignée battue par le vent. Bientôt, ils aperçurent distinctement les oies blanches s'égrener comme les perles d'un collier au-dessus de leur tête. La cime des arbres se balançait, les branches sombres des conifères ondulaient comme les doigts d'une danseuse. Les deux hommes suivirent longtemps le vol des oiseaux d'automne, puis le président reprit la conversation.

– Maître Ti, dit-il en se tapotant la joue d'un air songeur, ce qui intéresse notre hôte, et moi encore davantage, c'est votre action intrépide contre les charlatans religieux.

Ti devint très attentif. Les abus du bouddhisme et ses rapports avec l'État, c'était pour cela qu'il s'était déplacé. Les préliminaires et les formalités étaient enfin clos.

– Une action fort louable ! déclara le président. Fort louable !

– Je vous remercie, maître Fu, mais je n'ai fait que mon devoir. Je ne vois rien là d'exceptionnel. Un criminel reste un criminel, dévot ou pas.

– Rien d'exceptionnel ? Au contraire, maître Ti. Il est de la plus haute importance de débusquer les charlatans qui se cachent dans l'institution bouddhiste et qui exploitent la crédulité des masses paysannes.

– J'adhère de tout cœur.

– Cependant, maître Ti, cette tâche est plus importante qu'il n'y paraît, et je me demande si vous en êtes conscient.

– Je ne l'ai jamais considérée comme de peu d'importance.

– Je ne parle pas uniquement de la nécessité de séparer le bon grain de l'ivraie pour le bon ordre de ce monde, dit le président en fixant Ti d'un regard appuyé. Non, l'enjeu est bien plus grave. Il faut considérer les royaumes supérieurs.

Les royaumes supérieurs ? Interloqué, Ti garda le silence.

– L'Église bouddhiste ne pourra achever sa mission si on laisse des charlatans obscurcir la juste voie, poursuivit le président. Il faut punir ces égoïstes cupides, maître Ti. C'est pourquoi nous sommes ici ce soir, n'est-ce pas.

Trop occupé à cacher son étonnement, Ti ne répondit rien.

– Nous sommes là pour nous assurer que la véritable mission de l'Église se poursuive sans obstacles, expliqua le président, ignorant le silence du juge. Et cette tâche promet d'être onéreuse.

Onéreuse ? Voilà qui était intéressant. Ti était persuadé d'avoir relevé les mots « onéreux » et « pièces d'argent » dans le brouhaha des conversations.

– Maître Ti Jen-chieh, continua le petit homme d'un ton plus officiel, êtes-vous conscient des énormes dépenses que nécessite la traduction des soûtras à partir du sanskrit ? On dirait que le ciel, pour tester notre détermination, a jeté des barrières infranchissables entre nos deux langues : l'une étant le langage de l'homme, l'autre celui des royaumes supérieurs. Ah ! Et ne parlons même pas du reste. Du coût, par exemple, des pèlerinages des saints moines en Inde, dont la plupart partent de vos canaux, mon cher.

Le président Fu ferma les yeux comme pour évaluer le poids d'une telle tâche.

– La vérité est une affaire de *mécénat*, maître Ti. Et le mécénat est un problème d'argent. Il s'agit de sommes colossales.

Le président Fu fit un geste large et riva ses yeux sur Ti, dont le sourire indiquait la curiosité et un intérêt croissant.

– C'est très juste ! acquiesça le juge d'un air songeur. (Puis il ajouta à voix basse :) J'aimerais beaucoup rencontrer nos honorables invités.

– Bien sûr ! Bien sûr, maître Ti Jen-chieh ! Je manque à tous mes devoirs. Mes vains discours vous empêchent de profiter d'une société très avisée. Venez !

Il faisait de plus en plus sombre. Le président appela des serviteurs qui allumèrent des lanternes et les escortèrent à travers le labyrinthe de ponts et de pavillons.

Le jardin de rocaille, les pelouses et les terrasses grouillaient de gens qui allaient et venaient dans un bourdonnement de conversations. À la lueur des lanternes, des hommes et des femmes richement vêtus erraient entre les pavillons comme des spectres en robes de soie étincelantes. En passant d'un cercle de lumière à l'autre, ils jetaient des éclairs de couleurs, telles des nuées d'insectes exotiques. Lorsque ses yeux se furent accoutumés, Ti aperçut des tables de banquet disposées autour de la pelouse, ornées de plats d'argent et de jade chargés de friandises de toutes sortes. Le président prit le juge Ti par le bras et l'entraîna dans la marée humaine avec la fierté d'un père qui présente son fils timide.

– Venez, maître Ti... tout le monde attend de rencontrer le nouveau juge. Les maîtres et les grandes dames des meilleures maisons de Yangchou sont réunis ici ce soir. Des mécènes, chacun à sa manière, qui s'intéressent à ce qu'il y a de plus profond.

Il articula ce dernier mot avec gourmandise, et sembla le laisser fondre dans sa bouche comme s'il s'agissait d'une sucrerie exquise.

Il poussa Ti au centre d'un cercle où deux moines au crâne rasé étaient engagés dans un débat animé avec un troisième personnage. Ce dernier était mince, le visage émacié et barbu, richement vêtu, sa robe de brocart ourlée d'hermine. Un chapeau en poil de cheval cachait à demi son visage et dessinait une sorte d'énorme sourcil qui montait et descendait sur ses yeux quand il parlait. Le président se garda d'interrompre la discussion. On aurait dit qu'il écoutait un morceau de musique particulièrement brillant auquel il était fier d'initier le magistrat.

– Oui, mais le problème, maître Li, disait l'un des moines au personnage opulent, c'est la tâche énorme qu'affronte le traducteur des soutras les plus rares. Surtout ceux qui ont été endommagés par les inondations du fleuve Godavari et des affluents du Tapti, dans l'Inde centrale.

C'était la voix perçante et haut perchée, aux intonations fiévreuses, que Ti avait entendue en approchant. L'homme, qui semblait imbu de sa propre importance, avait le teint foncé : c'était un Indien.

– Mon frère veut sans doute parler des précieux parchemins des temples d'Elura et d'Ajanta, dit le second moine, un Chinois à la voix bien timbrée de baryton. Les frais se révèlent sans limites.

– En effet, acquiesça le moine à la voix de fausset. Surtout si l'on considère qu'on peut à peine déchiffrer les ligatures sanskrites à cause du mauvais état de certains des plus anciens parchemins. Dans chaque phrase, on trouve des mots clefs enveloppés de mystère ; et dans chaque strophe, quatre ou cinq mots sont proprement illisibles. Des chapitres entiers de la loi sacrée du Dharma – le sujet le plus élevé de la nomographie bouddhiste – risquent d'être perdus à jamais, ce qui explique la confusion de nos fidèles.

Maître Li ôta son chapeau en poil de cheval et essuya son front en sueur. Son regard chagrin témoignait de sa profonde sympathie pour ces problèmes.

– La Vérité est déjà difficile à saisir quand elle nous est délivrée dans des traductions claires, déclara l'Indien. Les voies de l'illumination restent obscures même dans le meilleur des mondes.

– Et que donnent les dernières fouilles de nos propres cavernes bouddhistes à Tun-huang ? reprit maître Li.

– Ah ! C'est encore de notre belle Chine que nous viennent nos plus grandes bénédictions ! s'exclama le baryton. Mais, là encore, cela occasionnera d'immenses dépenses pour restaurer et traduire ces textes sacrés... Vous commencez peut-être à comprendre ce qui nous attend.

« Oh, oui ! songea le juge Ti en regardant le moine tremper ses lèvres dans une coupe de vin. Je commence à comprendre on ne peut mieux ce qui nous attend. »

Sous couvert de bouddhisme, ce n'était rien de plus qu'une affaire de marieuse : une réunion de riches mécènes et de protégés potentiels. Ti avait été assez démoralisé de découvrir qu'un haut magistrat confucianiste était capable de se laisser détourner de ses principes éthiques et moraux ; maintenant, il devenait clair qu'on le courtisait aussi, lui, Ti Jen-chieh, le magistrat principal de Yang-chou ! Pourquoi ?

Le président rayonnait de satisfaction. Il profita de cette pause dans un débat de si haute tenue pour intervenir.

– Messieurs, puis-je vous présenter l'illustre juge Ti qui a avantageusement remplacé le vieux juge Lu ?

Ti et le président avaient repéré leur grand hôte barbu qui traversait la terrasse à grands pas pour se joindre à eux. Le président s'adressa à l'homme en robe ourlée de fourrures et poursuivit les présentations.

– Maître Li, voici le juge Ti, l'œil et l'oreille de notre illustre cité. Juge Ti, je vous présente l'honorable maître Li, qui représente l'une des familles

les plus prospères de Yang-chou. (Il appuya ces derniers mots avec ferveur.) Et voici deux de nos bonzes les plus instruits.

Les deux moines protestèrent, voilant leur visage de leurs mains. Ti leur adressa un signe de tête poli.

– Maître Ti, dit le premier moine en tempérant sa voix aiguë, vous avez certainement compris en suivant notre conversation que nous sommes préoccupés par les dépenses démesurées que réclament certaines traductions difficiles, les fouilles et les projets de restauration de temples et de stoupas ravagés par les inondations. Notre estimable président de l'Office National des Sacrifices, avec l'aide généreuse de notre hôte, a bien voulu nous rassembler pour cette merveilleuse soirée. Je préférerais concentrer toute mon attention sur le sacré, mais ce bas monde, fit-il avec une pointe de dédain, exige qu'on s'en occupe. Et tant que nous en sommes prisonniers, c'est un monde très *dispendieux* et très *réel*.

– Très réel, en effet, acquiesça Ti. Et les obligations financières représentent sans conteste un aspect essentiel de cette cruelle réalité ?

– C'est évident, maître Ti, admit le premier moine avec regret. C'est pourquoi nous sommes réunis ce soir.

– Est-ce aussi la raison de votre présence à cette soirée, président Fu Yu-i ? s'enquit Ti.

– Grâce au dévouement de notre hôte, dit le président avec un geste en direction du grand homme barbu qui l'avait rejoint, nous avons la chance de réunir ce soir les plus riches mécènes et les lettrés les plus nécessiteux. L'éminent pèlerin Hsuan-tsang a rapporté d'Inde six cent cinquante-sept documents non traduits dans cinq cent vingt caisses.

Il se tourna vers le second moine pour l'inviter à expliciter.

– Il y a le Mahavibhacha, le Grand Commentaire, commença le baryton en comptant sur ses doigts. Le Yogacarabhumisastra, le Traité des Terres des Maîtres du Yoga ; le Jnanaprasthana ; l'Abhidharmakosa ; le Trésor de la doctrine approfondie ; le Trimsika... la liste est infinie, magistrat.

Le moine quêta autour de lui approbation et soutien.

– La tâche est presque insurmontable, et nécessite des sommes colossales. Avec les routes terrestres qui viennent d'être coupées... cela ne peut qu'augmenter les frais déjà énormes. Je suis sûr que vous comprenez les difficultés auxquelles nous sommes confrontés.

– Je ne les comprends que trop bien, répondit poliment le juge Ti.

– Ce soir, maître Ti, intervint l'hôte, nous marions la richesse et la vertu. Les riches mécènes offrent leur aide à l'Église bouddhiste en péril.

– C'est là que nos chemins divergent, maître Lu, déclara poliment le juge Ti à son hôte distingué. Non que l'humble magistrat dédaigne l'illustre philosophie des aspects les plus élevés du bouddhisme, pas plus qu'il ne mésestime le dévouement des hommes dont le destin leur dicte de s'y consacrer, mais... pour moi, *ce* bas monde exige toute mon attention.

– C'est un monde de souffrance, juge, intervint le second moine d'un ton paternel, presque condescendant. Au mieux, c'est un combat futile.

Ti posa un œil dur sur le moine.

– Cela se peut, mais c'est le seul monde que nous sommes en mesure d'appréhender, et le seul dans lequel nous pouvons agir efficacement. L'État continuera à soutenir et à encourager la charité de l'Église, les hôpitaux, les cuisines, comme par le passé.

– Maître Ti... maître Ti...

Lu Hsun-pei s'avança au centre du petit cercle en levant les bras au ciel d'un geste exaspéré.

– Maître Ti, comme c'est triste ! Regrettable,

vraiment. Oui, c'est triste ; bien triste. Ce ne sont pas les souffrances ni les exigences de ce bas monde qui importent.

— Notre hôte a raison ! s'exclama le président de l'Office des Sacrifices en prenant le juge Ti par les épaules. Ce sont les royaumes supérieurs de l'âme qui comptent. Des mondes autres que celui-ci.

Ti sentait avec dégoût l'haleine aigrelette du président sur son visage. Son antipathie pour l'homme s'accrut sur-le-champ.

— Maître Ti, en tant que président de l'Office des Sacrifices, je fais don de mon médiocre soutien à notre hôte vénéré et j'appuie modestement ses efforts pour une meilleure élévation de l'âme.

— Maître Lu Hsun-pei, déclara Ti à son hôte, vous êtes libre de suivre votre conscience, bien sûr. Mais pas lui ! Tant que maître Fu Yu-i gardera sa charge et son titre, il devra se comporter en digne fonctionnaire confucianiste ; cela, et cela seulement, est sa plus grande responsabilité ici-bas. Vos devoirs concernent ce monde-ci, président Fu Yu-i. Vous devez allégeance à votre Empereur et à ses sujets, sous quelques cieux que ce soit.

— Enfin, maître Ti ! fit le président en invoquant le soutien des autres invités. Confucius convenait pour son époque, mais nous vivons dans un monde nouveau ! Le bouddhisme vient à nous, il nous enlace... C'est un monde nouveau, à tous points de vue, insista le président en savourant chaque mot.

— Je ne vois rien de très nouveau, président Fu Yu-i, rétorqua Ti avec lassitude. Je vois tous les jours les mêmes pauvres hères. Rien n'a changé. Les fonctionnaires abusent de leur charge sans vergogne.

Ti croisa les bras et dévisagea avec mépris le président qui s'agitait, mal à l'aise. Puis il adressa un salut poli aux quatre hommes et prit congé.

Il était presque parvenu au portail de la cour quand son hôte le rattrapa, et lui tapota le bras.

— Maître Ti, je ne puis décemment vous laisser

partir de la sorte. Faites-moi au moins le plaisir de goûter à notre excellent buffet.

Il guida avec douceur mais fermeté Ti vers une table dont le superbe plateau verni en teck et bois de rose rehaussait les plats d'argent et de jade, à la lumière dansante des bougies.

– Du vin, peut-être, juge ? Turfan, chrysanthème, poivre ? Les meilleurs crus. Que puis-je vous offrir ?

Ti était exaspéré, mais l'obstination de l'homme à refuser qu'un invité quittât, désenchanté, sa soirée, lui fit pitié ; il s'adoucit.

– Très bien, maître Lu Hsun-pei, fit-il en esquissant un sourire cordial. Une coupe de vin ; le poivre conviendrait parfaitement, je pense.

L'hôte héla un domestique qui apporta une coupe à chacun. L'hôte leva la sienne pour obéir aux usages, puis fit signe à Ti de goûter le vin.

– Délicieux ! déclara enfin Ti.

Lu Hsun-pei lui enjoignit ensuite de le suivre, et il l'entraîna à l'écart sous les pins. Ils dégustèrent d'abord leur vin en silence, Ti s'efforçant d'afficher un plaisir de façade, puis l'hôte prit la parole.

– Maître Ti, je comprends que vous fassiez votre travail. Mais puis-je vous demander une faveur ? Il y a tant d'enjeux, voyez-vous. Tant d'effort, de temps... les plus nobles familles de Yang-chou...

– Vous voulez dire les plus riches, coupa Ti d'un ton sec.

Il but une large rasade de vin avant de dévisager son hôte qui semblait pour le moins décontenancé.

– Je suis surpris, et pourtant je ne devrais pas, reprit Ti. Je ne devrais pas être surpris le moins du monde. En un sens, je vous sais gré de m'avoir ouvert les yeux. À présent, je vois plus clairement que l'opportunisme religieux n'a pas de limites. Les riches se battent pour obtenir le privilège d'avoir leur nom attaché à tel ou tel soutra, pour un prestige sacré ! Merveilleux ! Ah, oui, je trouve cela merveilleux ! Ils sont prêts à payer une fortune en échange d'une assurance pour le paradis ! Et tout cela sous couvert de courants de pensée, de mode !

– Maître Ti, ma demande est simple, dit Lu Hsun-pei après un court silence.

Une lueur de calcul dans les yeux, il prit le bras de Ti et l'entraîna dans un petit pavillon proche.

– Je peux faire de vous un homme riche. Mes ressources sont presque infinies, de même que celles de maître Li, dont la famille, comme la mienne, a fait fortune dans le commerce lié au Grand Canal. Dites-moi votre prix, je vous promets de ne pas marchander. Un million de pièces d'argent pour commencer ?... Deux ? Trois ? (N'obtenant pas de réponse, il reprit son souffle et s'aventura :) Dix, peut-être ?

Ti garda le silence. Son hôte ravala sa déconfiture et poursuivit :

– Je vous demande simplement de limiter votre excellent travail aux abus cléricaux des basses couches de la société. Cantonnez-vous à cela. Nous n'y voyons aucun inconvénient. Empêchez le pauvre, le malheureux paysan d'être victime des charlatans qui spéculent sur la crédulité des humbles. Jouez les bons juges paternalistes, je vous en prie. Mais il serait préférable pour tout le monde que vous ne vous aventuriez pas au-delà. N'essayez pas de mettre des obstacles à notre action...

– Cela dépend de quelle action il s'agit, vous ne trouvez pas, maître Lu ? demanda Ti en scrutant le visage de son hôte. On doit protéger le pauvre des fallacieuses promesses des charlatans religieux, mais on doit aussi protéger le riche contre lui-même. C'est l'ironie de la vie, le riche est soumis aux mêmes errements que le pauvre, et peut être victime des mêmes chimères.

– C'est là que vous vous trompez, maître Ti.

Lu Hsun-pei fut secoué d'un rire moqueur.

– Il est une réalité indéniable dans ce monde : le pauvre, par ses efforts besogneux, ne parvient qu'à s'appauvrir davantage. Mais, vous le savez très bien, il en va différemment pour le riche. Si le riche a atteint la position qu'il occupe dans la vie, c'est parce qu'il l'a méritée. Regardez autour de vous, fit Lu Hsun-pei avec un geste large.

Ti ne broncha pas pour signifier qu'il en avait déjà assez vu comme cela.

– Non, je ne suis pas assez fou pour courir après des chimères, des mondes invisibles, reprit Lu avec un orgueil et une arrogance ouvertement affichés, tout prétexte de piété abandonné. Nous nous soucions aussi des réalités de ce bas monde. Pendant que le pauvre s'appauvrit, le riche ne peut que s'enrichir. Nous obéissons aussi à des impératifs bassement matériels en finançant les traductions et les voyages des pèlerins, lesquels embarquent, dois-je vous le rappeler, sur nos canaux, ici même. Il ne s'agit pas seulement de soif de grandeur. Souvenez-vous, juge, ajouta-t-il d'un air énigmatique. Celui qui paie les flûtes choisit le morceau. Le pauvre, dans son ignorance de dévot, n'a d'autre choix que de s'appauvrir, alors que le riche n'a d'autre choix que de s'enrichir. Enfin, s'exclama-t-il en riant, le pauvre nous vendrait ses filles si nous offrions un bon prix.

– Ce genre d'expression ne m'a jamais amusé. Mais je vous sais gré de votre franchise, aussi odieuse fût-elle. C'est sans doute la seule déclaration dénuée d'hypocrisie que j'aie entendue de toute la soirée. Cependant, je vois une autre différence entre le riche et le pauvre : le riche peut se permettre des illusions encore plus grandes.

L'autre s'inclina comme si Ti lui avait fait le plus beau compliment.

– Et mon offre ? fit-il ensuite. Peut-être jugez-vous préférable d'y réfléchir ?

– C'est cela, je préfère y réfléchir.

Il s'apprêtait à quitter le pavillon, quand il se ravisa.

– Oh... pardonnez-moi, maître Lu Hsun-pei, j'oublie les bonnes manières.

Sur ce, il prit la coupe en faïence sur le muret où il l'avait déposée, la soupesa, puis la leva à la lumière chancelante d'une bougie pour examiner le travail délicat des motifs de fleurs et la pureté de son éclat. Il dirigea ensuite son regard vers un groupe d'invités qui conversaient à quelques pas, puis, apercevant le président Fu Yu-i planté près d'un buffet, visiblement curieux de l'évolution de la discussion entre le juge et Lu Hsun-pei, il l'apostropha :

– Président Fu Yu-i, voulez-vous avoir la bonté de venir un instant, je vous prie ?

Le visage du petit homme s'éclaira ; il reposa ses baguettes en argent et se dirigea prestement vers le pavillon.

– N'est-ce pas une belle coupe ? demanda Ti. Une coupe d'une exquise beauté, veux-je dire.

Il la présenta à la lueur d'une lanterne pour que le président l'apprécie.

– Euh... oui. Oui, bien sûr... mais...

Le président souriait toujours, mais il semblait sur ses gardes, se demandant quel jeu était-ce là.

– Naturellement, reprit-il. Les réceptions de maître Lu Hsun-pei sont en tout du plus haut raffinement. Oui, elle est très belle, maître Ti. Superbe.

– Diriez-vous qu'elle a de la valeur ?

– Oui, je suppose. Enfin, pour une coupe, bien sûr, magistrat !

Un voile d'inquiétude éteignit l'expression rieuse du petit homme dont le regard alla tour à tour de Ti à son hôte.

– Mais de quoi s'agit-il ? demanda-t-il innocemment.

– Oh, de peu de chose, maître Fu Yu-i ! répondit Ti. Nous parlions de l'art et de sa valeur.

– Sa valeur ?

– Oui, je m'interrogeais sur la valeur de l'art. Voyez-vous, maître Lu Hsun-pei, notre gracieux et fortuné hôte, dont la sensibilité artistique est sans égale, m'a offert un cadeau.

Le petit homme jeta un œil interrogateur à Lu Hsun-pei qui l'avertit d'un regard de prudence avant de se détourner.

– Mais ce cadeau était bien trop généreux, poursuivit Ti. Bien trop généreux ; un cadeau princier, président Fu Yu-i. A mon grand regret, j'ai dû refuser.

Ti observa la nuque de son hôte, qui lui en dit aussi long que l'eût fait son visage.

– Plutôt que d'accepter l'aimable offre de Lu Hsun-pei, messieurs, je préfère prendre cette coupe. Elle est d'une telle beauté ! Elle paiera largement l'encre que je dois acheter pour rédiger le mémoire que je compte adresser au trône : un mémoire de mise en garde contre la corruption de responsables officiels et leur penchant à se laisser berner, comme le plus pauvre et le plus ignorant des paysans, par le pouvoir séducteur d'un dogme venu de l'étranger. Et je n'hésiterai pas à citer le président Fu Yu-i comme un exemple de corruption au plus haut niveau. Maître, ajouta-t-il en s'inclinant devant le président, sachez, je vous prie, que j'enquêterai sur les abus du clergé d'où qu'ils viennent. Et s'ils devaient me conduire jusqu'à l'honorable siège de l'Office National des Sacrifices, j'enquêterai là aussi.

Il prit congé sur cet éclat, satisfait de l'impression qu'il avait produite sur les deux hommes. Mais avant de quitter le pavillon, il entendit son hôte éclater de rire et déclarer, assez fort pour qu'il entende :

– Un mémoire pour le trône ! Parfait. Espérons que ses talents littéraires valent ses talents d'orateur. Et espérons qu'il rédigera son mémoire au plus vite !

Le président rit, lui aussi, mais de manière plus nerveuse, sans faire preuve, pour le moins, de la confiance hautaine de Lu Hsun-pei. Ti ne se retourna pas, mais les paroles énigmatiques de son hôte le suivirent tout le long du chemin, et elles le hantaient encore quand il monta dans le coche qui l'attendait.

Ti se réveilla le lendemain matin, pris d'une idée lumineuse. Il s'était couché la veille en fulminant, indigné, poursuivi par le rire arrogant de Lu Hsun-pei et le souvenir de ses propos provocateurs sur la richesse et les privilèges, comme s'ils lui avaient été inspirés par les dieux eux-mêmes et faisaient de lui un être à part, au-dessus des lois, presque un dieu. L'esprit de Ti avait dû travailler pendant son sommeil, car il se sentait de bonne humeur, décidé, curieux, et impatient de regagner son bureau le plus vite possible.

Comme de coutume, son assistant était déjà là quand il arriva. Conscient du regard interrogateur de son subordonné, Ti ne lui laissa pas le temps de le questionner.

— Vous souvenez-vous du meurtre du ministre des Transports qui remonte à plusieurs années ? demanda-t-il en se glissant derrière son bureau.

— Certainement, répondit le jeune homme. Celui qu'un jardinier a payé de sa vie.

— Juste. Et qui a failli me coûter la mienne. L'affaire m'avait troublé, conduit dans des ruelles obscures, avait excité ma curiosité, et à cause de ma distraction, j'avais failli avoir le crâne fracassé, dans mon propre bureau ! Cette affaire n'a cessé de me ronger.

— Et vous avez de nouveaux indices ? demanda le jeune homme, intéressé.

— Pas précisément, mais je cherche. J'ai passé une soirée très instructive ; j'ai rencontré un homme dont les activités laissent penser qu'il sait quelque chose que j'ignore sur le meurtre du ministre des Transports. Il est riche, arrogant, et totalement dénué de scrupules.

— Cela pourrait s'appliquer à beaucoup de monde, Votre Honneur, remarqua l'assistant.

— Certes, concéda Ti, mais au cours de la soirée,

cet homme a mentionné qu'une grande partie de sa fortune provenait du transport maritime et fluvial. En outre, ajouta-t-il, conscient du regard attentif de son assistant, il a des contacts réguliers avec certains étrangers. Des Indiens, pour être précis.

Content de son effet, il prit un parchemin, humecta son pinceau, puis traça les caractères qui s'appliquaient au nom de l'homme et tendit la feuille à son assistant.

– Lu Hsun-pei, un homme très riche, avec de multiples relations. Cela vaudrait la peine de vérifier s'il n'avait pas un quelconque rapport avec le défunt ministre. Cette affaire dort depuis trop longtemps. Le fantôme du jardinier a lui-même abandonné ; il s'est volatilisé. Il resurgit parfois dans la brume de mes rêves mais de moins en moins à mesure que le temps passe. Et c'est encore pis que s'il me hantait jour et nuit. Vérifiez les registres de commerce, des transports, des impôts. Cherchez où sa route aurait pu croiser celle du ministre, dans leur vie privée, dans leurs activités professionnelles. J'ignore ce que nous découvrirons, si toutefois nous découvrons quelque chose, mais je veux que vous y consacriez tout votre temps.

– On dirait, en effet, que la soirée a été des plus instructives, hasarda le jeune homme.

– Eh oui, le monde est plein de surprises, fit Ti, laconique. J'étais tout ouïe et les yeux grands ouverts, et ce que j'ai vu surpasse toutes les pièces de théâtre ou les spectacles de marionnettes que l'on donne sur la place du marché ; vous savez, ces pièces métaphoriques que personne n'est censé prendre au pied de la lettre, mais dont le but est de nous enseigner, par l'absurde, à distinguer le bien et le mal. (Il sourit, satisfait de la comparaison.) Eh bien, c'était une sorte de théâtre de marionnettes grandeur nature, avec des voleurs, de belles dames, des fonctionnaires corrompus, de saints hommes, et des coquins qui offraient des pots-de-vin.

– Des saints hommes? s'étonna l'assistant, incrédule.

– Bien sûr. Qu'est-ce que vous imaginez? répondit Ti, sarcastique. Des saints hommes que l'on gave, que l'on soûle, que l'on courtise. Qu'est-ce que j'attendais donc d'une soirée dont l'invité d'honneur était un haut fonctionnaire confucianiste dont le devoir sacré est d'empêcher les ravages de la superstition? Cependant, le véritable invité d'honneur, celui dont le nom était sur toutes les lèvres, n'était pas présent à la soirée. Apparemment, il était retenu par ses incessants et coûteux pèlerinages en Occident, où il fouille avec ardeur les profondeurs de la Vérité, et la revend ensuite comme s'il s'agissait de morceaux de métal précieux.

– Le nom de cet homme? demanda l'assistant avec un sourire.

– Un certain Hsuan-tsang qui a trouvé le moyen de se rendre indispensable auprès des riches désœuvrés de la cité. Il y avait là les familles les plus influentes: la liste des invités passerait aisément pour le Registre National des Clans. Par le ciel, nous ne voudrions surtout pas qu'ils se sentent piteusement inutiles, les pauvres!

– Hsuan-tsang... ce nom me dit quelque chose.

– Bien sûr, tout le monde le connaît!

– Non, ce n'est pas cela. J'ai lu son nom quelque part... très récemment. Aujourd'hui même, en fait. (L'assistant se mit à fouiller parmi la paperasserie qui s'entassait sur son bureau.) C'est là... quelque part. C'est arrivé ce matin. Je n'ai pas cru opportun de vous le montrer, d'autres affaires me semblaient plus urgentes. Mais maintenant... Ah! Voilà!

Il trouva un parchemin jaune plié en quatre, et le tendit au juge Ti. La lumière du soleil qui filtrait par la fenêtre fit briller le sceau impérial dont s'ornait le document.

– C'était dans une enveloppe avec cette autre

lettre. On dirait que quelqu'un cherche à attirer votre attention sur ce document.

– Donnez-moi cela tout de suite ! s'exclama Ti en se levant d'un bond.

Il arracha les documents des mains de son assistant ébahi, et s'approcha de la fenêtre pour les lire.

– Ceci est un décret de la famille de l'impératrice Wu. Plus exactement, de la mère de l'Impératrice, la Révérende Dame Yang. Et cela, c'est une lettre de... je ne sais pas de qui elle est.

Il en entreprit la lecture.

Au magistrat Tu Jen-chieh :

Vous ne me connaissez pas, mais j'ai bon espoir de vous rencontrer un jour. Je connais votre éminent travail qui vous a valu une réputation méritée, dépassant largement les limites de votre ville. J'avais entendu parler du dénommé Œil de Diamant par un parent qui avait eu à pâtir de ses exploits criminels et mon cœur s'est réjoui que vous ayez mis un terme à ses agissements malhonnêtes. Comme vous, je suis bien conscient qu'il ne s'agit pas d'un cas isolé. Connaissant votre travail, je ne serais pas surpris que vous trouviez le document ci-joint de quelque intérêt. Jusqu'à une époque récente, j'étais moi-même un fonctionnaire du gouvernement d'un rang, ma foi, plus qu'honorable. Je crois sincèrement qu'on ne saurait être trop indiscret quand l'avenir du pays est en jeu.

Vous trouverez peut-être quelque ironie en apprenant que j'ai trouvé refuge dans un monastère bouddhique, dirigé par un recteur généreux et honnête, un homme qui m'a démontré par son exemple que les bouddhistes n'étaient pas tous des charlatans. Avec le temps, j'en suis venu à lui accorder une confiance aveugle, et je lui ai dévoilé mon passé.

Puisque les morts n'ont pas nom, je n'utilise plus le mien. Vous pouvez m'appeler tout simplement :

un Vieux Fou

Ti examina soigneusement le papier à la lumière.

– Ah! s'exclama-t-il. Que voilà un homme courageux!

L'assistant s'approcha, intrigué. Le juge Ti désigna trois faibles caractères à peine visibles sur le coin supérieur gauche de la feuille.

– Le nom du monastère, expliqua-t-il. Caché aux regards des indiscrets ordinaires et aveugles, susceptibles d'intercepter son message. Mais pas au mien, comme il le savait très bien.

L'assistant lut à haute voix les trois caractères :

– Cité... étoile... fleur.

Il dévisagea Ti sans comprendre.

– Il s'agit de Lo-yang, expliqua ce dernier. L'illustre cité. La fleur ne peut signifier que lotus, la fleur la plus sacrée de la mythologie bouddhiste. Il s'est arrangé pour que je puisse communiquer avec lui. Oh! Un instant, fit-il en jetant un coup d'œil à la lettre. « Vieux Fou »... Juste ciel! Vous rendez-vous compte de qui nous vient cette lettre?

À l'expression interloquée de son assistant, Ti comprit qu'il n'avait pas deviné. Mais lui se souvenait des odieuses fables sur les Six Vieux Fous qu'il avait lues deux ans plus tôt. De vieux hauts fonctionnaires, qui avaient servi sous le règne de Tai-tsung, avaient apparemment été pris de folie collective et s'étaient suicidés à la suite de la publication des contes.

Ti manipula la missive d'un air songeur. Les morts n'ont pas de nom, disait-elle. Ce qui signifiait qu'au moins un des vieux fonctionnaires était toujours en vie, et qu'il venait d'entrer en communication avec Ti Jen-chieh.

Il ouvrit l'autre document d'une main fiévreuse, et lut :

... c'est avec ferveur et une foi ardente que Dame Yang, la très sainte mère de notre Impératrice vénérée, célèbre l'arrivée des Pèlerins de la Vérité, Hsuan-tsang et ses disciples, Tzu-en et I-tsing, de

retour d'Occident où ils ont visité les royaumes bouddhiques de l'archipel méridional et la terre natale du Bouddha. Prenant connaissance des trésors qu'ils ont rapportés en Chine, Dame Yang, grâce à la munificence de l'impératrice Wu Tse-tien, a abandonné les plaisirs de la cour du Divin et Auguste empereur Kao-tsung afin d'étudier les traductions des sublimes textes sacrés de la Vijnaptimatratasiddhi et du Madhyantavibhagatika. La Révérende dame Yang a financé la traduction des soixante volumes d'exposés sur la métaphysique ésotérique du Petit Véhicule de l'école Hinayana, comprenant mille trois cent trente chapitres, au nom du glorieux T'ang, l'empereur Tao-tsung, et de l'impératrice Wu Tse-tien; pour l'honneur du trône et au nom du futur Bouddha Maitreya...

Ti interrompit sa lecture.

– Ai-je mentionné les nantis? fit Ti. Les classes supérieures? Les riches oisifs? J'aurais tout aussi bien pu parler des misérables paysans aux pieds maculés de purin. (Découragé, il poussa un profond soupir.) J'aurais dû m'en douter. Après tout, qu'est-ce que je m'imaginais?

Il repensa au rire arrogant de Lu Hsun-pei, dont l'impudence et l'effronterie s'expliquaient mieux au vu de cette lecture instructive. Les paroles finales de son hôte lui revinrent en mémoire. « Espérons qu'il tiendra sa promesse et qu'il adressera un mémoire au trône, avait ricané Lu Hsun-pei. Et espérons qu'il le fasse au plus vite. »

En prenant congé avec dignité, la morale offensée, il avait dû se rendre ridicule. Autant déclarer qu'il se plaindrait au Royaume des Loups du bruit qu'ils faisaient en croquant les os! Oui, il avait dû passer pour un parfait imbécile.

8

Lo-yang, en l'an 661

La mort des six révérés conseillers avait bien sûr causé un immense choc dans la ville impériale. Des semaines après la publication de la triste et regrettable nouvelle dans les gazettes, dans les tavernes et les maisons de thé pratiquement toutes les conversations tournaient autour de la mystérieuse maladie qui s'était propagée comme la peste chez les six vieillards, s'était emparée de leur âme et les avait conduits à s'infliger la mort. Les rumeurs, les théories et les spéculations allaient bon train et le sujet alimenta de nombreux débats. Il y avait ceux qui hochaient la tête d'un air sage, affirmant que de telles choses n'étaient pas si rares, que l'âme, comme le corps, est perméable à la contagion. Certains prétendaient qu'ils avaient entendu parler de villages entiers où les habitants s'étaient donné la mort, un par un, jusqu'au dernier. Et tout avait commencé par le suicide des plus vieux, ajoutaient-ils. Avait-on pensé à dénombrer les suicides survenus après la mort des six conseillers ? Celui qui s'y aviserait ne manquerait pas de noter une augmentation, jurait-on. Une brève série de suicides de vénérables grands-pères suivit bien le décès des conseillers, mais, au grand dam des alarmistes, rien qui laissât présager l'épidémie annoncée.

Et bien sûr, il y avait ceux qui profitèrent de l'occasion pour se faire valoir et promouvoir leurs propres obsessions. Un homme affirma que les suicides étaient une calamité naturelle : il avait calculé une formule basée sur les statistiques qu'il avait réunies pendant des années, et comprenant l'abondance des pluies, le dommage causé par les rongeurs dans les greniers de la ville, la naissance d'enfants mâles, la migration des oies sauvages, et la quantité de cosmétiques utilisée par les dames de la cour une année donnée. Devant la foule amusée d'une taverne, il se proposa d'offrir ses services à l'Empereur si cela pouvait prévenir le risque d'une nouvelle tragédie.

Mais la plupart des habitants prenaient la chose avec philosophie. Il y a des saisons dans la vie des hommes, et dans la vie des Empires, disaient-ils. Une saison particulière venait de s'achever, et une nouvelle commençait. Tout le monde savait le chagrin qu'éprouvait l'impératrice Wu. Elle avait soulagé l'Empereur de son fardeau en l'assistant dans les audiences officielles, en le conseillant, en lui apportant son concours et en lui faisant partager sa claire vision des choses lorsqu'une importante décision s'imposait. Tout cela, bien sûr, avec l'aide précieuse du nouveau secrétaire de la Chancellerie, l'historien Shu Ching-tsung, et du ministre des Charges Civiles, Lai Chun-chen. Elle avait mis en place des programmes sociaux, en son nom, pour nourrir l'affamé et fournir du travail au pauvre. Les gens s'enflammaient. N'était-ce pas là le renouveau des T'ang, promis dans le rêve du défunt empereur Tai-tsung ? Et l'Impératrice n'agissait-elle pas en accord avec la compassion recommandée par le Bienheureux Maitreya ? Bien que femme par nature, et féconde de plus, donnant le jour à quantité de princes, n'était-elle pas franche et directe *comme un homme* ? Assurément, il n'était que temps d'oublier les scandales, de sécher les larmes, et d'entrer joyeusement dans la nouvelle ère d'humanisme et de prospérité. Même à l'aube de l'âge d'or, il y aura toujours des cyniques impénitents et des sceptiques. Des histoires sinistres ou cocasses sur le destin de la tête disparue du conseiller Wu-chi avaient fait le tour de la ville en même temps que se répandait la nouvelle du programme social de l'Impératrice. Selon une de ces fables, la tête était apparue dans le chaudron de soupe d'un restaurant ; puis on l'avait jetée avec les épluchures et on l'aperçut flottant sur le fleuve. Elle criait aux passants qu'elle était lasse de Lo-yang et qu'elle partait vers la mer pour ne jamais revenir. « Je n'en crois rien, avait déclaré un vieux plaisantin. J'ai entendu dire que l'Impératrice se sert de la tête de Wu-chi comme oreiller... pour faire de beaux rêves. »

Par un matin d'hiver, l'homme s'éveilla peu avant l'aube d'un rêve désagréable et obscur, incapable de se rappeler qui il était ni où il était. Étendu dans la pénombre glacée, les yeux grands ouverts, il semblait fixer l'infini du ciel, écoutant les battements de son cœur et le bourdonnement du sang dans son crâne. Le corps inerte, et tellement distant que son esprit était comme suspendu dans un grand vide, il avait peur. Il voulut appeler à l'aide mais ne se souvenait d'aucun nom, d'aucun mot ; il garda donc le silence, puis glissa dans un sommeil peuplé de cauchemars. Il rêva d'un incendie, avec un rougeoiement flamboyant et une chaleur fulgurante, dont le foyer grondait, immense, et résonnait dans tout l'univers comme un tambour gigantesque.

Lorsqu'il s'éveilla, une femme était penchée sur lui, attentive, inquiète et impatiente tout à la fois. Elle lui secouait les épaules et l'enjoignait de lui répondre. Il était sûr de la connaître ; son visage lui était familier, mais étrangement, il ne pouvait l'associer à aucun nom. Il tenta de sourire, et sentit un filet de salive ruisseler sur son menton, puis couler dans son cou, ce qui parut inquiéter encore plus la femme. Elle se fâcha, l'accusa de jouer à des jeux dégoûtants. Elle se remit à le secouer. Mais elle dut lire autre chose dans ses yeux, car sa colère s'évanouit, remplacée par une vive appréhension. Elle déclara qu'elle allait quérir le médecin impérial de ce pas, et sortit de la pièce en courant. Il essaya de lui dire que ce n'était pas nécessaire, mais ne trouva pas les mots. La salive lui glaçait le menton ; il voulut l'essuyer, mais ne parvint pas à soulever sa main droite qui semblait ne plus appartenir à son corps. Il essaya la gauche ; elle obéit, tremblante. Il s'essuya, frissonna, et tira la couverture sur sa tête pour se blottir dans l'obscurité protectrice.

L'après-midi, l'empereur Kao-tsung avait retrouvé l'usage de sa main droite, qui avait néanmoins gardé une faiblesse de bébé. Le médecin avait l'air inquiet et le supplia de l'autoriser à lui administrer un traitement par les aiguilles ; Kao-tsung exprima son refus à l'aide de gestes car les mots le fuyaient toujours. Il savait à présent qui il était et aussi que la femme qui s'était penchée sur lui le matin, et qui discutait avec le médecin à voix basse, était sa propre épouse, l'Impératrice. Il se rappelait aussi son nom, mais n'arrivait toujours pas à l'articuler. Les mots et les phrases se bousculaient dans sa tête, mais se heurtaient à une barrière infranchissable et ne parvenaient pas jusqu'à ses lèvres. Craignant, s'il essayait de parler, de prononcer des paroles incompréhensibles, il se refréna. C'était une impression étrange, intéressante d'une certaine manière, et il se replia en lui-même pour explorer ce curieux phénomène.

Après le départ du médecin, l'Impératrice vint s'asseoir sur son lit, lui prit les mains et l'observa avec inquiétude

– Parlez-moi, implora-t-elle.

Il ouvrit la bouche mais ne réussit qu'à émettre

un son inarticulé, comme le bruissement du vent dans la cime des arbres. Surpris, il pinça vivement les lèvres. Mais l'Impératrice s'alarma.

– Qu'est-ce qui vous prend ? fit-elle sèchement.

Effrayée et vexée en même temps, elle relâcha les mains de l'Empereur comme s'il venait de se montrer odieux. Il hocha la tête et la regarda, impuissant, embarrassé par son infirmité et peu disposé à renouveler sa tentative.

– Vous essayez de m'humilier, déclara-t-elle, l'œil dur.

Il remua la tête en signe de dénégation. L'Impératrice se radoucit, puis se mit à pleurer. Elle lui prit de nouveau les mains et les caressa avec tendresse pendant que les larmes coulaient le long de ses joues.

– Mon pauvre amour, dit-elle. Mon pauvre, pauvre amour. Ne vous inquiétez pas, je m'occuperai bien de vous et nous allons vous délivrer de cette horrible chose qui a pris possession de vous. Je vais prendre soin de vous et vous choyer comme si vous étiez un de mes nouveau-nés.

Sur ces mots, elle pressa son corps parfumé contre le sien et posa sa tête sur son épaule. Il sentit la chaleur de ses seins sur sa poitrine, et l'odeur plaisante de ses cheveux lui chatouiller les narines. Elle sanglota longuement ; résigné, il ferma les yeux.

Les semaines suivantes, Kao-tsung plongea dans un silence de plus en plus profond. Incapable de monter son cheval à cause de la faiblesse d'un côté de son corps, il essaya de reprendre des forces en faisant de longues et prudentes promenades dans le parc du palais, en se rappelant ses souvenirs de jeunesse. Il revoyait son passé avec un luxe de détails si précis qu'il lui semblait revivre sa vie. Il s'émerveillait de voir resurgir des jours entiers de son enfance, enfouis et oubliés depuis longtemps, et accompagnés d'images vivaces de son père. Il se souvint ainsi du jour où Tai-tsung s'assit près de lui pour lui annoncer qu'il était le prince héritier, et qu'il lui succéderait un jour sur le trône.

Son père lui avait soigneusement expliqué ses forces et ses faiblesses, insistant sur le rôle du Conseil des Six qui l'aiderait et le guiderait dans ses débuts. La plupart seront vieux, lui avait dit son père, mais ils sont vigoureux et dureront encore longtemps. Mon brave ami Wu-chi, le plus jeune des six, sera encore là quand la neige aura blanchi ton sommet, avait plaisanté Tai-tsung en ébouriffant les cheveux de son fils.

Et voilà qu'il avait dépassé la trentaine, le cheveu toujours noir et brillant, mais il avait la faiblesse d'un vieillard et Wu-chi avait disparu. Ses yeux s'embuèrent de larmes de honte, de chagrin et de nostalgie.

Parfois, au cours de ses promenades, quand il était sûr d'être seul, il s'essayait à articuler des mots ; il les murmurait d'abord, puis s'enhardissait à les prononcer à voix haute. Il marchait des heures, se parlant à lui-même, chantant ou récitant un poème. Au début, le flot des mots coulait, limpide, puis, comme pour l'eau dont le conduit est obstrué par un bouchon de feuilles mortes, il mourait dans sa gorge. Il renouvelait alors l'expérience avec la prudence du cheval qui approche d'une haie. Si un mot l'arrêtait trop longtemps, il en cherchait un synonyme, que des raisons mystérieuses lui permettaient de prononcer quand l'autre refusait obstinément de sortir.

Il gardait ses expériences pour lui, et, de retour au palais, s'abstenait de parler. Le souvenir de Wu-chi l'obsédait, et il en vint à considérer comme un juste châtiment l'isolement dans lequel son mutisme forcé le plongeait.

S'il restait immobile et silencieux, l'Impératrice s'activait avec une vitalité qu'il ne lui connaissait pas. Pendant sa convalescence, elle se levait dès l'aube, assistait aux Audiences Matinales, consultait les hauts fonctionnaires, écoutait les divers ministres, édictait de nouvelles lois, puis elle venait s'asseoir sur son lit et lui racontait tout ce qu'elle avait fait par le menu. Il ne pouvait que l'approuver avec admiration. Son jugement était juste, ses idées novatrices, ses programmes sociaux progressistes, viables et humains. Même Tai-tsung en aurait été impressionné.

Elle n'omettait aucun détail, afin de lui faire sentir qu'il n'était pas écarté des décisions. Elle lui parlait d'une voix douce, sans quitter ses yeux, avec une tendresse et une attention émouvantes.

Mais, au fil des semaines, sa tendresse s'émoussa; elle se mit à le scruter comme quelqu'un qui fouille une caverne à la recherche d'un fugitif. Parfois, il était persuadé qu'elle avait réussi à entrevoir le fantôme de Wu-chi qui hantait son esprit; alors, elle le regardait d'un œil perçant et exigeait qu'il lui parlât. Comme il restait coi, elle se levait et quittait la pièce, fâchée.

Un soir, après une de ces scènes, elle revint dans sa chambre. Il s'était endormi, mais se réveilla en sentant sa présence. Sa colère et son impatience l'avaient quittée, elle était de nouveau douce et tendre. Elle lui tapota le visage, prit sa main et la guida sur sa poitrine.

– Je ranimerai votre flamme, déclara-t-elle. Je vous rendrai la parole.

Il s'efforça de lui résister; il se cambra et essaya de penser à Wu-chi et aux autres vieux conseillers, à l'esprit de son père, à son courroux et à sa déception. Il se concentra sur sa propre honte. Mais en vain : il sentit le désir monter et sa virilité se réveiller. Elle le sentit, elle aussi.

– Vous voyez! s'exclama-t-elle, victorieuse, avec un sourire espiègle.

Puis elle l'enjamba et commença à le chevaucher lentement. Au bord de l'extase, il ferma les yeux et vit avec effroi que Wu-chi, son père et les autres étaient toujours là, et qu'ils assistaient à la scène.

La nuit suivante, elle fit servir le repas dans leurs appartements privés. Elle arriva, vibrante et animée, résultat, qu'il ne connaissait que trop, de son succès de la veille.

– Vous avez bonne mine, ce soir, mon époux, commença-t-elle. J'ai l'impression que nous avons trouvé un remède auquel le médecin n'avait pas pensé.

Il baissa les yeux sans répondre, et prit un morceau de viande. Elle dut deviner sa gêne car elle changea vivement de sujet.

– J'ai moi-même eu une journée remplie, reprit-elle d'un ton plus sérieux. Nous avons soulevé plusieurs points législatifs importants et pour lesquels j'aimerais vous consulter.

Elle se servit avec abondance et commença à manger. Son appétit avait toujours impressionné Kao-tsung. Elle ne mangeait pas comme la plupart des femmes, à petites bouchées, parcimonieusement, à peine de quoi nourrir une souris. Non, elle dévorait, mastiquait avec un plaisir sans entrave, et parlait souvent la bouche pleine.

– Nous sommes parvenus au consensus suivant : la législation doit permettre de motiver les sujets plutôt que de mettre l'accent sur les sanctions. (Elle avala une boulette.) Nous devrions échafauder un système d'incitations qui bénéficierait à tout le monde, et faciliterait l'application des lois. Prenons les lois sur la conscription, par exemple. (Elle prit une nouvelle bouchée qu'elle se mit en devoir de mastiquer sans le quitter des yeux.) Actuellement, les gens les considèrent comme des sanctions. Je crois que nous pouvons changer l'opinion qu'ont les sujets de la conscription. Au lieu de l'utiliser pour punir ceux qui ne paient pas les taxes ou ceux qui se dérobent au recensement, nous pourrions élaborer un système de gratifications pour les familles des conscrits. Terres arables, réductions d'impôts, garantir une certaine quantité de semences, que sais-je encore ?...

Voyant qu'il ne l'écoutait pas, elle n'insista pas. Ils mangèrent en silence quelque temps, puis elle reprit :

– Il y a aussi le problème de l'embargo sur les importations. Doit-on le généraliser afin d'encourager la production, ou au contraire l'assouplir pour favoriser la liberté d'échange ? Qu'en pensez-vous ?

Il hocha la tête. Il n'arrivait pas à se concentrer sur le sens de ses paroles alors qu'il ignorait les motivations sous-jacentes qui les guidaient.

– Encourager la production semblerait préférable, si on raisonne superficiellement, mais je crains dans ce cas que l'Empire ne se replie sur lui-même. Cependant, cela soulève des problèmes annexes, et c'est pour cela que j'ai besoin de votre avis. Votre expérience me serait précieuse.

Elle but une gorgée de vin puis engloutit une nouvelle bouchée. Kao-tsung s'évertuait à découvrir où elle voulait en venir, et à trouver une réponse adéquate. Mais cela demandait trop d'efforts. À quoi bon ? Peu importait ce qu'elle essayait de lui dire, son seul but était de s'accaparer son pouvoir et son âme. Il serra les dents. De plus, il craignait de bredouiller ou de s'exprimer dans un jargon incompréhensible. Mieux vaut rester à l'abri quand le mauvais temps menace. Il la regarda sans un mot.

Elle lui rendit son regard, et ne dit plus rien jusqu'à la fin du repas. Puis elle s'essuya les lèvres, se leva et vint se planter à côté de lui. Kao-tsung sentit le sang lui monter au visage, mais il baissa la tête sur son assiette et se concentra sur les restes de viandes et de nouilles qui baignaient dans une sauce couleur d'ambre. Alors, Wu s'agenouilla, comme pour passer sa tête sous la table. Le cœur de Kao-tsung se mit à battre si fort qu'il eut peur qu'elle ne l'entende. Un feu ardent le dévorait ; quand elle effleura sa joue brûlante d'une main légère et fraîche, il crut qu'il allait exploser.

– Comme vous avez chaud, mon amour! murmura-t-elle.

Puis elle entreprit de lui dénouer ses habits et d'entrouvrir sa robe. Elle lui dénuda la poitrine, souffla dessus, l'effleura de ses lèvres. Il rejeta la tête en arrière et exhala un long et profond soupir. Les images se bousculaient dans sa tête; les visages de Wu-chi et de son père se mêlaient au corps nu de l'Impératrice et du sien réunis. Puis elle plongea la main entre ses cuisses. Elle le tenait.

Le lendemain soir, elle fit de nouveau servir le dîner dans ses appartements, mais cette fois, sans un mot, sans même le laisser commencer son repas, elle s'assit à califourchon sur ses genoux, le renversa et lui dévora le cou de baisers sauvages. Elle fut sans pitié, mordilla sa chair, promena ses mains sur tous les endroits sensibles de son corps au point qu'il roula au sol, où elle le rejoignit, puis le chevaucha bientôt, ses yeux rivés dans les siens pour y débusquer les fantômes qu'elle soupçonnait l'habiter.

Lorsqu'elle l'eut achevé, elle apporta une assiette près de l'endroit où il gisait encore, honteux et exténué, et tenta de le nourrir comme un enfant.

– Je suis si seule, gémit-elle. Oh! je sais, tout cela doit vous paraître absurde... J'ai ma mère, j'ai l'historien Shu, les ministres, les domestiques, les conseillers. (Elle s'esclaffa.) J'ai mes enfants. Mais si je ne peux pas me confier à vous, je me sens seule. J'ai besoin d'entendre votre voix, j'ai besoin que vous me disiez que vous m'aimez, que vous appréciez ce que je fais pour vous. J'ai besoin de savoir si vous approuvez mes décisions. J'ai simplement besoin d'entendre le son de votre voix. Toute mon attention est concentrée sur vous, je ne pense à rien d'autre qu'à l'espoir insensé d'entendre de nouveau un mot de votre bouche. Où avez-vous perdu votre voix, mon époux? Où? implora-t-elle en levant au plafond des yeux baignés de larmes...

Quand je suis seule, reprit-elle en plongeant un regard ému dans le sien, je m'imagine que nous parlons ensemble. J'émets un avis, je pose une question, et je réponds en imitant votre voix. Je reconnais que le procédé est mince, mais c'est mieux que rien.

Il la regarda, mal à l'aise. L'idée qu'elle pût parler à sa place lui déplaisait fort. Cela ne présageait rien de bon. Il s'imagina, paralysé et sans voix : une marionnette désarticulée dont les lèvres remuaient mécaniquement, émettant des sons qui provenaient de la bouche de l'Impératrice. Il en ressentit une telle angoisse qu'il se dressa vivement sur son séant, et éloigna d'un geste furieux les mains que Wu avait posées sur sa poitrine.

– Eh bien, qu'avez-vous ? s'inquiéta-t-elle d'une voix douce.

Elle le fit s'étendre et essuya la sueur qui perlait à son front.

– Là, détendez-vous, mon époux. Vous n'avez rien à craindre. Rien, je vous assure.

Elle se pencha, le visage si près du sien qu'il sentit son souffle dans son cou, puis elle passa une main sur ses yeux et lui ferma les paupières.

– Oui, nous sommes ensemble, dit-elle d'une voix grave qui n'était pas la sienne. Je serai perdu sans vous.

Il écoutait, atterré et fasciné par l'imitation de sa propre voix.

– Promettez-moi que vous ne m'abandonnerez pas, que mon état actuel ne vous dégoûte pas, poursuivit-elle du même ton grave.

– Dégoûtée ? fit-elle avec horreur en reprenant sa voix. Vous n'y pensez pas ! Jamais !

– Je suis si heureux de vous l'entendre dire, enchaîna l'autre voix. L'amour est une chose si étrange. L'aversion et la passion sont si proches qu'on les distingue parfois à peine. On peut passer de l'une à l'autre du jour au lendemain, comme le lait qui tourne et passe de la douceur délicieuse à une chose aigre et écœurante.

– Non, reprit-elle avec sa propre voix, c'est peut-être vrai d'un amour ordinaire, mais ce n'est pas ce que je ressens pour vous. Mon amour ne peut que s'amplifier.

– Je ne vous répugne donc pas ?

– Bien au contraire.

– Vous ne me trouvez pas grotesque ?

– Vous ne serez jamais grotesque à mes yeux, rien n'y fera. C'est moi qui ai peur que vous me trouviez odieuse, mon époux.

Mais plutôt que de répondre à sa place, elle attendit qu'il s'en chargeât. Les yeux clos, il sentit le regard de Wu posé sur lui avec insistance. Une envie irrésistible faillit lui faire ouvrir les yeux pour qu'elle y découvre les moindres recoins de son âme. Mais il se contint, et s'obligea à l'immobilité la plus totale.

Ils restèrent allongés de longues minutes, puis il l'entendit sangloter doucement.

– C'est donc vrai, murmura-t-elle enfin. Je vous répugne. Vous me haïssez.

Une larme coulait sur ses joues. Il ouvrit les yeux, et se dressa, une protestation aux lèvres. Les larmes de Wu étaient pour lui la pire des choses, la plus insupportable. Il fallait qu'il parle, qu'il dise un mot, n'importe quoi, tout pour faire cesser ses pleurs.

Mais quand il ouvrit la bouche, il n'en sortit qu'un son inarticulé, un sifflement imbécile, comme la première fois qu'il avait essayé de parler. Elle eut un geste de recul, puis se leva prestement.

– Ne vous avisez plus de recommencer ! hurla-t-elle. C'est insupportable ! Je ne le tolérerai pas !

Elle le maintint au sol, le regard furibond.

– Vous n'êtes pas un homme, grinça-t-elle entre ses dents.

Avec une moue de dégoût, elle rassembla ses habits épars et en revêtit sa nudité.

– Vous êtes révoltant ! lâcha-t-elle en tournant les talons.

Elle sortit de la pièce en claquant bruyamment la porte derrière elle. Il resta coi un instant, écoutant ses pas s'éloigner avec une fierté offensée, et il comprit alors qu'elle ne reviendrait pas de la soirée. La pièce était devenue soudain silencieuse.

– Non, articula-t-il dans un faible murmure. Non, je ne vous hais point.

Le lendemain soir, elle le laissa tranquille. Il s'était attendu à la voir après la scène de la veille, mais elle ne vint pas. Ni ce soir-là ni les suivants. On murmurait qu'elle était partie chez sa mère. Il prit avec plaisir ses repas seul, et fit de longues promenades au crépuscule, au cours desquelles il menait des conversations animées, suivant en cela l'exemple de Wu. Par sa bouche, elle exprimait un amour tendre, patient, compréhensif, et lui parlait de toutes sortes de sujets : son désarroi, ses soucis politiques, la profondeur de son amour...

Lorsqu'il la revit, elle n'était pas seule. Au début, son cœur flancha parce qu'il avait cru reconnaître Dame Yang, mais comme les deux femmes avançaient dans le jardin, il s'aperçut qu'il n'avait jamais vu celle qui accompagnait l'Impératrice. Lorsqu'elles furent assez près, une fièvre étrange le prit. L'inconnue ressemblait à s'y méprendre à l'Impératrice, avec cependant une différence essentielle : son visage exprimait la grâce, la patience, la douceur, la bonté et la générosité. Ce fut une révélation, et il la dévisagea avec une insistance presque grossière jusqu'à ce que l'Impératrice le rappelle à l'ordre en lui expliquant qu'il s'agissait de sa demi-sœur, Wu Ssu-lin, la fille d'un premier mariage de son père.

La jeune femme lui sourit, et il lui répondit par un sourire béat, irrépressible. Aussitôt, il esquissa le geste de s'essuyer la bouche car il fut pris d'une terreur subite à la pensée qu'il pût se mettre à baver. Il se trompait, bien sûr, et il continua de sourire pendant qu'il entendait la voix, lointaine lui sembla-t-il, de sa femme lui expliquer que Wu Ssu-lin arrivait de Ch'ang-an pour voir sa sœur l'Impératrice et Dame Yang.

– Combien de fois ai-je observé mes chiens en me demandant ce qu'ils voyaient, déclara Wu Ssu-lin. Quel effet nos voix leur font-elles ? Nos visages ? Comment perçoivent-ils le monde ?

– Comme je vous comprends ! s'exclama Kaotsung d'un ton enjoué. Moi aussi, en chevauchant mon cheval, je me demande souvent ce qu'il pense, ce qu'il ressent. Comment supporte-t-il mon poids sur son dos ? Mes talons qui lui labourent les flancs ? Que pense-t-il des ordres que je lui donne ?

Il parlait avec une lenteur calculée, s'efforçant de choisir ses mots avec soin, mais ils coulaient avec une facilité miraculeuse de son esprit à ses lèvres, sans obstruction aucune ; comme des blocs de glace en train de fondre, se surprit-il à songer.

– Parfois, j'ai l'impression de deviner, dit la duchesse Wu Ssu-lin. Parfois il me semble que je peux me mettre à la place de mes chiens, voir avec leurs yeux, entendre avec leurs oreilles. Mais en réalité, je sais que je n'y arriverai jamais tout à fait. C'est un mystère auquel je n'aurai jamais accès.

– Pourtant, il y a des gens pour qui c'est possible. Les adeptes du Tao qui adoptent une forme animale. Ceux qui se promènent la nuit dans le corps d'un chat, ou qui volent dans les airs dans celui d'un corbeau.

L'affirmation fit sourire Wu Ssu-lin.

– Vous y croyez vraiment ?

Il n'y avait pas trace de jugement ni de moquerie dans sa question. Ils marchèrent en silence quelque temps. C'était le début de l'après-midi ; il avait plu dans la matinée et le ciel gris restait menaçant. Les hautes herbes humides du parc impérial avaient trempé le bas de leurs robes.

– Ce n'est pas tant que j'y croie, finit-il par répondre. Je veux y croire.

– C'est juste. Les adeptes du Tao connaissent l'âme humaine. Ils savent notre curiosité avide pour la nature. Ils comprennent notre désir d'oublier pour un temps notre condition humaine. Alors, ils le font pour nous, dans un sens. Ils sont un peu nos émissaires en pays étranger.

– Oui, mais le font-ils vraiment ? demanda Kao-tsung. Ou bien se l'imaginent-ils ? Ou prétendent-ils le faire ?

– Difficile à dire, répondit la duchesse d'un air songeur. Il semble que les taoïstes aient une compréhension de la nature humaine qui nous échappe. Ils affirment que pour être humain il faut être bon avec les animaux, et qu'ainsi nous pourrions acquérir leur conscience ; qu'il nous faut aller à la rencontre de l'animal qui est en nous, de nous fondre en lui et de devenir le loup, le corbeau, le chat, le serpent.

– Ou le cochon, l'autruche, le chien de compagnie, renchérit Kao-tsung en riant.

– Ou la fouine, le crapaud, la puce, dit-elle, riant à son tour. Quand je pense à certaines personnes, je trouve que cela ne fait aucun doute.

– Oui, mais si tous ces animaux existent en nous, quelle est la part purement humaine ?

La question la fit sourire.

– J'y ai beaucoup réfléchi, dit-elle. Et je crois avoir trouvé.

Leurs pas fendaient l'herbe humide ; l'air était frais, chargé de la douce odeur de terre mouillée.

– Pensez à votre cheval, reprit la duchesse. Lorsque vous le bouchonnez, par exemple. Vous admirez son poil lustré, ses muscles puissants, sa gracieuse encolure ; vous regardez ses grands yeux marron à l'éclat pourpre qui vous font penser à du cristal. Imaginez-vous au sommet d'une montagne en train de contempler le panorama avec ses yeux, émerveillé par la lumière changeante selon les heures de la journée. Imaginez-vous en train d'étendre vos ailes d'insecte sous la lumière d'une lanterne, scrutant les délicates veines vertes des membranes ; puis vous observez les veines de vos bras, et vous vous apercevez qu'elles ont le même dessin, la même structure. Les veines de l'insecte vous semblent si belles que vous éprouvez le besoin de les dessiner. La nature vous a donné des yeux pour que vous l'admiriez. Voilà ce qui, en vous, est purement humain.

– La nature qui se contemple, dit-il, songeur.

C'était si simple, si évident ; pourtant, il n'y avait jamais pensé.

– Mais alors, pourquoi ? demanda-t-il avec fièvre. Pourquoi la nature veut-elle se contempler ?

– Je l'ignore. Peut-être n'a-t-elle pas le choix.

– Pas le choix, hum... Peut-être est-ce à cause de la force irrésistible de la beauté. Elle exige d'être vue.

– Elle veut que la beauté soit reconnue, hasarda la duchesse.

– Oui, c'est cela ! s'exclama-t-il, joyeux. C'est cela ! Notre vie entière, nos combats, nos souffrances, nos rares moments de bonheur, tout cela parce que la nature veut que sa beauté soit reconnue !

– C'est tout à fait possible, assura-t-elle.

Ils s'engagèrent dans le long sentier pavé qui débouchait, après de multiples méandres, dans les jardins du palais. Ils avaient discuté tout l'après-midi, de la course des étoiles, de l'enfance, de l'origine des mythes, des langues étrangères, de la définition de l'argent, de la possibilité de se mouvoir dans un temps autre, des insectes, des rêves, de la maladie, de la laideur, de la mort, de cheval. À propos de cheval, Kao-tsung avait noté qu'un lien unique unissait le cavalier à sa monture ; il avait affirmé que l'esprit de l'homme et celui de son cheval ne faisaient qu'un, ce qui expliquait pourquoi l'homme dirigeait le cheval quand celui-ci sentait sa maîtrise, et pourquoi le cheval dirigeait le cavalier quand il ne le sentait pas assez maître.

La duchesse avait fait remarquer que l'homme et le cheval avaient été conçus pour se compléter, et Kao-tsung avait acquiescé avec enthousiasme. Après avoir marché et parlé pendant plus d'une heure, il s'était soudain rendu compte qu'il n'avait pas laissé échappé un seul son incongru ni commis le moindre lapsus, mais il avait bien vite oublié cette découverte inouïe, pris dans le feu d'une discussion de la plus haute importance : oui ou non, puisque le monde animal était compris dans l'être humain, l'homme possédait-il, enfouie en lui, la faculté de voler ?

Ils traversèrent les jardins du palais, insouciants de la pluie fine mais persistante qui s'était remise à tomber. Ils remarquèrent à peine les deux domestiques qui s'étaient approchés en silence, et qui les accompagnèrent, invisibles, pour les protéger avec leurs larges parasols de soie.

Les sorciers et les saints ne prétendaient-ils pas qu'ils pouvaient voler ? demanda Kao-tsung. Les pèlerins de retour d'Occident ne racontaient-ils pas des histoires de yogi qui pouvaient s'élever au-dessus du sol pendant des heures ? Oui, elle avait entendu de telles histoires, mais elle pensait que leur réalité dépendait de la fascination qu'elles provoquaient chez ceux qui les écoutaient. Tant que je ne l'aurai pas vu de mes propres yeux, je continuerai à penser que la lévitation ou la capacité de voler dépend de notre envie d'y croire. Oui, acquiesça-t-il, mais cette envie d'y croire est peut-être l'indication d'un formidable potentiel intérieur inexploré.

Peut-être, répondit-elle.

Oui, peut-être, dit-il gaiement.

La pluie redoubla ; elle tambourinait avec force sur la soie tendue au-dessus de leurs têtes, ruisselait à leurs pieds, et trempait jusqu'à l'os les domestiques, stoïques et silencieux, qui les protégeaient de leurs larges parasols.

– Ah, ils veulent voler ! s'écria Wu. Je leur apprendrai à voler, moi ! Je leur apprendrai, tu vas voir !

Elle projeta violemment une statuette de Kuan-yin en jade contre le mur ; elle ne se brisa pas, mais rebondit et balaya une collection de miniatures en ivoire qui s'éparpilla avec fracas aux quatre coins de la pièce.

– Ils vont voler, c'est moi qui te le dis ! rugit-elle en cherchant un autre objet à lancer. Oh oui ! ils vont voler avant même de comprendre ce qui leur arrive !

Dame Yang surveillait les pauvres choses inoffensives sur lesquelles sa fille passait sa colère. La statuette de Kuan-yin serait aisément remplacée ; les miniatures aussi. Mais quand elle vit l'Impératrice convoiter un précieux cheval en céramique, elle s'interposa vivement et guida sa fille d'une main ferme dans la direction opposée. Wu repéra alors un vase verni et un carlin en terre cuite ; elle en prit un dans chaque main et les catapulta à l'autre bout de la pièce où ils se brisèrent en mille morceaux.

– Un potentiel intérieur inexploré ! ironisa Wu avec fureur. Ils n'ont pas la plus petite *idée* du potentiel humain ! Pas la moindre *notion* !

Elle posa un regard furibond sur sa mère et son visage se décomposa aussitôt ; un masque de douleur la défigura et des larmes jaillirent de ses yeux avec la soudaineté d'un orage d'août.

– Oh ! mère ! implora-t-elle en tombant à genoux, la voix déformée par le chagrin. Mère, il a parlé ! Il *lui* a parlé ! Je les ai entendus quand ils sont passés sous mon balcon. Avec moi, il est aussi muet et stupide qu'un vulgaire animal, qu'une pierre, qu'une ignoble *chose* morte ! Avec elle, il babille comme un enfant, il cause comme un singe savant, il tient les discours d'un *être* précoce, perspicace, et brillant ! Oh ! je ne le supporterai pas !

Elle resta prostrée, face contre le tapis qu'elle

inondait de ses larmes. Quand elle se releva, le visage tordu de douleur, les yeux rougis, son maquillage avait tracé sur ses joues deux longues traînées noires et son nez coulait sans retenue.

– Comment ose-t-il? gémit-elle d'une voix douce. Après tout ce que j'ai fait pour lui. *Comment ose-t-il?*

Dame Yang s'approcha, et essuya le nez de sa fille avec un pan de sa manche.

Elle avait lavé son visage de tout maquillage et enfilé une robe de chambre simple mais élégante. Elle avait attaché avec une épingle ses cheveux de jais soigneusement peignés qui tombaient librement sur ses épaules. Assise en face de Kao-tsung, elle souriait. Lorsqu'il s'apprêtait à prendre un morceau de viande, une boulette de riz, ou lorsqu'un mets particulier semblait capter son intérêt, elle se précipitait avec ses baguettes et lui présentait le mets désiré. Dès qu'il buvait une gorgée de vin, elle lui remplissait sa coupe.

– J'adore la pluie que nous avons eue ces derniers temps, dit-elle. J'aime l'écouter la nuit, me réveiller à l'aube et l'entendre s'éloigner, me rendormir et être réveillée à nouveau quand elle tombe de plus belle.

Elle but une goutte de vin, l'air rêveur, comme pour savourer les images qu'elle décrivait. Kao-tsung resta muet.

– Et j'aime sentir la fraîcheur et la pureté de l'air après l'averse, reprit-elle, ravie par la poésie de ses propos. On dirait que les oiseaux aussi sont contents. Ils gazouillent, ils chantent, et folâtrent au milieu des flaques de boue. Les oiseaux travaillent dur tout au long de leur existence, mais ces moments-là sont un peu leurs vacances.

Rayonnante, elle prit le pichet de vin et remplit la coupe que l'Empereur venait juste de vider. Elle le regarda manger, notant le mouvement des mâchoires, les bouchées qu'il avalait. Kao-tsung gardait les yeux baissés. Parfois, il les relevait briè-vement, puis replongeait le nez dans son assiette.

– J'aimerais être un oiseau, poursuivit-elle. Oh ! juste un jour ou deux, pour voir ce que ça fait. Se percher sur les hautes branches, voleter dans les airs pour attraper des insectes. J'imagine qu'il me faudrait manger des insectes, des vers et des chenilles, fit-elle avec une pointe de dégoût. (Puis elle sourit, et ajouta :) Mais si j'étais un oiseau, j'aime-rais cela, n'est-ce pas ? Les insectes et les vers me paraîtraient aussi appétissants que les mets déli-cieux que nous mangeons en ce moment.

Sur ces mots, Kao-tsung repoussa son assiette. Voyant sa réaction, elle s'en voulut d'avoir commis un impair.

– Bien sûr, les oiseaux se font manger, eux aussi, reprit-elle vivement. Un chat ou une fouine, ou même un grand hibou, pourrait m'attraper et m'avaler tout rond.

Elle s'esclaffa, puis parut gênée de son rire forcé, et avala aussitôt une rasade de vin.

– Les oiseaux sont des musiciens, dit-elle. Croyez-vous qu'ils aiment le chant de la pluie ?

Kao-tsung hocha la tête et émit un vague gro-gnement.

– Oui ? Vous le croyez ? Vous croyez que la pluie les rend heureux ?

La pomme d'Adam de l'Empereur s'agitait comme s'il voulait avaler quelque aliment ou essayer de parler. Voyant qu'il n'avait pas la bouche pleine, elle comprit qu'il ne cherchait pas à déglutir. Elle attendit, un sourire à peine esquissé, la main crispée, de plus en plus irritée par les va-et-vient de la pomme d'Adam de Kao-tsung.

– Oui, je suis sûre qu'ils aiment la pluie, fit-elle.

Toujours souriante, elle se leva et vint s'asseoir sur les genoux de Kao-tsung.

– La pluie les rend heureux, reprit-elle en plon-geant son regard dans celui opaque de son époux. Comment pourrait-il en être autrement ?

Elle se trémoussa et sentit la virilité de l'Empereur s'éveiller, comme une petite créature qui chercherait à percer la soierie de sa robe.

– Oui, la pluie les rend heureux, répéta-t-elle.

On venait de leur servir le bouillon d'ailerons de requin, la spécialité du chef de Dame Yang, quand Wu Ssu-lin blêmit et repoussa son bol, comme quelqu'un qui vient juste de se souvenir d'une chose importante à faire.

Dame Yang lui lança un regard appuyé, puis reprit la conversation avec le bouddhiste érudit qui partageait leur dîner.

– L'ère de la Loi de la Dégénérescence n'est pas encore venue, disait le vieil homme de sa voix chantante entre deux lampées de bouillon. Ceux qui le prétendent sont des geignards ou des insatisfaits. Si le Bouddha entrait chez eux prendre le thé, ils l'accuseraient d'être un imposteur. Madame, ce bouillon est absolument délicieux !

Il s'en resservit un plein bol. L'air absent, la duchesse avait repris le sien et buvait à petites gorgées.

– Je dois vous avouer, madame, qu'à titre privé je n'ai jamais approuvé la doctrine de la Dégénérescence. Je trouve insultant pour le Sage de prétendre que son influence et ses enseignements puissent s'affaiblir et perdre de leur pouvoir avec le temps. Comme s'ils pouvaient s'user !

– Je trouve que la doctrine représente un juste équilibre, répliqua Dame Yang, surveillant la duchesse du coin de l'œil. Elle reconnaît l'inévitable faiblesse humaine : même animé des meilleures intentions et armé d'un enseignement parfait, l'homme finira toujours par corrompre et dénaturer les lois qu'on lui enseigne.

La duchesse approcha son bol de ses lèvres, parut hésiter, puis le reposa. Un pli soucieux altéra son front paisible et son regard se perdit dans le vide.

– Mais cela revient à déclarer implicitement que

les enseignements du Bouddha sont... euh, imparfaits, protesta le lettré. Après tout, s'il n'a pas pu prévoir la faiblesse humaine... s'il ne peut nous aider à corriger nos défauts innés...

– Sans doute voulait-il voir ce qu'une race imparfaite ferait de ses enseignements, avança Dame Yang. Une façon de mesurer notre imperfection. Peut-être a-t-il volontairement omis ce qui nous aurait rendus parfaits.

La duchesse se pencha en avant, les yeux écarquillés, les poings serrés.

– Il se peut, madame, rétorqua le vieil homme, mais votre argument implique aussi que le Bouddha n'est pas omniscient. Sinon, il saurait intimement les mesures de notre imperfection. Quel besoin un être omniscient aurait-il de se livrer à de quelconques expériences ?

Voyant Dame Yang se lever brusquement, il s'interrompit, interloqué, et remarqua pour la première fois l'indisposition de leur compagne de table. Cette dernière était maintenant courbée en deux, les mains crispées sur son ventre.

– Ce n'est peut-être pas une simple expérience, fit Dame Yang en s'approchant prestement de la duchesse. Peut-être est-ce une mesure nécessaire dont il est le seul à connaître le bien-fondé, et que nous n'apprécierons qu'en atteignant l'illumination.

– Peut-être... peut-être, consentit le lettré, troublé par le malaise de la duchesse.

Dame Yang posa une main secourable sur l'épaule de Wu Ssu-lin qui gémit, releva la tête et porta sur le bouddhiste un regard vitreux, le visage tordu de douleur. Horrifié, le vieil homme bondit à son tour, renversant sa chaise dans sa précipitation.

– Que se passe-t-il ? s'écria-t-il.

– Ce n'est rien, le rassura Dame Yang. Elle est sujette à des crises d'indigestion passagères. C'est de ma faute, je n'ai pas surveillé le menu. Je ne devrais pas laisser mes cuisiniers choisir. Je dois tout superviser. La prochaine fois, je serai plus attentive. Majordome! appela-t-elle pendant que la duchesse, d'un geste aveugle, essayait d'agripper ce qui se trouvait à sa portée.

Avec une force inattendue, Dame Yang souleva la jeune femme et l'écarta de la table. Le majordome parut, et se précipita pour apporter son aide.

– Qu'on la mette au lit! ordonna Dame Yang. Elle sera rétablie demain matin. Comme d'habitude.

Pliée en deux, la duchesse tenait à peine debout. Le majordome effrayé la porta hors de la pièce. Sidéré, des miettes de repas accrochées au menton, le lettré observait la scène. Dame Yang accompagna le domestique et son fardeau à la porte, la ferma, puis revint s'occuper de son invité.

– Peut-être n'avons-nous aucune idée de ce que le Sage entendait par « illumination ». Peut-être a-t-on besoin d'endurer d'amères expériences avant d'acquérir le savoir qu'il nous a enseigné, reprit-elle en guidant habilement le lettré à sa place.

Il s'assit sans broncher, s'essuya la bouche, et considéra d'un œil vide la porte, puis la place vacante en face de lui. Il reporta enfin son regard sur son hôtesse.

– Pardon? fit-il, ayant perdu le fil de la conversation.

– Peut-être l'illumination n'est-elle pas ce que nous croyons, répéta Dame Yang avec patience.

– Oui? Oui, sans doute. Sans doute. Vous avez raison, se hâta-t-il de dire, ignorant totalement ce à quoi il acquiesçait.

Dame Yang reprit son bol et termina son bouillon d'un air satisfait. Le lettré, se souvenant des bonnes manières, voulut l'imiter, mais il s'aperçut qu'il avait perdu tout appétit.

L'impératrice Wu s'entretenait avec l'historien Shu qui prenait des notes sous sa dictée.

– Des empoisonneurs ! fit-elle. Il y a des empoisonneurs parmi nous, et il n'est pas besoin d'être devin pour savoir qui était visé.

– Ne dites pas cela, madame. La chose est trop horrible à imaginer.

Son pinceau courait sur la page blanche.

– Ma sœur... je dis ma sœur, même si elle n'était que ma demi-sœur... me ressemblait beaucoup. Des inconnus l'ont vue quitter le palais et se rendre chez ma mère. Ils se sont insidieusement glissés dans les cuisines, ont mis du poison dans ses aliments. Oui, mais comment ? Comment pouvaient-ils deviner quelle portion irait à ma mère, quelle autre au lettré, et laquelle à la duchesse ?

Elle parlait d'une voix précipitée et arpentait fiévreusement la pièce. L'historien traçait ses caractères, impassible.

– Il règne une telle activité dans les cuisines d'une grande maison, hasarda l'historien. N'importe qui peut s'y glisser sans attirer l'attention.

Wu considéra la proposition.

– Mais comment a-t-on mis le poison dans sa nourriture ? Vous n'avez pas répondu à la question de manière satisfaisante.

– Laissez-moi réfléchir, demanda Shu. (Il humecta son pinceau d'un air songeur.) Grâce à un calcul minutieux, madame ? C'est tout à fait envisageable, vous savez. Un calcul minutieux conjugué à une observation pointilleuse.

– Possible... mais je trouve cette explication tirée par les cheveux, historien.

– Pas si vous envisagez que le, ou les, coupables sont des gens connus du personnel. À moins, susurra-t-il d'une voix mielleuse, que le, ou les, empoisonneurs fussent des membres du personnel de Dame Yang.

– C'est cela ! s'écria Wu. Je vais demander qu'on arrête immédiatement le majordome.

– Et le chef, suggéra Shu.

– Non, pas le chef. Il est irremplaçable. Ma mère ne me le pardonnerait jamais.

– Alors, le majordome.

– Il y a bien sûr une autre possibilité, dit l'Impératrice. Elle n'a peut-être pas été empoisonnée. Elle est peut-être morte des complications d'une simple indigestion. Elle n'était pas de constitution très robuste, vous savez.

– Mort de causes naturelles, dit l'historien en commençant une nouvelle page. Oui, c'est fort possible. Elle est tombée malade ; le personnel a fait tout ce qu'il pouvait mais elle est morte avant l'arrivée du médecin. Quelle tristesse ! Pourtant, c'était inévitable, n'est-ce pas ? Vu sa constitution fragile.

– Hélas ! Elle s'est peut-être tout simplement étouffée en mangeant.

Kao-tsung reconnut les pas de l'Impératrice. Ils résonnaient, ce jour-là, avec une éloquence particulière ; Kao-tsung pouvait lire en eux comme dans un livre ouvert : vifs, claquants, exubérants, avec une pointe de détermination inébranlable. Il détecta aussi une gaieté incongrue. Était-ce sa détermination qui suscitait son impatience, ou l'inverse ? C'était bien une énigme qu'il n'avait jamais pu résoudre, et elle était plus obscure ce jour-là. Mais il distinguait l'impatience et la détermination avec clarté, l'atteignant avec la même sûreté implacable que la flèche d'un chasseur émérite atteint le gibier.

Il roula sur le côté et se laissa tomber au sol, dans l'intervalle étroit entre son lit massif et le mur. Immobile, il respira la poussière du tapis, contempla avec plaisir la vue originale de son lit et du plafond sculpté, imaginant avec volupté qu'il pourrait rester pour toujours dans sa cachette.

Il se raidit en entendant la porte s'ouvrir. La présence de Wu emplit aussitôt la pièce. Non qu'elle marchât à grand bruit, ou que son parfum fût entêtant, ni qu'elle respirât particulièrement fort ; non, rien d'aussi évident. C'était sa détermination, tangible, palpable, qui déplaçait l'air et oppressait l'Empereur. Kao-tsung pensa alors que la détermination de Wu précédait son impatience. Il ferma les yeux et attendit.

Il entendit le lit craquer, perçut le froissement des couvertures et sentit un regard posé sur lui. Il ouvrit les yeux ; le visage de Wu était penché au-dessus de lui, ses yeux noirs, calmes et impénétrables rivés dans les siens.

Ils s'observèrent un long moment, puis Wu disparut de son champ de vision. Il l'entendit tirer le lit afin de ménager un espace dans lequel elle vint ensuite se glisser. Il resta coi. Elle se blottit contre lui sans un mot, et il sentit son souffle dans son cou.

– Vous aviez compris, bien sûr, que c'était moi qu'ils voulaient tuer, murmura-t-elle enfin à son oreille. Ma pauvre sœur est une héroïne. Elle s'est dressée sur leur chemin et a essuyé le coup à ma place. Je suis anéantie. Qui pouvait bien souhaiter ma mort ? Qui ? Oh ! j'ai si peur ! fit-elle en se serrant contre lui. Restons ici pour toujours, voulez-vous. Nous nous cacherons et personne ne nous trouvera.

En parlant, elle glissa doucement une jambe entre les siennes et entreprit de le caresser avec une lenteur calculée.

Il devinait ses efforts concentrés sur son entre-jambe, guettant sa réaction. Comme il ne réagissait pas, elle releva vivement la robe de Kao-tsung, et ouvrit son pantalon de soie. Avec un léger mouvement de va-et-vient, elle promena l'intérieur soyeux de sa cuisse nue sur sa virilité.

Elle insista pendant plusieurs minutes, variant la pression, tout en passant une langue aguicheuse sur son cou, dans son oreille. Il resta d'une immobilité parfaite. « Je suis un roi mort, se dit-il. Voilà trois mille ans que je suis dans mon tombeau. Il y a si longtemps que je n'ai pas vu le soleil, ni respiré l'air par un matin d'été, ni entendu le son d'une voix que je n'en ai plus le moindre souvenir. Je ne connais que l'obscurité, un vague souvenir des visages, et les murs froids et humides de mon tombeau. »

Il sentit les mains de Wu sur lui ; elle pressait et caressait son membre flasque. Bientôt ce fut sa langue, sa bouche, qui exigèrent son réveil avec insistance. « Un roi mort, songea-t-il, dans son tombeau, sans mémoire, sans désirs. »

Wu s'activait avec une détermination farouche. Elle ôta sa robe de chambre et le chevaucha, puis elle promena sa langue sur son corps immobile, s'attarda de nouveau sur son membre, le titilla, le mordilla avec une douceur infinie. Elle frotta, secoua, lécha, goba, caressa, elle essaya même de l'introduire en elle de force. Rien n'y fit. Kao-tsung ouvrit l'œil et contempla la chose qu'elle tenait dans sa main, sorte de serpent noyé, flasque et sans vie, aussi inutile que son bras mort le matin de son attaque. Il vit une lueur de profond dégoût dans le regard de Wu qui observait l'horrible chose qu'elle tenait dans la main.

9

Yang-chou, en l'an 662

Par un matin frais, le juge Ti contemplait en
bâillant l'eau noire et huileuse d'un des innombrables canaux de Yang-chou. Des vaguelettes
léchaient la culée sur laquelle il s'était perché, des
ordures et des déchets flottaient. Même souillée et
crasseuse, même lorsqu'elle charriait des détritus
immondes, l'eau coulait toujours avec grâce. Ti fut
frappé par l'innocence de cette eau fétide qui
fouettait la pierre à ses pieds avec la même insou-
ciance que la plus pure des eaux de source.

Les vaguelettes se brisèrent avec une fréquence
accrue quand on poussa la petite barge vers le
milieu du canal. La poignée de badauds qui
s'étaient rassemblés autour de Ti regardèrent dans
un silence respectueux les bateliers qui tentaient
de harponner le cadavre flottant sur le ventre à la
surface de l'eau. S'il avait fait grand jour, une foule
bruyante se serait bousculée ; les conseils, les suggestions, les spéculations, les plaisanteries auraient
fusé dans un vacarme de cris, de rires et de hurlements. Mais la grisaille de l'aube, la pâle lumière et
la fraîcheur de la nuit semblaient envoûter les
rares citadins qui se trouvaient là par hasard et
contemplaient la scène lugubre.

Un harpon accrocha l'encolure de la robe ballonnée du cadavre. Les bateliers retournèrent le corps et l'approchèrent de la barque, puis ils le hissèrent à bord. La tête du mort heurta le pont en bois avec un craquement déplaisant. Avec leurs longues perches, les bateliers ramenèrent la barge près de l'endroit où se tenaient le juge et l'agent qui l'avait rejoint.

Ti sauta à bord, s'agenouilla près du corps et l'examina : un homme d'une cinquantaine d'années, en bonne santé, bien nourri, et d'aspect fortuné. Il portait une robe de prix, coupée dans une soie de qualité, et dont le style indiquait un membre aisé de la classe marchande.

Ti soupira. Le canal traversait un quartier de tavernes et de bordels. Il n'était pas rare de retrouver des noyés dans ces eaux, et les victimes étaient souvent des gens de passage, des visiteurs imprudents de ces quartiers peu recommandables. Ti fouilla le cadavre. Il avait toujours sa bourse, intacte, pleine de pièces de cuivre. Son crâne ne portait pas de trace de coup. Puisqu'on ne l'avait pas volé, il était probablement tombé tout seul à l'eau, en essayant de retrouver son chemin parmi les ruelles sombres et inconnues après une soirée de beuverie. Ti imaginait parfaitement le pied surpris de l'homme lorsqu'il rencontra le vide, le vertige, le bref moment de lucidité dans son esprit hébété, le choc de l'eau glacée.

Oui, c'était facile à imaginer, mais cela ne collait pas. Ti aurait classé le mort dans la catégorie des noyades accidentelles sans se poser de question si une découverte similaire ne s'était produite une quinzaine de jours auparavant, à quelques pâtés de maisons de l'endroit où on venait de retrouver le noyé. L'autre victime était aussi un commerçant prospère, et sa bourse remplie était si lourde que le corps avait presque coulé au fond du canal. Un fermier qui se rendait en barque au marché avait découvert avec effroi, en manœuvrant sa perche, un visage livide qui le fixait de ses yeux glauques, à quelques pieds sous l'eau.

On avait identifié le corps sans difficulté. Un riche commerçant de Yang-chou. Le verdict avait été simple : après une nuit de débauche, il avait été victime d'un accident malheureux. Peu après, la veuve du noyé s'était présentée au bureau du juge Ti, et s'était plainte que son mari ne lui avait rien laissé sur son testament. Elle était pratiquement sans ressources et serait mise à la porte de chez elle au bout d'un an. L'héritier était un homme dont elle n'avait jamais entendu parler, avait-elle déclaré avec amertume, mais que le testament décrivait comme un « fils adoptif ». Elle ignorait que son époux eût des fils, adoptifs ou autres. Elle-même n'avait pas d'enfants, et son mari n'avait pas d'autres épouses.

Ti avait dit à la femme éplorée qu'il doutait de la légalité d'un tel arrangement, et lui avait promis de vérifier. Les lois de succession favorisaient le fils plutôt que l'épouse dans la transmission des biens d'un défunt, mais pas dans le cas d'un fils adoptif – à moins, avait ajouté Ti aussi délicatement qu'il l'avait pu, que l'épouse n'ait violé certain code de propriété. La femme avait paru si authentiquement offensée qu'il n'avait pas insisté, mais il s'était promis de vérifier cette éventualité.

Il avait d'autres affaires plus urgentes à élucider, celle de l'épouse déshéritée était donc toujours en attente. Comme elle ne devait pas être mise à la porte de chez elle avant un an, Ti avait transmis les détails de l'affaire à son assistant afin qu'il se renseigne sur certains points précis des lois de succession. Il avait promis à la femme qu'il essaierait de contacter le « fils adoptif » et de faire appel à son esprit de justice. Pour l'instant, il n'avait pas réussi à le localiser, et il n'avait plus repensé à l'affaire.

Le cadavre qui baignait à présent dans une flaque serait sans doute identifié avant un ou deux jours. Ti considéra les lèvres bleuies, les yeux vitreux dans la fente des paupières mi-closes, et il eut soudain le sentiment que l'affaire n'était pas aussi limpide qu'il y paraissait. Il se releva et se tourna vers l'agent qui attendait à quelques pas. On avait fait quérir une charrette à bras et les deux porteurs étudiaient le corps qu'ils allaient emporter ; mieux valait un cadavre de riche que celui d'un vagabond sans le sou.

– Faites-le porter à la morgue centrale, ordonna Ti à l'agent en remontant sur la butée. Qu'on fasse circuler son signalement, âge, signes particuliers, vêtements et le lieu où il a été retrouvé. Si un témoin se présente, envoyez-le-moi.

L'agent acquiesça et transmit l'ordre aux porteurs qui soulevèrent le corps, le hissèrent sur la berge et le chargèrent dans la charrette, puis le couvrirent d'un morceau d'étoffe. Ti hocha la tête en les regardant s'éloigner ; les pieds du cadavre dépassaient de la couverture trop petite. Il s'emmitoufla dans son manteau en bâillant. Il fut tenté de rentrer chez lui pour se remettre au lit d'où on l'avait tiré pour assister au repêchage du corps une heure auparavant. Au lieu de cela, il se dirigea vers son bureau. Pourquoi ne pas commencer la journée de bonne heure ?

Ti reposa son pinceau et se frotta les yeux. Il était midi passé et il commençait à ressentir le manque de sommeil. Il jeta un regard d'envie sur la banquette confortable qui trônait dans un coin de la pièce. Pourquoi pas ? se dit-il, et il quitta son bureau pour aller s'y étendre. La journée s'était étirée avec lenteur, triste et ennuyeuse ; le ciel bas, lourd de nuages, accablait l'esprit et fatiguait le corps. Une telle journée prédisposait à la sieste – ou à un court moment d'oubli, le temps de fermer les yeux et de laisser l'âme vagabonder.

Ti s'allongea et recouvrit ses os douloureux avec son manteau. Ses courbatures l'amenèrent à réfléchir au squelette et aux os en général ; il imagina les dépouilles dans les mausolées, des squelettes éparpillés dans les plaines désertiques, des os sculptés avec art et ornant les huttes de chefs sauvages. Il songea aux squelettes effrayants dont les théâtres de marionnettes étaient si friands. Les os : restes terrestres tenaces, propres à frapper l'imagination, à provoquer des fantasmes de toutes sortes, le symbole de notre malaise face au mystère de la mort. La religion et le mysticisme découlaient naturellement de notre crainte de la mort ; systèmes judicieusement élaborés, compensation pour notre peur animale de la mort. La peur animale de la mort ? Oui et non ; Ti songea aux rats acculés qu'il avait vus lutter avec l'énergie du désespoir, aux hurlements insoutenables des bêtes qu'on mène à l'abattoir. Le refus instinctif des animaux face à la mort, leur combat désespéré, la frayeur dans leurs yeux, ne nous délivraient-ils pas un sinistre message propre à interpeller notre espérance en un au-delà ? Mais il se souvint de Chenapan, calme et imperturbable, qui avait disparu dans le jardin pour affronter la mort en solitaire, avec dignité. Ti l'avait cherché, puis il avait enterré le cadavre à l'endroit où il l'avait trouvé. L'endroit choisi par Chenapan. Il songea aux maigres ossements jaunis qui reposaient dans la terre riche et féconde de son jardin.

Son esprit errait librement, quand les lamentations d'une femme le tirèrent soudain de ses rêveries. On frappa à la porte de son bureau ; il se leva d'un bond, arrangea ses habits et se frotta le visage.

– Entrez ! cria-t-il.

La femme en larmes qui entra avait le même aspect prospère que le cadavre qu'on avait repêché le matin même dans le canal. Bien nourrie, elle aussi, la santé florissante, et à peu près le même âge que le noyé. La ressemblance n'était pas fortuite ; ils étaient mariés depuis trente ans, apprit-elle à Ti entre deux sanglots. Il commanda du thé et fit asseoir la veuve.

– Parlez-moi de votre époux, madame, dit-il en

lui offrant un bol de thé brûlant. Ses activités, ses intérêts, ses habitudes.

– C'était un homme bon. Bon et généreux.

Elle éclata en sanglots ; Ti patienta. Les morts étaient toujours bons et généreux. C'était une singulière transformation qui se produisait quand ils passaient de vie à trépas.

– Il était... euh... assez aisé, n'est-ce pas ? demanda Ti d'un ton aimable.

– Il pourvoyait à tout, sans regarder, dit-elle avec tristesse.

– Mais encore ? Comment gagnait-il sa vie ?

– Comme la vie est cruelle ! Quand on pense que c'est le canal qui est cause de sa mort...

– Ah, ses activités avaient donc un rapport avec le canal ? demanda Ti, intrigué.

L'autre noyé était un négociant en grains, et son commerce s'appuyait sur le système de canaux de la cité. Cependant, quiconque faisait des affaires à Yang-chou dépendait des canaux ; c'était presque inévitable. Néanmoins, Ti ne put s'empêcher de noter la coïncidence.

– Il possédait une flotte de barges, précisa la femme. Il les louait aux paysans et aux commerçants. Il avait travaillé très, très dur, et avait fini par bâtir son affaire. C'était un homme honnête et juste. Il était très respecté.

– Il n'avait donc pas d'ennemis ?

– Pas dans ce monde ! fit la femme, comme surprise que le juge pût suggérer une telle chose.

– Avait-il coutume de... fréquenter cette partie de la ville ? demanda Ti avec un tact prudent.

Les hommes n'avaient pas trente-six raisons de circuler parmi ces ruelles obscures et nauséabondes, et bien que ce fût une prérogative masculine, certains hésitaient à s'en vanter devant leurs épouses. La veuve gratifia le juge d'un regard offensé plein de morgue.

– *Uniquement* si ses affaires l'exigeaient, dit-elle, glaciale.

– Bien sûr, bien sûr.

La difficulté d'obtenir d'une femme des renseignements sur les activités et les habitudes de son mari laissait Ti songeur. Quelles que fussent les vertus du défunt, la veuve les exagérait toujours ; quant à ses défauts, elle s'efforçait de les cacher afin de ne pas en subir la honte. Pour sa part, Ti considérait le noyé comme un menteur, un fieffé coquin qui se soûlait et courait la gueuse la nuit après avoir passé sa journée à escroquer ses clients.

– Eh bien, madame, si votre mari n'avait pas d'ennemis, il ne fait pas de doute qu'il est tombé accidentellement dans le canal en se rendant chez un client. C'est un accident, aucun doute.

La femme esquissa un geste pour se lever, mais se rassit, résignée, puis, sans un mot, elle tendit un billet à Ti.

Le juge le prit et le lut à voix haute :

« Moi, Fang Yu-chih, au moment de quitter ce monde, je lègue tous mes biens terrestres au dénommé Chang-lo, de la province de Yang-chou. Il en prendra possession dans un an.

Il reposa le billet, interdit, et interrogea la femme du regard.

– J'ai hésité à vous le montrer, souffla-t-elle. J'ai même failli ne pas le faire. La honte, la disgrâce, vous comprenez. Être déshéritée par son propre époux ne peut signifier qu'une chose : l'adultère... ou pis, avoua-t-elle dans un murmure presque inaudible. Je préférerais presque mourir de faim plutôt que l'on sache qu'il m'a laissée sans le sou. J'avais l'intention de garder cette lettre pour moi. Mais si je l'avais fait...

– Si vous l'aviez fait, continua Ti avec compassion, vous n'auriez eu aucune chance de recouvrer une partie des biens de votre époux. Je comprends, madame. Mais qui donc est ce Chang-lo ?

La veuve hocha la tête d'un air misérable.

– Je ne sais pas. Je n'ai jamais entendu parler de lui.

– Dites-moi, madame, fit le juge, pris d'une inspiration subite, avez-vous des fils ?

– Non, répondit-elle avec tristesse. Nous en avions deux, mais ils sont morts en bas âge. C'était l'un des grands chagrins de mon mari.

Lorsque Ti rentra chez lui ce soir-là, la maison était plongée dans le drame. Sa première épouse s'était enfermée dans sa chambre et refusait de parler à quiconque ; sa seconde, en larmes, arpentait la réception de long en large.

Il ne fut pas long à comprendre les causes de la catastrophe. Tous les conflits dans sa maison avaient ses fils pour origine, et celui-ci ne faisait pas exception. Invariablement, les frasques des deux garçons – des adolescents, à présent – dressaient les deux femmes l'une contre l'autre. Chacune était mère d'un des garçons, et accusait le fils de l'autre d'avoir une influence néfaste sur son « petit ». Qui blâmer ? Ti n'avait jamais pu répondre à cette question. Il eût été normal d'accuser l'aîné d'avoir entraîné son cadet, mais les choses étaient, hélas !, plus complexes.

Quel était donc le problème du jour ?

– Il va semer la disgrâce sur toute la maison, et il s'en moque éperdument, sanglota Seconde Épouse. La disgrâce et la ruine !

Elle parlait de l'aîné, bien sûr ; le cadet était le sien.

– Et *elle* refuse d'en porter la responsabilité !

Ti essaya en vain de la consoler, puis alla frapper avec déférence à la porte de Première Épouse. Pour toute réponse, il eut droit à un silence déterminé. Il frappa de nouveau, d'une main douce mais ferme. Soudain, la porte s'ouvrit à la volée et Première Épouse fut devant lui.

– Vos fils sont en train de devenir des criminels, dit-elle d'un ton égal. Je n'en prendrai pas la responsabilité. Parce que le mien est plus vieux, *elle* l'accuse de tous les maux. Nous savons pertinemment que le plus jeune mène son frère par le bout du nez! Il en a toujours été ainsi. Il l'incite à la rébellion et le défie d'oser les pires choses! Je n'y suis pour rien, je m'absous, conclut-elle avant de claquer la porte derrière elle.

— La seule chose qui ait changé, déclara-t-il aux deux adolescents têtus qui se tenaient devant lui, la mine renfrognée, c'est que j'ai les cheveux gris et que je vieillis alors que vous êtes devenus des grands gaillards. À part cela, il y a dix ans, j'essayais de vous inculquer un semblant de discipline quand vous étiez déjà des gosses récalcitrants.

Il était à l'affût du moindre ricanement réprimé, de la plus petite grimace impertinente. Mais il fut satisfait de constater que les visages reflétaient une solennité impassible... Cependant, cette solennité inattendue le mit mal à l'aise.

Sur son bureau étaient étalés une dague à la lame gravée, un masque de singe peint, une statuette de Kuan-yin et deux lingams de jade. Les adolescents ne regardaient pas les objets, comme pour nier leur existence.

— Nous voulons juste savoir où vous avez trouvé ces choses, dit le juge d'un air patient. Surtout, je veux le savoir. Nous ne vous accusons pas. Nous sommes curieux, c'est tout.

— Nous les avons trouvés, père, dit l'aîné.

— Dans ce cas, pourquoi ne me les avez-vous pas montrés?

— Eh bien... commença le plus jeune.

Il jeta un coup d'œil à son frère.

— Nous pensions les vendre, expliqua ce dernier.

— Je vois. Il ne vous est pas venu à l'esprit que c'était peut-être des objets volés? Vous êtes-vous seulement interrogés sur les répercussions qu'aurait l'arrestation des fils du magistrat principal de Yang-chou pour trafic d'objets volés?

Les adolescents haussèrent les épaules. Ti les examina. Ils lui semblaient différents. Il s'aperçut pour la première fois qu'il avait devant lui deux adultes qu'il ne connaissait pas. Leur visage évoquait bien ceux des deux enfants qu'il avait élevés, mais leurs traits s'étaient modifiés : ils étaient devenus plus grossiers, étrangers presque. « Non, songea Ti, je ne les connais pas. »

– Plutôt que d'écouter mes sermons dans ce bureau, où vous vous moquez impunément de mon autorité, préféreriez-vous qu'on vous amène devant moi au tribunal ? demanda-t-il d'un ton sec.

– Non, père, répondit l'aîné d'une voix mal assurée.

– Très bien, dit le juge, las. Vous demanderez pardon à vos mères. Vous remettrez ces objets où vous les avez pris, et vous cesserez de traîner dehors après le couvre-feu, et je veux que vous perdiez cette fâcheuse habitude de rentrer quand ça vous plaît.

Il les observa ; regards fuyants, mâchoires serrées, les parfaits comploteurs.

Ti songea qu'il serait sans doute amené un jour à prononcer une sentence contre ses propres fils dans un tribunal, et il se revit en train de jouer avec les deux bambins dans leur parc. La vie réservait d'étranges surprises. « Bientôt, se dit-il en les regardant ramasser les objets volés, très bientôt, vous cesserez d'être sous ma responsabilité. Vous serez alors de complets étrangers pour moi... et je serai débarrassé de mon fardeau. »

Bien qu'exténué, il dormit mal cette nuit-là. La maison résonnait des disputes entre ses femmes et ses fils ; il ne saisissait pas les mots, mais leur sens était clair. Le désordre et la discorde s'étaient introduits sous son toit.

Il se blottit sous les couvertures pour étouffer les échos plaintifs qui traversaient les murs épais et lui perçaient les oreilles. N'eussent été ses deux rejetons, le calme aurait régné. Il serait loin, en visite dans un autre monde au cours d'un rêve délicieux. Au lieu de quoi, il était retenu dans ce bas monde contre son gré, énervé, agité et épuisé. Il repensa à la veuve qui lui avait parlé du chagrin de son mari après la mort de ses enfants. Oserait-il y songer ? « Si je les avais noyés bébés, se dit-il, je dormirais tranquille aujourd'hui. Tout comme le ministre des Transports devait jouir d'un sommeil paisible, entouré de présences féminines exclusivement. »

Ti pensait beaucoup au ministre des Transports depuis quelque temps. Grâce à l'excellent travail de son assistant, il avait établi que l'homme assassiné et Lu Hsun-pei – l'hôte qui avait donné une si grande réception l'année précédente – étaient bien plus que de simples relations. Ils s'étaient connus dans leur jeunesse, et avaient débuté leur vie professionnelle en participant à diverses affaires ensemble ; un mariage avait même rapproché leurs deux familles. Et bien sûr, maître Lu connaissait beaucoup d'Indiens ; parmi ceux-ci, trois au moins auraient pu être le mystérieux inconnu qui fournissait le ministre en fillettes.

Ti repensa aux deux noyés – comme le ministre, sans descendant mâle – flottant dans les eaux mêmes où leurs activités s'étaient déroulées. Ils avaient laissé leur femme sans ressources, avaient légué leur fortune à des étrangers, fils adoptifs pour le moins contestables, comme si les femmes devaient être exclues pour des motifs inconnus. Au contraire du ministre des Transports qui s'en était généreusement entouré.

Son esprit bourdonnait comme une ruche. Les lingams que ses fils avaient rapportés à la maison lui rappelaient la collection du ministre ; dans sa tête dansaient des femmes aux yeux noirs, vêtues de leurs seuls bijoux, parmi des moines indiens aux robes de soie resplendissantes, au milieu des canaux enchevêtrés de Yang-chou.

Comme un bateau qu'une poussée éloigne lentement du rivage, Ti se laissa glisser dans le sommeil. Au moment de sombrer, il entendit la voix de son fils aîné demander d'un ton plaintif :

– Pourquoi faut-il qu'il pense toujours au pire ?

Il se mit à pleuvoir au cours de la nuit. Ti était persuadé qu'il n'avait dormi que quelques minutes quand il fut réveillé par son majordome qui le secouait avec douceur mais insistance.

– Votre Honneur, murmurait l'homme avec réticence. Votre Honneur !

Ti écouta la pluie tambouriner, envisagea de faire semblant de dormir d'un sommeil profond, puis se dressa sur son coude.

– Que se passe-t-il ? demanda-t-il avec une lassitude infinie.

– Un autre corps, Votre Honneur.

– Un corps ? s'étonna Ti sans comprendre.

– Oui, Votre Honneur. Noyé dans le canal.

Lorsqu'il arriva sur les lieux, à quelques pâtés de maisons de l'endroit où le précédent cadavre avait été retrouvé, on avait déjà repêché le noyé et on l'avait chargé dans une charrette. Le même agent était de faction et les mêmes porteurs attendaient patiemment sous la pluie battante. Ti descendit de son coche et ouvrit son parasol. De sa place, il voyait que la victime possédait un embonpoint considérable ; le tissu dont on l'avait recouvert cachait mal son ventre démesuré. Petits, presque délicats, ses pieds chaussés de sandales dépassaient de la couverture. En saluant l'agent et les porteurs, Ti se demanda pourquoi on leur laissait toujours les pieds à l'air.

Il découvrit le cadavre. Son visage lui était familier. Après une brève réflexion, il se souvint : l'homme était venu au tribunal un ou deux ans auparavant. Mieux, Ti s'était rendu chez lui pour discuter certains points d'un cas, un litige l'opposant à un associé qui lui devait de l'argent pour une affaire en relation avec les canaux. Il contempla le pâle visage potelé : encore un riche commerçant. Il découvrit ce qu'il s'était attendu à trouver : une bourse intacte, gonflée de pièces. Il se souvint en soupirant de l'agitation de l'homme quand il parlait de l'argent qu'on lui devait, double menton tremblotant, sincère, convaincant. Ti avait vu nombre de cadavres, mais il était toujours plus touché lorsqu'il avait connu le mort, même superficiellement.

– Inutile de le transporter à la morgue, dit-il à l'agent. Nous le ramènerons directement chez lui.

La veuve les accueillit comme s'il était normal que son mari rentre chez lui trempé, mort, à l'arrière d'une charrette. Debout sous l'abri du porche, elle considéra d'un air impassible le cadavre dont le juge Ti découvrit le visage.

– Où est sa bourse ? demanda-t-elle sans s'émouvoir.

Ti souleva le tissu et la lui montra.

– Ôtez-la-lui, ordonna-t-elle à son domestique qui contemplait son maître, l'air hagard. Donnez-la-moi ! (Elle prit la bourse que l'homme lui tendait d'une main tremblante.) Il ne m'abusera pas, cette fois, déclara-t-elle.

Sur ce, elle rentra en indiquant d'un signe au juge de la suivre.

– Pardonnez-moi, madame, dit poliment Ti en acceptant avec joie un bol de thé chaud, mais vous ne semblez pas surprise de ce qui est arrivé à votre mari.

– C'est que je ne le suis pas, claqua-t-elle.

– Dois-je en conclure que... vous vous attendiez à...

– Disons que cela ne me surprend pas. Et que cela ne me chagrinerait pas particulièrement, s'il n'y avait certaines circonstances.

L'œil sec, elle était assise le buste droit, impassible, et buvait son thé à petites gorgées. Ti était très impressionné. Deux veuves éplorées, et maintenant une troisième qui trouvait normal que son mari rentre mort, comme si c'était chez lui une déplorable habitude.

– Pardonnez-moi, madame, commença Ti, mais n'avez-vous pas mentionné que votre mari vous abusait ?

Les yeux de la veuve jetèrent des étincelles, première manifestation d'émotion. Elle reposa son bol.

– Il ne s'en tirera pas comme ça, dit-elle d'une voix égale. Excusez-moi un instant.

Elle se leva, quitta la pièce, puis reparut d'un pas indigné et laissa tomber un rouleau de papier sur les genoux de Ti.

– Non, je ne suis pas surprise. Pas après qu'il eut quitté la maison hier après-midi, et que j'eus trouvé ceci dans ma boîte à bijoux.

Ti déroula le document et lut :

> Moi, Chou Lu-ti, par ma main et de mon plein gré, je mets fin à ma misérable existence, corrompue par la richesse. Je lègue tous mes biens terrestres (à l'exception des bijoux de ma femme, qu'elle peut conserver) au dénommé Chang Fang-chi, qui en prendra possession dans un an.
> Libéré de la prison terrestre, ta nature parfaitement purifiée, tu atteindras le nirvana. Toi qui es conquis par les femmes, va et conquiers ce monde !

– Suicide ! s'écria Ti avec un enthousiasme légèrement déplacé.

Malgré son impassibilité, la veuve adressa au juge un regard étonné.

– Madame, déclara vivement Ti tout en échafaudant de multiples hypothèses, ai-je raison d'affirmer que votre époux et vous-même n'aviez pas de fils ?

– Non, vous vous trompez, répondit-elle d'un ton froid.

– Je me trompe ? fit Ti, déçu.

– Si l'on veut être précis, oui, vous vous trompez. Nous avons un fils. Mais dans un sens, vous avez raison.

Ti attendit, pendu à ses lèvres, pendant qu'elle choisissait ses mots avec soin.

– Notre fils n'habite pas avec nous, reprit-elle. Il vit chez des paysans. Nous pourvoyons à ses besoins, et nous allouons une rétribution à la famille qui le garde. Voyez-vous, magistrat, notre fils a une âme d'enfant dans un corps d'adulte. C'est un demeuré.

Il pleuvait toujours sans pitié quand Ti regagna son bureau, mais il le remarqua à peine. Il ôta sa cape dégoulinante, la jeta sur un meuble et gravit les escaliers quatre à quatre. Il avait hâte de raconter ses découvertes à son assistant.

Le jeune homme, qui était déjà là, venait à l'évidence d'arriver quelques instants plus tôt. Haletant, le visage trempé, il était la proie d'une excitation fébrile.

– Un autre noyé, annonça Ti, devançant son assistant. Mais celui-ci nous a laissé des indices. Tout est pareil que pour les deux précédents, expliqua-t-il. (Il se frotta les mains et se versa un bol de thé fumant.) Riche commerçant. La bourse intacte. Le testament qui déshérite son épouse. Pas d'héritier mâle. Un fils adoptif inconnu. Mais maintenant, grâce au cadavre numéro trois, nous savons qui a tué ces hommes !

– Qui ? s'exclama l'assistant, fasciné.

Ti s'illumina.

– Du moins, rectifia-t-il, nous savons qui a tué numéro trois et je ne doute pas que les autres soient morts de la même façon puisque tout concorde. Le suicide, mon jeune ami ! Les trois hommes se sont jetés dans le canal ; ce n'était pas un accident. (Il lança le testament à son assistant qui le lut avec un étonnement grandissant.) La suite est à l'évidence une référence à quelque soutra. La clé de tout ce mystère. J'aurais dû me douter que la religion était mêlée à cette affaire.

Il but une gorgée de thé, puis mordit à belles dents dans une pâtisserie qu'il venait de choisir sur le plateau.

– J'ai découvert certaines choses, moi aussi, dit l'assistant en reposant le document. C'est ce qui explique mon arrivée tardive.

– Oui ? En rapport avec ce qui nous préoccupe ?

– Eh bien, j'ai la certitude que le nom du bénéficiaire du second testament est également celui d'un « fils adoptif ».

– Très bien. Ce sera aussi le cas pour celui-ci, fit Ti en désignant le rouleau de parchemin que l'assistant avait reposé sur la table.

– J'ai effectué des recherches sur les points spécifiques des lois de succession, poursuivit le jeune homme. Il est fort douteux que l'on puisse déshériter sa femme au profit d'un fils adoptif. Plus que douteux. Les veuves et leur famille pourront contester les testaments, à condition qu'elles puissent prouver que l'épouse était au-dessus de tout reproche, qu'elle n'avait pas commis d'adultère, ni aucun autre crime, qu'elle ne manquait pas de respect à ses beaux-parents, ou des choses de ce genre.

– Était-ce le cas ?

– Aucune trace de mauvaise conduite dans les archives. Et je ne crois pas que nous trouverons quoi que ce soit ailleurs.

– Parfait. Nous rassurerons les veuves ! Nous retrouverons les « fils » et nous les informerons que leur bourse ne grossira pas grâce à la mort de leur père. Nous les questionnerons et nous rechercherons quel complot prétendument religieux se cache derrière tout cela. Peut-être pourrons-nous empêcher une âme naïve d'effrayer un pauvre fermier qui conduit innocemment sa barque à grands coups de perche aux premières heures du jour.

Il rassembla les papiers entassés sur son bureau.

– Certes, fit l'assistant. Mais il y a un problème. L'argent n'ira peut-être pas aux épouses, en fin de compte.

– Ah non ?

Ti interrompit son rangement et leva la tête.

– J'ai fait une autre découverte dans deux des bureaux du district. À l'époque de leur décès, aucune des victimes n'était mariée. Ils avaient tous deux divorcé en secret quelques jours avant leur noyade.

La pluie continua de tomber toute la journée et toute la nuit. Le soir trouva Ti chez lui, dans le confort de son bureau, au sec et au chaud, bien éclairé par des lampes qui brûlaient joyeusement, du thé bouillant à portée de main, et des épais volumes de traductions d'écrits sacrés étalés devant lui. Ce soir-là, la maison était silencieuse comme un temple, ses fils ostensiblement installés devant leurs devoirs, ses épouses calmées. Ti avait revêtu des habits secs dès son arrivée, et, après un excellent repas, s'était plongé avec volupté dans la lecture. Sa maison, avec la douce et joyeuse lumière, l'ameublement confortable et raffiné, les couleurs harmonieuses, les cuivres polis, les parfums agréables, semblait véritablement un havre de paix, et Ti en était plus conscient que d'habitude. De temps en temps, il levait ses yeux de son livre et promenait un regard admiratif sur son bureau.

Les noyés aussi devaient avoir des maisons confortables, des habits secs pour se changer les jours de pluie et des dîners délicats. Ti essaya de s'imaginer échangeant les plaisirs de la vie contre l'eau glacée du canal. Qu'est-ce qui le pousserait à sortir dans la nuit froide pour ne plus jamais revenir ? Une force phénoménale, nul doute. Libéré de la prison terrestre, avait écrit le dernier homme, tu atteindras le nirvana.

Le regard de Ti s'attarda sur la page qu'il parcourait d'un œil distrait. *Je n'ai pas aussi peur des serpents, ni de la foudre des cieux, ni des flammes, que des plaisirs d'ici-bas. Plaisirs éphémères, voleurs de notre bonheur et de notre richesse, coquilles vides vous flottez, illusions, vous traversez le monde, vous triomphez des sceptiques et réduisez en esclavage ceux qui placent leurs espoirs dans l'âme... Quel est celui, maître de ses émotions, qui peut trouver satisfaction dans ces plaisirs, cruels comme le serpent, brûlants comme les braises, aussi futiles qu'un rêve, et que l'on obtient par des pèlerinages, un labeur acharné, mais qui périssent aussitôt?*

Oui, quel est cet homme-là? D'un autre côté, songea Ti, comment arrive-t-on à la croyance absolue que les plaisirs terrestres ne sont qu'illusions et mensonges? Assurément, si la vérité de cette doctrine était solide comme un roc, si les plaisirs terrestres rendaient l'homme esclave de son désir et perpétuaient le cycle infernal de la réincarnation et de la souffrance, peut-être alors y réfléchirait-on à deux fois. Mais Ti n'épouserait jamais une telle foi. Comment pouvait-on *connaître* quoi que ce fût au-delà de la réalité palpable? s'interrogea-t-il. Et quel était donc cet univers cruel, rusé, perfide, qui s'amusait avec le pauvre mortel en lui offrant des plaisirs et des joies qui n'étaient en fin de compte que d'affreux serpents venimeux? Pour, ensuite, lui dire que le seul véritable plaisir était de renoncer aux plaisirs, de mortifier la chair? Comment pouvait-on avoir confiance en quoi que ce fût dans un tel univers? Si les plaisirs terrestres étaient bien des pièges, des illusions, ne pouvait-on considérer la doctrine religieuse comme le piège, l'illusion, le mirage faits pour détourner l'homme des seuls vrais plaisirs à sa portée?

Ti se rendit compte que les textes religieux tiraient une grande partie de leur pouvoir séducteur de la poésie de leur écriture. La poésie ne comblait-elle pas un vide dans l'âme humaine? Et ne pouvait-elle apporter autre chose dans ce vide, en le portant sur son dos, pour ainsi dire ? C'est bien ce qu'il lui sembla : *Ce sont les chants qui conduisent le cerf à sa destruction, pour l'amour de la lumière les insectes se précipitent dans le feu, le poisson attiré par l'appât avale l'hameçon, et c'est ainsi que ces objets terrestres apportent misère et désolation.*

La philosophie de ces exemples était là d'une logique très persuasive ; les vers suivants traitaient de la définition du plaisir de manière très incisive : *Quant à l'opinion couramment répandue selon laquelle les plaisirs sont agréables, aucun d'eux, quand on les examine, ne mérite ce qualificatif ; les beaux atours et tout le reste ne sont que des accessoires et ne doivent être considérés que comme des remèdes à la souffrance. L'eau pour épancher la soif ; la nourriture pour apaiser la faim ; la maison pour abriter du vent, du soleil, de la pluie.* Ti ne put s'empêcher de considérer le confort bien réel de son bureau ; n'était-ce qu'un simple remède à la souffrance, plutôt qu'un réel plaisir en lui-même et pour lui-même ? Il poursuivit sa lecture : *Puisque tous les plaisirs sont relatifs, nous ne pouvons les qualifier d'agréables ; les conditions mêmes qui fondent le plaisir peuvent se retourner en son contraire, la souffrance. De lourds vêtements et la senteur de l'aloès sont agréables par temps froid, mais insupportables quand il fait chaud ; un rayon de lune, le santal sont agréables par temps chaud, déplaisants quand il fait froid.*

Là, Ti n'était pas d'accord. Il comprenait l'argument philosophique, mais ne voyait pas pourquoi un véritable plaisir ne serait pas relatif – le repos quand le corps est fatigué, la fraîcheur quand on brûle de fièvre, ou le feu quand on tremble de froid. Nier le plaisir de ces choses lui semblait une tentative d'établir un univers perpétuellement instable, et une incapacité à reconnaître le véritable sens du plaisir. Il jeta un œil sur le texte jusqu'à ce que son regard s'attarde sur un vers particulier : *Moi, ayant connu la peur de l'âge et de la mort, épris de libération, je vole vers le chemin de cette religion; laissant derrière moi mes chers parents en larmes.* Les derniers mots s'accordaient assurément aux veuves éplorées, à l'exception toutefois de celle qu'il avait rencontrée le matin même.

Et qu'en était-il des femmes? Ti savait que l'attitude de cette doctrine à leur égard était pour le moins complexe. Alors que les femmes étaient apparemment aptes à s'embarquer sur le chemin de l'illumination tout autant que les hommes, elles commençaient leur parcours d'une position nettement moins avantageuse. Il se souvint d'un passage significatif du soutra de la Terre de la Béatitude. Il vérifia ses notes, sauta plusieurs centaines de pages, et commença ses recherches dans le passage traitant de la description de Sukhavati. Il parcourut rapidement les vers répétitifs à la mélodie envoûtante, puis s'arrêta soudain : *Ô Bhagavat, si, après que j'ai atteint le Savoir Parfait, les femmes du pays du Bouddha, après avoir entendu mon nom, devaient permettre le moindre égarement, et, après avoir été libérées de la réincarnation, s'abstenir de mépriser leur nature de femme; et si, après leur renaissance, elles assumaient leur nature de femme, alors je n'obtiendrais peut-être pas le Savoir Parfait...*

Ti jeta un œil sur le testament du noyé : *Toi qui es conquis par les femmes, va et conquiers ce monde!* Partout dans les écritures, la femme représentait une véritable ancre, un boulet qui retenait l'homme à la terre et l'empêchait d'atteindre la connaissance parfaite, d'entrer au paradis. Comme les objets dérisoires de ce monde terrestre qui n'offraient qu'illusion et interdisaient le paradis.

Ti resta quelque temps songeur, bercé par la pluie qui tambourinait sur le toit, la musique la plus douce de ce monde et la plus propice à la réflexion. De nombreux détails lui manquaient encore, mais il avait saisi le schéma général. Il commençait aussi à ressentir l'excitation particulière qui précédait toujours ses petites expéditions aventureuses. Il avala la dernière goutte de thé, se servit un gobelet de liqueur de pêche, en but une gorgée, laissa couler avec délectation le liquide velouté dans son estomac où sa chaleur se répandit comme une fleur qui éclôt. Le plaisir est le plaisir précisément à cause de sa volatilité, songea Ti en buvant une autre gorgée, paupières closes, l'oreille attentive à la douce mélodie de la pluie ; et à son inconstance.

Des plans germaient dans son esprit. Ti sourit. Cette fois, ses épouses n'auraient pas à se plaindre de ses déguisements. Il ne serait pas utile de se raser le crâne.

Le coche qui transportait Ti constituait son principal déguisement. S'il l'avait voulu, il n'aurait jamais mis le pied à terre ; c'était son privilège : il pouvait aller n'importe où sans quitter son coche ou sa chaise à porteur. Mais le plus haut magistrat de Yang-chou était connu dans toute la ville comme un marcheur impénitent. Les citadins ne l'avaient jamais vu aller autrement. Si une affaire exigeait de se rendre à la périphérie de la ville, Ti envoyait des coursiers, à eux de décider comment y aller. Mais on pouvait compter qu'il s'y rendrait lui-même à pied si le temps le permettait. Ce jour-là, le soleil brillait et l'air était frais, un temps rêvé pour marcher ; cependant, il utilisait un coche à l'intérieur richement doublé de satin, le plus luxueux qu'il avait pu louer dans un délai aussi court.

Pour Ti, le déguisement détermine l'état d'esprit de celui qui l'emprunte. D'où le choix du luxueux coche. Sur la route qui sortait de Yang-chou un deuxième véhicule suivait celui de Ti, il transportait un élégant palanquin et ses quatre porteurs qui le conduiraient de l'entrée du monastère du Nuage Doré au temple lui-même. Ainsi, il n'aurait pas à poser le pied à terre. Ce seul détail suffirait à empêcher le recteur d'associer son riche visiteur avec le voyageur impécunieux aux pieds meurtris qu'il avait reçu des années auparavant. Une voix différente, une autre manière de parler, des expressions, un port de tête différents, les rares poils gris qu'il avait collés, laborieusement, un par un, sur son menton et au-dessus de sa lèvre supérieure, le rembourrage de sa robe qui lui donnait une apparence corpulente, le jeu de fausses dents en ivoire, tout cela faisait de lui un autre. Il avait testé l'effet de son déguisement sur sa première épouse : pendant qu'elle s'occupait au jardin, il était arrivé derrière son dos à l'improviste. Elle avait sursauté, indignée de voir un étranger dans l'enceinte familiale.

D'autre part, se dit Ti alors qu'ils approchaient du monastère, le recteur le regarderait certainement avec des yeux différents : ceux que l'on réserve aux riches, et qui sont aveugles à tout ce qui est poussiéreux, fatigué, en haillons.

Lorsqu'ils eurent atteint le périmètre du domaine, on sortit le palanquin et « maître Lao », marchand à la richesse fabuleuse, grimpa à l'intérieur.

Cette fois, au lieu de trébucher sur le sentier escarpé qui menait de la route à la vallée où était niché le monastère, quatre gaillards le portèrent en palanquin d'un pas sûr et prudent. Impression étrange que d'avoir des hommes qui marchent pour vous. Cela demandait une certaine suffisance que Ti n'était pas sûr de posséder. Il s'accrocha aux accoudoirs, s'attendant à être renversé à tout moment, mais ils arrivèrent sans encombre sur le sol plat. Ti souleva le rideau et aperçut le portail.

Campé devant la porte, comme s'il avait été prévenu de l'arrivée d'un personnage aussi important, le recteur du Nuage Doré l'attendait d'un air encore plus affable que la première fois. « Nous nous retrouvons, mon ami », songea Ti alors que les porteurs déposaient le palanquin à terre en douceur. Ils tirèrent les rideaux, puis s'effacèrent afin qu'il descendît.

– Bonjour, Votre Sainteté, lança Ti de sa voix déguisée au moine qui s'avançait avec un large sourire de bienvenue. Peut-être pouvez-vous m'être de quelque secours. Je cherche le salut.

10

Lo-Yang, en l'an 662

Les domestiques suivaient l'Empereur qui s'avançait d'un pas incertain. L'un d'eux essaya de rattacher les cordons de ses robes qui persistaient à pendre en dépit de ses efforts. Les yeux du souverain, noirs et vifs, juraient dans son visage figé, et semblaient animés d'une force indépendante du corps qui errait sans but de la chaise à la couche, puis à la table, au bureau, à la fenêtre, avant de revenir vers la chaise.

Kao-tsung s'assit, arrangea de son bras gauche valide l'autre qu'il posa sur ses genoux, sans se soucier de la couverture que son geste fit glisser de ses épaules. Les domestiques se précipitèrent pour la ramasser, mais avant qu'ils aient pu la remettre sur ses épaules, l'Empereur était déjà debout et déambulait de nouveau dans la pièce.

– Faites-le donc asseoir ! ordonna l'impératrice Wu, en frappant un poing rageur sur la table où des plans préliminaires offraient leurs couleurs. Comment puis-je lui montrer ces plans si vous ne le maintenez pas en place ?

Sa voix, bien que contrôlée, prenait des accents menaçants.

– Nous faisons de notre mieux, Votre Grâce, mais... mais...

Le petit eunuque était rouge d'inquiétude.

– Mais il n'a pas du tout l'air d'être avec nous, s'empressa le chef majordome, plus âgé et plus expérimenté.

Pendant ce temps-là, Kao-tsung s'était approché de Wu et il s'assit près du bureau où les papiers étaient étalés. Il arrangea son bras mort sur ses genoux, et reposa l'autre sur la table, froissant et déplaçant les plans comme s'il ne les avait pas vus. Refusant obstinément de regarder Wu, ses yeux alertes semblaient adresser des questions muettes aux quatre coins de la pièce.

– Son esprit est malade, affirma-t-elle avec dégoût. Attachez-le !

– Que demande Votre Grâce ? fit le chef eunuque, craignant de ne pas avoir bien entendu.

– Attachez-le à sa chaise ! répéta-t-elle en détachant chaque syllabe. Attachez-le avec les cordons de sa robe, n'importe quoi, mais qu'il cesse cet insupportable va-et-vient.

– Mais, Votre Grâce, protesta le médecin qui assistait à la scène, un homme dans son état doit être traité avec la plus grande délicatesse.

– Eh bien, vous l'attacherez à sa chaise avec la plus grande délicatesse, rétorqua l'Impératrice en singeant la voix du médecin. Et bâillonnez-le, je ne supporte plus de le voir baver.

– Mais, Votre Grâce... ne put s'empêcher de protester le médecin personnel de l'Empereur.

– *Faites ce que je vous dis !* tonna-t-elle, et chacun sursauta.

Les serviteurs se pressèrent autour de Kao-tsung, s'emparèrent des multiples cordons qui pendaient de ses robes, certains allèrent même jusqu'à arracher des cordons de rideaux, puis le chef eunuque se mit en devoir d'attacher l'Empereur à sa chaise, devoir qu'il obligea son assistant à partager. Pendant ce temps-là, à l'insu de Wu, le médecin avait battu en retraite d'un air offusqué afin de s'absoudre du crime haineux perpétré contre le Fils du Ciel.

Kao-tsung fut donc attaché, son bras valide lié au filigrane de sa chaise, ses chevilles aux pieds en teck, son torse au dossier. Seule sa tête pouvait bouger librement. Les domestiques n'avaient pu se résoudre à le bâillonner, Wu s'en chargea donc elle-même, puis les serviteurs se retirèrent sur la pointe des pieds.

Wu prit la tête de son époux entre ses mains, la tourna vers elle, et plongea un regard baigné de larmes dans ses yeux.

– Tout cela est pour votre bien, comprenez-vous, déclara-t-elle d'une douce voix maternelle. Dans votre état, vous risquez de vous blesser, de trébucher peut-être, ou de vous enfoncer des échardes en heurtant malencontreusement un meuble. Bien! ajouta-t-elle avec entrain en lissant les documents étalés sur la table. Je vais vous montrer ce que j'ai décidé pour la gloire des T'ang, et pour vous, mon époux. Nous donnerons un nouveau nom au règne, et nous renommerons le palais. Nous l'appellerons P'eng-lai. Mon historien m'a affirmé que, dans les légendes de l'ancienne dynastie Han, P'eng-lai était une île peuplée de sylphides et d'arbres de corail, quelque part dans les mers de l'Est. Une île merveilleuse! Et c'est bien mon but : faire de la cité impériale de Lo-yang une île merveilleuse!

Pour la première fois, l'Empereur sembla attentif : il la fixa d'un œil vif et brillant, son corps ligoté dans une parodie grotesque de soumission.

En l'an 663

Par une journée ensoleillée de printemps, Wu Tse-tien, flanquée de son mari diminué, parut soudain au balcon d'un autel richement décoré afin de baptiser les Lokapalas, gardiens des quatre portes qui marquaient l'enceinte du lieu où elle avait fait construire le temple du Jambhala Blanc.

Appuyé sur une lourde canne, Kao-tsung contemplait en silence les ministres rassemblés dans le palais du Roi Céleste. C'était la première fois qu'il voyait les colossales transformations de la cité impériale. Une débauche de nouveaux bâtiments se dressait devant ses yeux dans un dédale de murs à demi terminés, une forêt d'échafaudages en bambou, une orgie de terre éventrée, de piles de poutres et de tas de pierres, de terre-pleins nouvellement pavés de briques, et de monceaux de porcelaines et de faïences destinées à servir d'acrotères ou de gargouilles pour les nouvelles structures.

L'idéologie traditionnelle des T'ang, le taoïsme, possédait sa propre iconographie de grues, de tortues et de dragons, mais que penser des immenses Mahasiddhas d'or, ces magiciens tantriques volants, avec leurs étranges oreilles et leurs têtes difformes ? Et que dire de Kirittimukha, mi-homme, mi-bête, des Garudas ailés et des Makaras reptiliens ? C'était le monde exotique du bouddhisme, des images qui avaient leur place dans les temples ou les monastères, mais pas dans le centre traditionnel d'un gouvernement civil appliquant les préceptes de Confucius. Les ministres, que les « suicides » des membres du Conseil des Six avaient rendus prudents, désapprouvaient en chuchotant, évitaient de regarder les figures maudites grâce à des contorsions grotesques et prenaient des airs d'indifférence affectée.

Wu parla des dix mille ans de bénédiction à venir, puis bénit ensuite l'Empire de T'ang pour un *kalpa* – mille ans – de paix bouddhiste. Elle refaçonnait le monde des humains, l'univers même. Et pendant ce temps-là, Kao-tsung gardait un silence impassible, son bras impotent rentré dans sa manche et attaché à sa poitrine afin de l'empêcher de pendre de manière indécente.

– Mais cela ne fait qu'un avec l'univers, madame l'Impératrice, dit le petit homme râblé à la peau foncée en virevoltant avec grâce, bras tendus, ses robes flottantes dévoilant un corps à la puissante musculature.

Et pourtant, il était d'une fluidité, d'une agilité et d'une légèreté surprenante, qualités que Wu avait tout de suite remarquées.

– Je puise mon pouvoir de l'univers.

Il s'arrêta soudain, puis fit mouvoir ses bras comme si une puissance magique le pénétrait par le bout des doigts ; ses nattes fouettaient ses épaules musclées.

– Mon pouvoir s'ajoute à son pouvoir, et l'univers et moi-même nous amplifions l'un l'autre. Un pouvoir illimité parcourt mon corps et mon esprit.

Il passa les mains sur son torse, les maintint l'espace d'un instant à ses hanches, le tissu tendu dessinant un membre souple d'une proportion étonnante.

Bras tendus, il se mit à arpenter la pièce en se pavanant, comme sous l'empire d'un étrange rituel d'homme-oiseau, en jetant de temps à autre des regards enflammés à Wu qui le suivait des yeux d'un air appréciateur.

– Nous nous branchons sur l'infini, madame, nos esprits vont et viennent, entrent et sortent de ce monde, vides de la plus insignifiante pensée.

Il lui avait affirmé être un *gomchen*, un prêtre tantrique, un Nagaspa – un magicien appartenant à une rare et mystérieuse secte tibétaine, bien qu'il fût un Indien de Ghandara. Il lui avait aussi dit qu'il était venu étudier à la bibliothèque impériale, laquelle, quoique fort bien pourvue en volumes bouddhiques, ne possédait pas encore de textes du tantrisme tibétain. Wu n'attachait pas une importance excessive aux déclarations du jeune acrobate, mais elle aimait discuter avec lui de sujets abscons. Surtout, il lui plaisait.

Elle l'avait autorisé à venir étudier dans sa bibliothèque personnelle plusieurs jours par semaine. Là, il lui interprétait les anciens textes sacrés, les rituels mystiques, racontait l'histoire de tel ou tel monastère *gompa*, de tel adepte légendaire, ou *rimpoche*, de tel ou tel célèbre *gomchen*, parlait des fantômes et de l'esprit, d'hallucinations, de réalité, et de cadavres en lévitation. Il évoquait des mondes de montagnes lointaines, décrivait des scènes de batailles avec des vrais démons, des faux démons – bien qu'il prétendît que rien ne différenciait les uns des autres.

Et il dansait. Avec « la puissance du tigre et la légèreté de l'oiseau », se vantait-il sans la moindre trace de modestie. Puis, en transe, il virevoltait autour de la pièce avec une telle frénésie que les domestiques avaient reçu l'ordre de déplacer les tables et les étagères, et de rouler les tapis en prévision de ses visites. Wu soupçonnait que ses transes étaient le fruit d'un théâtralisme excessif, mais elle appréciait ses exercices. Si ce qu'elle voyait était le reflet de choses qu'il avait vues de ses propres yeux dans des contrées lointaines, peu importait que sa « possession » ne fût pas authentique. Elle était positivement fascinée. Mais surtout, elle était flattée qu'il se donnât tant de mal pour l'impressionner. Enfin, elle revivait.

– Madame, je suis un *lung-gom-pa*, annonça-t-il soudain, entre plusieurs acrobaties. Savez-vous ce que c'est ?

Il se cambra avec grâce, tête rejetée en arrière, bras tendus, les doigts tambourinant sur un instrument imaginaire, l'air profondément concentré. Il ne semblait pas attendre de réponse de Wu qui le regardait avec un sourire en coin.

– C'est une très ancienne pratique secrète, poursuivit-il en dansant. Je doute fort que quiconque la connaisse dans tout l'Empire. Mais elle sera révélée à l'Impératrice de Chine, bien sûr !

Il se fendit, tel un escrimeur, pour pourfendre un démon imaginaire avec sa dague *phurba* rituelle, puis retira la lame du corps vaincu et effectua une triple pirouette, les pieds décollés du sol. Wu apprécia sa fine taille, ses fesses fermes et rebondies, et se dit que, décidément, ce jeune homme était bien agréable à regarder.

– L'entraînement de l'ancienne pratique du *lung-gom*, poursuivit-il, a commencé dans la contrée éloignée de Shalu Gompa. Grâce à des exercices rigoureux, à un entraînement intensif, les adeptes acquièrent une prodigieuse agilité et la vitesse d'un cheval.

– Ah ! D'un cheval !

– Oui, mais avec une endurance bien supérieure. Celui qui a acquis le *lung-gom* – le *lung-gom-pa* – peut courir pendant des jours et des jours. Il couvre en deux jours – sans s'arrêter – la distance qu'un autre mettrait deux semaines à parcourir. Un adepte peut courir, dans un état de transe méditative, dans les plaines du Tibet pendant des jours et des jours tant que sa transe n'est pas interrompue. Son corps devient si léger qu'il vole plus qu'il ne court.

– Des jours et des jours ? s'étonna Wu. C'est extraordinaire ! Et j'imagine qu'il fait cela dans un but particulier ? fit-elle en examinant sa main à laquelle brillait le cloisonné de son médium.

– Ah, certes, acquiesça-t-il, les yeux rivés dans les siens. Il le fait dans un but bien particulier, comme vous dites.

Il traça du doigt une figure géométrique dans l'air, puis s'effleura la poitrine.

– Le coureur *lung-gom* acquiert une telle perfection physique afin de remplir la tâche suprême : apporter une invitation au dieu du mal, Shinjed, le Seigneur de la Mort, et à ses laquais démoniaques.

Le jeune Nagaspa tourna sur lui-même avant de venir s'asseoir avec grâce sur un pouf brodé, en face de l'Impératrice, à la table de la bibliothèque.

– Voyez-vous, madame, c'est un rite qui doit être accompli tous les douze ans. Shinjed et ses laquais égorgeraient tous les êtres sensibles de la terre afin de satisfaire leur insatiable appétit. Les premiers magiciens furent forcés d'obliger le dieu à accepter comme substitut à sa gourmandise un nombre infini d'oiseaux fantômes. Mais Shinjed a rassemblé quantité de disciples et les coureurs doivent parcourir de grandes distances aux quatre coins du Tibet afin d'inviter chacun d'eux aux repas sacrificiels des colombes fantômes. Une fois les dieux repus, l'humanité est à l'abri des bouchers démoniaques pour les onze années suivantes.

– Et les invitations doivent être délivrées par des coureurs ? demanda Wu. Des hommes à cheval ne conviendraient pas ?

– Oh ! non, madame ! Les démons n'accepteraient pas !

– Bien entendu. Et vous-même... vous êtes un de ces *lung-gom-pa* ?

– Oui, madame, assura le Nagaspa en se rengorgeant. Je suis doué d'une résistance phénoménale. Grâce à des exercices au cours desquels j'apprends à contrôler le « souffle intérieur ». Les Chinois appellent ce « souffle » le *ch'i*, si je ne m'abuse.

Il ferma les yeux, prit une profonde inspiration, puis riva son regard sur l'Impératrice.

– Une fois dressé, je reste ainsi des jours entiers. Sans repos, sans défaillance ; je m'active sans relâche jusqu'à satisfaction totale de chacun.

– Je n'en doute pas un seul instant, et j'aimerais beaucoup vous voir à l'œuvre, fit l'Impératrice avec un regard de défi en se passant un doigt voluptueux sur les lèvres. Je suis certaine que ce serait très instructif.

Kao-tsung savait que beaucoup de temps s'était écoulé. Wu avait été très occupée. Très, très occupée. Pendant sa maladie, lent et gourd, il n'avait pas été attentif, et Wu avait profité de ses moments d'absence pour élaborer des projets, prendre des milliers de décisions sans lui. Mais il n'était pas totalement impotent. Son silence était une arme formidable.

Il ne parlait plus du tout. Même quand il était seul. Son silence était comme une promesse, un cadeau qu'il s'était octroyé. C'était un luxe, une retraite sûre d'où il pouvait observer ce qui se passait en lui et autour de lui.

Wu haïssait son silence, bien sûr, mais elle ne pouvait rien y changer. Kao-tsung ne souhaitait même plus entendre le son de sa propre voix. C'était comme si un ressort s'était brisé, comme si une corde avait été tranchée au plus profond de son être, une corde qui reliait la volonté à la parole. En outre, il se sentait de plus en plus à l'aise dans son silence. C'était sa meilleure protection contre l'Impératrice.

Il ne la considérait plus comme sa femme ; elle était devenue une étrangère dangereuse qu'il devait combattre. Elle était l'incarnation de tout ce qu'il n'était pas, de tout ce qu'il avait abandonné. Elle était d'autant plus forte et puissante qu'il était affaibli. C'est pourquoi il devait rester silencieux : les mots étaient des fenêtres, une porte ouverte, une faille dans le mur par où elle pouvait s'insinuer et trouver sa cachette.

Ce matin-là, il laissa glisser sa robe sur ses chevilles, l'enjamba et alla se regarder dans le miroir ovale près du divan. Il était nu comme un ver. Il voulait vérifier son état d'affaiblissement. Son visage était alangui, affaissé, le blanc de ses yeux jaune et injecté de sang. Il se faisait l'effet d'un vagabond et trouva que cela lui conférait une sorte de dignité et de gravité. Les médecins qui l'avaient examiné un peu plus tôt avaient certifié que ses yeux retrouveraient bientôt leur éclat.

Bien que le coin droit de sa bouche eût cessé de tomber démesurément, une ride permanente se creusait à la commissure de ses lèvres. Il n'aimait plus son visage, bien que le rictus forcé qui l'agrémentait lui semblât bizarrement agréable.

Son bras droit pendait toujours, invalide, et un creux s'était formé à son épaule. Cependant, son bras valide était solide et fort ; de plus en plus fort, même, grâce aux efforts qu'il s'était imposés en insistant auprès de ses domestiques pour se servir le thé seul, s'habiller, puiser son eau au bassin, tâches ingrates pour le Fils du Ciel.

Ce matin, en dépit de son visage ravagé, de son bras invalide, il se sentait revivre, décidé, et il avait donné congé à son vieux maître de *t'ai chi* de bonne heure. Il ne voulait pas non plus être dérangé par son escorte de gardes. S'ils insistaient pour le suivre, ils devraient rester à l'écart et le laisser tranquille. Son bien-être retrouvé, son intérêt éveillé le rendaient comme un enfant en vadrouille. L'air, frais et sec, lui murmurait des choses ineffables. Et aujourd'hui il était décidé à explorer un monde nouveau pour lui ; nouveau et étranger.

Son silence ne l'avait pas rendu sourd. Kao-tsung avait entendu des rumeurs sur les bizarres activités religieuses. Il connaissait bien sûr l'existence des projets de nouvelles constructions, les noms qu'on leur avait attribués. On l'avait maintes fois traîné dans les chantiers. Mais ce qui l'intéressait particulièrement concernait les histoires, à peine crédibles, qui circulaient sur l'Impératrice, sur sa mère, et sur leurs « activités spirituelles ». Le palais impérial débordait d'ascètes de toutes sortes, de moines, de bonzes, d'anachorètes et de dévots qui allaient et venaient en marmonnant des prières. Il en résultait un bourdonnement incessant d'où émergeaient parfois les sons d'une langue étrangère. Ses conseillers disparus, Kao-tsung se retrouvait dans un monde qu'il ne connaissait plus. Wu avait bien travaillé.

En arrivant dans l'immense hall qui reliait les appartements impériaux, les chambres du trône et la bibliothèque privée de la famille impériale, Kao-tsung sentit l'air chargé d'une odeur qui lui était elle aussi étrangère. Fasciné, il allait de découverte en découverte. Il y avait des milliers de pièces ; certaines qu'il n'avait pas visitées depuis des mois, ou des années, d'autres depuis l'enfance, d'autres encore où il n'avait jamais pénétré. Tout allait changer à présent. Pendant sa maladie, l'agitation fiévreuse de l'Impératrice lui avait paru lointaine et sans but précis, mais il était dorénavant décidé à s'intéresser de près à toute chose.

Planté dans le grand hall, appuyé sur sa lourde canne, Kao-tsung contempla le carrelage noir soigneusement ciré, les boiseries richement sculptées, huma l'air parfumé de senteurs connues. L'odeur de laque et d'huile qui imprégnait les boiseries et le mobilier chatouillait ses narines agréablement. C'était une odeur familière, l'odeur de sa vie même. Il respira profondément. Mais il détecta aussi autre chose, un arôme nouveau, étranger ; celui sucré de l'encens mêlé à une faible odeur de moisissure. Mais au-delà de la moisissure, il sentit aussi une odeur si subtile qu'il ne l'aurait jamais perçue auparavant, quand il était encore vigoureux et en bonne santé : la froide et humide senteur de la pierre.

Émerveillé, il comprit que les odeurs expliquaient tout. Pourquoi ne l'avait-il jamais remarqué auparavant ? L'existence tout entière y était résumée : au-dessus, les odeurs capiteuses des boiseries et des huiles, puis celles qui portaient en elles les traces de la mort, mais encore fraîches et vivaces : odeurs de moisissure mêlées à l'arôme lourd et sucré des encens. Il respira encore l'air, l'esprit en éveil, les sens aux aguets. Oui, il y avait encore une odeur sourde, relent du tombeau : la froide et humide odeur de l'éternité, celle de la pierre. Tout y était, la vie et la mort intimement mêlées.

Kao-tsung entendit des bruits dans la bibliothèque impériale, des bruits qu'on ne s'attendait pas à entendre dans un endroit si studieux. Il s'approcha de la porte à double battant et tendit l'oreille. Aucun bruit ne lui parvint pendant quelque temps, à part des voix lointaines et des pas à l'autre extrémité du palais. Puis il entendit de nouveau des sons en provenance de la bibliothèque : légers gémissements d'une femme accompagnés de grognements plus mâles, le frottement de meubles sur le carrelage, puis des respirations haletantes, de nouveaux grognements, comme si quelqu'un déplaçait de lourds objets. Un silence, suivi de plaintes féminines. Kao-tsung tendit l'oreille de plus belle. Bientôt la respiration haletante de la femme fut ponctuée de grognements masculins, puis le rythme s'accéléra.

Kao-tsung était à la fois intrigué et irrité. C'était la bibliothèque de son père et avant de son grand-père. Indécis, il posa la main sur la poignée de la porte. Les gardes qui l'escortaient avaient relevé son hésitation ; ils s'approchèrent en silence et se postèrent de chaque côté de la porte. Kao-tsung les fit reculer d'un geste qui se voulait apaisant. Deux domestiques se livrant à des ébats ? Une concubine de haut rang ayant accès aux appartements privés ? L'homme n'était à l'évidence pas un eunuque... mais qui ?

La voix masculine retentissait maintenant des signes d'effort intense, alors que les soupirs féminins se muaient en cris d'agonie et de plaisir ; un meuble frappait le sol dans un rythme effréné. L'homme rugissait, la femme gémissait.

Kao-tsung ouvrit la porte sans bruit. Le couple était vautré sur une table, la tête dans la direction opposée. Kao-tsung étudia leurs étreintes avec intérêt. Des fesses fermes à la peau sombre se contractaient sous la poussée, puis se détendaient dans un rapide mouvement de va-et-vient. Le couple avait atteint le point de non-retour et d'après le rythme endiablé, Kao-tsung savait que les amants s'écrouleraient bientôt, anéantis. Ils ne l'avaient pas vu. Il comptait les laisser terminer leur affaire avant de les chasser, nus. Cette punition suffirait.

Les jambes graciles de la femme emprisonnaient les reins de l'homme. Les fesses sombres se tendirent dans un dernier effort et plongèrent en avant. Les pieds délicats de la femme se crispèrent sur le dos de l'homme, et elle hurla, agitée de secousses convulsives. L'homme, nota Kao-tsung, était un amant expérimenté.

La femme cessa de remuer, épuisée, puis sa main glissa le long du dos de son amant, et Kao-tsung vit la lueur du cloisonné. Abasourdi, il contempla la main blanche et fine caresser les testicules de l'homme, provoquant de nouvelles crispations de son fessier. De violents spasmes le propulsèrent dans un regain d'activité, puis il s'effondra sur le corps de sa partenaire.

Kao-tsung s'approcha de la « couche », et ses yeux rencontrèrent ceux de Wu. L'homme, qui ne pouvait voir que les pieds de l'Empereur, se figea soudain, pétrifié. Il détourna vivement les yeux, et baissa la tête comme s'il s'attendait à être décapité sur-le-champ.

Kao-tsung frappa violemment sa canne sur le sol carrelé. Aussitôt, quatre gardes impériaux surgirent dans la bibliothèque en se bousculant. Ils contemplèrent d'un air hagard les deux corps enlacés sur la table. L'œil brillant de colère, Kao-tsung désigna l'homme.

– Tuez-le ! ordonna le capitaine des gardes en désignant le corps nu de l'Hindou.

Mais Kao-tsung arrêta les lances de sa main valide. Il essaya de parler, mais aucun son ne sortit de sa bouche. Il pointa un doigt vengeur sur l'Impératrice. Pour qui le prenaient-ils ? Pensaient-ils qu'il ne valait pas mieux qu'elle ? On ne tue pas celui que l'Impératrice a séduit ; quel choix avait-il, le pauvre ? Non, mettez-le dehors et tuez-la, *elle*, signifia-t-il par gestes. Les gardes comprirent.

Ils empoignèrent le corps ruisselant de sueur du Nagaspa et le propulsèrent, tout nu, à travers la pièce. Kao-tsung entendit les pas de l'homme détaler, trop heureux de sauver sa peau.

Alors, il se tourna vers Wu.

Elle était toujours allongée dans la position où il l'avait trouvée. Kao-tsung sentit une rage ineffable monter en lui. La vue de l'Impératrice, cuisses écartées, genoux relevés, son corps vulnérable offert, décupla sa fureur. Wu serra les jambes et se dressa sur les coudes. Il la repoussa. Elle essaya de se redresser, mais il la força à s'étendre, puis il la gifla d'un revers de main, une fois, deux, et elle s'affala sans offrir de résistance ; un filet de sang coulait de son nez tuméfié. Il la contempla avec effroi. Elle réussit à s'asseoir et le défia du regard.

– Devons-nous la tuer, à présent, Père Impérial ? demanda le capitaine des gardes, l'arme prête.

Kao-tsung lui fit signe de ranger sa lance. Il continuait à fixer Wu et ses yeux disaient : Je n'ai qu'un mot à prononcer, un seul, et tout sera fini ; on ne me posera pas de questions, il n'y aura rien à cacher, pas d'explications à fournir. Je te fais tuer ou exiler à l'autre bout de la terre. Peu importe.

Elle tenta de se couvrir d'un morceau d'étoffe, mais il le lui arracha des mains et contempla la chair luisante, la toison noire, la blancheur immaculée de ses cuisses. La rage qui brûlait la poitrine de Kao-tsung se mua en excitation. Des vagues de chaleur lui parcouraient les reins. Il serra les poings. Son regard allait des yeux de l'Impératrice qui le défiaient toujours, comme ils l'avaient toujours défié, à son corps, ses cuisses, ses reins. Son souffle s'accéléra. Il se tourna vers les gardes qui contemplaient, pétrifiés, l'arme à la main, le corps nu de leur Impératrice.

– Ôtez-la de la table, ordonna-t-il par gestes.

Les hommes posèrent leur lance et saisirent Wu par les bras. Soudain, elle se rua : elle décocha un violent coup de pied dans l'entrejambe d'un des gardes, s'arracha de l'étreinte d'un second, mais un troisième la rattrapa et la cloua contre une étagère. Wu, dont les pieds ne touchaient pas le sol, tenta une nouvelle attaque, mais les gardes la maintinrent d'une poigne ferme. Le capitaine brandit sa lance, attendant l'ordre de son Empereur. Kao-tsung était galvanisé. La vision de Wu nue, luttant contre les gardes en arme, avait éveillé en lui une excitation mêlée de douleur exquise.

– Maudit impotent ! tonna Wu. Est-ce tout ce dont vous êtes capable ? Me faire maltraiter par vos chiens ? Votre esprit serait donc aussi mou que votre membre ?

Elle frappa le capitaine des gardes d'un coup de pied vicieux. La lance de l'homme roula au sol pendant qu'il se tordait de douleur. Les deux autres l'immobilisèrent.

– L'Empereur *impuissant* a lâché ses chiens ! Ils agissent à sa place, car le pauvre est bien incapable de quoi que ce soit. Croyiez-vous que j'allais me laisser dépérir dans l'attente improbable que votre membre reprenne vie ? J'en avais assez de vous voir baver *en silence comme un demeuré* !

Incapable de se contrôler, elle hurlait à présent. Étourdi par le sang qui bouillonnait dans ses veines, Kao-tsung désigna le sol. Son geste était clair, et les gardes allongèrent Wu à terre. Elle se débattit, fit basculer les étagères dans sa lutte, et entraîna deux gardes dans sa chute. Les hommes se ressaisirent, l'empoignèrent sans ménagement et la clouèrent au sol au milieu des livres éparpillés. Le capitaine lui écarta les jambes pendant que deux gardes maintenaient ses bras.

– *Bâtards* impotents ! gronda Wu. Sales *porcs* ! *Chiens* maudits !

Kao-tsung jeta sa canne, dénoua sa robe, la fit glisser au sol et se tint devant Wu, nu, le membre érigé, brillant et pourpre, palpitant. D'un autre geste il désigna sa bouche. Là encore, les gardes comprirent. Wu aussi. Elle cracha et gesticula, mais rien n'y fit. Le garde qui avait reçu le premier coup de pied s'était ressaisi, et il s'approcha pour exécuter l'ordre muet du Fils du Ciel. Il ramassa un foulard sur la table où les deux amants s'étaient ébattus et le tendit à son capitaine. Celui-ci tenta de l'enfourner dans la bouche de l'Impératrice.

– Je vous ferai écarteler, bande de chiens galeux! continua-t-elle à hurler avant d'être bâillonnée. *Je vous ferai castrer! Noyer! Jeter aux chiens!*

Enfin, le capitaine réussit à la faire taire, non sans s'être fait mordre jusqu'au sang. Kao-tsung enfonça lui-même le tissu dans la gorge de Wu, puis, s'appuyant sur sa main valide, il se glissa entre les cuisses de l'Impératrice. D'un coup vif et brutal, il s'introduisit en elle sous l'œil incrédule des gardes, stupéfaits.

Il poussa à fond une douzaine de coups, puis s'arrêta pour savourer les tressaillements de Wu, son regard haineux, et la jouissance insupportable qu'il retenait. Il faillit se laisser aller, mais se retint. Alors, il parla. Sa voix, que personne n'avait entendue depuis des mois, emplit la pièce, et le surprit autant qu'elle surprit Wu et les gardes. Il accompagna chaque syllabe d'un violent coup de rein.

– Les grands hommes bâtissent des villes, des femmes qui se croient grandes les détruisent! déclara-t-il, citant le vieux Livre des Odes.

Puis, les yeux clos, il s'écroula sur Wu, la tête collée contre la sienne, et il sentit son souffle sur son cou. Malgré elle, Wu ferma aussi les yeux quand des mois de frustration, de silence et de douleur jaillirent en elle en un flot libérateur.

11

Yang-chou, en l'an 662

– Le salut n'est pas chose simple, maître Lao,
dit le recteur qui marchait d'un pas lent, l'air pensif, en tenant le bras de Ti d'une main bienveillante. Il n'y a pas de formule toute faite, pas de
rituel infaillible ni de prières à réciter qui ouvri-
raient les portes du paradis. C'est plutôt comme un
habit. Ce qui va à l'un n'ira pas forcément à
l'autre. Si je dois vous aider, il faut m'ouvrir votre
âme et votre cœur.

Ils marchèrent en silence quelque temps.

– Si vous êtes prêt à vous ouvrir...

Il laissa la phrase en suspens comme ils pénétraient dans l'immense salle de prières.

Ti se souvenait de la richesse des lieux, mais
cette fois il fut presque aveuglé par le scintillement
des ors. Les quatre bodhisattvas étaient toujours
assis en tailleur, mais derrière eux le mur était
maintenant troué de niches et chacune abritait un
Bouddha en or. Les autres murs possédaient aussi
des niches vides que le recteur se proposait à l'évidence de garnir très prochainement.

– Je suis tout à fait prêt, Votre Grâce, assura Ti
en faisant mine de ne pas remarquer les richesses
qui l'entouraient. Il n'y aura aucun secret entre
nous.

À ces mots, le recteur poussa un léger soupir de satisfaction. Ti coula un regard curieux vers le petit homme qui, d'un geste grandiose, ouvrit une porte au fond de la salle. C'était par cette même porte qu'il avait disparu, des années auparavant, quand Ti s'était rendu au monastère du Nuage Doré à la recherche d'un énigmatique Indien, après le meurtre du ministre des Transports. La dernière fois que Ti avait vu le recteur, l'homme l'avait quitté agenouillé devant les pieds indifférents de Kuan-Yin à qui il présentait une vaine et triste requête.

Confortablement installé dans les appartements privés du recteur, « maître Lao » accepta le thé que lui offrit son hôte attentionné.

— Il ne suffit pas, disait celui-ci, de vous donner une liste de prières et de vous renvoyer d'où vous venez. Beaucoup de mes collègues se borneraient à vous proposer cette solution facile, je le crains. Moi, je ne puis. Un homme qui vient me demander un soutien spirituel a droit à plus de sincérité. Ma conscience me commande de traiter les affaires, les plus insignifiantes fussent-elles, avec la plus grande attention, conclut-il en se versant une tasse de thé.

« Sauf, faillit rétorquer Ti, si j'étais en haillons, les poches vides, comme la dernière fois que nous nous sommes rencontrés. »

— Vous êtes un homme d'une grande complexité, reprit le recteur d'un ton patelin. Cela se voit. Je suis sûr que vous avez mené une vie riche et variée. L'homme qui est assis devant moi n'est certes pas un homme ordinaire.

« Oui, songea Ti, et tu es un rusé coquin. Tu sais que le plus sûr moyen d'amener un homme à la confidence est encore la flatterie. »

— Ma vie a peut-être été trop riche... trop variée, déclara-t-il d'une voix triste.

— N'hésitez pas à tout me dire, susurra le recteur. Je n'ai pas toujours été l'ascète que vous avez devant vous. J'ai vécu, moi aussi, vous savez.

Cependant, je pressens en vous une profondeur qu'un homme comme moi ne connaîtra jamais. Avec la vie que je mène, dans un univers d'hommes exclusivement, on s'imagine parfois oublier... Je n'ai jamais été marié, ajouta-t-il, mais cela ne m'a pas empêché d'avoir certaines expériences. Oui, j'ai vécu une vie pleine. Comme vous, j'imagine. Vous êtes marié, n'est-ce pas ?

— Oui, en effet, confirma Ti, surpris par la tournure que prenait la conversation.

— Mais j'imagine que votre expérience ne s'est pas confinée au mariage ?

— Pas entièrement, non, répondit Ti, prudent.

— Voyez-vous, j'ai une théorie. La vie terrestre est comme une grande et profonde mer où nous nageons. Nous pouvons nous débattre dans ses profondeurs sans jamais remarquer la faible lueur qui vient d'en haut, ou bien, si nous sommes attirés par cette lueur, nous pouvons nager dans sa direction. C'est ce que j'appelle la mer de la vie. Nous nous mouvons dans ses profondeurs sans un regard pour la lueur qui vient d'en haut, surtout quand nous partageons la... euh... communion de la chair, fit-il en se pourléchant les lèvres. Et qui nous en blâmerait ? ajouta-t-il bien vite. Qui nous en blâmerait ? Ces moments de bénédictions terrestres n'illuminent-ils pas notre vie de ténèbres ? Ah, maître Lao... poursuivit-il, perdu dans ses pensées. Dites-moi, votre épouse et vous... ou vos épouses... ?

— Mon épouse, rectifia Ti, se rappelant que les noyés n'avaient chacun qu'une seule femme.

— Votre épouse et vous partagez-vous toujours... comment dire ?... euh, une certaine compatibilité ?

Ti ne savait pas très bien comment comprendre la question. Il hésita.

— Quand nous étions plus jeunes, finit-il par répondre, rien ne pouvait nous séparer. Mais le temps et l'habitude ont ébranlé notre... même si nous pouvons encore, de temps en temps...

– Oui, le temps et l'habitude. Les plus grands ennemis de l'amour terrestre. Mais vous connaissez bien sûr les divers remèdes susceptibles de restaurer la passion ?

– Les remèdes ? s'étonna Ti, sans se compromettre.

– Mais oui ! Des remèdes de toutes sortes... briser les vieilles habitudes, utiliser des élixirs, prendre une nouvelle femme, que sais-je ? s'écria le recteur avec enthousiasme. Ce ne sont pas les moyens qui manquent, mon ami ! Oh ! que non ! Tenez, moi-même j'y remédiais en prenant une nouvelle femme, comme un papillon qui vole de fleur en fleur après avoir épuisé leur pollen.

– Je vois.

– Bien sûr, se hâta d'ajouter le recteur, je parle d'avant l'époque où j'ai pris l'habit.

– Bien sûr.

– Les femmes sont des créatures intéressantes. L'homme s'imagine les dominer alors que ce sont elles qui le mènent par le bout du nez. Je suis sûr que vous me comprenez, susurra le recteur avec un regard qui ressemblait fort à de la concupiscence.

– Eh bien, je dois avouer que je me suis trouvé...

– La femme vous attire dans les profondeurs, mon ami, coupa le recteur, l'œil brillant, la lèvre humide. Au fond du fond, loin de la lumière. Et pourtant, comme c'est bon ! Ah oui, comme c'est bon ! C'est l'une des raisons qui m'ont incité à quitter la vie séculière. J'étais réceptif, trop réceptif. Mais nous ne sommes pas ici pour parler de moi, n'est-ce pas ? C'est sur vous que je devrais porter toute mon attention.

Curieux, Ti attendit la suite, quelle qu'elle fût.

– Vous êtes un homme aisé, c'est évident, dit le recteur. Puis-je vous demander quelle est la source de vos revenus ?

– Je suis importateur d'essences rares. Il ne se passe pas un jour sans qu'une dizaine de mes bateaux naviguent sur les canaux.

– Bien sûr, bien sûr... Vous possédez la richesse, ce qui signifie que vous êtes impliqué dans le monde et dans les choses terrestres. Contrairement à moi, qui mène une vie austère et ascétique, toute dévouée à la contemplation de l'infini, précisa-t-il, comme s'ils ne venaient pas de traverser une salle remplie d'or au point d'aveugler quiconque pénétrait dans le monastère ; comme s'ils n'étaient pas assis dans des appartements privés dont le confort ne déparerait pas la demeure de n'importe quel riche marchand.

– Je suis riche, il est vrai, déclara Ti. Mais j'ai soif de richesses bien différentes, croyez-moi.

– Alors, il nous faut canaliser votre soif.

– En fait, j'ai songé à tout abandonner pour me faire moine, avoua Ti. Voyager en Inde, peut-être, étudier, prier.

Il surveilla la réaction du recteur, mais ce dernier ne manifesta qu'un léger dédain.

– Beaucoup l'ont fait, expliqua le recteur avec un certain mépris. Mais enfiler une robe d'étoffe grossière et se couvrir de cendres ne garantissent pas le paradis. Je crains que ce ne soit plus difficile. Cependant, il y a d'autres chemins ; je vous supplie de me laisser vous guider. Vraiment, je crois pouvoir vous aider...

Ti laissa échapper un soupir calculé pour faire croire au recteur que « maître Lao » n'était que trop heureux de se décharger d'un fardeau sur les épaules du bouddhiste.

– ... D'abord, laissez-moi vous poser une question. Quand vous avez... euh, des relations avec votre épouse, atteint-elle... euh, la satisfaction complète ?

La question était si intime que Ti en rougit, bien que le recteur s'adressât au faux maître Lao et non à lui en personne. Il scruta le visage du moine qui attendait sa réponse avec avidité.

– Ne soyez pas gêné, dit ce dernier pour le rassurer. J'ai de bonnes raisons de vous poser cette question, et n'oubliez pas que j'ai été moi-même...

– Oui, je sais, vous avez vécu. Eh bien, pour vous répondre, je dirai que, oui, je crois qu'elle l'atteint. En tout cas, dans certaines occasions.

– Et ne ressentez-vous pas un plaisir décuplé dans ces cas-là ? insista le recteur.

– Euh, peut-être... je ne sais... enfin...

– Mais bien sûr que cela vous plaît ! Et c'est précisément là où je voulais en venir. (Il étudia ses mains potelées, comme plongé dans une profonde méditation.) Mon ami, nous devons commencer quelque part. Maintenant que j'ai appris à vous connaître... oh ! juste un peu... je commence à discerner la voie que vous devez emprunter pour traverser la jungle de la vie terrestre. Oui, je la vois très bien.

Il se leva, alla fouiller sur une étagère remplie de manuscrits, en choisit quelques-uns, puis revint s'asseoir et posa les papiers sur la table avec un geste théâtral.

– Je vais vous donner quelques écrits que je veux que vous lisiez attentivement. Et vous devrez aussi vous purifier, vous abstenir de relations avec votre épouse... et, pardonnez-moi, avec toute autre femme... pendant les prochaines semaines. Je veux que vous reveniez me voir dans dix jours. Assurez-vous que ces documents ne tombent entre les mains de personne, soyez de la plus grande discrétion. Voilà, ce n'est pas beaucoup demander, n'est-ce pas, conclut-il en posant une main rassurante sur l'épaule du juge et en prenant soudain un air grave. Je suis heureux que vous soyez venu. J'ai la certitude que Kuan-yin la miséricordieuse a guidé vos pas jusqu'à mon humble demeure, et au moment opportun, ajouterai-je.

La main du recteur exerça une légère pression sur l'épaule de Ti, comme s'il voulait faire entrer ses propos mystérieux au plus profond de lui.

– En outre, ajouta-t-il, je suis sûr que nous allons devenir bons amis.

Dans le coche bringuebalant qui le ramenait en ville, Ti put enfin se détendre et abandonner son « masque ». Il avait la désagréable impression d'avoir perdu son temps et d'avoir fait beaucoup d'efforts pour rien. De plus, l'insistance et l'habileté avec lesquelles l'étrange petit homme avait fouillé son intimité lui avaient laissé un goût pour le moins bizarre. Ti n'était certes pas habitué à parler de ces choses, et le fait de répondre aux questions si personnelles de l'homme, même par la bouche de maître Lao, lui avait causé une gêne dont il se remettait à peine.

Il posa un œil sur les documents que lui avait remis le recteur, écarta le rideau pour laisser entrer les derniers rayons du soleil et s'efforça de lire malgré les cahots de la voiture.

C'était l'histoire d'un jeune prince d'une étonnante noblesse, adoré par son père, un grand roi. Un saint homme avait prédit à ce dernier le destin de son fils, qui devait libérer le monde de la douleur et de l'océan de misère de la vie terrestre. L'histoire racontait avec luxe détails l'enfance et l'adolescence du jeune prince, choyé et protégé ; sa seule présence faisait prospérer le royaume et la chance souriait à tous. Le roi lui-même devint un parangon de piété et de vertu ; il gracia les condamnés à mort et réforma leurs mauvais penchants, déposa les armes et pratiqua une politique de paix et de calme parfait, renonça aux passions avilissantes, refusa que l'on maltraite toutes créatures vivantes, et ainsi de suite. Puis, un beau jour, le jeune prince décida de s'aventurer dans les forêts qui entouraient le royaume.

Apprenant le souhait de son fils, le roi donna des ordres : que l'on ôte de la vue de son fils tous les « malheureux ». C'est ainsi qu'avec « une grande bonté », il fit chasser les malades, les décrépits, les estropiés, les « pitoyables mendiants » et autres afin que la route fût sereine et belle aux yeux sensibles du prince. Mais les dieux avaient d'autres projets.

Ti lut avec intérêt comment ils placèrent un vieillard chenu sur la route du prince afin qu'il découvre à sa grande stupeur les vicissitudes de l'âge. Ensuite, les dieux placèrent sur sa route un malade tremblant de fièvre, puis enfin un cadavre. Ainsi, le jeune prince apprit ce qu'étaient la vieillesse, la maladie et la mort, destin commun à tous les êtres. Lorsqu'il apprit ce qu'il advenait de toute créature, il tomba dans une profonde agitation – comme un taureau effrayé par le tonnerre. « Comment un être rationnel, se demanda le prince, qui connaît l'existence de la vieillesse, de la maladie et de la mort, peut-il supporter la vie, dormir en paix, et encore moins rire ou plaisanter ? » Excellente question, pensa Ti, qui se l'était lui-même posée maintes fois. Il interrompit sa lecture et resta un instant songeur.

L'histoire continuait avec le prince, l'esprit sombre et préoccupé, rejoignant enfin la forêt où de belles jeunes femmes l'attendaient et firent de leur mieux pour le séduire. Suivaient des descriptions éloquentes de leurs « superbes poitrines », de leurs « hanches rondes, recouvertes d'un voile transparent », et de « leurs yeux épanouis comme des lotus », ainsi que de leurs manœuvres pour « toucher le prince comme par mégarde », pressant leurs seins fermes contre sa poitrine, essayant de l'aveugler avec des guirlandes de fleurs et le « punissant » de mots tels que « la hampe d'un conducteur d'éléphants, douce et pourtant exigeante », tout en laissant négligemment glisser leurs atours afin de dévoiler un sein, une épaule d'albâtre, et usant de toutes les ruses connues des femmes.

Mais rien n'y fit ; ayant découvert ce qu'étaient la vieillesse, la maladie et la mort, le prince n'était pas d'humeur à batifoler. Il retourna au palais informer son père, le roi, de son vœu de quitter le monde et de suivre la voie religieuse afin de se libérer du cycle des réincarnations. Naturellement, le roi s'efforça de retenir son fils adoré en l'enfermant dans le palais. Mais une nuit, les dieux décidèrent d'intervenir : ils plongèrent tout le monde, y compris les femmes du harem, dans un profond sommeil. Le prince erra d'abord dans le palais, contempla les femmes qui dormaient, bouche ouverte, ronflant, bras et jambes étalé sans grâce. Il comprit qu'il les voyait enfin sous leur vrai jour, et n'en ressentit que du dégoût et de la tristesse. De sorte qu'avant de monter sur son cheval et de quitter pour toujours le palais de son père, il fit une déclaration : « Telle est la nature des femmes, impure et monstrueuse ; trompé par leurs atours et leurs parures, l'homme se laisse séduire par leurs attraits. Si l'homme pouvait découvrir la véritable nature de la femme et le changement que produit sur elle le sommeil, assurément il cesserait de la chérir, mais il est détourné du droit chemin et succombe à la passion. »

La lumière déclinait. Ti reposa le manuscrit et ferma les rideaux du coche. Voilà qui était fort étrange, en vérité. La gêne induite par la lascivité à peine voilée du recteur taraudait toujours le juge, qui se sentait souillé en repensant aux questions insidieuses du petit homme doucereux, à ses yeux brillants et à ses lèvres humides. Ah, quel odieux personnage ! Ti doutait fort que le recteur lût les écrits qu'il avait remis à « maître Lao » avec l'esprit de détachement d'un ascète voué au célibat.

Le soir tombait lorsqu'ils approchèrent des portes de la ville. Le voyage et les efforts pour préserver sa fausse identité avaient fatigué Ti, et il se demandait avec un dégoût croissant s'il n'avait pas consenti à tout cela pour ne découvrir qu'un vieux clerc débauché qui se vautrait en privé dans des pratiques lubriques, nourries par son isolement et sa chasteté forcée. Il imaginait la bibliothèque de l'homme, avec ses volumes de textes sacrés dont certaines pages étaient marquées, écornées et usées, et le recteur, retranché dans ses appartements, lisant et relisant avec avidité les passages où l'on décrivait les femmes aux poitrines épanouies dont les habits glissaient en dévoilant une épaule d'albâtre ou la splendeur d'un sein, ou encore endormies, inconscientes et sans défense. Ces lectures éveillaient certainement chez lui un sentiment tout autre que celui voulu par les auteurs de ces textes.

Dix jours plus tard, « maître Lao » et le recteur étaient de nouveau assis autour d'une tasse de thé dans le bureau du petit homme. Ils discutaient de la pauvreté de toutes choses terrestres quand on les comparait à ce qui les attendait au paradis. Et il était encore et surtout question des femmes.

– Ce n'est pas que je tienne les femmes responsables de leur condition, déclara le recteur. Juste ciel, non ! Est-ce la faute de l'animal s'il ne peut parler ? Celle de la pierre si elle ne peut se mouvoir ? Non, bien sûr que non. Comme les femmes, ils ne sont que ce qu'ils sont.

Le recteur était en grande forme ; il faisait assaut de verve et d'éloquence tout en mélangeant à l'évidence ses propres fantasmes et obsessions avec ses interprétations personnelles des textes saints.

– Pauvres créatures – c'est presque comme si elles savaient d'instinct qu'un homme droit, si elles lui laissaient une chance, s'éloignerait d'elles plutôt que de graviter autour. C'est comme si elles devinaient que la plus belle des femmes, comparée à ses homologues du paradis, les célestes *apsaras*, n'était qu'une vulgaire pierre brute comparée à une perle rare. Oh ! non, maître Lao, elles ne veulent pas que vous voyiez ces perles ! Elles ne veulent pas que vous voyiez l'étendue de leur propre déficience. Mais dites-moi, avez-vous suivi mes directives ? Vous êtes-vous abstenu de toute relation avec votre épouse ?

– Oui, Votre Grâce.

– Et comment votre épouse a-t-elle... euh, réagi ?

– Je pense que cela m'a été plus pénible qu'à elle, Votre Grâce. J'avoue que l'étude des écrits que vous m'aviez remis n'a fait qu'exciter... mon intérêt.

À ces mots le recteur s'illumina positivement, bien qu'il adoptât un ton de reproche pour déclarer :

– Ah, ce n'était certes pas mon intention en vous les faisant lire ! C'est à vous d'exercer une certaine discipline, mon ami. Il le faut. J'espère du moins que la leçon contenue dans les écrits ne vous a pas échappé ?

– Oh ! non, Votre Grâce ! J'ai parfaitement compris. C'est juste que les descriptions des femmes étaient si...

– Délectables. Alléchantes. Je sais, dit le recteur en se passant la langue sur les lèvres, tic que Ti commençait à trouver presque écœurant. C'était précisément mon but. Cela prouve que ces textes sacrés ont été écrits de façon remarquable ! Mais si vous avez trouvé les femmes attirantes, n'avez-vous pas été, comme le prince, repoussé par leur corps vautré dans le sommeil induit par les dieux ? N'avez-vous pas été voir dormir votre épouse et n'avez-vous pas ressenti la même répulsion ?

– C'est que... commença Ti. (Pris de court par la question, il ne put qu'être franc.) J'ai toujours trouvé touchante la vue d'une femme endormie.

– Oh ! mon ami, il vous reste du chemin à parcourir ! dit le recteur en hochant la tête avec sympathie. Un long chemin. Je suis heureux que vous soyez venu me trouver à temps. Voyez-vous, vous faire ressentir de la compassion pour ses faiblesses, cela fait partie de l'aspect négatif de la femme. Il en est de même de l'attrait des choses terrestres. Les plaisirs matériels, le luxe. Tout cela est fait pour vous détourner du monde véritable qui vous attend. Imaginez le jour le plus merveilleux que

vous ayez jamais vu, les soieries les plus chatoyantes, la musique la plus enchanteresse, les
mets les plus délicats, la plus belle des femmes, et
vous-même dans la force de l'âge, vigoureux et en
pleine santé. Sachez que, comparé à une journée
ordinaire au paradis, sur terre vous ressembleriez à
un homme décrépit, un pathétique bossu vêtu de
haillons, sous un affreux ciel jaunâtre, écoutant le
grincement des buses pendant qu'une odeur pestilentielle emplirait vos narines. Et la femme ne
serait qu'une hideuse sorcière, la tête couverte de
croûtes, et les lèvres de pustules ! Voilà, mon ami,
à quel point le paradis est beau !

La description pittoresque avait impressionné
Ti, et il l'aurait trouvée amusante dans d'autres circonstances, mais son impatience grandissait. La
fausse barbe lui chatouillait le menton, les muscles
de son visage devenaient douloureux à force de
maintenir l'expression de « maître Lao », et le long
voyage jusqu'au monastère l'avait fatigué. Il voulait s'assurer, avant de perdre trop de temps, s'il
était bien sur la bonne piste. Il lui fallait orienter
habilement la conversation, et il crut avoir trouvé
un moyen.

– Peu m'importe sa beauté, Votre Grâce,
déclara-t-il d'une voix triste, si je ne peux revoir
mon fils.

– Oh ! je suis désolé ! dit le recteur avec sympathie. Vous avez perdu un fils ?

– C'était il y a bien longtemps. Il n'était qu'un
enfant. Mais je ne me suis jamais remis de cette
perte.

– Oui, c'est parfois pénible. Mais je ne doute
pas que vos autres enfants vous ont aidé à apaiser
la douleur... ?

– Je n'ai pas d'autres enfants, hélas ! C'était
mon fils unique.

Le recteur enregistra l'information et sembla la
ruminer.

– D'une certaine manière, vous avez de la

chance, fit-il enfin. Les enfants nous rattachent à ce monde. C'est un lien très puissant. Je suis porté à croire qu'un enfant peut enchaîner un homme au cycle des réincarnations. Il nous implique dans ce monde d'ici-bas, nous oblige à y être attentif. Quand on a des enfants, on s'inquiète constamment à leur sujet – pour leur santé, leur bien-être, leur avenir.

« C'est, hélas !, vrai », songea Ti en observant le petit homme.

– Ainsi, si vous me pardonnez, le départ prématuré de votre fils doit être considéré comme une bénédiction. Du moins pour un homme qui, comme vous, est assoiffé d'un autre monde.

– Mais le reverrai-je ?

– Il se peut, il se peut, il se peut, répondit le recteur comme s'il récitait un soutra. Il y a plusieurs écoles. Pour ma part, je serais enclin à penser que vous le rencontrerez. Il se peut que ce soit sous une autre forme. Au paradis, voyez-vous, nous ne sommes qu'essence pure, et non pas des êtres imparfaits comme ici-bas. Et souvenez-vous, dans une autre vie, vous étiez peut-être le fils et lui le père !

Ti trouvait l'explication spécieuse, mais, en tant que maître Lao, il afficha un espoir mêlé de piété.

– Votre épouse est-elle toujours capable de porter un enfant ? demanda alors le recteur.

La question prit Ti au dépourvu. Décidément, cet étrange petit homme était imprévisible.

– Euh... hésita le juge. Euh, je crois, oui.

– Raison de plus pour vous abstenir, mon ami. L'interminable cycle des réincarnations... Pensez-y. Tout cela à cause des femmes ! Elles attirent l'homme dans leur sphère négative, leur... leur... leur déficience, et quel est le résultat ? Une naissance ! Une autre âme amenée de force dans ce monde pour y vivre, y souffrir, et mourir ! Voilà bien la nature perfide de la femme : douce, charmante, aussi trompeuse que le piège que l'on creuse pour attraper un lion ! Un trou noir et dangereux dans lequel l'homme trébuche par mégarde ! Tout cela pour le rattacher à ce monde illusoire. Gare, mon ami ! Un lien supplémentaire, le moment serait très mal choisi pour vous. Ne laissez pas deviner à une femme que vous recherchez la Vérité, de peur qu'elle ne vous en détourne. Non qu'elle le fasse à *dessein*, ni même *consciemment*. Oh ! non, elle sera habitée des meilleures intentions du monde ! Simplement, c'est dans sa nature de faire obstacle à l'homme, comme c'est dans la nature du crocodile de dévorer des proies d'un coup de mâchoires, ou du singe de criailler et de sauter de branche en branche.

Il hocha plusieurs fois la tête d'un air accablé, coula un regard attristé vers son visiteur, puis se leva pour signifier que l'entretien était terminé.

– Je vais vous donner d'autres textes à étudier, annonça-t-il en sortant d'un tiroir des documents qu'il plaça sur la table devant Ti. Je trouve vos progrès excellents, maître Lao. Excellents. Et vous m'en voyez ravi. Certaines personnes viennent me voir animées d'un désir authentique, et bien souvent ce sont elles qui m'en apprennent davantage que je ne leur en apprends moi-même.

Une main sur les documents, paupières closes comme s'il touchait une relique du Bouddha lui-même, il respira bruyamment à la manière d'un yogi qui pratique un exercice initiatique. Ti le regarda, positivement ébloui par la performance du recteur.

Ti était resté plus longtemps que la fois précédente et il faisait trop sombre dans le coche pour lire. Il attendit donc d'être chez lui et, après avoir décollé sa fausse barbe, il étala les parchemins devant lui et en commença la lecture. C'était la suite de l'histoire du prince.

Après avoir abandonné famille, amis et royaume, le prince tint à son fidèle serviteur, qui l'avait accompagné à l'orée du bois, un discours sur la futilité d'empêcher son départ. À quoi bon, lui dit-il, puisque le destin de tout être est de partir un jour ? Le serviteur essaya vaillamment de faire appel au cœur du prince et à son sens du devoir en lui parlant du vieux roi, qui mourrait sans doute de chagrin, de sa mère, qui lui avait donné la vie, de sa belle épouse et de son jeune fils qui se languiraient de son retour. Mais la décision du prince était irrévocable. Être un amant, un mari, un ami, une épouse, une mère, un père, une sœur ou un frère, expliqua-t-il au serviteur en larmes, c'est se destiner à la séparation et au chagrin, pourquoi donc retarder l'inévitable ? Là-dessus, il ôta ses habits princiers, coupa ses cheveux avec son épée, enfila un vêtement d'étoffe grossière et s'enfonça dans les bois sans se retourner, laissant son serviteur et son fidèle destrier en larmes. L'évocation d'un cheval pleurant le départ de son maître fit sourire Ti ; la plupart des chevaux, il l'aurait juré, n'auraient été que trop heureux d'être débarrassés de leur cavalier.

Le pauvre serviteur dut retourner au palais sans le prince, et affronter le déchirement et l'accablement de tous – du moindre paysan au roi en personne. Le père et la mère du prince furent plongés dans d'atroces lamentations, bien sûr, mais ce fut la jeune et belle épouse du prince qui souffrit le plus de son départ. Pourquoi m'a-t-il abandonnée ? pleurait-elle. Pourquoi ne pas m'avoir emmenée avec lui dans la forêt alors que les anciens sages eux-mêmes emmenaient leurs épouses avec eux ? Préfère-t-il les charmes des nymphes célestes aux miens, moi qui l'aime tant ?

Ti frotta ses yeux fatigués. L'histoire s'arrêtait là pour l'instant. Il avait parcouru tout ce que le recteur souhaitait que maître Lao lût et étudiât.

Il hésitait à retourner une troisième fois au monastère. Il avait choisi le Nuage Doré pour des raisons qui lui avaient semblé solides, mais il commençait à avoir de sérieux doutes d'apprendre quoi que ce fût, excepté l'étendue de la lascivité et des vices du recteur. Ses questions devenaient de plus en plus intimes, et hors sujet.

Il reprit le raisonnement qui l'avait conduit au monastère du Nuage Doré. Sa première rencontre avec le recteur, des années auparavant, lui avait laissé une forte impression d'un personnage à l'ambiguïté coupable, trop bien nourri et suffisant. Mais ce n'était pas cela qui avait décidé Ti à revenir au monastère. La cité était fondée sur un système de castes d'une rigidité notoire ; un riche marchand, quelle que fût sa fortune, ne fréquenterait pas un temple qui servait la caste des hauts dignitaires, et certainement pas celui de la caste paysanne. Non, le Nuage Doré était le seul où les hommes appartenant à la caste des trois noyés pouvaient trouver refuge.

Il y avait aussi d'autres possibilités : un recteur solitaire, un ermite quelconque, un moine dissident n'appartenant à aucun monastère. Certes un peu tiré par les cheveux, mais pas impossible. Si les noyés s'étaient rendus au Nuage Doré, ils n'avaient pas utilisé leurs véhicules personnels ni leurs serviteurs habituels. Ti l'avait vérifié en questionnant le personnel des défunts. Il en avait conclu que, pour plus de discrétion, ces derniers avaient eu recours à des véhicules de louage. Mais peut-être se trompait-il complètement. Peut-être n'étaient-ils jamais allés là-bas, et n'avaient pas eu de relation avec le monastère du Nuage Doré.

Il décida tout de même de faire une ultime tentative, de s'imposer une dernière fois le pénible voyage jusqu'au Nuage Doré, de subir les questions embarrassantes à fortes connotations sexuelles du petit homme pervers. S'il ne découvrait rien de substantiel, il dirigerait son enquête dans une autre direction. Fatigué, l'œil ensommeillé, il n'était sûr que d'une chose : il en avait plus que soupé des bizarreries du recteur libidineux.

La matinée touchait à sa fin, et Ti songeait à quitter son poste pour le restant de la journée. Il faisait tout simplement trop beau et sa concentration en souffrait. Le ciel lumineux le distrayait des tâches ingrates qui le retenaient entre les quatre murs tristes de son cabinet ; il rêvait des alléchantes odeurs culinaires du marché, de son joyeux brouhaha, et fut pris d'une envie irrésistible de se mêler à la foule des badauds, pour le simple plaisir des yeux, et des sens en général. La matinée s'était écoulée dans une routine banale : une affaire d'impôts impayés sans importance, une plainte civile et un menu larcin. Assurément, il n'y aurait rien ce jour-là que ses assistants ne pussent traiter.

Il s'accouda à la fenêtre et huma l'air. Sa décision était prise. Il alla à son bureau, rassembla les papiers qu'il était en train de lire et les lia avec un cordon afin de les emporter avec lui. Il n'avait aucune raison de rester cloîtré toute la journée.

Il ouvrit la porte de son bureau et cherchait son assistant du regard quand il entendit les cris d'un bébé et la voix apaisante de sa mère qui tentait de le calmer. Il faillit faire demi-tour, mais il était trop tard ; on avait remarqué sa présence. Une famille de pauvres paysans, le père, la mère et leur bébé, était assise dans l'antichambre ; l'homme et la femme avaient levé les yeux lorsqu'il avait ouvert la porte. La femme, qui tenait le bébé comme on présente une offrande, se leva d'un bond et se précipita vers Ti avec un sourire mielleux.

– Nous aimerions vendre cet enfant, déclarat-elle. On nous a dit que vous seriez prêt à l'acheter.

La main sur la poignée de la porte, Ti songea à se réfugier dans son bureau. La femme brandissait comme un trophée un bébé d'environ un an, lavé de frais et emmailloté dans ses plus beaux linges, à une coudée de Ti.

– Puis-je vous demander qui vous a suggéré une telle chose ? s'étonna Ti.

– Un homme de notre village. Il a dit que vous aviez payé ses impôts, il y a plusieurs années.

Le recteur du Nuage Doré entraînait Ti dans une promenade méditative à travers les somptueux jardins du monastère. Fort heureusement, il dirigeait la conversation dans des directions plus sereines que lors des visites précédentes. Ti préférait discuter des plaisirs et des pièges de la richesse que de ses aventures érotiques personnelles.

– Maître Lao, il n'est pas anodin que le prince de l'histoire soit un homme de sang royal, et d'une grande fortune, dit le recteur. Il est très important que nous comprenions tout ce que cela implique. Laissez-moi vous poser une question, mon ami. Quel est le premier acte de celui qui recherche la Vérité avec passion ?

– Il renonce aux biens matériels, s'aventura Ti.

– Tout juste ! s'exclama le recteur avec enthousiasme. Il jette ses plus beaux habits, se rase le crâne, et dort à même le sol. Mais il y a encore mieux pour bien vous faire comprendre l'importance du détachement.

Ils arrivaient sous les feuillages protecteurs qui entouraient le temple lui-même. Ti entendait le faible bourdonnement des prières des moines. Le recteur ralentissait le pas, s'arrêtait de temps à autre pour développer un argument, puis reprenait sa marche. Ti calquait son allure sur celle du petit homme patelin, s'arrêtait quand il s'arrêtait, et reprenait la marche en même temps que lui. Le recteur venait de s'immobiliser sous un arbre, l'œil brillant, et il dessinait des arabesques dans l'air pour appuyer ses propos.

– La béatitude du prince et sa richesse revêtent une importance capitale, poursuivit le recteur. Il possédait tout, et il a tout abandonné. Mon ami, la richesse est une véritable bénédiction. Et savez-vous pourquoi ? demanda-t-il en reprenant sa marche.

– Eh bien... cela rend la vie plus confortable.

– Pour sûr. Mais au-delà ? Je parle là de bénédiction spirituelle. La richesse est une bénédiction spirituelle. Vous trouvez sans doute cela contradictoire, n'est-ce pas ?

– Je ne sais, Votre Grâce, mais je vous écoute avec la plus grande attention, affirma Ti, et c'était vrai.

– La contradiction n'existe que si on ne saisit pas bien le véritable sens de la richesse.

Le recteur s'arrêta encore et dévisagea son interlocuteur. Puis il reprit la parole en martelant ses arguments avec une emphase particulière :

– Les richesses qu'on accumule dans sa vie, celles qu'on acquiert à sa naissance, sont la preuve qu'on a été élu. C'est la manifestation matérielle des richesses et de la noblesse de l'âme. Eh oui, cela n'arrive pas par accident, mon ami, et il ne faut pas en rougir. Certains voient dans la richesse un obstacle à la libération spirituelle, mais cela n'est vrai que si vous faites de la richesse un *but* et non un *moyen*, si vous n'arrivez pas à comprendre que vos beaux habits, votre superbe demeure, vos biens considérables, sont la mesure de la grandeur de votre âme. Votre richesse, conclut-il en reprenant sa marche, est l'œuf sublime duquel un jour peut-être vous pourrez éclore !

Ils s'étaient encore rapprochés du temple ; les voix des moines parvenaient avec clarté dans le boqueteau à l'abri duquel les deux hommes discutaient. La sérénité du jardin et les bourdonnements des prières se mêlaient admirablement et Ti se demanda dans quelle mesure le recteur n'avait pas calculé leur arrivée dans ce lieu précis, à ce moment précis. Ils gardèrent le silence un instant ; Ti semblait absorbé par la profondeur des réflexions du recteur qui fixait le sol d'un air songeur.

– Ce que je vais vous dire risque de vous surprendre, dit alors le recteur. J'ai hésité à vous en parler, mais, après avoir longuement médité la question, j'ai décidé que vous étiez en droit de savoir. Je crois que vous trouverez la chose pour le moins intéressante. (Il esquissa un sourire.) Suivez-moi.

Il entra dans le temple, pénétra dans la salle de prières où les moines, assis en tailleur, psalmodiaient, les yeux clos, spectacle que Ti commençait à trouver familier.

– Voyez-vous le moine de la quatrième rangée, le septième à partir de la droite ? demanda le recteur d'une voix étouffée.

Ti compta et vit un jeune homme que rien ne distinguait des autres moines, le crâne rasé comme tout le monde, et qui chantonnait en se balançant légèrement.

– Il se trouve qu'il vous a vu lors de votre dernière visite, reprit le recteur. Quelques jours plus tard, il est venu me voir et m'a confié qu'il vous avait reconnu.

Malgré le choc, Ti s'efforça de paraître impassible. Comment cela, reconnu ?

– Il vous avait vu en rêve, murmura le recteur. Voyez-vous, ce jeune homme est orphelin ; il n'a jamais connu ses parents. Mais pendant des années, il a rêvé d'un homme qui avait été son père dans une vie antérieure – son véritable père, m'a-t-il assuré, celui qui était bon avec lui et ne l'avait jamais abandonné. Pendant longtemps, il a considéré ce rêve comme un simple réconfort... jusqu'au jour où il vous a vu.

– Moi ? s'étonna Ti, sidéré.

– Oui, vous. Il affirme que vous êtes son père réincarné. Peut-être aimeriez-vous le rencontrer ?

Ti réussit à réprimer un joyeux sourire de gratitude, car il venait soudain de comprendre qu'il n'avait pas enduré en vain les tourments que lui avait imposés le petit homme lubrique. Les doutes qui l'avaient rongé dernièrement se dissipèrent comme le sable sur le seuil d'une porte quand le vent change de direction.

— Oui, acquiesça Ti, j'aimerais beaucoup le rencontrer.

Pinceau et encre à portée de la main, prêt à copier les passages significatifs, Ti relut avec le plus grand soin les textes précédents avant de s'attaquer aux nouveaux documents que le recteur venait de lui remettre. Tout le monde était déjà couché, un calme serein régnait dans la maisonnée.

Ti plongea son pinceau dans l'encre et nota ce simple passage :

> *Puisqu'on est voué au tombeau dès que l'on quitte la matrice, pourquoi m'as-tu appelé dans la forêt si tard ? Je préférerais me jeter dans un brasier ardent, plonger dans les mers profondes, plutôt que de rentrer chez moi sans avoir accompli ma tâche.*

La pièce dans laquelle le recteur avait emmené Ti était plongée dans l'obscurité et elle embaumait des senteurs de bois huilé. En attendant que le petit homme allume une lampe, Ti patientait en humant l'atmosphère plaisante qui lui rappelait des souvenirs nostalgiques. Il repensait à l'étude de son grand-père.

— Votre patience m'émerveille, dit le recteur en grattant une pierre à briquet. Ne vous inquiétez pas, je ne vous ferai pas attendre longtemps.

Nouveaux grattements répétés, puis une petite flamme vacilla, grandit et éclaira la pièce. Ti eut alors l'impression de se retrouver dans le bureau du ministre des Transports plusieurs années auparavant. Une fresque courait sur les quatre murs, représentant des corps d'hommes, de femmes et d'animaux qui copulaient dans toutes les positions imaginables ; de voluptueuses *apsaras*, la tête renversée, enlaçaient des géants, ou se campaient dans des poses suggestives à la sensualité exacerbée. Dans la pièce, deux fois plus grande que le bureau du ministre des Transports, chaque étagère, autel, table, disparaissait littéralement sous les lingams et autres statuettes hindoues. Aucun coin, aucun espace, aucun bout d'étagère n'était vide ; ici, une *apsara*, en extase, les seins pointés ; là, une légion de lingams dressés vers les cieux. Le souvenir de l'étude du grand-père s'estompa comme un rêve.

Souriant avec orgueil, le recteur dévisageait son hôte ; il ne semblait pas mécontent de l'effet des figurines dont les ombres dansaient à la lueur de la flamme.

– Ma pièce de méditation personnelle, expliqua-t-il avec fierté.

Ti lui décocha un sourire radieux ; sa gratitude ne connaissait plus de limites.

– Des œuvres d'art, assurément, fit-il en promenant un regard émerveillé sur la pièce. Dites-moi, ajouta-t-il d'un ton timide, peut-on acheter certains de ces chefs-d'œuvre ?

Le recteur eut une moue songeuse.

– Un autre me l'aurait demandé, finit-il par répondre d'une voix suave, j'aurais refusé. Mais je ferai une exception pour vous. Après tout, vous êtes pratiquement de la famille, à présent.

Ti fronça un sourcil interrogateur.

– Je voulais attendre pour vous le dire, expliqua le recteur. Vous souvenez-vous du moine que je vous ai présenté l'autre jour ? Vous avoir rencontré l'a profondément bouleversé. Il m'a avoué qu'il souhaitait devenir votre fils. Il serait très honoré si vous daigniez l'adopter, conclut-il avec un sourire mielleux.

Depuis ce jour, les rencontres eurent toujours lieu dans la « pièce de méditation personnelle » du recteur, où une simple lampe à huile découpait des ombres mouvantes qui semblaient animer les statuettes, et le recteur commença à offrir du vin à son hôte. Il s'assurait que la coupe de maître Lao était toujours pleine. Le recteur prenait plaisir à lui lire certains textes sacrés. Il possédait une voix harmonieuse et bien timbrée, et semblait découvrir pour la première fois les passages qu'il lisait.

Certaines histoires étaient déjà familières au juge. Le recteur avait une préférence marquée pour de longs extraits des descriptions de Su-khavati, la Terre de la Béatitude, le paradis de joyaux dont s'était si bien inspiré le pauvre Œil de Diamant qui avait disparu de Yang-chou après ses excuses forcées, et qu'on n'avait plus revu depuis. Ti repensait souvent à lui et il se disait que, comparé à cet homme, Œil de Diamant n'était qu'un apprenti.

Le recteur relut l'histoire du prince en faisant étalage de talents de comédien consommé. Il adoptait une voix différente pour chaque personnage : d'abord le vieux roi qui pleurait la perte de son fils, puis la jeune femme qui se lamentait d'avoir été abandonnée par son époux, au profit, nul doute, des nymphes célestes. Il termina l'histoire par le prince, porté tout entier vers son but, traversant le Gange aux « courants tumultueux ». Et il lut, avec force détails, d'une voix émue, de vieux textes sacrés qui décrivaient la beauté enchanteresse et les indicibles talents amoureux des *apsaras* qui attendaient les justes au paradis.

Tout en sirotant son vin et en écoutant le recteur, Ti contemplait les ombres obsédantes qui caressaient les statuettes en repensant au bureau du ministre des Transports, éclairé lui aussi d'une lumière vacillante, et il se souvint qu'il s'était laissé bercer par la féerie du lieu jusqu'au moment où un craquement lui avait fait tourner la tête juste à temps pour éviter le coup fatal qui lui était destiné. Il commençait à comprendre le redoutable pouvoir hypnotique que l'homme utilisait, et qu'il avait assurément utilisé sur d'autres avant lui.

– Aujourd'hui, je vais vous demander de faire vos preuves, déclara le recteur dès le début de leur septième rencontre.

Ils étaient assis dans la pièce de méditation, mais le recteur n'avait pas préparé de parchemins ; ses mains disparaissaient dans ses manches et il parlait d'un ton décidé.

– Je ne doute pas que vous compreniez l'importance qu'il y a à se détacher des choses matérielles. Avec l'exemple du prince et de sa détermination inflexible, même en face des supplications de sa famille, je suis sûr que vous avez compris l'étendue des sacrifices que doit consentir celui qui recherche véritablement la Vérité.

Ti acquiesça vivement. « Je commence à comprendre l'étendue des sacrifices que *tu* exiges, mon bonhomme », songea-t-il en scrutant le visage sévère du recteur.

– Aujourd'hui, je ne vous ferai pas la lecture, reprit ce dernier. En revanche, je veux que vous écriviez quelque chose. Je veux que vous vous mettiez à la place du prince qui s'en va dans la forêt. (Il fit une pause, puis respira bruyamment à la manière d'un yogi.) Je sais ce que vous pensez. Vous croyez que je vais vous demander d'aller, littéralement, dans la forêt. Non, mon ami. Je vais vous initier aux sacrifices, mais d'une manière symbolique. Je veux que vous vous habituiez à ces concepts. Ce ne sera qu'un exercice, une expérience enrichissante pour un homme qui, comme vous, a goûté aux plaisirs illusoires de la vie. Vous irez dans la forêt, mais ce sera la forêt de votre âme, mon ami. Vous poursuivrez votre vie, mais vous saurez que vous vous êtes détaché de l'essentiel. Ce sera votre premier pas.

Il présenta une écritoire à son hôte.

– Écrivez une courte lettre, spécifiant en termes succincts que vous renoncez aux pièges de l'existence. Réfléchissez : quelles sont les deux choses qui vous retiennent à ce monde ? Les femmes et la richesse, mon ami. Vous devez renoncer aux deux. Mais souvenez-vous... ceci doit rester notre secret, un trésor que vous garderez enfoui en vous, même quand vous serez auprès de votre épouse ou quand vous conduirez vos affaires. Ce sera la glorieuse contradiction, le paradoxe intérieur, comme le grain de sable dans l'huître qui finit par créer la perle.

Obéissant, Ti prit le pinceau et le trempa dans l'encre.

— Autre chose, reprit le recteur. Vous ne devez pas formuler votre lettre en laissant une sorte de compensation à votre famille. Vos biens, par exemple. La séparation doit être radicale. Souvenez-vous : votre richesse est aussi votre trésor spirituel. Ne laissez jamais un tel trésor entre les mains d'une femme.

— Mais, Votre Grâce, que ferai-je de ma fortune si je dois partir dans la forêt ? demanda Ti de son air le plus ingénu. Symboliquement parlant, bien sûr.

Pour la première fois, le visage du recteur s'éclaira d'un sourire.

— Eh bien... peut-être pourriez-vous la léguer à votre famille spirituelle... À votre fils adoptif, par exemple.

— Votre Grâce, déclara Ti alors qu'ils marchaient dans le crépuscule vers le coche de maître Lao, il y a quelque chose qui me préoccupe, et dont j'aimerais m'entretenir avec vous.

— Je vous en prie. Je suis là pour cela

— Eh bien, commença Ti en choisissant ses mots avec soin, je me rends compte que vous aviez raison de me prévenir contre la faculté innée de la femme à faire obstacle à celui qui recherche la Vérité. Vous m'aviez mis en garde, je l'avoue, mais je ne vous avais pas écouté comme je l'aurais dû.

— Oui ? fit le recteur, soudain attentif.

— Dernièrement, ma femme a émis le vœu d'avoir un enfant.

Le recteur claqua la langue d'un air significatif.

– Que vous avais-je dit ? Elle devine votre quête spirituelle, voilà. Elle la sent sans en avoir conscience. Soyez prudent, mon ami. Soyez d'une grande prudence.

– Oh ! ne vous inquiétez pas ! Mais je crois avoir trouvé la solution. Bien sûr, ce n'est qu'une idée et je ne la mettrais jamais à exécution sans votre accord.

Imitant le maniérisme du recteur, il s'arrêta pour donner plus de poids à ce qu'il allait dire.

– Et si je faisais cadeau d'une fille à ma femme ?

L'espace d'un instant, le recteur afficha une inquiétude alarmée avant de reprendre contenance.

– Vous ne pouvez pas prendre un tel risque, mon ami. Que vous ai-je dit au sujet des liens familiaux, et principalement des enfants ? Vous recherchez le détachement, non des liens supplémentaires !

– Certes, mais une fille satisferait mon épouse sans me créer de grandes responsabilités. Ce ne serait pas comme d'avoir un héritier pour qui je ferai des projets et des sacrifices afin de lui assurer un avenir. Qu'est-ce qu'une fille, en vérité, sinon un mignon petit jouet ? Une charmante fleur ?

Le recteur dévisagea maître Lao d'un air sévère.

– Vous parlez comme si vous étiez certain de donner naissance à une fille, uniquement parce que tel est votre désir. Non, vous ne pouvez pas prendre ce risque ! Vous êtes déjà trop engagé dans votre quête spirituelle !

– Oh ! mais c'est que je sais un moyen ! protesta Ti. La tante de la femme de chambre de mon épouse connaît une vieille femme, une sorte de chaman, précisa-t-il, sachant que le mot provoquerait un profond mépris chez le recteur. Il paraît qu'elle connaît des élixirs qui garantissent le sexe d'un enfant à naître.

– Et vous seriez prêt à tenter l'expérience ?

En dépit de ses efforts, le recteur ne pouvait cacher une profonde colère mêlée de déception. Après s'être donné tant de mal, la dernière chose qu'il voulait était que maître Lao produisît un héritier. Ils avaient atteint le coche ; le jour déclinait.

– La vieille femme peut se prévaloir d'étonnants succès, Votre Grâce ! Il paraît qu'elle ne se trompe jamais ! Je trouve l'idée excellente ! J'ai déjà dit à mon épouse de prendre contact. Je suis absolument sûr que cela ne me détournera pas de ma quête spirituelle.

Sur ce, il fit mine de monter dans le véhicule. Le recteur l'arrêta d'une main ferme.

Les deux hommes se dévisagèrent un instant. Ti pouvait presque lire les calculs fiévreux dans l'esprit bouillonnant du recteur, puis le petit homme esquissa un sourire suave.

– J'ai une meilleure idée, dit-il en s'efforçant d'adoucir son ton. Quel mal y aurait-il à... *adopter* ou à *acheter* une fille pour votre épouse ?

Ti parut décontenancé.

– Cela mérite d'être examiné, dit-il d'un air songeur. Mais je ne saurais comment m'y prendre, ni même par où commencer. La vieille femme affirme qu'elle ne se trompe jamais...

Le recteur, qui tenait toujours le bras de Ti, l'interrompit.

– J'ai des contacts, fit-il vivement. Je vous aiderai à trouver la fille parfaite pour votre épouse.

Ti tenait entre ses mains une tasse en porcelaine, la plus minuscule et la plus exquise qu'il eût jamais vue. Il but une gorgée du thé épicé et reposa la tasse sur la table. Des statuettes indiennes décoraient la pièce, des soieries et des tapisseries de même origine couvraient les murs. Une forte odeur sucrée d'encens, presque écœurante, flottait dans l'air, et Ti songea que le parfum était destiné à masquer la putréfaction, qui, lui avait-on dit, empestait l'atmosphère de l'Inde.

L'homme grassouillet qui lui sourit et lui offrit une autre tasse de thé portait des vêtements chinois, mais son visage au front marqué d'un point rouge était d'un teint acajou et ses cheveux d'une blancheur incroyable.

– Vous avez de la chance, maître Lao, déclara l'homme de son accent cadencé. Non seulement je vous propose un éventail important, mais d'une qualité qui vous empêchera de choisir ! C'est vous dire à quel point de perfection et de beauté sont les mignonnes créatures que je vais vous montrer ce matin.

L'Indien avait de larges cernes violets sous les yeux et parlait d'une voix humide, presque lascive, comme un gourmet discutant du repas futur. Ti n'eut aucun mal à imaginer la chaude amitié qui, nul doute, l'unissait au recteur patelin.

L'Indien se leva de son coussin avec un sourire épicurien ; chacun de ses gestes emplissait davantage l'air du même parfum sucré et entêtant. Il alla à la porte, frappa dans ses mains, puis revint s'asseoir tel un seigneur.

Quatre Indiennes, telles les *apsaras* de la fresque du temple qui auraient soudain pris vie, pénétrèrent dans la pièce. Chacune portait dans ses bras un bébé chinois, de deux ans tout au plus, et qui regardèrent Ti de leurs yeux attentifs pendant que les femmes baissaient poliment les leurs. Sidéré par la beauté des femmes, Ti entendit l'Indien soupirer de plaisir à la vue des bébés.

– Souhaitez-vous qu'on les déshabille afin de vous faire une idée ? demanda l'Indien. Je ne vends que des marchandises en excellent état, les meilleures. La qualité est ma fierté.

– Non, ce ne sera pas nécessaire, protesta Ti. La fille que je m'apprête à choisir est un cadeau pour mon épouse.

– Bien sûr, bien sûr... mais dans dix ou douze ans...

Il laissa sa phrase en suspens avec une mimique suggestive. L'insinuation faillit arracher une moue de dégoût à Ti, pourtant sur ses gardes. Décidément, l'Indien et le recteur étaient bien de la même race ! Mais Ti avait une question importante à poser à l'homme répugnant, concernant un personnage puissant que, lui dictait son instinct, l'Indien devait fréquenter. Il but d'abord une gorgée de thé.

– Non, ce ne sera pas nécessaire, répéta-t-il. Maître Lu Hsun-pei m'a assuré que vous ne vendiez que la qualité supérieure, et je me fie à son jugement.

Il avait évoqué à dessein le nom de son hôte de la réception, celui qui avait essayé de le corrompre avec tant d'arrogance, et il surveilla la réaction de l'Indien, mais l'homme resta de marbre. Soit il ne connaissait pas Lu Hsun-pei, ce dont Ti doutait fort, soit la flatterie occasionnée par la référence à ce personnage influent camouflait la surprise qu'il ressentait.

– Il est homme de goût, tout comme vous, ajouta Ti.

L'Indien ne réfléchit qu'un court instant avant de répondre.

– Un homme de goût, en effet, dit-il en souriant.

D'une main calme qui ne trahit pas une seconde son attente fiévreuse, Ti reposa sa tasse.

– Je crois que mon choix est fait, annonça-t-il en désignant une minuscule fillette qui ne l'avait pas quitté des yeux depuis qu'on l'avait apportée dans la pièce.

– Oh ! excellent, excellent ! fit l'Indien d'un air admiratif. C'est aussi celle que j'aurais choisie. Tous les bébés sont charmants, mais seuls certains le restent en grandissant. Celle-ci, son ossature parle en sa faveur, elle deviendra une vraie beauté. Je...

Une servante apparut sur le seuil et lui fit signe de venir.

– Vous m'excuserez, dit poliment l'Indien en se levant. Un léger contretemps ; ce ne sera pas long.

Resté seul avec les femmes et les bébés, Ti se sentit gêné et quelque peu honteux. Comment le considéraient-elles ? Bien sûr, il n'était pas Ti Jen-chieh, mais un personnage imaginaire du nom de maître Lao. L'écho d'une dispute le tira de ses réflexions. Dans le vestibule, la voix cadencée de l'Indien se mêlait à une autre, dont les accents courroucés lui étaient étrangement familiers. Il saisit quelques bribes : il s'agissait d'un paiement pour services rendus ; le propriétaire de la voix colérique se plaignait de ne pas avoir été rétribué correctement, alors que l'Indien affirmait qu'il avait payé deux fois le prix. Incapable de se retenir, Ti se leva et s'avança à pas feutrés vers la porte et passa la tête par l'entrebâillement afin d'observer le visiteur sans être vu. Ce dernier se tenait de profil et ne remarqua pas Ti qui le dévisageait, incrédule. Il y avait en fait deux visiteurs, mais l'un se tenait sans un mot à côté de l'autre, et le laissait marchander seul.

Ti avait appris beaucoup ce jour-là, mais il ne s'était pas attendu à découvrir ce qu'il avait devant les yeux... bien qu'après coup, et malgré le choc, il aurait dû s'en douter. Oui, il aurait dû s'en douter, se dit-il en effaçant vivement sa tête avant qu'un de ses fils ne jette un coup d'œil dans sa direction.

Bras dessus, bras dessous, Ti et le recteur négociaient en zigzaguant les dédales de ruelles sombres et malodorantes. Ti sentait l'haleine avinée de son compagnon qui le dirigeait d'une main ferme, malgré son apparente ivresse. « Si j'étais soûl comme il l'imagine, songeait le juge, je ne m'apercevrais même pas qu'il me conduit où il veut comme si j'étais un simple gouvernail. »

Ti riait béatement et trébuchait, entraînant dans sa chute son compagnon qui le redressait illico, mine de rien. Quel étrange spectacle : Ti feignait l'ivresse pour tromper le recteur qui, de son côté, titubait, riait d'un rien, aussi sobre, pourtant, que le juge, chacun observant l'autre à travers un regard d'ivrogne, prétendument. « À cette différence près, mon ami, se dit le juge, que toi, tu me crois réellement fin soûl. »

Ils avaient bu de longues heures durant, chacun s'efforçant de ne pas tomber sous l'emprise du vin. Lorsque le recteur l'avait invité pour une expédition dans la basse ville après lui avoir recommandé de laisser dans le coffret à bijoux de sa femme une lettre dans laquelle il renonçait à ses biens, Ti avait compris que la nuit serait aventureuse et il avait pris la précaution d'avaler, avec une grimace amère, une grande gorgée d'huile afin de préparer son estomac. Quant au recteur, Ti ignorait la technique qu'il avait utilisée, mais l'homme avait bu coupe sur coupe, et il imitait l'ivrogne à merveille, bien que Ti devinât l'œil clair derrière le regard vitreux et sentît le vieux roublard le guider d'une main ferme.

Ils avaient déambulé en titubant, mais dans une direction bien précise, en s'enfonçant dans les quartiers est de la cité et en s'arrêtant dans chaque taverne. Ce qui semblait une virée d'ivrognes les conduisait inexorablement vers la partie déserte du canal où on avait retrouvé les trois noyés, le corps plombé par leur bourse pleine. La bourse de Ti était elle aussi remplie de pièces que le recteur lui avait remises une à une en disant à maître Lao qu'il le payait pour chaque coupe de vin, car, assurait-il, il allait au-devant du danger et de la gloire.

– Nous sommes des êtres vils et repoussants, disait le recteur en riant, essoufflé, tout en entraînant Ti. Et nous allons descendre encore plus bas.

Il s'arrêta devant une porte mal éclairée. Ti s'efforça de ne pas regarder en arrière. Il avait conseillé aux deux agents qui les suivaient à distance la prudence la plus absolue afin que le recteur ne s'aperçût pas de leur présence. Les deux hommes avaient exécuté ses ordres à la lettre, trop bien peut-être. « Où sont-ils passés ? se demanda Ti, inquiet. Se sont-ils volatilisés ? » Voilà une bonne heure qu'il n'avait surpris aucun signe d'eux. Il était persuadé qu'ils l'avaient perdu.

– Ce soir, nous marchons au-devant du danger, déclara le recteur. Pour une nuit, vous allez quitter la sécurité et le confort de votre vie quotidienne. Votre lettre attend dans le coffret à bijoux de votre femme. Vous croyez pouvoir la retirer avant qu'elle ne la trouve, mais qu'arrivera-t-il si elle la découvre avant votre retour ? Et si vous ne rentriez pas à temps ? C'est fort possible, vous savez. Vous pouvez très bien tomber dans le coma en pleine rue, ou encore vous perdre. Vous savez la lettre dans le coffret ; vous connaissez le danger qu'elle représente. Ce danger prouve votre puissance, mon ami. C'est votre secret et c'est de lui que vous tirez votre pouvoir. Cette lettre pourrait détruire votre vie, l'existence paisible que vous avez menée jusque-là, et vous le savez ! Oui, vous le savez ! Mais vous avez pris ce risque, et là réside votre pouvoir. Car dans votre esprit, *dans votre esprit,* vous êtes en train de vous détacher inexorablement des choses de ce monde. À votre manière, vous êtes vêtu de grosse toile et vous entrez dans la forêt. (Il s'arrêta et dévisagea avec soin son compagnon d'ivrognerie.) À présent, reprit-il, êtes-vous prêt à franchir une nouvelle porte ?

– On ne peut plus prêt, Votre Grâce, bégaya Ti en s'efforçant de loucher de manière convaincante.

Le recteur ouvrit la porte. La pièce dans laquelle ils entrèrent différait des tavernes où ils s'étaient arrêtés tout au long de la soirée. Propre et meublée avec goût, elle rappela à Ti les salons de ses épouses, bien que les meubles fussent délabrés, les tapis usés et qu'une odeur d'encens flottât dans l'air. Une femme se leva en souriant dès que le recteur franchit le seuil. Belle, le teint acajou, vêtue de brillantes soieries. Ébloui, Ti marqua un temps d'arrêt.

– Voici maître Lao, dit le recteur à la jolie femme. Il souhaite s'initier aux joies du paradis, ajouta-t-il avec un regard concupiscent. Je lui ai affirmé qu'il obtiendrait chez vous ce qu'il cherche.

– Nous sommes toujours heureux d'offrir nos humbles services, déclara la femme avec le même accent saccadé que le marchand d'enfants.

Ti ne put s'empêcher de rougir quand la femme l'examina d'un air approbateur.

– Mais attendez, dit le recteur en retenant Ti d'une main. Vous êtes marié, n'est-ce pas ? Ce serait... mal venu de... (Il sourit.) Ah, je crois avoir trouvé la solution. Une coupe de vin pour notre ami, dit-il à l'adresse de la femme. Ensuite, peut-être une visite dans la « chambre des purifications » ?

La femme s'inclina, puis offrit une coupe de vin à Ti. Il fit semblant d'y tremper les lèvres, mais n'était pas disposé à avaler ce qu'on lui servait dans cet endroit. Un canal serpentait à quelques pas ; comme il serait facile pour un homme titubant sous l'effet d'un narcotique de glisser malencontreusement dans l'eau...

– Purification, murmura le recteur à l'oreille de Ti.

Et il commença à l'entraîner vers un couloir obscur. Ti avait caché une énorme dague sous ses robes, mais il espérait surtout que ses agents ne s'étaient pas égarés. Profitant de la pénombre, il versa le liquide sur le tapis, et lorsqu'ils arrivèrent devant une nouvelle porte, son verre était vide. Il le porta à ses lèvres comme pour boire les dernières gouttes, puis il examina la pièce dans laquelle ils venaient de pénétrer.

Un homme était assis devant une petite écritoire, avec papier, encre et pinceaux. Il portait la robe des religieux, et la pièce avait été arrangée afin de ressembler à un cabinet officiel. L'homme et le recteur échangèrent un sourire, puis ce dernier poussa Ti en avant.

– Voici maître Lao, annonça-t-il. Il souhaite divorcer.

Une heure plus tard, dans une ruelle, Ti respira avidement l'air frais et crut un instant qu'il allait vomir. Les chambres surchauffées, à l'atmosphère confinée, l'odeur entêtante de l'encens lui avaient fait tourner la tête et révulser l'estomac.

Si un maître Lao avait réellement existé, il serait divorcé à cette heure. Ti avait vaguement reconnu le religieux corrompu qui avait dirigé la cérémonie et apposé son sceau sur les documents, après que maître Lao, avec un soin méticuleux d'ivrogne, eut écrit sa déclaration attestée par son sceau personnel. Peu importait que le sceau appartînt au juge Ti Jen-chieh, l'homme et le recteur le découvriraient bien assez tôt. Le recteur avait ensuite congratulé maître Lao en lui versant avec pompe de nombreuses et lourdes pièces dans sa bourse déjà bien remplie.

Du faux bureau officiel, ils étaient ensuite retournés dans le salon où les attendait la femme. De là, on avait fait entrer Ti dans une chambre à coucher occupée par une toute jeune Indienne trop parfumée. Lorsque, la porte refermée, elle avait commencé à ôter sa robe, il l'avait arrêtée d'un geste, et lui avait donné une poignée de pièces d'argent pour acheter son silence. Il avait prétendu souffrir de maux d'estomac, et s'était allongé sur le lit pour se reposer. Il était resté ainsi presque une heure durant, tenant fermement la main de la jeune fille pour l'empêcher de quitter la pièce. Ensuite, il s'était levé, avait donné une nouvelle poignée de pièces à la jeune fille, lui avait recommandé le silence, puis, une main sur le pommeau de sa dague, il était retourné dans le salon où le recteur et la femme l'attendaient. Le bouddhiste lui avait décoché un sourire égrillard et avait de nouveau rempli sa bourse de pièces sonnantes et trébuchantes en les versant une à une, accompagnées de prières.

Ils étaient alors sortis en vacillant dans la nuit, la main du recteur fermement appuyée sur l'épaule du juge. Ti s'adossa contre un mur, remplit ses poumons d'air et se mit à chanter, signal convenu avec ses agents, qui étaient, l'espérait-il, quelque part à portée de voix. Le recteur joignit sa voix à la sienne, et ils marchèrent bientôt, chancelants, en chantant à tue-tête.

– Vous êtes déjà parti, dit soudain le recteur à l'oreille de Ti. Vous avez tourné le dos à votre vie passée comme le prince lorsqu'il a quitté le palais familial. Vous êtes encore parmi les vôtres, mais vous pourriez aussi bien être à des milliers de *li* d'eux. Ils peuvent sentir votre présence, mais ils ne vous trouveront jamais. Votre femme se réveille, une odeur nauséabonde flotte dans sa chambre. Elle se demande si on n'y a pas caché un poisson pourri, des abats peut-être, pour lui faire une blague. Mais ce n'est pas une blague ; c'est *vous,* mon ami. Vous empestez le paradis, et elle, avec son instinct de femme, le sent si bien que cela la réveille en plein sommeil. (Il s'arrêta pour respirer bruyamment.) En fait, je le sens moi-même. Vous êtes imprégné de l'odeur des putains-*apsaras* ; vous êtes oint de leurs sécrétions intimes. Dépouillé des biens matériels, et oint !

Une odeur flottait bien dans l'air, mais Ti savait qu'elle n'émanait pas de son corps ; c'était celle de la puanteur du canal dont ils se rapprochaient à chaque pas. La voix du recteur bourdonnait à ses oreilles comme une prière lancinante.

– Vous ne pourrez jamais vous débarrasser de l'odeur. Les *apsaras* du paradis la sentent, elles aussi, et elles vous attendent avec une impatience grandissante. Elles vous tendent leurs bras graciles. Mais pour elles, vous embaumez le jasmin, l'ambroisie et la pêche. Votre épouse, elle, trouve que vous puez le poisson pourri. Elle est allongée dans son lit et sent l'odeur infecte ; au paradis, sur leur tapis de pétales de fleurs, étendues sous les arbres aux joyaux, plantés sur la berge d'une rivière aux eaux d'émeraude, les *apsaras* vous attendent et vous désirent de tout leur être.

Ti entendit l'eau du canal fouetter les quais. Le recteur avait passé en marchant son bras sous le sien ; Ti affermit sa prise sur le pommeau de la dague.

– Dans les eaux d'émeraude, les petits poissons brillent comme des pièces d'argent, poursuivit le recteur, et les oiseaux perchés sur les arbres aux joyaux chantent leur désir pour vous. Ils volettent, se posent sur les doigts tendres des *apsaras* qu'ils illuminent d'éclats de diamants et boivent les larmes qui mouillent leurs yeux langoureux. Des larmes d'amour pour vous, mon ami.

Ils n'étaient plus qu'à quelques pas de la berge, et l'odeur saumâtre des eaux qui charriaient ordures et détritus parvint à leurs narines.

– Les « eaux tumultueuses » du Gange, murmura le recteur à l'oreille de Ti. Le Gange, fleuve sacré de l'Inde. Il est brunâtre de crasse et charrie la chair des cadavres, mais ses eaux sont douces et pures car elles mènent au paradis, susurra-t-il en lâchant le bras du juge. Je préférerais me jeter dans un brasier ardent, plonger dans les mers profondes, plutôt que de rentrer chez moi sans avoir accompli ma tâche.

Puis il entraîna avec douceur maître Lao vers l'eau du canal.

– Touchez-la ; sentez-la ; oignez-vous-en, murmura-t-il alors que les deux hommes se tenaient sur le bord même du canal.

Un coup derrière les jarrets fit plier les genoux de Ti, mais il se retourna, agrippa la robe du recteur qu'il entraîna dans sa chute, et il eut le temps de crier au secours. Dans le canal glacé, le recteur pressa la tête du juge sous l'eau ; Ti lui délivra un coup de genou dans les parties, ce qui lui permit de desserrer l'étreinte un court instant, mais l'homme revint à la charge et poussa de nouveau sa tête sous l'eau avec une vigueur décuplée. Ti se débattit, ses mains rencontrèrent les oreilles du recteur, et il les tira de toutes ses forces. Les deux hommes étaient sous l'eau ; ils y restèrent ce que leurs poumons leur permettaient, puis émergèrent ensemble pour aspirer une grande bouffée d'air salvateur. Ti en profita pour hurler avant que le recteur ne reparte à l'attaque. Un coup de pied manqua sa cible, et le juge réussit à emprisonner la tête du recteur d'un bras puissant. Leurs pieds ne touchaient pas le fond. Mais où était donc la berge ? Ti maintint sa prise, chercha l'appontement où il pourrait fracasser la tête de son agresseur contre la pierre. « Mais ne le tue pas, lui ordonna une voix intérieure. Bien que ton envie soit grande, ne le tue pas, ne le tue pas ! Il te le faut vivant. »

Le recteur se débattit, entraîna Ti sous l'eau, et le juge en coulant dut lâcher prise. Aussitôt, l'autre l'enlaça et le maintint sous l'eau avec une énergie farouche. L'esprit de Ti se voila, et il entrevit l'image de son cadavre flottant sur le canal.

Puis, alors que l'image se faisait plus précise, le recteur relâcha son étreinte comme un amant après l'extase. Ti se rua à la surface, et aspira une grande goulée d'air. Autour de lui, un tumulte de vagues et d'éclaboussures lui indiqua qu'il n'était plus seul avec son agresseur. Ses deux agents avaient plongé dans le canal et l'un d'eux enserra le recteur d'une prise d'acier et lui enfonça la tête sous l'eau avec la même violence que le bouddhiste lorsqu'il s'acharnait sur Ti. Le recteur émit d'affreux gargouillis tout en essayant de refaire surface.

– Ne le tuez pas ! ordonna Ti. Et empêchez-le de se tuer lui-même !

L'agent dut relâcher sa prise car le recteur retrouva soudain sa voix.

– Arrêtez cet homme ! hurla-t-il contre toute attente. Il a essayé de me tuer !

On le fit taire vivement, puis on le hissa sur la

berge. Il resta étendu, face contre terre, ahanant, terrassé. Ses membres tressautèrent une dernière fois, puis il se détendit, épuisé, vaincu. Ti s'agenouilla auprès de lui et murmura à son oreille :

– Merci de m'avoir montré le paradis. Maintenant, je vais vous rendre la politesse.

Ce matin-là, Ti s'était mis en frais ; il avait revêtu ses plus belles robes officielles et s'était même fait tailler les rares poils de sa barbe par son valet de chambre, car il rendait visite à une dame. Il ressentait la même excitation qu'il avait connue quand il courtisait celle qui allait devenir sa première épouse. Et c'était pour le moins étrange, car la femme qu'il s'apprêtait à rencontrer n'avait traversé son champ de vision que l'espace d'un court instant, des années auparavant. En outre, il y avait de fortes chances qu'elle fût une meurtrière.

Il lui rendait visite, suite à la déposition du recteur du Nuage Doré qu'on avait déchu de son titre et qui n'était plus désormais qu'un vulgaire criminel répondant au nom de Ch'u-sin.

Ch'u-sin n'affronterait pas le bourreau pour ses crimes. Il troquerait ses riches robes contre la chemise rugueuse des forçats, la pelle, la pioche et la brouette seraient dorénavant ses compagnons pour le restant de ses jours. Bien qu'il eût mérité cent fois la mort, il avait été épargné pour de multiples raisons.

Bien avant que le recteur et Ti partissent dans leur expédition nocturne qui s'était terminée dans les eaux nauséabondes du canal, le juge avait compris que l'homme, malgré sa ruse et sa cupidité, n'agissait pas seul, mais qu'il faisait partie d'une vaste organisation qui étendait ses tentacules sur toute la ville de Yang-chou et même au-delà. Après son arrestation, persuadé qu'il serait une mine inépuisable d'informations, Ti lui avait promis la clémence s'il collaborait avec la justice.

Ce qu'il avait accepté sans l'ombre d'une hésitation. Même s'il s'y était attendu, la promptitude et la célérité avec lesquelles Ch'u-sin avait trahi ses « associés » avaient grandement choqué Ti. Mais le résultat fut inespéré : quantité de coupables furent appréhendés, des biens rendus à leurs propriétaires, des héritages aux veuves, et un formidable réseau d'entreprises délictueuses, immorales, mais lucratives, dans lesquelles étaient impliqués des habitants influents de Yang-chou, fut démantelé. Et voilà qu'une vieille affaire de meurtre était exhumée ; le fantôme affligé du jardinier allait sans doute trouver le repos et sa famille serait peut-être dédommagée de sa mort injuste.

Ce dernier point n'était pas pour rien dans la fièvre qui habitait Ti. Il y avait de fortes chances pour que, d'ici une heure, il apprît enfin qui avait tué le ministre des Transports, voilà près de dix ans.

Et tout cela parce qu'une rencontre fortuite avait permis de rassembler les pièces éparses du puzzle, une rencontre qu'il avait failli manquer à cause d'une journée trop ensoleillée pour rester cloîtré dans son bureau. Il repensa à ce jour, peu après sa deuxième visite au monastère du Nuage Doré, quand il entretenait de sérieux doutes sur l'opportunité d'une troisième. Il se préparait à plaquer ses dossiers et à profiter de cette superbe journée quand un couple de paysans s'était présenté, avec l'espoir de lui vendre leur fillette. Eût-il quitté son bureau plus tôt qu'il ne serait pas sur le point de rendre visite à cette dame, et que de nombreux criminels continueraient leurs opérations délictueuses sous couvert de respectabilité, de piété, ou des deux à la fois.

Heureusement, il était resté le temps de recevoir le couple, avait fait asseoir l'homme et la femme, les avait écoutés, et les avait encouragés à tout lui raconter. Il y avait eu une autre fille quelques années auparavant, avaient-ils déclaré, alors qu'ils espéraient un fils. Puis un Indien – un saint homme, comme ils l'appelaient – était venu dans leur village et avait acheté le bébé pour une petite somme. Il leur avait laissé un objet au pouvoir infaillible, avait-il assuré, qui, accompagné de prières adéquates, aurait dû leur garantir la naissance d'un fils. L'objet en question était un lingam en bois qu'ils avaient apporté et qu'ils avaient montré à Ti. Ils avaient fidèlement suivi les rituels, avaient-ils affirmé, mais la femme avait donné le jour à une autre fille. Bien sûr, le « saint homme » était introuvable, mais un fermier de leur village leur avait parlé d'un juge qui l'avait un jour généreusement aidé à payer ses arriérés d'impôts, et ils avaient donc décidé de venir le voir.

Assurément, avait pensé Ti en manipulant le lingam, ce devait être le même Indien qui présentait sa collection de fillettes au ministre des Transports. L'homme était selon toute vraisemblance à la tête d'un trafic d'enfants qu'il achetait à bas prix aux pauvres paysans et qu'il revendait – Ti ignorait encore à qui – comme esclaves, domestiques ou objets sexuels. Ti s'était alors souvenu d'un détail qui lui avait fait douter que l'Indien opérait seul, une remarque particulièrement odieuse de maître Lu Hsun-pei, l'hôte de la réception qui avait essayé de le corrompre : « Ils nous vendraient même leurs filles. » À l'époque, Ti avait été profondément choqué, mais en écoutant l'histoire des paysans, le sens véritable de la phrase lui était enfin apparu. C'était à ce moment qu'il avait subodoré l'existence d'un large réseau qui dépassait de loin la simple relation entre l'Indien et le ministre des Transports. Quelle intolérable arrogance ! avait songé Ti en prenant congé du couple ; Lu Hsun-pei lui avait pratiquement avoué son commerce criminel avec la même insolence qu'il avait essayé de l'acheter la minute précédente.

Les fillettes, l'Indien, le lingam, les relations du ministre des Transports, les objets de culte hindou... aucun doute, l'Indien trafiquant d'enfants qui avait donné le lingam au couple de paysans naïfs fournissait non seulement des fillettes au ministre des Transports, mais aussi des objets d'art.

Jusque-là, Ti n'avait pas fait le rapprochement avec le recteur du Nuage Doré. En fait, il avait presque oublié l'homme pour résoudre l'énigme des riches noyés du canal. Mais il avait persévéré, et une ou deux visites plus tard, l'inspiration lui était venue par hasard : le recteur avait allumé une simple lampe à huile qui avait éclairé sa « pièce de méditations », les statuettes érotiques... et l'esprit de Ti par la même occasion.

« Ah, toi aussi ! » avait songé Ti avec un sourire intérieur, en s'extasiant devant les statuettes et les fresques, puis il avait testé Ch'u-sin en lui demandant négligemment si les objets étaient à vendre. Lorsque l'homme avait acquiescé, Ti aurait parié sa maison et tout ce qu'elle contenait que le recteur était impliqué dans les trafics de l'Indien, quels qu'ils fussent, et selon toute vraisemblance dans le meurtre du ministre des Transports, de près ou de loin.

Avec quelle clarté Ti se souvenait des réponses vagues et évasives du recteur lorsqu'il lui avait rendu visite des années auparavant pour lui raconter une triste histoire d'enfant perdu, et comment lui, Ti, avait été incapable de discerner si le bouddhiste lui cachait quelque chose ou s'il était simplement tiraillé par la faim et la pensée du festin à venir. « Eh bien, mon ami, avait songé Ti en admirant la collection du recteur dont les pièces dansaient à la lueur de la lampe, je crois que ce n'était pas le festin qui occupait ton esprit quand tu as si brusquement disparu, me laissant à mes prières et à mes offrandes.

Était-ce aussi toi qui avais envoyé le jeune meurtrier m'occire dans mon bureau ? Ou un autre que j'avais rencontré la veille, l'avant-veille, ou le jour précédent ? Tu sais, et tes "associés" savent aussi, qui a tué le ministre des Transports. »

Ti avait alors eu une idée de génie : il réfléchissait au moyen de confirmer le lien entre le recteur et l'Indien, et il avait inventé l'histoire de la femme de maître Lao qui voulait un nouvel enfant. Le recteur, si près d'acquérir un riche converti, avait aussitôt mordu à l'appât.

C'était ainsi que Ti s'était retrouvé dans le salon de l'Indien à boire du thé épicé tout en contemplant l'extraordinaire machination se dévoiler sous ses yeux. Grâce à une remarque banale, il avait eu la confirmation de ses soupçons : Lu Hsun-pei connaissait l'Indien et faisait bien partie du réseau criminel. Et, bien sûr, il allait ce jour-là en apprendre davantage qu'il n'avait jamais rêvé sur l'étendue de la corruption à Yang-chou. Une épreuve qu'il avait longtemps redoutée lui avait été épargnée : avoir à juger et à condamner ses propres fils au tribunal. Il avait pu confier cette pénible tâche à un juge assistant. Les deux garnements avaient reçu une juste punition qui permettrait à Ti de ne pas avoir à affronter leur regard – ni eux le sien – avant longtemps. Le service militaire dans une province éloignée disciplinerait leur esprit frondeur, fortifierait leur corps et les éloignerait des attraits de la vie citadine pour lesquels ils avaient un penchant néfaste. Où que fussent ses fils, quelles que fussent leurs faiblesses, quoi qu'ils devinssent ou qu'ils fussent déjà devenus, et quelle qu'eût été leur part dans les activités illicites de Yang-chou, Ti en portait la responsabilité et ne se le cachait pas. C'était l'autre raison qui l'avait incité à épargner la peine capitale à Ch'u-sin.

Les révélations de celui-ci étaient fascinantes. Lui et l'Indien étaient bien deux vieux complices de longue date. L'Indien vivait depuis des années d'un trafic lucratif : il importait des objets d'art volés dans les temples hindous qu'il revendait en Chine à de riches connaisseurs, et exportait des fillettes en Inde où elles étaient vendues pour servir de concubines à des rajahs ou autres roitelets. Il vendait aussi certaines des fillettes en Chine même à des hommes qui les élevaient pour en faire leurs objets sexuels.

Ch'u-sin participait au trafic d'enfants en utilisant ses multiples contacts au sein du clergé corrompu et l'Indien rétribuait ses services en le laissant choisir des objets d'art qu'il revendait ensuite ou gardait pour lui selon les cas. À son tour, l'Indien aidait Ch'u-sin à trouver de riches commerçants sans descendance mâle et recevait en contrepartie sa part d'« héritage ». Maître Lu Hsun-pei se rendait utile en présentant à l'Indien de riches connaisseurs qui achetaient les statuettes érotiques ou parfois une fillette, et il recevait lui aussi sa part des bénéfices.

Quel avait donc été le rôle du ministre des Transports ? Peu ou prou ce que Ti avait imaginé. Celui qui régnait sur les canaux de Yang-chou savait quel fonctionnaire se laisserait corrompre et acheter, et il veillait à ce que les objets volés circulassent librement et sans contrôle sur les canaux. En échange, l'Indien lui rendait régulièrement visite avant de repartir en Inde avec une cargaison de fillettes, et le ministre avait le privilège d'en choisir une ou deux pour son « harem » personnel. De même, lorsque l'Indien rentrait à Yang-chou avec ses objets volés, le ministre des Transports se servait au passage.

Bien sûr, ces hommes étaient les personnages les plus importants d'un immense réseau qui comprenait des marchands, des clercs, des procureurs, des maquerelles, des courtisanes, des membres du clergé et des fonctionnaires.

Tout en bas de l'échelle, on trouvait les garçons de courses. Il n'était pas surprenant que les fils du magistrat principal de Yang-chou fissent partie de l'organisation. Ils auraient sans doute gravi les échelons de la hiérarchie en temps voulu, mais jusqu'où ? Seraient-ils devenus de riches et arrogants personnages comme Lu Hsun-pei ? Ou ne seraient-ils parvenus qu'au stade minable du clerc corrompu qui enregistrait les divorces dans un bordel en échange d'un pourboire ? Impossible de savoir. La fierté paternelle de Ti avait subi un rude choc.

Ti avait gardé la question la plus importante pour la fin. Il demanda à Ch'u-sin ce qu'il savait de la mort du ministre des Transports. Assurément, elle était liée au trafic illégal, n'est-ce pas ?

Ch'u-sin avait longuement réfléchi.

Dans un sens, avait-il enfin acquiescé. Qu'entendez-vous par là ? avait demandé Ti. Ch'u-sin avait répondu avec un rictus ironique : Pourquoi ne pas aller interroger sa fille ?

Les deux agents patientaient, polis et discrets, dans l'antichambre. Dehors, deux véhicules attendaient, celui de Ti et celui qui devait emporter la fille aînée du ministre des Transports. Ti était en effet venu avec la conviction de sa culpabilité. Peu versé dans la connaissance de l'étiquette qu'exigeait l'arrestation d'une belle dame, il avait dû improviser.

La maison et les jardins étaient exactement comme dans son souvenir : sereins, harmonieux et de bon goût. Malgré les années, on avait l'impression que le maître des lieux venait juste de quitter son domaine. Et il régnait toujours une atmosphère essentiellement féminine ; Ti croisa ici ou là des jeunes femmes, des jeunes filles. Le seul homme qu'il vit était le même majordome qui l'avait reçu dix ans auparavant. La fille aînée accueillit Ti sans surprise, comme si elle attendait sa visite depuis longtemps.

Ti s'assit en face du fantôme qui avait hanté ses souvenirs pendant des années. Elle était encore jeune puisqu'elle n'avait que dix-sept ans la dernière fois qu'il l'avait entr'aperçue. À son port altier et son visage aristocratique, il était difficile d'imaginer qu'elle descendait de quelques pauvres paysans, ce qui, Ti le savait, était pourtant le cas.

– Vous me demandez pourquoi mon père n'adoptait que des filles, disait-elle. C'était une question de préférence personnelle, ni plus ni moins. Il aimait la présence féminine. Voyez-vous, il avait grandi au milieu de sept frères.

– Je vois que vous maintenez la tradition, remarqua Ti.

– Mes sœurs et moi sommes heureuses ici. Elles peuvent se marier si elles le désirent; je ne m'y oppose pas. Mais il se trouve qu'elles préfèrent rester ici pour la plupart. Nous nous entendons à merveille, et nous n'envisageons pas de quitter notre foyer pour vivre sous la tyrannie d'une belle-mère et nous soumettre aux désirs d'un époux.

– Je présume donc que vous êtes... euh, la *maîtresse* de maison ?

– En effet, acquiesça-t-elle d'un ton froid qui fit presque rougir Ti. Mon père s'était arrangé pour que, moi, sa fille aînée, j'hérite de ses biens après sa mort.

– Est-ce pour cela que vous l'avez tué ? avança prudemment Ti.

Elle le dévisagea pendant une bonne minute. Il soutint son regard, le cœur battant. Puis elle soupira et sembla se tasser sur son siège.

– Je n'aurais pas été obligée d'en venir là si les choses étaient restées en l'état, expliqua-t-elle, la voix tremblante de regrets. Mais il avait décidé, assez soudainement, d'adopter un fils. Bien sûr, je ne pouvais le permettre.

« Non, songea Ti, vous ne le pouviez sûrement pas. L'héritage lui serait revenu de droit. »

– Dites-moi, fit Ti, pris d'une inspiration, le recteur Ch'u-sin a-t-il joué un rôle dans la décision soudaine de votre père ?

– Un rôle capital. Il a convaincu mon père qu'il était mal de laisser ses biens terrestres à une femme. C'est aussi lui qui l'a convaincu d'adopter un de ses moinillons. Ch'u-sin voulait me dépouiller de mon dû. J'étais en colère contre mon père, et bien décidée à l'obliger à honorer ses engagements antérieurs.

– Donc, avant que l'adoption ait lieu...

– Oui, dit-elle d'une voix ferme. Mais je l'ai chèrement payé. Le fantôme de mon père me hante toutes les nuits ; il vient s'asseoir près de mon lit et pleure, pleure, pleure. Ma... sérénité en a beaucoup souffert.

Ti l'observa plus attentivement et remarqua les cernes imperceptibles sous ses yeux et les traits légèrement tirés de son visage. Alors, il comprit : la jeune femme n'avait pas connu une seule nuit de repos depuis des années.

– Assurément, vous n'avez pas envoyé de vos propres mains votre père de vie à trépas. Puis-je vous demander qui... ?

– Un rien du tout. Un vagabond qui venait aux cuisines mendier un peu de riz. Un garçon rusé et d'une agilité surprenante, qui aurait exécuté n'importe quelle tâche pour un bon prix.

« Celui-là même que vous m'avez envoyé quand je suis venu fouiner chez vous, songea Ti. Celui qui a bien failli m'avoir. »

– Et où est-il maintenant ?

– Je ne sais, dit-elle d'une voix soudain plus dure. Je ne l'ai pas revu depuis des années.

Que vit Ti sur son visage ? Le jeune vagabond avait-il grandi, et avait-il exigé d'elle tout ce qu'un homme peut exiger d'une femme, avant de s'évanouir dans la nature ? Oui, l'expression de la jeune femme ne laissait planer aucun doute làdessus.

Le meurtre était résolu, mais pas tout à fait. Le véritable assassin courait toujours. Il vivait quelque part, Ti en était persuadé, transformé en un vigoureux jeune homme d'une vingtaine d'années.

Le parfait déguisement.

Au printemps de l'an 663

À mon ami le Vieux Fou :

Comme je sais que vous n'êtes pas fou, j'en déduis que vous n'êtes pas vieux non plus. Du moins, assez jeune pour être encore en vie dans quatre ans, quand je viendrai à Lo-yang où j'espère vous rencontrer. Mes récentes affaires m'ont valu l'estime générale ; on me traite de héros, de justicier, qualificatifs creux que je ne mérite pas. Trop de travail m'attend encore.

J'ai appris qu'un débat de la plus haute importance devait avoir lieu dans la capitale impériale. Le sujet, qui va attirer le clergé bouddhiste et les plus hauts fonctionnaires de tous les coins de l'Empire, et les diviser en deux partis, l'ecclésiastique et le séculier, est le suivant : Les bouddhistes doivent-ils respect et obéissance au gouvernement civil fondé sur le confucianisme – et l'enfant à ses parents – ou sont-ils en dehors de toute loi, excepté celle de leur propre Dharma ?

Je ne vois pas comment je pourrais manquer un tel événement, car les membres du parti confucianiste m'ont fait l'honneur de me désigner pour représenter le district de Yang-chou. Voilà longtemps que je caressais l'envie d'écrire un mémoire contre les excès et les abus de l'Église bouddhiste, et j'ai à présent encore plus de raisons de le faire. J'ai déjà passé un temps infini à relire et corriger mon humble prose que j'aurai l'honneur de lire devant l'auguste assemblée.

Les débats de Lo-yang portent déjà un nom : les Débats Pai.

J'attends notre rencontre avec impatience, et j'adresse à Votre Distinguée Grâce mes vœux les plus humbles.

Ti Jen-chieh.

12

Lo-Yang, en l'an 664

Kao-tsung marchait le long du sentier; il se baissa pour ramasser une pantoufle de soie, la huma les yeux clos, palpa sa texture satinée, puis la fourra dans sa poche. Il contempla le jardin désert dont les fleurs multicolores s'épanouissaient sous le chaud soleil de printemps.

Il avançait avec prudence en s'aidant de sa lourde canne. Parvenu à un croisement, il s'arrêta; le chemin de gauche descendait doucement vers un verger ornemental; celui de droite serpentait parmi les buissons fleuris et aboutissait à un discret petit pavillon en pierre. Il hésita un instant, puis s'engagea sur le sentier de gauche. Il examinait avec soin les feuilles et les fleurs qui bordaient le sentier, à l'affût du moindre pétale froissé par le frottement d'une robe. Justement, devant lui, des pétales bleus et blancs gisaient, éparpillés sur une pierre.

Il s'en approcha en scrutant minutieusement le sol. Il aperçut un éclat scintillant à quelques pas. C'était une minuscule épingle à cheveux; il la ramassa et la mit dans sa poche.

Il se dirigea vers les arbres entourés d'un nuage d'abeilles à l'activité débordante. Le bourdonnement des insectes pouvait cacher le doux murmure des amants. Kao-tsung tendit l'oreille et retint son souffle. Il perçut un léger rire, bref, grave... et insolent ?

Le rire éclata de nouveau, puis mourut brusquement. Kao-tsung rampa dans la direction d'où le bruit était venu, puis s'arrêta soudain et fouilla les environs d'un œil perçant. Les rangées d'arbres étaient disposées tout autour de lui dans un ordre géométrique. Il s'avança avec une extrême prudence, et aperçut au loin, là où les arbres fruitiers laissaient place à la forêt, un mouvement dans l'herbe haute, un pied ou une main qui s'agitait. Puis le rire grave et abrupt.

À l'abri des arbres, il continua sa progression ; son cœur battait, la sueur perlait à son front. À présent, il distinguait clairement le murmure des amants du bourdonnement des abeilles.

Il vit un bout de tapis, des vêtements entassés en désordre, puis un bras qui se pliait et se redressait. Un bras d'homme.

Kao-tsung approcha encore ; les voix restaient inintelligibles. Il arriva enfin à leur hauteur, et appuyé sur sa canne, il contempla tremblant, le souffle court, les deux corps nus enlacés dans l'herbe, sous un arbre.

Wu, étendue sur le côté, s'accouda et leva les yeux sur lui ; l'homme à la peau sombre, sur le dos, coula un regard vers Kao-tsung, puis reporta son attention sur l'Impératrice et lui caressa un sein d'une main experte. Wu sourit et lécha l'épaule de l'homme. Kao-tsung sortit la pantoufle de sa poche et la respira longuement.

Wu caressa encore l'homme, puis regarda son époux. Elle donna une tape sur la poitrine de son amant, qui, lentement, en prenant tout son temps, s'assit, s'étira, ramassa ses vêtements, puis se leva. Sans un regard pour Kao-tsung, il jeta ses robes sur son épaule, et s'éloigna, nu, d'un pas nonchalant, se gratta le dos, s'arrêta pour respirer une fleur, s'étira de nouveau. Wu s'était remise sur le dos et, aguichante, souriait à Kao-tsung, qui avait laissé tomber sa canne et s'escrimait à défaire ses robes qui semblaient soudain récalcitrantes, rebelles, intraitables.

– Je pourrais le guérir complètement, vous savez, dit le Nagaspa à l'impératrice Wu. Il recouvrerait la santé comme s'il n'avait jamais été malade.

– Mon doux sorcier, murmura Wu avec tendresse.

– Bien sûr, il faudrait que je compense ses faiblesses essentielles. Je l'ai observé avec attention. Il ne m'a jamais laissé le toucher, j'aurais pourtant voulu mesurer avec précision l'écart entre ses yeux, la largeur de son crâne, et l'angle que forme son front avec son nez.

– Et qu'auriez-vous donc appris ?

Wu augmenta la flamme de la lampe, et des ombres dansèrent dans la grande pièce presque vide. C'était leur chambre, l'une des innombrables pièces inutilisées du palais, celle qu'il avait choisie après une étude minutieuse au cours de laquelle il avait lu les oscillations magnétiques, avait-il assuré, et intercepté les flux vibratoires. Ils venaient dans cette chambre afin que Wu pût s'y régénérer, qu'ils pussent magnifier leur *ch'i* respectif, se ressourcer au pouvoir divin, et comme il le disait si bien, amuser les dieux et les faire hurler de joie cosmique.

– L'âme dirige la croissance des os, madame. Dans l'ossature, elle révèle son but, son karma. Surtout dans la forme du crâne. Ah, le crâne nous enseigne tant de choses ! J'ai palpé des crânes de cadavres et senti vibrer l'essence de ce qu'avait été leur vie... Mieux, j'ai pratiquement conversé avec eux !

– Oui, mais que pensez-vous apprendre sur mon époux ?

Wu alluma un bâton d'encens à la flamme de la lampe et le ficha sur le petit autel devant lequel ils étaient installés.

– J'ai déjà appris beaucoup par la seule observation. Bien sûr, des mesures permettraient davantage de précision, mais, avec de l'expérience, on peut lire le crâne d'un homme rien qu'en le regardant. Son essence vitale manque d'énergie. Une partie de son âme contemple déjà l'autre monde. En outre, c'est un Empereur incomplet. Il lui manque quelque chose, un peu comme s'il était né manchot ou unijambiste. C'est vous, madame, qui avez pris la place manquante. Il ne pourrait gouverner sans vous, conclut-il en la fixant avec hardiesse.

Il effleura les tempes de Wu, puis, utilisant son pouce et son index comme un compas, il mesura la distance qui séparait l'arête de son nez de la base des cheveux, et celle entre ses pommettes. Il siffla d'admiration en palpant le sommet de son crâne, puis sa nuque. Elle attendait son verdict avec un sourire amusé.

– C'est bien ce que je pensais, madame. C'est vous la reine. C'est vous qui le complétez. Sans vous, il ne serait ni un homme ni un Empereur.

– Comment faites-vous pour savoir tant de choses ? minauda-t-elle. Vous êtes si jeune.

– Le corps seul est jeune, madame. Comme la vôtre, mon âme a traversé bien des vies. Et l'un comme l'autre, nous sommes ici-bas dans un but bien défini. Votre époux connaît votre grandeur en même temps qu'il l'ignore. Il ne fait pas partie des élus, lui.

Tant de flatterie réchauffa le cœur de Wu. Elle soupira devant la lourdeur de ses responsabilités, mais son visage rayonnait de fierté.

– Le monde entier connaît votre grandeur, reprit le Nagaspa. Et vous en faites profiter l'Empereur, vous le grandissez. Un nom m'est apparu en songe. Je n'ai pas compris tout de suite à qui il s'appliquait, puis j'ai découvert qu'il vous distinguait, vous et votre époux.

– Quel est ce nom, mon gentil sorcier ? demanda Wu avec un sourire indulgent.

– Un nom qui vous ressemble, à vous et à votre époux qui êtes véritablement des sages jumeaux, des chefs jumeaux. Ce nom, le voici : les Deux Saints, fit-il avec emphase.

Elle le considéra d'un air grave, puis éclata de rire. Le Nagaspa se raidit, vexé.

– Pourquoi riez-vous, ma reine ? demanda-t-il d'un air maussade.

– Oh ! c'est tellement absurde ! s'exclama-t-elle. Même pour moi. C'est comme une femme trop maquillée, un corset trop ajusté, une coiffure grotesque. Je ne pourrai jamais prononcer ce nom-là, ni même l'entendre, sans pouffer de rire. « Les Deux Saints », articula-t-elle en mimant l'expression solennelle d'un ministre en train de prononcer un discours devant la cour.

Elle réprima un fou rire, puis s'excusa en voyant la mine déconfite du Nagaspa.

– Désolée, mon doux sorcier. Je ne voulais pas vous blesser, mais c'est décidément grotesque. Attendez ! J'ai moi aussi un nom pour vous.

– Je ne sais si je veux l'entendre, fit-il, sur le qui-vive.

– Oh, si ! Vous allez l'aimer, vous verrez. Vous êtes mon Divin Singe, murmura-t-elle en se penchant tendrement vers lui.

Assis dans la cour étroite enserrée entre quatre hauts murs, le jeune homme étudiait le texte qu'il était en train de traduire. Il leva les yeux, mais le soleil l'empêcha de distinguer clairement les deux femmes qui venaient de s'approcher. Il vit toutefois qu'elles se ressemblaient comme deux sœurs, et crut à une hallucination. Puis l'une des femmes prit la parole. Alors, avec un frisson, et bien qu'il ne l'eût pas revue depuis dix ans, il reconnut sa belle-mère l'Impératrice.

Ce jour-là, on donnait de grandioses cérémonies pour la construction des nouveaux palais et la nouvelle nomination de la cité. On murmurait qu'un contingent de fonctionnaires confucianistes, choqués de voir attribuer un nom bouddhiste à la capitale impériale, envisageaient de défiler et de faire entendre leur réprobation. Ils qualifiaient le nouveau nom de grotesque, la traduction ridicule d'un nom découvert dans les fouilles des cavernes de Tun-huang sous le patronage de Dame Yang.

Le bruit se propagea tel un feu de brousse attisé par les vents d'été, et tous les habitants de la Cité de la Transformation, hommes, femmes et enfants, convergèrent vers le lieu de la cérémonie – par curiosité, bien sûr, mais aussi parce que les fêtes officielles signifiaient souvent victuailles, boissons et cadeaux pour le petit peuple. Surtout, c'était l'occasion d'apercevoir l'impératrice Wu qui, pour beaucoup, semblait avoir remplacé la lune et le soleil dans le firmament.

L'Impératrice n'était-elle pas la véritable souveraine ? N'apportait-elle pas une bienveillance féminine dans les affaires de l'État ? Ne guidait-elle pas le peuple d'une main aimante et maternelle ? N'offrait-elle pas espoir et magie avec l'invocation du nouveau nom sacré ? Les dieux, disait le peuple, le Bienheureux Maitreya lui-même, ne pouvaient qu'être flattés par le nouveau nom de la cité.

Certains, bien sûr, étaient moins enthousiastes. Quitte à donner un nouveau nom à la ville, pourquoi ne pas le prendre aux sources de la tradition chinoise ? Pourquoi un nom étranger pour la capitale de l'Empire du Milieu ? L'Impératrice ne pouvait-elle pas offrir magie et espoir avec un nom taoïste ?

D'autres étaient encore plus sceptiques. Ils déclaraient avec cynisme que si elle se présentait chez eux pour récurer le plancher, ils ne la salueraient même pas.

Lorsque l'après-midi de la cérémonie arriva, la population s'était rassemblée aux abords du palais jusqu'à l'extrême limite autorisée. Un orchestre jouait une musique joyeuse, et des centaines de soldats à cheval, dans des uniformes resplendissants qui leur donnaient l'air des guerriers de Kuan-yin, montaient la garde devant les premiers rangs des badauds. Chaque mur, bâtiment ou lampadaire croulait sous une marée humaine, avide de contempler le spectacle. Les autres, qui n'étaient pas assez près, ou qui n'avaient pas pu trouver de perchoir, se bousculaient, se marchaient dessus dans de vains efforts pour s'approcher davantage ; d'autres encore campaient patiemment, sachant qu'ils ne pouvaient espérer mieux que des rapports immédiats, qui traversaient les rangs à la vitesse de la pensée, des premiers aux derniers.

Un premier rapport circulait déjà. Un groupe de vieux fonctionnaires, pas plus de vingt-cinq à trente, s'était rassemblé, et chacun lisait à tour de rôle un mémoire de protestation contre la nouvelle appellation de la cité. Pas de manifestation orageuse, pas d'invectives, simplement des vieillards tranquilles qui lisaient avec détermination leurs protestations pour qui voulait les entendre. L'Impératrice ne faisait-elle pas preuve de patience et de tolérance ? Un contingent de soldats entourait et surveillait les vieux confucianistes, mais il se garda d'intervenir et de disperser les vieillards. On leur permit de dire leur fait, même s'ils prêchaient dans le désert, leurs voix couvertes par la musique et le brouhaha de la foule.

Quand la musique s'enflamma et que la foule s'agita, la nouvelle courut que l'Empereur et l'Impératrice venaient d'apparaître dans un splendide carrosse. Kao-tsung en sortit en boitant, appuyé sur une lourde canne, l'Impératrice à ses côtés. Un jeune homme au teint pâle les accompagnait, l'air effarouché. Qui était-ce donc ? se demanda la foule. Le légendaire historien Shu ? Non, il était bien trop jeune, et Shu était un petit homme arrogant, un coq hautain et orgueilleux. Ce jeune homme falot clignait des yeux et jetait des regards incrédules autour de lui comme un pauvre hère qui sort de la pénombre d'une cellule pour se retrouver soudain en plein jour, ou comme quelqu'un qui n'a pas vu d'êtres humains depuis très, très longtemps. Il avait l'air si craintif qu'on s'attendait à le voir faire demi-tour pour courir se réfugier dans le carrosse.

Mais l'Impératrice le tenait d'une main d'acier, et l'entraîna d'un pas décidé vers l'endroit où elle devait, avec l'empereur Kao-tsung, bénir le sol d'où surgiraient les nouveaux palais. La Transformation commencera là, avait annoncé le décret, et irradierait ensuite dans toute la ville, puis dans l'Empire tout entier. Nos vies seront renouvelées, disait la foule, nous marcherons sous un ciel nouveau, et nos esprits aussi seront neufs.

Une autre rumeur parcourut la foule, et tout le monde reconnut aussitôt sa véracité : le jeune homme était un prince. Quel prince ? Un des fils de l'Impératrice ? Non, ce n'était autre que le prince Jung, autrefois prince héritier, le fils oublié de l'Impératrice déchue. Impossible, dirent certains. N'était-il pas mort depuis longtemps ? Non, prétendaient d'autres, il a vécu enfermé comme un virtuel prisonnier, confiné dans une aile reculée du palais. Difficile de croire que c'était autour de lui que des traîtres s'étaient autrefois rassemblés. D'ailleurs, il était encore un enfant à l'époque de la conspiration. À l'évidence, tout était désormais pardonné. L'impératrice Wu ne faisait-elle pas preuve d'une grande magnanimité en amenant avec elle son ancien ennemi, le fils de sa rivale, un jour de si grandes festivités, devant tout son peuple ?

Ne nous enseignait-elle pas ainsi le sens profond de la Transformation ?

Le printemps fut exceptionnellement beau ; le ciel sans nuages et les vents chauds porteurs de grandes espérances. Les nouveaux palais sortaient du sol et semblaient prendre vie. Le peuple de la ville venait souvent observer les progrès des travaux, et chaque jour, pas seulement le jour de la cérémonie, on distribuait des victuailles et des cadeaux. Les journées devinrent rapidement très chaudes ; un beau matin, la douceur du printemps s'était envolée et la chaleur suffocante de l'été s'abattit sur la ville. Juin était encore loin.

La chaleur persista, et s'assit sur la ville comme une grosse dame dans son fauteuil. L'humeur printanière fut vite oubliée, et les gens devinrent irritables et apathiques ; dans les quartiers pauvres, où l'on supporte toujours davantage le poids des conditions atmosphériques extrêmes et où la promiscuité exacerbe les tensions, les esprits s'échauffèrent et nombre de querelles éclatèrent. Les gens d'armes étaient en état d'alerte permanente. On raconta qu'une femme avait ébouillanté son époux avec le contenu d'une marmite de soupe avant de se jeter dans la rivière, et au moins trois « saints » couraient les rues en se proclamant la réincarnation du Bouddha, sous les quolibets de bandes de jeunes garnements.

Cependant, les travaux se poursuivaient, et vers la mi-août les murs extérieurs des palais dressaient leurs hautes silhouettes qui dominaient la ville. Le flot des victuailles destinées au peuple s'était amenuisé en un mince filet, comme l'eau des nombreuses rivières de la cité. Certains s'en retournaient dégoûtés après avoir reçu une poignée de biscuits rassis ; un homme trouva même un cafard dans un des siens.

Mais les rivières demeuraient étonnamment poissonneuses en dépit des eaux basses et boueuses. Les pêcheurs ramenaient dans leurs filets d'énormes poissons rouges qui grandirent encore à mesure que l'été avançait. Certains trouvaient leur chair goûteuse, même si elle devenait moins bonne avec la taille du poisson. Les plus gros étaient quasiment immangeables. Bientôt les pêcheurs rejetèrent à l'eau les plus gros, mais quand ils atteignirent la taille d'un homme, on recommença à les pêcher pour les garder comme des curiosités. Un homme avisé, qui avait, disait-il, trouvé un moyen de tanner leur peau, se proposait d'en faire des habits pour l'Impératrice, et se voyait déjà riche et célèbre.

Un beau matin, vers la fin de l'été, une foule se rassembla sur les rives de la plus grande rivière de la cité. Les badauds, sidérés, contemplaient les flaques d'eau saumâtre. Çà et là, des détritus, des ossements, des éclats de poterie, de vieilles sandales, des morceaux de métal tordu, jonchaient la boue stagnante qui exhalait sa puanteur sous un soleil de plomb. Mais ce qui retenait l'attention de la population, c'était l'énorme poisson rouge, trois fois plus grand qu'un homme, qui se débattait dans les derniers pouces d'eau, la gueule béante, les ouïes obscènes, l'œil vide fixant le ciel avec désespoir.

La chaleur persista pendant une partie de l'automne, et un jour, au début d'octobre, une pluie torrentielle s'abattit sur la ville et remplit les rivières. Le même jour, un mémorandum de l'historien Shu fut publié dans les gazettes qui circulaient dans la Cité de la Transformation. Les rares lettrés du peuple durent lire maintes fois le texte à une foule de curieux qui, abrités sous des parasols dégoulinants, hochaient douloureusement la tête en entendant la triste et lamentable nouvelle. Du moins, soupiraient certains, la crise a été évitée, l'Empereur et l'Impératrice sont sains et saufs. Oui, remercions le Bienheureux Maitreya, ils sont sains et saufs.

Voici le mémorandum de l'historien Shu :

> *C'est avec un profond regret que l'Empereur et l'Impératrice nous informent que le désastre a été évité d'extrême justesse. Dans l'atmosphère tolérante de la cour, où les dissidents ont toujours eu le*

droit de s'exprimer librement, une perfide conspiration, conduite par le prince Jung, le prince héritier déchu, a été déjouée. Le prince Jung s'est lâchement pendu pour échapper à sa juste punition. L'Impératrice en a été particulièrement bouleversée, car, comme chacun a pu s'en apercevoir, elle s'était prise d'amitié pour le prince Jung. Mais sa grande équanimité lui permet de supporter la tristesse et la trahison. La Transformation, comme nous l'apprenons, induit parfois des souffrances, mais nous devons laisser les regrets derrière nous et ne regarder que l'avenir, ainsi que nous le recommandent l'empereur Kao-tsung et l'impératrice Wu, les Deux Saints qui veillent sur nous.

13

Lo-yang, au printemps de l'an 667

— Mère ! protesta le jeune homme en jetant des regards gênés autour de lui. Lâche-moi, mère !

Il s'arracha aux doigts noueux de la vieille femme qui s'accrochait avec désespoir à sa veste élimée, puis tenta de la remettre debout, mais elle resta obstinément à genoux. Ses haillons dévoilaient de maigres mollets à la chair livide où affleuraient des veines bleuâtres. Ti n'avait jamais vu spectacle plus affligeant.

La colère et la gêne durcirent la voix du jeune homme.

— Lâche-moi ! Tu vas me lâcher, oui ? Je t'ai déjà dit où tu pouvais aller. C'est pour ça que je t'ai amenée ici.

Il jeta un regard éperdu vers les moines aux robes colorées qui discutaient par petits groupes dans le square à l'arrière de la grande salle des débats.

— Ils sont miséricordieux ; ils te nourriront !

La vieille femme pleurait, tête basse.

— Je ne peux pas te nourrir, j'ai à peine assez pour moi ! reprit le fils, exaspéré. Tu es vieille et malade. Je ne peux plus prendre soin de toi ! Va-t'en ! Rejoins-les.

La vieille s'accrocha. Le drame avait attiré une

foule de curieux, badauds et participants des Débats Pai qui se promenaient en attendant la session de clôture.

– Ne m'abandonne pas ! supplia la mère de sa vieille voix éraillée. Je t'en prie, ne m'abandonne pas là ! Je travaillerai, tu verras. Je gagnerai notre pitance. Laisse-moi rester avec toi !

– Tu es trop malade, tu n'es plus capable de rien, et tu le sais très bien.

Il s'efforça de lui faire lâcher prise, mais elle s'agrippa aux poches de sa veste qui se déchirèrent. La vieille s'effondra, serrant dans ses poings les morceaux d'étoffe.

– Je n'ai que toi, gémit-elle. Je t'en supplie, ne m'abandonne pas !

Elle se traîna à genoux vers son fils, mais il recula vivement et désigna le groupe de bouddhistes.

– Va avec eux, fit-il d'une voix coupante. Ils prendront soin de toi.

Puis il s'enfonça dans la foule sans se retourner. La vieille était secouée de sanglots. Deux moines bouddhistes fendirent la foule ; le plus âgé s'agenouilla devant la femme, et la releva d'une main douce. Elle tremblait tant qu'elle tenait à peine sur ses jambes. Les deux moines la soutinrent en lui prodiguant des paroles apaisantes. Ti avait surpris des traces de bleus sur le visage de la vieille. Se pouvait-il, se demanda-t-il en regardant les deux moines emmener la femme, qu'un fils cogne sur sa propre mère ? Dans ce cas, elle serait sans doute mieux avec les bouddhistes. Ti avait deviné une expression de culpabilité, de gêne et de honte sur le visage du jeune homme. Sa conscience le punira, songea-t-il. Du moins pour un temps. Consterné, il quitta le square.

Ti devait être le dernier orateur ; son mémoire clôturerait les débats. Il avait déjà envoyé une copie de son discours au Trône. Il avait soigneusement préparé son intervention pendant de longs mois : une prose parfaitement incisive malgré la réserve de mise, dans une langue guindée émaillée de paraboles, chaque mot ciselé et inséré à sa juste place avec un souci d'orfèvre, traité historique soulignant les inconvénients de la propagation d'un ordre étranger à l'Empire. C'était un exposé solide qui pouvait très bien lui survivre et être reconnu par les générations futures. Il sortit le document de la sacoche de cuir qu'il portait en bandoulière et y jeta un dernier coup d'œil avant de le remettre en place. Quelque chose clochait.

Il lui restait du temps avant la session de clôture. L'odeur alléchante des étals de pâtisserie le tira de ses pensées. Le maigre déjeuner monastique, austères galettes d'orge arrosées de thé, qu'on avait servi pendant les débats du matin l'avait laissé sur sa faim. Se guidant à l'odeur, Ti s'enfonça dans le marché.

Le souvenir pénible de la vieille femme le hantait toujours, et lui fit penser que ses fils le traiteraient sans doute de la même manière s'il venait un jour à dépendre d'eux. Ce matin-là, en se promenant parmi les marchands de fruits dont les étalages artistiquement disposés embaumaient des senteurs printanières, il décida de ne pas vieillir auprès d'eux.

Il se fraya un chemin parmi la foule des pèlerins, des ascètes, des bouddhistes, des anachorètes lamaïstes, des lettrés confucianistes et des fonctionnaires qui avaient envahi la capitale impériale pour assister aux Débats Pai. Parvenu aux berges de la rivière, il s'arrêta pour contempler la foule bigarrée. Lo-yang, ville où serpentaient de multiples rivières et affluents, était aussi une ville aux multiples reflets. Elle semblait la même que lors de sa dernière visite quelques années auparavant, mais ce n'était pourtant plus Lo-yang ; son âme était altérée. C'était comme si l'horrible nom dont l'avait affublée l'impératrice Wu Tse-tien – la Cité de la Transformation – commençait à agir sur la ville.

Partout, dans les restaurants, les maisons de thé, les parcs, les marchés et les tavernes, on entendait les mêmes conversations, les mêmes questions : les bouddhistes devaient-ils le respect aux autorités confucianistes, et à l'Empereur lui-même ? Mieux, le moine, après ses vœux, était-il encore tenu au respect filial, le devoir le plus fondamental dans l'ordre confucianiste ? Ou, par le seul fait de la religion, était-il libéré de ses obligations envers l'Empereur, l'État, la famille, et ne devait-il se conformer qu'à sa propre « loi supérieure » ? La Sangha, la communauté bouddhiste composée de milliers de monastères, était-elle séparée du reste de la société, hors d'atteinte du bras séculier et de la loi ? La Sangha ne devait-elle obéissance *(pai)* qu'au Dharma, la Disposition générale des choses, cosmiques, sociales et religieuses, la loi enseignée par le Bouddha ? Ti considérait de telles questions comme une injure à la vénérable cité impériale.

Tout en marchant, il sentit sa détermination se renforcer. Quand il pénétrerait dans la salle pour la reprise des débats, ce serait à son tour de parler. Il était venu aux Débats Pai pour lire simplement son mémoire, mais il remerciait à présent ce fils abandonnant sa mère entre les mains d'étrangers, et il remerciait aussi ses propres fils, car ils le rappelaient à la cruelle réalité.

Débarrassé de leur vernis ésotérique, les charlatans religieux ne différaient sans doute pas de ses fils. Ces derniers, et bien d'autres avec eux, ne se considéraient-ils pas exemptés des lois qui gouvernent le commun des mortels ? Et, finalement, un quelconque criminel n'était-il pas en droit de s'affranchir des lois pour des motifs « religieux » ? L'expérience de Ti lui avait appris que la plupart des criminels obéissaient à leurs propres lois, et certains croyaient aveuglément qu'ils avaient le droit de vivre en dehors de la loi. Quelle différence y avait-il donc entre un escroc et un faux prophète ? Tous deux jouaient sur la crédulité des autres, semaient de faux espoirs ; chacun à sa manière vivait de duperie.

Ti gravit quatre à quatre les marches d'un superbe pont de brique en dos d'âne. Parvenu au milieu du pont, il se pencha pour contempler la paisible rivière où trois petites embarcations bâchées glissaient sans bruit à la queue leu leu, attachées l'une à l'autre comme des animaux de trait.

Lorsque les rides s'effacèrent de la surface de l'eau, son reflet lui apparut avec clarté, et, en clignant les yeux, il vit le vieil homme qu'il deviendrait bientôt.

Sous les aspects extérieurs du dogme étranger se cachait quelque chose d'opaque, de souterrain, un esprit pervers et rusé. Oui, il y avait sans doute de la bonté, de la compassion et de la miséricorde chez les honnêtes pratiquants. Mais un système de pensées d'un pays lointain ne pouvait que produire des fruits hybrides lorsqu'on le transplantait dans un sol autre que son sol natal. Les faiblesses et les défauts particuliers au peuple chinois, à la civilisation chinoise, s'exprimaient trop librement dans un système de pensées destiné à un autre monde, une autre époque, un autre état d'esprit. Ti ne venait-il pas de voir un jeune homme qu'une extrême pauvreté avait incité à abandonner sa vieille mère à la charité de moines bouddhistes ? Plutôt que de suivre les préceptes de compassion du bouddhisme authentique qui enseignait aux fils à prendre soin de leur mère jusqu'à sa mort, ou d'adhérer aux principes de dévotion filiale prêchés par le confucianisme, ce qui aurait eu le même effet, il avait choisi la solution dictée par sa propre faiblesse. « J'ai le droit de me décharger de mes responsabilités sur autrui », s'était-il dit. Le devoir filial est trop pesant, on peut le contourner.

Ti redescendit de l'autre côté du pont, et, l'esprit en ébullition, s'éloigna de la salle des débats et de la foule des participants. Une idée germa, puissante, irrésistible, et s'imposa bientôt à lui. Il palpa la sacoche de cuir et la présence des parchemins le renforça dans son idée. Il sut ce qu'il avait à faire.

Il acheta deux beignets dans une étroite ruelle du marché, marcha le long de la berge jusqu'à un endroit isolé pour s'asseoir et manger à son aise. Une marche en pierre jonchée de feuilles et flanquée de deux petits lions de marbre l'attira, mais il aperçut un banc en bois qui lui parut encore plus confortable. Il allait s'y asseoir quand il remarqua une plaque d'obsidienne noire au pied du banc. Il l'examina de plus près.

Le haut de la plaque était découpé selon la forme d'un stoupa, et des rangées de caractères étaient peintes à l'or. Le texte exaltait les vertus et la compassion des représentants terrestres et servants du futur Bouddha Maitreya : la divine impératrice Wu Tse-tien et Dame Yang, sa mère, la grande protectrice de l'enseignement des soutras bouddhiques. Le reste du texte était un tissu d'absurdités du genre : « ... et en restant dans le Royaume Merveilleux, loin des conflits et des souffrances de ce monde, chaque jour nous rapproche de la glorieuse arrivée de l'Âge d'Or du Dharma, la Future Loi du Bouddha... »

Le soleil printanier qui se reflétait dans l'eau faisait miroiter la pierre noire, et un nuage de toiles d'araignées et de poussière obscurcissait la date qui figurait au bas. Ti s'agenouilla et posa sur le banc ses beignets, enveloppés dans un vulgaire papier, puis il essuya la plaque d'un revers de manche. Ce qu'il lut ne le surprit pas : la plaque et le banc dataient de quelques mois seulement. En prévision des Débats Pai ? Était-ce le fruit d'une intention délibérée ?

Mais cela allait bien plus loin. Lo-yang résonnait du nom de l'Impératrice et de Dame Yang – aussi appelée avec révérence la sainte mère, dévouée et généreuse disciple du Bouddha. Et Ti savait que partout, sur les bancs, les fontaines, dans les jardins, on trouvait le même genre de propagande offerte à la vue des passants. Les bâtiments publics, cuisines, hôpitaux, orphelinats, qui se dressaient aux quatre coins de la cité impériale portaient les mêmes noms révérés : Wu, Yang et le Futur Bouddha Maitreya. Les œuvres charitables de l'Impératrice témoignaient de son infinie compassion.

Mais que pensait l'empereur Kao-tsung de tout cela ? s'interrogea Ti. En y songeant, il s'aperçut qu'il n'avait pas entendu le nom de l'Empereur, excepté lors de l'ouverture des débats, alors que celui des deux femmes étaient sur toutes les lèvres.

Le divin Empereur, l'auguste Fils du Ciel, semblait absent de Lo-yang. Ti avait beau tendre l'oreille, dans les jardins, les marchés, les canaux, les avenues, les ruelles, jusqu'aux murs de la Cité Interdite, pas un mot de l'Empereur. Ti aurait donné cher pour avoir une paire d'yeux et d'oreilles derrière ces murs. L'âme de Lo-yang, la capitale impériale – pardon, la Cité de la Transformation – était en train de changer sous son regard atterré.

La faim le tenaillait. La présence envahissante de l'Impératrice lui avait fait oublier ses beignets. La promesse imminente d'être rassasié éclipsa la politique, la corruption, les charlatans et les rejetons ingrats, du moins pour un temps. Il se releva, épousseta ses genoux poussiéreux et s'assit pour déguster ses beignets tout en remerciant le très miséricordieux Bouddha pour le confort de son humble banc. Il remercia surtout l'Impératrice pour sa munificence. Puis il mordit à belles dents dans le gâteau.

Il sortit son manuscrit sans se préoccuper de ses mains graisseuses. Une légère brise fit vibrer les pages, comme feuilletées par des doigts invisibles. Il croqua une nouvelle bouchée. Qu'est-ce qui agitait la Cité de la Transformation ? De quoi s'agissait-il en réalité ? D'une chose autrement plus insidieuse que les déprédations de charlatans déguisés en bonzes, de leurs faux soutras et de leurs fallacieuses promesses d'intervention divine et de salut. Oui, c'était bien pis. C'était un doux gémissement de consentement.

Un mariage. Un mariage entre deux créatures qui n'auraient jamais dû se croiser, mais qui, après s'être rencontrées, étaient inexorablement attirées l'une vers l'autre pour leur malheur mutuel et leur ruine : le bouddhisme était la femme, l'État confucianiste le mari. L'épouse était une créature à l'exotisme séduisant dont le parfum envoûtait le mari, et dont les dangereux caprices troublaient son esprit pondéré. Et lui, ayant peut-être été trop loin dans le rationalisme aride, était particulièrement vulnérable et se laissait séduire avec soulagement. Ti se prit à penser que la Cité de la Transformation portait mal son nom. Il eût été plus juste de nommer cette charmante ville aux multiples parcs, ce lieu de savoir et d'étude, ce joyau de l'Empire, Cité de la Capitulation.

Ti n'avait plus l'intention de lire son discours devant l'assemblée des Débats Pai. Non, c'était bien trop tard.

Il se leva, marcha jusqu'à la berge de brique et de ciment, contempla une dernière fois le reflet du vieillard futur que lui renvoyaient les eaux calmes de la rivière. Oui, se dit-il, l'endroit est bien choisi.

Il déchira les pages de son manuscrit, des pages sur lesquelles il avait travaillé une bonne partie de l'année, remplies d'affectations de lettré, d'une prosodie à la métrique rigide, d'allusions historiques. Comme tout cela lui paraissait vain et complaisant ! Il regarda d'un œil indifférent le courant emporter les morceaux de papier.

Non, il ne lirait pas son discours ennuyeux. Il délivrerait plutôt un avertissement. Un avertissement clair et sans ambiguïté.

Lorsque vint le moment de prendre la parole, Ti ressentit une étrange sensation d'anxiété mêlée de détermination. Il scruta la foule autour de lui. Des regards s'éclairèrent en rencontrant le sien, des visages se figèrent, attentifs. Un courant de curiosité parcourut l'assemblée ; quelques toux brisèrent le silence et chacun se prépara à écouter le discours de Ti, impatient d'entendre autre chose que des paroles creuses et soporifiques. « Ainsi, remarqua Ti, il semblerait qu'on m'accorde une réputation flatteuse. » Lorsqu'il comprit que l'assemblée était suspendue aux lèvres du très estimé et très zélé magistrat de Yang-chou, il en eut la gorge nouée et l'estomac serré. Il lui restait une chance. Nombreux étaient ceux qui n'étaient venus assister à la session de clôture que pour lui, pour entendre un discours novateur et percutant.

Après les formalités d'usage : l'annonce de son nom, de son rang, de ses diplômes et titres officiels, Ti se leva et commença à descendre la longue allée centrale pour se rendre à l'estrade. Derrière lui, quelqu'un se mit à battre la mesure sur son pupitre, comme s'il s'agissait d'un tambour *weir*. Un autre se joignit à lui, puis cinq, dix, douze, et bientôt la grande salle retentit d'un tonnerre de tambour en l'honneur du « jeune » magistrat de Yang-chou.

Ti marchait à pas vifs en jetant de brefs regards obliques. Seuls les cléricaux restaient de marbre, comme s'ils s'étaient attendus à l'accueil enthousiaste, contrairement à Ti qui était à la fois flatté et gêné par tant d'honneur. Lorsqu'il gravit les marches, le martèlement atteignit son apogée, puis s'arrêta dès qu'il prit place sur l'estrade.

Ti promena son regard sur l'assemblée figée dans un silence attentif, troublé seulement par un bruissement de robe, une toux impatiente, un geste furtif, le mouvement des éventails. L'ardent soleil de midi qui tombait au centre de la salle éclairait les visages levés vers l'orateur. Certains protégeaient leurs yeux éblouis de la main, ou à l'aide d'une feuille de papier. Ti commença à parler ; sa voix lui parut ténue, manquer de conviction, et ressembler, pour tout dire, à celle d'un imposteur.

– J'ai entendu dire que la réputation d'un homme le précède, que mon humble et abusive réputation m'a précédé comme les tambours martiaux de la province de Shen-si. Eh bien... poursuivit Ti en cherchant ses mots. J'étais loin de m'y attendre et c'est beaucoup plus que je n'aurais espéré. C'est avec grand plaisir que je me présente devant cette très honorable et très vénérée assemblée. Nous avons la chance de vivre une merveilleuse journée printanière dans la plus belle capitale du monde. Hélas ! je ne suis pas venu parler de choses agréables, mais pour avertir d'un danger qui menace le tissu même de notre société. Mes brillants collègues ont, me semble-t-il, oublié de traiter du sujet le plus urgent et le plus grave ; ils ont oublié de traiter des véritables problèmes.

La salle s'agita. Ti attendit qu'elle se calme avant de poursuivre :

– Mais ce n'est pas en les ignorant que nous les résoudrons. Il ne s'agit pas seulement du devoir filial, du respect filial.

Ti s'arrêta pour permettre à ses propos hérétiques de faire leur chemin. Un long murmure parcourut l'assemblée ; les participants se regardaient, incrédules. Deux moines assis en tailleur, la tête ornée d'une étincelante coiffe de plumes jaunes que Ti prit pour l'attribut d'une école du bouddhisme ésotérique, probablement une quelconque branche du lamaïsme tibétain, se levèrent et quittèrent brusquement la salle sans se retourner. Ti attendit qu'ils fussent partis, et reprit :

– En parlant du mal qui mine les fondements mêmes de l'État et de la loi, je pense avant tout à la situation des hommes et des femmes de notre grand pays. J'implore notre Auguste Père Impérial d'avoir pitié de ses sujets qui sont, au moment même où je vous parle, trompés et exploités par dizaines de milliers. La seule chose qui les unit encore est leur désir naïf de suivre les préceptes de cette religion étrangère, qui les fait se pâmer devant les manifestations infinies de ses idoles. Ils ont été kidnappés et voguent, prisonniers, sur le « Précieux Radeau ».

» Pagodes et temples majestueux rivalisent de grandeur avec les bâtiments impériaux; leur construction épuise, comme jamais dans un passé récent, les forces vives et les richesses de notre peuple, et sape les ressources de la nation. Quant aux monastères, beaucoup vivent en dehors de la loi, et se considèrent au-delà de la justice des hommes.

» J'en appelle à votre conscience, à votre âme, et je vous prends à témoin du prix exorbitant qu'on nous force à payer. Il n'y a pas de magie, quoi que certains ecclésiastiques essaient de nous faire croire. Non, il ne s'agit pas de magie, mais d'une vérité simple et banale : pour enrichir quelques élus, ils appauvrissent la masse.

Les moines du fond, assis en tailleur sur leurs coussins, se levèrent et quittèrent la salle en rangs serrés.

– Si les bouddhistes ne veulent pas porter préjudice au peuple, et je suis certain qu'ils ne le souhaitent pas, que recherchent-ils donc ? La vie sur terre est courte, et il faudrait payer un prix illimité pour le temps qui nous est imparti ? D'autant que ce sont souvent les plus pauvres et les plus démunis qui paient le plus, hypnotisés par les promesses mensongères des prétendus magiciens. Quelle immense tromperie ! Un tour de passe-passe sur une échelle inégalée jusqu'ici. Incapables de satisfaire la cupidité infinie de l'Église, les masses, corps épuisé et torturé de la nation, sont séduites et poussées au-delà de leurs limites d'endurance. Et nous, amis confucianistes, mes collègues, lettrés et fonctionnaires... nous restons complaisamment les bras croisés pendant qu'une nation est soustraite à notre influence !

» Réveillez-vous ! cria Ti. Réveillez-vous !

Un murmure choqué parcourut l'assemblée et Ti comprit qu'il les tenait.

– Réveillez-vous et osez regarder autour de vous. Je vous défie de vous promener dans les rues de notre grande cité sans frémir. Ah, le spectacle n'est pas beau à voir ! Partout où vous allez, les maisons, les cours, les rues, les avenues sont plantées de monuments bouddhiques. Et partout d'étranges petits temples qui aspirent et dévorent l'âme des hommes.

» Il y a aussi un autre problème, un problème que j'ai trop souvent rencontré dans ma carrière. L'Église bouddhiste, en offrant un refuge au pur, accueille aussi le criminel. Ceux qui fuient la loi, les brigands, les mécréants de tous poils qui veulent échapper à la justice, tous se réfugient derrière les murs des monastères, sûrs d'y être en sécurité. Combien de milliers de criminels se sont-ils ainsi réfugiés dans les bras accueillants de l'Église ? De minutieuses enquêtes judiciaires, dans la capitale et dans les provinces, ont déjà permis de retrouver plusieurs milliers de ces malfrats cachés dans le sein protecteur des monastères. Mais combien d'autres ont-ils échappé aux recherches ? Et en se faisant passer pour des prêtres, pour des moines, pour des recteurs, ces charlatans s'appuient sur les plus bas instincts de l'homme, plutôt que d'en appeler à son élévation d'esprit ou à la pureté de son cœur, afin que, peu à peu, chaque âme, chaque esprit rationnel, soit séduit. *Séduit*, vous m'entendez [1] !

Il laissa le temps à chacun de se pénétrer de ses paroles. Un grondement de colère agita les moines des derniers rangs.

Les grognements désapprobateurs cessèrent, mais quelques moines furent subitement pris de violentes quintes de toux qui se propagèrent aussi-

---

1. Lire en fin de volume la traduction du mémoire authentique de Ti Jen-chieh.

tôt comme une traînée de poudre dans tout le parti ecclésiastique ; bientôt toux et ricanements se mêlèrent et les moines se moquèrent de l'orateur irrespectueux pendant de longues minutes, ils se renversaient en arrière et se tapaient mutuellement dans le dos. Toute la salle résonnait de ce brouhaha. Puis un confucianiste des premiers rangs commença à frapper sur son pupitre, et le geste, repris par tous les partisans de Ti, déclencha un tonnerre de tambours qui supplanta le chahut des derniers rangs.

Un indescriptible vacarme régnait dans la salle immense, et Ti assistait, incrédule, à l'événement indécent. Il brandit une main pour obtenir le silence, mais le tumulte se poursuivit de longues minutes. Les quatre moines qui avaient déclenché les hostilités éclatèrent alors de rire, puis, se tournant vers Ti, ils se lancèrent dans une danse grotesque avant de s'esquiver par la porte arrière. Un vieux moine qui agitait son moulin à prières leur adressa un sourire édenté et radieux. Ti réclama de nouveau le calme d'un geste apaisant ; peu à peu, les tambours et les toux se calmèrent et le silence enveloppa la salle.

– Que dire de celui qui ne travaille pas, et perçoit sa subsistance aux dépens d'autrui ? N'est-ce pas frauduleux ? Que dire de ceux dont les moyens dépassent de loin ceux de la multitude, mais qui accumulent encore des profits aux dépens des plus pauvres ? Oui, les bouddhistes ont raison, nous vivons dans un monde de souffrances ; un monde de faux soutras et de fausses reliques, de faux espoirs et de promesses fallacieuses qui nous infectent comme une peste virulente.

Ti contempla l'assemblée pour juger de son effet. Un peu de prosodie métrée n'avait jamais nui à une argumentation, mais point trop n'en fallait. Il étudia les réactions. Il connaissait l'effet éphémère des sermons ; cependant, son auditoire était suspendu à ses lèvres. Il avait gagné la première manche. Pour l'instant, même les cléricaux qui avaient choisi de rester l'écoutaient avec un intérêt non dissimulé, comme s'ils apprenaient pour la première fois que des charlatans commettaient des crimes au nom du bouddhisme. Peut-être étaient-ils sincères. Ti comprit qu'il devait absolument conclure avant de perdre leur attention. Il essuya ses paumes humides de sueur et darda un regard aigu sur la foule.

– Nous assistons au spectacle d'une nation en crise et qui se plonge dans les ténèbres de la superstition pour fuir la réalité. Partout les routes grouillent des soies noires des bouddhistes. Ne reste-t-il donc personne pour voler au secours de l'État ? On dirait que les meilleurs aussi succombent à cette maladie, ceux-là même dont l'esprit rationnel nous avait guidés autrefois.

» Si le bouddhisme est la religion de la compassion, alors les authentiques bouddhistes doivent faire de la compassion leur principe fondamental, un idéal de vertu pour le peuple. La compassion doit habiter leur cœur et dicter leur conduite. Mais ils n'obéissent pas à ce noble principe parce que la religion est aux mains des charlatans... des charlatans cupides qui suivent une loi inique pour justifier leur goût démesuré du futile et de l'accessoire.

L'assemblée écoutait dans un silence religieux.

– Si nous ne semons pas les bonnes graines dès maintenant, la famine nous attend. Sans la loyale et diligente aide de nos fonctionnaires, la vertu ne triomphera pas. Si nous laissons miner la fonction publique et abandonnons le peuple à l'exploitation des cyniques, aucune parcelle de l'Empire n'échappera aux redoutables conséquences. Et il sera trop tard pour se ressaisir. Trop tard ! Les historiens parleront de la gloire perdue du passé... notre présent actuel.

Il en avait terminé. Il jeta un regard circulaire dans la salle ; à l'évidence, les participants en demandaient encore car ils restaient figés dans une immobilité respectueuse, les yeux braqués sur lui. Dans le jardin qu'il apercevait par la porte ouverte, Ti vit quelques moines assis qui semblaient attendre quelqu'un. Ils jetaient de temps à autre des coups d'œil vers le portail d'entrée puis discutaient avec animation.

Ti reporta son attention sur l'assemblée et sut comment il allait conclure. Les mots, importants, décisifs, avaient commencé à prendre corps quelques heures auparavant quand il avait examiné la plaque d'obsidienne et qu'il y avait lu les noms de l'impératrice Wu et de Dame Yang.

– La religion est bâtie sur la superstition, entonna-t-il d'une voix douce, désarmante. La superstition ! Or le gouvernement s'appuie sur la raison et sur la loi. Les deux ne peuvent donc coucher dans le même lit. En tout cas, pas si l'État est guidé par les principes d'ordre et de propriété... et, surtout, par la raison. Autrefois hommes rationnels, nous avons fini par douter de nous. Nous ne faisons plus confiance à la loi ni à la raison. Et parce que nous doutons, nous devenons faibles et nous nous laissons séduire par l'irrationnel. Gare, chers collègues ! Gare !

» Le gouvernement ne peut ni ne doit être assujetti aux caprices abstraits de la métaphysique ; le bien commun ne peut ni ne doit être défini par les critères subjectifs d'un enseignement ésotérique. Le gouvernement, malgré ses défauts, est l'affaire des hommes, non des dieux.

Sur ces mots, il descendit de l'estrade, salué par un tonnerre assourdissant de tapements de pieds et de martèlement de pupitres.

Peut-être fut-ce l'arrivée du célèbre moine à la fin des débats qui retourna l'opinion contre le parti confucianiste, encore que Ti avait déjà compris, bien avant l'accueil enthousiaste qu'on lui avait réservé, que la cause était perdue d'avance : les monastères bouddhiques seraient libres d'agir à leur guise, déchargés de toute obligation envers l'Empereur, l'État, la famille. Mais Ti avait sous-estimé l'amplitude de la défaite. C'était pour lui un désastre absolu, une insulte aux T'ang et à la civilisation millénaire qui avait précédé l'avènement de la dynastie. Le spectacle hallucinant qui avait suivi son intervention finale avait positivement ébahi le juge Ti ; cela, il dut en convenir sans réserve.

Avant que l'enthousiasme déclenché par le discours de Ti se fût éteint, les moines se prosternèrent et frappèrent le sol de leur front. Mais ils ne manifestaient pas en l'honneur du magistrat de Yang-chou. Trois longues notes mélancoliques, tels les soupirs affligés des dieux eux-mêmes, retentirent à l'extérieur de la salle, et l'assemblée tout entière se figea. Puis, la voix isolée d'un moine déclama le vénérable nom du plus illustre disciple du bouddhisme.

Le grand Hsuan-tsang fit alors son apparition, son trône orné de plumes de paon porté par quatre moines. Il fut accueilli comme l'incarnation même du Bouddha. La salle entière, et jusqu'au parti confucianiste, regarda passer le célèbre pèlerin dans un recueillement religieux. C'était donc là l'homme qui avait entrepris de périlleux voyages en terre barbare, et dont les traductions de textes anciens au mysticisme obscur, les révélations religieuses des mondes mystérieux de l'Inde et du Tibet étaient sur toutes les lèvres des bouddhistes chinois ?

Les notes mélancoliques retentirent une nouvelle fois ; Ti apercevait maintenant les immenses trompes tibétaines, longues de plus de soixante pieds, dont le pavillon incurvé reposait sur le sol, originaires d'un pays de hautes montagnes et créées pour véhiculer le son de cime en cime. Là, dans une cité verdoyante au creux de la plaine, les trompes produisaient un son démesuré qui sembla retentir dans la terre entière.

Ti fut surpris par le grand âge de Hsuan-tsang. Il

avait bien sûr entendu parler du célèbre moine itinérant, mais il fut étonné de voir un vieillard chenu à la frêle et vénérable silhouette que deux moines aidèrent à gravir les marches qui menaient à l'estrade. Ti avait imaginé un robuste gaillard aux cheveux de jais ; mais il y avait si longtemps que les voyages et les traductions du célèbre moine défrayaient la chronique !

Les vêtements du vieux moine, son attitude, tout indiquait le traditionnel lettré chinois. Les moines qui étaient sortis pendant le discours de Ti revinrent s'asseoir sur leurs coussins, le long du mur du fond. Chacun, moine comme fonctionnaire, fixait d'un air fasciné le vénérable vieillard qui leva une main fragile dans un geste de bénédiction. Mais lorsque Hsuan-tsang prit la parole, il parla d'une voix douce, et pourtant d'une vigueur surprenante, avec une puissance contrôlée qui menaçait d'exploser à tout moment.

– En tant que peuple, nous allons vers une illumination progressive. Tel est notre destin.

À chaque pose, on l'entendait respirer bruyamment avec un sifflement particulier. Malgré lui, Ti était fasciné par le personnage.

– Et de la même manière, chaque homme apprendra progressivement à se détacher de son ego et à entrer dans le royaume de la *béatitude*. (La voix du vieillard gagna en force et en plénitude.) *Et le futur Bouddha Maitreya viendra guider nos pas.*

Nous cherchons refuge dans les trois parfaits, entonna Hsuan-tsang avec une ferveur ardente.

– *Nous cherchons refuge dans les trois parfaits*, répéta le chœur des moines en écho.

– *Nous empoignons le triple joyau de l'illumination*, prêcha le vieux moine.

– *Nous empoignons le triple joyau de l'illumination*, clamèrent les moines.

– *Je cherche refuge dans le Bouddha.*

– *Je cherche refuge dans le Bouddha.*

Le chœur vibrant des moines avait un pouvoir hypnotique. Presque subjugué, Ti sentit les voix l'envelopper, pénétrer jusqu'à la moelle de ses os, le paralyser.

– *Je cherche refuge dans le Dharma.*
– *Je cherche refuge dans le Dharma.*
– *Je cherche refuge dans la Sangha.*
– *Je cherche refuge dans la Sangha.*
– *Je supplie le futur Bouddha Maitreya de guider mes pas.*
– *Je supplie le futur Bouddha Maitreya de guider mes pas.*
– *Je prie pour la venue de l'Ère de la Loi.*
– *Je prie pour la venue de l'Ère de la Loi.*
– *Je prie pour la venue de l'Ère de la Loi.*
– *Je prie pour la venue de l'Ère de la Loi.*
– *Je prie pour la venue de l'Ère de la Loi.*
– *Je prie pour la venue de l'Ère de la Loi.*

Ti et quelques autres confucianistes parvinrent à briser leur torpeur hypnotique et à quitter la salle pendant que la même phrase, éternellement psalmodiée, résonnait encore dans l'enceinte, et semblait monter jusqu'aux cieux : plus qu'une prière, un ultimatum.

14

Lo-yang, à la fin du printemps de l'an 667

Le juge Ti avait été l'hôte de maintes riches et élégantes demeures, de résidences au luxe raffiné, mais, comparées à l'opulence qui l'entourait ce jour-là, elles n'étaient guère plus que de vulgaires huttes en boue séchée. On lui avait attribué dix gigantesques pièces, un jardin privé clos de murs, parsemé de bassins et de statues ; il disposait de pas moins de cinq vastes lits moelleux, de nombreux coffres remplis de robes des plus belles soies richement brodées, et de serviteurs prêts à répondre jour et nuit à ses moindres désirs.

Les Débats Pai achevés, Lo-yang en effervescence, le « brillant » magistrat de Yang-chou avait été convoqué au palais. Il avait reçu une lettre de l'Empereur peu après la clôture des débats, lettre dans laquelle Kao-tsung se disait éminemment impressionné par la réputation de Ti, par le mémoire qu'il avait adressé au trône avant l'ouverture des Débats Pai, et surtout par l'accueil enthousiaste et tapageur qu'il avait reçu en montant à la tribune, et dont le récit avait fait le tour de la ville, de l'Empire même. L'Empereur se disait impatient de rencontrer le magistrat afin de discuter avec lui d'une affaire de quelque importance. La lettre s'achevait par une invitation au palais.

Que Ti fût troublé et dévoré de curiosité serait peu dire. Comment, lui, invité d'honneur au palais impérial ? Alors que le parti confucianiste avait été déclaré officiellement le perdant d'un débat qui n'avait jamais revêtu de caractère officiel, mais dont les répercussions ne manqueraient pas d'avoir sur l'Empire l'effet dévastateur d'une inondation, d'un tremblement de terre ou d'un raz de marée ?

Oui, voilà qui était pour le moins curieux. À la fin des débats, on avait envoyé au trône le résultat du vote sous la forme d'une pétition – cinq cent trente-neuf voix pour le parti ecclésiastique, trois cent cinquante-quatre seulement pour le parti confucianiste. Le but de l'opération, strictement symbolique semblait-il, avait été de réunir un forum afin de démontrer l'état d'esprit de la nation, l'opinion qui prévalait sur une question fondamentale : loyauté au Dharma ou loyauté à l'État, à la famille, à l'Empereur.

Puis, avec une rapidité déconcertante, et pour tout dire inattendue, parut un texte de loi qui dispensait les bouddhistes de se soumettre aux autorités civiles. Un texte de loi ! Scellé et approuvé, apparemment, par l'Empereur lui-même ! Qui pouvait comprendre une telle décision ? Beaucoup y discernaient la main de l'Impératrice, qui seule, disaient-ils, pouvait influencer l'Empereur dans une voie contraire à ses intérêts. D'autres écartaient ce raisonnement illogique ; pourquoi l'Impératrice encouragerait-elle une politique qui renforçait l'autocratie ecclésiastique, diminuant du même coup le contrôle de l'Empereur – et donc aussi le sien – sur une importante partie de la population ? Et pourtant, ceux qui l'avaient vue depuis la fin des Débats Pai et la déconfiture du parti confucianiste prétendaient avoir remarqué une joie sournoise briller dans ses yeux, en dépit de l'amoindrissement patent de son pouvoir.

Alors, pourquoi ?

Ti possédait sa propre théorie. Cela lui semblait

d'une transparence limpide et il comprenait mal la naïveté de ses concitoyens. C'était pourtant simple : Wu se réjouissait du recul de l'influence du vieux système de valeurs confucianiste – une éthique qui, par tradition, assignait à la femme une place secondaire dans la société chinoise. Or, dans l'atmosphère nouvelle, et grâce à ses liens privilégiés avec un bouddhisme triomphant, Wu était certaine d'asseoir son pouvoir. Bien qu'ayant perdu, elle n'en demeurait pas moins la grande gagnante. Oui, c'était d'une simplicité enfantine. Bien sûr qu'elle se réjouissait !

Dans ses appartements du palais impérial, installé derrière l'imposant secrétaire aux décorations exquises, le magnifique jardin déployant devant lui ses charmes printaniers, Ti coucha sur son journal ses impressions des derniers jours mouvementés. Il revenait du dîner auquel il avait été convié, et ce qu'il avait vu le bouleversait encore.

Journal

J'avais entendu les rumeurs les plus folles, mais la réalité les surpasse en aberration. J'écris ce que j'ai vu dans l'espoir que ce journal me survive, avec la certitude que, viendrait-il à être découvert avant ma mort, celle-ci en serait assurément précipitée.

Je reviens d'un dîner au palais. Je ne suis pas près d'oublier cette soirée au cours de laquelle je devais être présenté à l'auguste famille impériale et qui me permit d'observer le phénomène que constitue notre divine impératrice Wu Tse-tien, épouse du Fils du Ciel. Je mentionnerai qu'il me fut donné l'occasion de rencontrer brièvement les enfants impériaux qu'on présenta à l' « invité d'honneur » avant que leurs gouvernantes ne les ramènent dans leurs appartements. L'Impératrice a donné à son auguste époux pas moins de cinq héritiers, les aînés étant deux jumeaux d'environ treize ans qui ressemblent beaucoup à leur mère.

Bien que d'apparence délicate, elle doit avoir une constitution de fer, car elle est à nouveau enceinte et resplendit de santé. Les enfants forment d'adorables héritiers, mais je ne peux m'empêcher de me demander s'ils descendent tous de Kao-tsung. L'un d'eux, un bébé d'un an, a le teint étrangement mat. Les enfants ne firent, hélas!, qu'une brève apparition.

Peu de monde au dîner où n'était admis qu'un petit cercle d'intimes. Outre l'Impératrice et l'empereur Kao-tsung, il y avait un médiocre individu, historien, chroniqueur et hagiographe, le sinistre secrétaire Shu Ching-tsung qui, simple pantin de la mère et de la fille, manifestait son aveugle soumission par des approbations vigoureuses et des bouffonneries grotesques. Je dois aussi mentionner, à seule fin de rigueur historique, une poignée de moines, de bonzes et de sages dont la présence à ce dîner témoignait de l'état de « transcendance » qu'avait connu cette étrange semaine.

Transcendance ou pas, le Fils du Ciel, le Divin Empereur de Chine, semblait incapable de manger proprement et ses gestes étaient empreints d'une incroyable maladresse. Jusqu'à quel point son manège était-il dicté par le désir d'attirer l'attention de son épouse et d'afficher en public l'état misérable auquel il était réduit, je ne saurais le dire. Le désir d'attirer l'attention est bien réel, mais je ne suis pas sûr que le Fils du Ciel obtienne les résultats escomptés, ni s'il sait lui-même ce qu'il veut. Ce soir, j'imagine que l'Empereur a obtenu ce qu'il cherchait car l'Impératrice était, comme on va l'apprendre, aux petits soins.

Malgré la température printanière, l'Impératrice avait décidé que la soirée était fraîche et elle avait insisté pour que les eunuques entretiennent des braises dans les vastes bassines disposées autour de la salle à manger. Kao-tsung, qui semblait souffrir en permanence de bouffées de chaleur, se plaignit, avec une petite voix maladive d'enfant gâté, d'avoir trop chaud. Ce à quoi Wu lui rétorqua que c'était impossible, et pour lui prouver son erreur, elle interrogea les autres convives qui s'empressèrent d'abonder dans son sens. Apparemment décidé à lui tenir tête, le Fils du Ciel lui demanda d'un ton impératif pourquoi elle avait exigé qu'on allumât du feu.

J'eus alors un aperçu – puisse la postérité m'entendre – du genre de jeu auquel l'Impératrice aimait se livrer : en réponse à la question de son divin époux impérial, elle déclara qu'elle n'avait fait que se plier à ses exigences, car il avait prétendu, avant de passer à table, que le froid lui coupait l'appétit. Les convives corroborèrent sa version des faits avec force grognements et hochements de tête. Comme je n'étais que « le jeune et brillant magistrat de Yang-chou », insignifiant invité, étranger à la Cité Interdite, on se passa de mon avis.

Notre Père Impérial frappa alors vigoureusement la table de sa main valide et protesta qu'il ne s'était jamais plaint du froid. Il se mit à baver légèrement, de colère peut-être, ou parce que son impotence lui interdisait de faire deux choses en même temps. Froid ? Froid ? s'exclama l'Impératrice en se levant d'un bond. Le pauvre chou a sans doute la fièvre. Vite, vite, ordonna-t-elle, qu'on rajoute des braises et qu'on lui apporte une couverture bien chaude ! Il doit être bien malade car il a oublié qu'il avait lui-même ordonné qu'on allume du feu. Les malheureux eunuques se plièrent aux ordres de Sa Majesté et couvrirent l'Empereur d'une épaisse courtepointe. De son bras valide, Kao-tsung la jeta à terre avec rage, et les eunuques se reculèrent, effrayés. Kao-tsung braïlla alors (j'écris « braïlla » car je ne vois pas d'autres mots pour décrire les sons qu'il émit) qu'il avait le corps brûlant à cause d'elle. Elle se plaignit de son ton indécent et lui reprocha d'être injuste car elle s'appliquait au contraire à tout faire pour assurer son confort. Il rétorqua qu'il n'avait plus chaud et qu'il frissonnait au contraire de froid. Vous voyez, dit-elle en se tournant vers les autres convives, la fièvre le fait délirer ; il passe du chaud au froid et ne sait plus ce qu'il veut. Elle s'approcha de son époux, vérifia sa température d'une main caressante, et déclara que son front était brûlant.

Mais c'est la suite qui me fit douter de ma propre objectivité. L'ai-je vraiment vu ? Étais-je ivre ? L'ai-je rêvé ? Il faut le rafraîchir, déclara Wu, et elle ordonna aux domestiques de déshabiller l'Empereur. Kao-tsung protesta avec véhémence et se débattit comme il put. Décontenancés et apeurés, les eunuques se lancèrent dans une valse-hésitation en gémissant et en se tordant les mains. Mais Wu fut inflexible ; j'en frissonne encore en l'entendant. Un poète aurait dit que sa voix était capable de fendre les montagnes ou de détourner le puissant Yang-tseu-kiang de son lit, mais comme je ne suis pas poète, je dirai simplement que les domestiques lui obéirent. Contre leur gré, et celui de l'Empereur, ils dévêtirent le Fils du Ciel. Je suis obligé de douter de la sincérité de la résistance de l'Empereur. Il parut certes lutter vaillamment, essayant de chasser les eunuques de sa main valide comme s'il se battait contre des insectes. Les convives, si tant est qu'ils en aient eu envie, se gardèrent bien de réagir, mais je suis sûr d'avoir décelé une lueur d'approbation dans le regard que Dame Yang adressa à sa fille. Et pendant que Kao-tsung se débattait, Wu continua à le persuader d'une voix mielleuse qu'elle n'agissait que pour son bien.

Toujours est-il que l'Empereur se retrouva entièrement nu. Il cessa ses récriminations, plongea le nez dans son assiette et se mit à dévorer. Les autres l'imitèrent, comme s'ils n'avaient attendu que ce signal et chacun s'appliqua à mastiquer consciencieusement, Wu la première (dotée, tout comme sa mère, d'un solide appétit) qui continuait à le narguer entre deux bouchées : Voyez comme vous mangez de meilleur appétit, mon époux. Cela va chasser la fièvre, vous verrez. Et ainsi de suite. Lui se contentait de grogner de temps à autre, concentré uniquement sur ce qu'il mangeait.

Les bouddhistes se mirent à meubler les vides de la conversation en échangeant des propos philosophiques d'une insigne indigence, et en posant çà et là avec une déférence soumise une question à leur distinguée protectrice, Dame Yang, dont la conduite pendant l'incident laissait penser qu'il

s'agissait d'un épisode habituel et sans conséquence. J'étais pour ma part plus que gêné et eus
quelques difficultés à faire honneur au repas, mais
l'Impératrice reporta bientôt son attention sur moi,
montra un grand intérêt pour mes « remarquables
talents et mon abnégation méritoire » (selon ses
propres termes) dans la chasse aux charlatans
de Yang-chou, et m'abreuva de compliments. La
décrire comme une femme aux multiples facettes
serait largement au-dessous de la réalité.

J'ai résumé de mon mieux les événements de la
soirée, mais j'imagine que le lecteur futur aura du
mal à croire ce qui va suivre. C'est pourtant ce que
j'ai vu, et je suis obligé de le coucher sur papier.

Comme nous approchions de la fin du repas, qui
me parut durer une éternité, je pense – non, j'en
suis sûr – avoir surpris un sourire complice entre
l'Empereur et son épouse.

J'ai failli oublier de mentionner un détail, aussi
insignifiant fût-il comparé à l'invraisemblable agitation de la soirée : lorsque je jugeai opportun de
prendre congé, l'Empereur, nu et la bouche pleine,
se tourna vers moi pour m'informer qu'on allait
m'attribuer une charge impériale. Quand il me
signifia de quoi il s'agissait, je le remerciai, puis je
retournai dans mes appartements dans un état
d'extrême confusion. Non, c'était à ne pas croire.

– Vous êtes conscient, bien sûr, du caractère de
la charge qu'on vous a attribuée ? demanda Wu-chi
en se caressant la lèvre d'un air songeur.

– Il y avait deux charges, rectifia Ti.

Ti dévisageait avec respect le « Vieux Fou », seul
survivant du Conseil des Six de feu l'empereur Tai-
tsung, l'homme qui, tel l'animal qui se glisse hors
du piège avant que les mâchoires d'acier ne se
referment sur lui, avait échappé à l'Impératrice.
Lorsque Wu-chi lui avait raconté son étonnante
aventure, les événements de l'étrange souper
impérial étaient apparus au juge sous un jour
encore plus infâme.

– C'est exact, acquiesça Wu-chi, mais seul le

premier nous préoccupe. On ne vous aurait pas nommé à ce poste si elle ne l'avait pas voulu.

Le vieillard contempla les jardins fleuris du monastère du Lotus Immaculé qu'on apercevait par la fenêtre de ses appartements. Une poignée de petits oiseaux bleus voletaient autour d'un buisson de baies rouges.

– Votre nomination à la présidence de l'Office National des Sacrifices n'a été possible que parce qu'elle l'a voulue.

– J'imagine que Kao-tsung a conservé quelques parcelles de pouvoir, répliqua Ti.

Il se rendit aussitôt compte de l'absurdité d'une telle allégation. Wu-chi devina ses pensées.

– Celles qu'elle lui jette en pâture, dit-il d'un ton égal. Ne me dites pas que vous ne le saviez pas.

– Comment l'aurais-je su ?

– Certes, mais vous commencez à cerner le personnage, n'est-ce pas ? Il fut un temps où je la connaissais très, très bien, vous savez... Il y a bien des années de cela, et je n'ai plus le plaisir d'assister moi-même à... sa farouche *détermination*, mais je la connais par cœur.

Ti jeta des regards inquiets à la ronde.

– Non, le rassura Wu-chi avec un sourire, il n'y a pas d'espions ici. J'y réside depuis si longtemps que je connais chaque visage, chaque âme. Les moines de ce monastère sont d'authentiques bouddhistes. Aucun charlatan, et à part moi, ajouta-t-il avec un petit rire, aucun criminel n'a trouvé refuge dans ces murs. Quand j'ai appris la présence du célèbre juge Ti à Lo-yang, j'ai compris que l'heure de notre rencontre était enfin arrivée et je vous ai adressé une invitation en utilisant mon nom bouddhiste. Même les sbires de Wu ne savent rien de notre rendez-vous. En tant que président de l'Office National des Sacrifices, vous recevez des milliers de lettres des différents monastères, mais je savais que vous reconnaîtriez la mienne entre toutes.

– Bien sûr. D'ailleurs, je vous aurais retrouvé moi-même si vous ne m'aviez pas écrit. Mais... au sujet de ma nomination... dois-je conclure que Kao-tsung n'y était pour rien et que... ?

Le vieillard l'interrompit et se mit à parler d'une voix forte et décidée, sans se soucier des moines qui passaient devant la fenêtre ouverte ou qui méditaient à deux pas de là. Il suivit un instant du regard un écureuil qui traversait le jardin à petits bonds.

– Je sais par expérience que la main de Wu se cache derrière tous les actes de l'Empereur. Elle le manipule comme une vulgaire marionnette. Bien que vous représentiez l'opposition confucianiste qui l'a toujours détestée, vous lui plaisez. Il n'y a pas d'autre explication. Dites-moi... n'avez-vous pas remarqué que l'Impératrice manifestait... euh, du plaisir en votre compagnie ?

Ti se souvint avec précision de l'étrange attention que lui avait portée l'Impératrice, de ses regards insistants, profonds – un gouffre dans lequel un imprudent pouvait aisément disparaître – et il ressentit une bouffée d'angoisse mêlée d'excitation fiévreuse, qui avait dû se refléter sur son visage car le vieillard reprit :

– C'est bien ce que je pensais. Quelle qu'en soit la raison, elle était intriguée par le brillant magistrat de Yang-chou, l'homme qui a résolu des centaines d'affaires mystérieuses. Apparemment, cela n'a pas de sens, ajouta-t-il en observant deux moines engagés dans une vive discussion sous l'œil intéressé du petit écureuil tapi sous les racines d'un gros arbre. C'est très simple, mon ami, reprit-il en reportant son attention sur Ti. Vous lui plaisez. Qui sait ? Peut-être songe-t-elle à coucher avec vous ? C'est une éventualité, à moins qu'il n'y ait quelques motifs abracadabrants connus de son seul esprit tortueux. On ne peut rien écarter, absolument rien.

– Je ne la comprends pas, avoua Ti en hochant la tête. Cette femme est une énigme.

– Et vous n'êtes pas près de la comprendre, je peux vous l'assurer. Si vous la trouvez obscure, écoutez bien ceci. Le poste s'est libéré à cause de la mort du précédent président de l'Office des Sacrifices, comme je ne doute pas que vous le sachiez.

– Évidemment. J'ai été nommé pour combler cette vacance.

– Mais savez-vous comment cette vacance, comme vous dites, s'est créée ? Connaissez-vous les circonstances précises de la mort du président précédent ?

– C'était un homme profondément corrompu, avança Ti, mal à l'aise. Je l'avais rencontré lors d'une réception à Yang-chou. Un personnage insipide, immoral. Il était mêlé aux activités clandestines d'une bande de soi-disant bouddhistes. De plus, c'était un petit homme nerveux, qui suait la peur.

– Tout cela est vrai, juge Ti, mais....

– On m'a dit qu'il s'était pendu quand mon enquête a commencé à se refermer sur lui.

– Ah... comme par hasard ! s'exclama Wu-chi, l'air réjoui. Explication simple et logique ! Et crédible ! Ne voyez-vous pas que c'est précisément ce que Wu veut que vous croyiez, ajouta-t-il, plus sérieux. Je dispose toujours de mes sources à l'intérieur de la Cité Interdite, cher ami, bien qu'il y ait eu de nombreux changements depuis mon époque et que mes contacts s'amenuisent chaque année. Mais le Conseil des Six continuera d'exister tant que je serai en vie.

Ti, distrait, songeait avec une pointe de tristesse au président défunt. Sa mort subite lui faisait presque pitié.

– Ses sbires ont cessé de me rechercher depuis longtemps, reprit Wu-chi. Ils me croient mort, j'imagine ; mangé par les vers, comme les autres. Mais je suis en vie, et je suis à même de vous affirmer que l'impératrice Wu, apprenant que le célèbre juge Ti Jen-chieh participerait à ses infâmes Débats Pai, a décidé de lui réserver un poste de choix. Pourquoi ? Nous l'ignorons. Cependant, elle a voulu vous jauger auparavant. Dites-moi, à quel moment de la soirée avez-vous appris votre nomination ?

– Juste avant mon départ.

– Je m'en doutais ! Pendant le repas, après s'être fait une idée sur vous, elle a dû échanger un regard d'approbation avec l'Empereur afin qu'il vous confirme dans votre poste. Qui sait ? Peut-être que vos yeux lui auront plu.

Le vieil homme ne semblait pas plaisanter le moins du monde.

– C'est un de ses jeux favoris, reprit Wu-chi. Elle peut se débarrasser d'une personne et la remplacer par une autre, sans plus de difficulté ou de scrupule qu'un décorateur qui substitue un vase à un autre sur un présentoir en bois de rose. Elle a forcé le président Fu Yu-i à mettre fin à ses jours parce qu'il ne lui était plus d'aucune utilité.

– Alors que *moi*... ?

– Les voies de la déesse sont impénétrables. Pourquoi vouloir qu'un magistrat scrupuleux, le célèbre chasseur de bouddhistes de Yang-chou, occupe le poste de président de l'Office des Sacrifices – ou ce qui reste de cet organisme depuis la victoire des cléricaux –, cela me dépasse.

Il s'arrêta pour observer la course du petit écureuil qui bondit se réfugier sur les branches d'un arbre.

– Une chose est sûre : vous avez piqué sa curiosité. Il ne nous appartient pas de comprendre ses mobiles, nous ne pouvons que suivre de notre mieux le fruit de ses raisonnements tortueux. Maintenant, juge Ti, vous portez *deux* chapeaux. Vous n'êtes pas seulement le président de l'Office National des Sacrifices, mais vous êtes aussi le magistrat principal du district de Lo-yang. Au cas où vous accepteriez ce dernier poste, bien sûr. Et je vous supplie de réfléchir longuement avant de prendre votre décision, car si vous acceptiez, vous découvririez rapidement que notre belle cité impériale est très différente de Yang-chou. Oh ! très différente, certes ! Vous venez de vous trouver une nouvelle maîtresse, conclut-il avec un sourire rêveur. Je ne peux que vous recommander de la traiter avec une extrême prudence.

15

Lo-yang, au début de l'été de l'an 667

– Voyez comme ils me suivent! s'exclama le grand étranger dégingandé en fixant son regard noir sur Ti comme s'il s'adressait directement à lui.

Mêlé à la foule, Ti savait que l'homme l'avait choisi au hasard. Tout l'art du bateleur consiste à faire croire à chacun qu'il n'exécute ses tours que pour lui.

– On dirait une portée de poussins, des agneaux qui se pressent pour la tétée!

Là-dessus, l'étranger promena son regard brillant sur la foule de badauds, fixant tout le monde et personne de son œil pénétrant.

– On dirait des chacals affamés qui ont senti la charogne! s'écria-t-il.

La foule recula d'un pas, gloussant et murmurant. « Il les tient, songea Ti. Il en fait ce qu'il veut. » L'homme induisait juste ce qu'il fallait de curiosité et de crainte, et il n'avait pas l'intention de lâcher ses proies. Ses bras levés ondulaient avec grâce, les manches de ses robes multicolores retroussées jusqu'aux coudes.

– Si je vous conduisais jusqu'au canal et que je vous ordonnais de vous jeter à l'eau, le feriez-vous? Hein, le feriez-vous?

Les plus courageux opposèrent un timide démenti.

– Oh, si! fit l'étranger d'un ton triste. Si, vous le feriez. Et si je vous emmenais aux grandes grottes de Lung-men, que je vous ordonne de grimper sur la tête du plus grand Bouddha et de sauter dans le vide, vous le feriez aussi! Bande d'imbéciles! tonna-t-il d'une voix de stentor. Je ne le *crois* pas, je le *sais*! Sinon, à quoi bon être magicien?

Quelle assurance! songea Ti. L'homme n'était certes pas le premier bateleur venu. Jamais il n'avait vu d'illusionniste exercer un tel pouvoir sur la foule, afficher une telle audace.

– Écartez-vous! ordonna le magicien.

Les badauds obéirent en se bousculant.

– Toi, mon garçon, reste où tu es... Oui, ne bouge pas d'un pouce.

L'étranger baissa la voix et plongea son œil noir dans le regard vacillant d'un jeune paysan dépenaillé. Le jeune homme semblait hypnotisé. La foule se recula, et il se retrouva seul, sur le devant de la scène.

– Nous nous connaissons, mon garçon, n'est-ce pas? Si, nous nous connaissons. Oh! pas que nous ayons été présentés l'un à l'autre! Non, je parle d'expérience plus profonde. Nous nous connaissons comme la mangouste connaît le cobra!

Tel un danseur mystique, l'étranger agita ses bras ondulants devant les yeux du jeune homme dont le sourire cachait mal l'effroi.

– À chaque bonne pensée, déclara le magicien d'une voix soudain théâtrale, l'œil pétillant de malice, une fleur jaillira d'entre les pavés.

Une fleur en papier aux couleurs éclatantes surgit entre les pieds du paysan qui recula d'un bond, effrayé.

– Mais par un juste retour des choses, reprit le magicien avec gourmandise, des rats grouillants de vermine envahiront tes pieds à chaque mauvaise pensée.

Terrorisé, le paysan regarda ses pieds, mais cette fois, rien ne se passa.

– Telle est la puissance de la pensée ! poursuivit le magicien. Et...

Son regard s'éclaira soudain et une lueur inquiétante brilla dans ses yeux.

– Celui qui sait communiquer avec les ondes invisibles qui traversent l'univers, celui qui a le pouvoir de plonger à la source de toute chose, celui-là sera récompensé et les mondes cachés lui dévoileront leurs mystères.

La foule grandissait. Des gens s'arrêtaient, se frayaient un chemin à coups de coude, se hissaient sur la pointe des pieds, tendaient le cou, afin de voir ce que l'étrange magicien leur réservait.

Certainement pas un Chinois, songea Ti. Un magicien, un devin occidental, entendit-il dire. Et bien que le spectacle fût gratuit, il en coûtait une pièce de cuivre pour que le devin vous prédise l'avenir. Une mince piécette de cuivre pour entrevoir la triste et misérable destinée qui attend chaque être.

– Reculez... reculez, s'il vous plaît, supplia le bateleur. J'ai besoin d'air. Vous êtes trop nombreux, vous pompez toute l'essence vitale. Laissez-moi me concentrer. Et croyez-moi, ce n'est pas simple !

Grand et maigre, il aurait paru squelettique s'il n'avait eu tant de grâce. Le visage anguleux, le teint cuivré comme celui des Occidentaux que Ti avait déjà rencontrés, c'était surtout ses yeux à l'éclat mystérieux qui retenaient l'attention et semblaient hypnotiser la foule.

C'était aussi le regard du bateleur et son assurance qui impressionnaient le plus Ti. Il l'aurait laissé faire ou dire n'importe quoi. Il aurait même empêché la force publique d'intervenir tant était grande sa curiosité. Il voulait trop connaître la suite.

– J'ai besoin de me concentrer sur ce jeune

homme, reprit le magicien en faisant reculer la foule d'un geste impérieux. Et je vous demande le silence le plus absolu afin d'*écouter* et de *voir* l'avenir de ce garçon. Plus un mot, plus un bruit ! Plus un souffle... s'il vous plaît...

La foule contemplait avec fascination l'homme aux robes multicolores agiter ses bras serpentins au-dessus du paysan en haillons. Le magicien sembla grandir, grandir... on croyait voir une immense araignée refermer ses pattes tentaculaires sur une vulgaire mouche. L'étranger se pencha pour murmurer à l'oreille du paysan. Ti vit les yeux apeurés du jeune homme s'écarquiller de surprise.

Ti avait décidé de circuler incognito dans les rues de Lo-yang comme il aimait le faire à Yang-chou. Président de l'Office National des Sacrifices, il préférait se considérer comme le magistrat principal de la ville impériale, poste qu'il avait accepté après maints atermoiements afin de rester à Lo-yang pour un an, voire deux ou trois. Il ne pouvait décemment pas refuser la chance qui lui était offerte de vivre et de travailler dans la capitale, si près des affaires de l'État, au cœur même de l'Empire... et surtout d'assister à la mainmise croissante de l'impératrice Wu sur les destinées du pays.

Quant à son autre poste, les seules prérogatives dont disposait encore le gouvernement, et par suite le président de l'Office National des Sacrifices, se ramenaient à un droit de regard sur l'ordination des moines et des bonzes, et, en de rares occasions, à la possibilité de défroquer les charlatans.

Ce matin-là, Ti devait présider une banale affaire de litige commercial, mais cela pouvait attendre. Il préférait assister au spectacle du fascinant bateleur.

Justement, un coup de tonnerre précéda un éclair blanc. Des plumes... des ailes... des *oiseaux !* Surtout, le magicien s'était brusquement volatilisé.

Avec des hurlements terrifiés, les gens se bousculèrent pour fuir ce prodige angoissant. Ti ne broncha pas. Il lui parut d'abord que le magicien s'était métamorphosé en une volée de colombes, puis il l'aperçut au milieu de la foule en déroute. Cependant, il était vêtu différemment ! Ti aurait pourtant juré l'avoir reconnu. Comment diable avait-il changé d'habit en un clin d'œil ?

Puis il comprit. Profitant de la distraction causée par les oiseaux, l'homme s'était mêlé aux badauds en retournant vivement sa veste qui présentait maintenant des couleurs et une coupe différentes. En outre, il ressemblait à un vieil homme pressé de fuir la cohue.

Et les oiseaux ? se demanda Ti en observant les colombes. Il scruta l'endroit par où elles étaient apparues et devina l'astuce du bateleur. C'était à la fois simple et complexe.

Parmi les buissons et les rochers, près de l'endroit où il avait choisi d'opérer, le magicien avait caché une série de cages adroitement camouflées. Qu'il ait pu les manœuvrer à distance restait un mystère, mais Ti ne doutait pas qu'il y eût une explication rationnelle.

C'était fort ingénieux. L'illusion dépendait des réactions prévisibles de la foule, de la tendance inexorable à ne voir que le spectaculaire, et de l'habileté du magicien à attirer les regards du public dans une direction déterminée pendant le temps nécessaire à sa métamorphose. Lumineux ! songea Ti en se caressant le menton d'un air rêveur. Lumineux de simplicité !

Les oiseaux se dispersèrent sur les arbres et les toits des maisons avoisinantes. Avec prudence, les badauds s'attroupèrent de nouveau au milieu de murmures ébahis, montrant avec force gestes la volée de colombes, réincarnation du mystérieux magicien.

– *Méfiez-vous*, mes amis ! *Méfiez-vous !*

Toutes les têtes se tournèrent dans la direction d'où venait la voix. Une silhouette longiligne était perchée sur le toit d'une maison. La foule hoqueta, sidérée.

— Pauvres naïfs, méfiez-vous des charlatans qui vous exploitent !

Le poing brandi, il avait repris son apparence première. La foule étouffa un cri quand il avança jusqu'au bord du toit et ouvrit le poing : des pièces de cuivre tombèrent au sol avec un bruit de ferraille.

— Je n'ai pas le cœur de garder l'argent que je vous ai soutiré. Vous en aurez besoin pour nourrir vos enfants affamés. Vous vous êtes laissé berner ! Et je parierais que ce n'est pas la première fois. Ni la dernière ! Allez, ramassez vos pièces ! Il y en a quatorze et je sais à qui chacune appartient. Approchez, bande de trouillards ! Ces pièces sont à vous ! En principe, elles devraient appartenir à celui qui est assez rusé pour vous en soulager. Et ce ne serait que justice. Que cela vous serve de leçon ! Ramassez votre argent, et filez !

Mais les gens hésitaient, de peur d'être une nouvelle fois floués, et ils fixaient les pièces comme si elles allaient les brûler ou les mordre.

Ti s'assit sur l'herbe grasse du tertre et hocha la tête d'un air satisfait. Ce n'est pas tous les jours, songea-t-il, qu'on rencontre un voleur assez subtil pour voler des bourses autrement qu'en assommant ses victimes.

Une heure plus tard, ses obligations professionnelles oubliées, Ti était assis à la terrasse d'une maison de thé avec le magicien. Le spectacle terminé, la foule dispersée, Ti avait croisé l'étranger en traversant une rue. Une intuition l'avait conduit à l'approcher pour le féliciter ; il s'était ensuite présenté. L'homme avait paru agréablement surpris et l'avait invité à partager un pot de thé.

La possibilité de mieux connaître l'étonnant personnage valant bien un accroc dans son emploi du temps, Ti avait accepté avec joie. Il observait avec intérêt le beau visage animé du magicien.

– Il fut un temps, chuchotait ce dernier en jetant des coups d'œil à la ronde, où la charge de président de l'Office des Sacrifices représentait quelque chose, n'est-ce pas ? Mais c'était bien avant qu'on ne vous l'attribue. Bien avant que le président Fu Yu-i et sa bande de porcs ne corrompent ce ministère. Savez-vous, juge Ti, que j'ai assisté aux Débats Pai de bout en bout, et que je n'ai pas manqué un mot de votre brillant discours ? Mieux que personne, bien que membre du parti opposé, j'ai apprécié votre dénonciation des criminels que l'Église cache en son sein. Je connais aussi vos succès de Yang-chou, comment vous avez mis au jour les activités des charlatans – qui commettent leurs forfaits au nom sacré du Bouddha – et comment vous êtes remonté jusqu'au seuil de l'Office National des Sacrifices.

– Et même au-delà, précisa Ti. Je suis infiniment flatté que vous daigniez vous intéresser à mon insignifiant travail.

Subjugué par les yeux noirs et profonds de l'étranger, il éprouvait une sensation de vertige, comme s'il marchait au bord d'un précipice. Il étudia l'homme. Son visage taillé à coups de serpe, les rides qui se creusaient à la base de son nez, les pattes-d'oie autour de ses yeux lui donnaient une maturité démentie par la jeunesse de son corps souple et musclé. Il pouvait avoir entre vingt-cinq et quarante ans. N'eût été sa haute taille, la mobilité de ses expressions lui aurait permis de changer de physionomie à sa guise sans avoir recours à un quelconque déguisement.

L'homme n'empestait pas comme souvent les mendiants, mais il n'embaumait pas non plus comme s'il habitait une belle demeure et se lavait tous les jours avec du savon parfumé. Sans doute trouvait-il refuge dans les nombreux temples de la ville. Ti remarqua qu'il buvait et mangeait avec un appétit qui n'avait rien d'ascétique.

En étudiant les différents visages que l'homme

adoptait tour à tour, Ti se demanda lequel était le vrai. L'étranger lui avait avoué qu'outre ses « médiocres » talents de magicien, il était aussi habile artisan, architecte de temples, paysagiste, et maître d'un autre art des apparences : le maquillage. Il se targua d'être le seul à connaître les lotions et les crèmes qui effaçaient les outrages des ans et apportaient aux femmes une seconde jeunesse. Lorsqu'il avait réussi à s'introduire chez un riche client pour lui dessiner son jardin, il en profitait pour offrir ses services au seul vrai pouvoir : la vanité des épouses du propriétaire.

– Comme le taoïste avec ses élixirs, je leur promets une cure de jouvence. Mais, moi, je tiens parole, se vanta-t-il en tambourinant sur la table de ses longs doigts déliés.

Mais il était d'abord et avant tout, confessa-t-il, un moine bouddhiste, disciple d'un ordre hautement ésotérique du tantrisme tibétain. Parvenu à un stade particulier de son voyage spirituel, il avait été envoyé dans le monde afin de traquer les faux prophètes.

– Vous et moi, nous faisons le même travail, assura-t-il. À cette différence que mon approche est occidentale, pour ainsi dire, et la vôtre orientale.

Ti n'était pas peu intrigué. Malgré ses propos énigmatiques, son interlocuteur paraissait sincère.

– Pour être franc, déclara le Tibétain qui répondait au nom chinois de Hsueh Huai-i, je suis venu dans la capitale pour assister aux Débats Pai et entendre le grand Ti Jen-chieh. Vous êtes trop modeste, Votre Grâce, votre travail est tout sauf insignifiant. Quant à ceux qui exploitent la crédulité et la superstition des faibles, je ne peux que leur souhaiter de grands malheurs dans leur prochaine réincarnation.

Accoudé à la table, le menton calé dans la paume de sa longue main fine, il tambourinait sur sa joue avec fébrilité.

– N'est-ce pas triste ? N'est-ce pas foncièrement mal ? interrogea-t-il d'un air lugubre.

– Assurément, acquiesça Ti en versant un bol de thé vert au moine.

Hsueh Huai-i but à petites gorgées, puis croisa les bras derrière sa nuque et s'adossa contre le mur en roucoulant avec désinvolture. Ti ne put s'empêcher de penser aux blanches colombes, et il imagina le magicien leur parler dans leur propre langage et leur ordonner de sortir de leur cage. Le moine leva les yeux vers les poutres grossières du plafond à claire-voie.

– Voilà à quoi devrait ressembler le plafond d'un monastère, dit-il.

– C'est-à-dire ?

– Simple. Primitif. Dépouillé des symboles de la richesse matérielle. La richesse et le pouvoir sont des illusions terrestres, des mensonges, en contradiction absolue avec la foi bouddhiste. Ce sont des abominations. Où est la logique, juge Ti ?

– Je vous le demande !

La conversation prenait une tournure de plus en plus intéressante. Le magicien ne venait-il pas de donner une leçon aux paysans en même temps qu'il avait gagné sa maigre pitance ? Car il l'avait gagnée, et bien gagnée. Comme certains avaient refusé de reprendre leurs pièces, le moine les avait gardées. Mais sa démonstration sur la crédulité et le charlatanisme valait beaucoup plus.

– La richesse de certains monastères, les joyaux, les ors, les peintures et tout le tremblement, loin de représenter une métaphore des royaumes supérieurs, ne font qu'aveugler les pauvres et les ignorants.

– Et aussi ceux qui ne sont ni pauvres ni ignorants, ironisa Ti.

– Je sais, je sais. Les faibles et les crédules se recrutent dans toutes les classes de la société.

– Assurément. Et tous s'accrochent à une religion qui s'appuie sur la superstition, sur une foule de dieux, de déesses, d'esprits maléfiques et de démons qui exigent d'être apaisés ou que l'on doit exorciser.

– Hum ! Une vision incroyablement naïve de l'ineffable... la seule, peut-être, à la portée de leur esprit inculte.

– Un médecin de l'âme, avança Ti, dirait peut-être que chez l'ignorant les vaisseaux des chakras sont obstrués.

– Hmmm ! Image hardie mais utile... si cela aide à visualiser les choses, approuva le moine en souriant. Le pire péché est de s'enrichir en profitant de la foi des naïfs. Clergé *corrompu*... monastères *croulant sous les richesses*... (Il assena un violent coup de poing sur la table, faisant vaciller les bols de thé.)... c'est aussi incongru, aussi contraire à la nature... qu'un *cochon volant* ! Maître Ti, je vais être franc avec vous. C'est pour vous que j'ai exécuté mes petits tours de magie. Ma carte de visite, si vous préférez. Je ne voulais pas me présenter à vous comme un banal admirateur. Il me fallait d'abord attirer votre attention, n'est-ce pas ? Disons que je voulais vous offrir un *cadeau*.

Ti changea de place pour profiter des derniers rayons du soleil. Il se faisait tard et la plupart des consommateurs étaient partis. Ti réfléchit à l'étrange rencontre : était-elle fortuite ? Ou bien le moine avait-il choisi de donner son spectacle à un endroit précis où il savait que le juge se trouverait à un moment déterminé ? À moins que le moine n'improvisât au fur et à mesure ? Comment savoir ?

– Eh bien, maître Hsueh, je suis très flatté. Et je vous assure que vous avez toute mon attention.

– Je ne suis en ville que depuis quelques semaines, mais j'ai déjà repéré au moins trois recteurs sans scrupules. L'un s'enrichit en promulguant des faux soutras ; un autre rachète la liberté de forçats qu'il envoie ensuite commettre toutes sortes de larcins pour son compte ; le troisième dirige un couvent qui est en réalité un bordel. Il a

convaincu ses jeunes recrues qu'elles accomplissaient des actes sacrés avec leurs riches clients.
Actes dont les profits vont directement dans sa
poche, bien entendu, soupira-t-il en hochant la tête
avec tristesse. Et vu le résultat des Débats Pai, on
peut être assuré que les abus vont aller croissant.
Les malfrats et les sans-scrupules vont grouiller
comme des cafards !

– Cette fois, maître Hsueh, je suis tout ouïe,
affirma Ti en se penchant vers son interlocuteur.

– Maître Ti, pensez à ce que nous pourrions
accomplir si nous unissions nos efforts. Notre mission est identique. Moi, le moine magicien, et vous,
l'enquêteur infatigable, le président de l'Office des
Sacrifices, le magistrat principal de Lo-yang ! Vos
succès de Yang-chou étaient certes brillants, mais
ceux de Lo-yang le seront trois fois plus. Et toute
la gloire sera pour vous seul. Moi, j'aurai la satisfaction d'accomplir ma quête spirituelle.

L'étrange lueur qui animait le regard du moine
brilla d'un éclat accru. Il hésita, puis demanda :

– Vous avez l'intention de rester quelque temps
à Lo-yang, n'est-ce pas ?

– En effet, admit Ti en étudiant l'étrange proposition du Tibétain. Et comme je ne sais pas pour
combien de temps, ma famille a préféré rester à
Yang-chou. Je serai donc livré à la solitude.

– Eh bien, vous vous êtes trouvé un ami ! Un
partenaire, un collègue, si vous préférez. (Il sourit,
puis ajouta à voix basse :) Un espion.

Ti dévisagea longuement le grand Tibétain.

– Maître Hsueh, dit-il enfin en se levant, il se
fait tard. Me ferez-vous l'honneur de partager mon
repas ? Nous avons beaucoup de choses à nous
dire.

Le magicien se leva à son tour, dépliant sa
grande carcasse.

– Mais certainement, maître Ti. Tout l'honneur
est pour moi.

Après un an de séparation, Ti regrettait les siens quand il n'était pas trop occupé. Mais comme il travaillait pratiquement tout le temps, il n'avait guère l'occasion de se laisser aller à la mélancolie. Le soir pourtant, dans les appartements simples mais confortables de l'auberge du centre-ville où il résidait, au moment de sombrer dans le sommeil, ses pensées dérivaient vers ses épouses, la petite fille qu'il avait achetée à l'Indien, et même vers ses fils dont il n'avait plus de nouvelles depuis trois ans, depuis leur départ au service militaire. Il correspondait avec ses épouses par de longues lettres. La fillette, âgée de près de cinq ans maintenant, les ravissait et adoucissait la séparation ; Ti les soupçonnait même parfois d'être satisfaites de son absence.

Mais il était préférable qu'il fût loin de Yang-chou car elles n'auraient pas apprécié qu'il s'absorbât si entièrement dans son travail. Maître Hsueh n'avait pas menti. L'année qui suivit les Débats Pai vit les abus du clergé proliférer comme des champignons après la pluie. De la minable filouterie à la grande escroquerie, des profits modestes aux escroqueries les plus lucratives, on rencontrait de tout. Pas moins d'une douzaine de recteurs, criminels endurcis ou malfrats novices, et d'innombrables complices avaient été défroqués, leurs monastères fermés. Assurément, Hsueh n'avait pas menti.

Et il avait également dit vrai pour ce qui était de son association avec le juge. Il se déplaçait dans la société ecclésiastique comme un poisson dans l'eau, infiltrait les monastères, se liait avec les moines, recueillait des informations, et débusquait les faux dévots et les charlatans avec un flair de magicien qui arrachait l'admiration de Ti. Arrestations et jugements se succédaient avec efficacité et célérité. A peine un bonze corrompu venait-il d'être condamné que Hsueh était déjà sur les traces d'un faux prophète avec la fougue d'un chien sur la piste d'un lièvre. Son ardeur à « purifier » la foi n'avait d'égale que celle de Ti à débarrasser la société de la corruption.

Ti était plus que satisfait de son associé – excellent ami de surcroît, qui savait respecter son intimité et se montrait un compagnon intellectuel d'une qualité rare. Ils avaient de nombreuses discussions nocturnes, vives et animées. Hsueh avait soif de réunir le maximum d'informations sur le droit civil, l'histoire, et les affaires du gouvernement. De son côté, Ti apprit de Hsueh moult détails fascinants sur les diverses sectes bouddhistes qui peuplaient les hautes montagnes de l'Ouest, et il en vint à mieux saisir la doctrine et les pratiques de la véritable philosophie bouddhiste, dépouillée de toute corruption.

Ti n'avait plus été invité au palais, mais il recevait souvent des lettres de félicitations de l'Impératrice pour son « distingué travail », lettres dans lesquelles elle louait l'ami de la Foi, le combattant de la Vérité, etc. De telles missives dégoûtaient particulièrement Hsueh pour qui Wu Tse-tien était la pire insulte au bouddhisme.

D'invraisemblables rumeurs, affirmait Hsueh, filtraient de la Cité Interdite. D'après ce qu'on racontait, la bougresse s'amusait avec divers « saints hommes » sous le nez même du pauvre Empereur impotent, et apaisait d'un même coup ses appétits spirituels et charnels. « En plusieurs coups rondement menés, devrais-je dire », avait-il rectifié avec une ironie désabusée.

Hsueh avait ensuite repris son sérieux et avait déclaré qu'il envisageait de nettoyer la Cité Interdite de sa vermine – ces soi-disant saints qui infestaient le palais d'où leur venin s'écoulait sur tout l'Empire, souillait la foi véritable et asservissait les crédules.

Ti avait protesté qu'il leur restait d'autres tâches et qu'ils devaient limiter leurs ambitions au réalisable. En outre, avait-il ajouté, un brin moqueur, n'apportez-vous pas un « attachement » excessif dans votre croisade contre les charlatans ? Ne m'avez-vous pas expliqué que la vie n'était qu'illusion, et qu'un soulier verni ne valait pas plus qu'une botte crottée ? Hsueh avait acquiescé avec le sourire ; mais Ti savait-il que certains initiés avaient fait vœu de se mêler aux forces du mal afin de les neutraliser de l'intérieur ? Viendraient-ils à échouer, à se laisser pervertir, qu'une place de choix les attendait en enfer.

Oui, Ti et Hsueh avaient de riches et stimulantes conversations. Grâce au Tibétain et à Wu-chi, toujours caché dans son sanctuaire au nord de la ville, Ti avait réussi à surmonter sa solitude. Il visitait Wu-chi et le brave recteur Liao aussi souvent qu'il le pouvait, visites qu'il gardait secrètes comme promis, et dont, bien qu'il l'eût souhaité, il n'informait même pas maître Hsueh. Sans doute le ferait-il un jour, se dit-il.

Ses visites au monastère du Lotus Immaculé le régénéraient. Là-bas, il oubliait ses soucis. On lui avait attribué des appartements privés qui l'attendaient quand il parvenait à s'échapper un jour ou deux. Il aimait observer la complicité qui s'était établie entre le recteur et le vieux conseiller. Maître Liao tolérait avec une infinie patience les sautes d'humeur et le caractère grincheux de Wu-chi, et il se mettait en quatre pour rendre la vie de son ami plus confortable. Ti en était arrivé à considérer les deux hommes comme un vieux couple.

Il était reconnaissant à Hsueh et au recteur Liao de lui prouver les mérites de la foi véritable. Grâce à eux, le bouddhisme avait cessé d'être une pure abstraction et il n'en était que plus décidé à traquer la corruption qui dévoyait ses principes généreux.

Pendant ce temps-là, la bonté de l'Impératrice

s'étalait partout. Elle avait créé des œuvres pour nourrir les pauvres, fondé une douzaine d'orphelinats, et elle avait dispensé d'impôts les nécessiteux. Ses bonnes œuvres, les étranges rumeurs qui filtraient de la Cité Interdite, les confidences de Wuchi, tout cela ajouté à ce qu'il avait vu de ses propres yeux ne lassait pas d'intriguer Ti. L'épouse du Fils du Ciel restait pour lui une énigme.

Qui était-elle vraiment ?

16

Lo-yang, au début de l'hiver de l'an 668

– Ah, la famille ! s'exclama Dame Yang. Que de soucis ! On ne choisit pas ses parents, on les subit. C'est un fardeau dont on hérite au hasard des naissances.

Dans le pavillon de son jardin, allongée sur un divan, elle caressait d'une main distraite le grand chat tibétain lové sur ses genoux.

Par cette journée chaude et ensoleillée, inhabituelle à pareille saison, l'impératrice Wu et sa mère avaient décidé de prendre leur repas à l'extérieur.

Sa mère avait raison. Il fallait surveiller ses parents, s'en méfier constamment. Ses deux neveux et sa nièce, par exemple, lui empoisonnaient la vie.

– D'ailleurs, reprit Dame Yang en grattant la tête du chat qui ronronna d'extase, l'histoire est pleine de drames de ce genre. Un jour, il faudra demander à notre fidèle historien Shu d'en faire une chronique.

– C'est un travail de forçat, lâcha Wu sans lever le nez de son assiette.

– Il y a tant de récits de parents cupides, dangereux et inutiles, et qui veulent se mêler des affaires de l'État pour leur seul profit égoïste.

– Impardonnable! s'écria Wu la bouche pleine. Inexcusable!

– Y a-t-il eu quelque amélioration? demanda Dame Yang qui chassa le chat en se redressant vivement.

Dérangé par le geste brusque, le chat se lécha les pattes puis se nettoya le museau d'un air offensé.

– Pas à ma connaissance, répondit Wu. Bien que le Nagaspa prétende le contraire. En tout cas, je ne vois pas qu'il ait exorcisé le fantôme de ma demi-sœur défunte. On dirait plutôt que sa présence s'affirme chaque jour davantage. (Elle épluche un litchi d'un air songeur.) Ma nièce Ho-lan ressemble de plus en plus à sa mère.

– À quinze ans, ce n'est pas étonnant. Une jeune fille hérite de sa mère.

– Non, c'est pire que cela. La ressemblance entre Ho-lan et ma défunte demi-sœur dépasse le simple héritage maternel.

– En effet, acquiesça Dame Yang. Et je suis contente que tu t'en sois aperçue. Tu as hérité de ma perspicacité.

Elle balança un morceau de poisson séché devant le museau du chat. L'animal se dressa sur ses pattes arrière, mais lorsqu'il allait pour se saisir du poisson, Dame Yang l'écarta vivement et le chat balaya l'air de ses griffes. C'était un jeu que Dame Yang adorait, et qui ne manquait jamais de faire rire Wu. Dame Yang aimait faire rire sa fille; cette enfant était trop sérieuse, et se renfrognait souvent. Dame Yang continua d'exciter le chat.

Wu riait maintenant aux éclats; jamais le chat n'était resté si longtemps sur ses pattes arrière. Dame Yang se mit à rire à son tour. Le manège du chat était si ridicule! Dame Yang approcha le poisson, puis l'éloigna d'un geste vif au dernier moment, et le chat pirouetta, puis retomba sur ses pattes et tituba comme un ivrogne. Les rires des deux femmes redoublèrent.

– Je ne supporte pas de voir le pauvre chéri

souffrir, déclara alors Dame Yang en abandonnant le morceau de poisson à son chat.

L'animal le prit aussitôt dans sa gueule et courut le déguster sous la table.

– Les parents sont comme ce chat, reprit Dame Yang. Avides, prêts à mendier, jamais satisfaits. Mais ils sont loin d'être aussi amusants que cet amour d'animal. Pas vrai, mon minet ? fit-elle en jetant un coup d'œil sous la table.

Le chat, son festin achevé, faisait consciencieusement sa toilette. Dame Yang se redressa et dévisagea sa fille d'un air préoccupé.

– Ton père m'a affirmé que l'âme de ta demi-sœur consumera bientôt celle de sa fille. Ta nièce Ho-lan *deviendra* peu à peu sa défunte mère. Et c'est exactement ce qui est en train de se passer.

Le regard de Wu s'assombrit, comme toujours quand on abordait certains sujets – celui de la duchesse défunte, par exemple.

– Cela expliquerait bien des choses, déclarat-elle après un court silence.

Avec une sorte de prescience, Wu avait reconnu un danger dans la façon dont l'Empereur accueillait les visites de sa nièce, même si Kao-tsung ne s'était pas encore rendu compte du subtil effet que la jeune fille exerçait sur lui. Wu devinait souvent ces choses-là avant lui.

La douceur ingénue de la jeune fille, son caractère enjoué, irritaient particulièrement Wu et lui rappelaient trop feu la duchesse. Avec l'âge, Ho-lan s'épanouissait telle une fleur. Une fleur splendide. Wu se lassait des charmes et des incantations du Nagaspa, à l'évidence peu adaptés à la situation. Sans doute les nièces étaient-elles encombrantes, songea-t-elle en dévorant une prune confite, mais que dire des neveux ?

Ah, la famille !

Ils arrivèrent de la province occidentale de Szuch'uan. Ils avaient adressé une lettre au Père

Impérial, mais Kao-tsung ne l'avait jamais reçue car elle avait été interceptée par Wu qui avait aussitôt consulté sa mère et l'historien Shu. Ensemble, ils avaient rédigé une réponse. Après tout, c'était une affaire de famille ; les deux neveux n'étaient pas apparentés à l'Empereur.

Âgés de dix-neuf et de vingt-trois ans, ils descendaient de la première femme du père de Wu, et n'étaient donc que des demi-neveux, comme Holan une demi-nièce. Cependant, ils n'en faisaient pas moins partie de la famille, souvenir désagréable du passé du père de Wu avant qu'il n'épousât Dame Yang. L'Impératrice et sa mère partageaient la même haine pour tout ce qui échappait à leur contrôle. Les deux neveux ne leur rappelaient pas seulement un passé sur lequel elles n'avaient aucune prise, ils étaient source de soucis.

— Les parents sont comme un fardeau sur un chariot déjà surchargé, remarqua Dame Yang peu après l'arrivée des deux neveux. Et les parents éloignés sont un fardeau injuste : ce n'est même pas *leur* chariot !

— N'y aurait-il pas quelque avantage à en tirer ? demanda Wu.

Dame Yang considéra longuement la question.

— Il se peut... finit-elle par acquiescer. Oui, il se peut.

Les jeunes gens vinrent se recueillir avec ostentation devant le tombeau de leur tante, la duchesse Ssu-lin. Bien qu'ayant pris le deuil depuis la mort de leur parente, quelques années auparavant, ils n'avaient jamais pu faire le long voyage jusqu'à la capitale et la Cité Interdite.

On accueillit les neveux en grande pompe. On leur attribua des appartements spacieux dans une aile du palais nouvellement construite, dans la tour du Bouddha Miséricordieux. Et malgré ce traitement princier – traitement auquel ils n'avaient pourtant pas droit – ils se montraient impertinents, arrogants et dédaigneux. Bien que respectueux en présence de Wu, soucieux du protocole, ils ne l'aimaient pas, c'était évident.

Dès leur première rencontre, Dame Yang avait décrété qu'elle avait surpris un mépris ouvertement affiché dans leur regard hostile. Wu n'avait rien vu de pareil. Elle n'en dit rien à sa mère pour ne pas la froisser, mais elle s'était clairement rendu compte qu'ils trouvaient Dame Yang indiscrète et la traitaient comme une quantité négligeable.

L'aîné, un petit trapu banal, ressemblait à l'historien Shu mais sans en posséder le charme. L'œil exorbité, le nez aplati, le teint maladif, on aurait dit un affreux poisson, et son ton mielleux et lisse le rendait insupportable. Le benjamin, de taille moyenne, svelte, avait un visage avenant, presque beau. Wu n'aimait pas le regard méprisant de l'aîné, mais se méfiait davantage du cadet.

Ce dernier avait la détestable manie de lever les sourcils quand il écoutait son interlocuteur ; manie, décréta Wu, qui prouvait son caractère suspicieux.

La mère et la fille étaient persuadées que les deux neveux s'étaient rendus à la cour dans l'unique but de fouiner partout et de découvrir ce que cachait la mort de la duchesse. Et alors ? s'était exclamé Wu en présence de sa mère. Il arrive que les gens meurent, non ? Est-il besoin de fouiner pour autant ? Les deux neveux faisaient régner une détestable atmosphère de suspicion. Leurs insinuations et leur jalousie maladive perturbaient la paix de Wu. Il fallait intervenir avant qu'il ne soit trop tard.

Dame Yang décida alors d'inviter la famille pour un dîner de gala dans sa propriété privée, ce qui changerait de l'isolement du palais et rapprocherait les neveux du tombeau de la duchesse. Un orchestre de musiciens impériaux égaya la soirée. On convint de laisser l'Empereur au palais : son état aurait constitué une gêne.

Kao-tsung ne s'aperçut pas tout de suite qu'il mordait les doigts de sa main valide. Un filet de bave coula sur son menton, mais cela aussi il l'ignora. Sur ses genoux traînait encore le parchemin déroulé où il avait lu avec horreur la proclamation de Wu. Il poussa un cri de douleur, et un goût amer de sang chaud lui fit comprendre sa maladresse.

Que va-t-on penser ? se dit-il. Que le pauvre Kao-tsung titube comme un vieillard, qu'il se mord, mouille son pantalon, sans même s'en rendre compte !

Il souffla sur sa main blessée et relut une seconde fois la proclamation que les gazettes de la capitale avaient déjà publiée.

Décembre 668

C'est avec grand regret que le règne du Bouddha Miséricordieux doit être remplacé par le règne du Bouddha Vengeur. Ainsi en a décidé avec une infinie tristesse la divine impératrice Wu Tse-tien après avoir ordonné l'exécution de deux parents du royaume – les neveux de la famille royale de Wu – pour le lent empoisonnement de la duchesse Ssu-lin, la demi-sœur bien-aimée de l'Impératrice, et pour le meurtre perfide, toujours à l'aide d'administration pernicieuse de poison, de la fille de la duchesse, la belle et innocente Ho-lan qui n'avait pas encore atteint sa seizième année.

Les mobiles des meurtriers restent obscurs, et on ignore toujours s'ils ont agi seuls ou avec l'aide de conspirateurs. La police secrète du palais, la Garde Yu-lin, est chargée d'enquêter sur ces questions. Mais comme la duchesse n'avait pas d'autre descendant, on pense que les deux neveux ont accompli leur odieux forfait dans le but évident d'hériter de la fortune et du rang de leur tante.

Nous pleurons la mort de notre nièce Ho-lan, emportée lors d'un moment de grande félicité, au domicile de Dame Yang, notre bien-aimée Mère Impériale. Nous avons toutefois des raisons de nous réjouir, car on a vu une merveilleuse oie blanche monter dans le ciel d'hiver quand l'âme de Ho-lan a

quitté ce monde, signe indéniable que son âme s'est
envolée pour la Terre de Béatitude du Bouddha.

Ti acheva sa lecture, reposa le papier et dévisagea Hsueh qui l'avait écouté avec un intérêt non dissimulé.

– Cela ne sent pas bon, déclara-t-il. Qu'en pensez-vous ?

Hsueh eut une moue dubitative.

– En effet, conclut-il. Cela ne sent pas la rose.

– Ah ! On ne peut pas dire ! Je serai très curieux d'en apprendre davantage sur la mort de la duchesse Ssu-lin.

– C'était il y a plusieurs années.

– Le temps n'apaise pas ceux qui sont morts injustement, mon ami. Je le sais d'expérience.

– Han, han ! approuva Hsueh. Et il y a une autre mort qui ne sent pas bon. Une mort qui a précédé de peu votre arrivée dans la Cité des Transformations. Celle de l'ancien prince héritier Jung.

– Ah oui, « la conspiration » ! J'en ai entendu parler.

– Et il y a aussi eu celle de quelques vieillards, et celle d'au moins un président de l'Office National des Sacrifices.

– Un seul pour l'instant, voulez-vous dire ? fit Ti avec un timide sourire.

– Han, han !

– Mon ami, commença Ti d'un ton décidé, vous m'avez dit un jour que vous pouviez vous introduire chez les riches et les puissants. Riches et puissants jusqu'à quel point ?

Hsueh dévisagea Ti sans sourciller.

– Personne n'est trop puissant ni trop riche. Ordonnez et j'irai.

Ti sentit la fièvre monter en lui.

– Après tout, dit-il en souriant, Dame Yang est la grande protectrice du bouddhisme. Et vous êtes moine, n'est-ce pas ?

– Juste. C'est aussi une fort belle femme d'un certain âge, ajouta-t-il d'un air espiègle. Et je

connais des produits de beauté au pouvoir miraculeux.

– Han, han ! fit Ti, imitant le Tibétain.

– Maître Ti, il y a de nombreuses années, le premier-né de l'impératrice Wu, une fillette de dix
jours à peine, fut retrouvée morte dans son berceau. Le saviez-vous ?

Ti lui jeta un regard incrédule.

– Non. Je refuse même de l'envisager, Hsueh.
Non, c'est tout simplement impossible.

– Je me contente de vous en informer.

– Non, répéta Ti en frissonnant. Non, c'est tout
simplement impossible.

17

Lo-yang, en janvier de l'an 669

D'après ceux qui étudient les anciennes doctrines du Livre des Rites, on a toujours fait une distinction de genre entre les cérémonies. Selon qu'il s'agisse de dieux ou de déesses on choisira des officiants masculins ou féminins : l'homme conduira la cérémonie dédiée aux dieux, et la femme aux déesses. Pourquoi n'en va-t-il pas de même pour la plus importante cérémonie qui consacre l'ordre et la propriété ici-bas, le Feng Shan ? Cette cérémonie – pèlerinage aux montagnes sacrées où l'on célèbre la déesse de la Terre – a toujours été conduite par l'Empereur et par son entourage depuis les temps immémoriaux où l'histoire s'écrivait encore sur des carapaces de tortues. Et pourtant, n'est-ce pas une cérémonie essentiellement consacrée à la déesse de la Terre ? Une divinité féminine ? Cependant, jamais une femme n'a été autorisée à la conduire. N'est-il pas grand temps de réparer ce funeste oubli ? Et n'est-il pas juste qu'une telle responsabilité incombe à la Fille du Ciel, l'auguste impératrice Wu Tse-tien ?

– La Fille du Ciel ! s'exclama Ti, incrédule, en jetant avec dégoût la proclamation impériale sur son bureau.

Ce jour-là, le magistrat principal de Lo-yang avait revêtu son deuxième chapeau, comme disait le vieux conseiller Wu-chi, et il occupait le bureau

387

du président de l'Office National des Sacrifices. Sa position dans la hiérarchie de la bureaucratie impériale lui avait valu d'être l'un des rares à recevoir la proclamation « historique » de l'Impératrice décrétant qu'elle serait la première femme à conduire le rite sacré que l'on célébrait déjà mille ans avant Confucius. Ti n'était pas particulièrement choqué par l'entorse protocolaire, mais il savait que tous les confucianistes encore présents dans le gouvernement blêmiraient devant l'outrage. « Si seulement l'audace de l'Impératrice voulait bien se confiner à de telles fredaines sans conséquence ! » songea Ti.

Non, il n'avait guère le temps de se préoccuper de la proclamation impériale. Il examinait un plan de la ville de Lo-yang sur lequel il avait marqué la résidence de Dame Yang où avait eu lieu le dîner funeste. Il remarqua avec soulagement qu'elle était située dans la ville même et non dans l'enceinte de la Cité Interdite.

D'après le code légal des T'ang, la propriété dépendait de la juridiction du magistrat principal de Lo-yang ; cependant, Ti n'ignorait pas que l'enquête empiéterait fatalement sur le sanctuaire de la Cité Impériale. Ce serait, nul doute, son enquête la plus périlleuse, et il avancerait comme dans une pièce obscure infestée de serpents venimeux.

— Maître Hsueh, voilà l'occasion ou jamais de montrer de quoi vous êtes capable. Les bouddhistes chinois considèrent Dame Yang comme l'égale d'une déesse ; pour eux, c'est une démiurge.

— Je comprends parfaitement, président Ti, affirma Hsueh avec un sourire forcé et l'esquisse d'une courbette. Une affaire de la plus haute délicatesse ; une femme très influente.

— Et rappelez-vous, vous ne savez rien, vous ne soupçonnez rien.

— Bien sûr, président, je comprends notre position.

– J'ignore ce que vous trouverez, mais j'ai déjà imaginé le prétexte qui vous ouvrira ses portes. Je vous ai procuré des références impeccables : vous êtes un saint tibétain, ce qui suffirait à vous faire accepter. Mais au cas où cela s'avérerait insuffisant, j'ai trouvé la meilleure des introductions. Voyez-vous, maître Hsueh, j'ai bien étudié la question. J'ai passé plusieurs jours à la retourner dans tous les sens et j'ai fini par découvrir le moyen idéal qui vous ouvrira les portes de la résidence de la mère de l'Impératrice. Mais auparavant, je veux entendre votre accent tibétain. Pouvez-vous retourner des années en arrière ?

– Dans mon enfance ? Han, han ! Sans difficulté. Je ferai de mon mieux, président.

– Souvenez-vous du plus important : le prétexte qui vous conduira sans coup férir chez Dame Yang, murmura-t-il à l'oreille du moine avec des airs de conspirateur bien qu'ils fussent seuls dans la pièce, ne doit pas seulement faire appel à sa vanité, mais vous permettre d'entrer dans une pièce bien précise.

– Révérend père, déclara Dame Yang, je n'ai pas pensé à vous demander votre nom tibétain.

– Veuillez me pardonner de ne pas vous l'avoir annoncé, répondit le « lama » Hsueh Huai-i avec un charmant sourire. Toutefois, je crains qu'il ne soit bien difficile à prononcer. *Ngogpa*, fit-il d'un air important. Ce qui signifie le lama de Ngog. Ngogpa Lhag-tong-panyid, précisa-t-il avec un fort accent tibétain.

– Ce qui veut dire... ? s'enquit Dame Yang en dévisageant le lama avec une curiosité ravie.

– Ce qui veut dire le lama de Ngog qui possède la connaissance de la supraconscience et la clairvoyance du vide de la pensée.

Hsueh étudia Dame Yang. Aucun doute, il lui faisait forte impression.

– C'est la traduction la plus proche, Excellence.

Hélas ! on ne peut rendre tout le sens, comme vous pouvez imaginer. Je dois emprunter les mots au vocabulaire des taoïstes. Ce sont ceux qui se rapprochent le plus, Excellence, mais même ceux-là sont imparfaits.

— Il y a tant de choses que nous ne pouvons comprendre, acquiesça Dame Yang avec tristesse. Cela force l'humilité.

— Tout véritable savoir rend humble, Excellence. Mais cela me conduit au merveilleux cadeau que je vous ai apporté. Ce que je vais vous révéler, poursuivit-il à voix basse, est une partie de la véritable connaissance que nul autre que vous ne doit embrasser.

Hsueh reporta son attention sur la table où trônait le coffret décoratif qu'il avait apporté, et que Dame Yang s'était jusque-là efforcée d'ignorer. Il ouvrit le coffret, sortit le chorten [1] miniature, et le déposa sur la table avec des gestes d'une douceur infinie. Dame Yang ne broncha pas, mais son cœur se mit à battre : elle contempla avec extase le reliquaire en or sur lequel des oies volantes étaient gravées par repoussage. Le couvercle représentait le Gautama, le Bouddha historique, flanqué d'Indra et de Brahma.

— Un objet d'une grande beauté, déclara-t-elle avec retenue. Puis-je le toucher ?

— Je vous en prie, fit Hsueh en poussant le chorten vers Dame Yang. Mais la beauté du contenant n'est rien comparée à celle du contenu.

Dame Yang examina le chorten aux rayons du soleil qui filtraient par la fenêtre, étudia chaque détail.

— Ceci, Excellence, est une copie d'un chorten plus ancien : le grand reliquaire votif de Kanishka, au stoupa de Loriya Tangai, dans la vallée du Swat, au Gandhara, au nord de l'Inde. Lorsque le grand Bouddha mourut, ses disciples quittèrent le

---

1. Monument du bouddhisme tibétain dérivé du stoupa hindou. (N.d.T.)

Doab pour se réfugier dans la fraîcheur des vallées du Gandhara...

– Lama Hsueh, que représentent les oies volantes ? coupa Dame Yang en caressant la surface polie d'un geste attendri.

– Le vol des oies représente l'extension de la loi du Bouddha, le Dharma, vers les contrées lointaines.

– Cela s'applique à merveille à notre Cité de la Transformation.

– Assurément, Excellence. Cependant, il est une chose qui s'applique encore mieux à la Cité de la Transformation, et c'est la raison pour laquelle j'ai jugé bon de vous imposer mon humble présence.

– Du tout, lama, du tout. Nous sommes flattée qu'un homme de si grand savoir daigne nous rendre visite.

Hsueh s'inclina avec révérence.

– À l'intérieur, Excellence, dit-il à voix basse, se trouve un secret d'une extrême importance, indigne d'oreilles autres que les vôtres.

Hsueh souleva le couvercle du reliquaire avec une lenteur exaspérante, et sortit un cylindre en faïence rouge et bleu qu'il déposa délicatement sur sa base. De minuscules rangées de ligatures sanskrites étaient gravées sur le cylindre.

– Quel bel objet ! s'exclama Dame Yang, que le comportement mystérieux du lama amusait. Très délicat ! Vraiment très délicat !

– Permettez, Excellence, fit Hsueh en faisant glisser le couvercle du cylindre. Ingénieux camouflage d'un artisan inconnu. Sans doute a-t-il pensé que si quelqu'un était assez habile pour découvrir le stoupa sacré, puis trouver le déclic caché qui ouvre le couvercle, il s'arrêterait là, croyant avoir affaire à un simple rouleau à prières. Mais...

Il plongea la main dans le cylindre et en ressortit un cube absolument lisse, d'un bleu transparent comme de la glace. Dame Yang ne put retenir un cri de surprise.

– Du verre, Excellence. Sans doute introduit dans la région de Gandhara par Sikander [1], le grand conquérant de Macédoine. Prenez-le, proposa Hsueh, et examinez-le à la lumière.

– C'est cristallin !... Merveilleux ! Unique ! Mais... ajouta-t-elle, étudiant l'objet plus attentivement. Mais, regardez ! On dirait qu'il y a un défaut... sans doute est-il fêlé. Là, fit-elle en montrant un point du cube. Là, au milieu.

Bras croisés, inexpressif, Hsueh ne bougea pas d'un pouce.

– Regardez mieux, Excellence. Je vous ai affirmé que je vous avais apporté le trésor suprême. Je ne mentirais pas à la mère de notre divine Impératrice, à l'éminente protectrice de notre saint patron du Dharma. Ce n'est pas un défaut que vous voyez. C'est, précisément, le trésor que je vous ai promis.

– C'est blanc... C'est... un fragment d'ossement ? Juste ciel, lama, dites-moi qu'il s'agit simplement de l'os d'un grand savant... d'un célèbre lama mort depuis des siècles.

– Je *ne puis*, Excellence.

– Mais combien de gens prétendent posséder une relique du Grand Homme ?

– Certains le prétendent, en effet. Mais ils n'abusent qu'eux-mêmes, ou la crédulité des autres. Un seul fragment a été authentifié par les anciens disciples. Lorsque les premiers disciples du Gautama quittèrent la terre du Bouddha, dans la région étouffante de Doab, pour les vallées plus fraîches du Gandhara, ils commencèrent à mener une vie plus sédentaire. Au nom du bouddhisme Mahayana furent bâtis de grands monastères, nombre de stoupas, des constructions de près de huit cents pieds, couronnées de coupoles dorées, et renfermant des rangées innombrables de Bouddhas et de bodhisattvas aux couleurs vives. Mais les anciens textes font état d'une seule et unique

1. Alexandre le Grand.

relique du Maître que l'on cacha dans un mur du plus grand stoupa du Gandhara, aujourd'hui en ruine.

Comme épuisé par cette révélation, Hsueh s'arrêta pour reprendre son souffle.

– Juste ciel, lama ! Mais comment vous l'êtes-vous procuré ? demanda Dame Yang en caressant le cube sacré.

– C'est une longue histoire, Excellence, et je préfère ne plus y penser. Disons simplement que j'ai eu le sentiment que les gens du Gandhara avaient perdu le sens du véritable message, et qu'ils le pervertissaient avec leurs multitudes de dieux, de saints, de démons... Cette relique, Excellence, est l'ultime symbole du Dharma, la Loi du seul véritable Bouddha, la seule à laquelle nous soyons soumis. Et je crois que nous avons le devoir d'aller jusqu'à la dernière extrémité. La dernière extrémité...

– Voulez-vous dire jusqu'à mort d'homme ? demanda Dame Yang d'un ton solennel.

– Peut-être paierai-je pour mes transgressions dans plusieurs réincarnations, soupira Hsueh. Peut-être que...

– Oui ?

– Ah, c'est assez difficile ! fit-il en joignant les mains dans une prière implicite. Bien que le bouddhisme enseigne le respect de toute vie, peut-être doit-on faire une exception lorsqu'il s'agit de protéger le Dharma. C'est sans doute la seule exception, conclut-il en laissant tomber ces derniers mots comme des cailloux dans un étang.

– Je suis entièrement d'accord, lama, acquiesça Dame Yang sans l'ombre d'une hésitation. C'est sans doute la seule exception. C'est une angoissante question qui m'a longtemps perturbée. En cas d'absolue nécessité, même notre supposé respect pour toute vie doit passer au second plan quand il s'agit de protéger la loi du Dharma.

Le Tibétain l'écoutait avec une attention particulière. Elle comprit qu'elle pouvait tout dire à cet homme. Tout ! Ses mots se chargèrent d'une profondeur qui éclaira son passé d'un sens nouveau.

– Pour une si noble cause, ôter une vie humaine serait... en définitive... justifié.

Dès qu'elle l'eut dit, un immense soulagement apaisa son âme.

– Peut-être, Excellence, peut-être. De toute façon, je *finirai* bien par le découvrir un jour ou l'autre, n'est-ce pas ? Quel que soit le destin que me dicte mon karma, je ne regretterai rien puisque j'ai pu déposer ce cadeau à vos pieds. C'est un privilège que je paierai volontiers de mille existences futures. À présent, Excellence, en tant que gardienne de la seule véritable relique du Bouddha, votre position dans l'Empire et dans le royaume terrestre du Bouddha s'en trouve renforcée, mais vos devoirs accrus. Devoirs envers vous-même et envers votre maison. Je vous supplie d'accepter mon aide.

– Mais c'est avec grand plaisir, lama.

– Votre maison est un temple, Excellence, situé à présent au centre de l'Empire de Jambudvipa, l'univers terrestre du bouddhisme. Si vous me permettez, je vous aiderai à rendre ce havre encore plus propice à la contemplation et à l'exaltation de l'ineffable, un parfait cristal réfractant de la lumière divine, si vous préférez. Tout doit être choisi avec soin, l'alignement des pierres dans votre jardin, l'angle avec lequel les premiers rayons du soleil entrent par la fenêtre, le subtil dégradé des couleurs d'une pièce à l'autre, le maquillage qui rehausse la beauté déjà sublime du visage de Votre Excellence.

Il s'arrêta pour promener un regard sur la somptueuse résidence.

– Et je souhaiterais commencer par vos cuisines.

– Mes cuisines, lama ?

– Nous parlions du respect de toute vie. Excellence, vous devez me permettre de visiter vos cuisines, afin que j'instruise votre personnel dans l'art d'accommoder une table strictement végétarienne.

— Savez-vous, Hsueh, que l'inestimable historien Shu ne m'est pas inconnu ?

— Non, ne me dites pas qu'il est de vos amis !

— Certes pas ! s'exclama Ti, amusé. Cependant, il semble que nous étions destinés à devenir collègues. Nous sommes presque du même âge... presque. En fait, il a huit ans de plus que moi.

— Puis-je savoir comment vous avez fait la connaissance de cet éminent personnage ?

— Oh ! c'était il y a bien longtemps, lorsque, avec d'autres jeunes pleins d'espoir, je suis venu à Lo-yang me soumettre aux épreuves du corps, de l'âme et de l'esprit, les plus exigeantes jamais imaginées.

— Je vois. L'Examen Triennal, fit Hsueh, comme si la chose lui semblait d'un pittoresque risible.

— Tout juste, Hsueh. L'Examen Triennal qui détermine qui aura et qui n'aura pas le privilège d'occuper une fonction publique. Une épreuve à laquelle vous avez eu la chance d'échapper.

— Ne croyez pas que mon initiation ne comportait pas son lot de difficultés, rétorqua le Tibétain. J'ai subi des épreuves que vous n'imaginez pas.

— Bien sûr, maître Hsueh, bien sûr, dit vivement Ti.

— Mais, à propos de l'historien Shu. Continuez, je vous prie.

— Je ne sais s'il se souvient de moi, mais je me souviens parfaitement de lui. Lorsque je suis arrivé à Lo-yang, voilà bien des années, Shu y était déjà venu. En fait, c'était la troisième fois qu'il passait l'examen. Il avait déjà échoué deux fois, et comme vous le savez, chaque candidat n'a droit qu'à un certain nombre de tentatives. S'il échoue la troisième fois...

— Il doit s'en remettre à d'autres expédients.

— Voilà qui est joliment et succinctement

résumé, maître Hsueh. Toujours est-il que nous avions conscience que d'autres candidats plus âgés participaient avec anxiété à l'examen, et qu'ils se mêlaient aux plus jeunes dans l'espoir de leur soutirer un peu de leur énergie, ou un savoir qui leur manquait.

– Et l'historien Shu était de ceux-là ?

– En effet. Je me souviens de lui parce qu'il avait offert une belle somme à certains candidats s'ils participaient aux épreuves à sa place. J'étais un de ceux auxquels il avait proposé le marché. J'imagine que personne n'accepta l'offre, aussi tentante fût-elle, et qu'il dut passer l'examen lui-même.

– Et il a échoué, je présume.

– Tout juste. Ce qui ne l'a pas empêché de grimper les échelons, comme vous pouvez vous en rendre compte. Nous parlions d'autres expédients... on dirait que notre historien n'en manque pas.

– Oh ! que non ! s'exclama Hsueh.

– Voilà pourquoi je me souviens de lui. Mais il y a de fortes chances pour qu'il ne se souvienne plus de moi car je n'étais qu'un des nombreux candidats qu'il avait approchés. Toutefois, je n'ai pas encore décidé si mon intérêt est de lui rappeler notre rencontre.

– Vous comptez le rencontrer ? demanda Hsueh avec enthousiasme.

Ti s'arrêta devant un joli petit lac dont la surface gelée commençait à fondre au soleil.

– Vu les informations que vous m'avez rapportées de chez Dame Yang, j'y suis presque obligé. Voyez-vous, j'ai besoin d'une preuve irréfutable, comme nous disons dans notre jargon. Vous vous souvenez, j'imagine, de la proclamation de l'Impératrice où il était question de « Fille du Ciel » ?

– Comment l'aurai-je oubliée ?

– Notre office a eu l'insigne honneur de recevoir un original, alors que tant d'autres n'ont eu droit qu'à des copies. Il était scellé du sceau personnel de Shu[1]. Or j'ai remarqué un petit détail qui m'a donné très envie de faire connaissance avec les autres productions « littéraires » de notre ami.

– Juge Ti, quelle heureuse surprise ! s'exclama le petit homme en se levant d'un bond. Soyez le bienvenu !

D'un geste cérémonieux, il introduisit le juge dans son bureau. Ti accepta l'invite avec un large sourire.

– J'imagine que vous deviez vous attendre à ma venue, maître Shu. Comme nous nous étions revus à l'occasion de l'excellent dîner offert par l'Impératrice...

– Revus ? s'étonna l'historien. Je ne me souviens pas de vous avoir rencontré auparavant, maître Ti.

– Non, bien sûr. Pourquoi vous souviendriez-vous de moi ?

Ti prit place dans le fauteuil confortable que lui désigna Shu, en face du magnifique secrétaire sculpté de l'historien.

– Toutefois, moi, j'ai de bonnes raisons de me souvenir de vous, reprit Ti d'un ton aimable.

– Maître Ti, je vous en prie ! Je brûle de curiosité !

Le minuscule personnage courut ordonner qu'on apportât du thé bien chaud, puis revint s'asseoir, rajusta ses robes, un sourire aux lèvres, dans l'expectative.

– L'Examen Triennal, maître Shu... il y a bientôt vingt-cinq ans.

Le sourire de l'historien s'affaissa légèrement, mais sa curiosité restait grande. Ti parut rassembler ses souvenirs.

– Je me rappelle le soir où on nous a libérés

---

1. Sceau sculpté d'ordinaire dans l'ivoire ou le jade, mais bien souvent dans de la stéatite ou de la corne de vache.

après trois pénibles jours d'examen au cours desquels nombre d'entre nous s'étaient cassé les dents, et d'autres avaient vu leurs espoirs de réussite anéantis. Ce soir-là, avant que les résultats ne fussent affichés, nous étions ivres de joie et de vin, simplement parce que nos tortures étaient enfin terminées. La ville a dû retentir toute la nuit de nos chants, de nos cris d'ivresse, de nos discussions animées. Et ce soir-là, maître Shu, nous avons partagé un pichet de vin. C'est précisément à cause de ce pichet que je me souviens encore de vous alors que nous étions des centaines, assura-t-il avec un sourire que lui rendit l'historien. Seul d'entre nous, vous étiez calme et serein quand tous les autres chahutaient et criaient comme des déments. Votre attitude m'avait étonné. Par la suite, j'en ai compris la cause.

Ti ménageait habilement le suspense, et derrière son sourire de façade, Shu bouillait de connaître le fin mot de l'histoire. Ti, qui s'était fait un devoir de lire tous les écrits de l'historien personnel de l'Impératrice, n'ignorait rien des talents de conteur de ce dernier.

– Je suis sûr que vous vous en souvenez, murmura-t-il avec des airs de conspirateur.

– Je vous assure, maître Ti, protesta Shu avec une réelle ingénuité. Je n'en ai pas la moindre idée.

– Nous n'arrivions pas à le croire, et pourtant... Parmi les milliers de candidats ayant jamais participé aux épreuves au cours des siècles, un seul avait atteint la perfection réservée aux dieux. Il avait obtenu le résultat idéal, la note maximale. Le bruit circula que l'heureux candidat célébrait son triomphe dans une taverne particulière, et je me rendis dans cet endroit, avec quelques amis, afin de découvrir le phénomène qui avait réussi ce prodige.

« Attends un peu, songea Ti en considérant l'historien d'un œil aigu, voilà une histoire digne de tes récits. »

– Je jetai un coup d'œil par la fenêtre de la taverne, et je le vis, maître Shu. Je vis celui avec qui j'avais partagé un pichet de vin quelques jours auparavant. Lorsque je vous ai vu au dîner impérial, je vous ai tout de suite reconnu. Vous n'avez pas tellement changé, maître Shu.

Shu rougit et se mit à bégayer comme une jeune fille timide.

– Oh ! non, maître Ti ! Non, vous faites erreur. Ce n'était pas moi, vous ne pouvez croire une chose pareille ! bredouilla-t-il en espérant précisément le contraire. J'ai eu de bonnes notes, certes, mais pas à ce point.

– Peu importe. Je ne vous ennuierai pas plus longtemps. Votre modestie vous honore, maître Shu, déclara Ti en gratifiant l'historien d'un regard admiratif. Mais je connais la vérité. Vous refusez de l'admettre, soit, et je ne vous en blâme pas ! Vous n'auriez plus une minute de répit si cela s'apprenait !

Comme Shu s'apprêtait à protester, Ti le fit taire d'un geste.

– Ne vous inquiétez pas, votre secret sera bien gardé. Je n'en soufflerai mot à quiconque. Toutefois, j'aurai la satisfaction de savoir à qui je m'adresse !

– Eh bien, maître Ti, je...

Shu était si heureux qu'il en gloussait presque de plaisir. Ti ne lui laissa pas le temps de reprendre ses esprits.

– On prétend qu'outre les remarquables notes, la calligraphie était sublime. Je m'essaie moi-même à la calligraphie ; en amateur, bien sûr. Et je suis venu dans l'espoir que vous m'honoreriez peut-être...

Il s'arrêta, comme s'il se rendait compte que c'était trop demander de l'amabilité d'un homme si modeste.

– Non ! Je vous en prie, maître Ti ! Dites ! l'encouragea Shu.

– Je suis venu dans l'espoir que vous me laisseriez voir quelques spécimens de votre belle écriture.

Ti savait que Shu avait étudié la calligraphie et qu'il se piquait d'un certain talent. Tant de flatterie, sur un point particulièrement sensible, porta ses fruits. Shu se leva d'un bond et se précipita vers une armoire, ouvrit les portes en grand, révélant des étagères remplies de rouleaux de parchemins. Il en saisit une poignée, revint les déposer sur le secrétaire, devant le juge, commença à les dérouler, puis maintint les coins avec divers objets, figurines, coffrets, coquillages.

– Vous jugerez vous-même que je suis loin d'être un maître dans cet art. Un artisan consciencieux, mais sans plus.

– Balivernes! s'exclama Ti en examinant rapidement les parchemins.

Comme il l'avait espéré, certains étaient les originaux de diverses proclamations et d'histoires fallacieuses qui avaient rendu Shu célèbre. Il parcourut la pile de documents, s'attardant brièvement sur le coin inférieur droit de chacun. Il y avait aussi quelques poèmes. Shu, un poète! Incroyable! Ti feuilleta les parchemins avec la même révérence que s'il s'agissait de documents sacrés, puis il pesta intérieurement. Le parchemin qu'il cherchait n'était, hélas!, pas là.

– Ah! s'exclama-t-il avec admiration. Je l'aurai juré!

Quoique de bonne qualité, la calligraphie de l'historien ne justifiait pas un tel enthousiasme, mais Ti n'était plus à cela près. Et Shu n'allait certainement pas protester.

– Je vous en prie, maître Ti. Qu'avez-vous vu?

– Un je-ne-sais-quoi qu'un maître calligraphe ne peut tout simplement pas enseigner à ses élèves. Il ne peut que les amener à un niveau technique qui, s'ils possèdent ce don particulier, donnera de la vie et du souffle aux caractères. Même chez le calligraphe à la technique la plus élaborée, si les caractères sont agréables à l'œil, ils manquent, comment dire ? Ils manquent... d'âme. Mais là, et peut-être ne vous en rendez-vous pas compte, maître Shu, chaque trait est expressif. Il habille le caractère d'une émotion particulière.

Il s'empara de la proclamation de l'Impératrice relative à la cérémonie en l'honneur du nouveau nom de Lo-yang.

– Regardez, dans ce parchemin, les traits sont légers, vifs, joyeux. Alors que dans celui-ci, fit-il en indiquant la proclamation de la mort du malheureux prince Jung, on dirait que le pinceau a versé des larmes. On ressent pleinement la tristesse des caractères.

Shu rayonnait.

– Oui, je l'avoue, dit-il, ému. Je pleurais moi-même quand je l'ai écrite. C'est miracle que mes larmes n'aient pas taché la page.

– Mais les larmes y sont, maître Shu. Dans chaque trait. (Ti rassembla ses esprits et se lança :) Si la mort d'un jeune homme vous a mis dans un tel état, je n'ose imaginer votre douleur en écrivant celle d'une belle jeune fille.

– Oh ! maître Ti, fit Shu en hochant la tête d'un air lugubre, c'était comme si j'avais trempé mon pinceau dans mes propres larmes !

Ti refréna son impatience pendant que l'historien fouillait dans l'armoire. Il en revint avec un autre rouleau de parchemin qu'il plaça devant Ti en lui faisant signe que la douleur l'empêchait de le dérouler lui-même.

C'était l'original de la proclamation qui annonçait l'exécution des deux neveux et la mort de Ho-lan, la nièce de l'Impératrice. Ti déroula le document, jeta aussitôt un œil sur le bas de la page et retint son souffle.

– Oh ! Shu ! s'exclama-t-il avec sympathie. Comme il a dû vous en coûter !

Shu prit un air accablé.

– Mais qu'est-ce ? demanda Ti en désignant un document qu'il avait remarqué auparavant. Un poème ? Êtes-vous aussi poète ? « Ode à la lune d'octobre », lut-il tout haut. Ah, oui ! Quelle nuit exceptionnelle ! J'ai moi-même failli commettre un poème, et pourtant, croyez-moi, je ne suis pas poète. Regardez ce tracé ! fit-il d'une voix précipitée. Il me parle de paix, de sérénité, d'inspiration... et de spontanéité pure.

– Tellement juste ! acquiesça Shu avec fébrilité. Saviez-vous, maître Ti, que j'ai écrit ce poème pendant la nuit, dehors, à la seule lumière de la lune ? Ah, c'était magique !

– Et on voit que votre cœur était encore léger et libre. Pas de trace du chagrin qu'on devine dans le document suivant. C'est comme si la douleur ne vous avait pas encore touché, proposa Ti sans quitter Shu du regard.

– Pardon ? fit l'historien, décontenancé. Ah, oui, bien sûr, bien sûr. En effet, vous avez raison, j'avais encore le cœur léger. J'étais encore capable de frivolité. C'est que... j'ignorais la douleur à venir. Comment se fait-il que de tels sentiments puissent s'emparer de nous sans qu'on les sente venir ?

– Le chagrin bondit sur nous comme un fauve sur sa proie, décréta Ti, impressionné par sa propre grandiloquence.

– J'ai entendu dire cela de l'inspiration, maître Ti. On dit qu'elle fond sur vous comme un tigre !

Ti sourit.

– Oui, maître Shu. Comme un tigre.

– Le bougre a des talents de conteur, on ne peut pas lui nier cela, murmura Ti. Il invente des histoires avec autant de facilité qu'une araignée tisse sa toile.

– Ou que le rat mange le papier, renchérit le moine. Tenez bien la lanterne, maître Ti.

Hsueh poussa un léger soupir, puis Ti entendit

un petit cliquetis métallique et le verrou céda. La porte du cabinet de l'historien Shu s'ouvrit sans bruit.

C'était assez impressionnant. Portes et verrous s'effaçaient devant le Tibétain comme les rêves devant l'aurore. Et maître Hsueh savait se rendre parfaitement invisible; il pouvait se fondre dans l'ombre et disparaître, ou rester immobile et se transformer en meuble. Surtout, il avait le don de choisir le moment opportun pour échapper à l'attention. Le garde qui effectuait des rondes autour du bâtiment aurait juré que personne n'y était entré.

– Votre image est la plus pertinente, admit Ti en brandissant la lampe pour éclairer la pièce où ils pénétraient.

Il se dirigea directement vers le secrétaire de Shu, souleva l'écritoire et examina son contenu : pinceaux, encre, pierre à aiguiser, reposoir, et le petit coffret, objet de ses recherches.

– C'est là, maître Hsueh, murmura-t-il. C'est là que nous trouverons la pièce à conviction qui tiendrait dans le creux de la main. Du moins, ajouta-t-il en ouvrant le coffret, c'est ce que j'espère.

Il posa la lanterne sur le secrétaire, puis sortit de sa bourse un paquet enveloppé dans du papier, et le déballa. Il renfermait un morceau de parchemin, deux petites fioles, un pinceau et un chiffon. Il ouvrit le coffret, y prit le sceau de jade de l'historien, l'examina à la lueur de la lanterne, puis trempa son pinceau dans une des fioles, enduisit la surface du sceau, et le pressa sur le parchemin.

Ensuite, il alla jusqu'à l'armoire, fouilla les étagères, y prit les poèmes et proclamations de Shu, revint les dérouler l'un après l'autre à la lumière de la lanterne avec des gestes vifs mais appliqués, et finit par trouver ce qu'il cherchait : l'ode à la pleine lune et l'annonce de la triste mort de la nièce de l'Impératrice. Il approcha de la lampe le poème et le parchemin qu'il venait de sceller, et les compara attentivement. Il compara ensuite l'annonce de la mort avec les deux autres, puis il reprit le sceau, le badigeonna, l'apposa une seconde fois sur son parchemin et compara de nouveau l'empreinte avec celles de la proclamation et du poème. Derrière lui, le Tibétain l'observait, le souffle court.

– Une pièce à conviction qui tiendrait dans le creux de la main, maître Hsueh, répéta Ti d'un ton satisfait. Vous voyez ?

Il montra le sceau au bas du poème de Shu et celui qu'il venait d'apposer sur son parchemin.

– Il y a une entaille, remarqua Hsueh. Comme s'il en manquait un morceau. Est-ce cela que vous avez vu sur la proclamation au sujet de la « Fille du Ciel » ?

– Exactement. On dirait que Shu a ébréché son sceau en le faisant tomber ou en le heurtant. Mais observez ceci, ajouta Ti en approchant l'annonce de la mort près de la lanterne.

Hsueh étouffa un juron.

– Le sceau est intact ! s'exclama-t-il.

Ti superposa les deux sceaux, celui du document et celui qu'il venait d'apposer, afin de les examiner par transparence.

– Oui, les empreintes sont absolument identiques au moindre détail près, et prouvent qu'elles ont été faites avec le même sceau, avant que notre historien maladroit ne l'ébrèche.

– Je crois que je commence à comprendre, déclara Hsueh.

– Le poème a été écrit en octobre. La fille est morte en novembre et la proclamation a circulé début décembre. Nous détenons maintenant la preuve qu'elle a été écrite avant que l'entaille n'apparaisse sur le sceau de Shu. Donc avant qu'il n'écrive le poème.

Il dévisagea le Tibétain dont le regard empli de tristesse montrait qu'il devinait la suite.

– Des semaines avant la mort de Ho-lan ! conclut Ti.

– Je n'aime pas y penser, maître Ti. Une jeune fille fraie innocemment avec ces trois-là, les deux femmes et l'historien, elle mange, rit, devise avec eux, alors même que l'annonce de sa mort figure déjà sur un parchemin caché dans un tiroir. Non, je n'aime pas y penser. Maître Ti, comment pouvez-vous être certain que le poème a été composé en octobre ? Cet infâme charlatan est capable de tout. Il a pu l'écrire la semaine dernière, ou même avant-hier.

– Excellente remarque, maître Hsueh. Par la flatterie, je l'ai conduit à m'avouer qu'il avait composé son poème à la clarté de la pleine lune, et je l'ai cru. Je pense pouvoir distinguer quand il ment et quand il dit la vérité. Mais, bien sûr, ce n'était pas une preuve suffisante. Il me fallait du solide. J'ai donc compulsé les archives des gazettes qui publient des poèmes, et j'ai retrouvé le sien. On l'a effectivement publié en octobre, juste après cette magnifique pleine lune. (Il éclata de rire.) J'ai aussi découvert un détail sans importance, mais très révélateur du caractère de notre ami l'historien.

– Puis-je savoir ?

– Il a publié son poème sous un nom d'emprunt. Par pure modestie, bien sûr.

Les deux hommes eurent un sourire entendu. Ti prit le chiffon qu'il avait apporté, l'humecta avec l'eau de sa seconde fiole, et effaça soigneusement les traces d'encre sur le sceau de Shu avant de le replacer dans le coffret.

– Dans le numéro suivant, la gazette publia une critique élogieuse du poème, un court article dans lequel l'auteur s'extasiait sur le génie littéraire du poète anonyme. L'article était signé par l'historien Shu.

Mais l'anecdote ne fit pas sourire Ti. Une ombre venait de traverser son esprit, une ombre triste et implorante.

– Ho-lan, murmura-t-il.

Un si joli nom.

Deux jours après la visite du bureau de Shu, Ti se réveilla d'une seconde nuit agitée, et comprit que le fantôme de Ho-lan, qu'il n'avait pourtant jamais vue, le hanterait avec la même persistance que celui du jardinier, des années auparavant.

« Tu as donc décidé de me harceler sans relâche », songea-t-il en se levant, las comme s'il sortait du tombeau après cent ans de sommeil. Il se dirigea vers sa table de travail et rédigea une note pour un haut fonctionnaire dont Wu-chi lui avait affirmé qu'il était l'un des derniers confucianistes de la cour.

La note, peu explicite, faisait état d'une affaire « délicate » concernant la mère de l'Impératrice, et dont il voulait discuter en privé.

Ti ressentait une sorte d'allégresse mêlée d'inquiétude. Il avait rendez-vous avec le destinataire de sa note, le chef du Censorat – instance juridique suprême de l'Empire. Il ignorait s'il était possible de poursuivre en justice une personne d'un rang aussi élevé que Dame Yang, et il avait un besoin urgent d'en parler à quelqu'un qu'il considérait comme un pair. La mère de l'Impératrice ! songea-t-il en frissonnant. Il avait l'impression de traverser un pont délabré qui oscillait dangereusement sous la tempête. Et l'Impératrice ? Il n'osait y penser. « Dame Yang est une simple citoyenne ; elle réside dans la cité et tombe de ce fait sous ma juridiction. »

Sous ta juridiction, sous ta juridiction, s'exhortait-il à chaque pas. Mais tombait-elle réellement sous la juridiction de quiconque ?

Il possédait des preuves. Des preuves irréfutables. Qu'on vienne le trouver avec de telles preuves, et il ouvrirait aussitôt un dossier. D'abord, la découverte qu'avait faite le Tibétain pendant sa visite chez Dame Yang : elle gardait un assortiment de plats, de couverts et d'ustensiles de cuisine dans un coffre fermé à clé. Elle avait déclaré à Hsueh qu'il s'agissait de la vaisselle dans laquelle son défunt mari avait pris son dernier repas. Elle ne pouvait décemment pas permettre que quiconque l'utilisât.

Mais Hsueh avait affirmé avoir entendu parler de tels ustensiles, qui, imprégnés de poison, tuaient les malheureux qui avaient la malchance de les toucher. Ces pratiques étaient courantes en Occident. Lui-même connaissait plusieurs cas d'empoisonnement par cet artifice ; et, bien sûr, Dame Yang connaissait les coutumes occidentales.

Troublant mais insuffisant pour en faire une criminelle, surtout que Ti ne détenait pas la vaisselle en question. Hsueh avait offert de voler le coffre, mais Ti avait trouvé le moyen trop risqué. Si Dame Yang se doutait de quoi que ce fût, elle leur glisserait entre les doigts, et jamais une aussi belle occasion ne se représenterait.

« Tu vas chercher conseil auprès du haut fonctionnaire, se répétait Ti, le cœur battant. Il ne s'agit pas encore de prendre des décisions irréversibles. Tu vas discuter, un point c'est tout, étudier la question, voir ce qui est possible, discrètement. »

Et l'Impératrice ? Il chassa l'idée. Non, c'était encore trop tôt pour y penser. Mais une image le hantait : celle d'un bébé, mort dans son berceau. Il tenta en vain de débarrasser son esprit de cette image choquante. Un bébé, mort dans son berceau.

Non, se répéta-t-il pour la centième fois. Non, c'est tout simplement impossible.

— Je suis navré, Votre Grâce, déclara l'employé au regard humide. Mais j'ignore où se trouve le conseiller.

— Hier, vous m'avez dit qu'il était malade, rétorqua Ti en refrénant son impatience grandissante. Vous m'avez affirmé qu'il rentrerait aujourd'hui.

Garde-t-il toujours le lit ? Il n'a laissé aucun message pour moi ?

– Je l'ignore.

– Peut-être devrais-je aller chez lui. Où habite-t-il ?

– Il n'est pas chez lui, Votre Grâce.

– Il n'est pas chez lui ; il n'est pas à son bureau. Où est-il, alors ?

– Il est en voyage.

– En voyage ! Mais nous avions rendez-vous ! Hier, il était malade, et aujourd'hui il est en voyage ! Où ? Où est-il allé ?

– Rendre visite à sa vieille mère, Votre Grâce. C'est tout ce que je sais.

– Où ? À Lo-yang ? Dans une autre ville ?

– Je ne sais, Votre Grâce.

– Sa mère est-elle morte ? Vit-elle encore ?

– Pardon ? fit l'employé, décontenancé.

– Ah, peu importe !

Ti s'apprêtait à partir quand il se ravisa.

– Si vous voyez le conseiller, reprit-il, j'aimerais que vous lui posiez une question de ma part.

– Certainement, Votre Grâce.

– Demandez-lui donc s'il est encore en vie.

Sur ce, il sortit à grands pas.

Incrédule, Ti fit une dernière tentative. La porte était bien fermée à clé : encore un haut fonctionnaire confucianiste absent de son bureau ! Ti considéra avec colère la lourde porte ouvragée, et fut pris de l'envie puérile de lui donner de violents coups de pied. Vas-y, semblait dire la porte, vas-y, frappe ! Je ne sentirai rien, mais toi, tu risques de t'y briser les os.

« Eh oui, songea Ti en gravissant l'escalier qui conduisait à ses appartements, on ne peut pas dire que tu aies l'esprit vif, mais tu as fini par comprendre. Il est des portes que même un magicien tibétain ne peut ouvrir. »

Il s'était cassé le nez sur quatre d'entre elles avant de s'apercevoir qu'aucun fonctionnaire de Lo-yang n'avait envie d'écouter son histoire. La simple évocation de Dame Yang les avait fait fuir. En outre, ils avaient dû se passer le mot : Ne vous laissez surtout pas piéger dans votre bureau par le juge Ti ! On l'évitait comme un vulgaire mendiant.

Il s'installa à son écritoire, éclairé par la douce lueur d'une lanterne, prit son pinceau et réfléchit à sa récente visite chez un énième haut fonctionnaire. Il avait réussi à pénétrer dans le bureau du confucianiste, mais avait à peine eu le temps d'exposer les motifs de sa visite que l'homme l'avait interrompu sous prétexte d'un besoin naturel urgent en assurant qu'il n'en avait pas pour longtemps. Une heure plus tard, Ti attendait toujours son retour. Penaud et désabusé, il avait fini par s'en aller.

Journal

Mes expériences des derniers jours m'ont appris certaines réalités de la loi : sans volonté politique, une loi n'est rien. Elle peut être écrite, figurer dans les livres, si la volonté de l'appliquer fait défaut, elle n'existe pas. Une idée simple, certes, mais que je viens de vérifier à mes dépens. Heureusement, le Tibétain m'a assuré de son concours indéfectible, aussi ne suis-je pas seul.

Pendant ce temps-là, un déluge de soutras sortis des fouilles de Tun-huang continue de se déverser sur la ville. Aujourd'hui, dans ma promenade, presque toutes les conversations que recueillaient mes oreilles concernaient la nature du paradis et de l'enfer. Une intuition m'est venue : le paradis et l'enfer sont intimement imbriqués, inséparables. Inutile de les chercher ailleurs : on les trouve ici même, sur terre.

18

Lo-yang, en février de l'an 669

Seule la gravité de la dernière attaque de Kao-tsung avait pu provoquer de tels cauchemars. Ti avait senti le malaise monter depuis quelques jours, depuis l'arrivée de la lettre de Hsueh Huai-i. Mais pourquoi ? se demanda-t-il. Au point où en était l'Empereur, quelle différence qu'il fût mort ou vif ? Question stupide. Bien que diminué, impotent, réduit à l'état de légume, Kao-tsung était le dernier vestige – le symbole, purement décoratif, certes – du vieil ordre confucianiste.

Cette fois, Kao-tsung avait subi une attaque sévère, et dans sa lettre de la veille, Hsueh doutait de sa guérison. Le Tibétain se plaignait aussi de la présence envahissante de l'Impératrice, de ses plaintes et de ses gémissements à chacune de ses visites.

Ti mettait l'attaque de Kao-tsung sur le compte de la mort de la pauvre Ho-lan. Ce qui lui restait d'énergie vitale avait dû l'abandonner en apprenant le drame odieux. Le conseiller Wu-chi s'était un jour étonné devant Ti que l'Empereur eût survécu si longtemps. À la lecture des lettres de Hsueh, Ti trouvait même la chose miraculeuse.

Il s'inquiétait pour Hsueh et se reprochait de lui faire courir de graves dangers. Deux semaines auparavant, le Tibétain s'était installé chez Dame Yang et vivait depuis sous son toit comme tant d'autres « saints », pèlerins ou moines. Invité d'honneur, le fameux lama était devenu le conseiller spirituel de la mère de l'Impératrice ; il supervisait le personnel des cuisines, dessinait les plans de ses jardins et de ses temples.

Ti n'avait pas revu le magicien depuis, mais le rusé moine le tenait constamment informé. Chaque jour, des lettres décrivaient en détail la vie quotidienne chez Dame Yang. Quelles preuves espéraient-ils trouver ? Ti l'ignorait, mais il était trop tard pour faire demi-tour. Il n'avait tout simplement plus le choix.

La veille, Ti avait eu du mal à s'endormir, et son sommeil avait été peuplé de cauchemars. Il avait, par exemple, rêvé qu'il parlait avec l'Empereur dans son palais quand des flammes avaient jailli du plancher et léché le lit du souverain. Ti avait tiré désespérément la manche de Kao-tsung, mais n'avait pas réussi à le faire bouger d'un pouce. Il s'était alors réveillé et avait aussitôt commandé du thé à l'aubergiste.

Une lettre de Hsueh accompagnait le thé. Ti l'ouvrit d'une main fébrile : les nouvelles ne manquaient pas d'intérêt.

Trop faible pour s'opposer à son épouse, Kao-tsung avait essayé d'abdiquer... mais l'Impératrice le lui avait interdit.

Interdit ? Depuis quand une épouse pouvait-elle interdire à l'Empereur d'abdiquer ? Invraisemblable !

Ti porta le thé brûlant à ses lèvres, et souffla sur le liquide fumant. Il réfléchit aux aspects grotesques de la situation, et se demanda quelles nouvelles apporterait la prochaine lettre du Tibétain.

« Garçon sympathique, songea Kao-tsung en contemplant le jeune prince héritier Hung, quinze ans déjà, assis au chevet de son père malade. Oui, charmant, poli et respectueux. Il ne me ressemble pas. Si, la bouche, peut-être. Il tient ses yeux de sa mère, noirs et profonds, mais sans... la détermination farouche de Wu. »

Le jeune homme se pencha vers son père. « Non, décidément, pensa l'Empereur, on ne retrouve pas le regard dément de sa mère. » Toutefois, il avait hérité de sa vitalité. Bon fils, bon prince, humain et chaleureux. Le peuple l'adorait.

– Père... père... murmura le garçon... Père... n'essayez pas de parler.

« J'ai dû essayer, se dit Kao-tsung, mais je n'ai sans doute réussi qu'à grogner en bavant. J'aurais mieux fait de me taire. » Toutes ces mains qui s'empressaient pour lui essuyer la bouche avec des serviettes parfumées !

– Père, je sais que vous m'entendez, poursuivit le jeune prince héritier. Écoutez-moi bien et contentez-vous de me répondre par des hochements de tête. Vous pouvez bouger la tête, n'est-ce pas ?

Kao-tsung acquiesça.

– Père, j'ai peur de ma mère.

Le garçon parlait d'une voix étouffée. Kao-tsung hocha de nouveau la tête.

– Votre maladie me désespère, et je prie chaque jour pour votre rétablissement. Mais vous devez m'aider, père. Vous devez m'aider, quoi qu'il vous en coûte. On va m'envoyer au palais d'été pour y poursuivre mon éducation. Je pars dans une semaine. C'est ma mère qui l'a décidé... (Il parut réfléchir.) Ce sont les ordres de mère. Je dois poursuivre l'étude des classiques avec votre vieux maître.

Kao-tsung hocha la tête. Il n'y avait rien là d'anormal : tous les ans, on envoyait le prince héritier au palais d'été. C'était la tradition. Il en avait été de même pour lui, et pour son père et son grand-père avant lui.

– Cela ne nous laisse que peu de temps, père.

J'ai peur que mère ne se souvienne et ordonne la mort des deux servantes.

Kao-tsung fronça les sourcils. C'était tout ce qu'il pouvait faire pour manifester son incompréhension.

– Je vois que vous ne vous souvenez pas, père. C'était il y a si longtemps, des femmes de si peu d'importance. On dirait que tout le monde les a oubliées ! Comme toujours, les petites gens passent au travers de l'écheveau de la vie. Les faits remontent avant ma naissance, père.

Hung lut de l'étonnement dans le regard éteint de l'Empereur.

– Deux épaves du naufrage de l'Impératrice déchue. Des victimes innocentes jetées aux oubliettes. Servantes de l'Impératrice déchue, précisa le jeune prince. Vous vous demandez certainement comment j'ai eu vent de cette injustice ?

L'Empereur fit un léger signe. Pourtant, il devinait comment le sort des servantes était arrivé aux oreilles du prince. La mauvaise conscience d'un témoin – un eunuque, une servante, un geôlier peut-être – qui, ne pouvant plus garder le silence, avait réussi à faire parvenir un mot au prince connu pour son grand cœur et son intelligence.

– C'était il y a un an, père, mais je n'ai pas pu vous en parler avant. Mère était toujours présente, et...

Hung garda le silence un instant.

– Et puis il y a eu votre maladie, et j'ai cru que l'occasion ne se présenterait jamais. Voyez-vous, un eunuque a veillé sur les deux femmes pendant toutes ces années. L'une d'elles est tombée malade, et il a fait venir un médecin. Au péril de sa vie, bien sûr...

« Qui n'est pas obligé de risquer sa vie, de nos jours ? » songea Kao-tsung, mais il ne put que remuer imperceptiblement la tête en regardant fixement son fils.

– Père, elles sont emprisonnées depuis si longtemps ! Libérez-les avant que mère ne se souvienne de leur existence. Il nous reste quatre jours avant mon départ. J'amènerai les geôliers impériaux à votre chevet et je vous apporterai votre sceau. Si vous ne pouvez parler, nous rédigerons le décret impérial en nous fiant à vos acquiescements muets et je vous servirai d'intermédiaire. J'apposerai le sceau pour vous.

Le garçon jeta un regard plein d'espoir à son père.

– Nous leur donnerons de l'argent et une escorte pour aider leur fuite hors de sa vue. Je suis sûr qu'elle les a oubliées. Elle a tant à faire et d'autres chats à fouetter. Mais mon instinct me dit qu'il faut agir vite, car la visite du médecin s'est ébruitée. Elle en entendra parler, se souviendra, et...

Kao-tsung acquiesça. Le garçon avait raison ; elle n'oubliait rien. On ne savait jamais à quoi s'attendre avec Wu, et personne n'espérait plus rien d'elle. L'espoir envolé, ne restait que la peur.

Lorsque son fils se leva, Kao-tsung réussit à esquisser un faible sourire, mais c'était un sourire de compassion. La force de caractère de son fils l'émouvait, il était fier de son audace... mais... Il faudrait se hâter. Et surtout agir en secret. Il faudrait donner une pension aux geôliers, au médecin, à l'eunuque, et les éloigner, les mettre à l'abri. Peut-être alors les petites gens pourraient échapper à ses foudres et glisser une fois de plus entre les mailles du filet.

La troisième lettre de Hsueh raviva les inquiétudes que Ti avait réussi à chasser de son esprit. Les deux premières lettres avaient souligné le courage du noble héritier, relaté son intervention en faveur des deux servantes, leur libération et leur fuite. Comment Hsueh avait-il eu connaissance de ces secrets, Ti l'ignorait. Sans doute les sources habituelles : bavardages de serviteurs, conciliabules surpris entre deux portes, oreilles collées aux murs, etc. Mais trop de détails avaient filtré, et c'était ce qui perturbait Ti. Car quelles que fussent les sources de Hsueh, il y avait de fortes chances que l'Impératrice y eût également accès.

Dans sa troisième lettre, Hsueh avait glissé une proclamation interne au palais. À cause des prévisions météorologiques, jointes aux soucis pour le bien-être du prince héritier Hung et à la menace de mutins cachés dans les murs mêmes de la Cité Interdite, le départ du prince pour le palais d'été, dans la province de Ho-pei, était avancé de quatre jours et son itinéraire modifié.

Ti suspendit sa lecture : l'image obsédante du bébé mort dans son berceau le hantait de nouveau.

Lorsque la cinquième lettre arriva, le prince héritier et sa suite avaient quitté la Cité Interdite avec la bénédiction de Wu et de Dame Yang. Les orages qui menaçaient depuis plusieurs semaines rendaient l'atmosphère lourde et angoissante. L'inquiétude de Ti s'accrut et prit une forme aussi palpable que le voile de brume qui enveloppait Lo-yang.

Kao-tsung s'assit sur sa couche pour recevoir le visiteur inattendu qui patientait dans l'anti-chambre. L'Empereur avait revêtu ses robes d'apparat et on avait arrangé les courtepointes afin d'atténuer sa pâleur et de cacher sa piètre condition. Kao-tsung avait décidé d'agir de nouveau en Empereur, ne fût-ce que pour quelques heures, mais, aveuglé par les rayons ardents du soleil, il savait que la lumière crue rehaussait son aspect maladif. Son flanc gauche recevait de plein fouet les rayons impitoyables.

– Les rideaux, murmura-t-il à l'eunuque qui se tenait à ses côtés, prêt à obéir à ses moindres désirs.

L'homme lança des ordres brefs ; les serviteurs se précipitèrent vers la haute fenêtre et tirèrent vivement les rideaux. C'était mieux, mais pas encore parfait. Une grimace se dessina sur le côté valide du visage de l'Empereur.

– Voulez-vous que nous déplacions la couche, Votre Altesse ? demanda l'eunuque avec sollicitude.

– Oui, là, fit Kao-tsung en désignant l'autre partie de la pièce de la pointe du menton.

– Mais les paravents, Votre Altesse. Ils sont dans le chemin et on ne peut les déplacer. Ils sont fixés au plancher.

– Déplacez-les.

Les serviteurs s'empressèrent, surpris d'entendre l'Empereur donner des ordres.

En fait, ils étaient surtout stupéfaits d'entendre sa voix. Et Kao-tsung avec eux. Elle lui était soudain revenue deux jours plus tôt, rauque et déchirée, sous le choc de la nouvelle. Et ce matin, il recevait un visiteur. Un visiteur important, dont la demande d'audience l'avait obligé à lutter contre la maladie et le chagrin.

Kao-tsung avait hâte de recevoir l'intrépide magistrat de Hang-chou. Wu était partie quelques jours chez sa mère, afin de pleurer en paix, avait-elle déclaré. Et une chose extraordinaire s'était produite : à peine Wu avait-elle quitté la Cité Interdite qu'était arrivée la demande d'audience du magistrat, comme s'il avait été prévenu de son départ. Kao-tsung s'en émerveillait encore.

Il avait retrouvé l'usage de la parole le jour où son fils avait payé le prix de son courage et de sa compassion. Le prince héritier et sa suite se rendaient dans la province de Ho-pei par un itinéraire gardé secret, sous la protection d'une escorte d'élite de lanciers et d'archers, quand ils étaient tombés dans une embuscade. Une flèche assassine avait réussi à traverser le coche et s'était plantée dans la tempe du jeune prince. La nouvelle s'était répandue à la vitesse de l'éclair. Kao-tsung redoutait un drame lorsqu'elle lui arriva, trois jours plus tard. Il avait rêvé d'un messager qui accourait au galop et s'était réveillé au petit matin le front en sueur.

– Auguste Père, si vous autorisez un humble serviteur, j'aimerais apporter mon aide afin de découvrir la nature de la tragédie qui s'est abattue sur la famille impériale.

Ti parlait à voix basse, clignant des yeux sous le soleil matinal qui filtrait entre les rideaux. La lumière faisait miroiter les robes de l'Empereur et accentuait son teint jaunâtre. La dernière fois, Ti avait vu l'Empereur à la lueur des chandeliers. Rien n'est plus cruel que la lumière du jour, songea le juge. L'Empereur portait les stigmates de son existence mouvementée aux côtés de l'Impératrice.

– Je ne sais combien de temps me prendra la découverte de la faction qui a infiltré la suite du prince héritier, Auguste Père, mais je trouverai. Surtout si nous agissons rapidement. Il n'y a pas une seconde à perdre ; le temps est notre pire ennemi.

– Dans toutes choses, souffla Kao-tsung.

– Dans toutes choses, certes. Mais principalement dans une telle enquête, Auguste Père.

« Oui, nous savons l'un et l'autre où nous conduira l'enquête, songea Ti, mais nous tournons délicatement autour du pot, en faisant semblant de l'ignorer. »

– Que voulez-vous, juge Ti ? grinça l'Empereur dans un effort douloureux.

Ti se rapprocha afin d'entendre le murmure rauque du Fils du Ciel.

– Il me reste si peu de pouvoirs ! souffla Kao-tsung.

– Peut-être pouvons-nous commencer à remédier à la situation, avança Ti avec l'espoir que ses mots ne sonneraient pas comme une promesse creuse.

– Aucune enquête n'aboutira, gémit l'Empereur

en hochant la tête avec lassitude. Elle sera étouffée dans l'œuf. Il ne reste aucune instance gouvernementale. Aucune qui ne soit pas corrompue, corrigea-t-il.

– C'est l'une des raisons de ma visite, Auguste Père, chuchota Ti en jetant des coups d'œil autour de la vaste pièce déserte. Je voudrais contribuer à rétablir l'instance gouvernementale dont parle Votre Altesse.

L'Empereur posa un regard étonné sur le juge comme si ce dernier avait proposé l'intervention des dieux eux-mêmes.

– Le Conseil, Auguste Père. Le Conseil des Six.

Kao-tsung trembla de tout son corps à cette simple évocation.

– Vous pouvez faire ce miracle ? demanda-t-il.

– Je le crois, Votre Altesse. Avec votre aide.

– Six braves... ? Non, fit-il en hochant la tête. Non, vous n'en trouverez jamais six.

– J'en ai parlé autour de moi... commença Ti. Non, c'était insuffisant.

– J'ai entendu des rumeurs de mécontentement, s'empressa-t-il d'ajouter. Avec votre aide, je crois pouvoir canaliser ce mécontentement.

– Mécontentement ? Ce n'est pas nouveau, mais la peur est plus puissante.

– Oui, Auguste Père, je crois qu'après tant d'années des hommes sont prêts à se lever. Si on apprend que vous les soutenez, d'autres suivront.

– Et vous ?

– Je ne me déroberai pas, Auguste Père. Je suis prêt à reprendre le dangereux poste de président du Conseil des Six, si toutefois vous m'en jugez digne. Mais je vous dois la vérité, Auguste Père. J'ai décelé de la peur chez les hauts fonctionnaires à qui j'ai parlé. Une grande peur. Cependant, j'estime qu'ensemble, nous pouvons leur permettre de la surmonter.

Kao-tsung avait le visage sombre et fermé, les yeux dans le vague. Ti l'observa à la dérobée, et s'aperçut avec inquiétude que le souverain s'était retranché derrière les murs de glace de sa maladie.

– Accepteriez-vous d'y réfléchir ? demanda Ti en scrutant l'œil éteint de l'Empereur.

Puis la glace fondit peu à peu et le regard de Kao-tsung reprit vie. Il hocha lentement la tête, puis respira bruyamment. Alors, d'un doigt gourd, il fit signe à Ti d'approcher.

– J'étudierai votre requête, dit-il d'une voix à peine audible. Je réfléchirai à l'ouverture d'une enquête sur la mort du prince héritier, et aussi à l'opportunité de rétablir le Conseil des Six.

Il s'arrêta, épuisé par l'effort ; il soufflait comme s'il venait de gravir une volée de marches à la course.

– Mais... reprit-il. Il faut que je vous avertisse de la véritable nature de mon mal.

Ti attendit, haletant.

– Ce serait un crime si le Fils du Ciel se souciait de la situation et ne faisait rien pour y remédier. Mais... mais je crains que ce ne soit pire, juge Ti. Ma maladie est une injure aux dieux, car en réalité, je m'en moque.

Ce même soir, dans les appartements du palais qu'on lui avait attribués, Ti n'osa pas s'endormir. Il espérait un mot de l'Empereur.

À l'aube, les domestiques lui apportèrent du thé, des fruits et des gâteaux. Ils apportèrent également une enveloppe portant le sceau de l'Empereur et de la Maison des T'ang. Ti l'ouvrit d'une main fébrile. C'était laconique mais net.

> *Au très estimé juge Ti Jen-chieh :*
> *La famille impériale apprécie votre proposition dans cette heure tragique, mais nous vous informons que vous devez cesser toute investigation sur le meurtre mystérieux du prince héritier. Le service de sécurité du palais, la Garde Yu-lin, poursuivra l'enquête avec son impartialité coutumière. En outre, toute tentative de réorganiser les instances*

dirigeantes sera considérée comme un manque de confiance envers le gouvernement impérial et une atteinte à la crédibilité du Fils du Ciel. C'est pourquoi nous considérerons de telles tentatives comme un acte de trahison. Or la trahison. vous ne l'ignorez pas, est passible de mort.

Des cliquetis résonnèrent dans le couloir, puis quatre soldats en livrée impériale et portant les armoiries de la Garde Yu-lin parurent. L'escorte de Ti. Ils étaient suivis d'un palanquin porté par quatre domestiques. Ti fourra quelques fruits et gâteaux dans ses poches, avala une gorgée de thé brûlant, et renvoya les porteurs. Il préférait traverser le palais inhospitalier de Wu sur ses deux jambes. Sur un signe du juge, les quatre soldats l'encadrèrent et l'escortèrent vers la sortie de la Cité Interdite.

En descendant le grand escalier en spirale accompagnés des cliquetis martiaux de ses gardes, Ti s'émerveilla d'être encore en vie. Comment avait-elle su ? Elle était absente depuis deux jours, or elle semblait au courant de tout : de la visite de Ti, de sa proposition (faite entre quatre murs, en présence d'une seule personne : l'Empereur).

Arrivé à l'air libre, Ti remercia le ciel de sa bonne fortune et monta dans le palanquin qui l'attendait.

Lettre de Hsueh :

Maître Ti,
J'ai appris que le fameux juge de Yang-chou avait été invité dans la Cité Interdite, et qu'il avait requis une audience auprès du Fils du Ciel. Je ne connais pas les détails, mais j'imagine que vous me les révélerez la prochaine fois que nous partagerons un pichet de vin.
Certaines nouvelles du palais ne sont peut-être pas parvenues jusqu'à vos oreilles. Cela s'est passé peu après votre départ, mais je n'en ferai pas état ici.

Navré de vous paraître énigmatique, mais je vous raconterai tout demain. Rejoignez-moi à l'endroit où nous nous sommes rencontrés la première fois, entre la fin de l'heure du Lièvre et le début de celle du Dragon.

Dans l'attente de vous revoir.

Prenez bien garde à vous.

« Prenez bien garde à vous. » Les mots trottaient dans la tête du juge qui traversait le marché à grands pas. La ville n'était pas tout à fait réveillée, le ciel rose, l'air frais. Cela faisait trois semaines que Ti n'avait pas revu son compagnon. Il s'interrogea sur le sens de la phrase du Tibétain, puis se convainquit qu'il s'agissait d'une simple formule de politesse et n'y pensa plus.

Prenez bien garde à vous ! Le monde est en effet fort dangereux, songea Ti. Notre disparition est programmée dès la naissance. Une plaisanterie cruelle de la nature, aussi inexorable que le mécanisme d'une clepsydre. Face à l'inexorable, pour se consoler et donner un sens à sa vie, l'homme cherche le salut – afin d'échapper au cycle de la souffrance et de la mort. Mais même sur la nature du salut, les hommes ne pouvaient s'accorder. Depuis son association avec Hsueh, Ti méditait beaucoup ces questions, et il avait eu avec le moine de multiples et enrichissantes discussions.

Le Hinâyâna, la plus ancienne école du bouddhisme, tenait le salut pour un joyau rarissime, réservé à l'élite. On ne l'obtenait qu'après plusieurs vies d'études hautement ésotériques et de discipline rigoureuse. Un tel salut n'était pas accessible au vulgaire, et ce n'était pas par hasard que le hinâyâna avait les faveurs des aristocrates. Comme toujours, ceux-là préféraient ne pas être mêlés à la plèbe. Dame Yang en était l'exemple parfait.

Pour l'école du bouddhisme connue sous le nom de Mahâyâna, le salut était à la portée de tous. Cette école, qui recrutait surtout dans le peuple, possédait nombre de bodhisattvas – des êtres qui avaient déjà obtenu l'illumination et pouvaient, s'ils le souhaitaient, quitter ce monde pour toujours et atteindre la béatitude éternelle au royaume du Bouddha Amitabha, le paradis occidental. Au lieu de cela, ces êtres supérieurs préféraient rester dans ce monde de souffrance afin d'aider les créatures, même les plus viles, à trouver le salut.

En parcourant le marché dont l'activité bruyante s'éveillait, Ti essaya de s'imaginer à la place de ces êtres illuminés qui avaient volontairement refusé le monde de la perfection pour errer parmi les misères et les souffrances, tels des marins sur des rivages hostiles.

Un monde complexe, de bruits, de saleté, d'activités incessantes, songea Ti en traversant le parc central grouillant de monde. En tant que magistrat, il avait été le témoin de pratiquement toutes les déviances, de la stupidité, de la cruauté et de la laideur humaines.

Vu l'état du monde, on pouvait presque croire à l'Ère de la Loi de la Dégénérescence où le monde serait plongé dans l'attente prophétique de la venue du Bouddha Maitreya : le Gautama était mort depuis si longtemps que son enseignement avait souffert les outrages inéluctables du temps, et comme toute chose ici-bas, atteignait l'heure de son déclin et de sa fin.

Mais, lui, juge Ti, aimerait-il vivre dans un monde libéré de la souillure, du désir, de la souffrance, de l'amour et de la haine, des femmes, de la vieillesse, de la naissance, de la mort et de tout le reste ? Il médita longuement la question. Sans imperfection, sans inachèvement, sans la mort implacable, sans un temps fini imparti à l'homme, sans la douleur, quel sens donner à sa vie ou à ses actes ?

Pour le riche et le puissant, le salut était synonyme de gloire et de pouvoir accrus. Pour le pauvre et le laborieux, la fin des souffrances dans l'autre monde et la promesse d'une aide ici-bas. Un mirage, un mythe. Un mythe hautement monnayable que ce salut. Et qui ne convainquait pas Ti. En arrivant près de la maison de thé, il prit conscience de la réalité qui l'entourait et une voix intérieure lui souffla qu'il n'existait décidément pas d'autre monde que celui-ci.

« Et c'est bien suffisant », songea-t-il.

Même à cette heure matinale, la maison de thé était bondée. Les marchands se levaient avant l'aube et avaient déjà installé leurs étals. Mais Ti préférait l'anonymat de la foule, le bruit et l'animation. Il dut se pencher pour entendre ce que disait le Tibétain.

— Maître Ti, vous autres Chinois vous parlez des bienfaits du paradis, disait Hsueh.

— Nous autres Chinois, rétorqua Ti pour rappeler au Tibétain qu'il était devenu aussi chinois que lui, nous affirmons que le paradis apporte aussi son contraire.

— Eh bien, lorsque je parle d'*elle*, c'est à ce contraire que je me réfère.

— Qui, elle ? La mère ou la fille, Hsueh ?

— Je ne fais plus de distinction. Ce sont les deux faces de la même entité. Les deux faces de Chamunda, la déesse de l'anéantissement. Une vision de mort et de destruction dans la tradition du tantrisme tibétain. Notez, cependant, que le visage de ses victimes est toujours serein.

Ti leva un sourcil interrogateur.

— Parfaitement, maître Ti. Serein. Dans les sculptures ou les peintures, elle est toujours décrite le menton dégoulinant de sang, en train d'arracher des bras ou des jambes, de fouailler des entrailles. Mais les artistes prennent soin de donner une expression placide et sereine aux visages de ses victimes. Certaines vont même jusqu'à sourire. Seul le démon exprime la souffrance du martyre.

— Serein et placide, répéta Ti, songeur.

– Sans doute parce que mourir des mains de la déesse est une libération.

Hsueh parut rechercher des forces dans la contemplation de son bol de thé.

– Comme je vous l'ai écrit, j'ai du nouveau. reprit-il. Kao-tsung a nommé l'Impératrice Régente.

– Régente ! s'exclama Ti, sidéré.

– Oui. C'est elle qui trônera à sa place à l'Audience Matinale.

– Alors, le pouvoir est à elle. Kao-tsung tiendra encore combien de temps, à votre avis ? C'est comme s'il était déjà mort.

Hsueh acquiesça en silence. Il porta le bol de thé à ses lèvres, hésita, puis le brandit au-dessus de sa tête.

– À Chamunda ! déclara-t-il avant de boire.

19

Lo-yang, à l'automne de l'an 669

— Ce n'est pas bon, Votre Grâce, dit le Nagaspa.
— Vous devez vous tromper. Vérifiez encore, exigea Dame Yang.
— Oui, je vous en prie, intervint Wu. Mesurez encore une fois la tête du garçon.
— Tout de suite, ma divine Impératrice. Mais je suis sûr de mes calculs. Je ne puis...
— Avec ces instruments, ordonna Wu en désignant les anciens compas à deux jambes sur la table basse. Mesurez sa tête avec ces choses-là.
— Oui, avec les compas, Nagaspa, renchérit Dame Yang. Vous n'avez pas noté correctement le sommet du front.

Dame Yang appuya un doigt solennel sur le crâne du prince. Le garçon, qui venait d'avoir seize ans, chassa le doigt d'un geste irrité. Yang l'ignora.

— Le front ne commence pas là, Nagaspa. Mais là. Là.

Elle pressa son doigt sur la tête de Hsien, mais à un endroit légèrement différent. Le garçon grimaça.

— C'est là que commence son front, déclara-t-elle. Pas là ! fit-elle en jetant un regard de reproche à l'amant de l'Impératrice.

– Mère, intervint Wu. Fais donc attention. Tu lui fais mal.

– Balivernes ! riposta Dame Yang. Ton Nagaspa est un barbare doublé d'un escroc. Ce n'est pas là que commence le front ; les cheveux de Hsien sont si épais ! fit-elle en empoignant une touffe.

– Regardez bien, Votre Grâce, dit le Nagaspa avec une impatience non dissimulée.

Il promena l'étrange instrument de mesure sur le crâne du prince héritier d'une main experte.

– Je pose le compas où vous le suggérez, Mère Yang. Voyez... là... et là... et...

Il fit pivoter le bras libre du compas et le posa sur un point précis entre les yeux du garçon, juste au-dessus de son nez.

– ... voilà, conclut-il d'un air triomphant.

Puis il commença à lire les chiffres sur la minuscule règle de géomancie :

– *Ben... Bing... Li... I...* Voilà, de mauvaises mesures, comme je le disais. Le prince héritier Hsien a de mauvaises mesures, contrairement à feu son frère.

– Cependant, vos chiffres n'ont pas prédit la mort tragique de son frère, déclara Dame Yang avec une pointe de mépris. Et vous espérez nous faire croire à vos mesures, après ça ?

– C'est juste, renchérit Wu. Vos chiffres n'ont pas montré une grande efficacité.

– La mort du prince héritier Hung est due à des circonstances tragiques et imprévisibles, répliqua le Nagaspa avec indignation. Ses causes sont extérieures à la personnalité du prince et ne pouvaient donc apparaître dans les mesures. (Il dévisagea Dame Yang d'un air offensé.) D'ailleurs, j'avais effectivement détecté une anomalie, mais j'ai préféré ne pas en parler. C'était si ténu ! Mais les mesures de cet enfant ne mentent pas, Votre Grâce.

Il quêta le soutien de Wu, mais l'Impératrice se contenta de hausser les épaules.

– Frère Hsien n'a pas les qualités requises pour régner, reprit-il. La forme du crâne, les proportions du visage, et maintenant les mensurations, tout démontre sa totale incapacité à assumer une telle responsabilité. Il ne tiendra jamais les rênes divines du pouvoir suprême.

Tout en parlant, il continuait d'examiner le crâne du prince. Le garçon empoigna la main du Nagaspa et la tordit d'un geste brusque.

– Assez de ce charabia ! s'écria-t-il. Ôtez votre sale patte de ma tête !

– Prince, vous me faites mal, dit le Nagaspa en se libérant. Vos humeurs vous entraînent un peu trop loin.

Le prince prit Wu et Dame Yang à témoin.

– Je suis las des sornettes de ce moine prétentieux.

– Et moi, je suis las de son insolence puérile, rétorqua le Nagaspa. Il est incapable de régner, les mesures sont formelles. Trop de débauches ancillaires ; trop de libertinages, d'expéditions nocturnes. Ce garçon n'a pas assez de discipline et trop de liberté. Si vous voulez mon avis...

– On se moque de votre avis, espèce de charlatan ! lâcha le prince.

Wu songea avec grande fierté que le fils était le reflet parfait de la mère. L'expérience du compas était une idée à elle, une sorte de cadeau pour le prince, mais elle avait pris une tournure inattendue, loin du petit amusement prévu. À l'évidence, le Nagaspa y avait vu une occasion de se rendre important, de s'affirmer aux yeux de Wu. Intolérable ! À la longue, ils deviennent tous d'un ennui !

– Silence ! Silence, vous deux ! intervint Dame Yang en dévisageant tour à tour le prince et le Nagaspa.

– Comme je le disais, Votre Grâce, commença le Nagaspa en s'efforçant de maîtriser sa colère, à mon avis, le prince...

– Taisez-vous ! coupa vivement Wu. Votre avis insignifiant n'intéresse personne.

– Je n'ai rien entendu, ma divine Impératrice, dit le Nagaspa en se bouchant les oreilles. Je ferai comme si vous n'aviez rien dit, ajouta-t-il avec une arrogance offensée que Wu ne pouvait plus supporter. Mais le garçon gâche son énergie vitale avec un total mépris pour son équilibre interne. Ah, quelle différence avec le caractère exemplaire de feu son frère Hung ! Ne croyez pas que les douteuses expéditions nocturnes du prince Hsien hors de la Cité Interdite passent inaperçues. Les bruits courent...

Wu s'esclaffa.

– Qui se soucie de ce que pense la plèbe, Nagaspa ?

Dame Yang se désintéressa de la situation. Elle regarda d'un œil distrait sa fille repousser le Nagaspa pour se ranger aux côtés du jeune prince. Indigné, l'Indien se dirigea vers la table et rangea à la hâte ses instruments dans son sac.

– Il vaut mieux que chacun reprenne ses esprits ; nous reparlerons de tout cela quand...

– Taisez-vous ! ordonnèrent la mère et le fils avec un synchronisme parfait.

Ils se regardèrent, puis éclatèrent de rire.

– Dansez tant que vous voudrez, magicien, déclara Hsien. Mais disparaissez de ma vue.

Furieux, le Nagaspa empoigna son sac et sortit de la pièce à grandes enjambées.

Le prince Hsien était doté d'une mémoire prodigieuse. Il se souvenait avec une précision parfaite du couronnement de sa mère, de sa nourrice qui l'aidait à gravir les larges marches menant au trône. Il se souvenait même des odeurs, de l'effet ressenti (des marches trop hautes pour des jambes trop petites) et revoyait sa mère, la tête inclinée, l'éclat de ses cheveux. Il sentait encore le poids de la couronne aux joyaux scintillants dans ses petites mains de bébé.

Une telle mémoire était assurément une malédiction – l'odeur des éléphants de la procession et le parfum des fleurs chatouillaient ses narines comme s'ils flottaient encore dans la pièce. Il se rappelait qu'à deux ans déjà, il avait entrevu le manège de sa mère et s'était senti stupide de se prêter à ses jeux, même s'il n'en comprendrait que plus tard toute l'absurdité.

Mais il se rappelait aussi comment les éclats de rire de sa mère se muaient soudain en gémissements plaintifs, ou l'inverse. Tout jeune, il avait l'habitude de la regarder soumettre son père à ses sautes d'humeur, souffler le chaud et le froid, le manipuler avec une cruauté infinie. Hsien savait que la perversité de sa mère avait provoqué les attaques de l'Empereur et hâté sa lente détérioration. Combien de fois avait-il vu l'Impératrice humilier le malheureux Kao-tsung sans défense, puis rire ou pleurer avec une ardeur que lui, Hsien, ne pouvait supporter. À cet âge, il croyait réellement que la tête de son pauvre père allait éclater comme une outre trop pleine. Il en avait si peur qu'il avait parfois un mouvement de recul quand Kao-tsung s'approchait de lui.

Son manque de scrupules ne faisait-il pas d'elle une infirme autant qu'un aveugle, un manchot ou un cul-de-jatte ? Était-ce une malédiction de la nature, un cruel défaut de naissance ? Ou bien l'infirmité avait-elle grandi dans son âme ? Hsien n'aurait pu le dire. Hsien et son frère avaient assisté, impuissants, aux caprices ravageurs de leur mère et de leur grand-mère qui supprimaient sans sourciller oncles, tantes et cousines. Le pis étant que ni la mère ni la grand-mère ne connaissaient leurs victimes. Elles étaient bien trop indifférentes pour même les haïr. Hsien savait tout de leur auto-satisfaction, leur indignation affectée, leurs calculs froids, leurs larmes hypocrites. Surtout, au plus profond de lui, il savait que s'il comprenait si bien sa mère, c'est parce qu'il lui ressemblait. Tout le monde disait qu'il était son portrait craché, et c'était, hélas !, vrai.

Son frère était mort. Une embuscade ? Hsien n'y croyait pas. Peu après le décès de son frère, Hsien avait surpris une conversation entre l'Empereur et le juge Ti Jen-chieh, le fameux chasseur de charlatans bouddhistes. Il avait collé son oreille à la porte. Il avait affirmé aux eunuques qu'il essayait d'aider son père et leur avait fait jurer de garder le secret. Les domestiques étaient du côté du malheureux Empereur, témoins qu'ils étaient depuis des années de la tyrannie de Wu.

Son père parlait d'une voix faible, et le magistrat lui répondait dans un chuchotement presque inaudible, mais Hsien avait réussi à grappiller quelques mots, et il en avait appris assez pour comprendre qu'une embuscade était impossible, vu la protection armée dont jouissait le prince. Ce n'était pas non plus un complot de palais car Hung n'était une menace pour personne. Il n'avait ni pouvoir ni ennemi. Non, il était mort pour avoir eu l'audace de réparer une longue injustice : il avait fait libérer deux servantes, témoins innocents des intrigues de sa mère.

Le pis était que Wu, indifférente à ses victimes précédentes, aimait réellement Hung. Elle avait toujours fait preuve pour lui d'une attention constante, s'était occupée avec soin de son éducation, lui avait fourni les meilleurs maîtres et louait constamment ses mérites. Elle l'adorait. Hsien ne doutait pas que sa mère avait aimé Hung, de même qu'elle avait aimé Kao-tsung. C'était bien ce qui rendait le crime atroce : aussi facilement que son rire se muait en hurlements de douleur, avec le même excès, son amour se changeait en... en quoi ? Les mots manquaient pour le dire.

Ce qui l'effrayait le plus, c'était la tendre affection que lui portait Wu. Il avait toujours été son préféré. Avec quelle ardeur elle l'avait défendu contre son amant indien, son danseur mesureur de tête, son imbécile de Nagaspa ! Hsien détestait le « bonze », plus qu'aucun des Occidentaux, charlatans sans envergure, dont sa mère aimait s'entourer. L'athlétique petit bonhomme n'était qu'un infâme prétentieux, un clown tour à tour arrogant ou bassement servile. Par bonheur, sa mère semblait lasse de son jouet !

Une délicate rosée argentée luisait sur les pavés humides du Sentier de la Sainteté et de la Transformation qui serpentait parmi les massifs de pins et de bambous. Le chemin traversait une forêt bien entretenue, au nord du palais impérial. Comme chaque matin, à l'aube, à la fin de l'heure du Tigre, on nettoyait soigneusement le sentier des aiguilles de pin, des feuilles mortes et des excréments d'animaux afin de dégager une voie virginale aux moines, nonnes et bonzes, invités impériaux, qui souhaitaient se rendre aux temples, stoupas, salles de méditation et sanctuaires que Wu avait fait construire dans cette partie boisée de la Cité Interdite.

Ce matin-là, comme d'habitude, cinq eunuques balayaient avec ardeur le sentier pavé. L'un d'eux arriva à un endroit où le sentier traçait des lacets particulièrement serrés avant de plonger dans un vallon touffu. En amorçant la descente, l'eunuque aperçut des traces sombres qui ressemblaient à des flaques de sang. Du sang d'animal ? Celui d'un cerf ou d'un chevreuil, sans aucun doute. C'était fréquent, cette partie du parc attirait nombre de chasseurs et de prédateurs. L'eunuque plongea la paille de son balai dans le seau que portait son assistant, puis il se mit en devoir de nettoyer les pavés. Frottant et astiquant, il suivit les traces et les éclaboussures jusqu'à un buisson piétiné, légèrement à l'écart du sentier, où il se figea brusquement et poussa un cri strident de vieille femme terrifiée. Son assistant se précipita, et, arrivé à sa hauteur, lâcha son seau et s'arrêta, pétrifié, incapable de détacher ses yeux du tableau monstrueux qui s'étalait devant lui.

C'était l'œuvre d'un prédateur, certes, mais d'un prédateur humain. Seul un esprit humain avait pu imaginer une mutilation aussi méticuleuse et cruelle, une scène macabre d'un humour douteux.

Un cadavre sans tête était assis en lotus dans la position parfaite du moine en prière. À quelques pas gisait la tête de l'homme. Du moins l'eunuque présuma-t-il qu'elle appartenait au corps agenouillé.

La sauvagerie gratuite du meurtre, plutôt que le crime lui-même, frappa particulièrement l'imagination des eunuques qui propagèrent aussitôt la nouvelle et le palais résonna bientôt de leurs contraltos hystériques. Ceux qui avaient perdu une partie de leur anatomie semblaient éprouver une fascination singulière pour leur frère en infortune.

Le cadavre avait été prestement enlevé, de sorte que très peu de gens avaient eu le temps de voir l'horreur de leurs propres yeux. Les témoignages de seconde main, les récits enjolivés qui circulèrent par la bouche des eunuques avaient nécessairement perdu en objectivité et en véracité, mais la cruauté du meurtre éclata dans toute son odieuse clarté.

On racontait partout qu'une sorte de coiffure surmontait la tête décapitée. Un chapeau, sans doute ? Non, rétorquaient les eunuques qui faisaient circuler la délectable nouvelle, ce n'était pas un chapeau. Ils assurèrent que les yeux de la malheureuse victime étaient restés ouverts et fixés vers leur dernière vision : un mystérieux engin de mesure dont les deux jambes dépassaient du sommet de son crâne.

Un *quoi* ? s'exclamèrent avec étonnement les eunuques du palais avides de curiosité. Un instrument, expliquèrent ceux qui avaient entendu l'histoire de « première main ». Oui, un instrument. D'après ce qu'on leur avait dit, il s'agissait d'un instrument de mesure, avec d'étranges chiffres gravés.

Comme un compas ? Oui, cela ressemblait fort à une sorte de compas. Il n'y avait pas d'autre mot pour désigner l'incompréhensible coiffure du cadavre.

Flanqué de gardes, le prince héritier se rendait chez sa mère d'un pas tranquille, la tête droite, le regard fier. Avant d'entrer, il baissa les yeux sur le sol dallé de tristes ardoises noires.

Debout près de son secrétaire, le regard dans le vide, elle ne sembla pas remarquer l'arrivée de son fils. Assise sur un sofa, à l'autre bout du salon, Dame Yang contemplait un gigantesque paravent en nacre et cinabre qui s'ornait des différentes étapes de la vie du Bouddha.

Les yeux prudemment baissés, le petit historien Shu, installé à une écritoire, rangeait ou consultait ses papiers avec une ardeur aussi dérisoire que frénétique. Il avait appris à prévoir les colères de Wu et à s'en prémunir : en s'occupant de ses propres affaires, exclusivement.

— Qu'il reste là, ordonna Wu. Je ne veux pas qu'il s'approche.

Elle toisa le prince de la tête aux pieds, puis se mit à parler de cette voix calme, prémices d'une explosion imminente, que redoutait par-dessus tout l'historien.

— Est-ce bien là le fils que j'ai élevé ?

Shu jeta un coup d'œil à la mère et au fils avant de se replonger dans son « travail ».

On aurait dit que le prince héritier avait bataillé toute la nuit contre les démons ou les fantômes. Ce n'était pas le divin prince de seize ans qui venait d'entrer, mais un garçon terrorisé, le visage hagard, le cheveu hirsute, l'œil cerné. Shu songea que le jeune prince avait dû lutter contre quelque force des ténèbres... et qu'il avait perdu.

— Ce fils éblouissant, à qui j'ai fourni la meilleure éducation...

Shu observa Hsien d'un œil furtif. La voix calme

de Wu le glaça. Le drame couvait, d'autant plus angoissant qu'on ne savait pas dans quel sens il allait éclater. Wu avait exigé sa présence parce qu'elle avait besoin d'un conseiller et d'un historien, mais elle n'en avait pas dit plus, et c'était bien le plus inquiétant.

– Toi, prince Hsien, le brillant poète, l'étudiant prometteur, tu as choisi d'écrire une page de ta propre histoire.

Le garçon resta figé, sans un regard pour sa mère.

– Ta place dans l'histoire ne te semblait pas assez solide. Tu as essayé de la façonner à ta guise, poursuivit-elle d'un ton égal. C'est ça?

L'historien se retourna pour regarder Dame Yang et crut déceler une lueur d'assentiment dans ses yeux.

– Ta place ne te semblait pas assez solide, répéta Wu en élevant le ton. Alors... mon fils... car tu es mon fils, n'est-ce pas?

Le prince serra les mâchoires, les yeux rivés sur le dallage.

– Tu es bien mon fils? implorait Wu, à présent.

Shu arrangea ses papiers en une pile inutile, le souffle suspendu.

– Pourquoi? murmura Wu, le regard plongé dans celui de son fils. Explique-moi pourquoi, je t'en supplie. Pourquoi m'avoir fait ça?

Hsien resta de marbre. Cela devait lui coûter. Les aller-retour de sa pomme d'Adam, seul signe de vie chez le prince pétrifié, suggéraient qu'il ravalait ses protestations avec difficulté.

– Pourquoi m'avoir fait ça? Pourquoi avoir trahi ta mère? gémit Wu en insistant sur les derniers mots d'un ton tragique.

L'instant approche, songea l'historien.

– Je suis ta mère. C'est moi qui t'ai donné le jour, qui t'ai nourri.

Soudain le visage de Wu s'empourpra, mais elle réussit à grimacer une sorte de sourire.

Un long silence s'ensuivit.

— Réponds-moi ! Dis-moi quelque chose ! N'importe quoi, mais parle ! Peut-être comprendrai-je.

Shu regarda, fasciné, les mâchoires de Wu se contracter et imagina les horribles dégâts que les jolies petites dents blanches pouvaient infliger. Il trempa un bâtonnet d'encre dans l'eau de son mortier et prépara ses pinceaux d'une main distraite. Il savait que cela ne tarderait plus. L'heure de la tempête était venue.

— *Parle-moi !* explosa Wu, faisant sursauter tout le monde dans la pièce, même Dame Yang. *Tu vas me parler, oui ?*

Elle agrippa les cheveux de Hsien et lui tira la tête en arrière, puis elle le gifla violemment, une fois, puis deux, trois, jusqu'à ce qu'un filet de sang coule de ses narines.

— *Tu ne te tairas pas devant ta mère !*

Elle le gifla encore, arrachant une grimace à Shu à chaque claque. Épouvanté, l'historien fit tomber le bâtonnet d'encre dans le mortier et dut le repêcher dans le liquide gluant qui macula ses doigts de longues traînées noires. Wu continuait de crier.

— *Tu es un assassin ! Un assassin, tu m'entends !* Tu as tué le Nagaspa. Tu as assassiné un bonze. Mon fils est un assassin ! Ah, ce n'est pas la bravoure qui t'étouffe ! Tu n'es pas mon fils, tu es un assassin ! Tu frappes par-derrière, en traître *! Mon fils, Hsien, est un lâche assassin !*

— Mère, je ne suis *pas* un assassin ! protesta enfin Hsien.

— *Tais-toi ! Tu es un assassin... un assassin doublé d'un lâche !*

— C'est faux ! riposta Hsien en essuyant son nez ensanglanté d'un revers de manche. Je n'ai tué personne ! Je... je ne savais même pas que le Nagaspa faisait sa gymnastique dans le Sentier de la Sainteté et de la Transformation de si bonne heure.

Hsien était livide, mais on sentait sa détermination.

Wu riva un regard pénétrant dans celui de son fils, un regard si noir que Shu en resta interdit.

– Comment se fait-il que tu saches où le Nagaspa a été tué ?

– Tout le monde en parle, mère ! hurla le garçon. Il faudrait être sourd !

– C'est donc que je suis sourde. Tout le monde, dis-tu ? Je n'ai pas entendu dire que le Nagaspa avait été retrouvé près du Sentier. Et vous, Shu ?

Shu fit semblant de s'arracher à son travail.

– Pardon, madame, que disiez-vous ? J'avais l'esprit ailleurs, eut-il le front d'affirmer en désignant sa paperasserie d'un geste vague.

– Avez-vous entendu dire que le Nagaspa avait l'habitude de se livrer à un entraînement matinal sur ce sentier ?

– Mère, je n'ai pas dit...

– Le sentier... ? s'étonna Shu.

– Le sentier pavé qui traverse les bois, vous savez bien. Le Sentier de la Sainteté et de la Transformation.

– Ah, oui ! Magnifique promenade pour la méditation. Hélas ! je ne connaissais pas les habitudes du Nagaspa. C'est que je ne me mêle pas des affaires des autres, vous comprenez.

Il roula plusieurs parchemins et les noua ensemble avec un cordon de soie.

– Toutefois, je ne suis pas surpris outre mesure qu'un homme aussi soucieux de son physique emprunte le sentier de si bon matin. L'air est particulièrement pur à cette heure, madame. Le brouillard et la poussière de la ville n'atteignent pas les bois impériaux.

– Et toi, mère ? interrogea Wu.

– J'ignorais où on avait retrouvé ce chien galeux, assura Dame Yang avec mépris. Tout ce que je sais, c'est qu'il a été assassiné et qu'on a mutilé son cadavre.

– Tu vois, fit Wu d'un ton apaisé en se tournant de nouveau vers son fils. Personne ne sait rien.

Sauf toi, prince Hsien. Comment se fait-il ?
Peux-tu me l'expliquer ?

– Mère, j'ignorais les habitudes du Nagaspa,
mais j'ai appris où on l'avait retrouvé. Comme tout
le monde.

Il avait adopté le ton implorant de sa mère.
« Comme ils se ressemblent ! » songea l'historien.
On ne pouvait en dire autant de son défunt frère.
Hsien était vif d'esprit, rusé, habile dissimulateur.
Il avait l'art de manipuler les émotions, comme sa
mère. C'était son digne portrait. Et l'historien
savait qu'elle voyait son propre reflet dans le
prince... ce qui, il en était sûr, l'irritait au plus haut
point.

– Suffit ! dit Wu. Sais-tu pourquoi on t'a amené
ici ? Le Nagaspa ne compte pas, oublie-le. Je ne te
pardonne pas, mais j'aurais dû savoir que tu étais
capable de meurtre. Mais ça... fit-elle avec dégoût
en désignant les papiers empilés sur l'écritoire de
l'historien. J'ai peine à croire que tu puisses me
faire une chose pareille. Non, c'est impossible, je
refuse de le croire. Je leur ai dit que c'était faux,
que mon propre fils ne fomenterait jamais une
rébellion contre sa mère. Et qu'est-ce que la Garde
Yu-lin a découvert dans ta chambre ? s'écria-t-elle
en assenant un violent coup de poing sur le bureau.
Qu'a-t-elle découvert ?

Le prince baissa la tête et riva ses yeux sur le sol
dallé. Maintenant, songea Shu, il est prêt à capitu-
ler. À moins qu'il ne baisse la tête pour entendre
les charges qui vont être prononcées contre lui.
Hsien se mura dans son silence abject pendant que
sa mère faisait signe à l'historien de sortir les documents. Shu s'exécuta, puis, impassible, l'œil vide,
lissa les feuilles avec un soin méticuleux, et attendit les ordres de l'Impératrice.

– Qu'on lui fasse lever la tête ! ordonna Wu.
Qu'il me regarde !

Deux gardes empoignèrent les cheveux de Hsien
et lui tirèrent la tête en arrière, exactement comme

Wu quelques instants auparavant, obligeant le prince à contempler le plafond. L'un des gardes saisit la tête de Hsien entre ses larges paumes et le força à fixer l'Impératrice. Rouge de colère, Hsien réussit malgré tout à éviter de regarder sa mère.

– Tu vas me regarder, oui ? ordonna Wu. L'historien va lire les charges.

Shu se redressa dans une pose solennelle.

– Pour la plus grave violation du Code Légal des T'ang-lu Shu-i, commença-t-il de son ton le plus pompeux. Article Vingt, Paragraphe Seize, pour la détention, l'accumulation et l'entretien d'armement militaire dans l'intention de fomenter une rébellion et une insurrection contre la maison régnante, souveraineté dûment et légitimement établie, décrétée par le Ciel... lesquels concernent... (Shu chercha fébrilement la page suivante)... lesquels concernent la découverte de quelque cinquante glaives, une centaine de dagues en corne de rhinocéros, soixante-trois piques, un nombre identique de haches, cent vingt-deux arcs, quarante arbalètes, trois cents carreaux, trente-deux plastrons en cuir, des cottes de mailles iraniennes et sassanides au nombre de... Sa Majesté ne souhaite pas que je continue ? demanda-t-il en voyant le regard impatient de Wu.

Sans doute considérait-il son fastidieux inventaire comme une œuvre littéraire car l'historien avait l'air profondément offensé.

– Cela suffit pour prouver la traîtrise du prince, maître Shu, déclara Wu avec une indifférence totale. Lisez le paragraphe final, je vous prie.

Shu sortit une autre feuille et prit une profonde inspiration.

– Ladite cache d'armes, comprenant un armement suffisant pour présenter un risque pour la Garde Yu-lin et, par suite, pour la famille impériale et pour la stabilité de l'Empire, fut retrouvée dans les appartements du prince héritier et dans les écuries du prince héritier.

– Prince Hsien, coupa Wu, avez-vous quelque chose à dire pour votre défense ?

Le prince la fixa à présent d'un regard ferme.

– Avez-vous quelque chose à dire pour votre défense ?

Le prince entrouvrit la bouche. Allait-il parler ? Jurer ? Protester ? Là encore, il ressemblait à sa mère. Une volonté d'acier. Mais Hsien ne dit mot. Il humecta ses lèvres, et ce fut tout, mais il continua de fixer l'Impératrice comme s'il cherchait à cerner une bonne fois pour toutes le caractère mystérieux de la créature qui lui avait donné la vie.

Shu crut lire quelque chose dans le regard du prince. Un éclair meurtrier ! Rien à voir avec l'assassinat du Nagaspa, ce pantin ridicule, mais un désir plus menaçant. Wu, elle aussi, avait vu cet éclair.

Ce que Shu vit, ou crut voir, c'était une simple braise, celle qui, selon le destin, déclencherait un incendie dévastateur, ou étoufferait sous la fumée et les cendres. Alors, sans doute y avait-il quelque vérité dans les charges qu'il venait de lire. Oui, le prince, cet adolescent de seize ans, était capable de tuer sa propre mère.

La situation devenait tragique. Avec un Empereur impotent et la mort d'un second prince héritier, il fallait en désigner un autre. Et cette sinistre promotion tomba sur l'aîné des quatre derniers fils de Wu, un garçon de treize ans seulement du nom de Chui-tsung. Le ciel protège l'infortuné prince !

La veille, Hsueh s'était excusé de la sécheresse de ses informations, mais il avait promis des nouvelles complètes pour le lendemain.

Ti se versa un bol de thé vert et scruta les visages de la foule d'un œil impatient, l'esprit en ébullition. Le prince héritier Hsien avait été banni à vie et exilé dans l'île de Hainan, mais n'était jamais parvenu à destination. Il s'était suicidé.

Les charges invraisemblables relevées contre lui étaient-elles fondées ?

Le jeune prince héritier avait-il réellement fomenté une rébellion contre sa mère ? Avait-il assassiné le Nagaspa ? Ou bien Wu et Yang avaient-elles d'autres raisons de se débarrasser du garçon ? Avaient-elles découvert, par exemple, que Hsien avait aidé son frère défunt Hung à libérer les deux servantes emprisonnées ? Wu et Yang, lassées du Nagaspa, l'avaient-elles supprimé elles-mêmes avant d'en faire porter la responsabilité au prince Hsien ? Hsueh n'avait-il pas rapporté les récriminations de Dame Yang à propos des querelles incessantes entre Wu et son amant indien ?

Le prince héritier s'était-il vraiment suicidé ?

Ti souleva le couvercle de son pot de thé, puis se versa le reste du liquide fumant et le but à petites gorgées, l'air pensif. De temps en temps, il jetait des coups d'œil impatients dans l'espoir d'apercevoir la haute silhouette du moine magicien.

Au-delà des jardins s'étendait le marché grouillant de monde. Les aboiements de chiens errants et les boniments rythmés des camelots composaient une mélodie qui élevait ses étranges notes au-dessus du brouhaha de la foule. Ce matin-là, Ti trouvait un certain réconfort dans les cris et les chants familiers : le monde pouvait bien s'écrouler, le marché, lui, serait toujours là.

« Quoi que je découvre, songea Ti, je le léguerai à la postérité. J'ignore si les actes horribles trouveront leur juste punition de mon vivant, mais la vérité éclatera un jour. Et je ne suis pas seul, fort heureusement ; le Tibétain m'a promis son concours. »

Il scruta la foule en se demandant dans quel déguisement le moine se présenterait. La veille, il était arrivé chargé de cages d'oiseaux piailleurs. Son thé avait refroidi, Ti commanda un autre pot, et s'installa dans une attente nerveuse.

Ti mit un certain temps avant de comprendre que le moine ne viendrait plus. Il vit avec impa-

440

tience l'heure du rendez-vous passer, et après son troisième pot de thé, quand la fraîcheur s'abattit sur la ville, que le soleil déclina, une sourde inquiétude remplaça son impatience. Le moine n'avait jamais manqué un seul rendez-vous. Lorsque l'aubergiste éteignit les lanternes, l'inquiétude de Ti se mua en une certitude funeste : il était arrivé quelque chose. Accablé, il se leva et quitta avec tristesse la terrasse de la maison de thé.

Trois jours s'étaient écoulés depuis le rendez-vous manqué.

La veille, Ti avait envoyé un messager déposer la carte de visite d'un « compagnon de foi » à la résidence bouddhique de Dame Yang. Le concierge avait pris la carte sans un mot, sans même indiquer si le « lama » Hsueh avait jamais été l'invité de sa maîtresse.

Dans ses bureaux de l'Office National des Sacrifices, tout en épluchant les licences et les concessions de deux nouveaux monastères, Ti se demanda si le moine Hsueh Huai-i était allé grossir le nombre des victimes de l'impitoyable Wu.

Il se persuada que le Tibétain était sur une piste. Il avait sans doute fait une découverte qu'il ne pouvait encore communiquer à personne. Ti se raccrochait à un mince espoir et s'en remettait aux extraordinaires talents de l'homme. Ce ne serait pas rendre justice au Tibétain que de désespérer si tôt.

En décembre de l'an 669

Même sans les yeux et les oreilles de Hsueh Huai-i, qui avait disparu depuis trois mois, Ti aurait dû savoir ce qui s'était passé dans la Cité Interdite. Mais la procession funéraire avait profité de l'obscurité de la nuit pour se rendre au tombeau de la famille Li par le Sentier de l'Esprit, de sorte que le monde avait appris la nouvelle une fois l'enterrement terminé. Seuls les proches, ainsi que quelques serviteurs et fonctionnaires désignés pour conférer un minimum de cérémonial à l'événement, avaient suivi le cortège. Lorsque de modestes affichettes apparurent sur les murs de la ville pour annoncer la nouvelle de la mort, le cadavre dormait déjà dans le tombeau. On ne laissa pas au peuple la possibilité de pleurer la terrible perte.

Ti vit dans ces dispositions pour le moins inhabituelles l'état déplorable dans lequel était tombé ce bas monde. Les institutions confucianistes, avec leurs lois, leurs rituels, leur décorum, avaient été supplantées par le subterfuge, la sombre autocratie et le bon vouloir de Sa Très Auguste Majesté et de Sa Très Auguste Mère. Ah, comme il aurait aimé en discuter avec Hsueh! Il ne s'était pas rendu compte à quel point la perspicacité, le bon sens et l'amitié du moine lui manquaient.

Deux ans avant son cinquantième anniversaire, l'empereur Kao-tsung était mort, et le jeune et inoffensif Chui-tsung lui avait succédé. Ti doutait que l'adolescent détînt jamais le sceptre impérial ni qu'il s'assît sur le Trône de Paon. La rumeur courait que le nouvel « Empereur » de Chine était enfermé dans une aile obscure du palais, seul et sans amis comme tant d'autres membres de la famille impériale avant lui. Et pendant que Chui-tsung croupissait dans son cachot, sa mère, la Régente, gouvernait seule l'Empire du Milieu.

Longue vie à l'impératrice Wu Tse-tien, écrivit Ti dans son journal cette nuit-là. Et longue vie à nous tous.

DEUXIÈME PARTIE

*Si grandes étaient la peur et la terreur
qui étreignaient le cœur des hommes
qu'ils comptaient simplement le temps
en retenant leur souffle...*

TZU-CHIH TUNG-CHIEN
(Reflet Intégral de l'Histoire)

L'armée de Mara

... mais là, sculptés en toute innocence des siècles auparavant, des torses changés en visages, des yeux greffés sur des troncs, des myriades d'yeux; des poitrails de cochons, des épaules de chiens, des êtres à trois corps ou à quatre têtes, des monstres à tête d'hydre, des créatures polymorphes, une farandole de monstruosité triomphante; cette difformité eût été risible si chaque créature n'avait été dotée d'une âme. Leurs expressions restaient souvent incompréhensibles pour nous. Qu'est-ce qui les émouvait? Qu'est-ce qui les fâchait? Étaient-elles en train de rire, de crier, de mugir, de ricaner? Étaient-elles terrifiées ou enragées, passionnées ou haineuses?

Tibet secret de FOSCO MARAINI.

20

Lo-Yang, au printemps de l'an 670

Wu se prélassait dans son bain comme si elle comptait y rester toute sa vie.

– Oh! mère, j'ai l'impression de renaître! déclara-t-elle en se caressant. Je revis, mère, je revis! Avant, j'étais en cage; comme une espèce d'animal enfermé dans une affreuse coquille, et dont la chair n'a jamais vu la lumière du jour.

Assise près de la baignoire, Dame Yang sourit.

– Comme une pauvre tortue qui essaie de traverser la route et se fait écraser par la roue d'une carriole.

– Ciel, quelle horreur! s'exclama Dame Yang.

– Cela fait un horrible bruit, et la douleur est cuisante, mais la tortue s'en tire et regarde! La voici qui émerge de sa coquille avec une vitalité nouvelle. Elle renaît! Ah, la femme est d'une nature bien étrange! C'est la caresse d'un homme qui nous éveille.

Wu se frotta avec langueur les hanches, les seins, savourant de merveilleux souvenirs.

– Oui, c'est la caresse d'un homme qui nous éveille et nous anime. Plus grande est son habileté, plus nos sens seront en éveil, et plus brillant notre esprit. Dire que je croyais avoir connu des hommes habiles! Oh! mère! soupira-t-elle.

– T'ai-je jamais mal conseillée ? demanda Dame Yang.

– Non, jamais. Et c'est d'abord à toi que va ma gratitude. Tu aurais pu le garder pour toi, je ne l'aurais jamais su.

– C'est que, mon enfant, il y a assez pour deux, n'est-ce pas ?

Le visage de Wu s'éclaira d'un large sourire.

– Oh ! oui, plus qu'assez ! acquiesça-t-elle et les deux femmes éclatèrent de rire.

Or c'était aussi un brillant esprit. Feu le Nagaspa ne soutenait pas la comparaison. Ce dernier avec sa prétendue érudition, Wu le voyait bien à présent, n'était qu'un pâle précurseur. Les prouesses physiques du Nagaspa, bien qu'assez remarquables, n'étaient rien à côté de celles de son nouvel amant. L'ayant connu à un moment crucial, quand la maladie de l'Empereur s'installait dans une chronicité odieuse qui la déprimait et lui obscurcissait l'esprit, elle l'avait accueilli comme un don du ciel. Mais il n'avait représenté qu'une étape dans son processus d'épanouissement et elle avait besoin d'un homme plus habile et plus expérimenté pour lui permettre de découvrir des horizons nouveaux : et elle l'avait trouvé !

Elle essaya de se souvenir de l'époque où Kao-tsung était tout pour elle. Elle était jeune, alors, une rose à peine éclose. Puis quand ses pétales s'étaient ouverts, exigeant davantage de soleil et de pluie, comme elle aimait à le formuler, le Nagaspa s'était présenté. Les autres, les moines, les lettrés, les pèlerins et les serviteurs, partenaires occasionnels dont elle avait oublié les noms et les visages, n'avaient été que des parenthèses, des jouets sans importance. Ils ne comptaient pas.

Le départ de Kao-tsung l'avait soulagée. Quant au Nagaspa – c'était difficile à admettre, mais ces derniers temps, certains traits lui étaient devenus insupportables. Sa voix, par exemple. Elle avait pris des accents plaintifs qui lui tapaient sur les

nerfs. Sans doute avait-il deviné que le déroulement naturel des choses le poussait vers la sortie,
et plutôt que d'avoir l'élégance de se retirer, son
travail achevé, il avait eu l'outrecuidance de
s'accrocher à ses privilèges comme un insecte
méprisable. Privilèges qu'il ne devait qu'à elle et
dont il aurait dû savoir qu'ils ne dureraient pas
éternellement. Elle éprouvait une sorte de pitié
pour lui ; l'homme avait quelques qualités, malgré
tout. Il avait indubitablement compris que l'heure
de son successeur approchait ; elle-même l'avait
senti. L'air s'était chargé d'une essence magnifique
et inquiétante : le temps d'un épanouissement
supérieur était arrivé.

Oui, le nouveau venu était un brillant esprit. Il
avait apporté dans ses bagages sa propre traduction d'un soutra inconnu. La façon dont il se l'était
procuré portait la marque des caprices mystérieux
du destin : il avait rencontré un vieux moine, lui
avait-il raconté, un pèlerin qui s'était rendu si
souvent en Inde durant ces derniers soixante ans
qu'il ne comptait plus ses voyages ; le moine haran-
guait les passants pour leur vendre ses biens terrestres – un tas de vêtements élimés, un bol de
mendiant, une roue à prières, quelques ustensiles,
un coffret en bois et un âne fatigué. Il ne réclamait
qu'une simple pièce de cuivre pour le tout, car,
disait-il, l'heure de sa mort approchait. Le nouvel
ami de l'Impératrice avait acheté les maigres biens
sans l'ombre d'une hésitation, car il avait remarqué, lui avait-il déclaré, une étrange aura envelopper le moine.

Il avait trouvé dans le coffret un soutra en sanskrit, et il s'était aussitôt mis au travail. En tradui-
sant l'ancien texte sacré, il avait soudain compris,
avait-il affirmé d'un ton solennel, que son destin le
poussait auprès d'elle. Il est trop tôt pour révéler
ce que j'ai découvert, expliqua-t-il, et la traduction
n'est pas terminée. Je dois vérifier que je ne me
suis pas trompé. J'ai besoin d'un peu de temps.

« Bien sûr, avait-elle songé. Je t'accorderai tout le temps qu'il faudra. »

Elle était habitée d'un ardent désir de l'honorer, lui, sa mère, elle-même, et toute créature qui croisait sa route. Grandissait en elle la manifestation tangible de ce qui n'était resté jusqu'alors que pure abstraction. Avec la vision pénétrante qu'elle acquérait, elle se rendait compte à quel point elle avait vécu à l'écart de la véritable compréhension de l'univers. Son nouvel ami lui expliqua que l'esprit du Bouddha se manifestait à travers elle, et il l'incita à l'épouser, à lui donner vie. Le principe profond du bouddhisme, disait-il, se manifestait au monde par son propre corps, par ses yeux, par ses actes. Je ne suis pas surpris outre mesure, avait-il ajouté, énigmatique, en la regardant de cet œil pénétrant qui déclenchait en elle des émotions inconnues jusqu'alors. Quand j'aurai achevé la traduction du soutra, j'en aurai la confirmation définitive.

« Oui, songea-t-elle, je serai un exemple pour tous dans l'Empire. Je laisserai vivre et palpiter en moi le principe premier du bouddhisme. » Tel était son destin, son essence vitale, son droit et son devoir : pathos, compassion et respect de la vie.

Jamais Ti n'avait ressenti une telle frustration. Jamais il n'avait tant eu besoin de Hsueh Huai-i, ne fût-ce que pour ménager ses pauvres jambes. Ces derniers jours, il avait arpenté la ville de long en large, et il souffrait dans son corps et dans son âme. Comme il tenait à voir les dernières extravagances de l'Impératrice de ses propres yeux, il avait visité les multiples sites qu'elle avait choisis pour ses nouvelles constructions.

Il aurait pu utiliser un coche, bien sûr, mais il aurait perdu l'inestimable avantage que lui procurait l'anonymat. Les gens de la rue avaient toujours quelque chose à dire, et une oreille attentive pouvait récolter de précieuses informations. Ti ignorait comment le petit peuple connaissait, sinon la vérité, du moins des parcelles cohérentes de celle-ci, mais il avait plus appris à son contact que lors des entretiens avec ses collègues qui avaient répondu à ses questions avec une imprécision nébuleuse. Tout le monde avait entendu parler des projets gigantesques de l'Impératrice, mais personne, dans les hautes sphères de la fonction publique, n'avait pu lui dire ce qu'elle faisait construire, ni pourquoi. Hsueh présent, il saurait déjà.

Toutefois, il avait fait des découvertes fascinantes, quoique décourageantes et énigmatiques. Les constructions différaient radicalement de celles qui peuplaient Lo-yang. Manifestement bouddhiques à l'origine, mais ne ressemblant pas non plus aux stoupas habituels. Il se dégageait de leurs silhouettes qui se découpaient sur le ciel de la capitale une forte impression de malaise, comme si une armée étrangère d'occupation avait planté son campement dans la ville.

Lorsqu'il s'était mis en route, Ti ne savait pas combien il trouverait de nouvelles bâtisses, mais les curieux qu'il avait rencontrés sur le premier site, au beau milieu d'un des parcs les plus enchanteurs de Lo-yang, lui avaient indiqué un second bâtiment dans une réserve forestière à la périphérie de la ville. Là, d'autres badauds l'avaient dirigé sur le suivant, et ainsi de suite. Sur chaque chantier, des centaines d'ouvriers recrutés d'office déployaient une activité fébrile de fourmis. Ti avait dénombré sept chantiers.

Des temples mémoriaux, lui avait-on expliqué. L'Impératrice commémore ses ancêtres en même temps qu'elle exprime sa foi. Lorsque les travaux seraient terminés, il y aurait les cérémonies habituelles, avec distributions de cadeaux et de vivres. Une autre rumeur, excitante et bizarre, prétendait que Wu Tse-tien désignerait dans le peuple cent personnes au hasard, et les adopterait comme nièces, neveux, tantes, grands-pères, etc. Et ces heureux élus seraient nommés à vie gardiens des temples familiaux.

Honneur douteux, songea Ti en se couchant afin d'être frais et dispos pour le voyage qu'il comptait entreprendre le lendemain au monastère du Lotus Immaculé. D'après ce qu'il avait appris, être membre de la famille de l'Impératrice était aussi périlleux que de nager dans une rivière infestée de crocodiles.

Chaque fois qu'il pénétrait dans les murs du Lotus Immaculé, Ti ressentait la même impression : un sanctuaire de paix et de tranquillité. Si l'esprit du Bouddha résidait quelque part, c'était bien là. La fraîcheur des pierres grises, les moines en prière, l'accueil humble et plaisant du recteur faisaient que le monde s'estompait réellement une fois les portes franchies.

Avec la sollicitude d'une mère parlant de son bébé endormi, le recteur Liao lui chuchota que Wu-chi se reposait. Il a besoin d'encore une heure, dit-il, mais il sera très heureux de vous voir à son réveil. En attendant, la bibliothèque est à votre disposition. Ti s'installa donc dans la longue et étroite pièce flanquée d'étagères croulant sous les volumes, les rouleaux de parchemin, les feuilles de saintes écritures et de textes sacrés. Une agréable odeur de moisi embaumait l'atmosphère. Ce jour-là, il s'intéressa aux récits que les pèlerins avaient rapportés de leurs voyages dans les régions montagneuses de l'Occident.

Il fit des découvertes inespérées. Un volume renfermait des dessins originaux d'édifices bouddhiques. Le tableau d'un stoupa dont la silhouette et les motifs ornementaux lui parurent familiers attira son attention. La légende précisait qu'il s'agissait d'une construction tibétaine.

Ti lut le texte qui accompagnait le dessin, mais n'y découvrit rien de significatif. Il parvint à la conclusion que la foi de l'Impératrice s'exprimait dans un ésotérisme de plus en plus hermétique, à forte tonalité *étrangère* : de moins en moins chinois. En lui-même, le fait était assez troublant, mais Ti se demandait s'il n'y avait pas derrière cette façade d'exotisme un sens caché qui lui échappait. Il maudit la disparition de Hsueh Huai-i. Son ami aurait tout de suite reconnu l'origine tibétaine des édifices, et si quelqu'un possédait les arcanes qui présidaient à leur architecture, c'était bien lui.

— Je ne vois rien là de mystérieux, déclara Wu-chi.

Il avait reçu Ti dans le jardin privé où il réchauffait ses vieux os après sa sieste.

— En fait, c'est très simple. Elle construit des mémoriaux pour honorer le clan Wu. Ils sont au nombre de sept. Sept est un chiffre exclusivement réservé à la famille impériale.

Il s'exprimait d'une voix impassible, les yeux clos, le visage offert aux pâles rayons du soleil. Si calme était son ton que Ti ne saisit pas le sens de ses paroles.

— Tout cela n'est donc qu'un étalage de son extravagance et de sa suffisance ? demanda-t-il.

— Oh ! plus que cela ! Nous assistons à l'élévation de la famille Wu, depuis ses ancêtres les plus lointains, au rang royal.

Ti était abasourdi.

— Je vois que vous ne la croyiez pas capable d'une telle audace, dit Wu-chi avec un sourire indulgent. Mais vous devez comprendre : je la connais par cœur.

Ti restait interdit.

— Oh oui, je la connais ! Et je vais même vous faire une prédiction. Bientôt, très bientôt, nous aurons des nouvelles de l'historien Shu. Vous savez, cette étonnante moitié d'homme qui possède cette inquiétante capacité de prédire le futur et de récrire le passé.

— Mais la famille Li, la famille de l'Empereur... commença Ti.

– Destituer les morts est chose aisée. Et comme nous l'avons vu, les vivants ne lui ont jamais posé de problèmes.

– Et que faites-vous de... (Ti hésita, jeta des coups d'œil à la ronde, puis baissa la voix.)... de cette outrecuidante imagerie religieuse inspirée de l'étranger ?

– Son bouddhisme déclaré ? Vous pouvez parler librement, maître Ti, le rassura Wu-chi. Personne ici ne s'offensera. Mon brave recteur déplore les fabulations et les excès au moins autant que vous ou moi, si cela est possible.

– Depuis la mort de l'Empereur, tout s'accélère. Des temples tibétains dans une capitale chinoise ! Les salles du gouvernement affublées de noms barbares, imprononçables pour un Chinois ! J'imagine que vous êtes au courant ?

– Je crois avoir la réponse à votre question. Vous avez entendu dire, nul doute, que l'Impératrice... heu, ne dort pas seule depuis la mort de Kao-tsung et l'assassinat de son amant indien.

– Non, j'ignorais. Depuis que j'ai perdu ma source d'informations, j'ai l'impression d'être le dernier à savoir ce qui se trame derrière les murs du palais.

– J'ai gardé quelques contacts, dit Wu-chi. Mais de toute façon, j'aurais reconnu les signes. L'Impératrice brûle d'un feu ardent dont les flammes montent jusqu'au ciel. Elle a, figurez-vous, un nouveau guide spirituel.

Un silence s'ensuivit, brisé seulement par le chant d'un oiseau et l'écho lointain des prières.

– Oui, je suis au courant des changements de nom, reprit Wu-chi. Et on m'a parlé d'un autre, un nom fort approprié à notre époque de renouveau et de célébrations. Nous allons quitter le règne de Wen Ming [1] pour entrer dans le glorieux présent du Kuang Chi [2].

1. Illustre Illumination.
2. La Découverte des Reliques.

– La Découverte des Reliques, répéta Ti d'une voix lugubre. Cela ne me dit rien qui vaille.

– À moi non plus, approuva Wu-chi. Mais je parierais que notre historien Shu se frotte les mains.

Les stoupas commémoratifs furent achevés en un temps record. Quand Ti apprit que la ville entière assisterait aux cérémonies pour l'inauguration du premier, situé dans le plus grand parc de Lo-yang, il décida d'y aller aussi. Le bruit courait que les premiers arrivés seraient adoptés par l'Impératrice, et que chacun revêtirait ses plus beaux habits dans l'espoir d'être choisi par les émissaires impériaux qui circuleraient anonymement parmi la foule. Ti préféra se déguiser en mendiant déguenillé pour être sûr d'échapper à cet insigne honneur. « Peut-être devrais-je aussi délirer et baver », songea-t-il, l'air sombre. Il ne serait pas le seul dans son cas : de nombreux déclassés seraient sans doute de la partie : mendiants, vagabonds et malandrins ; ce genre d'événement les faisait toujours sortir de leur cachette.

Lorsqu'il eut revêtu son déguisement, il se félicita de l'absence de ses épouses qui n'auraient certainement pas vu d'un bon œil son accoutrement misérable.

Le parc, les boulevards et les ruelles étaient noirs de monde, une foule composée surtout de familles. Des bébés lavés de frais et habillés de couleurs chatoyantes étaient brandis à bout de bras comme autant d'oriflammes. N'est-il pas beau comme un prince ? semblaient dire leurs géniteurs. L'atmosphère était à la fête et une fièvre particulière flottait dans l'air. À chacun était accordée la fortune inestimable d'une parcelle potentielle de royauté. Ti songea avec cynisme que ses propres fils feraient des rajouts idéaux à la famille de l'Impératrice.

Contrairement aux familles qui se pressaient dans le parc, il avait la chance d'être seul. On faisait semblant de l'ignorer tout en s'écartant à son approche pour ne pas être souillé par un être aussi immonde.

Il approchait du lieu de la cérémonie. De délicieuses odeurs et des notes de musique lui parvenaient à mesure que la foule s'intensifiait. Les détrousseurs étaient légions, appâtés par le travail facile.

À l'abri de son déguisement, Ti observa leur manège avec grand intérêt. Aujourd'hui, il n'aurait pas à intervenir, à appeler les gens d'armes, à opérer des arrestations. Il remarqua un jeune garçon, âgé de onze ans à peine, soulager un homme de sa bourse avec une habile vivacité. Ti repensa au petit coquin qui avait surgi dans son bureau des années auparavant. Se sachant observé, le garçon fixa Ti de son œil de fouine, puis se fondit dans la forêt humaine avec désinvolture.

Pendant qu'il contemplait la scène, Ti sentit qu'on marchait sur sa défroque loqueteuse ; la robe se déchira avec un bruit sec et faillit tomber de ses épaules. Il se retourna prestement et se retrouva nez à nez avec un ivrogne encore plus déguenillé que lui. L'homme se lança dans d'éloquentes excuses dont Ti n'entendit que les premiers mots. À quarante pas de là, une haute silhouette avait attiré son attention.

L'homme se déplaçait à contre-courant ; sa nuque et ses épaules dépassaient du flot humain, son froc grisâtre jurant avec les couleurs des habits de fête qui l'entouraient.

– Maître Hsueh ! s'entendit crier Ti.

Il essaya d'esquiver l'ivrogne qui se confondait toujours en excuses. Titubant, le clochard marcha une nouvelle fois sur la robe de Ti, l'arrachant presque. Les coutures déjà bien fatiguées craquèrent et une manche se détacha avant que Ti ne puisse libérer le pan de sa robe.

Ti repoussa l'ivrogne en jurant et se faufila dans la foule en se hissant sur la pointe des pieds pour tenter d'apercevoir la haute silhouette de l'homme qui s'éloignait. Il l'entrevit fendre la foule avec l'aisance d'un navire poussé par un vent arrière. Ti essaya en vain de se lancer à ses trousses, mais la cohue se referma sur lui et il dut jouer des coudes sans délicatesse pour se frayer avec peine un chemin. Ce qui ne fit qu'augmenter la résistance du flot, chacun le repoussant avec des jurons. Ti se dressa sur la pointe des pieds, mais la haute silhouette avait disparu. Furieux, il faillit faire demi-tour pour passer sa colère sur l'ivrogne qui l'avait retardé.

Les gens le regardaient avec dégoût. Il se souvint de son accoutrement et se morigéna : « Calme-toi ! Tu es en train de perdre la tête. »

Il avait cru apercevoir Hsueh Huai-i, mais commençait à douter de ses sens. Au-devant de lui, un stoupa dressait sa silhouette vers le ciel, et un frisson parcourut la foule. Les gens se repassaient les paroles que les premiers rangs faisaient circuler. L'historien Shu, disaient-ils, prononçait un superbe discours. Ti abandonna à contrecœur ses recherches de Hsueh et prêta l'oreille :

– Dans son infinie bonté, l'Impératrice, pour célébrer l'Ère Nouvelle dans laquelle nous sommes assurément entrés, veut faciliter la vie des petites gens et démontrer que la miséricorde et la compassion ne sont pas de vains mots. C'est pourquoi l'Impératrice décrète les Sept Actes de Grâce. Pour vous, ses enfants, elle décrète la diminution des impôts, la redistribution des terres, la limitation de la conscription militaire, une amnistie pour les prisonniers, la libération des esclaves et des serviteurs, l'octroi de six mois de riz à chaque famille, et l'abolition de la peine capitale.

» Bien qu'un petit nombre d'entre vous seulement soit choisi aujourd'hui, elle veut que vous sachiez qu'en vérité, elle considère chacun et chacune d'entre vous comme un membre à part entière de sa propre famille, le vénérable et glorieux clan des Wu, dont votre humble serviteur, l'historien Shu, a découvert qu'il remontait à la famille régnante de la dynastie des Chou, précurseurs du glorieux Empire. En l'honneur de ces découvertes, l'Impératrice Régente et le jeune Empereur ont décidé que notre dynastie porterait dorénavant le nom de Chou.

Un hourvari monta de la foule pendant que Ti s'interrogeait, atterré. Était-ce aussi simple que cela ? Était-ce ainsi que finissaient les dynasties ? Wu pouvait-elle simplement décréter la mort des T'ang et l'entériner d'un trait de pinceau ?

Avec la démarche furtive d'un rat, Ti se hâtait vers son rendez-vous. Dans les bâtiments gouvernementaux, l'humeur était aux regards fuyants, aux gestes furtifs, aux chuchotements brusquement interrompus. Ti se demanda un instant s'il n'avait pas gardé ses haillons de mendiant pour provoquer une telle réaction sur son passage. Vu la fièvre qu'avait déclenchée en lui sa convocation auprès du président du Censorat, il n'en aurait pas été surpris outre mesure. C'était le même homme qui avait soudain décidé de rendre visite à sa mère le jour de leur dernier rendez-vous. Ti osait à peine l'espérer, mais peut-être le président avait-il enfin repris ses esprits. Ne l'ayant que brièvement rencontré, Ti ne connaissait pas le caractère du personnage, mais il préférait se dépêcher de crainte qu'il ne changeât d'avis, lui fermât sa porte, s'enfuît par la fenêtre ou entreprît un voyage urgent de dernière minute.

Il scruta avec tristesse les visages gênés des fonctionnaires qu'il croisait, puis s'engagea dans l'escalier. On était loin de l'atmosphère joyeuse du parc de la veille. Aussi lâches fussent-ils, ces hommes avaient passé leur vie dans les cercles du pouvoir ; ils étaient conscients des agissements insultants de l'Impératrice, des mensonges qui menaçaient le tissu même de leur existence. Du moins, était-ce vrai pour certains. Quant aux autres, songea Ti en approchant de l'entrée du Censorat, espérons que leur mauvaise conscience les empêche de dormir.

On l'introduisit dans une pièce où se tenaient deux jeunes hommes qu'il prit pour les assistants de l'homme qu'il devait rencontrer. L'un était assis derrière un bureau, l'autre debout, à ses côtés. Celui qui était assis l'accueillit avec un sourire engageant.

– Bienvenue, maître Ti. Nous sommes enchantés de vous voir ! Désirez-vous boire du thé ?

– Avec plaisir, je vous remercie, répondit Ti d'un ton plutôt sec. Mais dites-moi d'abord : le président du Censorat est-il là comme il l'avait promis ?

Les deux hommes échangèrent un regard de connivence.

– Il est on ne peut plus là, maître Ti, finit par répondre le jeune homme derrière le bureau. Et il est impatient de vous rencontrer. De même que le Premier Secrétaire qui, apprenant votre venue, s'est arrangé pour se libérer afin d'assister à l'entretien. Il y a tant de choses importantes à discuter !

Le Premier Secrétaire aussi ! Ti l'avait rencontré à deux reprises. Sa présence le surprenait mais le réjouissait en même temps. Il était grand temps d'élever des protestations, fortes et retentissantes. S'il pouvait rassembler quelques hommes intègres, Ti rédigerait une pétition qu'ils feraient parvenir au trône.

– Parfait, dit-il. Veuillez prévenir ces éminents fonctionnaires que je suis prêt à les rencontrer.

Les deux hommes se regardèrent. Celui qui était resté debout sourit à son tour.

– Mais, maître Ti, dit-il, c'est exactement ce que vous faites à la minute présente.

Ti les dévisagea sans comprendre.

– Que voulez-vous dire ? demanda-t-il prudemment.

– Je suis le président du Censorat, Wu San-ssu, déclara celui qui était assis. Et voici le Premier Secrétaire, l'honorable Wu Cheng-ssu... Mon frère, précisa-t-il.

– Nos prédécesseurs ont pris leur retraite, expliqua ce dernier.

Ti se leva d'un bond, repoussant d'un geste le plateau de thé qu'un domestique lui présentait.

– Puis-je vous demander votre lien de parenté avec l'Impératrice ?

– Eh bien, nous sommes ses neveux, dit le Premier Secrétaire. Maître Ti ! s'écria-t-il en voyant que le juge s'apprêtait à s'en aller. Ne soyez pas si pressé, je vous en prie ! Nous avons d'importants sujets à traiter !

– Je ne discute pas avec vous, rétorqua Ti en se dirigeant vers la porte.

Les deux hommes lui emboîtèrent le pas.

– La retraite des princes Li ! cria l'un d'eux alors que Ti était déjà dans le couloir.

Ti se retourna. Il dévisagea les deux compères, nota leur ressemblance avec un manque total d'à-propos, et attendit.

– Sans votre aide, cela ne pourrait se faire avec la dignité et la sollicitude qu'ils méritent, précisa le président du Censorat. Vous seul pouvez vous en charger, maître Ti ! Ils ont besoin de votre aide ! L'Impératrice considérera votre concours comme une faveur personnelle !

– Exil et rétrogradation, maître Wu-chi, déclara Ti. Voilà ce que signifie « retraite » dans le jargon de l'Impératrice. Vingt princes, cousins, neveux et autres, sont incarcérés comme de vulgaires criminels, et sur le point d'être envoyés dans l'enfer de l'île de Hainan, à des centaines de lieues, avec nombre de hauts fonctionnaires qui ont eu l'audace de refuser de travailler pour l'Impératrice. Je suis intervenu – ou plutôt, on m'a permis d'intervenir. Pour leur éviter Hainan, j'ai dû leur trouver un lieu de retraite dans un laps de temps ridiculement court. Elle savait que je serais obligé de m'éreinter pour sauver chacun d'entre eux. Elle a dû se délecter : c'était elle qui tirait les ficelles, et ce pantin de Ti Jen-chieh dansait comme les autres. Je me suis arrangé pour les envoyer à Yang-chou où ils seront reçus chez des amis fortunés. Je les ai « sauvés », mais tout cela n'était qu'une habile dérision. Une façon de se moquer d'eux, et de moi.

– Accusés de conspiration, j'imagine ? demanda Wu-chi.

Ti acquiesça.

– Pierre par pierre, elle démantèle l'empire T'ang. Elle dépose les héritiers légitimes et les remplace par des bouffons, membres de sa propre famille ou roturiers choisis au hasard dans la rue, et elle élève ses ancêtres au rang royal. Mais la moquerie dont vous avez été victime, mon ami, n'est rien comparée à celle que mes collègues ont endurée. En fait, poursuivit Wu-chi, perdu dans ses souvenirs, sa miséricorde me surprend. Je suis sûr qu'elle s'admire pour sa propre compassion. D'ailleurs, ces derniers temps, elle semble d'excellente humeur. J'ai entendu parler des Sept Actes de Grâce que Sa Majesté Impériale a généreusement octroyés à son peuple. Nul doute qu'elle ne considère les « retraites » des princes Li comme un geste de grâce et de miséricorde analogue. Et à juste titre ! Après tout, elle aurait pu les faire assassiner. Oui, elle est d'humeur magnanime en ce moment. Et nous savons pourquoi, bien sûr.

Ti se contenta de grogner. Il n'aimait pas aborder ce sujet.

– Mon brave recteur me dit que son « guide spirituel » lui a écrit une lettre récemment, reprit Wu-chi avec sa désinvolture habituelle qui ne manquait jamais de surprendre Ti.

– Voulez-vous dire que son...?

Il ne trouvait pas le mot juste.

– Son saint homme. Son amant, résuma Wu-chi.

Ti s'alarma.

– Ce n'est pas à votre sujet, j'espère?

– Non, non, ne vous inquiétez pas. Elle me croit mort. Non, la lettre concernait une proposition pour mon brave recteur. Il semble que ce... ce saint, ce recteur, ait l'intention de fonder une secte, avec la bénédiction de l'Impératrice, afin d'honorer l'Ère Nouvelle dans laquelle nous entrons. Il contacte et visite un grand nombre de monastères. Il recrute, pourrait-on dire.

– Je suppose que ce recrutement s'accompagne de généreuses dotations?

– Oh oui! Très généreuses. Et en échange, nous serions bien aimables de recevoir dans nos murs les novices de la nouvelle secte. Et, bien sûr, d'épouser progressivement un nouvel ordre de vie, un nouvel enseignement. C'est peu demander, n'est-ce pas?

– Puis-je connaître la réponse de votre recteur?

– Oh! il a décliné l'offre, avec son humilité et sa grâce coutumières!

– Nul doute que d'autres n'auront pas eu cette humilité ni cette grâce.

– Nul doute.

– Et puis-je vous demander comment se nommera cette glorieuse secte?

Wu-chi parut réfléchir.

– Oh! c'est un nom des plus inoffensifs, avec une résonance douce et suave. On le dirait tiré d'un poème de femme. Un nom qui s'oublie facilement. Laissez-moi me rappeler. Ah oui! Le Nuage Blanc.

– Le Nuage Blanc, répéta lentement Ti. Eh bien, mon cher Wu-chi, ce nom peut vous paraître inoffensif et léger comme une plume, mais à moi, il évoque le sifflement de la flèche d'un démon. Et c'est mon cœur que l'archer des enfers a visé.

21

Lo-yang, à la fin de l'été de l'an 670

— Aucune erreur possible, déclara-t-il en dévisageant Wu d'un œil pénétrant. Je vous observe depuis quelque temps, mais je suis un homme prudent. Je ne me précipite pas sur des conclusions sans fondements. Je ne me prononce qu'en toute certitude... Aucune erreur possible, répéta-t-il.

Dame Yang, assise près de là, sourit tendrement.

— Je le vois aussi, opina-t-elle. Nous nous en sommes aperçus il y a peu, mais nous avions promis de ne rien dire avant d'être sûrs.

— Avant d'être sûrs, renchérit-il.

Agréablement réchauffée par la flatterie, Wu s'enivrait de la délicieuse attente à laquelle la soumettaient son amant et sa mère.

— À présent, il n'y a plus de place pour le doute, reprit-il, si proche d'elle qu'elle sentait son souffle dans son cou. Vous rajeunissez.

— Sornettes ! protesta-t-elle avec coquetterie.

— Pas du tout, fit sa mère. C'est vrai. Qui mieux que ta propre mère pourrait en juger ? Je te vois depuis que tu es née. Je te connais mieux que personne, tout de même ! Le cours des ans s'inverse. C'est progressif, bien sûr, de même que le vieillissement. Mais je t'assure, c'est bel et bien réel.

— On ne peut plus réel, approuva-t-il. Et je

pense que je suis moi aussi qualifié pour en parler, ajouta-t-il avec un sourire suggestif. Même si rien ne vaut le regard d'une mère sur sa fille.

Il échangea un sourire complice avec Dame Yang. Wu était littéralement envahie d'une chaleur vivifiante, d'un sentiment d'omnipotence et d'un appétit vorace pour un avenir chargé de promesses.

– Pures sornettes ! s'exclama-t-elle, mais elle sourit à son tour.

– Ah, mais ce n'est pas tout, dit-il avec gravité.

Il lui caressa le menton, puis se recula pour la contempler avec déférence.

– Non, ce n'est pas tout. Bientôt, vous comprendrez les raisons de ce phénomène et vous pourrez juger de sa réalité. Cela aussi, j'ai attendu pour vous le dire. Votre mère et moi, nous travaillons ensemble depuis quelque temps, depuis le jour où j'ai croisé le moine mendiant qui offrait de vendre ses maigres biens aux passants. Un vieillard flétri et édenté, mais qui rayonnait comme le soleil.

– Je refuse d'écouter ces sottises, dit Wu, réjouie.

– Il brillait comme le soleil, et, bien qu'aveuglé par son éclat, je me suis approché de lui à tâtons. (Il se retourna et s'inclina avec respect devant Dame Yang.) J'ai vu la même lumière autour de votre mère, madame. C'était à elle, la vénérable protectrice, qu'il incombait de me procurer gîte et tranquillité sans lesquels je n'aurais pu atteindre l'état de méditation nécessaire à la pénétration des textes sacrés que le destin a remis entre mes mains.

– Ainsi, c'était donc cela qui vous occupait ? fit Wu en jetant un coup d'œil amusé à sa mère. Pénétration de textes sacrés ?

– Vous n'imaginez pas la difficulté, madame. Pensez à une boîte qui s'emboîte dans une autre, puis dans une autre, puis dans une autre. Chacune est composée de symboles dont l'hermétisme va croissant à mesure que l'on avance, et dans une langue qui, même dans sa forme épurée, est chargée de détours, de ruses, de chausse-trapes et de culs-de-sac. Non seulement ai-je pu ouvrir chaque boîte, poursuivit-il en redressant sa haute carcasse et en bombant le torse, mais j'ai réussi à les emboîter de nouveau l'une dans l'autre. C'est pourquoi je vous dis qu'il y a de bonnes raisons à votre rajeunissement. L'heure est venue de révéler au monde la gloire du soutra du Grand Nuage.

Qu'y avait-il de plus excitant que l'avenir ? La fièvre et l'impatience envahirent Wu, et menacèrent de la consumer. Elle brûlait de mordre la vie, l'avenir, à pleines dents ; du Tibétain aussi elle avait faim, et elle pouvait lire dans ses yeux la promesse d'un festin royal. Elle rayonnait.

– Pures sornettes ! fit-elle.

La construction des stoupas était achevée depuis de longs mois quand Ti comprit leur insignifiance au regard du nouveau projet de l'Impératrice : un temple, aussi vaste qu'une aile entière du palais impérial, destiné à servir de lieu saint et de quartier général à la secte du Nuage Blanc. En tant que président de l'Office National des Sacrifices, il aurait dû tout savoir de la secte : ses préceptes, le nom de son recteur, le nombre de ses moines, ses moyens de subsistance. Il aurait dû savoir si l'autorisation avait été accordée, et si oui la licence aurait dû passer entre ses mains. Mais il ne connaissait de la secte que son nom – le Nuage Blanc – et le nombre de travailleurs employés à la construction du temple – près d'un millier. On avait ignoré ses requêtes d'audience avec le recteur ; il serait volontiers allé le voir sans prévenir mais il ignorait où trouver l'homme, sauf peut-être dans la chambre à coucher de l'Impératrice, or même le célèbre Ti n'y avait pas accès.

Il visita les temples qui avaient accepté de se fondre dans la nouvelle secte, mais les recteurs – dont certains étaient relativement honnêtes et d'autres de vrais escrocs – ne lui apprirent pas grand-chose, si ce n'était qu'ils avaient reçu une dotation généreuse et l'ordre d'attendre. D'attendre quoi ? avait demandé Ti. De prochaines instructions, lui avait-on répondu, et le soutra des soutras qui serait bientôt publié.

Le soutra des soutras ?

Oui, le soutra qui supplantera tous les autres, et annoncera la venue du monde nouveau.

Plus tard, en contemplant la construction en cours, Ti n'eut plus aucun doute : le temple du Cheval Blanc prenait l'aspect exotique des stoupas mémoriaux. L'architecte qui l'avait dessiné avait aussi présidé aux plans des stoupas. Ti contempla l'édifice en cachant son environnement : il n'eut aucun mal à imaginer le temple, planté dans le décor montagneux d'un pays étranger. Et pourtant, il s'élevait dans le ciel de Lo-yang, telle une orchidée sur un tas d'ordures, vision d'une telle incongruité que Ti s'étonna qu'elle ne fût pas partagée par tous.

Ses visites au monastère du Lotus Immaculé devenaient plus fréquentes. Là, il trouvait la véritable paix et le répit, dans un monde de plus en plus en proie au chaos.

Ce jour-là, le recteur se joignit au juge et à son ami, et Ti s'aperçut qu'il n'était pas le seul que le temple du Cheval Blanc préoccupait. Liao, d'habitude si serein, était pour le moins troublé.

– Des émissaires du Cheval Blanc se sont présentés la semaine dernière, confia-t-il en fronçant les sourcils. Ah, ils n'abandonnent pas facilement !

– Votre lettre indiquait-elle clairement que leur offre ne vous intéressait pas ? demanda Ti.

– Très clairement. Je les remerciais pour leur offre généreuse, mais j'ajoutais que nous étions très satisfaits des préceptes que nous suivions depuis des siècles – préceptes simples et immuables – et qu'un changement n'était ni recherché ni souhaité.

– Comment votre réponse a-t-elle été reçue ? demanda Ti, curieux.

– J'étais content d'avoir exprimé mon refus avec clarté, et sans offense. Je m'attendais à ne plus entendre parler d'eux, mais ils m'ont fait une nouvelle offre. Une offre que, dans leur esprit, je ne pouvais refuser. La fois précédente, on m'apportait la fortune, cette fois ce fut le pouvoir.

– Le pouvoir ? s'étonna Ti, incrédule.

– Oui. On m'a dit que l'Impératrice régente et le recteur du Cheval Blanc avaient décidé de réorganiser les comtés et les préfectures de l'Empire. Les frontières seraient modifiées, les comtés appelés des « paroisses », et chaque paroisse serait placée sous la protection bienveillante d'un temple du Cheval Blanc. On m'a fait valoir que la situation privilégiée de mon monastère me destinait à présider l'une des paroisses les plus peuplées et les plus productives des environs de Lo-yang.

– Des paroisses ! s'exclama Ti, outré. Que vous a-t-on dit d'autre ? (Son instinct d'investigateur reprit le dessus.) Quelle superficie une paroisse est-elle censée couvrir ? Combien de gens, combien de fermes dans chacune ? Le peuple devra-t-il payer une dîme en plus des impôts impériaux ?

– Ma foi, maître Ti, dit le recteur Liao avec un faible sourire, vous posez là des questions judicieuses. Hélas ! je n'en connais pas les réponses car j'ai rapidement refusé l'offre. Je ne les ai certainement pas incités à davantage de précisions.

– Bien sûr, bien sûr, s'empressa Ti. Et vous avez bien fait. Toutefois, j'aimerais savoir comment on a reçu votre refus, cette fois. A-t-il été accepté de bonne grâce ?

– Ils ont été aimables. Mais j'ai eu l'impression qu'ils n'étaient pas prêts à abandonner. En fait, précisa-t-il en dévisageant Ti d'un air soucieux, ils m'ont dit qu'ils repasseraient dans une trentaine de jours pour en reparler. Entre-temps, un miracle aura lieu qui dissoudra les doutes que je pourrais avoir. Un miracle, maître Ti! Je devrais m'en réjouir, être intéressé, curieux, et cependant je le redoute. (Il resta un instant songeur.) La prochaine fois, le recteur du Cheval Blanc les accompagnera.

– Le recteur en personne! s'exclama Ti. (« Je tiens enfin ma chance », songea-t-il.) Mon brave Liao, reprit-il avec fièvre, permettrez-vous à un magistrat errant de rejoindre votre ordre pour une courte période?

Liao le regarda sans comprendre.

– Je veux être présent lorsque le recteur du Cheval Blanc viendra, expliqua Ti.

– Mais certainement, acquiesça Liao. Nous serions très honorés.

– Parfait, parfait, fit Ti qui préparait déjà son plan.

Wu-chi, qui avait écouté la conversation en silence, intervint :

– Un miracle, dit-il, comme hanté par de vieux souvenirs. Oh! je n'aime pas cela! Non, je n'aime pas cela du tout.

Ti lui jeta un coup d'œil et une sourde inquiétude le traversa. Un miracle, songea-t-il, cela promet!

Il n'y avait rien d'autre à faire qu'à attendre. Et qu'y avait-il de plus exaspérant que l'attente d'un miracle?

Trois semaines après sa visite au monastère du Lotus Immaculé, Ti était attablé à la terrasse d'une maison de thé, dans une artère commerçante de Lo-yang. Il lisait une missive d'un des princes Li qu'il avait aidés à émigrer à Yang-chou après leur « retraite » imposée.

Loin de l'atmosphère répressive de la capitale impériale, les lettrés devenaient soudain courageux. Ils se rencontraient souvent et, tout naturellement, l'Impératrice était leur principal sujet de conversation. Elle les inspirait. Ces hommes, qui n'avaient jamais porté l'épée ni élevé la voix, dont les mains délicates étaient plus habituées aux parchemins, aux bols de thé et aux pinceaux qu'au métal froid des armes, et qui ne connaissaient probablement pas la couleur de leur propre sang, ces hommes parlaient de rébellion. Ils voulaient que le juge Ti les rejoignît dans leur combat et fût leur représentant dans la capitale. Tout cela était écrit en termes voilés bien sûr, dans le langage hermétique des hauts fonctionnaires, langue inaccessible au profane mais parfaitement claire pour Ti.

Il aurait aimé se rendre à Yang-chou et leur répondre de vive voix. Dans l'état actuel des choses, il était impossible de savoir si leur projet d'insurrection était plausible ou s'il s'agissait d'une chimère pathétique. Avaient-ils un plan solide, une chance réelle ? Ou l'Impératrice se curerait-elle les dents avec leurs os avant qu'ils aient mis leur projet à exécution ?

Il relut la lettre. Il connaissait son auteur, Li Cheng-yeh, un lettré entre deux âges que le moindre effort essoufflait. Ti hocha la tête d'un air dubitatif. Ce soir, il lui répondrait, dans le même langage sibyllin. Il recommanderait la patience, la vigilance, la prudence la plus absolue. Son instinct lui dicta d'écrire une autre lettre : à ses épouses pour les informer qu'il s'occupait de leur emménagement à Ch'ang-an. Elles seraient ravies car leurs parents y résidaient. Il préférait les savoir à l'abri si une rébellion venait à éclater à Yang-chou.

Il rangea la lettre, paya l'aubergiste, et s'apprêtait à partir quand un son familier, mais incongru dans un tel endroit, lui fit tendre l'oreille. Il évita de justesse deux garçons qui couraient vers l'endroit d'où venait le bruit, et en les suivant il s'aperçut qu'une foule, des jeunes principalement, précédait une procession de crânes rasés et de robes safran. Il vit tout de suite que les crânes rasés appartenaient à des hommes de taille largement supérieure à la moyenne. Il n'avait pas tout de suite reconnu le son parce que c'était le dernier endroit où il s'attendait à l'entendre : celui de psalmodies bouddhiques.

Rythmique et péremptoire, le chant enfla à mesure que les grands moines, en rangs serrés comme des soldats, avançaient parmi le flot de badauds. À leur approche, devant leur haute stature et leur aspect inquiétant – visages fermés et lugubres d'une armée conquérante –, les gens s'écartaient précipitamment. Seuls quelques jeunes les accompagnaient, ravis du spectacle, courant, criant, et dansant autour d'eux.

Les moines regardaient droit devant eux, comme si la foule bruyante de la rue n'existait pas. Une cinquantaine de voix s'élevaient à l'unisson et les moines paraissaient dans une sorte de transe. Lorsqu'ils furent à quelques pas de Ti, il commença à saisir les paroles et il les suivit d'un pas précipité, non par exubérance puérile, mais parce que les moines marchaient à une telle allure avec leurs grandes jambes qu'il n'avait d'autre choix que de courir pour rester à leur hauteur. Or il ne voulait pas perdre un mot du refrain, rythmé par le martèlement d'une centaine de pieds :

– *Elle est de retour dans ce monde de damnation ! La lumière de son corps est de pourpre et d'or ! Son aura est celle de cinq mille Bouddhas ! Sa lumière éclaire les cinq chemins de la vie ! Un rayon de ses cheveux aveugle le monde ! La lumière de sa sagesse nous libère de la création ! Elle vient du pays de Wu-hsiang ! Wu-hsiang, le pays de la Non-Pensée vient à nous ! Avalokitesvara réincarné ! Lumière infinie, le divin bodhisattva ! Lumière infinie, le divin bodhisattva ! Lumière infinie, Cakravartin réincarné !* »

Ti accompagna le cortège pendant quelque temps, puis retourna dans la foule. Essoufflé, atterré, il regarda s'éloigner les crânes rasés dont les chants s'estompaient dans le lointain. Autour de lui, on discutait, on s'agitait. Ti s'apprêtait à interroger son voisin, un vieil homme, mais ce dernier le devança.

– Les disciples du Cheval Blanc, fit-il, laconique. Vous n'êtes pas au courant ? Il y a eu un miracle.

– Un miracle ! s'exclama Ti, stupéfait.

– Oui, il paraît qu'au cours de la cérémonie qui marquait l'achèvement de la construction d'une aile du temple du Cheval Blanc, une sculpture du Bouddha qu'on avait rapportée d'Inde s'est transformée en une volée de colombes blanches. Les oiseaux sont montés au paradis, et la sculpture a disparu. Mon frère, qui se trouvait sur place, l'a vu de ses propres yeux.

Ti avait l'impression de sortir d'une semaine de fièvre. Excité, il s'attendait à recevoir une lettre d'un instant à l'autre. Le « miracle » dont tout le monde parlait ne pouvait qu'être un message de Hsueh Huai-i pour lui dire qu'il était encore en vie et qu'il avait réussi à infiltrer la secte du Cheval Blanc. C'était extraordinairement astucieux. Il ne lui avait pas simplement fait comprendre qu'il s'était glissé dans la secte, mais qu'il y occupait une place importante puisqu'on faisait appel à ses talents pour fabriquer des miracles.

Ti réfléchit aux possibles implications. Assurément, Hsueh connaissait le recteur du Cheval Blanc, le « guide spirituel » de l'Impératrice. Peut-être connaissait-il déjà tous les secrets de l'organisation, ses projets, ses moyens, sa structure hiérarchique, et pourquoi pas, ses points faibles, son ventre mou. Et s'il accompagnait le recteur du Cheval Blanc à la rencontre avec Liao prévue pour le lendemain ? Ti ne doutait pas que le Tibétain percerait son déguisement et qu'ils pourraient échanger des informations.

Dans le rôle d'un fidèle anonyme venu se livrer à la contemplation, Ti devait se rendre le lendemain au monastère du Lotus Immaculé. Il s'interrogeait sur la personnalité du recteur du Cheval Blanc. Était-il un simple laquais de l'Impératrice comme Kao-tsung ou le défunt Nagaspa ? Ou était-ce lui qui exerçait son influence sur elle ? À l'évidence, elle sortait ses griffes et déployait ses ailes comme jamais. Ainsi que Wu-chi l'avait admirablement résumé, l'homme attisait les braises de l'esprit en feu de l'Impératrice. Quel qu'il fût, il ne manquait pas d'audace, pour preuve son prétendu soutra, dont quiconque, versé dans les écritures saintes, pouvait reconnaître l'inconsistance et les multiples emprunts. Audacieux et brave, à sa manière, songea Ti. Mais quelle sorte de courage fallait-il pour se glisser dans le lit de l'Impératrice ?

Il se faisait tard. Ti disposa sur la table un couteau à la lame aiguisée, un pain de savon, une brosse et un bol d'eau. En prenant le couteau afin de préparer son déguisement pour le lendemain, il se félicita pour la seconde fois en quelques semaines de l'absence de ses épouses, à qui il n'aurait pas à infliger de nouveau le spectacle de son crâne rasé. Puis un souvenir lui revint : le ricanement de ses fils quand ils virent son majordome le tondre dans son jardin de Yang-chou.

Le brave recteur du monastère du Lotus Immaculé n'avait visiblement pas fermé l'œil de la nuit. Son visage d'ordinaire si avenant se creusait de rides soucieuses et des poches bleuâtres cernaient ses yeux fatigués. Ti s'indignait qu'on pût mettre dans un tel état un homme si bon et si honnête.

Il était arrivé au monastère avant l'aube, et, selon un plan préétabli, il s'était glissé parmi les moines pendant la prière du matin. Wu-chi s'était enfermé dans ses appartements ; bien que l'Impératrice le crût mort depuis longtemps, il était mal à l'aise de savoir ses représentants à proximité. Tout le monde ignorait quand la délégation du Cheval Blanc arriverait.

Après les prières du matin, Ti partagea l'austère déjeuner des moines, puis alla travailler dans le jardin du monastère. Le soleil lui réchauffait agréablement le dos pendant qu'il bêchait, et il observa les insectes s'activer sur le sol et sur les feuilles des légumes avec une diligence industrieuse. La courte vie d'un insecte se résumait au seul travail, songea-t-il. D'autres animaux s'accordaient des parenthèses de repos et de loisirs. Même l'écureuil le plus laborieux prend le temps de gambader dans les arbres ; le buffle paresse quand il n'est pas sous le fouet ou sous le joug. Ti avait même vu des oiseaux s'ébrouer dans les flaques d'eau pour le simple plaisir. Seuls les insectes ne connaissaient aucun répit. Condamnés par la nature à travailler sans relâche, aucun d'eux ne s'écartait de son destin, aucun ne se rebellait.

Ti trouva un scarabée renversé sur le dos qui agitait ses pattes impuissantes pendant que des fourmis l'attaquaient ; il le remit d'aplomb à l'aide d'une brindille. Le scarabée s'enfuit avec alacrité de sa démarche mécanique, à peine surpris d'avoir reçu le secours de la providence. Ti aurait tout aussi bien pu l'ignorer ou l'écraser. Nul doute que les interventions des dieux dans la vie des hommes obéissaient à ce même caprice, songea-t-il.

Il avait biné le jardin toute la matinée. Il se redressa un instant pour s'essuyer le front et soulager ses reins douloureux, et il vit l'assistant du recteur Liao, le visage aussi lisse qu'un parchemin, lui faire signe. Ti posa ses outils et se mêla aux moines qui se dirigeaient vers les appartements de Liao où les invités devaient être reçus.

Ces derniers n'étaient pas encore dans l'enceinte du monastère, mais un éclaireur avait dû prévenir de leur arrivée, et Ti savait qu'ils n'étaient pas loin car il les entendait : la même psalmodie agressive qui l'avait scandalisé dans l'artère commerçante troublait la paisible atmosphère pastorale. Ti garda les yeux baissés à l'approche de la délégation.

Quand il les releva, il vit un bataillon d'une douzaine de grands moines couper à travers la pelouse. Le soleil fit briller un bref éclair à la tête du cortège ; au même moment, Ti eut une illumination subite. Il comprit l'énigme de la haute stature des moines : on les avait choisis en fonction de la taille de leur chef, le recteur du temple du Cheval Blanc, fondateur et supérieur de la secte du Nuage Blanc, amant de l'Impératrice, l'homme qui marchait à la tête du cortège, sa simple robe de recteur ornée d'un collier d'or.

Ti se fondit parmi les moines et s'engouffra sous un porche, où il se cacha dans la pénombre en attendant que son cœur s'apaise. Il ne pensait pas que Hsueh Huai-i l'ait vu, mais avec cet énergumène on ne savait jamais. Le Tibétain était bien capable de voir à travers les murs, assurément.

22

Lo-yang, au début du printemps de l'an 671

« Je dois écouter les voix, se dit-elle tout bas. Je dois apprendre à écouter les voix. Il faut que je fasse confiance à ma capacité de les distinguer. » Elle ferma les yeux et s'obligea à repenser aux recommandations de Hsueh Huai-i.

Au début, avait dit Hsueh d'un ton solennel, il y aurait peu de différence entre ses pensées et l'esprit du Bouddha qui l'habitait à présent. Il avait beaucoup insisté là-dessus. À un certain moment, elle saurait avec certitude ; les deux voix qui rivalisaient dans sa tête deviendraient aussi distinctes que le son grave du tambour *weir* de la note parfaite et claire d'une cloche de cuivre. À un certain moment, il n'y aurait plus de confusion possible. Le bruit de la cupidité et de l'égoïsme – la voix de ses bas instincts et de ses désirs corrompus – continuerait son martèlement intérieur, mais il y aurait une autre voix. Celle-là résonnerait au loin comme la cloche d'un temple par-delà la brume des montagnes. Elle commencerait par un aigu parfait venu d'en haut, à peine audible, puis sa pureté cristalline percerait le grondement des chutes d'eau et le tumulte des rapides, le murmure du vent dans les branches et les hurlements de la tempête, la cloche du temple, claire et pure : *ding.. ding.. ding...*

Le Tibétain avait si bien imité le tintement, un aigu métallique qui mourut dans sa gorge, que Wu avait cru qu'une cloche de cuivre était réellement dans la pièce.

À ce moment précis, elle avait compris qu'elle était capable d'entendre cette voix. Elle était là, toute proche, calme, claire, isolée, et persistante. Muette, presque, mais elle était là ! La voix pure, le Véritable Esprit du bouddhisme, qui parlait par sa bouche. Tous ses actes, toutes ses décisions, deviendraient plus clairs. Mais il lui fallait du temps, et justement c'était ce qui lui manquait : les rebelles avaient lancé une insurrection depuis Yang-chou. Une insurrection mineure, certes, mais qui l'avait irritée au plus haut point et lui avait rappelé les remarques de sa mère sur la nocivité des parents. Cette fois, c'étaient les parents d'un autre – de feu son époux, pour être précis – qui posaient problème.

Cinq cents fonctionnaires rétrogradés, la plupart sous le sixième degré, avaient rejoint les princes de la famille impériale Li en exil. Les princes avaient réussi à lever une armée de cent mille hommes, mais devaient encore franchir le confluent du Grand Canal et du Yang-tseu avant de remonter vers le nord. Les premiers rapports de ses espions déclaraient que la discorde régnait déjà au sein de la direction du mouvement. La dissension était un phénomène endémique chez les princes, mais les espions ne discernaient pas toujours les troupes de la milice impériale locale de celles des forces rebelles, pas plus, semblait-il, que les habitants de Yang-chou.

Mais l'affaire, une atteinte mineure à son autorité, n'inquiétait pas Wu outre mesure. Elle avait décidé de résoudre cette crise, la première du règne de 1'« empereur » Chui-tsung, avec le calme tranquille qu'elle avait trouvé en écoutant sa voix intérieure. Avec la paix intérieure, sa tranquillité et sa profonde tolérance, les réponses lui viendraient naturellement, les questions se résoudraient d'elles-mêmes. Elle psalmodia son mantra secret, celui que Hsueh lui avait enseigné, et s'abandonna à son bourdonnement. Et dans l'océan de son écho, elle visualisa le jeune plant de la Vertu Bouddhiste éclore, pousser et devenir l'arbre glorieux de l'Acte Bouddhiste...

Shu s'éclaircit la gorge et poursuivit sa lecture :

– ... et c'est ainsi qu'elle agit par malice et four-berie, avec des intentions malfaisantes.

– Non, non, non et non ! explosa Wu avec une violence qui surprit l'historien. Vous commencez à m'agacer sérieusement, Shu.

Elle lui jeta un regard cruel.

– Je suis désolé, madame. Parlez-vous de la pro-clamation du chef rebelle Li Cheng-yeh que je suis en train de vous lire fidèlement ?

– Parlez-vous de la proclamation du chef rebelle Li Cheng-yeh ? railla-t-elle. Non, Shu, c'est votre dentition, la forme de votre nez, vos petits yeux méchants, votre menton tremblant. Imbécile, c'est votre voix !

– Madame ?

– Shu ?

– Je ne comprends pas, madame.

– Bien sûr que vous ne comprenez pas, vous ne pouvez pas *entendre* votre propre voix.

– Eh bien, je...

– Oh ! Shu ! Pourquoi faut-il que vous lisiez la proclamation de ce traître avec... avec un tel res-pect ?

– Votre Majesté n'aime pas ma façon de lire ? demanda Shu, offensé.

– Sa Majesté n'aime pas votre ton pompeux qui donne de la *crédibilité* à ces absurdités.

– Alors, peut-être vaudrait-il mieux pour cha-cun que...

– Fi ! coupa-t-elle. Vous lisez cette... cette... *chose* comme si vous y croyiez !

– ... j'interrompe la lecture et que je rentre chez moi, conclut Shu. Lorsque Votre Majesté sera reposée, peut-être, ou...

– Non, maître Shu, dit Wu d'une voix lasse. Vous ne rentrerez *pas* chez vous. Vous allez poursuivre la lecture.

– Et comment Votre Majesté souhaite-t-elle que je lise ?

Wu frappa sur la table d'un geste exaspéré.

– Je m'en moque ! Allez-y et lisez donc cette somme d'immondices comme bon vous semble... Mais ne lui donnez pas tant d'importance !

Shu attendit, craignant de l'interrompre.

– Dois-je continuer ? demanda-t-il, circonspect.

– Oui, oui, je vous en prie. Lisez donc, maître Shu. Nous ne pouvons rester indéfiniment sur ce... ce... ce « manifeste », cracha-t-elle.

Shu s'éclaircit la gorge et reprit sa lecture où son doigt s'était arrêté, sur une rangée verticale de caractères rouge sang :

> *... cette Wu, qui a usurpé le trône, est par nature inflexible et dangereuse. Ses origines familiales sont véritablement obscures...*

– Je *ne veux pas* en entendre davantage.

Wu se leva, arracha les feuilles des mains de Shu, et lui décocha un regard dur.

– C'est grotesque ! Mais, à vous entendre, on dirait que vous y croyez. Vous y croyez ? demanda-t-elle d'un air significatif, puis elle lança les feuilles sur la table sans y jeter un coup d'œil.

– Madame...

– Taisez-vous ! fit-elle en se bouchant les oreilles. Je ne veux pas entendre ce que *vous* croyez ou non. C'est sans intérêt.

Shu n'essaya pas de protester. Il ramassa les feuilles et reprit sa lecture :

Autrefois, c'était une domestique de second rang de Tai-tsung, elle lui changeait ses habits. Parvenue à maturité, elle a semé le désordre dans le palais du prince héritier – feu l'empereur Kao-tsung – en dissimulant ses relations intimes avec lui. Puis elle a comploté pour s'introduire dans les appartements privés et elle a massacré toutes les femmes...

– Parce que c'était *nécessaire* ! coupa-t-elle en frappant du poing sur la table. Elles tournaient autour de lui comme des porcs dans leur purin, ajouta-t-elle, ravie de voir une moue de reproche se dessiner sur le visage choqué de l'historien. Pourquoi ne l'écrit-il pas ?

Elle croisa les bras d'un air de défi et jeta un regard froid par la fenêtre. Shu attendit.

– Eh bien ? fit-elle.

– Euh... oui, s'empressa Shu, cherchant où il en était resté. Ah, voilà... :

... massacré toutes les femmes. Par la ruse, la flatterie, et par ses talents pervers, elle a abusé l'Empereur. Puis elle a usurpé les insignes de faisane de l'Impératrice et a poussé l'Empereur à l'inceste tout en trahissant son père, Tai-tsung, à qui elle cachait sa relation intime avec...

– *Taisez-vous*, Shu ! s'écria-t-elle. Taisez-vous !

Elle parut réfléchir, l'air boudeur, et lorsqu'elle reprit la parole elle adopta le ton de celle qui s'adresse à un enfant retardé.

– Je n'ai pas *usurpé* les « insignes de faisane » de l'Impératrice. Je suis l'Impératrice parce que Kao-tsung, mon époux impérial, l'a voulu : il avait *besoin* de moi. La nation tout entière avait besoin de moi. Nous étions les Deux Saints, les Deux Sages. Tout le monde connaît les sacrifices que j'ai dû consentir pour le lourd fardeau de la royauté.

– Bien sûr, madame, s'empressa Shu, obséquieux. Nous le savons, bien sûr. Mais... euh, peut-être vaudrait-il mieux que Votre Majesté lise elle-même la suite de... euh... du « manifeste ».

– Non, Shu. Non, non et non, fit-elle avec une lassitude extrême. Je veux que vous le lisiez, Shu. Je vous en prie.

– Bien, voyons où j'en étais... Ah, oui...

> *Puis, avec un cœur de serpent et la cruauté d'un loup...*

Wu écoutait, stoïque. Shu lut avec un débit précipité dans l'espoir de devancer ses objections et de parvenir à la fin au plus vite.

> *... elle a favorisé les vils courtisans au détriment de ses bons et loyaux fonctionnaires. Nous la soupçonnons d'avoir assassiné des membres de sa propre famille. Elle est exécrée des hommes comme des dieux...*

Shu retint son souffle... puis termina d'un seul trait :

> *... elle ne trouve grâce ni au ciel ni sur terre. Elle projette de renverser le souverain, et elle garde enfermé le bien-aimé prince héritier, l'Empereur couronné Chui-tsung, fils du souverain défunt, dans une aile du palais. Et elle bannit tous les membres de la Maison des Li, renvoie ses dévoués fonctionnaires et confie les postes clés de l'État à sa propre clique de brigands... Au nom des princes orphelins et du Fils du Ciel, la terre encore fraîche sur son tombeau, nous brandissons la juste bannière de la rébellion pour notre Maison régnante des Li, afin de retrouver la confiance du monde et de purifier l'Empire des funestes présages, de restaurer la tranquillité sur les autels de fertilité... et de libérer l'Empire de la Maison illégitime des Wu...*

Il en avait terminé. Il attendit, redoutant le pire.

– Et qu'est-ce que cela vous fait d'apprendre que vous n'êtes qu'un vulgaire brigand, Shu? demanda enfin Wu d'un ton cruel.

– Rien, madame. Je n'imagine pas que l'odieux

rebelle Li Cheng-yeh fasse référence à *ma* propre personne, répondit Shu avec dignité.

– Ah, mon cher Shu, c'est là que vous avez tort. En fait, il ne fait référence qu'à vous et à vous seul.

– Elle est dans cet état depuis que la nouvelle est arrivée, déclara Shu au grand Tibétain qui le repoussa pour passer. Elle reste assise sans rien dire. Elle prétend que tout le monde l'a trahi, qu'elle ne peut se fier à personne... que... que...

Shu essaya de rejoindre le géant dont les longues enjambées l'avaient propulsé hors de portée du minuscule historien.

– ... que le ciel lui-même nous renvoie ses morts !

Hsueh trouva l'Impératrice assise sur son grand lit à baldaquin, sa mère à ses côtés, une moue de dégoût aux lèvres.

– Oh ! lama Hsueh ! s'écria Wu, une lueur de reconnaissance dans son œil glauque. Je suis bien aise de vous voir.

– Moi, aussi, lama ! renchérit Dame Yang. Je croyais qu'on ne vous trouverait jamais.

– Toutes mes excuses. J'étais en méditation. J'ai fait le plus vite possible dès que j'ai appris. Puis-je savoir quand est arrivée cette... euh... cette proclamation calomnieuse ?

– La nuit dernière, lama, dit Dame Yang. La missive est parvenue des avant-postes rebelles de Yang-chou. Mais notre historien Shu n'a pas voulu réveiller l'Impératrice.

– Ah, oui, l'historien Shu. Le nabot bredouillait quelque chose quand je l'ai croisé... le ciel qui nous trahirait ou je ne sais quoi ?

– Le ciel nous renvoie ses morts, déclara Wu en le dévisageant fixement. C'est ce que j'ai dit : « Le ciel nous renvoie ses morts ! » Et c'est exactement ce qui se passe, Hsueh.

– Lisez vous-même, lama, dit Dame Yang. Elle se leva et tendit des feuillets froissés et humides à force d'avoir été manipulés toute la matinée.

– Les rebelles prétendent qu'ils sont conduits par le prince héritier Hsien. Lisez !

– Mais, madame... le pauvre prince Hsien est mort tragiquement de sa propre main. Que signifie... ?

– Lisez, lama, insista Dame Yang.

– Oui, Hsueh, lisez.

Wu lui tendit un autre feuillet qu'elle gardait roulé dans son poing serré. Il comportait deux simples colonnes de gros caractères.

– Même nos espions ont vu le garçon dans le campement des rebelles. Ils affirment qu'il s'agit bien de Hsien. Les habitants que l'on a questionnés le confirment.

– Les habitants de Yang-chou pourraient le reconnaître ? s'étonna Hsueh.

– Oui, répondit Wu. Hsien avait coutume de s'y rendre chaque année pour voir le Grand Mascaret. Les habitants attendaient bien sûr sa visite avec impatience et enthousiasme. Tout le monde connaissait son visage.

– Ils prétendent que le prince héritier est revenu venger la Maison des Li, expliqua Dame Yang.

Hsueh lut attentivement la proclamation.

– Il y a une explication logique, fit-il en levant les yeux. Le prince ne s'est pas suicidé. Après tout, le corps qu'on a porté en terre était... comment dire ?... endommagé au-delà de toute identification possible. Vous avez cru enterrer votre fils, conclut-il en s'inclinant avec respect.

– Je suis sûre que c'était bien lui, protesta Wu. C'était mon fils, je le sais. Non, il n'y a qu'une autre explication.

– Vous voyez, lama Hsueh ! fit Dame Yang avec un geste de désespoir. Ma fille s'entête. Elle refuse d'envisager que nos sources à Yang-chou puissent se tromper... qu'il y a un sosie, et qu'il sert de ralliement aux traîtres. Elle préfère l'impossible.

– Il n'y a pas de sosie parfait, riposta Wu. Nos espions auraient bien vu que ce n'était pas mon fils. Ils le connaissaient aussi bien que moi !

– Dans ce cas, tous tes généraux complotent contre nous, mon enfant. Ce sont eux qui ont propagé cette inquiétante nouvelle dans l'espoir de te rendre folle. C'est la seule explication que tu nous laisses, mis à part le ciel qui renverrait ses morts, conclut Dame Yang avec une moue de dégoût.

Wu balaya l'objection d'un geste.

– Eh bien, si la falsification n'est pas possible, intervint Hsueh, s'il ne peut y avoir de sosie, il ne nous reste qu'une possibilité : Hsien est bien revenu d'entre les morts. Votre Majesté trouve cela vraisemblable ?

– Je préfère le surnaturel à l'idée d'être trahie par mes propres espions et généraux.

Hsueh l'arrêta d'un geste. Son œil brillait comme chaque fois qu'il était pris d'une inspiration.

– L'armée rebelle est mal entraînée, sous-équipée, composée de racailles, et, selon les derniers rapports, elle est enfermée sur une langue de terre de l'estuaire du Yang-tseu, correct ? La victoire est donc inévitable et imminente, n'est-ce pas ?

– Évidemment ! lâcha Wu, irritée.

L'œil du Tibétain brilla davantage pendant qu'il joignait les mains avec grâce dans un geste invocatoire.

– Voilà donc ce que je propose... Si un démon manipule réellement le corps de notre infortuné prince Hsien, je suggère un... vieux remède tibétain pour les cas graves de possession, fit-il, énigmatique. Et s'il n'y a pas de démon, mais un simple sosie, les doutes seront écartés à jamais, madame, je vous en donne la promesse. Dans un cas comme dans l'autre, vous gagnerez. Quant aux rebelles, les meneurs, les fonctionnaires rétrogradés qui ont joué à ce petit jeu contre le royaume, je suggère le même traitement. Pour faire bonne mesure.

Sur ce, il frappa dans ses mains avec un sourire satisfait. Wu et sa mère échangèrent un regard interrogateur. Quel pouvait bien être le vieux « remède » tibétain dont parlait le lama ?

– Vous me faites confiance, n'est-ce pas ? demanda Hsueh. Vous avez confiance en mes pouvoirs magiques ? Les portes du temple du Cheval Blanc deviendront l'emblème de la vérité pour quiconque posera son regard sur elles, le vertueux comme le damné. Et la vérité servira d'exemple, et de dissuasion, dirons-nous, pour les démons rétifs.

Son petit discours terminé, Hsueh remit les feuillets de la proclamation dans les mains de l'Impératrice.

Wu entendit sa voix intérieure lui affirmer que le moine Hsueh Huai-i était bien le véritable chef de son armée, la seule force fiable contre les légions de démons qui la cernaient.

Oui, elle lui faisait confiance.

Ti n'entendit plus parler de son correspondant à Yang-chou. Patience et prudence, avait-il recommandé bien qu'il eût jugé les mots inadéquats et vides de sens en les écrivant. Maintenant, il ne pouvait se fier qu'aux rumeurs.

Et elles foisonnaient. L'une disait que les rebelles, devant l'inanité de leurs efforts, avaient sagement déposé les armes. Les fonctionnaires avaient endossé la tenue guerrière des justiciers, prétendait une autre ; ils avaient levé une armée de mercenaires qui avait repoussé les troupes impériales jusqu'à la mer. Bientôt, les rebelles entreraient dans Lo-yang et dévasteraient le palais. Certains disaient que les troupes impériales taillaient les rebelles en pièces et les écrasaient comme de vulgaires insectes. Vous vous trompez tous, affirmaient d'autres. La vérité est que l'Impératrice, avec l'infinie miséricorde du Divin Bodhisattva qui l'habite, a ordonné la clémence à ses troupes afin de démontrer aux rebelles qu'ils n'avaient aucune raison de combattre, avant de les renvoyer à Yang-chou, sévèrement punis et reconnaissants d'être encore en vie.

Cette dernière rumeur avait redonné espoir à Ti. Livrée à elle-même, nul doute que l'Impératrice se serait délectée du sang de ses ennemis et s'y serait même vautrée avec plaisir. Peut-être une influence bénéfique modérait-elle ses ardeurs rapaces. Peut-être Ti s'était-il trompé en voyant Hsueh marcher à la tête de la délégation du Nuage Blanc. Peut-être avait-il désespéré prématurément.

Des soldats au visage sinistre déposèrent vingt-six boîtes aux pieds de l'Impératrice. Après une nuit pluvieuse, la journée s'annonçait chaude et ensoleillée, promesse d'un monde nouveau. Flanquée de Hsueh, Wu observa les gardes poser les boîtes sur les dalles de sa cour extérieure. Le moine et l'Impératrice échangèrent un sourire. Wu se sentait d'humeur bienveillante, juste et humble à la fois. La vie roulait à ses pieds, telles les vagues sur le rivage.

Au signal du Tibétain, un garde ouvrit le couvercle d'une des boîtes qu'on avait disposée à l'écart. Impassible, l'homme y plongea la main, en tira une tête qu'il brandit par les cheveux. Quelques gouttes de sang sombre maculèrent le sol dallé.

– Ce n'est pas mon fils, décréta l'Impératrice. Une remarquable ressemblance, certes, mais ce n'est pas lui. Lama Hsueh, je vous remercie de m'avoir montré la vérité.

Le moine fit un autre signe et le garde rangea la tête dans sa boîte, puis referma le couvercle.

– À présent, madame, dit Hsueh avec un sourire, avec votre permission, je vais escorter les « prisonniers » au temple du Cheval Blanc.

– Je vous en prie, lama. Ne les faisons pas attendre. Je suis sûre qu'ils brûlent de connaître leur destin.

Après que la pluie fut tombée toute la nuit, la matinée avait été belle, mais dans l'après-midi le ciel se couvrit et le froid s'abattit sur la ville. Seul et à pied, comme toujours ces derniers temps, Ti approchait du temple où un messager l'avait convoqué. Après le combat final contre les factieux de Yang-chou, on avait ramené des prisonniers dont le sort n'avait pas encore été décidé. Le message parlait d'un procès. Ti s'étonnait qu'un procès eût lieu au temple, certainement pas le cadre habituel pour un tribunal, mais comme rien n'était plus normal dans ce triste monde... Ti ne considérait pas que sa présence changerait le cours des choses, mais il ne voulait pas abandonner les prisonniers à leur sort, comme s'apprêtaient à le faire, sans nul doute, nombre de ses collègues fonctionnaires.

Le vent balayait les pavés et soulevait des nuages de poussière autour de Ti. Lorsqu'il arriva en vue des portes du Cheval Blanc, la pluie s'était mise à tomber.

Une foule s'était rassemblée et Ti comprit rapidement pourquoi : on avait décoré le portail comme pour un jour de carnaval. Des bannières de soie, supposées claquer gaiement au vent, pendaient misérablement, trempées et déconfites. Tout comme les guirlandes de fleurs accrochées aux piques de fer. Ti, qui avait pour une fois revêtu sa robe et sa coiffe de magistrat, put approcher de l'entrée sans encombre. Il cachait dans sa manche une dague à double tranchant. Une si petite arme ne lui serait sans doute d'aucun secours, mais il n'avait pas voulu venir sans défense.

Il fut heureux de voir qu'il n'était pas le seul fonctionnaire à s'être déplacé : une douzaine de ses confrères étaient là, l'air malheureux et aussi trempés que lui. Il les salua d'un signe de tête, puis s'approcha d'eux. « Lorsqu'on ouvrira les portes pour nous laisser entrer, décida Ti, je demanderai devant tout le monde qu'on les laisse ouvertes derrière nous. Je refuse d'être enfermé dans le temple. »

La pluie redoubla. Comme Ti s'apprêtait à repartir, croyant à une mauvaise plaisanterie, les portes du temple s'ouvrirent et une procession de moines parut en psalmodiant, suivis par une escouade de gardes impériaux. Ti en dénombra vingt-cinq. Ce ne fut que lorsque les soldats arrivèrent près du portail que Ti aperçut les boîtes qu'ils portaient.

Un moine entrouvrit le portail afin que les moines et les gardes sortent en une seule file, puis les moines se déployèrent, en éventail, toujours en chantant, et les soldats prirent place à une vingtaine de pas devant le portail qu'on referma derrière eux. Les chants, qui se poursuivirent de longues minutes, semblaient attirer l'eau du ciel, puis, au signal d'un moine, ils cessèrent soudain.

– Nous sommes ici pour accorder un jugement rapide et impartial à nos prisonniers de guerre, annonça le même moine. L'Impératrice, dans son infinie miséricorde, leur permettra d'être entendus avant qu'il soit décidé de leur destin.

Ti ne vit aucun prisonnier. Mais d'abord, pourquoi cette cérémonie ridicule sous la pluie ?

Puis les gardes s'approchèrent du portail, portant chacun une boîte.

– Le premier à passer en jugement sera Li Cheng-yeh, l'instigateur de la rébellion contre notre Divine Impératrice.

Ti le connaissait : c'était l'homme qui lui avait écrit de Yang-chou.

Un garde s'avança, ouvrit la boîte qu'il avait posée à terre, et en sortit un objet que, pendant quelques instants embrumés, Ti ne parvint pas à identifier. Ce ne fut que lorsque le garde ficha l'objet sur l'affreuse pique noire qu'il reconnut la tête de Li Cheng-yeh.

Puis le moine s'adressa à la tête.

– Je vais vous lire les charges qui pèsent contre vous.

Cette nuit-là, Ti et tous les habitants de Lo-yang apprirent les faits : l'Impératrice avait envoyé trois mille de ses plus féroces soldats, affamés de combats et de sang, écraser la rébellion avec une sauvagerie disproportionnée. Bien que les fonctionnaires et leurs mercenaires eussent déposé les armes et que l'armée rebelle se fût repliée en déroute, les troupes impériales les avaient poursuivis jusqu'à la mer, tuant tout ce qui bougeait, franchissant même les portes de Yang-chou. Il n'y avait eu aucun prisonnier. Aucun, sauf ces vingt-cinq-là.

Journal

Je quitte Lo-yang demain, après avoir écrit une courte déclaration dans laquelle je demande mon transfert dans une autre ville. J'ai choisi Ch'ang-an, la capitale occidentale, à trois cents *li* d'ici. Je l'ai choisie parce que l'État y est représenté, que je veux rester près du gouvernement, aussi corrompu soit-il, et que je juge imprudent de retourner à Yang-chou, siège de la funeste rébellion.

Funeste ? C'est peu dire. Quand je pense que j'ai caressé l'idée que l'Impératrice montrerait de la miséricorde et de la retenue ! Tel est le pouvoir de l'espoir, obstiné, vivace, même confronté à une réalité lugubre et impitoyable.

Je me souviens du terrible choc que je ressentis en voyant arriver la délégation au monastère de Liao. Lorsque je compris que Hsueh Huai-i ne se prétendait pas un simple fidèle, mais qu'il était bel et bien le recteur du Cheval Blanc, je me cachai sous un porche, effaré par la traîtrise, tremblant pour la sécurité de mon cher ami le Vieux Fou, l'esprit en ébullition. Je remercie aujourd'hui la vivacité de mon instinct. Mais dans les jours suivants, je chancelai, et me laissai aller à l'espoir. Allons, me disais-je, ne considère pas que Hsueh est perdu uniquement parce qu'il est le fondateur d'une religion illégale et qu'il couche avec l'Impératrice. Peut-être a-t-il atteint un tel niveau de subterfuge que toi, avec tes déguisements simplistes, tu ne peux comprendre. Peut-être l'as-tu gravement sous-estimé. Peut-être est-il déterminé à l'ultime sacrifice, à pénétrer dans le cœur même du mal qui étreint la Maison Impériale dans ses griffes mortelles, et s'apprête-t-il à le détruire de l'intérieur au péril de sa vie. Et avec la rumeur qui voulait que l'Impératrice montrât de la miséricorde avec les rebelles de Yang-chou, je crus reconnaître son influence. Et je m'attendais à ce qu'il se manifeste d'un jour à l'autre.

Maintenant, je sais ce que vaut la rumeur de miséricorde. Et j'ai appris ce qui pourrait bien être le fait le plus cruel : les vingt-cinq prisonniers étaient encore en vie en arrivant à Lo-yang. Miséricorde et compassion ? Allons donc ! Mon bon ami Hsueh Huai-i a dévoilé son véritable visage.

Bien sûr, j'ignorais encore tout cela quand je me suis rendu à l'« audience » du temple du Cheval Blanc. Ce fut là, sous une pluie battante, contemplant le sang ruisseler sur les fleurs et rougir les ruisseaux, que j'eus un éclair de lucidité : le dernier message de maître Hsueh était là, sous mes yeux. Mon instinct me dicta de fuir, de prendre mes jambes à mon cou et de ne jamais m'arrêter. La plupart de mes collègues choisirent cette solution. Mais je restai, jusqu'à ce que les vingt-cinq têtes fussent plantées sur les piques et qu'on lût les « charges » retenues contre chacune. Pourquoi ? Pour la même raison qui m'avait poussé à venir, parce que je ne pouvais pas les abandonner. Et je restai encore, même après le départ des moines et des gardes. Je contemplai les visages des hommes que j'avais connus, leur bouche béante, leurs yeux révulsés, leurs cheveux que la pluie plaquait contre leur crâne, et je compris encore autre chose : si je ne quittais pas Lo-yang au plus vite, ma tête ornerait bientôt le bout d'une pique devant le temple du Cheval Blanc.

Voici une plaisante anecdote qui, en d'autres temps et en d'autres lieux, ne m'aurait frappé que par son ésotérisme exotique. Je fis quelques recherches, et découvris que chez les Tibétains, la décapitation est, entre autres, un moyen de s'assurer qu'aucun esprit ne s'emparera du corps et ne le fera renaître d'entre les morts.

Un autre message de maître Hsueh ? Je l'ignore.

23

Lo-yang, à la fin de l'hiver de l'an 675

Un petit chariot massif apporta le chaudron de soupe fumante posé sur un lourd brasero de fer alimenté au charbon. Une épaisse fumée chargée d'odeurs de gingembre, d'ail, d'oignon, de poireau, de haricot et de champignon montait du sombre liquide huileux. Lai Chun-chen, le président de la police secrète de l'Impératrice, huma longuement le chaudron, puis invita son assistant, le vice-président Chou Hsing, à l'imiter.

– Délicieux ! s'exclama le président Lai en souriant d'un air aimable. Absolument délicieux ! N'êtes-vous pas de cet avis, maître Chou ?

– Si, bien sûr, acquiesça Chou Hsing sans conviction. Oui, ajouta-t-il en humant le parfum à son tour, un excellent bouquet d'arômes. Mais pourquoi tant de soupe dans un si grand chaudron ?

– C'est que mes chefs n'ont pas terminé la cuisson.

Chou Hsing dévisagea les deux mastodontes qui avaient roulé le chariot et qui se tenaient, impassibles, derrière le chaudron. Ils ne ressemblaient certainement pas à des cuisiniers.

– Ah, je comprends, président Lai.

Mais il ne comprenait rien du tout. Cependant, sa curiosité l'emporta.

– Mais pourquoi un si grand chaudron ? insista-t-il.

– Parce que nous avons besoin de place pour l'ingrédient final.

– Qui est... ?

– Oui, maître Chou, la viande.

– Voyons voir... du porc ? Une truie tout entière ?

Il reposa ses baguettes en nacre et bois de rose et grimaça un sourire, annonciateur d'un rire à venir.

Lai Chun-chen ne répondit pas, mais il contempla son assistant en hochant la tête d'un air désapprobateur, comme incommodé par sa tenue vestimentaire. Un long silence pénible s'ensuivit, et le sourire de Lai s'envola.

– C'est une audace de ma part, maître Chou, finit par déclarer Lai. Alors, vraiment, vous ne devinez pas ?

Chou Hsing haussa les épaules. Il se sentait de plus en plus mal à l'aise, sans qu'il sût pourquoi.

– Vous m'avez invité à dîner pour célébrer notre promotion mutuelle, dit-il. Puis vous m'avez demandé de deviner les ingrédients de chaque mets. Est-ce le prix à payer pour avoir droit au festin ? demanda-t-il avec une légèreté forcée qu'il avait du mal à maintenir.

Nouveau silence, à peine troublé par le bouillonnement de la soupe.

– Je suis désolé, reprit Chou Hsing, je ne vois pas.

Son supérieur baissa les yeux, puis lui adressa un sourire moqueur.

– C'est vous, l'ingrédient manquant, maître Chou, révéla-t-il d'un ton égal.

– Moi, mais...

Chou jeta un coup d'œil vers le chaudron, puis reporta son regard sur Lai Chun-chen.

– Ha, ha ! Très drôle ! fit-il.

Il remarqua le battement de cils de son supérieur, un signal sans doute, en direction des deux mastodontes qui montaient la garde à côté du chaudron. Ils quittèrent leur poste et s'avancèrent à pas lents.

– Non, je ne plaisante pas, maître Chou, déclara Lai avec une sincérité évidente. En fait, je n'ai jamais été aussi sérieux. Mais j'ai d'abord une question à vous poser.

– C'est grotesque! fit Chou en s'efforçant de maîtriser sa voix tremblante. Grotesque!

– Étiez-vous lié au chef rebelle Li Cheng-yeh avant l'insurrection des Lettrés? Un homme dont la tête orne à présent le portail du monastère du Cheval Blanc.

Incrédule, Chou Hsing écarquilla les yeux.

– À peine, affirma-t-il. Il ne m'a été présenté qu'une seule fois. Que signifie ceci?

Lai Chun-chen fit signe aux deux robustes gaillards d'approcher et d'encadrer le vice-président.

– Je ne vous crois pas, déclara-t-il sans se départir de son ton amical. Le lien était plus profond. Combien de fois l'avez-vous rencontré?

– Une seule fois, comme je vous l'ai dit. C'est un cousin éloigné de la famille de l'Empereur... bredouilla le petit vice-président d'une voix aiguë. C'est tout ce que je sais. Un cousin éloigné. Un personnage sans conséquence.

– Comme nous tous, maître Chou. Tant que nous ne nous révoltons pas contre le gouvernement impérial. Mais je persiste à ne pas vous croire.

– Il faut me croire!... Il le faut! implora le petit homme en s'éloignant de la table.

– Pardonnez-moi, maître Chou, dit Lai avec un réel regret dans la voix, je ne sais pas pourquoi je ne vous crois pas. (Il hocha la tête d'un air las.) Mais je ne vous crois pas. Et je n'ai pas le temps ni l'énergie de chercher à savoir pourquoi. Nous avons déjà interrogé beaucoup trop de familles aristocratiques dont les membres érudits monopolisaient les postes les plus élevés de l'administration. Mais ce jeu me fatigue, soupira le président en examinant ses mains.

Il parut réfléchir, puis leva le regard sur son assistant qui se tortillait sur son siège.

– Déshabillez-le ! lança-t-il soudain.

Les deux mastodontes abattirent leurs grosses pattes sur les épaules de Chou Hsing qui s'agita comme une anguille. Incrédule, blême de terreur, il essaya de se relever mais l'un des « cuisiniers » le força à se rasseoir d'une main ferme.

– Je... je... je ne sais rien ! bredouilla Chou.

Il suffoquait. L'un des mastodontes tenta de lui arracher son gilet.

– Arrêtez cette absurdité ! hurla le vice-président, à bout de souffle. Son père m'a... en effet rendu... euh, un léger service voilà des années... c'est tout !

Lai Chun-chen ne semblait pas le moins du monde impressionné par les protestations de son assistant, et il ne fit rien pour arrêter ses deux sbires.

Le petit vice-président essaya de se débattre, mais ses bras fluets qu'il lançait dans tous les sens n'étaient pas de taille à lutter contre la force brutale de ses gardes. Le plus grand s'escrimait toujours avec son gilet ; l'autre déchira sa longue robe en deux pendant que Chou essayait de se lever. Le grand, qui en avait fini avec le gilet, glissa ses mains sous les aisselles de Chou, les croisa derrière sa nuque, puis l'obligea à baisser la tête, menton contre poitrine. L'autre lui arracha ses légers sous-vêtements de soie et lui agrippa une jambe. Les deux hommes empoignèrent alors le vice-président et le soulevèrent de son siège.

– Son père m'avait aidé avant mon engagement dans la police secrète de Sa Majesté, cria Chou.

Il était nu, haletant, le corps secoué de spasmes.

– Alors... alors... alors... bégaya-t-il.

Les deux hommes le portèrent jusqu'au chau-

492

dron. Une sandale déchirée se balançait au pied droit de l'infortuné Chou.

– Alors... alors... alors quoi ? Qu'essayez-vous de me dire ? demanda Lai.

– Alors j'ai essayé de... de...

Sa bouche trop sèche l'empêcha d'articuler la suite. Il s'humecta les lèvres et fit une nouvelle tentative.

– Alors j'ai essayé d'aider son fils... mais juste un peu...

Les deux hommes hissèrent le vice-président au-dessus du chaudron et la fumée caressa sa maigre carcasse. Chou tordit le cou pour implorer du regard Lai Chun-chen qui était resté assis à la table, imperturbable.

– J'ai voulu payer ma dette ! hurla Chou. C'est tout ! J'ai envoyé des agents pour lui offrir un moyen de s'échapper avant l'arrivée des troupes impériales. Mais c'était juste pour Li ! Pas pour les autres ! Un bannissement. Il aurait été dépouillé de son pouvoir à vie ! Je ne suis pas un traître !

– Est-ce tout ? demanda Lai d'une voix calme.

– Oui... oui, je le jure !

– Eh bien, maintenant je vous crois, maître Chou, dit Lai, reprenant son ton amical. Vous n'êtes effectivement pas un traître. Et je vous félicite d'avoir cherché à payer votre dette. Laissez-le, ordonna-t-il.

Quand les deux mastodontes le reposèrent, Chou souffla bruyamment, les jambes tremblantes, trempé de sueur, nu et misérable.

– Vous voyez comme cet interrogatoire a été simple et efficace ? fit Lai. Sans menace d'une longue et éprouvante torture, sans la douleur vertigineuse de la torture elle-même. Mais, comme vous l'avez vous-même suggéré dans votre premier traité sur la torture et l'extorsion de renseignements, la technique la plus simple : la certitude d'une mort brutale et extraordinairement douloureuse ! Je ne faisais que tester l'efficacité de votre technique, conclut-il, rayonnant.

Le vice-président, tremblant et humilié, serrait la couverture qu'on avait jetée sur ses épaules.

Lai leva sa coupe de vin et salua Chou.

– Venez, nous allons porter un toast à notre promotion au nouvel Office des Châtiments et des Investigations.

Il reposa sa coupe. Chou Hsing n'esquissa pas un geste.

– Allons ! Allons ! le gourmanda Lai, nullement décontenancé. C'est jour de fête, maître Chou. Les raisons de se réjouir ne manquent pas. Sous le Premier Secrétaire, l'historien Shu Ching-tsung, et le conseiller spirituel de notre divine Impératrice, le grand lama Hsueh Huai-i, nous entrons dans une ère nouvelle d'efficacité gouvernementale. Finies les révoltes puériles de « lettrés », les pertes de temps à déjouer les complots ! Nous pourrons à loisir identifier et poursuivre les ennemis de l'État avant même qu'ils ne deviennent nuisibles. Les urnes ! Nous avons la chance de participer à la stabilité et au bien-être du royaume. Ne sentez-vous pas les vibrations de l'Ère Nouvelle chère à notre Impératrice courir dans vos veines ?

Il gratifia son assistant d'un sourire. Agrippé à sa couverture, Chou Hsing tourna enfin la tête et fixa sur Lai un regard de haine pure.

– Allons ! Allons ! Maître Chou. Venez à table, et asseyez-vous.

Le corps chétif de Chou Hsing tremblait de rage.

– Vous devez être affamé ! s'exclama Lai. Nous n'avons même pas entamé le premier mets.

– Salaud ! murmura Chou entre ses dents.

Puis il vint s'asseoir à la table, car il était réellement affamé.

Wu-chi reposa son pinceau, se frotta les yeux, puis relut la lettre qu'il ferait parvenir à Ch'ang-an le lendemain. Il n'utilisait jamais la poste impériale, et confiait ses missives à des moines mendiants ou à des pèlerins que lui présentait le recteur Liao.

> *... le yin est devenu yang et le yang, yin ? Je ne sais. Mais je sais que le mal remonte vers les plus hautes sphères de la société comme l'huile à la surface de l'eau.*
>
> *Bien sûr, tout cela n'est pas nouveau pour vous, mais je vous assure que, depuis votre judicieux départ de la « Cité de la Transformation », les choses ont considérablement empiré.*
>
> *On ne trouve de paix nulle part, même pas dans ce tranquille bastion oublié du bouddhisme véritable. Jusqu'à présent, mon brave recteur a évité de faire partie du Cheval Blanc, mais il le paie cher. Chaque mois un émissaire d'un monastère voisin, qui a rejoint la secte avec enthousiasme, vient collecter un lourd tribut pour le privilège d'« occuper » la terre sur laquelle le monastère du Lotus Immaculé est installé depuis des siècles...*
>
> *Des criminels, mon ami. Et ils sont partout. Ils monopolisent les postes importants de l'État – sauvages, rusés, sans scrupules...*

Wu-chi arrêta sa lecture ; il ne pouvait plus lire ni écrire sans reposer fréquemment ses yeux. « J'ai dû trop en voir en quatre-vingts ans, se dit-il. Je me suis ruiné la vue. » Il ferma quelques instants ses paupières avant de reprendre sa lecture.

> *Les nouveaux officiers de nos destinées se nomment Lai Chun-chen et Chou Hsing, deux misérables voyous qui travaillaient auparavant dans la police secrète de l'Impératrice. Mais avec l'appui des neveux de Wu au Censorat (j'imagine que vous avez eu le plaisir de faire leur connaissance) et, bien sûr, celui du lama Hsueh, ces deux crapules sont maintenant les architectes d'un nouvel Office des Châtiments et des Investigations, partie intégrante de la Cour Suprême du Censorat. Il semble que la raison et la miséricorde soient les premières victimes de ce « saint organe de gouvernement ».*
>
> *Je reprendrai cette missive ce soir. D'ici là, mon*

cher recteur me signale que j'aurai le privilège de
voir l'une de ces urnes bénies de mes propres yeux
fatigués, et je ne manquerai pas de vous la décrire
en détail...

Fatigués, en effet, songea Wu-chi en entendant les pas du recteur Liao dans l'escalier. Le bouddhiste lui apportait le repas du soir qu'ils partageaient depuis près de vingt ans. Il rangea son pinceau, son encre, et s'efforça d'afficher une mine réjouie pour ne pas inquiéter son ami.

Wu-chi assistait, impassible, aux préparatifs. Même ce monastère ne semblait plus à l'abri. Pour la plus grande joie d'une cinquantaine de jeunes pouilleux émerveillés qui s'étaient rassemblés dans la cour du monastère pour la maigre et miséricordieuse collation matinale, on installait devant le portail l'une des urnes de l'Impératrice. Pas une urne banale, avait expliqué le recteur Liao avec une ironie désabusée, mais un « Réceptacle pour la Vérité », ainsi qu'on appelait ces infâmes boîtes.

On déposait des urnes à tous les points névralgiques, dans le but de rassembler des renseignements. Chacun devenait un informateur potentiel ou un ennemi de l'État.

Non seulement devait-on dénoncer ses amis, ses parents, ses voisins, mais on était également sommé de relater d'autres phénomènes. Les choses de ce monde n'étaient plus le produit de l'interaction entre le yin et le yang; le hasard n'avait plus sa place. Tout devait être interprété comme un présage qui attestait de la Divine Destinée de Wu, gouvernant dans l'Ère du Maitreya. On devait être attentif à des détails tels que les cailloux aux dessins particuliers trouvés dans les rivières, les vols d'oiseaux en forme d'idéogrammes, certains étranges caprices du climat, les arcs-en-ciel prophétiques, les lunes rousses, ses halos surnaturels, et même les navets en forme du Divin Être lui-même. Flagrant ou voilé, chaque événement était déclaré présage s'il était prouvé qu'il corroborait la ligne officielle du gouvernement.

« Je connais quelques présages moi-même, songea Wu-chi en regardant les hommes installer la lourde urne de cuivre. Oh ! oui, j'en connais quelques-uns ! » Le recteur Liao frappa dans ses mains pour faire ranger la cohorte des enfants afin de les conduire au réfectoire où on leur servirait les galettes de riz et un bouillon de légumes pour apaiser leurs ventres creux. Wu-chi accompagna le recteur et les enfants dans le monastère, laissant les ouvriers à leur tâche.

– La miséricorde devient chose fatigante, remarqua le recteur en entrant dans le réfectoire.

Wu-chi sourit à son ami. Il savait combien la pauvreté et la misère grandissantes des habitants chagrinaient le cœur généreux du recteur.

Après le départ des enfants et des ouvriers, Wu-chi et Liao examinèrent de plus près l'urne de cuivre. Le vieux recteur frissonna.

– Aux yeux de l'État, nous sommes tous des criminels en puissance, déclara Wu-chi.

L'urne semblait inoffensive, vulnérable même, seule au bord de la route sur son petit socle de ciment, loin du glaive menaçant d'un gouvernement à la brutalité croissante, ce qu'elle représentait pourtant.

Le haut était divisé en quatre casiers gravés d'inscriptions. L'un recevait les « suggestions », un deuxième les « critiques », un troisième les « plaintes et dols ». Le quatrième, de loin le plus important, portait une inscription précisant qu'il était destiné aux renseignements sur les « calamités, complots, plans secrets et présages ».

– Intéressant mélange, vous ne trouvez pas ? dit enfin Wu-chi en tapotant la fente du dernier casier. Complots, calamités et présages. Le gouvernement, si tant est qu'on puisse l'appeler ainsi, ne voit pas de différence entre l'interprétation des complots contre lui et la lecture des présages aperçus dans l'immensité du ciel bleu.

Wu-chi se souvint de Lai Chun-chen et de Chou Hsing à l'époque où ils travaillaient pour la police secrète. Des brutes cruelles dont la seule caractéristique était leur insigne banalité. La cruauté est souvent le privilège des médiocres.

Malgré leur banalité, Lai et Chou étaient à l'évidence des hommes d'action et des hommes d'idées, avait fait remarquer Liao à Wu-chi quelques jours auparavant. Ils étaient les auteurs d'un volume paru récemment et accueilli avec éclat : *La Science de la Procédure : Traquenards et Souricières*, un manuel clair et concis sur les méthodes de tortures et d'extorsions d'aveux. L'ouvrage, tiré de leur longue expérience de chefs de la police secrète de l'Impératrice, était parsemé d'appellations ironiques ou poétiques pour les techniques décrites, comme par exemple : « le râle de porc mourant », « extinction du pouls », « supplications pour la ruine familiale », etc. Le thème central du traité, imaginatif, profondément innovateur, et qui avait valu gloire et honneur à ses auteurs, était une méthode expérimentale de torture : la recherche systématique de l'épuisement nerveux de la victime.

Grâce à cette technique, la victime, qui n'était marquée d'aucune trace de sévices corporels, était cependant amenée à avouer tout et n'importe quoi. Lai et Chou avaient découvert que l'anticipation de la douleur était beaucoup plus efficace que la douleur elle-même. Propre et efficace. Et c'était à ces estimables inventeurs que l'on devait aussi les urnes.

Wu-chi apprit qu'outre les présages et les renseignements, elles offraient à Wu et à ses voyous l'occasion de recruter de précieux collaborateurs qui se faisaient connaître par cet intermédiaire.

L'Impératrice commença par offrir des postes à

ceux qui lui plaisaient – à elle, ou à Shu, ou au « lama » Hsueh Huai-i. La plupart de ces audacieux, bien sûr, s'avérèrent être des criminels et des menteurs. La nouvelle se répandit vite qu'avec assez de courage et de témérité pour se présenter, et si on était capable d'impressionner favorablement Sa Majesté, on obtenait un poste prestigieux. Bientôt un lourd parfum de délation, de renseignement et de contre-renseignement, empesta la cour.

Wu-chi tenait ses informations des contacts qu'il avait gardés à la cour. Ce fut ainsi qu'il eut vent d'un cas édifiant de tentative d'autopromotion et de ses funestes conséquences. Bien que cette histoire parût odieuse et presque incroyable au vieux conseiller et au recteur, ce n'était qu'un exemple parmi d'autres. Apparemment, la Cour Suprême avait recours à un procédé inédit imaginé par Chou et Lai afin d'encourager les « dépositions » : ceux qui avaient des révélations préjudiciables à faire pouvaient exiger de comparaître devant le tribunal incognito. Voici comment.

Le vieux scribe à la retraite qui avait visité le monastère quelques jours auparavant avait expliqué à Wu-chi et à Liao, ébahis, qu'un « témoin » pouvait être amené devant la cour, caché dans une caisse sur roulettes. Grâce à des fentes aménagées dans la caisse, il pouvait voir sans être vu ni identifié. Le véritable trait de génie ne concernait pas la caisse elle-même, mais l'extraordinaire « Voix du Hibou Tonitruant » qui lui était adjointe.

La caisse était une invention de Lai et de Chou, mais des rumeurs « fiables » attribuaient l'idée de la « voix » au redoutable lama tibétain Hsueh Huai-i en personne.

La Voix du Hibou Tonitruant, avait poursuivi le visiteur, était un engin élaboré grâce auquel le délateur caché dans la caisse pouvait déguiser sa voix, non seulement à ceux contre qui il témoignait, mais également aux membres du tribunal. Après tout, il y avait toujours la possibilité qu'il dénonce l'un des magistrats.

La Voix était d'une réelle ingéniosité. Une série de roseaux taillés en flûte et d'étroits haut-parleurs en bambou composaient un coffret attaché à l'extérieur de la caisse et qui ressemblait à la tête au bec crochu du dieu Hibou. Les spectateurs pouvaient comprendre ce que disait l'accusateur/ informateur, mais la voix – voilée, nasillarde, chuintante – qui sortait du bec crochu était déformée au point de la rendre méconnaissable. De plus, en manipulant les tubes de roseau de l'intérieur, on pouvait moduler les aigus ou les graves à volonté.

Un délateur particulièrement odieux crut qu'il obtiendrait une promotion rapide dans les rangs corrompus de la Cour Suprême en dénonçant un traître. Son erreur fut de surestimer le degré de dépravation que ses supérieurs étaient prêts à tolérer.

On l'amena devant le tribunal dans la caisse dûment équipée de la Voix du Hibou Tonitruant, et il déclara à la cour dans une voix aiguë et chuintante que son père était un haut fonctionnaire de l'État. Confucianiste, le père avait soutenu, sans se joindre à eux, les fonctionnaires rétrogradés et les chefs de la famille Li qui avaient organisé la rébellion avortée des Lettrés.

Pendant sa déposition, le silence le plus absolu enveloppa la salle de la Cour Suprême : l'homme précisa que sa mère avait aidé son père à se soustraire aux autorités pendant des années.

C'était plus que ne pouvaient supporter les membres de la Cour Suprême, pourtant peu regardants en la matière. On déclara à celui qui n'avait pas craint de dénoncer sa propre mère que la cour avait besoin de se retirer avant de rendre sa décision. On poussa la caisse avec son occupant dans une courette intérieure et on l'y laissa. Après plusieurs semaines de délibérations, un verdict de culpabilité fut rendu à l'encontre de la mère et du père. On prétendit que les cris et les hurlements, déformés par la Voix du Hibou Tonitruant, durèrent près de dix jours. Le délateur fut reconnu coupable à titre posthume d'avoir transgressé les règles du respect filial, et les deux jugements furent inscrits sur les registres. Tel était l'état de la nouvelle justice de l'impératrice Wu.

Et nul doute, avait poursuivi le scribe, que vous avez entendu ce qu'il est advenu du code des T'ang, miséricordieux et clément, concernant la peine capitale. Maintenant, sous la direction de Lai, des bourreaux itinérants peuvent exécuter un prisonnier sur place sans enquête et sans jugement préalables. Cela faisait aussi partie de la nouvelle justice de Wu.

Il commençait à faire froid ; Wu-chi et Liao contemplèrent une dernière fois l'urne avant de rentrer bras dessus, bras dessous au monastère où le vieux conseiller avait une lettre à terminer. En chemin, le recteur décrivit à son ami le délicieux mets que son cuisinier leur préparerait pour le dîner, le plat préféré de Wu-chi. Mais Wu-chi avait l'esprit ailleurs ; il se demandait comment conclure la lettre pour Ti. Il avait l'intention de décrire en détail l'histoire que leur avait racontée le vieux scribe ; une histoire horrible, macabre, mais non dénuée d'une certaine justice poétique que le magistrat, Wu-chi le savait, saurait apprécier.

24

Ch'ang-an, au début de l'automne de l'an 675

Pour la première fois depuis quatre ans qu'il avait quitté Lo-yang, Ti se désolait de ne pouvoir y retourner. Non qu'il souhaitât y vivre de nouveau, ce qui équivaudrait à descendre aux enfers, mais parce qu'il brûlait de démasquer celui qui était devenu le plus grand charlatan que sa longue carrière lui avait permis de rencontrer. Pour ce faire, il était presque décidé à retourner dans la cité des purges, des tortures et de la terreur. Il avait sérieusement envisagé la question, mais y avait renoncé pour le bien-être de ses épouses. Un danger trop grand l'attendrait à chaque pas, à chaque coin de rue, il doutait d'en revenir vivant une seconde fois. En fait, il était sûr d'y laisser sa peau.

Il se passait dans les rues de Ch'ang-an des choses que beaucoup trouvaient amusantes et festives, mais qui étaient loin de réjouir le juge Ti Jen-chieh. Où qu'on allât, dans les parcs, les boulevards, les ruelles, on ne pouvait éviter les masses de badauds agglutinés pour assister aux « miracles » qui avaient fini par se multiplier au rythme des quintes d'éternuements.

Parfois les gens étaient figés dans une crainte révérencielle, parfois ils s'esclaffaient et sifflaient, selon l'adresse de l'artiste, homme, jeune gamin des rues, ou même, Ti en était sûr, femme déguisée en homme. Leur maniérisme affecté – l'air hautain et détaché, le regard illuminé – jurait avec les illusionnistes habituels et les désignait aux yeux de Ti comme des caricatures de leur mentor et idole, Hsueh Huai-i. La plupart, il l'aurait juré, n'avaient jamais rencontré le moine, mais ils s'imitaient les uns les autres, s'inspirant des descriptions de leur modèle qui circulaient dans les poèmes et les chansons en son honneur. Il était devenu un héros, une légende... un dieu.

Assis sur l'herbe grasse d'un tertre, dans le parc Serpentine, Ti observait un jeune magicien qui terminait son spectacle. Il avait fait apparaître des pièces, avait déclaré qu'on ne pouvait les toucher car elles étaient brûlantes – et Ti avait vu des gens hurler de douleur en lâchant précipitamment les pièces que le magicien leur distribuait. Un miracle ! s'exclamèrent les badauds.

Ti avait vu nombre de ces magiciens ces dernières semaines. Certains, adroits et rusés, comme celui-ci, d'autres grotesques et pathétiques. Ainsi, ce vieil homme avec des grenouilles et des serpents enfouis dans ses manches, et qui essayait de faire croire à une foule hilare que les créatures sortaient des orifices de son corps. Ou ce gamin qui demandait aux spectateurs de plonger des épées poussiéreuses dans une lourde caisse dans laquelle il s'était glissé avec force contorsions. Ti avait entendu le garçon hurler de douleur et vu son sang couler quand un spectateur, trop enthousiaste pour lui laisser le temps de se préparer, avait transpercé la jambe du malheureux.

Oui, le magicien avec ses pièces brûlantes était largement supérieur aux autres, mais un miracle ! Ti s'éloigna, d'un air songeur. C'était bien beau de désirer ardemment assister à une manifestation divine en se rendant au marché, mais de là à croire à ces subterfuges cousus de fil blanc ! Le miracle, songea Ti, c'était que l'on pût y croire, ne fût-ce que l'espace d'un instant.

Et comment ces magiciens, ces bateleurs, en étaient-ils venus à qualifier leurs tours de passe-passe de miracles, et à s'en tirer ? Parce que c'était bel et bien ce que faisait le moine lui-même, à grande échelle, à trois cents *li* de là, dans la Cité de la Transformation. Ti avait écouté avec attention les récits de ces prétendus miracles et il savait parfaitement que, aussi étranges et fantastiques fussent-ils, leur exécution était largement à la portée des talents extraordinaires du Tibétain.

Il inspirait crainte et respect à la multitude grâce à de gigantesques tours de prestidigitation. Sa spécialité était la lévitation : des statues géantes du Bouddha flottaient dans l'air comme du duvet de chardon. Des saints et des anges bouddhistes se matérialisaient dans le ciel et psalmodiaient le soutra du Grand Nuage de leurs voix aiguës et surnaturelles. Des lotus magiques fleurissaient entre les pavés, embaumant les rues d'un parfum sucré et résonnant d'une musique divine.

Mais, de l'avis général, le plus étrange restait les temples. Plusieurs semaines auparavant, le moine avait déclaré qu'au lever du jour, certains temples, à la périphérie de la Cité de la Transformation, porteraient les marques indélébiles de leur hérésie. Cela ne saurait tarder, avait-il promis, et vous reconnaîtrez les signes sans erreur possible. En effet, un beau matin, on découvrit onze temples proches de la ville entièrement maculés de sang qui dégoulinait sur les murs, les fenêtres, et imbibait le sol. Le sang était frais et gluant, et dégageait une odeur pestilentielle ; les moines se débattaient contre des nuages de mouches en tentant de nettoyer l'infamie, pendant que des badauds horrifiés les désignaient d'un doigt accusateur. Pourtant, les moines avaient monté la garde toutes les nuits depuis l'avertissement de Hsueh Huai-i, et personne n'avait vu ni entendu quoi que ce fût. Pas un bruit, pas âme qui vive, jusqu'à ce que les premiers rayons du soleil révélassent aux regards épouvantés le « miracle » sanguinaire.

Ti avançait en luttant contre un vent violent et persistant, tout en se demandant avec un frisson de dégoût où Hsueh Huai-i avait bien pu se procurer de telles quantités de sang. Ce ne pouvait être du sang humain ; même avec le nombre de morts quotidiennes de Lo-yang, le moine et l'Impératrice n'auraient jamais pu récolter les cuves de sang nécessaires à maculer les temples dévoyés. Non, c'était forcément du sang d'animal. S'il avait été à Lo-yang, Ti aurait tout de suite visité les abattoirs ; il aurait démasqué la supercherie. Le besoin d'action le démangeait. Ah, s'il avait pu être à Lo-yang !

Quelle que fût l'origine du sang, Ti avait été soulagé d'apprendre que le sanctuaire de Wu-chi avait été épargné, sans doute à cause de la distance qui le séparait de la ville. Sans une foule de curieux pour apprécier la magie terrifiante du Tibétain, où était l'intérêt ? Recouvrir les temples de sang frais en une seule nuit avait dû représenter des efforts colossaux, un prodigieux défi, même pour l'ingénieux Hsueh Huai-i, et vu l'éloignement du monastère du Lotus Immaculé, il n'aurait jamais gâché ses forces pour si peu de spectateurs.

Ti pénétra dans le dédale du marché de Ch'ang-an résonnant des cris des marchands, fouetté par un vent qui criblait les étals de sable et faisait claquer les auvents de toile et les enseignes. C'était l'activité bruyante et quotidienne du marché que même le climat capricieux de Ch'ang-an n'arrivait pas à perturber. Ah, si seulement il pouvait retourner à Lo-yang pour quelques jours ! songeait Ti. Sa colère était si visible que les passants s'effaçaient instinctivement sur son passage. Ah, si seulement il pouvait assister à l'un de ces événements « surnaturels » qui faisaient du Tibétain un dieu vivant à qui une armée de pâles imitateurs rendait hommage à chaque coin de rue ! Ti brûlait d'envie de tester son sens critique de confucianiste sur le mécanisme des tours de prestidigitation du moine, de démasquer les ficelles poussiéreuses, les cordes et les poulies, en quelque sorte, qui les actionnaient. Une intense frustration l'envahit : il ne pourrait pas retourner à Lo-yang avant fort longtemps, et peut-être même jamais. Comme une effroyable prophétie, une image le hanta de nouveau : celle, empalée sur une pique de fer, de sa propre tête qui contemplait tristement les dalles ruisselantes de pluie et de sang.

Dans la capitale occidentale, Ti coulait jusqu'à présent des jours tranquilles. Il instruisait et jugeait des affaires civiles dont la banalité soporifique lui servait de baume contre les souvenirs pénibles de ses derniers jours passés à Lo-yang. Il laissait les gens croire que la fougue de l'orateur qui s'était autrefois avec éclat élevé contre les excès de l'Église bouddhiste lors des Débats Pai avait fini par retomber. Il n'était plus qu'un simple juge, perspicace et impartial certes, mais dépourvu de son ardeur passée. Un éminent lettré bouddhiste venait même lui rendre régulièrement visite ; la rumeur courait que le célèbre confucianiste suivait des cours sur l'enseignement du Bouddha.

Ti se gardait de démentir ce bruit afin de poursuivre son véritable travail en toute tranquillité. En réalité, l'homme était un allié inestimable. Grâce à lui, Ti pouvait surveiller en secret les activités des bonzes sans scrupules et autres charlatans. Il n'ignorait rien de ce qui se passait dans la ville et ses environs, tout en conservant un profil bas et en évitant d'attirer l'attention.

Ti avait de plus appris par son ami qu'un temple du Cheval Blanc serait bientôt construit à Ch'ang-an sur les ruines d'un monastère dont les moines pratiquaient un bouddhisme authentique fait de compassion et de miséricorde. Les proportions du nouvel édifice s'annonçaient d'une extravagance démesurée.

Le lettré lui avait aussi apporté une nouvelle

manifestation de l'influence grandissante de Hsueh : un passage du dernier chef-d'œuvre littéraire du lama qu'il lui récita de mémoire. Tel était le talent de l'érudit qu'il lui suffisait d'entendre ou de lire une seule fois un texte pour le restituer dans son intégralité. En l'occurrence, c'était l'unique moyen pour Ti d'avoir accès au chef-d'œuvre car Hsueh Huai-i avait interdit que son œuvre, intitulée *Commentaire sur les Précieuses Pluies*, fût couchée par écrit. Bravant l'interdit, Ti avait copié la production du Tibétain sous la dictée du lettré.

Qui aurait cru que son vieil ami Hsueh Huai-i aurait si bien réussi, que ses efforts littéraires auraient révélé une telle maîtrise du mythe populaire ou un tel opportunisme politique ?

L'œuvre parlait de la prophétie des Devas – référence directe au soutra du Grand Nuage. Ti se souvint avec un frisson des psalmodies des moines dans les rues de Lo-yang, annonçant la venue d'une femme qui gouvernerait le monde.

Le *Commentaire sur les Précieuses Pluies* dénombrait avec un luxe de détails les actes de Wu, les circonstances de sa naissance, jusqu'à la couleur de ses habits, qui correspondaient point par point à la prophétie du Grand Nuage, « prouvant » par là même qu'elle était bien la divine souveraine annoncée.

C'était la suite logique de la première œuvre de Hsueh, car le soutra du Grand Nuage n'était autre, bien sûr, que celui qu'il avait « découvert » dans le vieux coffret d'un moine mendiant.

Progressivement, avec l'aide et les encouragements du lama Hsueh, l'Impératrice proclamait son essence divine. Pas étonnant qu'elle se convainquît de sa propre immortalité. Le lettré avait informé Ti que l'Impératrice, non contente d'exhumer les statues des anciens, avait décidé de dresser les siennes à côté des leurs. On avait commencé à sculpter trente-cinq Bouddhas dans les grottes de Lung-men, au sud de Lo-yang, si gigantesques que dix hommes pouvaient tenir sans peine sur l'ongle d'un de ces géants. Quand, sur un geste d'elle, on refaçonnait la terre entière, comment la blâmer de se croire l'égale des dieux ?

Après le départ de son ami, Ti s'était rappelé la définition qu'un autre lettré lui avait donné de l'éternité : prenez le temps qu'il faudrait pour réduire en poussière l'Himalaya en le frottant avec un voile de soie tous les mille ans, multipliez-le par le nombre d'étoiles qui illuminent le ciel par une belle nuit d'été, et vous obtiendrez une parcelle du temps contenu dans l'éternité, comparable à la parcelle que représente un seul grain de sable pour tous les déserts de la terre.

Ti ne voyait pas bien l'utilité d'un tel calcul. À quoi servait un tel concept pour un homme qui s'appliquait à vivre sa vie, l'infime parcelle de temps qui lui était allouée dans cette vaste étendue d'éternité ? Pas étonnant que les hommes s'impatientent et exigent des dieux parmi eux, ici et maintenant. Pas étonnant non plus qu'un homme suffisamment arrogant et audacieux se mette en demeure de satisfaire leur demande.

Un matin, Ti s'apprêtait à quitter sa chambre quand on frappa à la porte. Il ordonna d'un ton sec à l'importun d'entrer. Le dos tourné à la porte, il enfilait son gilet et coiffait son bonnet en pensant aux affaires qui l'attendaient – un vol d'animaux domestiques, un cas de femme battue, un commerce en liquidation – quand il entendit des pas approcher et quelqu'un déposer un plateau sur la table. Impatient de boire son thé et de se rendre à son bureau, il fut tiré de ses pensées par une voix familière.

– Maître Ti désire-t-il autre chose ?

Ti se retourna pour découvrir sa seconde épouse près du plateau de thé, la tête inclinée avec respect. Scène étrange en réalité. Aucune de ses épouses ne lui avait jamais servi le thé, pas plus qu'elles ne frappaient à la porte de sa chambre avant d'entrer. Mais ce qui le surprit davantage, c'était son accoutrement : elle portait une robe de servante.

– Que signifie ? s'étonna-t-il.

– C'est votre petit déjeuner, maître Ti, répondit-elle sans lever les yeux.

Ti crut un instant que sa seconde épouse avait perdu la raison, puis elle le regarda et lui sourit.

– Oh ! comme c'est amusant ! s'exclama-t-elle. Aujourd'hui, j'irai aux cuisines et je nettoierai par terre. J'éplucherai les légumes, j'écaillerai et viderai le poisson pour ce soir, ou peut-être irai-je jeter les eaux sales dans la ruelle ! Il y a aussi les meubles à astiquer, les vêtements à laver et à raccommoder (elle pouffa)... et aussi les pots de chambre à vider ! Je ferai tout ce qu'on m'ordonnera !

– Et qui vous l'ordonnera ? demanda Ti, éberlué.

– Comment, qui ? Mais le majordome, bien sûr, ou les servantes, le cuisinier, que sais-je ?

Ti considéra longuement son épouse.

– Non, ne me dites pas que vous vous prêtez aux jeux grotesques de ce charlatan ! fit-il, au bord de la colère.

– Oh ! vous êtes si collet monté ! Vous n'avez aucun sens de l'humour, déclara-t-elle, prête à partir.

– Moi ? Si quelqu'un manque d'humour, ce serait bien cette crapule d'arriviste sanguinaire. Ou plutôt, son sens de l'humour ne se manifeste que s'il entraîne souffrance et terreur.

– Souffrance et terreur ? Où est la souffrance ? Où est la terreur ? Ce n'est qu'un exercice de tolérance. Une simple expérience.

– Pour beaucoup, ce sera un exercice d'humiliation, une leçon d'ignominie.

– Ce n'est que pour quelques jours.

– Ses effets dépasseront de loin les quelques jours d'observance.

– Vous n'avez aucune curiosité.

– Au contraire ! Je suis très curieux de voir les effets de cet affaiblissement délibéré du tissu social.

– Affaiblissement ? Mais cela ne peut que renforcer notre compréhension de nos semblables.

– Voilà un point de vue bien naïf, ma chère, répliqua Ti en ajustant son bonnet.

– Qu'a-t-il de si naïf ?

Ti poussa un soupir exaspéré.

– C'est que l'être humain est imparfait et qu'il a besoin de règles, de limites et de structures afin d'acquérir un semblant de productivité et de dignité.

– C'est ce que je disais, vous êtes collet monté et vous manquez d'humour.

Ne trouvant pas de réponse à cela, il mordit rageusement dans un gâteau tandis qu'elle se dirigeait vers la porte.

– Un instant ! fit-il d'un ton sec. Vous ai-je congédiée ? Vous ai-je autorisée à partir ?

Elle se retourna et lui lança un regard surpris, hautain et indigné. Il n'était pas homme à donner des ordres à ses épouses, pas plus qu'elles n'étaient femmes à le tolérer. Il haussa les épaules en souriant.

– Souvenez-vous, dit-il. Un exercice, une simple expérience.

Elle lui décocha un regard cinglant, puis sortit en claquant la porte. Ti soupira, et termina son thé.

En quittant sa maison, Ti entendit la voix de son majordome dans les cuisines. Il reprochait à Deuxième Épouse sa maladresse, sa façon de tenir les bols délicats comme s'ils étaient de vulgaires ustensiles de ferme et non des porcelaines irremplaçables, dans la famille depuis des générations. Son épouse bredouilla des excuses polies. La dernière chose qu'il entendit avant de refermer la porte fut la voix du majordome égrener les tâches de Deuxième Épouse pour la journée, parmi lesquelles : vider tous les pots de chambre, les nettoyer et les laisser sécher au soleil afin de les purifier.

Ti n'était pas fâché de partir avant l'arrivée de sa mère. Sa tolérance pour ces fantaisies de mauvais goût serait nulle, il ne le savait que trop. Rien au monde ne l'aurait obligé à rester chez lui.

Mais bien sûr, c'était le premier jour du « Rite des Sans-Barrières » ! Un prétendu festival ancien « redécouvert » par l'historien Shu et promulgué par le glorieux lama Hsueh Huai-i. Pendant trois jours, les rôles s'inverseraient et les barrières sociales seraient supprimées. Les enfants réprimanderaient leurs parents ; les femmes de chambre se feraient manucurer et coiffer par leurs maîtresses ; les garçons d'écurie monteraient les plus beaux chevaux ; les cuisiniers s'attableraient pour manger dans de la porcelaine fine, et renverraient peut-être les plats s'ils ne les jugeaient pas à leur goût. Nous apprendrons tous l'humilité, la souplesse et la tolérance, avait proclamé le Tibétain.

Non que Ti eût oublié la proclamation, mais il n'avait pas imaginé un instant qu'elle serait suivie dans sa propre maison. À l'évidence, sa connaissance de l'humanité était loin d'être parfaite ; il n'avait pas prévu l'enthousiasme têtu que son épouse venait d'étaler devant lui.

Au début, il ne remarqua rien de particulier. Bientôt, cependant, une élégante voiture descendit une des larges avenues en cahotant. Un vieil homme, gros et gras, ruisselant de sueur, montait le cheval de trait. Ti devina qu'à l'intérieur du coche, confortablement installé sur les coussins moelleux, un jeune et athlétique domestique regardait défiler le paysage par la fenêtre, au lieu de chevaucher la monture pendant que son gros maître se prélassait dans la cabine tendue de satin. Nul doute que, le soir même, le malheureux vieillard ventripotent prendrait un bain de siège pour soulager son auguste fessier meurtri, tout en méditant sur sa leçon d'humilité.

Et le jeune domestique ? Qu'aurait-il appris ? Que les coussins de soie étaient plus doux qu'une selle de cuir ? L'exercice terminé, renoncerait-il au luxe douillet avec un détachement philosophique, reconnaissant du savoir acquis par l'expérience ?

En approchant du marché, Ti hâta le pas. Sa curiosité reprenait le dessus. Les fermiers et les marchands, debout depuis l'aube, vendaient à la criée toutes sortes de primeurs et de viandes. C'était l'heure où les domestiques faisaient les courses quotidiennes, marchandaient, discutaient, râlaient, protestaient que les denrées étaient indignes d'un estomac humain, pendant que les marchands se rebiffaient, lançaient des injures amicales, se gaussaient de leurs clients ignorants, barbares des contrées nordiques incapables de distinguer une bouse de buffle d'un gâteau de riz.

Ce spectacle avait le don de réjouir Ti, qui appréciait l'entente tacite des protagonistes, habiles à faire durer le marchandage rituel. En se dirigeant vers le cœur du marché, il repéra vite une aristocrate, son panier sous le bras, et qui paraissait au bord des larmes à cause de la réplique cinglante d'une vieille bique qui vendait des poulets. D'un palanquin, une jeune fille, à l'évidence la servante de la noble dame, envoya quelques insultes bien senties à la vieille bique. La transaction prit fin, et la dame au panier suivit en traînant les pieds, l'air accablé, le palanquin que portaient deux jeunes hommes hilares. Sans doute, imagina Ti, les propres fils de l'aristocrate qui se délectaient de la déconfiture de leur mère.

Évidemment, médita Ti, les jeunes s'adaptent mieux à un tel retournement de situation. Toutefois, il doutait que la dame qu'il venait de croiser tiendrait jusqu'au soir. Il se félicita que ses propres fils fussent à l'autre bout du pays, au Szu-ch'uan pour leur service militaire, et non à Ch'ang-an pour participer au Rite des Sans-Barrières de Hsueh Huai-i. Le ciel seul savait de quelle odieuse manière ils auraient profité de la situation, et quelle trouvaille perfide ils auraient conçue !

Non, il était injuste. Il oubliait trop facilement la vie exemplaire qu'ils menaient depuis plus de dix ans – du moins était-elle exemplaire comparée à ce qu'elle serait devenue si leurs exploits de Yang-chou n'avaient été brusquement interrompus. Durant leur service dans la province reculée, ses fils ne s'étaient pas particulièrement distingués, ils n'avaient été ni arrêtés, ni dégradés, ni réformés, ni décapités ou pendus. L'horrible vision du juge Ti condamnant ses propres fils au cours d'un procès public avait cessé de le hanter.

En poursuivant sa promenade dans le marché surpeuplé, il vit d'autres scènes intéressantes ; par exemple celle d'un mari et de sa femme qui avaient poussé le Rite des Sans-Barrières jusqu'à l'absurde. La femme avait revêtu la robe de son mari, son gilet, son bonnet, le mari portait une longue tunique richement brodée, et son visage était exagérément maquillé. Les quelques poils de son menton ajoutaient une note ridicule au tableau. Les deux époux semblaient s'amuser des rires et des regards éberlués que leur déguisement déclenchait. Ti s'engouffra dans la rue qui menait à son bureau en songeant que son épouse avait peut-être raison : peut-être était-il collet monté et manquait-il totalement d'humour.

À la fin d'une longue et monotone journée au cours de laquelle le juge Ti s'était penché sur des détails insignifiants de la vie de douzaines d'individus, il pensa à la soirée qui s'annonçait. Sa maison serait sans doute le théâtre d'une gabegie indescriptible. On lui servirait avec le dîner une longue liste de récriminations, et déjà son estomac se révoltait. Bien que prêt à concéder, à contrecœur mais soit, que l' « expérience » sociale du Tibétain était un divertissement bénin – ni plus ni moins –, il n'avait nulle envie d'en voir davantage.

Inversement, l'expérience ne provoquerait pas de dommage durable à la société. C'était surtout une contrariété pour certains, principalement pour les vieux fonctionnaires conservateurs. Parfois même, plus qu'une contrariété. Plusieurs vieux confucianistes que Ti rencontra ce jour-là, dont un magistrat principal, étaient convaincus d'assister à la fin de l'ordre rationnel et moral, et voyaient la société glisser inexorablement dans un chaos où chacun n'en ferait qu'à sa tête et passerait son temps à discutailler. Ti avait vu le front soucieux du vieux magistrat, son regard humide, son air outragé, et s'était demandé s'il avait présenté le même visage le matin même à sa femme.

Le vieil homme lui avait avoué qu'il ne rentrerait pas chez lui ce soir-là. Il n'avait pas envie de voir ses domestiques s'asseoir à sa table, manger dans ses assiettes, boire dans ses coupes, et il ne voulait pas voir ses filles leur verser le vin et leur servir les mets.

Je vais me retirer quelques jours, avait-il expliqué. Je connais une agréable petite auberge et ma famille ne me reverra que lorsque cette bouffonnerie sera terminée. Je ne veux pas que ma présence lui confère une importance qu'elle ne mérite certainement pas.

Ti trouva l'idée excellente. Il connaissait luimême une charmante auberge qui donnait sur un parc verdoyant. Comme il serait agréable d'y prendre son dîner, de se retirer dans sa chambre de bonne heure, sans discours, sans débats, sans altercations ! Comme ce serait paisible et raffiné ! « Ma propre tolérance en sortira renforcée », se dit-il en quittant son bureau.

À l'auberge, il découvrit avec plaisir que tout était comme il convenait. La paix et l'ordre régnaient. L'aubergiste lui souhaita la bienvenue, lui servit un excellent repas dans la véranda ouverte sur le parc admirablement entretenu et chatoyant des couleurs automnales, et Ti traîna à table dans la lumière déclinante sans avoir à supporter le fardeau des conversations.

Il repensa à l'époque où il demeurait à Lo-yang sans sa famille. Là-bas, il avait bénéficié de tout l'isolement voulu, mais il ne se souvenait pourtant d'aucun moment de solitude paisible. Il n'avait connu qu'une solitude oppressante, et ne souhaitait nullement la revivre. Il avait connu des moments, souvent dans une rue animée ou dans un prétoire rempli de monde, où sa famille lui avait manqué désespérément. Et bizarrement, ce n'était pas le bien-être de la table qui lui avait manqué le plus, ni la chaleur du foyer, mais le confort familier, comme celui qu'offrent des souliers usés et faits au pied, des contentieux séculaires ou de vieilles disputes. Là se trouvait le vrai réconfort – son petit univers douillet, agrémenté des éternelles et rassurantes chamailleries domestiques. À présent que sa vieille mère habitait avec lui, ce ne serait certes pas les querelles et les discordes qui manqueraient.

Auparavant, sa veuve de mère avait toujours refusé d'habiter avec Ti et ses épouses. Elle avait préféré demeurer à Ch'ang-an, avec la famille de la très jeune sœur de son défunt mari. Rien ne l'aurait fait renoncer à la ville où elle était née, avait grandi et s'était mariée. Son époux y était enterré ; elle souhaitait y mourir, disait-elle, et reposer à ses côtés sous une stèle. Et puis, ajoutait-elle toujours, « cette » femme (c'est-à-dire la première épouse de Ti) ne veut pas de moi dans sa maison, cela se voit. Dans *ma* maison, avait-il coutume de rétorquer en se drapant dans sa dignité de patriarche, effet inutile qu'elle balayait d'un revers de main. Pfft ! soufflait-elle ; ce ne sont pas les hommes qui dirigent la maison, ce n'est pas leur domaine. À cela, il ne trouvait jamais de réponse.

Mais, avec la mort soudaine de la jeune belle-sœur, la réticence obstinée de la vieille dame, quatre-vingt-sept ans bientôt, avait cédé, et comme

Ti, ses deux épouses et leur fille adoptive s'étaient installés à Ch'ang-an, elle avait finalement consenti à emménager chez eux. Par bonheur, la maison était vaste, l'excès de tension pouvait ainsi se diluer dans l'espace.

Le soir du premier jour du Rite des Sans-Barrières, chamailleries et prises de bec ne manqueraient pas, mais Ti s'était mis à l'abri. Il vit dans sa décision un signe de son équilibre retrouvé : le malaise qui pesait sur lui à Lo-yang l'avait quitté et il pouvait de nouveau apprécier la solitude. Il faisait à peine nuit, mais il commençait déjà à s'assoupir ; il se leva, s'étira, savourant à l'avance le luxe d'une longue nuit de sommeil sans rêves.

Il se réveilla le matin, frais et dispos comme jamais. Il contempla avec émerveillement le camaïeu de roux des arbres qu'il apercevait par la fenêtre de sa petite chambre : la journée s'annonçait belle.

Dans la rue, après un excellent déjeuner, il s'autorisa un léger sentiment de supériorité. Les pauvres hères qu'il croisait avaient subi la veille, sans nul doute, une soirée de cris et de disputes. Ti se félicita d'y avoir échappé. Ce soir, il serait d'humeur gaie et tolérante lorsqu'il rentrerait chez lui.

Passant devant un marchand de fruits, pris d'une inspiration, il s'arrêta et lui acheta des pêches qu'il comptait offrir à ses femmes : ses deux épouses, sa mère et sa fille adoptive. En payant le marchand, il se prit à méditer sur le concept abstrait de la famille : des gens qui n'ont peut-être rien en commun, qui parfois ne s'aiment même pas, mais qui sont inextricablement condamnés par les liens du sang et du mariage à partager le même toit.

Il gravissait l'escalier menant à son bureau quand il vit l'un de ses assistants descendre à sa rencontre. Son air effaré dissipa aussitôt les pensées de Ti sur la famille, les pêches, les feuilles d'automne et les réveils agréables. Il s'arrêta et l'attendit.

– Où étiez-vous? demanda l'homme, haletant, le débit précipité, en entraînant Ti dans l'escalier. Nous vous cherchons depuis l'aube. Chez vous, on ignorait où vous trouver. Nous n'avons touché à rien; nous avons apposé les scellés. Nous commencions à croire que vous étiez mort, vous aussi. Vos épouses en sont convaincues.

Ti saisit brusquement l'homme par le bras.

– Quelque chose est arrivé chez moi?

– Oh, non! Pardonnez-moi. Pas chez vous. Oh! non, pas chez vous! Dans une autre maison... une belle demeure, dans le faubourg nord.

– Que s'est-il passé?

– Un meurtre.

Un meurtre? Ti en était presque soulagé. Il lâcha le bras de l'homme. Un meurtre n'avait rien d'exceptionnel; son assistant n'était pas un débutant, pourtant.

– Mais ce n'est pas... un meurtre ordinaire, ajouta ce dernier.

Ti le dévisagea, attendant des explications, mais l'autre ne trouvait pas ses mots.

– Vous jugerez vous-même, dit-il. Une voiture vous attend.

Il précéda Ti vers la sortie, en répétant d'une voix blanche :

– Une famille! Une famille entière!

25

C'était trop, tout simplement. Ti sortit un instant en se prenant la tête à deux mains. Lorsqu'il revint dans la pièce, il se surprit à flageoler comme un ivrogne.

Pourtant, il lui fallait trouver un sens à l'inexplicable. Il y avait cinq adultes – le père, la mère, la grand-mère, le grand-père, plus un autre vieillard, un oncle sans doute – et un enfant d'environ onze ans, tous, sauf l'enfant, gisaient face contre terre, les bras croisés comme des écoliers endormis sur leur pupitre. Les adultes baignaient tout habillés dans une mare de sang. L'enfant était nu, la moitié du corps peinturluré en vert à grands coups de pinceau. Il ne portait ni trace de sang ni de violence, et gisait sur le dos, les yeux ouverts. Les deux chiens de la famille étaient étendus côte à côte, la gorge tranchée. Des empreintes de pieds nus maculaient le sol et les tapis de taches sanglantes ; la pièce avait été saccagée.

– N'oubliez pas mes instructions, recommanda Ti à ses hommes.

Une nuée d'agents s'activait dans la pièce, s'accroupissant çà et là, ou furetant avec moult précautions à la recherche d'indices.

– Ne dérangez rien. Faites très attention. Tant que nous ne savons pas ce que nous recherchons, chaque détail a son importance.

Le lieutenant, un solide petit homme affligé d'une bosse, s'approcha du juge.

– Qu'en pensez-vous ? Croyez-vous à un acte de sauvagerie gratuite, ou...

– Non, cela m'étonnerait, répondit Ti.

– Oui, moi aussi, acquiesça le bossu. Pour un peu, je dirais qu'une bande de panthères a ravagé la pièce.

Ils jetèrent un regard autour d'eux : meubles renversés, vases brisés, livres et fleurs éparpillés, paravents et rideaux déchirés.

– Des panthères, répéta le bossu avec un geste d'impuissance.

– Oui, mais il n'y a pas de panthères à Ch'ang-an, remarqua distraitement Ti. Et les domestiques ?

– Tous sains et saufs. Ils n'ont rien vu, rien entendu. Ils prétendent qu'ils ne se sont aperçus du carnage qu'à leur réveil.

Sur ces mots, Ti fut pris d'une intuition désagréable.

– Tâchez de trouver si, oui ou non, les habitants de cette maison ont participé au Rite des Sans-Barrières, ordonna-t-il.

Le bossu gratifia son supérieur Ti d'un regard entendu.

– Oui, fit-il, excellente idée.

Ti contempla le corps souillé de peinture du malheureux garçon, puis il examina la pièce saccagée d'un œil expérimenté. À première vue, on pouvait penser que les dégâts avaient été causés par une lutte à mort, mais en y regardant de plus près, Ti rejeta cette conclusion. Il y avait comme une sauvagerie vengeresse, presque orgiaque, comme si le massacre des habitants n'avait pas suffi et que le ou les assassins s'étaient acharnés sur le mobilier pour satisfaire leur cruauté. Ce qui frappa surtout Ti était le contraste entre le saccage désordonné de la pièce et l'aspect méthodique des meurtres, surtout celui de l'enfant. Le garçon semblait avoir été préparé pour un mystérieux rite funèbre. Il nota mentalement : voir rite funèbre. C'était toujours une piste par où commencer.

– Et les autres pièces ? s'enquit-il ensuite.

– Intactes, affirma le bossu. Intactes. Aucun dégât, rien n'a été touché. Aussi propres et bien rangées que si la maîtresse de maison elle-même les avait préparées pour une réception.

– Je n'ai jamais rien vu de pareil, déclara Ti. J'ai vu des vols, des vengeances entre familles, entre clans... mais rien d'aussi horrible. Jamais !

– Moi non plus, admit le bossu.

Ti s'agenouilla près du cadavre du jeune garçon, et se mit à gratter méticuleusement la peinture verte qu'il recueillit ensuite dans une coupelle de terre cuite. Puis il remit à chacun des agents des pinceaux, coupes d'eau et petits pots d'encre noire et rouge. Pendant qu'il dessinait un croquis de la pièce avec la position exacte des corps, les agents tracèrent sur le sol et sur les tapis les contours des cadavres. Ti voulait garder une trace de chaque détail.

Ce travail terminé, il ordonna qu'on emporte les cadavres.

À contrecœur, deux agents s'approchèrent du corps de la grand-mère et voulurent dégager ses bras, mais ils étaient si rigides qu'ils éprouvèrent quelque difficulté. Ti en conclut que la mort devait remonter à plusieurs heures, à la veille probablement. Les hommes soulevèrent alors le corps, raide comme une statue. Ti détourna les yeux : il n'aimait pas le spectacle de la rigidité cadavérique ; il considérait cela comme une moquerie inutile et cruelle de la nature.

– Votre Honneur, lança le bossu d'un ton incrédule. Venez jeter un coup d'œil.

Ti se retourna. Les hommes regardaient la grand-mère qu'on avait retournée et qui gisait à présent sur le dos, les bras toujours croisés à la hauteur du visage. Elle avait les yeux révulsés et sa bouche était fendue d'un sourire grimaçant qui s'étendait pratiquement d'une oreille à l'autre.

– Juste ciel ! murmura Ti en s'agenouillant près de la vieille. Quelle horreur !

On avait découpé les lèvres de chaque côté jusqu'à la naissance des molaires, puis recousu les chairs avec un fil de soie noire afin de dessiner une parodie de sourire démoniaque.

– Les autres ? fit Ti en se relevant.

Les agents retournèrent le cadavre suivant, puis un autre... À part l'enfant, tous avaient subi le même supplice. Par tous les dieux, songea Ti ; il venait de comparer la sauvagerie aveugle du saccage avec le soin méticuleux qui avait présidé au meurtre de l'enfant. Il avait dû falloir des heures de travail pour recoudre ainsi les bouches. Un message, assurément.

Oui, mais lequel ?

Après qu'on eut emporté les corps, Ti et ses hommes fouillèrent les pièces, les jardins et les bâtiments annexes. Mais la chose la plus étrange, celle qui était sous leur nez, ne fut découverte que par hasard, quelques minutes avant d'être balayée pour toujours. Comment une meute d'agents avait-elle pu la manquer ? Pis, comment avait-elle failli échapper à l'œil « infaillible » du fameux juge de Yang-chou ?

C'était une question d'angle de lumière. La chose était restée là en permanence, sur le sol d'un couloir qui partait de la pièce du crime pour desservir toute la maison, et elle se mêlait aux empreintes sanglantes qui rayonnaient dans toutes les directions. Ce ne fut qu'après une ultime inspection que Ti finit par la découvrir.

La première fois qu'il avait examiné le couloir, le soleil matinal dardait ses rayons à travers les persiennes, et, aveuglé, Ti n'avait pas discerné de dessin particulier dans les mares de sang coagulé : les empreintes ressemblaient à celles de pieds nus qu'on avait retrouvées dans la pièce du carnage.

Mais lorsqu'il retourna examiner une dernière fois le couloir avant de clore l'enquête pour la journée, la lumière avait changé considérablement, et le parquet ciré ne reflétait plus les rayons aveuglants du soleil. Il put donc voir ce qui lui avait échappé : une rangée inégale de croissants ensanglantés, des empreintes en demi-lune qui partaient de la principale mare de sang coagulé. En l'examinant de plus près, Ti s'aperçut qu'il ne s'agissait pas de vagues empreintes laissées par un talon maculé de sang. Non, elles étaient nettes, précises, entières. On avait marché dans le sang, ce qui n'était pas précisément inconcevable. Ce qui l'était, en revanche, c'était la nature des empreintes. Elles n'étaient pas humaines.

C'étaient des empreintes de sabot. Trop grandes pour une chèvre, mais... Le couloir était trop étroit pour le passage d'animaux de grande taille. Ti traversa le couloir, ouvrit les persiennes, puis s'agenouilla sur le parquet en acajou au milieu d'un rectangle de lumière.

Pas de doute. C'étaient bien des empreintes de cheval. Un cheval non ferré.

Ch'ang-an, la capitale occidentale, était la plus grande ville du monde. Grouillante de millions d'habitants et de commerces prospères, la ville était le centre d'un réseau de routes, de canaux, de rivières qui s'étendaient dans toutes les directions sur deux mille *li*. C'était une gigantesque mosaïque de peuples, autochtones ou étrangers, une ville où le cosmopolite et le citadin se côtoyaient au milieu de coutumes et de superstitions composites. Ch'ang-an était comme un diamant dont les multiples facettes reflétaient les innombrables croyances humaines dans une palette de couleurs qui faisait sa force et sa splendeur.

La peur, elle aussi, prenait diverses couleurs. La peur irrationnelle est le terreau de l'incompréhension qui se lève chaque fois que plusieurs nationalités cohabitent. Et là, nourries des rumeurs sur la nature sauvage, démoniaque, du meurtre de l'une des familles les plus riches de Ch'ang-an, les insinuations malveillantes et la xénophobie se répandirent à travers la ville comme un incendie.

Chaque nationalité tribale, chaque groupe d'immigrants, craignait et soupçonnait l'autre. Les Turcs de Mongolie – Sogdiens, Khitan, Ouïgours, Jürchet, Hsi – haïssaient les peuples méridionaux de Lingnam et des hauts plateaux du Nam-Viêt, les Hua, les Man et les Miao. Les Miao se méfiaient des Hua, mais encore plus des divers « barbares » de la jungle du Lingnam. Et pour chacun, l'autre pratiquait la magie noire. À ce foisonnement des cultures s'ajoutait l'arrivée récente des Sassanides venus du lointain empire perse, et porteurs d'une étrange religion dualiste, le zoroastrisme.

Des détails du carnage avaient filtré et, embellis, exagérés, dénaturés, ils alimentaient les imaginations déjà fertiles. Les récits de magie noire proliféraient ; tout le monde était suspect.

Dans tel récit du drame, il ne s'agissait plus de bouches fendues mais de ventres ouverts, et les boyaux s'enroulaient autour des corps comme une corde sanglante, ou comme des guirlandes de fleurs, ou se répandaient sur le sol pour dessiner d'obscurs caractères taoïstes et former des mots mystérieux. Dans un autre, les têtes avaient disparu, séparées des cous avec une netteté qui suggérait qu'elles n'avaient pas été tranchées mais s'étaient détachées toutes seules. On murmurait qu'on avait retrouvé des empreintes sanglantes d'animaux sur les murs et les plafonds.

Ti était impuissant à endiguer le flot des horribles fantasmes qui terrorisaient la ville. Bien qu'on ignorât d'où étaient parties les rumeurs, chacun désignait le quartier est, et particulièrement les Perses – les plus exotiques et les plus étranges de ses habitants. Les Sassanides, avec leurs singulières croyances, possédaient, disait-on, nombre de sorciers, les Yatus, qui pouvaient faire apparaître à volonté les démons du monde souterrain.

Dans le riche panthéon des zoroastriens figurait le démon Azhi-Dahaka, une créature à trois têtes, six yeux et trois bouches, avec des serpents sortant de ses épaules. Un sorcier perse l'avait convoqué, accusaient certains, pour des motifs de vengeance personnelle. N'était-ce pas logique ? Car, parmi ses nombreux vices, Azhi-Dahaka devait se nourrir de cervelle humaine pour survivre. Et les têtes n'avaient-elles pas disparu ? Et une fois rassasié, le monstre ne s'était-il pas volatilisé à travers une porte de fumée, créée par le sorcier Yatus qui l'avait invoqué, et par laquelle il était arrivé sur terre ? Cela expliquerait bien des choses pour lesquelles les autorités n'avaient pas de réponse.

Les rumeurs obéissaient à leur propre logique. D'aucuns impliquaient les Juifs dont le dieu, colérique et jaloux, exigeait sans cesse des sacrifices. N'avait-il pas exigé que les véritables fidèles renonçassent aux autres dieux pour son seul profit ? Et n'avait-il pas requis un sacrifice humain comme preuve de leur foi inébranlable ? Il y avait aussi les Tibétains, bien sûr, ces montagnards aux étranges coutumes, qui méprisaient la mort. Pour certains, la mise en scène des meurtres correspondait à l'idée que se faisaient les Tibétains d'une bonne plaisanterie.

Les rumeurs persistaient précisément parce que les autorités civiles n'avaient pas d'explications à fournir. Le cabinet du magistrat principal n'y comprenait goutte. Les interrogatoires des amis et associés de la famille défunte n'avaient débouché sur rien. Pas de motif de revanche, pas de conflit, pas de transaction secrète, pas de rivalités de clans. Rien n'avait été volé. Ti ne découvrit aucun ennemi potentiel. C'était une famille confucianiste d'excellente lignée, juste et généreuse. Ne restait qu'une possibilité, que Ti avait envisagée un instant mais qui lui semblait de plus en plus improbable à mesure qu'il l'approfondissait : le Rite des Sans-Barrières.

On pouvait imaginer que des ressentiments enfouis avaient resurgi quand les rôles s'étaient inversés, mais il n'existait aucune preuve que la famille s'était pliée au Rite, et rien n'indiquait un quelconque manque de loyauté des domestiques qui semblaient par ailleurs contents de leurs maîtres. Là encore, les interrogatoires ne donnèrent rien, sinon que les domestiques n'avaient rien entendu, et se souvenaient à peine des détails de la soirée précédant les meurtres. Après les avoir personnellement questionnés, Ti fut convaincu qu'aucun d'eux ne cachait quoi que ce fût. Cependant, il était hautement surpris par leur manque de précision sur les faits de la veille et se demandait s'ils n'avaient pas trop bu le soir du drame : comment une tuerie d'une telle sauvagerie avait-elle pu avoir lieu sous leur toit et leur avoir totalement échappé ?

Là où Ti n'avait rien trouvé, les habitants de Ch'ang-an se montrèrent imaginatifs et prolixes en solutions ; avec une surprenante vigueur, des explications inventives vinrent remplir les vides laissés par l'enquête. Délaissant le démon zoroastrien et les Juifs, les théoriciens se tournèrent vers d'autres peuplades fort attrayantes.

Les immigrants du Nam-Viêt croyaient qu'on pouvait inverser des séries de mauvaise fortune en engageant un chaman afin qu'il exécute les sacrifices appropriés. Bien que les victimes fussent d'ordinaire un cochon ou une vache, les Chinois ne croyaient pas que les pratiques s'arrêtaient là. La question des sacrifices humains resurgit, plus que jamais. Les chamans viêts nièrent avec force l'accusation ; jamais nous ne versons du sang humain, jurèrent-ils, outrés.

Si ce n'étaient les chamans, c'étaient donc les adeptes du *ku*, de loin la pratique la plus sinistre de la magie noire des Viêts, issue d'une civilisation à peine humaine, dans un monde lointain, brûlant, où les nuits sans étoiles grouillaient d'esprits aussi divers et venimeux que les créatures qui rampaient, glissaient, sautillaient ou volaient dans ses jungles impénétrables. Les démons du *ku* sortaient des abysses obscurs d'esprits humains en proie au délire.

Parmi le vivarium de la magie *ku*, on trouvait le redoutable esprit-reptile de la Calamité. Bien que personne ne sût pourquoi de telles forces malfaisantes avaient été lâchées sur l'infortunée famille, chacun voyait bien que c'était l'explication du mystère. Tout concordait. Une fois invoqué, l'esprit-reptile pénétrait dans le corps de la victime et la mordait de l'intérieur, provoquant sa paralysie. Ce qui expliquait que les serviteurs n'eussent rien vu ni entendu. Ensuite, la victime restait consciente, mais impuissante, pendant que l'esprit-reptile dévorait ses entrailles, raclant sa gorge avec sa queue munie de piquants, puis la cavité abdominale et enfin le crâne qu'elle nettoyait à coups de langue comme la rivière polit les pierres. Lorsque la victime était morte, l'esprit-serpent se matérialisait et surgissait par l'orifice buccal.

Les bouches des victimes n'avaient-elles pas été « déchirées » ?

Puis une rumeur persistante voulut que toutes les têtes des victimes eussent disparu, et une légende terrifiante circula : celle des têtes volantes. L'image hideuse tint le juge Ti éveillé toute la nuit ; il était atterré par les ressources inépuisables de l'imagination humaine. Mais le pis était que cette affabulation ne provenait pas de contrées lointaines et barbares ; elle trouvait sa source en Chine, berceau de la « civilisation ».

D'après les peuples qui vivaient dans la jungle des montagnes de Lingnam, en Chine méridionale, une ligne rouge, presque invisible, aussi fine qu'un fil de soie, apparaissait sur le cou des victimes potentielles. Si cette marque passait inaperçue et qu'un remède magique n'était pas aussitôt appliqué, la blessure se creusait jusqu'à séparer la tête du cou, et, pendant la nuit, les oreilles se métamorphosaient en gigantesques ailes membraneuses, puis la tête s'envolait en silence par une fenêtre ouverte et s'en allait rejoindre les grands prédateurs. Elle s'élevait en flèche au-dessus des forêts luxuriantes, planait dans le ciel, puis piquait dans l'écume des torrents ou dans la mer. Plus rapide que le faucon ou l'aigle, la tête plongeait dans les précipices, filait le long des gorges, s'engouffrait dans les grottes rocheuses, chassant, chassant et mangeant sans cesse. Enfin, rassasiée, elle rentrait avant l'aube rejoindre le corps. La victime était alors gavée comme si elle avait participé elle-même au festin magique.

Or, d'après la rumeur, on avait retrouvé les victimes le ventre ouvert, gorgé de charogne. N'était-ce pas une preuve irréfutable ?

Sans oublier les taoïstes et leurs redoutables sorciers qui lâchaient dans les ruelles obscures toutes sortes de farfadets et de créatures surnaturelles, dont certains, invisibles, ne pouvaient être vus qu'en réflexion. D'aucuns portaient donc toujours sur eux des petits miroirs de poche ; d'autres encore marchaient à reculons tout en jetant des coups d'œil dans leurs miroirs, constamment sur le qui-vive.

La ville était devenue folle, en proie à la xénophobie et à toutes les superstitions ; or Ti n'avait pas d'indices, pas de pistes par où commencer, pas de théories valables, rien pour lutter contre l'imagination déchaînée de ses concitoyens. Il ne pouvait que se lamenter qu'une société rationnelle, si chère au cœur des confucianistes, pût sombrer dans de telles errances.

Même sa propre mère insistait pour qu'on la porte au marché deux fois par semaine afin de renouveler sa collection hétéroclite de perles, de charmes, de miroirs, de disques, de racines, de griffes, de poudres et de talismans. Ti avait beau protester qu'un tel étalage de superstition chez la vénérée mère du magistrat principal de Ch'ang-an portait atteinte à sa crédibilité et lui faisait honte, elle balayait ses objections d'un geste exaspéré et avançait son grand âge comme preuve de l'efficacité de son système.

Puis elle s'en prenait à la totale incapacité de son fils à résoudre l'énigme des meurtres. Inévitablement, elle soulevait le problème en public, et l'abreuvait de reproches tonitruants pendant qu'elle faisait son marché. Le pauvre juge Ti, accablé, ne pouvait que sourire aux passants qui s'inclinaient respectueusement devant lui en faisant mine de ne pas entendre.

Tout cela n'améliorait pas l'atmosphère tendue de son foyer. Souvent, il soupait de bonne heure et retournait à son cabinet, prétextant que d'importants dossiers l'attendaient. Les affaires en cours ne manquaient certes pas, mais Ti se retrouvait invariablement assis à son bureau, dans le noir, inactif, à regarder par la fenêtre, l'esprit ailleurs.

Il ne se raccrochait plus qu'à un seul espoir : il savait qu'il ne pourrait jamais résoudre l'énigme tant qu'un fait nouveau ne se présenterait pas. Or, ce fait nouveau ne pouvait apparaître qu'avec un deuxième carnage. Ti espérait donc l'impensable.

Et il attendait.

Un beau matin, Ti arriva à son cabinet après une nuit agitée au cours de laquelle ses soucis et les bourrasques de vent continuelles s'étaient associés pour lui interdire tout semblant de repos. Le vieux magistrat l'accueillit avec un regard exaspéré puis déposa comme à regret sur son bureau une enveloppe à l'aspect très officiel qui était arrivée par le courrier du matin.

Ti examina les sceaux impériaux avec appréhension puis chercha son coupe-papier en jade et argent dans le désordre des dossiers éparpillés.

Pourquoi cette crainte ? s'interrogea-t-il. Pourquoi redouter une enveloppe qu'il n'avait pas encore ouverte ? Était-ce son poids ? Certes, elle était épaisse et lourde, mais c'était souvent le cas pour les communiqués officiels. Était-ce sa façon de le narguer, nette et propre parmi le fouillis familier de son bureau ? Était-ce son parfum ? Non, elle ne sentait rien d'autre que le parchemin et la soie. Toute odeur d'encre s'était évaporée depuis longtemps. En ouvrant l'enveloppe avec son précieux coupe-papier, il sentit une désagréable certitude l'envahir : les trois cents *li* qui le séparaient de la Cité de la Transformation n'étaient plus suffisants pour le protéger.

Deux jours avaient passé depuis qu'il avait déplié les pages d'instructions et de plans, mais Ti était persuadé que la consternation se lisait encore sur son visage.

Une énorme colonne de « métal blanc » de deux cent soixante-quinze pieds, surmontée d'une sphère magnifique ou d'un cristal de quartz, devait être érigée au centre de Ch'ang-an, à la gloire de l'Impératrice Wu et de l'Ère à venir du Futur Bouddha Maitreya.

Comment ériger une telle masse de fer et d'argent d'une forme si parfaite ? Comment diable trouver une telle quantité de minerai et le fondre en si peu de temps ? Qui devrait se charger de cette tâche ? L'Impératrice comptait-elle envoyer une armée d'artisans les aider à réaliser le projet ? Dans ce cas, il faudrait que ces artisans eussent déjà l'expérience de ce genre de constructions. Ti imagina des moines du Nuage Blanc, des centaines et des centaines de géants au crâne rasé, des anachorètes inexpressifs, armée disciplinée et silencieuse ; il les vit extraire, fondre, polir, sculpter en psalmodiant de leur voix monocorde, puis pointer la colonne vers un nouvel horizon métaphysique, illusoire et pervers.

Mais non, c'était bien pis ! C'était sur *ses* propres épaules que reposait le fardeau. Comme pour les grandes corvées des anciens temps, il incombait au magistrat principal de la ville de lever une armée d'ouvriers. Mais cette fois, il ne devait pas les choisir parmi les citoyens déjà surchargés de travail, mais parmi les bagnards ! Dans le but, disaient les instructions, de permettre aux criminels, par ce travail, de s'élever au-dessus de leurs péchés avilissants.

Restait encore un problème. Il n'y avait plus assez de prisonniers dans les camps de Ch'ang-an et de ses environs pour le début d'un commencement d'une telle opération, et le zèle de Ti à rendre les prisonniers à leur famille causerait sa perte. Où trouverait-il son armée d'ouvriers ?

Un soir, vingt jours après les meurtres d'une des familles les plus respectées de Ch'ang-an, Ti travaillait dans son cabinet à l'élaboration d'un plan pour rassembler les ouvriers chargés d'ériger la grotesque colonne de métal blanc vers le ciel de la ville. Son unique recours était de coopérer avec le Ministère de la Défense et l'Office des Tributs. Il pourrait ainsi recruter les Coréens et les Tibétains, faits prisonniers lors des récentes campagnes.

Vu les circonstances, il n'avait pas d'autres choix. Il étudia donc la liste des tributs et dépêcherait le lendemain matin un messager au commandement préfectoral. Il ne rentra pas se coucher avant tard dans la nuit.

Vingt et un jours après le premier carnage, un jeune domestique entra timidement peu après l'aube dans la chambre du juge, et le secoua avec délicatesse comme s'il était en papier.

– Maître Ti... Maître Ti... murmura-t-il.

Il le secoua un peu plus fort. Ti grogna, entrouvrit un œil, puis roula sur le côté et se rendormit aussitôt. Avec réticence, le domestique tenta une nouvelle fois de le réveiller sous les regards impatients d'un groupe qui attendait dans le couloir, parmi lequel les deux épouses de Ti. Personne, semblait-il, n'avait voulu déranger le magistrat, et le fardeau était retombé sur les frêles épaules du plus jeune domestique de la maisonnée, lequel n'avait eu d'autre choix que de s'exécuter.

– Réveillez-le ! souffla le majordome depuis l'entrebâillement de la porte. Ils arrivent !

Les salamandres étant éteintes, les épouses de Ti, frigorifiées, s'emmitouflèrent dans leurs robes. Trois agents, emmenés par le lieutenant bossu, et discutant à voix haute, surgirent dans le vestibule, puis s'arrêtèrent net en s'apercevant que leur supérieur dormait toujours.

– Que fait-il encore au lit ? s'écria une voix de stentor. Laissez-moi passer, je vais le réveiller, moi.

Le propriétaire de la voix s'avança dans la chambre d'un pas décidé et vint se planter au chevet de Ti.

– Ti Jen-chieh, debout ! ordonna la mère du juge d'un ton sans réplique.

Puis elle empoigna une natte échevelée et la souleva sans ménagement pour crier aux oreilles de son fils :

– On assassine ta ville, mon garçon !

Ti se réveilla en sursaut, vit une paire d'yeux à quelques pouces de son visage, et, dans un geste de recul, se cogna la tête contre le châlit.

– Damnation ! s'écria-t-il.

Puis il aperçut ses agents et ses épouses qui se cachaient derrière la silhouette de sa mère.

– Votre Honneur, dit le bossu, nous nous excusons de cette intrusion intolérable, mais... mais nous ne savions que faire.

– Je viens de te le dire, intervint sa mère. On assassine ta ville. Et pendant ce temps-là, que fais-tu ? Tu dors, Ti Jen-chieh !

– Mon pauvre époux n'a plus guère le temps de se reposer, plaida Première Épouse.

– Et il en aura de moins en moins le temps, riposta la mère de Ti.

– Mais je suis on ne peut plus réveillé, protesta Ti en se redressant, toutes traces de sommeil effacées.

Le jeune domestique reparut avec un plateau de thé qu'il déposa sur la table de chevet de son maître. Ti s'assit sur le bord du lit, glissa les mains dans ses manches, ses pieds dans ses pantoufles, et vit, dans l'air froid du matin, les nuages de vapeur entourer les visages qui l'observaient avec insistance.

– Ils n'osent pas te le dire, Ti Jen-chieh, reprit sa mère avec une familiarité qu'elle seule s'autorisait, parce qu'ils sont tous coupables. Je t'avais bien prévenu que ça recommencerait si tu n'arrêtais pas ces barbares de Perses.

– Je sais, mère, dit le juge d'un ton apaisant pendant qu'on lui servait un bol de thé.

Il souffla avec précaution sur le liquide brûlant en jetant un regard vers ses agents.

– Va-t-on enfin m'expliquer ? s'exclama-t-il. Combien, cette fois-ci ?

– Ils étaient cinq dans la maison des Ch'en, se décida le bossu après avoir attendu poliment de voir si la mère du juge n'avait rien à ajouter. Et nous...

– Il y en avait plus que cela, le coupa la vieille femme d'un ton sec. Dites donc au juge combien les nécromanciens perses ont fait de victimes. Six membres de la famille Lao étaient en visite pour le mariage. Deux des plus anciennes et des plus nobles familles de Ch'ang-an.

– Des Perses ? s'étonna Ti.

– Ils n'y sont pour rien, intervint Première Épouse avec mépris. Votre mère est obsédée par les Perses.

– Pfft ! cracha la vieille femme. Comment le saurais-tu, ma fille ? Tu es bien trop jeune et bien trop sotte pour comprendre à quel point la ville a changé depuis l'arrivée de tous ces satanés étrangers.

– J'en sais plus que vous ne le croyez, rétorqua Première Épouse.

Mais la vieille femme n'écoutait plus; elle avait reporté son attention sur Ti.

– Tout cela ne serait pas arrivé si mon fils avait écouté sa vieille mère. Je n'ai cessé de le mettre en garde contre les barbares et leur sorcellerie.

– Mère... je vous en prie! implora Ti. Messieurs, s'il vous plaît, combien de morts, et quelle est cette histoire de Perses? demanda-t-il au bossu.

– En tout, onze personnes, y compris la famille Lao qui résidait dans les appartements d'invités.

– Et les domestiques?

– Comme la dernière fois, avoua le bossu, l'air accablé. Ils n'ont rien vu, rien entendu. Ils n'ont découvert le massacre que peu avant l'aube.

Ti accueillit les précisions sans broncher.

– A-t-on posé les scellés? demanda-t-il en se levant.

– Oui, Votre Honneur, le Tribunal des Investigations du quartier Serpentine s'en charge. L'assistant est un homme très compétent.

– Parfait. Et le... l'état des corps? demanda Ti en observant discrètement ses épouses.

Elles n'esquissèrent pas un geste. Apparemment, elles voulaient connaître les détails. Sa mère, en tout cas, n'aurait bougé pour rien au monde.

– Mutilés, admit le bossu, gêné, comme s'il parlait d'aberration sexuelle en présence de dames. Et d'une manière aussi atroce que bizarre. Ils sont méconnaissables. Nous avons des détails...

– Bien sûr que les malheureux étaient atrocement mutilés, coupa la mère. Tu attendais quoi, Ti Jen-chieh? La déesse de la Miséricorde, peut-être? Voilà ce qui arrive quand on invoque les forces des enfers. Invoquer des démons! Tu vois! Je t'avais prévenu, Ti Jen-chieh! Tu m'as traitée de vieille folle, mais je t'avais mis en garde contre les Perses et leurs maudits chamans!

– Merci pour ton aide précieuse, mère, dit poliment Ti. Mais, pardonne-moi, il faut que je m'habille.

La vieille femme sortit d'un pas indigné. Les épouses de Ti se retirèrent également quand le majordome apporta au juge des serviettes tièdes et une cuvette d'eau chaude.

– Il n'y a aucun témoin ? demanda Ti en aspergeant vivement son visage. Je vous en prie, ditesmoi que nous avons de quoi avancer, cette fois. Quand a-t-on découvert les meurtres ?

Le bossu se caressa le menton d'un air pensif.

– Les voisins ont appelé les agents quand ils ont vu le vieux majordome courir comme un fou en hurlant dans un charabia incompréhensible. C'est ainsi qu'on a découvert le massacre. À part cela...

– Oui, exactement comme la dernière fois, renchérit le deuxième agent pendant que le troisième acquiesçait. Personne n'a rien vu ni rien entendu. Ceux qui auraient pu témoigner dormaient tous.

– Le vieux majordome n'a donc rien dit d'intéressant dans son charabia ? insista Ti. Quelque chose, n'importe quoi ?

– Eh bien... il a vu... euh... hésita le bossu. C'està-dire, il dit qu'il avait vu quelque chose avant de sauter du balcon. Sa chute a été amortie par le bassin des carpes qui n'est pas très profond à cet endroit... mais la vase, heureusement.

– Eh bien, qu'a-t-il vu ? s'impatienta Ti en enfilant maladroitement ses vêtements.

Allait-il devoir leur tirer les informations mot par mot ?

– Il a vu... il a vu une serre à sept griffes traverser le mur. Le reste n'est que pur charabia.

Ti dévisagea son agent d'un air ébahi, puis termina d'enfiler son gilet.

– Allons-y, messieurs ! fit-il ensuite en montrant la porte.

26

Lo-yang

La procession se mit en marche quatre jours après la réunion privée entre l'historien Shu et les vingt-cinq géomanciens. Des gazettes contenant une déclaration détaillée de l'historien avaient circulé le jour même de la réunion. L'ancien art du Feng Shui, la géomancie, cette science infaillible qui calculait par divination le lieu le plus harmonieux et le plus propice à l'emplacement des maisons, des édifices et des tombeaux, allait subir l'épreuve finale. L'historien Shu annonçait solennellement que vingt-cinq des plus distingués praticiens de cet art, choisis parmi des centaines de volontaires, auraient le privilège de localiser le point le plus sacré de l'univers.

Dans sa déclaration, l'historien récapitulait les étapes de l'inexorable révélation de la divinité de Wu : comment le soutra du Grand Nuage affirmait que l'Ère à venir du Futur Bouddha Maitreya serait précédée par le règne d'une femme illustre, et comment le *Commentaire sur les Précieuses Pluies*, écrits d'inspiration divine dictés au lama Hsueh Huai-i, était sorti du Grand Nuage comme un bébé dragon de son œuf pour révéler à tous que la divine bodhisattva prophétisée par le soutra était parmi eux en la personne de l'Impératrice Wu.

Le monde sait, affirmait Shu, qu'au centre de la terre sacrée du Jambudvipa se trouve Wu-hsiang, le pays de la Non-Pensée. Et au centre de Wu-hsiang s'élève notre précieuse Cité de la Transformation. Nous sommes donc au centre du centre de ce centre. Mais il nous faut être encore plus précis. La tâche des géomanciens consistera à désigner le centre du centre du centre de ce centre. Lorsque nous l'aurons défini, nous aurons le centre de l'univers. Et là, au point pivot de l'univers, commencera la construction de la colonne qui s'élèvera jusqu'à la nuit des temps.

Personne ne savait où se situerait ce point, précisait l'historien; peut-être dans un des grands parcs de la cité, au beau milieu d'une rivière, dans les bureaux du gouvernement, à moins que ce ne fût au cœur du quartier le plus pauvre et le plus peuplé de la ville. Mais grâce aux pouvoirs réunis des vingt-cinq meilleurs géomanciens, on le découvrirait. Ce serait un jour mémorable dans l'histoire de la glorieuse dynastie Chou, un jour qui commémorerait la venue de la grande bodhisattva elle-même. De même qu'un choix accompli par un géomancien pour l'emplacement, le voisinage, l'eau et les huit directions augurait d'un avenir fructueux pour le propriétaire d'une maison, ou d'une vie future paisible pour l'occupant d'un tombeau, de même l'Empire – et chacun de ses sujets – bénéficierait des efforts conjugués des vingt-cinq élus.

Ainsi, dès les premières heures du jour, une foule attendait devant les portes de la Cité Interdite l'apparition des géomanciens. Ling-shih, un sexagénaire qui pratiquait son art depuis quarante-cinq ans, marchait sans un regard pour ses compagnons. Brandissant leur *luopan* [1] comme un talisman, les vingt-cinq avançaient en ordre dispersé, solennels, le visage fermé. Derrière, un tambour

1. Compas de géomancien.

battait la mesure avec des gestes lents et solennels, et sept moines chantaient, tête baissée, une prière aux accents monotones. Sortis de la Cité Interdite, ils se dirigèrent sans hésiter vers l'ouest, ce qui souleva des commentaires admiratifs. L'appel du dragon devait être sacrément fort pour qu'ils fussent si sûrs d'eux !

Au son cadencé du tambour, accompagnés par le bourdonnement des moines, ils descendirent l'avenue principale. Derrière eux, les premiers rayons du soleil filtraient entre les bâtiments. Ils avaient parcouru une centaine de pas quand une voix s'éleva de leurs rangs : « Je sens l'attraction de l'eau ! » Aussitôt, la procession bifurqua à droite dans une rue diagonale, de sorte qu'elle se dirigeait à présent vers le nord-ouest. « L'attraction de l'eau s'accentue », lança la même voix. La troupe bifurqua de nouveau, cette fois en direction du nord, et le soleil réchauffa les visages, le tambour accéléra le rythme, les moines levèrent la tête, mais les géomanciens continuèrent d'avancer, impassibles, sans se regarder, sans se retourner.

Ling-shih n'avait pas besoin de voir la tête de ses collègues pour deviner leur honte, car cette même honte lui pesait comme un manteau lourd et trempé. Aujourd'hui, vingt-cinq géomanciens déshonoraient leur carrière et leur profession, mais aucun n'avait eu le courage de refuser de se rendre au palais. Le regard fixe, ils avançaient dans la direction que leur indiquait la voix avec un tel ensemble qu'on aurait cru que le mouvement précédait la voix et non l'inverse.

« Nous avons eu l'honneur d'être élus parmi des centaines qui réclamaient ce privilège », songea amèrement Ling-shih. En réalité, deux gardes impériaux leur avaient remis, par un petit matin glacial, une « invitation » à une réunion avec l'historien Shu Ching-tsung. L'invitation émanait du président Lai Chun-chen et du vice-président Chou Hsing de l'Office des Châtiments et des

Investigations. Une heure plus tard, ses collègues et lui, sombres, silencieux et incrédules, attendaient dans l'antichambre de l'historien.

Quatre jours plus tard, ils sortirent du palais pour se mettre à la recherche du centre de l'univers. Ils venaient de s'éloigner de la direction qui les eût conduits dans les bas quartiers de la ville, et s'ils poursuivaient vers le nord ils pataugeraient bientôt dans l'eau du grand canal. Était-ce là l'eau qui attirait leur compas ? La foule savait bien que les bénédictions provenaient du nord, mais un cours d'eau coupant d'est en ouest risquait de tout compromettre, affirma quelqu'un, alors que d'autres prétendaient précisément le contraire.

Mais bientôt les spéculations cessèrent car la voix sortie des rangs des géomanciens s'écria : « L'eau se change en bois ! » et le cortège tourna abruptement dans la prochaine rue, droit vers l'est ; le soleil levant aveugla les marcheurs et se refléta en scintillant sur les aiguilles aimantées des *luopans*. « Le dragon avance ! » cria la voix et les badauds s'aperçurent qu'ils se dirigeaient maintenant vers l'ouest dont l'horizon montagneux apparaissait çà et là entre les bâtiments, et ressemblait au dos sinueux du dragon. Un murmure se répandit parmi la foule pendant que le tambour accélérait le tempo et que le bourdonnement des moines s'amplifiait. Le soleil monta dans le ciel, et les badauds se pressèrent autour du cortège avec la fougue fiévreuse des chasseurs qui approchent de leur proie.

Dans son lit, le prince Li I-yen, quatre-vingt-quatre ans au printemps et cousin de Tai-tsung, père de feu l'empereur Kao-tsung, commença son rituel matinal. Avec précaution, il leva sa jambe droite et fléchit le genou en grimaçant. Il garda la position, puis abaissa la jambe, et répéta l'opération avec la gauche. Ce matin, elle était plus raide que l'autre, et il supporta à peine la douleur. Paupières serrées, il garda sa jambe fléchie en l'air en songeant aux vieilles charnières rouillées qui grincent quand une main décidée ouvre la porte qu'elles tiennent. Il reposa sa jambe gauche, puis leva de nouveau la droite. Comme les vieilles charnières, ses jointures seraient volontiers restées bloquées. Mais le prince Li n'en avait cure. Il se forçait tous les matins à cet exercice douloureux, seul moyen d'arriver à se lever.

Il reposa sa jambe droite et s'apprêtait à déplier sa jambe gauche récalcitrante quand quelque chose lui fit tendre l'oreille, un souffle d'air, à peine un bruissement, un voile qu'on effleure. Il écouta, immobile. Il n'entendait plus que les bruits familiers de la maison qui s'éveille : une brouette que l'on roule dans la cour, des pas qui crissent dans le couloir. Il regarda à l'endroit où dormait son chien, aussi vieux que lui en années de chien, et l'animal implora de ses yeux noirs humides la permission de le rejoindre dans le lit. Le prince se baissa avec difficulté et souleva le chien, devenu incapable de sauter les quelques pieds qui le séparaient de son maître. « Et dire que j'étais déjà un vieillard grisonnant quand il n'était qu'un chiot ! » soupira le prince.

Il voulut se lever car on allait lui servir le thé d'un instant à l'autre, quand il vit l'animal se raidir, les sens en alerte. La petite tête se tourna vers l'ouest, les oreilles pointées et frissonnantes.

– Qu'y a-t-il, Brigand ? demanda le prince en grattant le museau du chien.

Brigand fit de son mieux pour reporter sa fidèle attention vers son maître ; il baissa les oreilles, remua un instant la queue, mais se raidit de nouveau et émit un bref couinement que suivit un sourd grognement.

La foule était ivre d'enthousiasme. La plupart de ceux qui suivaient la procession n'avaient jamais mis les pieds dans cette partie de la ville où de vastes propriétés nichées dans des collines ondoyantes abritaient leur sérénité derrière de hauts murs. Et voilà qu'ils déambulaient dans ce quartier cossu, avec le consentement de l'Impératrice elle-même, en mission divine que nul ne pouvait stopper !

La prière des moines s'était muée en hymne, la cadence du tambour s'emballait, et les géomanciens avançaient d'un pas décidé : « Le dragon s'agite ! » cria la voix. Des têtes se dressèrent pour vérifier si le contour des douces collines n'évoquait pas le cou, l'oreille ou la tête du dragon, la créature la plus puissante de la ménagerie des géomanciens. La foule cherchait fiévreusement à distinguer le dragon dans le dessin des collines que des arbres, des murs, ou quelques toits à l'architecture sophistiquée, cachaient à leur vue. Mais les géomanciens, tous le savaient, étaient autrement clairvoyants qu'eux.

« Le dragon recule ! » Le cortège, corrigeant aussitôt sa trajectoire, s'engouffra dans une rue, longea de hauts murs, sous le regard inquiet de domestiques à l'affût derrière les portails dont les guichets se fermaient dans un claquement sec sur le passage de la foule.

« Les battements de cœur du dragon s'accélèrent ! » s'exclama la voix comme le cortège arrivait devant une propriété dont les grilles ouvragées devaient être les plus hautes et les plus belles de toute la ville. Le tambour maintint son tempo, ses roulements éclatants, impératifs, irrésistibles, suggéraient un dénouement proche. Mais le cortège poursuivit sa route, et s'arrêta au portail suivant. Le son du tambour diminuait-il ? se demanda la foule. « Les battements de cœur du dragon s'estompent ! » La procession reprit sa marche jusqu'à la dernière propriété de la rue. « Ils s'estompent encore ! Le dragon recule ! Écartez-vous tous ! Il nous faut de l'air ! »

Docile, la foule obéit. Les géomanciens et les

moines firent demi-tour et les battements de tambour devinrent assourdissants. Le cœur du géomancien Ling-shih se serra d'effroi. Ils étaient de retour devant les hautes grilles où le cortège s'était arrêté à l'aller, là où le tambour avait accéléré sa cadence. Voilà, ils l'avaient trouvé : le centre du centre du centre du centre, le pivot de l'univers !

Le portail s'ouvrit, et un petit chien surgit, suivi par un très vieil homme en habit de nuit, les cheveux et la barbe en désordre, le visage hagard et agité de tics.

– Brigand ! appela-t-il.

Il se baissa avec difficulté, souleva le chien et le tint serré contre sa poitrine. L'animal aboyait avec frénésie. Au signal d'un moine, le tambour se tut.

– Votre nom ? demanda le moine au vieil homme.

– Je suis le prince Li I-yen, répondit le vieillard d'une voix chevrotante. Quels sont les motifs de ce remue-ménage ?

– Un grand honneur a été accordé à votre demeure, prince Li, expliqua le moine. Car nous venons de découvrir qu'elle s'élève au centre divin de l'univers. Par décret de l'impératrice Wu, incarnation du bodhisattva Kuan-yin, cet emplacement sera le site du plus grand édifice jamais construit. Il témoignera de l'axe divin pour l'éternité. Dans son infinie sagesse et sa grande miséricorde, l'Impératrice vous accorde dix jours pleins pour déménager.

Le petit chien sauta brusquement des bras du prince qui restait interdit, outragé et tremblant. Le chien se jeta sur le moine et planta ses crocs dans sa jambe nue. Le moine hurla, et il eut beau secouer l'animal, trépigner, rien n'y fit. Brigand s'accrocha, et son corps battit dans l'air comme la bannière d'un régiment sur un champ de bataille.

Moins de deux semaines plus tard, personne n'aurait cru qu'une maison s'était autrefois élevée sur le site. Deux cents ouvriers s'étaient abattus sur le bâtiment comme des charançons sur un champ de blé. On avait convié le public à assister aux travaux, bien sûr, et ce fut lui qui récupéra les morceaux de la maison : des milliers de mains avides emportèrent briques, pierres, tuiles, portes sculptées, poutres, lattes de plancher, rampes d'escalier, chambranles de fenêtres, ou mobilier, statuettes, tapis, vêtements, antiquités, vaisselle, ustensiles de cuisine, et même des plantes et des arbustes. Bientôt, le dernier vestige de la propriété du prince Li avait disparu pour toujours.

Les travaux se déroulèrent dans une atmosphère de kermesse ; les badauds venaient en excursion, pique-niquaient, souvent munis de brouettes ou de chariots pour remporter leurs trophées. Et qu'était-il advenu du prince ? se demandaient-ils. D'aucuns prétendaient qu'il s'était retiré dans une région plus clémente. Ses vieux os le faisaient souffrir ces derniers temps, affirmaient-ils.

Ce qui était excitant, c'était d'observer les divers représentants de l'Impératrice qui venaient s'assurer du bon déroulement des travaux. Sur une plate-forme qu'on avait dressée à l'écart, hors de portée de voix de la foule, se déroulaient d'importantes conversations entre les officiels, les architectes et les contremaîtres en charge du chantier. Des discussions animées avaient lieu au-dessus de cartes et de plans. Le peuple assistait, fasciné, à ce qui était considéré comme un événement historique capital.

Ce jour-là, l'excitation était à son comble, car on murmurait que le personnage officiel qui était arrivé le matin même dans une robe aux couleurs étincelantes n'était autre que l'historien Shu Ching-tsung en personne. Il avait salué en souriant l'assistance qui lui avait rendu son salut. Les ouvriers s'activaient dans un trou qui se creusait d'heure en heure. Des files interminables de chariots transportaient la terre et les rocs qu'on avait extraits de l'excavation. Sur la plate-forme, les conversations habituelles allaient bon train.

Toutes les têtes étaient dressées, comme si le spectacle de hautes personnalités en grande discussion était une forme rare de théâtre – ce qui était vrai, bien sûr. Alors, un cri retentit du fond du trou. L'ingénieur en chef, qui conférait sur la plate-forme, s'excusa auprès de ses interlocuteurs et descendit vivement le long de la paroi rocheuse. La foule s'avança, curieuse. Il y eut d'autres cris ; on avait découvert quelque chose. Mais quoi ? se demanda la foule. Une pierre. Un roc. Une dalle de la taille d'un homme. Oui, mais pas n'importe quelle dalle.

Des caractères étaient gravés dans la pierre.

La fièvre s'empara des spectateurs. L'historien Shu en personne descendit à son tour dans le trou d'un pas hésitant, soulevant sa robe avec précaution. Les ouvriers nettoyèrent soigneusement la pierre de leurs mains, puis l'historien s'agenouilla et l'examina pendant de longues minutes. Enfin, il se releva et glissa un mot à l'ingénieur. L'homme gravit prestement la paroi rocheuse tout en aboyant des ordres.

Des traducteurs, cria-t-il à ses assistants. Envoyez un messager au palais, qu'on fasse venir des traducteurs sur-le-champ. L'historien Shu a déclaré que ce n'était pas du chinois. Pas du chinois ? s'étonna le peuple.

Non, ce n'était pas du chinois, mais du sanskrit !

– Et que comptes-tu faire s'ils acceptent ? demanda Dame Yang à sa fille qui se tenait immobile, les bras levés, pendant que les couturières impériales cousaient et coupaient. Que feras-tu s'ils viennent, à part les nourrir et les distraire ?

– Eh bien, je leur donnerai repas et spectacles, rétorqua Wu. Mais tu sais pertinemment qu'ils ne viendront pas. Relis-moi la lettre une dernière fois.

Sa mère s'installa à son écritoire et lissa le parchemin.

Sa Divine Majesté l'impératrice Wu Tse-tien a le plaisir et la joie de vous inviter, vous et votre maison, et elle espère que vous répondrez favorablement à son affectueuse invitation. Elle souhaite ardemment que vous assistiez à une cérémonie dont la splendeur restera inégalée pendant un siècle, et qui marquera l'avènement du nouveau et glorieux règne de...

— As-tu décidé du nom du règne ? interrogea Dame Yang.

— Oh ! qu'importe !

Wu abaissa ses bras pendant que les couturières épinglaient avec soin la pièce de soie bleue richement brodée.

— Appelle-le le Règne des Précieuses Crottes de Dragon si cela te chante. Ou le Règne du Vieux Scrotum Ratatiné.

— Non, mon enfant, s'esclaffa Dame Yang. Le Règne du Vieux Scrotum Ratatiné s'achève. On dirait que tu as déjà oublié. Il nous faut un titre novateur.

— Alors, laissons l'historien s'en charger. C'est son travail, non ? Cela ne me concerne pas le moins du monde. Continue ta lecture, mère.

L'Impératrice souhaite que vous et votre famille passiez une glorieuse journée à célébrer et festoyer...

— Célébrer et festoyer, coupa Wu. Oui, c'est très bon. Peut-être faudrait-il insister sur le festin. Dire, par exemple, que les chefs impériaux désirent préparer un menu spécial, uniquement pour eux, d'une qualité encore inégalée. Tu sais, ce genre de bêtises que Shu sait si bien tourner.

Dame Yang dessina une marque sur la feuille avec un pinceau fin, puis reprit sa lecture.

... pendant que l'Empire et le monde entreront dans une ère de grâce et d'indulgence célestes sans précédent. Une telle célébration ne sera possible,

plausible, désirable, ni bien sûr totale, sans votre estimée présence, un jour où l'ancien et le nouveau marcheront de concert sous un même ciel dans la paix et l'harmonie, pour festoyer, trinquer à l'avenir et faire la paix.

– Oh! oui, c'est très bon! approuva Wu. « Ne sera possible sans votre présence », « faire la paix ». Et aussi « sous un même ciel ». Excellent. Si on insiste sur le festin, ce sera parfait.

Les couturières lui ôtèrent sa robe, et Wu resta en chemise, les cheveux ébouriffés.

– Que penserais-*tu* si tu recevais une invitation pareille? demanda-t-elle à sa mère. Est-ce que cela t'inspirerait confiance? Enverrais-tu aussitôt un messager pour accepter l'invitation avec enthousiasme et reconnaissance? Ou ferais-tu des... difficultés? Se pourrait-il que tu... *hésites*?

Dame Yang étudia la question.

– Ai-je l'air d'une imbécile? finit-elle par déclarer.

Le prince Li Cheng-i, soixante-seize ans, cousin du prince Li I-yen, tenait dans ses mains tremblantes la missive arrivée le matin même. Il la reposa et la considéra avec mépris, comme si elle allait lui annoncer l'heure et le jour de sa mort. Le prince Li I-yen, son pauvre cousin, s'était volatilisé avec sa maison, ses magnifiques jardins; c'était à se demander s'il avait jamais existé, si sa vie, pourtant longue de quatre-vingt-quatre ans, n'avait été qu'un rêve. À l'emplacement de sa superbe propriété s'élevait à présent une gigantesque et horrible lance sur laquelle la terre semblait s'être empalée, une colonne de fer et d'argent dont le sommet, lorsqu'il serait terminé, disparaîtrait dans les nuages. Le prince Li Cheng-i avait eu vent d'une seule rumeur concernant son cousin, mais il avait aussitôt deviné son bien-fondé : le prince Li I-yen, murmurait-on, n'aurait plus à se soucier du froid qui immobilisait ses articulations, il ne contemplerait plus jamais ses doigts bleuis quand l'hiver glaçait ses membres et volait son *ch'i* affaibli.

Non, il n'aurait plus à se soucier du froid. Une sueur cuisante dégoulinerait sur son visage et des nuées d'insectes suceraient son sang; des champignons verts et noirs pousseraient dans ses pantoufles pendant la nuit, et il apprendrait à secouer ses robes chaque matin et chaque soir s'il ne voulait pas se faire piquer par les créatures venimeuses aux pattes velues qui avaient élu domicile dans ses manches ou les replis du tissu. Et il apprendrait à converser avec les singes bavards et avec leurs frères, les sauvages, s'il voulait éviter la solitude douloureuse de la jungle. Et si la fièvre le prenait, ce qui ne manquerait pas d'arriver, il transpirerait toute la sueur de son corps, incapable de se rappeler s'il avait jamais vécu ailleurs que sur l'île tropicale de Hainan, à trois mille *li* au sud de la capitale, l'exil favori de l'Impératrice pour les vieillards encombrants.

Cela, bien sûr, s'il avait survécu au voyage. Un voyage interminable dans une charrette grossière... ou, pis, à pied.

Ce serait un miracle que le vieux prince survécût au voyage, un autre miracle s'il survivait plus d'un mois sur l'île. « Miracle », songea avec amertume le prince Li Cheng-i, un mot qui avait pris depuis quelque temps un relent de viande avariée. À présent, chaque fois que le mot « miracle » était prononcé, on pouvait s'attendre à de pénibles souffrances. Les répugnantes bouffonneries du moine Hsueh Huai-i étaient déjà suffisamment atroces, mais le comble avait été atteint avec le Miracle de la Pierre Parlante. Et bien sûr, c'était un miracle authentique ! Des milliers de gens avaient assisté à la découverte du rocher, au centre parfait de l'univers, dans un trou creusé à l'emplacement de la maison de l'un des derniers princes T'ang. Des milliers de gens avaient vu les traducteurs, trois très saints lettrés, descendre dans le trou, et là, s'entretenir à voix basse avec une révérence craintive. Et bien sûr, tout le monde avait entendu le cri qui avait surgi du trou. On avait découvert une extraordinaire relique divine, une pierre enterrée depuis plus d'un millier d'années. Et les mots gravés sur la pierre reproduisaient, presque caractère pour caractère, la prophétie du *Commentaire sur les Précieuses Pluies* du moine Hsueh Huai-i. Le Ciel lui même avait révélé le destin de l'Impératrice.

Si l'humiliation suivait invariablement les petits miracles quotidiens, quelle catastrophe engendrerait celui-ci ?

Le prince Li Cheng-i contemplait toujours la lettre, et ses mains tremblèrent quand il effleura le parchemin qui portait le sceau impérial. C'était une lettre de l'Impératrice elle-même.

La lanterne éclairait d'une douce lumière le secrétaire de sa chambre à coucher. Le prince Li Cheng-i trempa son pinceau et s'apprêta à tracer le premier caractère sur le parchemin vierge. Sa main tremblait si fort qu'il crut qu'il n'y arriverait jamais. L'après-midi, deux jours après la lettre de l'Impératrice, il en avait reçu une du prince Li Chu-tao, un cousin éloigné. À la lecture, il avait détecté un certain tremblement du pinceau, un manque de sûreté, une maladresse qui n'étaient pas uniquement dus au grand âge – quatre-vingt-deux ans – du prince. Le message était simple, un conseil, un renseignement, mais depuis sa main tremblait comme si un marionnettiste invisible l'agitait au bout d'une ficelle.

« Mon cousin, disait la lettre, j'ai reçu une invitation tout à fait inhabituelle qui a excité ma curiosité, et j'aimerais savoir si vous aussi, vous avez reçu une invitation similaire. J'aimerais également savoir si d'autres membres de notre clan, hélas ! éparpillé et en diminution constante, ont eu ce même honneur. »

Ce que le prince Li Cheng-i comptait répondre, mais qui lui paraissait une tâche insurmontable, était la confirmation que d'autres membres de la famille avaient bien reçu la même invitation. Son propre frère, pour commencer, qui l'avait aussitôt contacté pour lui demander s'il jugeait prudent de se rendre à cette étrange célébration. Et son frère lui avait appris qu'il avait reçu une lettre d'un autre cousin qui lui exprimait ses doutes, lui aussi.

Le lendemain, en fin d'après-midi, il guettait désespérément l'arrivée d'un messager. À l'aube, il avait adressé une lettre à son vieux cousin, dans laquelle il lui faisait part que d'autres qu'ils connaissaient avaient aussi reçu l'invitation, et qu'il concluait par ces questions : Y avait-il une manière courtoise de décliner l'invitation ? Ou n'avaient-ils d'autre choix que de s'y rendre ?

Il avait passé le reste de la journée à attendre, incapable de tenir en place, tendant l'oreille au moindre bruit, mais aucun messager n'était venu. Résigné à patienter jusqu'au lendemain, il alla se coucher.

Vers midi, à bout de patience, il prit son pinceau et écrivit une autre lettre, implorant une réponse à la précédente. Sa main tremblait mais deux coupes de vin y remédièrent. Après avoir expédié sa seconde lettre, il s'accorda plusieurs coupes supplémentaires. Ce n'était plus seulement sa main, mais son corps tout entier qui tremblait.

En fin d'après-midi, un léger grattement à sa porte le tira du sommeil dans lequel le vin l'avait fait sombrer. Il éprouva d'abord quelques difficultés à se rappeler où il était, qui il était.

« Ah, oui, bien sûr, bien sûr », se murmura-t-il en rajustant prestement ses habits. On gratta de nouveau à la porte.

C'était son cousin, le prince Li Chu-tao. Il semblait si nerveux et agité que le prince Li Cheng-i crut voir son propre double.

– Je ne pouvais attendre plus longtemps, expliqua le prince Li Chu-tao dès que la porte se fut refermée derrière lui. N'ayant pas reçu de réponse à ma première lettre, je me suis inquiété. Et comme vous n'avez pas répondu à la seconde...

Il ne termina pas sa phrase, mais adressa à son cousin un regard apeuré et las. Le prince Li Cheng-i se demanda un instant comment deux vieillards, qui n'avaient au mieux que quelques années à vivre, pouvaient craindre la mort avec la même acuité que s'ils avaient encore cinquante ans devant eux.

– Mais... je vous ai répondu, assura-t-il. Je vous ai répondu sur-le-champ. Et l'absence de nouvelles me rongeait d'inquiétude, tout comme vous.

Ils échangèrent un regard dans lequel se reflétait le désarroi et la panique qui venaient de supplanter leur anxiété des deux jours précédents. Tremblants, affolés, un désir aussi vain qu'obsédant les hanta : fuir, fuir n'importe où, disparaître.

L'Impératrice et le moine Hsueh Huai-i étaient étendus, nus ; de la fenêtre ouverte, une brise rafraîchissait leur corps en sueur. Wu baignait dans un bien-être indicible, son cœur et son âme s'étaient ouverts en grand et elle sentait l'infini s'engouffrer en elle et la traverser comme le vent dans la pièce.

Lorsque le moine parla, elle garda les yeux clos et laissa la voix du Tibétain l'envelopper et la pénétrer.

– Je ne l'aurais jamais cru possible, gloussa Hsueh, incrédule, si je ne l'avais ressenti pleinement. D'où venez-vous ? demanda-t-il avec révérence.

Il caressa le visage de Wu d'un doigt léger. Elle ne répondit pas, comme plongée dans une transe insondable.

– Inutile de me le cacher, reprit-il. Je sais qui vous êtes.

Elle lutta contre le sourire qui agitait ses lèvres.

– Et votre mère aussi, murmura-t-il d'une voix à peine audible. Vous-même, je suis sûr que vous le savez.

Le doigt de Hsueh descendit le long de son corps ; les yeux clos, elle vit la traînée qu'il dessinait sur sa peau. C'était toujours ce qu'elle ressentait quand il la touchait. La lumière et le feu. Et au contact de sa peau, de ses caresses, elle irradiait, s'enflammait. Oui, il avait raison, elle savait qui elle était.

– Et je crois que d'autres ont aussi deviné qui vous étiez, poursuivit Hsueh.

Elle le sentit se lever, entendit des bruissements de papier que l'on froisse, puis il revint s'allonger à côté d'elle.

– J'ai un cadeau pour vous, dit-il.

Immobile, elle l'écouta lire avec une voix éraillée de vieillard, et elle eut toutes les peines du monde à garder son sérieux.

– « Mon cousin, lut-il. Nous ne sommes pas seuls. D'autres que nous ont également reçu cet " honneur ". Mon frère le prince Li Cheng-yu m'a écrit pour me poser la même question et m'informer que notre cousin Li P'ie lui avait fait parvenir une lettre dans laquelle il exprimait les mêmes inquiétudes. Je crois qu'il est d'une extrême importance que nous nous rencontrions tous, autant que possible, à un endroit donné. Je m'en remets à votre grande expérience : le protocole nous offre-t-il la possibilité de décliner l'invitation, ou sommes-nous tenus de nous y rendre ? »

Le moine avait prononcé cette dernière phrase avec un tremblement sénile si convaincant que Wu aurait juré que, si elle ouvrait les yeux, plutôt que de trouver le corps jeune et musclé qui l'avait étreinte peu auparavant, elle verrait à ses côtés un grand-père chenu et décharné.

– « Mon cousin, reprit le moine, toujours avec une voix de vieillard, mais plus basse et moins fluette, plus jeune que la précédente. Sans doute n'ai-je pas réussi à vous faire comprendre toute l'urgence que requiert la situation, et qui m'incite à vous supplier de m'apporter une réponse immédiate. Je crains que nous ne devions nous départir d'un certain dilettantisme vu les graves circonstances présentes. »

Puis la voix du premier vieillard, lasse et alarmée, prit le relais.

– « Je ne peux qu'espérer que ma première lettre vous a trouvé en bonne santé, et que votre absence de réponse n'est pas due à quelque infirmité ou à quelque mauvaise fortune que j'aurais été assez malheureux d'aggraver par une ingérence inopportune. Les mots me manquent pour vous exprimer l'urgence de la situation. »

Wu était maintenant persuadée qu'en ouvrant les yeux elle verrait deux vieillards au lieu d'un, les visages déformés par l'angoisse.

Puis une troisième voix, lente et mesurée, pleine de dignité pondérée :

– « Je souhaite affirmer ici et maintenant que je décline avec force toute offre d'invitation en provenance de la Cité Interdite. Ma position est inflexible et j'encourage vivement les membres de notre clan à se souvenir de notre rang, et à adopter une attitude de solidarité sans ambiguïté et sans faille, attitude sans laquelle ni le clan Li ni l'Empire lui-même n'auraient aucune chance de survie. »

Wu entendit un bruit de parchemins que l'on roule, et sentit le moine se pencher pour les reposer sur la table de chevet. Elle attendit que son doigt léger reprît ses caresses de feu sur son corps vibrant d'impatience.

De lourds bruits de pas résonnèrent dans le corridor qui menait à l'aile où se trouvait sa chambre. Le prince Li Cheng-i comprit que son dernier jour était arrivé pour mettre un terme à une longue vie dont la fin s'était étirée dans une attente anxieuse. Maintenant que ce jour était arrivé, toute terreur, toute angoisse l'avait abandonné, le laissant dans une bulle de paix et de calme où rien ne pouvait plus l'atteindre. Il ajusta sa coiffe avec soin. « La nature décide », murmura-t-il, phrase que son père lui répétait toujours. Puis il arrangea les plis de sa robe et fit face à la porte. Il était prêt. Il espérait simplement que les autres le seraient aussi.

Parmi la foule, nombreux étaient ceux qui avaient déjà assisté à des exécutions, mais aucun ne s'attendait à voir le spectacle qui se déroulait sous leurs yeux. Personne ne l'avait jamais formulé avec clarté, ni même pensé consciemment, mais c'était pour tous une évidence : ce sont les jeunes que l'on exécute, les jeunes ou ceux qui sont encore dans la force de l'âge.

Cependant, certains de ceux qui étaient agenouillés sur le sol pavé par ce matin humide et froid avaient dû être aidés par des gardes tant leurs membres refusaient de se mouvoir. Ce qui s'obtenait d'ordinaire d'une poussée ou d'un coup avait dû être fait avec une douceur presque cérémonieuse. Une certaine bienséance profondément enfouie se réveillait, obligeant les gardes à une attitude déférente et respectueuse. Leurs visages durs reflétaient un malaise et une gêne : sans doute pensaient-ils à leurs propres grands-pères.

Les curieux regardaient d'un air contemplatif : onze vieillards, parmi lesquels des nonagénaires, qui avaient traversé l'épreuve du temps, évité les écueils de l'existence, allaient connaître une fin brutale et sauvage. Un officiel s'avança pour lire les charges.

– Princes décrépits de la Maison déchue des Li, commença-t-il en s'adressant aux vieillards. Le jour est venu de payer le prix de vos transgressions, lesquelles sont gravissimes et ont offensé l'Empire et le Ciel lui-même. Pour le crime de conspiration dans l'intention de fomenter la trahison et la rébellion, et pour lequel vous avez apporté des preuves abondantes dans vos échanges de missives abjectes, la très miséricordieuse et très clairvoyante incarnation du bodhisattva vous purge, vous les ennemis du Dharma lui-même, de son royaume.

L'un des vieillards se redressa à demi sur ses jambes flageolantes et cracha aux pieds de l'officiel. La foule se prépara à la punition immédiate que les gardes réservaient à ce genre de manifestation, mais, à sa stupéfaction, rien ne se passa. Momentanément interdit, l'officiel reprit sa lecture.

– De même que la maison du vieux prince est tombée afin que la pierre qui reposait sous la terre émerge à la lumière et éclaire le monde de sa mystérieuse vérité, de même la Maison des Li et la dynastie des T'ang doivent tomber pour faire place à la Maison des Wu et à la dynastie des Chou.

Il posa son regard sur les vieillards à genoux.

– De même vous devez tomber, conclut-il.

Puis il fit demi-tour et s'esquiva prestement dans un bruissement de robes, comme si une affaire de la plus haute importance exigeait sa présence et qu'il était déjà en retard. La foule s'avança avec une curiosité effarée quand le bourreau brandit son épée étincelante au-dessus de la première tête blanche.

Par une belle journée ensoleillée où soufflaient d'agréables vents frais, l'Impératrice, Dame Yang et l'historien Shu se promenaient dans le jardin privé de Wu. Trottinant à quelques pas, l'arrière-train agité et la queue frétillante, un petit cochon gris, affublé d'une robe et d'une coiffe, parfaites imitations de l'uniforme des hauts fonctionnaires confucianistes, menait la marche d'un air décidé.

Le cochon se hâta le long du sentier dallé, puis arriva à la lisière du jardin où la végétation devenait plus dense et plus sauvage.

– Où allons-nous ? interrogea l'Impératrice.

Il n'y avait plus de sentier, les brindilles craquaient sous leurs pas, et ils avançaient à vive allure afin de ne pas se laisser distancer par le cochon, indifférent aux branchages qui ralentissaient leur progression.

– Ce n'est pas à moi qu'il faut le demander, répondit Shu avec un sourire mystérieux. C'est à lui.

Enfin, l'historien retint une branche basse pour que l'Impératrice pût passer, et ils pénétrèrent dans une petite clairière. Émerveillée, Wu en eut le souffle coupé.

C'était un petit jardin rocailleux encerclé d'arbres, retraite idéale pour la méditation. Des Bouddhas miniatures en pierre, antiquités d'origine occidentale, trônaient, intemporels, assis dans la pose du lotus ; de la mousse rampait sur leurs bras et sur leurs jambes comme s'ils étaient dans ces bois depuis des siècles. Un temple minuscule, si étroit qu'une seule personne pouvait s'agenouiller devant l'autel, surmontait trois marches de marbre. Les visiteurs admirèrent la beauté paisible du jardin, troublé seulement par les chants d'oiseaux et le léger gargouillis de la cascade qui rafraîchissait les roches. L'Impératrice contempla la scène, l'œil luisant de bonheur.

– Ne nous remerciez pas, s'empressa Shu. Remerciez-le.

Il désigna le cochon dont le groin s'activait à un endroit précis, près du petit temple. L'Impératrice éclata de rire.

L'animal avait découvert quelque chose qu'il tournait et retournait en couinant et grognant. C'était un coffret décoré. Le cochon le poussa de-ci, de-là, jusqu'à ce que la boîte s'ouvrît. Il en sortit un galet de la taille d'une main. Le cochon le huma puis le poussa de son groin. L'historien s'agenouilla pour l'examiner.

– On dirait qu'il y a des mots inscrits, annonça-t-il avec gravité.

Il tendit l'objet au cochon qui le prit avec délicatesse dans sa gueule et gravit en trottinant les marches du temple.

– Je crois qu'il veut nous le lire, déclara Shu. C'est sans doute de la plus haute importance.

Le cochon disparut dans le temple.

Alors, une voix parvint des murs mêmes, aiguë, avec des inflexions étranges, chantantes et guindées, et un léger zézaiement. La voix d'un cochon qui parlerait comme un humain.

– La riche terre noire témoigne du dessein du bleu ciel éthéré, dit la voix.

Ravie, l'Impératrice trépigna d'impatience.

– Si parfaite est l'entente du ciel et de la terre que, des profondeurs, les roches se fraient un chemin vers la lumière du jour. Ainsi la vérité nous entraîne, nous submerge et surgit comme fleurs au printemps. L'âge d'or arrive, car parmi nous se dresse un être divin, le bodhisattva qui incarne les aspects masculins et féminins de la création, Avalokitesvara et Kuan-yin dans un seul et même corps, une femme d'une beauté sans égale dotée d'une puissance mâle. Le Saint Esprit de la Divine Souveraine est parmi nous.

Là-dessus, le cochon pointa son groin à la porte du temple, puis descendit les marches et vint se camper devant l'Impératrice en agitant la queue comme pour mendier sa récompense. L'Impératrice se faufila prestement derrière le temple dans l'espoir de surprendre Hsueh Huai-i, mais il avait déjà disparu. Elle scruta les basses branches qui s'avançaient dans la petite clairière à quelques pas du mur du temple, et bien qu'elle ne vît ni mouvement ni morceau d'étoffe et n'entendît ni bruissement de feuilles ni crissement de brindilles, elle était sûre d'avoir détecté une vibration dans la végétation, un imperceptible tremblement, comme si les branches reprenaient leur place après le passage d'un intrus.

Transportée de joie, elle se laissa bercer dans ce

monde magique où les cochons parlaient, où la nature avait gravé son nom sur des pierres mystiques. Bien qu'elle ne sût le voir, le moine était partout, dans l'air, dans le chant de l'eau qui cascadait sur les roches, dans les visages sculptés des Bouddhas qui contemplaient l'éternité avec sérénité, leurs mains levées dans le *mudra* de paix et de compassion, dans le gracieux arrondi du toit du temple, dans les gras nuages blancs qui défilaient dans l'azur, dans la fièvre de son propre corps.

– Ce cochon est tout à fait extraordinaire ! cria-t-elle vers les bois. Je crois que je vais l'épouser.

Le recteur Liao du monastère du Lotus Immaculé regardait en direction de la ville, l'air profondément chagriné. Wu-chi ne reconnaissait plus l'homme qui n'avait jamais manifesté la moindre colère, le moindre désespoir et qui semblait même ignorer les petites contrariétés de l'existence. Mais lorsque le recteur soupira, et se mit à parler, ce fut avec cette même voix paisible que Wu-chi appréciait tant, bien que les mots eussent changé, eux aussi.

– Je sens l'odeur du sang, je vous assure, dit-il. Le vent l'apporte de la ville. Vous ne sentez rien ?

Après leur promenade nocturne quotidienne, ils s'étaient arrêtés sur un tertre, à l'extrémité du parc du monastère.

– Et je ne parle pas seulement au figuré, reprit le recteur. Je sens l'odeur du sang. Oh ! c'est une odeur que je connais bien ! Mon père travaillait dans un abattoir.

Il huma l'air comme Wu-chi avait vu les chiens ou les chevaux le faire : avec une concentration extrême, tête en arrière, narines dilatées. Gêné et quelque peu énervé, Wu-chi détourna la tête.

– C'est une odeur âcre, presque comme celle de l'eau de mer, mais plus salée, poursuivit le recteur. Métallique, âpre... c'est... C'est indescriptible. Il faut l'avoir connue.

Hésitant, Wu-chi huma l'air, mais il ne décela que les odeurs de fumée qui s'élevait d'un champ voisin, de bouse de vache et d'herbe fraîchement coupée.

— Non, j'avoue que je ne sens rien, dit-il. Pourtant je sais que je devrais.

Et comment ! Il était même surpris que le sang ne vînt pas lécher leurs pieds. Chaque jour apportait d'autres nouvelles de jugements infâmes, de purges, d'exécutions, d'exil. Lorsqu'il pensait à l'Impératrice, il l'imaginait en énorme sangsue, ou en tique, gorgée de sang, somnolente et l'œil torve. Juste ciel, quand serait-elle repue ? Aujourd'hui, la ville avait connu une nouvelle cérémonie. Un couronnement. Les deux hommes l'avaient appris après le repas du soir. Sidérés, ils n'avaient pas osé en parler, mais le recteur brisa le silence tacite.

— Ah, elle ne manque pas de ressource ! déclarat-il en hochant la tête d'un air accablé. Elle a franchi l'ultime barrière. La seule qui l'empêchait d'exercer son pouvoir absolu : le fait qu'elle soit une femme. Maintenant que l'on a annoncé au monde qu'elle était une entité mâle dans un corps de femme, Avalokitesvara et Kuan-yin réunis, cet obstacle mineur a été levé. Elle n'est plus une simple Impératrice.

Il frissonna, comme fouetté par une rafale de vent glacé, chargé d'odeurs sanglantes.

— Qu'elle se fasse appeler le Saint Esprit de la Divine Souveraine n'est rien à côté de ce qu'elle est réellement devenue.

Ils échangèrent un regard. Liao ne put se résoudre à prononcer les mots à voix haute.

— Elle est devenue l'Empereur de Chine, souffla-t-il.

Et il y avait autre chose dont les deux hommes préféraient ne pas parler : la nouvelle qui était arrivée avec celle du couronnement. Après la cérémonie, l'Impératrice avait signé un décret. En accord avec la doctrine de compassion et de miséricorde, elle avait interdit que dans tout l'Empire les cochons fussent abattus.

27

Ch'ang-an, à l'automne de l'an 675

Journal

Aujourd'hui, j'ai recherché les amis et les relations d'un mort, le patriarche d'une famille assassinée; la troisième. On m'avait appelé à l'aube, et, bien qu'ayant contemplé les cadavres pendant de longues minutes – le mari, l'épouse, les fils, la grand-mère, le grand-père, la jeune fille –, je suis toujours incapable de dire à quoi ressemblait leur visage. On avait remplacé leur tête par des têtes de cochons, arrangé leurs habits avec soin et on avait installé les corps au salon dans une caricature grotesque de réunion familiale. Le maître de maison était assis, le devant de sa robe fendu afin d'étaler sur la table basse son gros ventre décoré d'une myriade de points rouges. J'étais heureux que la tête du pauvre homme eût disparu, lui épargnant ainsi la vision de cette horrible mise en scène. Je notai les faits avec le sentiment que les forces du Chaos, réjouies de la bonne plaisanterie, gloussaient dans mon dos.

Après le premier massacre, une pensée m'avait traversé l'esprit et s'y était insidieusement incrustée : un deuxième meurtre me procurerait peut-être quelques indices, une manière d'opérer particulière ; on pouvait aussi espérer une erreur des assassins. Quand mon « souhait » se réalisa, et qu'on me sortit du lit pour superviser l'enquête du meurtre numéro deux, que trouvai-je ? Une famille entière massacrée, bien sûr. Mais cette fois, plutôt que les bouches cousues dans un sourire diabolique, ils étaient tous nus, le crâne rasé, le nez coupé. Là encore, pas de témoin, aucun indice tangible, tel qu'une arme ou un morceau d'étoffe. Et là encore, rien n'avait été volé.

Mon souhait a été exaucé au-delà de toute espérance. J'ai maintenant un troisième meurtre. Il y a des similitudes, certes, mais on dirait que j'en sais moins qu'au début. Les victimes sont toutes riches et habitent dans le même quartier. Dans chaque cas, toute la famille a été massacrée. Il n'y a pas de signe d'effraction, et certaines pièces dûment sélectionnées ont été saccagées. Dans chaque cas, une multitude d'empreintes de pieds nus. Et bien sûr des empreintes de sabots. Je commence à croire que le cheval qui les a laissées sort tout droit de l'enfer.

La première fois que je vis les empreintes de sabots, je fus d'abord décontenancé, mais après de plus amples observations, je découvris que le couloir était assez large pour laisser passer un cheval, et les portes aussi. Très bien, me dis-je, un homme a traversé la maison à cheval. Après tout ce que je venais de voir, pourquoi pas ? Je vérifiai les sabots des chevaux de trait de la famille, et m'aperçus qu'ils ne montraient aucune trace de sang et qu'ils étaient d'ailleurs trop larges pour avoir laissé les empreintes dans le couloir. J'en conclus que les tueurs avaient amené leur propre cheval.

Dans le deuxième meurtre, il n'y avait pas autant de sang, mais les mêmes traces de pieds nus çà et là. Je ne vis pas tout de suite les empreintes de sabots, mais je les trouvai bientôt – non dans la pièce où on avait découvert les corps, mais dans la salle à manger. Elles traversaient le salon de part en part, d'un jardin à l'autre. Là, les portes étaient assez larges pour laisser passer un cheval.

Je sortis dans le jardin, espérant trouver de la terre meuble susceptible de retenir des empreintes, mais hélas ! des allées pavées conduisaient à chaque porte. Je trouvai cependant, près de l'une d'elles, une mare de sang d'où partaient les empreintes de sabots. Il n'y avait qu'une seule flaque, sans gouttes de sang ni éclaboussures alentour, ce qui m'amena à l'horrible conclusion qu'on avait délibérément versé du sang à cet endroit, qu'on avait ensuite fait marcher le cheval dans la mare et qu'on l'avait conduit ou chevauché dans la salle à manger. Le ou les auteurs des meurtres *voulaient* donc qu'on vît les empreintes, et ils s'étaient donné beaucoup de mal pour être sûr qu'elles fussent visibles. Lorsque je retournai dans la pièce, je compris qu'il ne pouvait s'agir d'un cheval ordinaire : la salle à manger était encombrée de tables et d'étagères garnies d'objets délicats – statuettes, vases, sculptures, etc. Pourtant, l'animal n'avait rien cassé ni renversé. J'en conclus qu'il ne pouvait s'agir que d'un cheval dressé comme on en voit dans les cirques itinérants.

Dans le troisième meurtre, le sang était répandu un peu partout sans qu'apparemment il ait été nécessaire de l'amener exprès pour en imbiber les sabots du cheval. Les empreintes allaient dans tous les sens, et cette fois le cheval ne s'était pas cantonné dans une seule pièce : on retrouvait des traces de sabots dans toutes les pièces de l'aile du bâtiment – là encore sans bris de mobilier – et elles conduisaient toutes dans la pièce du crime où le cheval avait imprégné de sang ses sabots à chaque passage, afin, dus-je en conclure, de rendre les empreintes le plus visibles possible.

J'ai bien sûr vérifié les affiliations spirituelles de ces familles, mais je n'ai rien découvert de significatif. Dans la première, la grand-mère possédait un petit autel bouddhique dans sa chambre à coucher alors que les autres membres de la famille étaient des confucianistes. Dans les deux suivantes, plusieurs membres se piquaient de taoïsme ou de bouddhisme, alors que les autres semblaient n'avoir aucune affiliation. Tout cela ne m'était pas d'un grand secours.

Les spéculations les plus folles agitent la ville. J'ai remarqué une nouvelle et curieuse tendance dans les conversations. Quand les habitants parlent des crimes, leurs yeux brillent, leur ton monte, et ils accompagnent leurs propos de gestes enflammés. Aucun doute, le spectacle les enthousiasme. Et comme la vaste majorité d'entre eux a peu de chance d'être la prochaine victime, chacun attend le meurtre suivant avec une impatience non dissimulée. Ce qui n'est pas le cas, bien sûr, des riches habitants de certains quartiers. Pour eux, les massacres sont choses moins abstraites ; c'est la peur et la colère qui dominent, et ils sont plus qu'impatients qu'on arrête les assassins. Cette minorité mise à part, je crois sincèrement que les gens seraient déçus si je devais annoncer demain que le mystère est résolu.

Bien sûr, mes concitoyens n'ont jamais connu une époque semblable ; ils coulaient des jours paisibles et manquaient de sujets de conversation de cette nature. Ce qui est aussi valable pour moi, en quelque sorte. Sachant que l'Impératrice a trouvé le moyen de contourner l'ultime obstacle et que nous pouvons enfin la considérer comme notre « Empereur », il est sûr que nous vivons une époque exceptionnelle... et dans une ville qui ne l'est pas moins, témoin la colonne monstrueuse qui défigure Ch'ang-an. Cette abjection m'a d'ailleurs donné l'occasion de vérifier que mon pouvoir de déduction n'était pas affaibli ni inutile : Ch'ang-an n'est pas la seule à s'honorer de cette ignominie. J'ai appris qu'on en avait érigé une sur l'emplacement de la maison du pauvre prince Li I-yen, à Lo-yang. Et quand j'ai entendu dire qu'une troisième était en cours de construction à Pien-chou, la ville la plus orientale de l'Empire, j'ai consulté une carte et je me suis aperçu que les trois villes (Ch'ang-an, Lo-yang et Pien-chou) formaient un axe est-ouest. Après avoir étudié soigneusement la carte, j'ai choisi deux nouvelles villes – l'une au nord de Lo-yang et l'autre au sud – comme sites probables des futures colonnes. Une brève enquête diligentée grâce à des messagers m'a prouvé que je ne m'étais pas trompé. Bien que les constructions n'aient pas encore commencé dans ces villes, les responsables ont reçu déjà des ordres pour réunir les hommes et le matériel nécessaires. Le but des colonnes est si évident qu'il a failli m'échapper. Dans les textes sacrés, il est souvent fait mention du royaume bouddhique de Jambudvipa avec ses quatre coins et son centre. L'Impératrice, ou devrais-je dire le Saint Esprit de Notre Divine Souveraine, est tout bonnement en train de délimiter son royaume sur terre.

Ai-je dit que nous vivions dans un monde étrange ? Laissez-moi corriger : nous sommes les habitants d'un monde qui est devenu fou.

Une heure après que le juge Ti Jen-chieh eut quitté son domicile, les voix furibondes de ses épouses et de sa mère résonnaient encore dans sa tête. Sa mère tenait pour acquis qu'ils seraient les prochaines victimes des assassins. Elle l'avait vu en rêve. Nos corps seront réduits à la taille de poupée par la magie noire, avait-elle affirmé. Je fais mes bagages et je pars. Je ne resterai pas une minute de plus. Espèce de vieille folle, avait hurlé Première Épouse, vous ne savez que répandre l'agitation et le délire. Allez-y, partez ! Je vous aiderai à faire vos bagages ! Ne parlez pas ainsi à une vieille dame, était intervenue Deuxième Épouse. C'est la mère de votre époux ! Votre manque de respect est révoltant !

Je vous en prie ! avait supplié Ti. Cessez donc de vous disputer, ce n'est pas le moment ! Nous nous devons le respect mutuel ! J'ai posté des domestiques en armes qui surveillent la maison jour et nuit. Et si c'était eux les assassins ? avait lâché sa mère. S'ils retournaient leurs armes contre nous ?

C'est bien ce que je disais, avait déclaré Première Épouse, exaspérée. On ne peut pas la satisfaire. On ne peut pas la calmer.

Ce n'est pas une raison pour la jeter dehors, avait rétorqué Seconde Épouse.

Et vous, lui avait demandé Première Épouse, quand allez-vous vous décider à arrêter ces assassins, que nous puissions dormir en paix ?

Et quand déciderez-vous enfin de vous conduire

en bon fils ? avait ajouté Seconde Épouse. Quand allez-vous consoler votre mère et la rassurer ? N'avez-vous aucun respect pour vos ancêtres ?

Ti avait fait venir les domestiques ; il avait demandé à sa mère de les regarder dans les yeux et de lui dire si elle croyait toujours qu'ils étaient les assassins. Puis il les avait reconduits à leur poste avec l'ordre de ne pas laisser sa mère quitter la maison. En partant, il avait entendu les cris des trois femmes qui poursuivaient leur dispute. Seule sa fille adoptive, une enfant de près de quatorze ans, calme et sage, était restée en dehors de l'altercation. Quand Ti était parti, elle lui avait murmuré à l'oreille qu'elle resterait avec Grand-mère et qu'elle essaierait de la rassurer.

D'autres ont des fils, songea Ti. Des fils équilibrés et loyaux, qui les aident à porter le fardeau. Où étaient les siens ? Obscurs soldats dans une lointaine contrée sauvage, selon les dernières nouvelles. En vie, pour autant qu'on le savait, mais silencieux depuis bien des années. En tout cas, il ne pouvait compter sur eux.

Il s'enfonça dans un grand boulevard encombré de monde. Les rues de Ch'ang-an, dont il aimait d'habitude l'effervescence bruyante, lui parurent ce jour-là assommantes et criardes. En se frayant un chemin parmi la foule bigarrée, il songea aux minutes, aux heures, aux jours et aux années des tristes vies de ces milliers et milliers de gens, vies qu'ils devaient endurer bon gré mal gré avant d'en finir.

« Eh bien, se dit-il, quelle humeur massacrante ! Au moins, ta tête reste-t-elle bien attachée sur tes épaules et des agents ne sont pas en train d'essuyer le sang dont tu as maculé le sol. Il y a encore de quoi se réjouir, vois-tu ! »

Une agréable odeur de nourriture lui chatouilla les narines et lui procura comme un regain d'espoir, de réconfort et d'intérêt.

Il acheta des boulettes épicées et venait d'en

mordre une bouchée quand il entendit les chants des moines. Avec le temple du Cheval Blanc qui s'était installé à Ch'ang-an, ce n'était ni rare ni inattendu mais il faut dire qu'il avait oublié ce détail. Il attendit, mastiqua la bouchée graisseuse et sans saveur, l'avala, puis en prit une autre machinalement. En fait, il avait réellement faim. C'est alors qu'il aperçut la procession.

Plutôt que les fiers géants aux traits finement ciselés qu'il s'était attendu à voir fendre la foule, quelle ne fut pas sa surprise de découvrir une colonne de spécimens humains les plus monstrueux qu'il lui avait été donné de voir, en réalité ou en rêve. Sidéré, il regarda passer d'un œil effaré des crânes difformes, des fronts proéminents, des épaules tombantes, des jambes arquées, des visages asymétriques, des mâchoires saillantes, prognathes, des dos bossus. Et cette troupe de monstres psalmodiait le soutra du Grand Nuage avec des voix lugubres.

Lorsqu'ils furent passés, Ti déglutit la bouchée qu'il venait de mastiquer et sentit la boulette glisser difficilement dans son gosier avec la désagréable impression d'avaler une pierre coupante. C'était déjà pénible de voir des gens difformes se promener seuls, ou même par paires, mais seize d'un coup! Et en chantant les vers minables du soutra du Grand Nuage pour tout arranger! «Eh bien, se dit-il, tu dois faire une concession. Il y a finalement un facteur discernable de rédemption dans cette aberration religieuse : au moins les difformes ont-ils trouvé un refuge.»

28

Lo-yang

Chou Hsing gravit d'une traite les trois longues volées de larges marches qui menaient au Palais de Justice du Censorat. N'étant pas à proprement parler un athlète, il se fatiguait vite, mais ce jour-là il avait déjà traversé les terrasses du Secrétariat en courant, sous les yeux ébahis des gardes et des fonctionnaires de la Cour Suprême, avant d'aborder l'escalier. Aujourd'hui, il était un autre homme. Une force animale l'habitait.

« Non seulement il a une cervelle d'oiseau, mais il en a aussi la fragilité et la légèreté », aurait dit de lui le président Lai Chun-chen. C'était tout à fait le style de propos que Lai utiliserait s'il condescendait à décrire Chou aux membres de sa clique. Et qui étaient-ils donc ? se demanda Chou. Sans doute les deux neveux de l'Impératrice, de minables flagorneurs qui occupaient de hautes fonctions au Censorat. Ils ne l'avaient jamais aimé, et ils étaient certainement le genre de personnages visqueux que le président Lai choisissait pour conspirer contre lui. Chou ne les avait-il pas souvent vus ensemble dans les jardins ? Toujours en conciliabule, toujours en conversations furtives ? Le plus dangereux, c'était l'aîné, Wu Cheng-ssu. Ah, mais ils avaient oublié de compter avec le petit Chou Hieng! Il leur montrerait!

« Grâce à sa légèreté, comme il grimpera vite au ciel! » avait aussi dit Lai, assurait-on. « Au moins une chose qu'il réussira. Oui, l'imbécile s'envolera, et sans tarder. Qu'il nous montre qu'il sait tout de même faire quelque chose... qu'il est un imbécile utile! » Chou imaginait sans peine l'attitude hautaine et méprisante de Lai en prononçant ces phrases. Ah, c'était ainsi qu'il traitait son assistant le plus fidèle! Sa colère décupla. « Eh bien, je vais lui montrer de quoi l'imbécile est capable! »

Quatre à quatre, Chou Hsing gravit les dernières marches de marbre. Revigoré par les mots cruels qui le rongeaient comme des milliers de vers affamés, il se sentit jeune et fort comme un soldat. La colère coulait en lui, faisait battre son cœur et l'étouffait. Il tâta sa dague, étreignit la poignée sculptée à travers l'épais brocart de sa robe, et se rappela qu'il ne devrait jamais se fier à son supérieur. Il s'en était d'ailleurs bien gardé.

« Je ne doute pas que son squelette de bambous avec ses ailes de soie et de parchemin voleront comme plume au vent... Nous enverrons son insignifiant cadavre parmi les insectes et les oiseaux... » Et, avait-on rapporté à Chou Hsing, Lai avait conclut par ces mots : « ... où il pourra tenir sa cour avec ceux qu'il égale en esprit. »

Chou Hsing franchit les colossales portes cloutées qui ouvraient sur le hall de réception de Lai Chun-chen, président de l'Office des Châtiments et des Investigations, puis il entra dans le bureau lui-même. Le président était exactement où il avait espéré le trouver à cette heure tardive : il reposait sur son canapé, tournant le dos à la porte, comme pour contempler d'un air absent le jardin intérieur, dans la pénombre du soleil déclinant.

Comme d'habitude, Lai ne se retournerait pas et Chou s'adresserait au dos de son supérieur. Mais soudain la fatigue de l'effort le rattrapa, et il s'arrêta, haletant, les poumons en feu, le cœur battant, les jambes flageolantes.

Malgré des semaines de préparation, Chou s'aperçut avec effroi qu'il perdait le contrôle de ses nerfs. Paralysé dans l'embrasure de la porte, il était incapable de franchir les quelque quarante pas qui le séparaient du divan. Il lui fallait absolument se ressaisir s'il voulait adresser la parole au président Lai Chun-chen d'une voix normale. Enfin, Lai remua la tête d'un mouvement las comme il l'avait toujours fait, signifiant à Chou qu'il était conscient de sa présence et qu'il souhaitait en finir au plus vite avec ce que son subordonné avait à lui dire. Chou était donc sommé de s'expliquer.

– J'ai... j'ai... j'ai quelque chose pour vous, maître Lai, réussit à bégayer Chou.

Il était furieux et humilié du manque de tenue de sa voix, mais Lai ne sembla pas avoir remarqué.

– Je... je... je crois que vous trouverez cela de la plus haute importance, très instructif.

Le président hocha la tête. D'habitude, il répondait à peine quelques mots, ou se contentait de remuer la tête avec ennui. Peut-être feignait-il seulement de s'intéresser aux propos de Chou. Peut-être en avait-il été ainsi depuis le début de leur collaboration. Au mieux. Au pis, Lai s'était toujours moqué de lui et n'avait jamais prêté une seconde d'attention à ses propos. Oui, songea Chou, c'était probable. Et cette pensée réveilla sa colère.

Voyant que Lai n'était pas disposé à parler ni à se retourner pour le saluer, Chou Hsing s'enhardit. Il s'approcha jusqu'à six pas du divan, s'arrêta, indécis, et contempla la chevelure de son supérieur, soyeuse et fournie, alors que la sienne se clairsemait et se teintait déjà de cheveux blancs. Il ne voyait que la nuque de Lai ; son cou était emmitouflé dans le col d'hermine de son manteau. Mais cela ne poserait aucun problème. Chou scruta la pièce avec soin. Elle était déserte.

– Oui, reprit-il d'une voix apaisée, je crois que vous trouverez la chose du plus grand intérêt.

Lai hocha imperceptiblement la tête.

– J'ai là... un objet très particulier qui vient juste de me parvenir.

Sur ce, reprenant de l'assurance, il plongea une main sous ses robes. Quoi, venait-il de déceler un geste d'intérêt chez son supérieur ? Chou esquissa un sourire en sortant un fil d'or de joaillier de sa poche intérieure. Il le tendit entre ses mains, puis enroula chaque extrémité autour de ses poignets. Il avait répété le geste au moins mille fois ces dernières semaines, en ruminant les phrases méprisantes de Lai.

– Voilà, maître Lai Chun-chen ! s'exclama-t-il en passant d'un geste vif le fil autour du cou de son supérieur.

Il serra et tira de toute la force de ses maigres bras avant que Lai n'eût le temps de crier.

– Une découverte très ancienne, une antiquité, haleta Chou, exultant. Mais aussi... efficace qu'aux... premiers jours !

La mâchoire crispée sous l'effort, il tordit le fil autour du cou de Lai et lui tira la tête en arrière. Bientôt, sans un râle, le président Lai Chun-chen de l'Office des Châtiments et des Investigations passerait de vie à trépas. Alors, Chou placerait sa dague dans les mains du président et la plongerait dans son cou en la manœuvrant vivement pour effacer les traces d'étranglement. Manifestement un suicide, concluraient les enquêteurs. L'Impératrice était sans doute sur le point de le destituer, penserait-on.

Quelques secondes plus tard, le corps de Lai gisait inerte sans avoir opposé la moindre résistance. Chou raffermit sa prise. Quelque chose clochait...

Ce n'était pas de la chair que le fil encerclait ! Chou lâcha le garrot et contourna le divan. Le visage d'un mannequin, orné d'un sourire grotesque, lui rendit son regard.

Chou aperçut alors le fil de soie noire qui pendait du menton de « Lai ». En le suivant des yeux, il vit qu'il longeait le sol, passait sous un anneau métallique, remontait par un nouvel anneau vers un paravent et disparaissait à travers une fente camouflée. Interdit, Chou vit le fil remuer, se tendre et se détendre. La tête se souleva une dernière fois !

– Maître Chou, vous me surprenez ! lança une voix familière derrière le paravent de jade et de teck. Tss, tss... ! Est-ce une manière de traiter un vieil ami ? Chapitre premier, volume I, de *La Science de la Procédure*, je cite : « ... on ne voit que ce qu'on s'attend à voir. » Fin de citation. Là encore, maître Chou, nos observations se vérifient. Je suis navré que notre collaboration doive s'arrêter. Mais je le suis encore davantage que les rumeurs concernant vos projets à mon égard s'avèrent fondées avec une telle exactitude. Vous êtes décidément sans surprise, mon pauvre ami !

Chou cherchait une réplique cinglante quand il entendit un bruit métallique et sentit aussitôt une morsure brûlante dans sa nuque. Il y porta vivement la main et rencontra l'empennage d'une flèche. De son autre main, il constata la présence de la pointe acérée qui dépassait de son cou, juste sous le menton. Effrayé, il ôta sa main et regarda ses doigts : ils luisaient de sang écarlate... son propre sang.

– On... on m'a affirmé que vous envisagiez de me faire voler comme un oiseau... bredouilla-t-il d'une voix rauque.

Il tomba à genoux.

– Comment ? s'exclama Lai.

– Que vous envisagiez... de m'envoyer sur un de vos cerfs-volants... et de... et de me basculer dans le vide.

– Maître Chou ! fit avec sincérité Lai, outragé et perplexe. Je n'ai jamais rien imaginé de pareil ! C'est la vérité, maître Chou, je vous assure !

Avec un affreux gargouillis, Chou tomba en avant ; son front cogna le sol avec un bruit sourd.

– Je crois qu'on nous a montés l'un contre l'autre... déclara Lai après quelques secondes de réflexion... comme les singes cupides des merveilleux contes bouddhiques de Jataka. C'est, hélas, la seule explication de ce grand malheur, maître Chou. Quelqu'un a pris un malin plaisir à nous voir nous entre-déchirer. Quelqu'un... je crois savoir qui...

Il n'y avait plus trace de moquerie dans la voix de Lai ; il était très sérieux, songeur, et profondément irrité.

Rassemblant ses dernières forces, Chou Hsing releva la tête. Sa bouche s'agita comme celle d'une carpe, mais aucun son n'en sortit.

– Je n'aurais pas cru, mais vous allez me manquer, maître Chou, déclara Lai Chen-chun. Cependant, je ne regrette pas mon geste. En réalité, mon ami, ce n'est pas ma main qui vous a tué.

Chou se traîna vers le paravent de derrière lequel le président Lai venait d'apparaître. Bouche béante, il essaya d'articuler quelques mots, mais ce qu'il avait à dire mourut dans sa gorge.

Le soleil d'automne éclairait le jardin du nouveau stoupa de ses rayons ardents. Wu contemplait d'un œil distrait la poignée d'ouvriers qui apportaient la touche finale à la construction. Derrière le stoupa s'élevait l'énorme entrepôt de Hsueh Huai-i – un vaste bâtiment qui recelait un secret que le moine refusait de dévoiler avant le jour de l'inauguration. Bien que des centaines d'artisans tenus au secret fussent entrés et sortis chaque jour de l'entrepôt, jamais Wu ni sa mère n'avaient cherché à en percer le mystère. Elles se réjouissaient trop de la surprise que le Tibétain leur réservait. En outre, Wu avait d'autres chats à fouetter.

La Cour Suprême, l'ultime organe gouvernemental de l'Impératrice, commençait à pourrir de l'intérieur. Quand Hsueh lui en avait parlé, elle avait refusé de le croire ; il avait donc décidé de lui en apporter la preuve. Des affreux petits rats, ambitieux et cupides, voilà ce que vous avez entre les mains, avait-il déclaré, et je vais vous montrer avec quelle facilité on peut les dresser les uns contre les autres. L'instrument et les personnes qui vous ont autrefois servie ont outrepassé leur insignifiante inefficacité. S'ils sont capables de s'entre-dévorer avec tant de hargne, le temps n'est pas loin où ils se retourneront contre vous. Et pour la première partie de son raisonnement, Hsueh ne s'était pas trompé.

À peine avait-il tapé dans la fourmilière que Lai et Chou s'étaient jetés l'un sur l'autre comme deux vipères répugnantes. Cela avait été d'une facilité pathétique ! Dire que Chou Hsing et Lai Chen-chun étaient autrefois les meilleurs amis du monde ! À l'évidence, la situation échappait à tout contrôle. Et maintenant, des rumeurs faisaient état d'une alliance entre Lai et les deux neveux du Censorat. Heureusement, Wu et Hsueh avaient trouvé un remède à cette peste rampante, une idée qui les avait surpris par sa simplicité et son mérite patent.

Maintenant que le vieux régime avait été complètement nettoyé, que ses dernières traces s'estompaient, maintenant qu'elle était une souveraine respectée et adorée, elle pouvait se permettre de placer çà et là, à des postes soigneusement choisis, quelques-uns des honnêtes fonctionnaires confucianistes qu'elle avait destitués quelques années auparavant. C'était une excellente manœuvre stratégique. Elle en avait discuté tous les aspects avec Hsueh, et ils étaient tombés d'accord pour trouver le procédé astucieux. Certainement, les risques d'une autre Rébellion des Lettrés étaient-ils entièrement dissipés. Wu n'avait-elle pas démontré l'inanité de ce genre de folie ? Hsueh avait dressé la liste : des serviteurs consciencieux, efficaces, travailleurs, et tellement enthousiastes à l'idée de réintégrer le gouvernement qu'ils n'imagineront même pas fomenter une quelconque rébellion. Bien sûr, il faudra les surveiller, mais cela reste la meilleure solution à vos problèmes, avait-il affirmé. Nous avons les moyens de discipliner des confucianistes, mais avec des hommes comme Lai Chu-chen ou le défunt Chou Hsing, ou même vos neveux, c'est impossible. Quant à leur faire confiance, jamais ! Comment bâtir un grand gouvernement sur cette racaille ? Vos neveux ne sont que des ingrats et, surtout, ils ont des ambitions. Pensons plutôt à bâtir l'avenir.

Wu avait donc imaginé un plan, une merveille d'ingéniosité. Outre le rappel de certains fonctionnaires clés, elle avait chargé le ministre des Charges Civiles de remanier le système de l'Examen Impérial. Les épreuves seraient encore plus rigoureuses afin de sélectionner les meilleurs et les plus utiles serviteurs de l'État. Le Chin Shih et le Ming Ching – les deux plus hautes sélections – seraient modifiés afin d'accorder aux qualités universitaires la place prépondérante qu'occupait auparavant l'origine familiale.

Mais ce n'était que la première partie du plan. Elle ajouterait par décret un troisième examen : outre l'évaluation des connaissances, études classiques, politiques et prose à travers le Chin Shih et le Ming Ching, il y aurait maintenant le Jataka, un test d'excellence dans la connaissance du bouddhisme, de ses textes, de sa philosophie, son éthique, son art, son architecture, la connaissance des soutras et du sanskrit, etc.

Les traditionalistes se cabreraient et protesteraient, assurément. Mais ils s'y feraient et le Jataka, comme tous les examens d'État, perdurerait pendant des siècles et deviendrait partie intégrante de l'ordre nouveau. L'historien Shu n'avait-il pas affirmé que les traditions commençaient avec les individus ?

Lorsque l'Impératrice avait informé Hsueh Huai-i qu'il était le cofondateur et l'organisateur du nouveau Jataka, il était tombé à ses pieds et lui avait baisé la main avec ferveur. L'examen, avait-il dit, annoncera l'ère nouvelle de Wu, la Venue du Futur Bouddha. Par sa prévoyance, l'Impératrice avait progressivement préparé la Chine et ses institutions ancestrales au nouveau climat moral et religieux. Ainsi, les fondements de l'ère nouvelle, qui seraient associés à son nom pour toujours, reposeraient sur l'humanité et la raison.

Wu avait senti une vague de plénitude l'envahir, une chaleur lumineuse monter de ses entrailles et courir dans ses veines. Elle avait étreint la main du moine en pensant aux caresses futures, mais Hsueh n'avait pas semblé remarquer son désir. Ces derniers temps, il était toujours fatigué, préoccupé par la future inauguration, le secret qu'il lui réservait, et de multiples choses encore. Bien sûr, elle comprenait. Elle avait caché sa désillusion et s'était promis de rattraper très bientôt le temps perdu.

Les décisions tombèrent la semaine suivante. Un décret impérial expliqua que les condamnations reflétaient le nouvel âge de miséricorde et de châtiment, sévère mais juste. Les deux neveux de Wu furent condamnés aux travaux forcés à perpétuité et exilés dans une des provinces frontalières du Nord (*fu-p'ing* ou zone militarisée). Ils ne seraient jamais graciés. Toutefois, ils n'étaient pas les plus à plaindre.

Pour crime d'une cruauté excessive, l'impératrice Wu avait rétrogradé Lai Chun-chen au rang de président sortant de l'Office des Châtiments et des Investigations, titre qu'il conserverait toute sa vie, en même temps qu'une autre charge forgée sur mesure pour lui par les forgerons impériaux : un masque de fer, dessiné de telle sorte que l'intérieur était agrémenté de pointes ingénieusement situées, et qui contraignaient le porteur à un nombre limité de positions. Les moins confortables étant celles qui tenaient au repos, au coucher, et, bien sûr, au sommeil.

Comme le fit remarquer Wu, les forgerons eurent la tâche facile car le président sortant Lai leur avait déjà fourni les plans et les croquis nécessaires pour l'élaboration de cet instrument de torture dans les pages de son volumineux traité, *La Science de la Procédure : Traquenards et Souricières*.

Toutefois, pis que le masque lui-même, des gardes surveilleraient le président sortant jour et nuit. Ironiquement, ce détail était la contribution posthume de Chou, son idée : outre les soins nécessaires à sa survie, les gardes étaient chargés d'empêcher le porteur du masque d'attenter à ses jours.

Mais Wu révéla à Dame Yang et à Hsueh Huai-i que le châtiment cruel de Lai Chun-chen s'expliquait par un crime inexcusable. La dénomination de « crime d'une cruauté excessive » était avant tout destinée au public, mais Lai payait en réalité pour avoir transgressé la règle la plus inviolable établie par l'Impératrice : il avait franchi les limites de la bienséance. En assassinant son ami, il avait osé répandre du sang dans l'enceinte sacrée de son Palais de Paix et de Miséricorde.

Restée seule avec sa mère, Wu se plaignit de ces insignifiants personnages qui finissaient tous par vouloir se rendre importants.

– N'est-ce pas le propre de l'homme ? remarqua Dame Yang.

– Certes, mais comme c'est lassant !

D'accord sur ce point, les deux femmes soupirèrent, comme accablées.

– Mère Yang, dit gaiement Hsueh Huai-i, devinez ce que je me propose de faire de cette sublime effigie sacrée.

– C'est donc sur cette statue du Bouddha que vous travailliez en si grand secret ? Je la trouve positivement extraordinaire, lama. Positivement. Elle nous apportera de grandes bénédictions.

Émerveillée, Dame Yang contempla avec admiration la statue gigantesque. C'était donc pour cette sculpture qu'il avait fait construire l'immense entrepôt ! Elle promena un regard incrédule sur les échafaudages et le plafond voûté. Bras croisés, Hsueh se cambra avec fierté.

– Cent pieds de long sur cinquante de haut, expliqua-t-il de sa voix profonde qui résonnait sous la voûte. Le grand Bouddha repose sur son flanc droit, les jambes étendues l'une sur l'autre, comme vous pouvez le voir. C'était la position du Bouddha lorsqu'il attendait la mort en méditant. Pour réaliser cette merveille, il a fallu que plus de cinq cents des meilleurs artisans y travaillent pendant une année entière.

Il caressa avec tendresse le bois poli et contempla le corps du Bouddha dont les genoux formaient comme une falaise au-dessus de leur tête.

– Du teck, de l'acajou, du bois de rose, avec des incrustations d'argent, de jade, d'or et de nacre.

– C'est... fabuleux... magnifique... inouï...

Dame Yang ne trouvait plus ses mots.

– Je n'en crois pas mes yeux, lama. Non, honnêtement, je n'en crois pas mes yeux.

Elle commença à faire le tour de la statue.

– Il faudra l'abriter dans un temple de marbre et de jade pour que la postérité puisse voir ce chef-d'œuvre, dit-elle. Ici même. Oui, nous le construirons à l'emplacement de l'entrepôt que nous démonterons lorsque le temple sera achevé.

– Ce ne sera pas utile. Savez-vous pourquoi j'ai fait construire cette statue, Mère Yang ? On l'appelle « le Bouddha à l'Heure de sa Fin Terrestre », dit Hsueh avec emphase.

De l'autre côté de la statue, Dame Yang s'arrêta, interdite. On entendit un petit cri, puis les pas pressés de Dame Yang qui contournait la statue et revenait se planter devant le moine, l'air effaré.

– Non ! Ne me dites pas que vous avez l'intention de... de... de détruire cette œuvre d'art... cet inestimable hommage au Bouddha !

Hsueh le lui confirma d'un signe, puis montra d'un geste large le plafond voûté.

– C'est précisément par dévotion pour le Bouddha que nous détruirons une œuvre qui a exigé tant d'efforts, Dame Yang, expliqua-t-il. C'est très simple. Très simple, vraiment. Que ferait le Bouddha de richesses terrestres, quand bien même ce serait une œuvre d'art ? Je vous le demande. Des richesses en son nom ? Ah, mais le sacrifice de nos efforts matériels, c'est autre chose ! La preuve que nous avons retenu son enseignement, que nous avons compris l'aspect transitoire de toute chose, de la vie, des passions et des attachements terrestres ! La « mort » de ce Bouddha symbolisera la mort de Sakyamuni – le Bouddha historique en personne –, son illumination, son entrée dans le nirvana, laquelle annonce la venue de l'Ère du Futur Bouddha ! J'ai donc décidé que le jour anniversaire de la mort du Bouddha, selon les historiens, sera marqué par un gigantesque incendie !

La mine renfrognée de Dame Yang s'éclaira.

– Ah, quelle splendide idée ! s'exclama-t-elle. Oui, très pédagogique ! Mais nous n'en attendions pas moins de vous, cher et éminent professeur.

– Dame Yang, je ne serais rien sans mon estimée protectrice, déclara Hsueh. Mais bien sûr, comme vous le savez, je tiens mon inspiration du Bienheureux lui-même.

– Bien sûr.

– Certes, la force du symbole échappera aux non-initiés, mais tout ne sera pas perdu pour autant. L'anniversaire ne se résumera pas à un incendie sacré ; ce jour marquera le commencement de l'ère d'un gouvernement inspiré. Et ce n'est pas tout, fit-il, l'œil comme enflammé par le feu sacré à venir. Réfléchissez, Dame Yang ! Le départ du Bouddha de ce monde terrestre annonce

aussi son retour dans de multiples incarnations...
comme dans certains souverains, par exemple !
C'est là le point le plus important ! conclut-il d'un
air mystérieux.

Il caressa le bois poli d'une main amoureuse.

– La mort de *ce* Bouddha-là ouvrira la voie au
Futur Maitreya et à la venue de l'Ère Nouvelle.

La Mort du Bouddha

*Ananda, le cousin du Bienheureux, avait préparé
le lit du Bouddha entre les deux* salas, *les arbres
sacrés. Et il pleura. Ce n'était pas encore la saison
des fleurs, et pourtant les arbres sacrés se drapaient
de leurs couleurs magiques, écheveau de soies trans-
parentes, de joyaux et de diadèmes au nombre de
dix mille fois dix mille. Et les pétales des fleurs
célestes, arc-en-ciel de parfums et de lumière, descendaient en pluie multicolore sur le corps du Bienheureux comme si, eux, les* salas, *ayant oublié le
message du Maître, versaient des larmes inconso-
lables comme Ananda : « Ne pleurez pas ! Ne vous
lamentez pas sur ma mort ! Car mes liens terrestres
sont rompus, et je suis enfin libre. Mon âme
s'élève. » Et dans les cieux, les* apsaras *et les gan-
dharvas faisaient résonner la voûte céleste de leurs
douces mélodies...*

*Le Bouddha médite et passe de l'état d'illumina-
tion au nirvana. Il meurt, couché sur son flanc droit,
les jambes étendues l'une sur l'autre. Il est entouré
de ses disciples qui pleurent malgré les dernières
recommandations du Bienheureux. Mais personne
ne verse de larmes plus amères que le cousin du
Bouddha, dont la fidèle et indéfectible affection est
loin d'avoir atteint l'état de détachement...*

29

Dans les environs de Lo-yang, à la fin octobre de l'an 675

Abrité sous les branches d'un pin, Ti attendait ses amis à l'écart du relais de poste, à douze *li* au sud de Lo-yang. Il préférait éviter le contact de la foule qui se pressait dans l'abri. Un rideau de gouttes descendait du ciel bas et gris. Ti scrutait le point où la route émergeait des bois. La carriole tirée par un âne apparaîtrait d'un moment à l'autre, avec à son bord Wu-chi et le recteur Liao.

Des mois auparavant, Wu-chi avait écrit à Ti qu'il comptait entreprendre avec Liao une discrète expédition aux grottes de Lung-men afin de contempler les travaux monumentaux de l'Impératrice. Il lui avait suggéré de se déguiser et de les rejoindre. Et Ti s'était laissé tenter. En tant que président de l'Office des Sacrifices, il avait le devoir de se rendre aux grottes afin de voir les travaux de ses propres yeux et d'en rendre compte à la postérité, mais les meurtres et l'infernale colonne avaient jusque-là accaparé son attention.

N'ayant aucune piste pour les crimes, et la colonne étant presque achevée, il avait décidé de répondre à l'invitation de Wu-chi. Il avait d'abord attendu le meurtre numéro quatre ; dans un coin de son esprit, il avait la certitude qu'il ne se passerait rien s'il restait, mais que s'il partait un événement dramatique se produirait aussitôt. De toute façon, il serait de retour à Ch'ang-an dans quelques jours à peine, il avait besoin de distractions et il brûlait de voir les Bouddhas géants de Wu. Mais ce n'étaient pas ces raisons mineures qui l'avaient décidé : dans sa dernière lettre, Wu-chi avait réitéré son invitation, et il avait précisé qu'il allait sur ses quatre-vingt-trois ans. Cela faisait plus de quatre ans que Ti avait quitté Lo-yang, et qu'il avait donc vu Wu-chi pour la dernière fois. « Si je n'y vais pas maintenant, s'était-il dit, je ne reverrai peut-être jamais le cher Vieux Fou. »

Ti et Wu-chi, qui avaient revêtu des haillons de moines-mendiants, étaient assis face à face dans la carriole, et le recteur Liao tenait les rênes. Brinquebalés, leurs genoux s'entrechoquaient à chaque cahot.

– Chaque fois que nous nous rencontrons, nous sommes déguisés en moine, remarqua Ti avec un sourire. Je commence à croire que nous appartenons réellement à un ordre religieux.

Il avait raconté d'un air horrifié les meurtres de Ch'ang-an à ses amis et leur avait fait part de son impuissance. Puis il avait parlé de la colonne. Le recteur Liao lui avait alors décrit les progrès de la construction de celle de Lo-yang. Ti leur avait expliqué sa théorie sur l'Impératrice dont il était persuadé qu'elle marquait ainsi les limites de son royaume bouddhique imaginaire. Il s'avéra que la colonne de Lo-yang était achevée, alors que, selon Ti, celle de Ch'ang-an n'en était qu'aux trois quarts et qu'à son départ les ingénieurs attendaient encore des instructions complémentaires.

– Évidemment, dit Liao, c'est une débauche inutile d'argent et de sueur, mais je dois avouer que cette colonne commence à me plaire.

– Vous avez toujours été un naïf, remarqua Wu-chi. Un rien vous impressionne. C'est pour les gens comme vous que l'Impératrice fait ses prodiges.

Le recteur s'esclaffa.

— Je parle d'un point de vue strictement esthétique, bien sûr, protesta-t-il. Je trouve qu'elle ajoute une touche attrayante à l'architecture de la capitale.

— Je suis bien aise que le prince Li, rétorqua Wu-chi, dont je rappelle que la maison a été détruite pour faire place à cette ignominie, ne soit plus là pour vous entendre.

Ils discutèrent du destin de Lai, de Chou et des neveux de Wu, et s'entendirent pour espérer que la terreur qui régnait sur l'Empire s'essoufflerait d'elle-même. Wu-chi et Liao racontèrent au juge Ti ce qu'ils connaissaient des exploits de Hsueh Huai-i, d'après les récits de témoins dignes de foi, et insistèrent sur l'incendie du gigantesque Bouddha ainsi que sur d'autres « miracles » qui avaient fleuri autour de la capitale. Ti écouta ses amis en hochant la tête, atterré par tant d'absurdité et de gâchis.

— Je me demande quand Sa Majesté se lassera de maître Hsueh, dit soudain Wu-chi d'un air sombre.

— Peut-être ses spectacles extravagants sont-ils un moyen de retarder l'échéance, avança Ti. Cependant, si quelqu'un possède assez d'imagination et de ressources pour briser l'ennui royal, c'est bien le Tibétain.

— Si vous saviez les trésors d'ingéniosité qu'il me faut pour éviter que notre conseiller ici présent ne meure d'ennui en ma compagnie ! glissa le recteur par-dessus son épaule.

Ils éclatèrent de rire ; chose qui n'était pas arrivée à Ti depuis bien longtemps. Du coup, le recteur en laissa tomber les rênes. Il se baissa pour essayer de les récupérer, mais l'âne continua de trottiner comme si de rien n'était.

— Qu'avez-vous besoin de rênes ? lança Ti. L'âne est à l'évidence un bon bouddhiste. Il n'a pas besoin d'aide pour trouver son chemin vers les grottes sacrées.

En contemplant l'une des plus grandes statues de Bouddha – le Bouddha Vairocana, symbole de la création – qui présidait une cour de disciples bodhisattvas, de rois célestes, de demi-dieux et de gardes (les terribles Lokapalas), Ti s'étonna que des sculpteurs pussent atteindre une telle perfection, une telle précision dans les drapés de l'habit d'un Bouddha aussi gigantesque. C'était comme si le calcaire de la falaise, dans lequel on avait creusé une niche de cent dix pieds de haut, s'était transformé en luxuriantes soieries.

Passant devant des rangées et des rangées de niches qui abritaient chacune un Bouddha, Ti remarqua la profonde différence entre les statues. Les anciennes semblaient épaisses et vulgaires, alors que les récentes se distinguaient par leurs formes élancées et leurs courbes délicates. L'influence de Wu, sa vanité, se faisaient sentir. Sans doute le Tibétain avait-il aussi sa part dans la sensualité féminine qui se dégageait des nouvelles statues.

Lorsqu'ils arrivèrent aux grottes, le soleil s'était caché derrière des nuages menaçants et les quelques pèlerins restants s'étaient vite réfugiés dans les niches inférieures. Les parois de ces cavités, de la taille d'une porte ou d'une fenêtre, étaient entièrement sculptées : rangées superposées de statuettes à peine hautes comme la main, versions miniatures des sculptures géantes. À part Ti, le recteur Liao et Wu-chi, une poignée de pèlerins se promenaient encore sous la pluie le long de la falaise. Sur les soixante ou soixante-dix mille statues existantes, l'Impératrice en avait fait sculpter des dizaines de milliers. Ce jour-là, le chantier était pratiquement désert. Seuls de rares artisans s'activaient avec leur marteau et leur burin ; même les marchands avaient fermé leurs étals d'herbes médicinales et de potions magiques. Quelques bannières flottaient encore au vent à l'entrée du site.

Le ciel était bas, et la lumière d'un blanc métallique qui filtrait à travers les nuages noirs baignait les falaises calcaires de couleurs étranges. Les visages sereins et les gestes gracieux des Bouddhas prenaient soudain un aspect inquiétant et sinistre. Leurs regards, contemplatifs et mystérieux, semblaient maintenant juger avec dureté les derniers pèlerins qui avaient décidé de braver l'orage.

Ti fut soulagé quand les premières grosses gouttes percèrent enfin les nuages ; de lointains grondements de tonnerre confirmèrent l'imminence de l'orage ; des taches assombrirent l'ocre de la pierre. Le crépitement de la pluie s'accéléra à mesure que le tonnerre se rapprochait. Une odeur humide et âcre s'éleva de la terre desséchée. Puis le dragon tonna, un éclair déchira le ciel et le vent souleva des nuages d'aiguilles de pin argentées. Le ciel se zébra de traits aveuglants et la pluie se mua en un épais rideau gris.

Les trois hommes rabattirent leur capuche sur leur tête. Ti ne voyait plus à trois pas ; il discerna à peine deux silhouettes qui couraient se mettre à l'abri dans une anfractuosité de la falaise. Liao déclara à Ti et à Wu-chi qu'ils avaient de la chance d'avoir un si bon guide ; non seulement il les conduisait à l'abri, mais il leur ferait visiter l'une des plus célèbres grottes vers laquelle il les dirigeait quand l'orage avait éclaté.

Ils étaient trempés jusqu'aux os en y arrivant, mais ils oublièrent vite leurs vêtements mouillés. Un moine fluet les accueillit. Il leur déclara qu'il entretenait toujours des lampes et des bougies votives afin d'éclairer en permanence les salles, même par temps couvert, et de permettre aux visiteurs, moines-mendiants et pèlerins, d'admirer les sculptures sacrées. Le recteur Liao le remercia, puis expliqua à Ti avec des accents enthousiastes que des œuvres uniques les attendaient dans les arrière-salles.

La salle centrale était divisée en deux ailes

étroites par des rangées superposées d'*apsaras* délicatement sculptées parmi une surprenante collection de fleurs, de palmettes, de Yakshas, de Devas, de musiciens, de nimbes, de parchemins, de dragons, d'oiseaux et d'animaux de toutes sortes.

De chaque côté, les parois s'ornaient de fresques représentant une procession de Bouddhas, de cavaliers, de courtisans et de palanquins qui se déplaçaient dans les cieux parsemés de fleurs célestes et de créatures angéliques.

– Tout cela est très beau, mon brave, déclara le recteur, mais nous voulions voir le sanctuaire de l'arrière-salle.

– Bien sûr, Votre Grâce.

Le moine s'inclina avec révérence, tendit une lampe à huile à Liao et lui indiqua une porte étroite. Le sanctuaire était faiblement éclairé par les flammes vacillantes de chandelles votives disposées sur des petits autels creusés dans les parois de la grotte. L'air était frais et immobile. Outre l'odeur de la pierre suintante d'humidité flottait un léger parfum, trace persistante d'encens brûlé il y avait bien longtemps. C'était bien différent de la lourde odeur entêtante de la plupart des temples et Ti en fut agréablement surpris. Le recteur ouvrait la voie ; il arriva bientôt devant un groupe de statues sculptées dans la paroi de la grande salle.

Les figurines se tenaient dans diverses positions : certaines étaient accroupies, bras levés, d'autres couraient ou bondissaient. Des bodhisattvas chassant les démons, se dit le juge Ti en approchant, des anges ou des rois célestes. Il attendit que le recteur éclairât la paroi.

La lampe à huile de Liao dessina les ombres de Ti et de Wu-chi sur les sculptures.

– Attendez. Laissez-moi poser la lampe ici, dit Liao en la plaçant sur un rebord, à la base des statues. Et apportez d'autres chandelles, mon cher Wu-chi. Ce sont des œuvres magnifiques, c'est à couper le souffle. Mais il faut voir les seize statues ensemble, c'est indispensable.

Il prit les bougies que lui apportait Wu-chi et les disposa en soupirant d'admiration.

– L'artiste n'aurait pas voulu que le rythme de son chef-d'œuvre nous échappe, poursuivit-il. Il faut voir comment les disciples – les Arhats ou les Lohans, peu importe – se marient avec un équilibre parfait.

Ti alla chercher d'autres chandelles et ils les plantèrent sur le sol en demi-cercle.

– Regardez la façon dont l'artiste a disposé les seize statues – c'est le nombre correct, d'après les soutras – de telle sorte que l'espace est utilisé le plus harmonieusement possible : dès qu'un Arhat se penche vers la droite, un autre l'imite vers la gauche. Si l'un est petit, l'autre sera grand, afin d'occuper tout l'espace. On dirait que les disciples *collaborent* à une mystérieuse activité céleste connue d'eux seuls. Oui, maître Ti, très bien. Posez les chandelles là et venez nous rejoindre.

Ti s'exécuta.

– Comme je l'expliquais à Wu-chi, maître Ti, reprit Liao, le plus surprenant, c'est le côté grotesque de leurs traits. Chaque disciple est d'une extrême bizarrerie ; ce sont, pourrait-on dire, des êtres mythiques.

Ti examina les seize statues de pierre noire, et vit clairement leur visage pour la première fois. Il n'en crut pas ses yeux, et resta bouche bée, le souffle court. Liao et Wu-chi le dévisagèrent avec inquiétude. À l'évidence, le recteur ne s'attendait pas à ce que les statues eussent un effet si dévastateur sur le juge.

– Comme je le disais... fit-il en essayant de reprendre le fil de ses explications.

Mais il ne pouvait détourner ses yeux de Ti dont l'expression se changea en effroi.

– Euh... ces seize créatures bizarres, et cependant merveilleuses, représentent les Arhats...

Il s'interrompit, alarmé, et se pencha vers le juge qui s'était figé, et contemplait les statues d'un œil exorbité.

– Ça ne va pas, maître Ti ? demanda le recteur.

La tête du juge se balançait maintenant ; Liao et Wu-chi échangèrent un regard inquiet, pensant que Ti allait avoir une attaque.

– Vraiment, mon ami, intervint Wu-chi, vous êtes sûr que tout va bien ?

D'un geste attentionné, il posa sa main sur le bras de Ti ; ce dernier sursauta et attrapa vivement la main du vieux conseiller.

– Wu-chi, je crains que...

Le regard halluciné du magistrat, que la lueur des bougies rendait encore plus inquiétant, fit reculer Wu-chi.

– Je crains qu'il ne me faille retourner à Ch'ang-an de toute urgence, déclara Ti en lâchant la main du conseiller.

Et sans un mot de plus, il tourna les talons et sortit sous l'averse.

Au lieu de l'opulence qu'il s'était attendu à trouver, Ti fut surpris par l'atmosphère ascétique et l'environnement quasi spartiate du temple du Cheval Blanc de Ch'ang-an. Et ce n'était pas la construction neuve, les jardins inachevés et les terrains encore nus qui donnaient cette impression.

Comme dans tous les monastères que Ti avait visités, le calme régnait, mais non le calme contemplatif qu'il avait connu dans ses promenades avec le recteur au Lotus Immaculé, silence particulier dû à l'absence de bavardage qui rendait plus sensible le bourdonnement de la vie : murmure du vent dans les branches, chants des insectes et des oiseaux, bruissement de la robe du recteur, un tintement lointain, le marteau du moine forgeron sans doute, et à différentes heures du jour, l'écho apaisant des prières. Combien de fois s'était-il allongé sous un arbre, et, les yeux clos, s'était-il laissé bercer avec délices par le battement de son cœur dans sa poitrine !

Non, ici régnait un calme singulier, un silence

forcé. Les moines marchaient d'un pas pressé, seuls ou par groupes, les yeux rivés au sol. Avec son aspect purement utilitaire, ses moines disciplinés, le temple du Cheval Blanc ressemblait à une caserne... ou à une prison. Le temple de Lo-yang était une oasis de tolérance, mais celui-ci était un avant-poste, dans tous les sens du terme. Ti eut l'impression de pénétrer en territoire ennemi... ce qui était précisément le cas.

Il observa d'un œil prudent les moines qui le dépassaient. La plupart étaient jeunes, et on devinait chez eux un passé de dur labeur et de privations. Les jeunes soldats que Ti avait rencontrés montraient aussi ce même visage ; peu gâtés par la fortune, ils avaient cherché le réconfort austère de la vie militaire qui leur offrait au moins nourriture, logis, vêtements et la sécurité d'un commandement. Et certains moines plus âgés avaient des airs plus durs, des visages fermés, comme ceux des prisonniers. Ti n'eut aucun mal à imaginer à quelles vies ils avaient échappé en trouvant refuge dans la secte du Nuage Blanc.

Il perçut également une certaine hiérarchie. La majorité des moines était de taille moyenne ; les plus grands, les répliques parfaites de Hsueh Huai-i, marchaient en groupe, à l'écart des autres, avec l'arrogance manifeste des privilégiés. Même leurs robes étaient différentes : d'une coupe soignée et d'une qualité qui jurait avec les tissus grossiers de celles des autres moines. Ils étaient bien trop hautains pour s'abaisser à regarder Ti, ce qui n'était pas pour lui déplaire, et comme les moines ordinaires gardaient ostensiblement leurs yeux fixés au sol, il avançait en toute tranquillité. Jusqu'à présent, personne ne lui avait adressé la parole, personne ne s'était mis en travers de sa route ; c'était comme s'il n'existait pas.

Il progressait dans l'allée centrale, espérant trouver la bibliothèque du monastère sans avoir à demander son chemin, quand il vit, au milieu d'un groupe qui approchait, un moine dont le front atrocement bombé avançait comme une coulée de neige sur une montagne. Le reste du visage était ratatiné, et des yeux minuscules étaient profondément enfoncés dans leurs orbites. Le groupe le croisa sans remarquer Ti, qui de son côté s'efforça de garder un air indifférent.

En observant discrètement les moines qu'il croisait, il vit des airs obtus ou doucereux ; des nez plats, des longs, des crochus, des yeux écartés ou resserrés, des cicatrices, des dents blanches, des dents noires, des faces anguleuses ou arrondies, des fronts bas, des fronts plats, des fronts hauts ; aucun visage ne se distinguait par sa beauté, mais tous étaient normaux.

Ti allait pénétrer dans le temple quand les portes s'ouvrirent à la volée et un moine sortit, qui le bouscula presque, et provoqua chez lui un bref mouvement de recul. Le visage de l'homme semblait coupé en deux, comme si le côté droit et le gauche, appartenant à deux personnes différentes, avaient été collés ensemble par quelque dieu espiègle et malveillant. Et chaque face semblait rechercher sa partie manquante : un œil, deux pouces plus haut que l'autre, louchait de côté ; le nez partait vers la gauche, puis changeait d'avis au milieu et obliquait brusquement vers la droite, alors que la mâchoire jaillissait d'un côté, entraînant la bouche à sa suite. Derrière le moine marchait un autre au visage gravement brûlé : l'absence de cils lui donnait un affreux regard halluciné et la peau trop tendue déformait sa bouche en un éternel sourire grimaçant qui dévoilait des dents jaunâtres. Effaré, Ti leur tint la porte pendant qu'ils sortaient sans le voir. Le cœur battant, il pénétra ensuite dans la fraîcheur du temple.

Il en était maintenant certain : il avait déjà vu les trois monstres à deux reprises. Une première fois en chair et en os, la seconde fois en statues de pierre. Et il savait qu'en restant au monastère du

Cheval Blanc il croiserait les treize autres copies conformes des redoutables Arhats de la grotte de Lung-men.

Comme si les statues s'étaient animées et l'avaient suivi jusqu'à Ch'ang-an. Cependant, Ti savait que c'était exactement le contraire : les trois monstres faisaient partie des seize moines difformes qu'il avait vus défiler en psalmodiant dans les rues de la ville, plusieurs semaines auparavant. Et ces seize-là avaient à l'évidence été choisis pour leur étrange ressemblance avec les statues mythiques. Seize sosies aussi parfaits signifiaient, songea Ti avec révulsion, qu'on les avait triés parmi des centaines, ou même des milliers d'aspirants.

Laissant les agents en civil qui, espérait-il, le suivaient toujours à distance respectable, Ti pénétra dans la bibliothèque qu'il avait réussi à trouver, mais il s'aperçut qu'il n'était plus invisible car le moine bibliothécaire se matérialisa soudain et lui demanda s'il avait besoin de son assistance.

Le recteur Liao lui avait expliqué quelle requête présenter et comment la formuler. La tête respectueusement baissée, Ti répondit :

– Je suis en pèlerinage. Je suis en quête de ma vocation. J'ai cherché un ordre dans lequel m'engager et, attiré par ce monastère, j'ai parcouru des centaines de *li*. J'ai entendu dire que vous possédiez les plus belles collections de textes sacrés.

Ce qui était exact ; tous les temples de Ch'ang-an avaient été pillés pour remplir la bibliothèque du Cheval Blanc.

– Je suis parvenu au terme d'une quête qui pourrait fort bien s'avérer vaine. Cependant je brûle du désir d'admirer le trésor le plus rare, les feuilles du *bodhi* sacré.

Le bibliothécaire examina Ti d'un œil critique.

– Montrez-moi vos mains, ordonna-t-il.

Ti s'exécuta à contrecœur.

– Désolé, elles ne sont pas assez propres, déclara le moine avec une moue de dégoût. Vous ne pouvez rien toucher, mais vous avez le droit de regarder. Je vais vous accompagner et je répondrai à vos questions.

Sur ce, il fit signe à Ti de le suivre.

C'était vrai ; ses mains n'étaient pas d'une propreté immaculée, et c'était voulu. Pour mettre une touche finale à son déguisement de moine-mendiant, il s'était frotté les ongles et les paumes avec de la poussière noirâtre ; un détail que l'on oubliait trop facilement. Or un mendiant qui couchait à la belle étoile ou dans des abris de fortune et dépendait de la générosité d'autrui n'avait pas les mains blanches et douces d'un fonctionnaire ou d'un clerc. Ti faillit demander à se laver, mais se ravisa. Il savait qu'il n'était pas aussi célèbre à Ch'ang-an qu'à Lo-yang et il espérait que son identité ne serait pas découverte, mais mieux valait ne pas forcer le destin. Il suivit donc humblement le moine bibliothécaire.

– Je ne doute pas que les feuilles du *bodhi* soient très rares.

Le moine qui marchait devant lui ne parut pas l'entendre.

– C'est un peu comme demander d'entrevoir le visage du Bouddha vivant, reprit Ti avec ferveur. J'ai déjà visité de nombreux monastères qui n'en possédaient pas. Vous-même, je ne sais... ce serait bien compréhensible. Cela ne remet pas en cause l'estime dont jouit le temple du Cheval Blanc, s'empressa-t-il.

Le bibliothécaire ne broncha toujours pas. Suivi de Ti, il traversa de longs couloirs sombres au parquet fraîchement ciré, passa devant des rayonnages d'étagères remplies de livres dont les signets de soie multicolore pendaient avec grâce. Ti fut particulièrement impressionné de voir un antique Kanjur, ouvrage en cent quatre volumes d'une grande rareté transcrivant les paroles du Bouddha.

Il l'avait reconnu parce que le recteur du Lotus Immaculé en possédait une série. Il se demanda quelle étagère vide, dans quel monastère, pleurait la perte d'un tel trésor.

Le bibliothécaire s'arrêta si soudainement que Ti faillit le bousculer.

– Restez ici, ordonna-t-il en désignant un pupitre. Et gardez vos mains dans vos manches.

Obéissant, Ti regarda l'homme déverrouiller un haut placard d'où il prit plusieurs folios noués avec un ruban de soie. Il les posa sur le pupitre avec des gestes cérémonieux en s'assurant que Ti avait toujours les mains dans ses manches. « Tu devrais me les attacher, ce serait plus simple », se dit le juge avec ironie.

L'homme ôta la couverture d'un des folios, dévoilant, pressées entre d'épaisses pièces de soie, de délicates feuilles du *bodhi*, l'arbre sous lequel l'illumination était venue au Bouddha. Là encore, Ti se demanda quel monastère avait été pillé. Sur chaque feuille, un portrait était peint avec un art exquis. C'était les peintures dont Liao lui avait parlé et que Ti brûlait de voir ainsi que la légende qui les accompagnait. Il n'avait mentionné que les feuilles du *bodhi* pour ne pas attirer l'attention du moine.

Il y avait là les portraits des seize Arhats de la légende bouddhiste ; mais loin de la laideur cauchemardesque de leurs équivalents de pierre, ceux-ci ne présentaient que des visages furieux et grimaçants. Cependant, les ressemblances étaient frappantes : l'homme au front protubérant, celui à la mâchoire saillante, l'Arhat au visage tranchant comme une lame, etc. La légende précisait leur fonction : exterminer les ennemis du Dharma – la Devadhatta. Ti fit mine d'examiner avec soin les feuilles peintes tout en enregistrant chaque détail des portraits et en lisant attentivement les légendes.

Il posa au bibliothécaire quelques questions à

côté sur le *bodhi*, le climat où il poussait, sa longé-vité, la façon dont avaient été rassemblées les feuilles, leur origine (venaient-elles de l'arbre même sous lequel le Bouddha avait connu l'illumi-nation ?), etc. Le moine se lança dans des explica-tions savantes avec un ton pontifiant. Ti l'écouta d'une oreille distraite car il venait d'apercevoir une antique *tonka* que le moine avait exposée par mégarde en feuilletant les folios.

C'était la représentation du continent méta-phorique de Jambudvipa, avec les quatre coins du royaume bouddhique. Ti eut juste le temps de remarquer une tortueuse ligne noire barrer le coin supérieur gauche telle une veine sur le front d'un homme en colère, et de lire l'inscription suivante : La noire rivière du danger qui coule du royaume de la Devadhatta.

– Ainsi, maître Ti, vous avez décidé de sortir de votre « retraite » ? demanda le lettré bouddhiste à la mémoire prodigieuse, comme Ti le faisait entrer dans son bureau, à son domicile de Ch'ang-an.

Ti referma la porte derrière eux et se mit à arpenter la pièce. Depuis qu'il était sorti du temple du Cheval Blanc, l'agitation ne l'avait pas quitté.

– Je ne l'ai pas décidé, répliqua-t-il. On l'a décidé pour moi.

– Je comprends, dit son ami d'un ton compatis-sant. Nous sommes parfois le jouet de forces qui nous dépassent, et qui nous utilisent à leurs fins personnelles.

Interloqué, Ti considéra un instant son ami. C'était comme si une fenêtre venait de s'ouvrir sur l'infini mystérieux, tant la remarque lui sembla juste. Il s'arracha à ses pensées et reporta son attention sur les notes qu'il avait gribouillées sur une feuille de papier. « Même si nous sommes manipulés, se dit-il, nous gardons une possibilité de choix qui fait de nous des êtres responsables de nos actes. »

– J'ai besoin de votre mémoire légendaire, déclara-t-il. En passant des semaines et des semaines à patauger dans les textes sacrés, je pourrais éventuellement découvrir ce que je cherche. Ou ne rien découvrir du tout. Mais le temps me manque. Dites-moi, les Arhats et la Devadhatta, outre qu'ils sont les protecteurs et les ennemis du Dharma, qui sont-ils vraiment ?

– La Devadhatta... fit son ami, songeur. Admettons qu'elle représente la faiblesse humaine. En tant qu'ennemie du Dharma, elle se manifestera, est-il écrit, pendant le règne de la Loi Dégénérée qui suivra l'Ère de la Véritable Loi. Dans l'Ère de la Véritable Loi, qui a commencé lorsque le Bouddha a atteint l'illumination, l'enseignement du sage était récent, les hommes purs et fidèles. Dans l'Ère de la Loi Dégénérée, l'enseignement du sage a été corrompu par le temps, par la faillibilité humaine, et l'influence de la Devadhatta s'est progressivement étendue. C'est au cours de cette période que le Maitreya doit revenir, et que les Arhats se lèveront pour détruire la Devadhatta.

– Quelle est la durée de ces ères ?

– Mille ans chacune. Cela fait approximativement douze cents ans que le Bouddha a atteint le nirvana. Ce qui fait que nous sommes entrés depuis deux cents ans dans l'Ère de la Loi Dégénérée.

– Et les Arhats... ? demanda Ti, suspendu aux lèvres de son ami comme à celles d'un oracle.

– D'après la prophétie, leur temps est peut-être venu. (Il resta un instant songeur.) Si nous acceptons la thèse selon laquelle l'arrivée du Maitreya serait imminente, alors les Arhats devraient être parmi nous. Ils devraient détruire la Devadhatta et nettoyer la corruption.

– Si nous acceptons la venue du Maitreya.

– Les Arhats ont suivi une évolution complexe au cours de l'histoire, poursuivit le lettré. Autrefois, on les dépeignait comme des êtres gracieux, des reclus à la beauté sublime, de véritables disciples du Bouddha. Ce n'est que très récemment, au cours des soixante dernières années, qu'ils sont devenus ces vengeurs effrayants et difformes. En fait, j'ai un jour rencontré l'homme dont l'œuvre consolide cette version. Vous souvenez-vous de Hsuan-tsang ?

Hsuan-tsang, le célèbre moine-pèlerin-traducteur qui avait rapporté d'innombrables textes sacrés de ses voyages en Inde et au Tibet. Tant qu'il aurait un souffle de vie, Ti n'était pas près d'oublier le personnage. En fermant les yeux, il revoyait le frêle vieillard, courbé par les ans, exhorter les masses du haut de la plate-forme des Débats Pai, il entendait encore les voix des fidèles défier les cieux.

– C'est Hsuan-tsang qui a promulgué l'idée que nous vivions dans l'Ère de la Loi Dégénérée, lui qui a traduit certains écrits inconnus qui décrivent les Arhats comme des créatures difformes, mais qui exaltent leur laideur qui les différencie du commun des mortels et fait d'eux une élite céleste. C'est à partir de ses traductions que les artistes ont peint les portraits que vous avez vus sur les feuilles du *bodhi* et que d'autres ont sculpté les statues des grottes de Lung-men. Les Arhats sont dix-huit en tout, et chacun possède ses propres caractéristiques, chacun affiche sa laideur comme une qualité.

Ti se rappela les moines difformes : fiers, arrogants, distants, comme si, après des vies antérieures à essuyer le dégoût et la pitié des autres, ils avaient été promus au rang royal par quelque divinité. Cette pensée le mit mal à l'aise.

– Dix-huit ? s'étonna-t-il soudain. Tiens, je n'en ai jamais compté que seize, que ce soit dans les grottes, sur les feuilles de *bodhi* ou en chair et en os.

– Les Chinois préfèrent le nombre de dix-huit, commenta le lettré. Seize est le chiffre que nous associons à certaines écoles ésotériques, tibétaines principalement.

Ti marcha avec fièvre de long en large. Les Tibétains. Par tous les dieux, les Tibétains ! Il s'arrêta brusquement devant son ami.

– Vous souvenez-vous d'une discussion que nous avons eue il y a quelques mois ? Nous nous interrogions sur la sincérité de l'Impératrice, de sa mère et du moine. Vous disiez qu'en ce bas monde, le pouvoir favorise la croyance en l'immortalité chez ceux qui le détiennent, et qu'ils se prennent vite pour des divinités. À exercer une toute-puissance, même partielle, ils en concluent que des forces surnaturelles les habitent. Et vous disiez aussi que vous ne saviez pas jusqu'à quel point ils se croyaient réellement d'essence divine, qu'ils l'ignoraient sans doute eux-mêmes. Je pense que nous avons là un début de réponse. Nous assistons aux efforts que déploie le moine Hsueh Huai-i pour persuader l'Impératrice de sa nature divine. Il agit avec subtilité, c'est certain. Il commence par forger le faux soutra du Grand Nuage dans lequel il suggère la venue d'une souveraine céleste, suggestion reprise et confirmée dans le *Commentaire sur les Précieuses Pluies*. Ensuite, il lui affirme qu'elle est l'incarnation de Kuan-yin et d'Avalokitesvara, puis s'arrange pour que les apparences appuient cette illusion. Il lui a pratiquement déclaré qu'elle était bien davantage qu'un simple bodhisattva : le Futur Bouddha Maitreya lui-même !

– C'est que... commença le lettré. C'est que, voyez-vous, le soutra du Grand Nuage n'est pas un faux.

Ti dévisagea son ami sans comprendre.

– Bien sûr que si ! s'exclama-t-il. Cette absurdité que les moines psalmodient dans les rues de la ville ! Ne me dites pas que vous croyez à ces foutaises ! À ce prétendu mendiant que Hsueh aurait rencontré et qui lui aurait vendu ce précieux soutra pour un bol de riz ?

– Oh ! notre Tibétain ne manque pas d'imagination ! rétorqua le lettré. Il a inventé une histoire spectaculaire pour appâter les crédules, et il a ensuite arrangé le soutra à sa convenance pour que les paroles sacrées s'ancrent dans la conscience du peuple. En fait, les paroles psalmodiées par les moines du Cheval Blanc sont dérivées d'un soutra authentique. Un très ancien soutra, vieux de plusieurs siècles. Je pensais que vous le saviez. Je l'ai moi-même reconnu dès que j'ai entendu les moines le chanter. Nous ne sommes probablement pas très nombreux dans ce cas. C'est un texte assez obscur, mais on ne peut plus authentique.

Abasourdi, Ti regarda son ami fermer les yeux, comme il le faisait toujours lorsqu'il fouillait sa vaste mémoire. Puis il commença à réciter. Ti se laissa tomber dans un fauteuil et l'écouta, fasciné.

... Le Vénérable a dit que, lorsque Bhagavat renaîtrait, il éradiquerait le Mal. Les arrogants et les récalcitrants, les jeunes Devas les châtieront avec des verges d'or. Le Vénérable veut que Maitreya lui construise une Cité de la Transformation au milieu de laquelle trônera une colonne d'argent marquée d'une inscription ; au sommet retentira le Tambour d'Or pour annoncer le message aux disciples. Et tous les croyants l'entendront à des dizaines de milliers de lieues à la ronde, mais ceux qui ne croient en sa Loi n'entendront rien, fussent-ils à trois pieds du tambour.

Une mère sainte gouvernera l'humanité et son impérium apportera la prospérité éternelle. Elle aura les qualités essentielles d'un bodhisattva, et recevra un corps de femme afin de transformer chaque être. Un Bouddha touchera sa tête ; elle prophétisera, enseignera, et convertira les terres sur lesquelles s'étendra son règne. Elle détruira les hétérodoxies et les doctrines perverses. Elle obtiendra un quart du royaume de Cakravartin. Elle obtiendra la souveraineté absolue et sera source de sa vie. Protégé des afflictions, des maladies, des soucis, de la peur et du désastre, le peuple prospérera. Et les terres de Jambudvipa se rangeront sous sa juridic-

*tion et aucune opposition ne viendra des territoires
éloignés. Partout où règne la sédition, elle sera annihilée.*

*Elle régnera depuis le pays de Wu-hsiang, aussi
appelé la terre de Non-Pensée. Dans ce pays coulera
une rivière appelée la Rivière Noire. À l'époque du
déclin de la Vraie Loi viendra une armée de
démons, chevauchant le vent mauvais engendré par
les eaux de cette rivière, et Mara essaiera de détruire
et de corrompre la Vraie Loi.*

*C'est un mortel qui découvrira cette inscription.
Mais celle qui la lira sera la souveraine à la sagesse
infinie.*

Lorsque le lettré rouvrit les yeux, il sembla
émerger d'une transe surnaturelle. Ti lui-même
avait écouté les paroles du soutra dans un état
second. C'étaient donc les sources d'inspiration de
Hsueh Huai-i ! La colonne, la « découverte » de
l'inscription, la prétendue destinée de souveraine
céleste de Wu. Mille questions se bousculaient
dans sa tête, mais l'une précéda toutes les autres :

– Mara ? Qui est Mara ?

– Mara, ou Kamadeva, conduit l'armée des
démons, les destructeurs de la Loi. C'est une autre
manière de parler de la Devadhatta : l'armée des
démons de Mara.

Les questions qui préoccupaient Ti s'effacèrent
à l'émergence d'une pensée vague et informe. Il se
leva d'un bond, se cognant le genou dans sa hâte.

– L'armée des démons, dit-il. Les textes sacrés
font-ils référence à cette armée ?

– Oui, brièvement et de manière très obscure.
Je vais avoir du mal à m'en souvenir. Laissez-moi
le temps de pratiquer un exercice particulier afin
de stimuler ma mémoire. Je dois atteindre un
endroit bien précis de mon cerveau. Les salles de
ma mémoire sont comme celles d'une vieille
bibliothèque poussiéreuse. Les écrits y sont
conservés avec soin, mais ils disparaissent sous
l'entassement des volumes. On passerait un temps
fou à fouiller toutes les salles à la recherche d'un

exemplaire particulier, mais il y a d'autres moyens de le trouver.

C'était un exercice extraordinaire. L'homme ferma les yeux et se pétrifia ; puis il se leva lentement et s'accroupit à demi, tournant sur lui-même avec des gestes décomposés, comme s'il scrutait l'étendue d'un monde visible de lui seul. Ti songea aussitôt à une forêt impénétrable, peuplée de créatures qui surgissaient l'espace d'une seconde avant de s'éparpiller dans toutes les directions, défiant le chasseur à l'affût.

De temps à autre, le lettré interrompait sa rotation comme s'il avait vu ou entendu quelque chose, mais il reprenait son mouvement et scrutait de nouveau la forêt impénétrable. Soudain, il poussa un cri qui retentit comme un coup de tonnerre dans la pièce silencieuse et fit sursauter le juge.

– *Alors il se figea dans une posture définitive, les membres repliés tel un serpent endormi, et s'écria :* « *Je ne bougerai pas tant que je n'aurai pas atteint mon but suprême !* »

Puis sa voix se fit murmure, et, toujours accroupi, paupières closes, il continua de réciter ce qu'il puisait dans sa mémoire, comme on puise de l'eau, songea Ti.

– Alors les habitants des cieux éclatèrent de joie... les hordes de bêtes et les volées d'oiseaux respectèrent un silence absolu, les arbres ondoyèrent sans un bruit sous le vent quand l'Être Sacré se figea dans une immobilité résolue...

Le lettré reprit sa place sur son siège. Il avait trouvé ce qu'il cherchait.

– ... et quand le Grand Sage, issu d'une lignée de sages royaux, s'assit, bien déterminé à obtenir la connaissance suprême, le monde entier se réjouit ; mais Mara, l'ennemi de la juste loi, s'effraya...

Ti alla à son bureau, prit un pinceau, et s'efforça de suivre le récit ; les caractères se mirent à courir sur le parchemin.

– ... celui qu'ils nomment le Kamadeva, l'être

aux multiples armes, l'archer à la flèche fleurie, le seigneur du désir, celui que l'on nomme aussi Mara, l'ennemi de la libération. Ses trois fils – la Confusion, la Gaieté et la Fierté – et ses trois filles – la Luxure, le Délice et la Soif – lui demandèrent les raisons de son abattement, et il leur répondit : « Le sage s'est assis là-bas, il porte l'armure de la résolution et il veut conquérir mon royaume. S'il réussit à me renverser, s'il annonce au monde la voie de la béatitude, mon royaume sera anéanti. » Alors Mara invoqua son armée afin de renverser le sage, les démons grouillèrent autour de lui, s'incarnant en diverses formes et armés d'arcs, de troncs d'arbres, de fléchettes, de gourdins, d'épées.

Le pinceau de Ti avait du mal à suivre. Profitant que son ami reprenait son souffle, il forma rapidement les derniers caractères du passage précédent.

Puis le lettré décrivit en termes minutieux les démons qui composaient les légions de l'armée du Seigneur du Désir, de sorte qu'ils semblèrent se matérialiser dans les ombres du bureau. Fasciné, Ti en oublia ses notes, puis il reprit ses esprits et tenta de rattraper le fil du récit.

Plusieurs heures plus tard, seul à son bureau, Ti était encore plongé dans ses pensées. Son ami l'avait longuement dévisagé avant de prendre congé et ce qu'il lui avait déclaré le hantait encore. Le ton même de sa voix l'avait marqué : le sérieux et l'ironie, ou quelle nuance entre ces deux extrêmes ? Il est un aspect que personne n'avait prévu, lui avait dit son ami. On dirait que le seul véritable Arhat, le seul protecteur de la Loi dans cette ère du déclin, ce soit vous. Là-dessus, il l'avait quitté avec un sourire énigmatique, laissant Ti avec ses notes hâtives, ses milliers de questions, et cette idée informe qui commençait à prendre une tournure singulière et inquiétante.

Après la visite du lettré, Ti avait exigé que soit respectée sa solitude et qu'aucun bruit ne vienne déranger sa méditation. Pour plus de prudence, il s'était bouché les oreilles avec des boulettes de tissu. Sur son bureau s'étalaient le plan schématique de la cité de Ch'ang-an, les notes qu'il avait remises en ordre et le soutra qu'il avait recopié la veille ; à portée de sa main, un parchemin vierge, de l'encre et un pinceau.

Il prit le pinceau, le trempa dans l'encrier et sa main dessina machinalement une ligne sinueuse sur le coin supérieur gauche de la feuille. Il s'arrêta, croyant avoir entendu gratter à la porte de son bureau. Non, il avait dû se tromper, il avait bien insisté pour ne pas être importuné. Il reporta son attention sur la ligne noire et laissa son esprit errer sur la rivière qu'elle symbolisait. La noire rivière du danger : le fleuve des passions, de la naissance et de la mort.

Il leva brusquement la tête. Cette fois, on avait gratté à sa porte. Pourquoi était-ce si difficile de respecter ses vœux ? Pourquoi devait-il toujours négocier pour avoir quelques instants de paix et de tranquillité, de solitude et de méditation ? Il aurait mieux fait de s'enfermer dans son bureau sans un mot, personne n'aurait su où il était. Eh bien, il ferait semblant de ne pas entendre. Il commença à lire le soutra du Démon Kirita à haute voix, et à cause des boulettes de tissu, le son résonna dans sa tête.

Mais il se leva bientôt d'un bond, et ôta d'un geste exaspéré les boulettes de ses oreilles. On ne grattait plus, on tambourinait à la porte. Il alla ouvrir.

C'était sa mère, mais l'expression qu'il lut sur son visage lui fit ravaler les reproches acides qui se bousculaient à ses lèvres. Derrière sa mère, penaud comme un chien qui vient de commettre une bêtise, se tenait son lieutenant, le loyal bossu... Et derrière le bossu, deux robustes gardes.

– Encore un meurtre ? demanda-t-il au lieutenant.

– Non, maître Ti, il ne s'agit pas d'un meurtre, lui répondit le bossu.

Ti comprit aussitôt son erreur car les gardes n'étaient pas des agents, mais des gardes impériaux.

Il n'eut pas besoin d'explications. La présence des gardes prouvait qu'il était en état d'arrestation. Il envisagea la possibilité de fuir par la terrasse, de traverser le jardin en courant, puis les rues de la ville. Il fut une époque, plus jeune, où il n'aurait pas hésité, mais il renonça devant le dérisoire d'une telle entreprise à son âge. En outre, l'air misérable, suppliant, du bossu lui indiquait clairement que le malheureux paierait l'audace de son maître de sa tête.

– Je suis navré... commença le bossu, mais Ti le coupa.

– Ce n'est rien, fit-il en sortant de son bureau dont il referma la porte derrière lui pour cacher les documents étalés sur son secrétaire. Vous me raconterez plus tard, ajouta-t-il d'un ton amène.

Puis il tendit ses mains aux gardes.

– Allons-y, fit-il. Faites votre devoir.

30

La porte grinça sur ses gonds et resta légèrement entrouverte. Ti s'était attendu à voir son ami le bossu assis derrière son bureau ; que la porte restât ouverte ne dérangeait pas le lieutenant, et cela permettait au juge de ne pas trop souffrir de claustration. Après tout, des policiers gardaient la sortie, et le bossu savait bien que Ti ne tenterait rien qui pût mettre son poste en danger.

Mais ce n'était pas le bossu amical que Ti aperçut derrière le bureau. Où était-il donc passé ce matin ? Celui qui l'avait remplacé était un homme empâté plutôt laid, avec un large visage plat, et des petits yeux suspicieux trop resserrés. L'homme lisait les rapports étalés sur son bureau ; il leva les yeux et scruta la cellule de Ti plongée dans la pénombre.

– Ah, vous êtes réveillé ! s'exclama-t-il.

Sa voix rauque et profonde était beaucoup moins inamicale que son physique le laissait penser.

Oui, Ti se souvenait de lui. Vaguement. Ses souvenirs de la veille étaient confus et flous, comme noyés par l'alcool. C'était certainement l'explication. L'homme lui avait fait boire du vin pour lui délier la langue. Mais dans ce cas, il aurait la gueule de bois. Pourtant, c'était bien le même garde qui l'avait questionné la veille. C'était lui, non ? On l'avait bien questionné, non ? Comment aurait-il pu oublier ce pachyderme ?

— Avez-vous l'intention de vous montrer coopératif ce matin ? Vous ne nous avez pas beaucoup aidés hier soir. Votre entêtement ne peut que vous nuire, vous savez.

Il parlait avec désinvolture, d'un ton bourru mais avec calme et patience.

— Que vouliez-vous savoir ? demanda Ti, incapable de se souvenir.

— Votre nom, juge, simplement votre nom. Rien de plus.

Il reporta son attention sur les rapports des geôliers.

— Mon nom ?

— Oui, c'est tout. Ce n'est pas trop demander, tout de même.

— Eh bien, je m'appelle... euh... laissez-moi réfléchir. Mon nom est...

— Allons, juge ! fit l'homme sans lever les yeux des rapports. Un petit effort, que diable !

— Mon nom...

Excédé, Ti s'efforça de rassembler ses esprits. Mais il eut beau faire, impossible de se souvenir.

— Je l'ai sur le bout de la langue. Je m'appelle... je suis le juge... Damnation !... je n'arrive pas à...

— Votre petit jeu ne vous sera d'aucun secours, juge. Soit vous nous donnez votre nom, ou nous tuerons un membre de votre famille chaque jour jusqu'à ce que la mémoire vous revienne.

— Mais mon nom figure sur les registres de la ville....

— Non, il faut que cela vienne de vous, dit l'homme avec la même désinvolture que s'il lui avait demandé de nettoyer sa cellule. Ce soir, nous commencerons par votre mère. À vous de décider.

— Non, pas ma mère !

— Qui alors ? Une de vos épouses ?

— Non !

— Une exécution par jour jusqu'à ce qu'il ne

602

reste plus personne. Ça dépend de vous, lâcha le geôlier en haussant les épaules d'un air amical.

En ouvrant les yeux, Ti vit le visage consterné du bossu.

– Encore un cauchemar, Votre Honneur ?

Le lieutenant s'inquiétait plus pour le juge que pour lui. Il avait l'air si triste et si désemparé que Ti se sentit obligé de le rassurer.

– Ce n'était rien, mon ami, déclara-t-il.

Il se redressa, s'assit sur sa paillasse et s'adossa au mur rugueux.

– Je l'ai déjà oublié, reprit-il. En fait, je me sens plus reposé qu'hier matin. (Il frotta son visage fatigué et mal rasé.) Vous m'apporterez le thé dans un instant, je vous prie.

Il se leva en chancelant, puis se ressaisit et se dirigea vers la bassine d'eau.

– Du thé, bien sûr. J'y vais de ce pas.

Le bossu alla chercher le pot de thé fumant et les bols qu'il avait déjà préparés et posés sur son bureau en attendant le réveil du juge, puis il revint dans la cellule. Cauchemars ou pas, Ti se réveillait toujours à la même heure. Le bossu déposa le thé sur la table, derrière Ti qui s'aspergeait le visage d'eau.

– Désirez-vous autre chose ? s'enquit le bossu. Des plats préparés par vos épouses, peut-être ? Quelque chose pour adoucir cette fâcheuse épreuve ?

Une sollicitude embarrassée perçait dans la voix du lieutenant. Ti savait que l'homme souffrait autant que lui de la situation, de son impuissance et d'une même impatience grandissante. Toutefois, il s'efforçait de cacher son malaise afin d'épargner son supérieur.

Le bossu se doutait que Ti avait fait des découvertes cruciales, mais par un accord tacite, les deux hommes refusaient d'en discuter les détails. Leur silence ne s'expliquait pas seulement par la crainte d'être entendus, mais aussi par la certitude qu'à ce stade de l'enquête, formuler les théories que Ti échafaudait dans sa tête bouillonnante risquait de les voir s'évaporer comme l'un de ses cauchemars. Ti avait certes réuni la plupart des pièces du puzzle, mais son enquête n'était pas terminée, loin de là, et il nageait toujours en plein brouillard. D'où le cauchemar : l'angoisse que tout ce qu'il savait, y compris son propre nom, profitât d'un moment d'inattention de sa part pour lui filer entre les doigts.

– Je ne pense pas que le gouverneur général de la province de Shen-hsi vous ait interdit quoi que ce soit dans sa lettre de cachet, déclara le lieutenant. En tout cas, rien concernant votre confort.

« Très généreux de sa part, songea Ti. Il a même daigné ne pas m'importuner en me spécifiant les charges retenues contre moi. »

– Je vous remercie, mon brave. Vous m'avez déjà été d'un grand secours. Je ne vous remercierai jamais assez de tenir ma famille au courant.

Le rôle du gouverneur général le préoccupait. Il se doutait que, si l'homme avait apposé son sceau sur les vagues charges qu'on lui avait lues le jour de son arrestation – on l'accusait d'être un ennemi de l'État –, on lui avait forcé la main. Il n'était qu'un pion.

– Cependant, j'ai un grand service à vous demander, reprit Ti avec un air de conspirateur qui capta aussitôt l'attention du bossu.

– Bien sûr, Votre Honneur, s'empressa-t-il en s'approchant du juge. Tout ce que vous voudrez. Si toutefois cela est dans mes pouvoirs. Je me sens si démuni, si impuissant !

– Je sais, mon ami, je sais. Nous en sommes tous là. (Puis il baissa la voix.) Mais rappelez-vous, ce n'est que provisoire.

Il s'était efforcé de paraître jovial, mais personne ne fut dupe ; surtout pas lui.

– Je ferai mon possible, Votre Honneur, promit le bossu, un rien hésitant.

Il craignait à l'évidence que le juge n'exigeât de lui un acte de bravoure chimérique. Mais son empressement prouvait qu'il essaierait de son mieux, quoi que Ti lui demandât.

– Apportez-moi donc un bol de cette excellente soupe de poisson que vous m'avez préparée hier soir. J'aurai aussi besoin d'une couverture supplémentaire, si ce n'est pas abuser. Et... d'un peigne, d'un pinceau pour écrire, et... arrangez, je vous prie, une audience personnelle dans cette cellule avec le bon gouverneur général. J'aimerais beaucoup lui parler.

Soulagé, le bossu arbora un large sourire.

– Ce sera fait, Votre Honneur. (Il émit un petit rire sans joie.) Ce sera fait, je vous le promets.

Les jours passèrent ; de longs jours d'ennui peuplés de souvenirs que Ti n'avait pas affrontés depuis des années. Il en suivait le fil aussi aisément que ses yeux suivaient les fissures des murs et du plafond qui conduisaient toutes à une énorme tache décolorée au-dessus de sa tête. Le sentiment d'impuissance qu'il éprouvait n'était rien, il le savait, comparé à celui qu'avaient dû ressentir les victimes des meurtres la nuit de leur destin tragique.

Au moins dans sa cellule pouvait-il réfléchir. Quelle ironie qu'il eût enfin trouvé la paix et la tranquillité qui l'avaient fui chez lui ! La nuit, en se concentrant, il avait pu se souvenir de presque tous les détails des notes et des dessins qu'il avait été obligé de laisser sur son bureau le jour de son arrestation. Bien que moins entraîné que son ami lettré, il pratiquait sa propre version de l'exercice mnémotechnique, et, les yeux clos, il arrivait à visualiser avec une acuité surprenante les images qui se présentaient d'elles-mêmes à son esprit.

Celui qui l'avait fait arrêter n'avait pas été assez rapide. S'il l'avait éloigné de ses notes un peu plus tôt, Ti n'aurait pu les assimiler suffisamment pour les faire resurgir à volonté. Mais qui l'avait reconnu, et quand? Il ne pouvait s'empêcher de songer à quelqu'un qui l'aurait vu aux grottes de Lung-men ou au temple du Cheval Blanc. Tant que ses enquêtes s'étaient confinées aux malfaiteurs séculiers – bandes organisées, chamans, brigands de toutes sortes – on l'avait laissé tranquille. Mais dès que son attention s'était portée sur la secte du Nuage Blanc, il avait été appréhendé. Ce simple fait avait confirmé ses pires soupçons, et lui avait fait gagner un temps précieux : il aurait pu échafauder de laborieuses et vagues théories en ignorant s'il était bien sur la bonne piste, comme le mathématicien dessine des cercles qui se touchent sans jamais se joindre complètement. Or, maintenant, Ti était sûr que les cercles se superposaient.

Mais pourquoi l'avait-on simplement emprisonné? Pourquoi ne pas l'avoir exécuté? Ti songea à plusieurs explications, et toutes tendaient, encore une fois, à corroborer la plus dramatique de ses hypothèses.

Et c'était bien le pis : il possédait tous les indices pour prédire le nom de la prochaine famille assassinée.

Laquelle, oui. Mais *quand*?

« Bientôt, très bientôt nécessairement, songea-t-il en se retournant sur sa paillasse inconfortable. L'heure du prochain meurtre approche, parce qu'on me veut pieds et poings liés, mais vivant... vivant afin d'être au courant du meurtre, et de souffrir le martyre en l'apprenant. C'est sans doute pour cela qu'on ne m'a pas encore transféré. On me veut ici, dans la ville même où le crime sera commis. »

Vers la fin de la deuxième semaine, Ti commença à désespérer. Comme le regain d'énergie qui suit une nuit sans sommeil, la vigueur initiale qui l'avait habité au début de son emprisonnement s'estompait rapidement. Le matin, il se réveillait comme s'il avait dormi sur des pierres, si las qu'il avait à peine la force de s'asseoir sur sa paillasse. Il s'évadait de plus en plus dans le sommeil. Les bruits couraient qu'on allait le transférer. Il avait essayé d'obtenir des précisions, mais en vain, et son fidèle bossu n'en savait pas plus que lui.

Il repensa à ses longues promenades à travers la ville, qui lui éclaircissaient l'esprit, le tonifiaient et lui procuraient une saine et agréable fatigue. C'était bien ce qui lui manquait le plus. Enfermé dans une étroite cellule, privé du confort auquel un homme de sa fortune et de son rang était habitué, la seule chose qu'il regrettait vraiment, c'était ses longues promenades. Marcher et réfléchir lui paraissait le luxe suprême et inaccessible.

Le vent avait soufflé tout l'automne. Au cours de ses promenades, il avait souvent été ballotté par de violentes rafales, et il avait dû plus d'une fois courber l'échine pour lutter contre le vent contraire, mais il n'avait jamais été obligé de renoncer ni de rester enfermé ne fût-ce qu'une seule journée. Sa cellule sans fenêtre ne lui permettait pas de savoir si le soleil ou la pluie dominait, et ce manque de contact avec le temps contribuait activement à sa mélancolie. Un matin, lorsque son garde lui apporta le thé, il réjouit l'homme qui ne l'avait pas vu ouvrir la bouche depuis quelques jours, en le questionnant sur le temps.

– Dites-moi, mon brave, quel temps a-t-il fait ces derniers jours ?

– Hier ? demanda le bossu avec enthousiasme. La semaine dernière ? Aujourd'hui ?

Le bossu rayonnait. Il allait enfin reprendre ses conversations avec l'homme qu'il admirait le plus.

– C'est cela. Aujourd'hui et les jours précédents.

– Eh bien, Votre Honneur, le temps est assez clément pour un automne. D'habitude il vente comme vous n'imaginez pas. C'est bien pire que ce qu'on a connu cette année ; le vent nous harcèle sans cesse.

Ti l'écoutait tout en vaquant à sa toilette avec une jovialité forcée. Il s'aspergea le visage d'eau glacée.

– Non, il ne nous harcèle pas, il nous fouette, poursuivit le bossu. Voilà, à cette saison, le vent nous fouette, mais cela fait plusieurs semaines qu'il nous laisse en paix. Depuis... votre incarcération. Le vent est vif, mais nous sommes loin des bourrasques habituelles.

– Un temps agréable pour se promener, remarqua Ti en se frictionnant le visage.

– Oui, acquiesça le bossu, entrant dans le jeu. Oui, un temps idéal pour se promener. Mais mieux vaudrait partir de bonne heure. Ce matin, le soleil brillait et une brise fraîche me caressait la peau. Oh ! rien de bien méchant, mais j'ai l'impression que le vent va se lever. Il sera bientôt impossible de se promener tranquillement.

– Ah ! fit Ti en coiffant son bonnet. C'est donc ce matin qu'il faut en profiter. D'ailleurs, qui dit que j'aurais envie de sortir demain ?

– C'est juste. Mais...

Le bossu réfléchit ; il s'adonnait avec plaisir à leur petite comédie.

– On ne peut jamais savoir. Le temps nous réservera peut-être une agréable surprise. Il se peut que la journée soit encore idéale pour la promenade. Mais les vents sont imprévisibles, Votre Honneur. Cela risque d'empirer.

Le vieux moine dut se couvrir le visage de sa capuche pour se protéger des tourbillons de poussière. Il considérait les sorties répétées dans la cour du gigantesque monastère du Cheval Blanc comme des interruptions fâcheuses qui troublaient son agréable travail de copiste, et c'était toujours à regret qu'il quittait le confort douillet de la conciergerie. Il vérifia en grommelant l'étalonneur de vent perché sur le toit de la Grande Salle. Plus le vent soufflait, plus fréquentes étaient ses sorties dans la cour, et il voyait bien qu'il devrait recommencer plusieurs fois l'opération dans la journée.

Lorsque le vent de nord-ouest atteignait une certaine intensité, le premier des trois disciples du Bouddha basculait sur sa tige. Si l'intensité s'accroissait, la deuxième figurine, plus lourde, basculait à son tour. Si les vents renversaient le troisième disciple, cela signifiait qu'ils avaient atteint leur force maximale en franchissant les montagnes de Ch'ang-an et qu'ils souffleraient pendant longtemps.

Ce matin-là, à la quatrième sortie du moine, le deuxième disciple avait basculé. Le vieil homme allait rentrer dans sa loge quand une vive bourrasque balaya la cour. Il se retourna, scruta l'étalonneur de vent au sommet du toit : non, le troisième disciple était toujours debout.

Le moine avait des instructions précises : si le troisième bodhisattva basculait, il devrait griffonner sur un morceau de parchemin la date, l'heure, et la force du vent. Ensuite, il plierait le parchemin, le scellerait et le confierait à un coursier. Il ignorait le but de l'opération, et d'ailleurs il s'en moquait. Il se contentait de suivre les instructions, puis il se remettait à son travail chéri, celui qu'il avait fait toute sa vie : la copie de soutras.

Il venait de se rasseoir quand une nouvelle bourrasque fit trembler les fenêtres. Non, le moment n'était pas encore venu, les vents le taquinaient. Il prit son pinceau, en lissa les soies avec soin afin d'obtenir une pointe parfaite, puis le trempa dans l'encrier, et s'attaqua au soutra qui l'attendait.

Le bossu ne s'était pas trompé. Le vent s'était considérablement levé. Réveillé à plusieurs reprises au cours d'une nuit agitée, Ti s'était étonné de la violence des rafales. Il avait cru que les murs de la prison l'empêcheraient de les entendre, mais le vent faisait trembler jusqu'aux fondations du bâtiment, et oppressait le juge. Il se souvint de ce que sa mère disait des tempêtes de Ch'ang-an : venus de nulle part, comme des esprits vengeurs, les vents s'engouffrent dans la ville, changent les arbres majestueux en vieillards courbes, les déracinent parfois ou les fendent en deux, et arrachent les tuiles des toits. Si le vent souffle toujours aussi fort, se dit-il en se réveillant avant l'aube, c'est bien ce qui risque de se produire. Il se couvrit la tête de son manteau et essaya de se rendormir.

Peu après, un bruit le fit sursauter. Qu'est-ce que cela pouvait bien être ? Une nouvelle rafale ? Il tendit l'oreille. Encore ce bruit étrange. Un son différent porté par le vent, semblait-il ; une longue plainte grave, comme si tous les infortunés fantômes des mondes souterrains gémissaient à l'unisson.

Ti s'assit sur sa paillasse et promena son regard autour de la cellule. L'endroit lui sembla familier ; les rares objets de sa présente existence étaient à leur place. Non, il n'était pas en train de rêver. Il se leva, frissonna lorsqu'il posa le pied sur le sol glacé, et tendit une oreille attentive. La même note lugubre résonna, plus longtemps, avec une tristesse accrue. Oui, le son était réel, bien réel !

Il se précipita au guichet, et l'ouvrit en grand afin d'avoir une vue sur tout le couloir jusqu'au poste de garde. Tout semblait désert. Il secoua la grille de bois qui obstruait le guichet et appela le bossu. Ce dernier apparut en se frottant les yeux, à demi endormi.

– Quel est donc ce bruit sinistre ? demanda Ti.

– Effrayant, n'est-ce pas ? dit le bossu. Nous en parlions justement. Il paraît que c'est... une corne.

– Une corne ? s'étonna Ti, incrédule.

– Oui, une corne géante, à ce qu'on m'a dit. Gigantesque, longue comme trois hommes étendus bout à bout. Une corne du Tibet, paraît-il. Je n'arrive pas à me souvenir de son nom.

– Un *thungchen*.

– C'est ça! C'est le mot!

– Lieutenant, comment se fait-il que nous entendions un *thungchen* à Ch'ang-an?

– La construction de la colonne est terminée. L'engin infernal a été installé au sommet, juste sous la sphère, et on l'a placé de telle sorte qu'il ne fonctionne que si les vents atteignent une certaine vélocité et soufflent dans une direction bien précise. Aujourd'hui, on dirait que les conditions sont réunies, dit le bossu avec regret. Personne ne sait pourquoi on l'a placé là, mais cela nous promet un hiver bruyant...

Il s'arrêta, voyant que Ti ne l'écoutait plus.

– Lieutenant, de quelle direction vient le vent? demanda le juge d'un air pensif.

Le bossu réfléchit, puis hocha la tête, incertain.

– Je ne suis pas sûr, fit-il. Je vais me renseigner.

Il disparut au bout du couloir, et Ti, agrippé à la grille du guichet, dressa l'oreille, la tête pleine d'images déchirantes. Quelques instants plus tard, le bossu reparut.

– Il souffle du nord-est, Votre Honneur, annonça-t-il.

– Approchez, lieutenant. Écoutez-moi bien.

Dehors, la note plaintive avait diminué de volume et de ton. Ti parut scruter l'âme du bossu.

– Il faut que je sorte, déclara-t-il en martelant chaque syllabe. (Puis il ajouta d'une voix plus douce:) Je sais quand le prochain meurtre aura lieu.

– Hélas! Votre Honneur, que puis-je faire? murmura le bossu, désemparé. Ah, si seulement je pouvais vous aider! Je ferais n'importe quoi, même au péril de ma vie. Mais c'est trop tard, ajouta-t-il d'une voix pleine de regrets. On m'a changé d'affectation.

– Comment? Quand?

611

– Ce matin. Je suis chargé de la surveillance des quartiers ouest. Je ne vais pas tarder à partir, mes remplaçants sont déjà arrivés. Ce sont eux qui m'ont appris, pour la corne.

– Qui sont-ils ? Et combien ?

– Je ne les connais pas, Votre Honneur, murmura le bossu d'une voix presque inaudible.

Accablé, Ti poussa un chapelet de jurons.

– Lieutenant, fit-il d'un ton pressant, je dois... sortir... absolument.

Le bossu le dévisagea d'un air misérable. Les voix des nouveaux gardes approchaient. La corne tibétaine gémissait du haut de la colonne impériale.

– Votre Honneur, déclara le bossu d'une voix normale pour donner le change aux gardes qui les avaient rejoints. Demain matin, vous serez transféré dans une autre prison, au sud de la ville. Ces gardes, ici présents, vous y conduiront à pied. De là, poursuivit-il, l'air chagrin, vous attendrez un transport pour Lo-yang.

Après le départ du bossu, Ti ne pensa plus qu'à son évasion. Il avait fini par rassembler toutes les pièces du puzzle, et l'affaire était d'une telle atrocité qu'il n'aurait pu l'imaginer même dans ses pires cauchemars. Pourtant, il ne rêvait pas et les choses se passaient dans une ville où les nuits étaient devenues source de terreur pour une élite qui n'osait plus fermer l'œil. Ti calcula qu'il ne lui restait plus qu'une journée, deux peut-être, pour s'évader s'il voulait être présent sur les lieux du prochain meurtre et prendre les assassins sur le fait. Aucune affaire de sa longue carrière n'égalait celle-ci.

La maudite corne s'était enfin tue, grâce aux dieux. Les vents avaient diminué d'intensité et le bâtiment avait cessé de trembler. Sa mère avait raison : les vents étaient comme des esprits vengeurs.

Le temps passa, et l'heure approcha où la ville de Ch'ang-an connaîtrait une nouvelle nuit d'angoisse, une nouvelle nuit sans sommeil !

Le soir, quelques heures après le départ du bossu, un visiteur se présenta aux portes de la prison, un enfant qui vendait des gâteaux aux fruits et à la farine de soja. Ti l'entendit vanter les qualités de sa marchandise, les gardes s'esclaffer avec bonne humeur, puis s'extasier après avoir goûté les pâtisseries.

Il entendit la voix de l'enfant se rapprocher, accompagnée par le bruit de pas des geôliers. À l'évidence, le mitron s'apprêtait à tenter sa chance auprès du distingué prisonnier. Les geôliers lui avaient acheté les gâteaux deux pièces de cuivre et l'enfant les remerciait en expliquant qu'on lui offrait d'habitude une seule pièce, mais qu'il avait suivi les conseils de son père, lequel l'avait encouragé à aller vendre ses pâtisseries dans les bâtiments de l'État. Les gens importants savent apprécier les bonnes choses, lui avait-il expliqué, et ils sont prêts à payer pour la qualité. Le garçon, particulièrement intelligent et précoce, affirma avec une ingénuité désarmante que son père ne trichait pas sur les ingrédients, et que seuls des gourmets au palais délicat étaient dignes de déguster des friandises aussi parfaites. Le bougre ira loin, songea Ti ; il est déjà passé maître dans l'art de soutirer l'argent de ses clients par la flatterie et la cajolerie.

Un geôlier fit remarquer au mitron qu'il était bien tard pour qu'un enfant de son âge rentre chez lui tout seul, ce à quoi l'autre rétorqua que l'échoppe de son père dans le marché du quartier est restait ouverte jusqu'au couvre-feu et qu'il le rejoindrait en empruntant des rues passantes et bien éclairées. La réponse sembla satisfaire les geôliers qui opinèrent du bonnet, visiblement fiers d'avoir montré tant de sollicitude pour la sécurité d'un enfant.

– Maître, dit le garçon en s'inclinant quand les gardes lui ouvrirent la cellule de Ti, mon père m'a demandé de vous apporter ces quelques pâtisseries. Vous n'en trouverez jamais de pareilles tant elles sont délicieuses. Mon père prétend qu'elles nous rendront riches et célèbres car personne dans la guilde des boulangers de Ch'ang-an ne sait en faire d'aussi bonnes.

Le garçon pénétra dans la cellule sous l'œil attendri des gardes.

– Mon père les a faites avec de la pâte de sésame, de la farine de soja, du miel, du gingembre, du vin de prune, mais...

L'enfant écarquilla les yeux en voyant le juge assis sur le banc de sa cellule, vêtu de sa robe de chambre.

– Mais, maître, elles sont chères, reprit-il en posant sa corbeille sur la table. Trois pièces de cuivre chaque. C'est que les ingrédients nous coûtent, voyez-vous. Mais elles sont bien plus grosses que celles que vous trouvez d'habitude.

– Ah, trois pièces pour un gâteau ! s'exclama Ti. Il faut qu'il soit excellent ! Peut-être même mérite-t-il un peu plus. Peut-être que quatre pièces...

Et il sortit quatre pièces de cuivre de sa poche. L'enfant s'illumina devant une telle fortune. Ti posa les pièces sur la table pendant que le garçon penchait la corbeille pour montrer sa marchandise. Ti vit tout de suite que les gâteaux étaient d'une qualité exceptionnelle, et décorés d'idéogrammes souhaitant chance, santé, prospérité, longue vie, etc.

– C'est la spécialité de mon père, expliqua le garçon en voyant l'air admiratif de Ti. Oh ! maître ! s'exclama-t-il en jetant un regard sur les pièces. Je ne sais pas lire, mais je sais compter. Vous m'avez donné cinq pièces au lieu de quatre.

Il recompta, puis rendit la cinquième pièce à Ti.

– Vraiment ? fit le juge. Tiens, comment ai-je pu me tromper ? Eh bien, voilà une autre pièce pour te récompenser de ton honnêteté.

Il joignit le geste à la parole, et l'enfant, sans protester ni remercier, rangea prestement la pièce dans un petit coffret de bois. Ti adressa par-dessus la tête du garçon un sourire aux geôliers qui approuvèrent en s'esclaffant.

– Vous voyez, maître, dit le mitron en posant un gâteau sur la table avec délicatesse afin de ne pas briser le dessus en confiserie. Mon père dit que c'est comme une montagne recouverte de neige en hiver. Il a écrit un poème, regardez. Un poème en l'honneur de l'hiver et de la neige.

Ti vit le regard du garçon devenir soudain sérieux. Il se pencha pour examiner le gâteau, jeta un coup d'œil vers les gardes. Ils discutaient entre eux sans se soucier du juge et de l'enfant. Ce dernier porta un doigt à ses lèvres. Ti approcha la bougie pour examiner le gâteau de plus près. Le poème était composé de cinq caractères :

Aide. Fuite. Famille Ling. Merci.

– Ah ! fit Ti en reprenant ses esprits. Splendide. Oui, un fort joli poème.

Il improvisa rapidement tout en adressant un clin d'œil à l'enfant qui lui répondit par un sourire complice.

– La neige change les arbres en vieillards à barbe blanche.

Ti savait que les geôliers étaient illcttrés, mais ne voulant prendre aucun risque, il prit le gâteau comme un affamé et en croqua une bouchée.

– Ah, quel dommage de détruire une si belle œuvre d'art, mais c'est à cela qu'elle est destinée, n'est-ce pas ? Hmmm ! Délicieux, vraiment délicieux ! Tu féliciteras ton père, ce sont les meilleurs gâteaux que j'aie mangés.

Il le termina d'une dernière bouchée vorace. Le garçon, en acteur consommé, rayonna de fierté.

– Avec des pâtisseries comme celle-là, la prison me paraîtra douce. Cela va me revigorer, et j'en aurai bien besoin : on me transfère demain.

Ti appela les gardes qui discutaient avec leurs collègues de la salle voisine.

– C'est à l'aube que l'on doit me transférer à la prison Serpentine, n'est-ce pas ?

Les gardes acquiescèrent et retournèrent à leur conversation.

– Dis à ton père, reprit Ti, que ses pâtisseries sont excellentes et que j'espère qu'il m'en fera parvenir dans mon autre prison. Dis-lui qu'une *longue marche* m'attend, que je serai fatigué en arrivant, et que j'aurai bien besoin de reconstituant. Dis-lui aussi que je serais encore plus content si les gâteaux étaient fourrés avec une crème onctueuse, qui *coule entre les doigts* quand on mord dedans. Tu m'as bien compris ?

Le garçon acquiesça. Voilà un enfant d'une intelligence remarquable, songea le juge en pensant à ses propres fils l'espace d'un instant. Il s'essuya les lèvres avec une serviette humide puis jeta un coup d'œil aux gardes. Ils étaient toujours plongés dans leur conversation. L'enfant parut indécis, comme s'il venait de se souvenir de quelque chose qu'il ne savait comment formuler.

– C'était délicieux, déclara Ti, attentif malgré sa désinvolture apparente. Je n'en ai jamais mangé de meilleurs.

– On ne m'autorisera peut-être pas à m'aventurer dans le quartier Serpentine, maître. Mon frère aîné sera sans doute chargé de vous apporter les gâteaux. Dites-moi comment vous serez habillé, que je lui donne votre signalement.

Ti ne fut pas long à comprendre. Soit l'enfant était particulièrement futé, soit il se souvenait avec précision des recommandations de son père.

– Ah, laisse-moi réfléchir... Voyons...

Il considéra le casier où étaient suspendus ses maigres effets.

– Hum ! Il y aura du vent, je crois que je mettrai cette houppelande grise à capuchon avec le col en hermine.

Le garçon, qui nettoyait les miettes de gâteau, jeta un coup d'œil au vêtement que lui désignait le juge. Puis, voyant que Ti posait une bourse bien remplie sur son coffret, il l'interrogea du regard.

– C'est pour le dérangement, expliqua le juge. Le Serpentine n'est pas la porte à côté, et ton père voudra peut-être aussi t'acheter un manteau neuf pour l'hiver.

L'enfant ramassa la bourse, prit sa corbeille, s'inclina, puis sortit poliment de la cellule à reculons. Brave gosse, songea Ti.

– J'attends tes visites avec impatience, fit-il. Surtout, dis bien à ton père que j'ai absolument besoin de ses gâteaux...

L'enfant s'inclina une dernière fois, puis disparut.

C'était un matin froid. Ti ne pouvait voir le ciel de sa cellule sans fenêtre, mais il l'imaginait d'un bleu pur et sans nuages. En se réveillant, la fraîcheur de l'air l'avait saisi malgré le chauffage *ang* dont les briques couraient le long des murs de la prison. La chaleur insuffisante qu'il dégageait était vite absorbée par l'humidité suintante.

Les geôliers lui avaient affirmé qu'ils le préviendraient avant de se mettre en route afin qu'il eût le temps de se laver, de s'habiller et de rassembler ses affaires. Pourquoi se rendaient-ils à la nouvelle prison à pied alors qu'on transportait d'habitude les prisonniers en carriole ? Ti ne cessait de s'interroger. Il n'y avait que deux possibilités : le parcours était censé servir d'humiliation publique – le célèbre juge Ti Jen-chieh escorté à travers les rues comme un vulgaire criminel – ou le bossu, connaissant le goût de son supérieur pour la promenade, lui avait obtenu une faveur.

Avec des gestes prudents, comme s'il nettoyait

des chairs à vif, Ti se lava à l'eau glacée qui lui parut encore plus froide que d'habitude. C'est le jour J, le jour de son évasion ou de sa mort... et de celle de combien d'autres, seuls les dieux le savaient. L'eau glacée lui fit du bien. Il se sentit aussi alerte que possible, vu les circonstances. C'était une bonne chose car il n'avait aucune idée des plans du pâtissier et il lui faudrait avoir l'esprit vif. « Il compte sur moi pour être prêt quand le projet viendra à exécution, songea-t-il. Les dieux fassent que je sois à la hauteur de la situation. »

Il s'habilla avec un soin particulier, enfila sa longue houppelande grise avec le col et les poignets d'hermine ; il ne voulait pas avoir l'air d'un mendiant le jour de sa libération. Si libération il y avait. « À moins qu'un garde zélé ne me fasse avancer de la pointe de sa lance ? » songea-t-il avec inquiétude. Plus il ressemblerait à un respectable fonctionnaire, moins il risquait une telle humiliation ; il peigna donc longuement les poils épars de sa barbe, coiffa son bonnet et rajusta ses habits.

En sortant de la prison, Ti fut pris de vertige. L'attente fiévreuse et l'anxiété qui le consumaient depuis la veille firent place à un émerveillement enfantin. Il n'avait jamais autant apprécié les couleurs, les bruits, les odeurs, le mouvement. Il essaya d'imaginer ce que ressentait un prisonnier après dix ou vingt ans d'incarcération, mais en vain. Ses jambes étaient raides et affaiblies par le manque d'exercice, mais il marchait néanmoins d'un bon pas, respirait à pleins poumons, réjoui à l'idée de la longue promenade qui l'attendait. Il ne ferait jamais un bon prisonnier, ayant toujours refusé de se plier aux caprices d'autrui.

Çà et là, des gens le reconnurent ; des hommes ou des femmes du marché à qui il avait adressé la parole au cours de ses fréquentes pérégrinations. Mais tous évitaient étrangement son regard. Étaient-ils gênés ? Croyaient-ils vraiment qu'il était devenu un criminel ?

Il scruta discrètement le visage de ses quatre gardes. Faisaient-ils partie du plan ? Si oui, leur visage fermé et solennel n'en laissait rien paraître. Ti et son escorte avançaient dans un silence lugubre. Il repensa à sa conversation avec le mitron. Un détail lui aurait-il échappé ? Il se remémora tous les mots qu'ils avaient échangés, revit les idéogrammes dessinés sur le gâteau : *Aide. Fuite. Famille Ling. Merci.*

Ils progressaient dans les ruelles du marché du quartier est quand ils entendirent les échos d'une querelle ; des invectives accompagnées de bris de poteries. Les gardes poursuivirent leur route sans prêter attention et la première réaction de Ti, habitué à fuir ce genre d'éclats pour ne pas être pris à partie comme médiateur officiel, fut de les imiter. Mais l'échauffourée semblait les suivre à la trace de l'autre côté des étals.

Les cris se firent soudain plus violents, la bagarre plus intense, éveillant la curiosité de Ti. En passant devant l'étal d'un pâtissier, il vit la tenture du fond s'agiter, puis la toile se déchira et deux corps emmêlés jaillirent au travers et atterrirent sur le sol devant le stand, entraînant dans leur chute étagères, poêles, sacs de farine et pots de confitures. Un homme et une femme s'étripaient en hurlant.

L'étal du pâtissier s'écroula ; des gâteaux, des beignets roulèrent au sol, des bacs d'huile bouillante se répandirent en grésillant sur le pavé. Intéressés, les gardes ralentirent l'allure, et ils observèrent la scène en échangeant des sourires.

L'homme et la femme se bagarraient toujours, le corps couvert de farine, et des badauds s'attroupèrent. Parmi eux, le pâtissier en colère brandissait une énorme cuillère en bois et insultait les combattants, les maudissant, eux et leurs ancêtres, pour avoir détruit son étal. Des rires, des encouragements et des quolibets fusèrent, on prenait des paris, on prenait parti. La femme était jeune et jolie malgré ses traits déformés par la colère. Les gardes ne la quittaient plus des yeux, d'autant que son adversaire empoignait ses vêtements dont le tissu commençait à céder. N'étant pas en service dans ce quartier de la ville, rien ne les obligeait à intervenir, et il était évident qu'ils n'en avaient nulle envie.

La femme frappait l'homme de ses poings rageurs ; lui l'insultait, agrippait et tirait ses habits dont l'étoffe légère n'était certainement pas adaptée aux rigueurs de l'hiver. Lorsque la chemise de la femme se déchira tout à fait, dévoilant ses seins nus, Ti comprit que les gardes l'avaient virtuellement oublié. La foule encourageait les combattants avec enthousiasme, d'autres marchands rejoignirent l'échauffourée, et la bagarre devint vite générale. L'un des trottoirs de la ruelle disparut sous un chaos de corps emmêlés sous les yeux réjouis de la foule qui campait sur l'autre. Les seins de la femme, maculés de farine et de confiture, faisaient les délices de chacun.

Ti se tenait toujours là où les gardes l'avaient laissé, guettant un signal d'un air désespéré. Était-ce cela ? Devait-il s'enfuir ? Que faire ? Où aller ?

Au même moment, les sons plaintifs d'une myriade de flûtes *hsiao* et de pipeaux *sheng*, mêlés aux lamentations de dizaines de pleureuses, remplirent le cul-de-sac qui débouchait dans la ruelle à une trentaine de pas de l'échoppe du pâtissier. Ti tourna la tête ; il aperçut des bannières blanches peintes de brillants caractères battre au vent : une procession funéraire, immense, l'enterrement à n'en pas douter d'un riche personnage de grande importance. Et le cortège se dirigeait droit vers Ti.

Les gardes, qui avaient fini par se mêler aux combattants, étaient débordés, séparant les uns, se protégeant des autres. Les beignets et les gâteaux volaient parmi les tables, les chaises, les ustensiles de cuisine, les toiles et les rideaux. Et Ti, brinquebalé par la foule, ne pensait qu'au moyen d'indemniser les braves marchands.

Puis la procession l'enveloppa et l'emporta littéralement. Plus tard, lorsqu'il repensa à cette étrange matinée, il se souvint que ses pieds ne touchaient même plus le sol, mais il n'oublierait jamais que sa houppelande grise parée d'hermine, signe distinctif de son rang, fut arrachée et piétinée par une centaine de pieds et par deux cents énormes roues de chars à bœufs chargés de fleurs qui laissaient de lourds nuages d'encens derrière eux. Et Ti n'était pas près d'oublier la cacophonie où se mêlaient les hurlements des combattants, les cris d'encouragement de la foule, et les doux gémissements de la procession funéraire qui l'emportait au loin. Dans son souvenir, les *sheng*, les *hsiao* et les plaintes des pleureuses égalaient en beauté les chœurs célestes des anges.

Ce même jour, dans l'après-midi, Ti s'assit dans une petite pièce anonyme, quelque part aux abords des portes sud de la ville, non loin de la riche banlieue qui s'étendait autour du parc Serpentine. Le bossu le regarda étaler la carte de Ch'ang-an. Comme Ti dessinait d'un doigt le périmètre des quartiers sud, le bossu posa une main sur son épaule en se penchant sur la carte. Ti trouva le geste presque paternel. Il comprit soudain à quel point il avait frôlé la mort de près. Il s'aperçut aussi combien tous comptaient sur lui à présent.

La vingtaine d'hommes réunis dans la pièce avaient tous travaillé pour Ti et le tenaient en haute estime, mais aucun n'avait affronté un monde inconnu aussi périlleux que celui qu'ils s'apprêtaient à pénétrer. Ils savaient parfaitement que Ti ne pouvait pas les y préparer, car il ne savait pas lui-même à quoi s'attendre. Ils connaissaient les détails des meurtres précédents, bien sûr, et Ti leur avait brossé les grands traits de son incroyable théorie ; il leur avait aussi expliqué ce qu'ils devraient faire, mais ils n'en savaient pas davantage, et Ti était trop fatigué pour les exhorter à l'héroïsme ni même au courage. Cela aurait sonné faux. D'ailleurs, il était trop tard. Mais ils comprenaient son attitude et voyaient bien qu'il s'épuisait à revoir les notes que sa mère avait soigneusement cachées après son arrestation et qu'elle venait de lui faire parvenir.

Chaque homme s'était engagé pour des raisons personnelles et savait qu'il risquait de mourir le soir même, mais tous avaient scellé leur destin et aucun n'envisageait de renoncer. Ils parlaient peu, absorbés à aiguiser leurs épées, à tester la souplesse de leurs arcs et la tension des cordes. Il leur suffisait de savoir qu'ils allaient affronter un ennemi bien singulier : la nuit qui étreignait Ch'ang-an dans une tenaille de peur.

Ti frotta ses yeux fatigués. Son visage s'éclaira comme sous l'effet d'une inspiration de dernière minute.

– Lieutenant, fit-il, quelle est donc cette famille Ling ?

Il y eut quelques rires, puis une voix s'éleva.

– Je suis Ling Ming-lo, et j'ai une vieille dette à payer. Vous avez autrefois rendu un grand service à ma famille, dans la ville de Yang-chou. Vous avez sauvé l'honneur de notre nom.

Ti le considéra d'un œil perplexe.

– C'est moi le pâtissier, déclara l'homme, âgé d'une trentaine d'années.

Ti le dévisagea attentivement. Oui, il l'avait déjà vu ; c'était lui qui avait injurié le couple en le menaçant d'une énorme cuillère en bois. Lui dont l'échoppe avait été saccagée.

– Mon père était jardinier à Yang-chou, dit simplement le pâtissier.

Ti voulut parler mais l'homme ne lui en laissa pas le temps.

– Vos hommes ne voulaient pas que je participe à... cette expédition, mais j'ai insisté...

Il y eut quelques murmures de protestation.

– J'ai fait un peu de service militaire, j'ai appris à combattre et à me défendre. J'ai aussi appris à obéir aux ordres.

– Je n'en doute pas, assura Ti. Et je vous suis infiniment reconnaissant. Mais comment...?

– Qu'il me suffise de dire que votre brave lieutenant m'a enrôlé.

– Parfait, parfait. Et je vous remercie en vous offrant le douteux privilège de rejoindre notre troupe hétéroclite emmenée par un général sénescent.

La remarque humoristique de Ti souleva de nouveaux rires et contribua à apaiser la tension.

– Pendant mes longues années de service, déclara le bossu, je me suis fait beaucoup d'amis dans les rues de Ch'ang-an. Vous n'êtes là que depuis quelques années, et bien que vous croyiez circuler anonymement dans notre ville au cours de vos promenades quotidiennes, vous avez semé le bien autour de vous et ces gens n'ont pas oublié. Il n'a pas été utile d'expliquer les raisons de votre arrestation; c'était d'ailleurs trop compliqué. Qu'il me suffise de dire, Votre Honneur, que ces gens vous font confiance. À qui d'autre se fier dans un monde où règne la plus grande corruption? Et aux postes les plus élevés du pouvoir. Je dis bien aux postes les plus élevés.

– Mais enfin! s'exclama Ti en se souvenant, émerveillé, de l'échauffourée, de la cohue indescriptible, du cortège funèbre. Une telle foule, et en si peu de temps!

– Vous avez beaucoup, beaucoup d'amis dans le marché du quartier sud, affirma le bossu. En outre, tout ce qui vient briser la monotonie du quotidien n'est-il pas le bienvenu? Qui refuserait l'aubaine d'une cérémonie et d'une bonne farce? Surtout aux dépens des autorités.

– Ne me dites pas que les funérailles étaient simulées!

– Oh non! dit le pâtissier, attristé. Non, l'enterrement était, hélas, bien réel. Vous avez déjà rencontré mon plus jeune fils... celui qui vous a apporté les gâteaux...

– Non! fit Ti, horrifié. Ne me dites pas que...!

– Oh! non, maître Ti! Non, mon fils se porte à merveille. J'ai dû lui promettre le Lapin de la Lune pour l'empêcher de venir nous rejoindre ce soir. Non, c'étaient les funérailles de son chat. Un chat de gouttière gris et blanc avec six griffes à chaque patte. Un bel animal élancé, intelligent et humain, avec des yeux verts d'une vivacité extraordinaire. Un merveilleux compagnon. Une bête qui comptait nombre d'amis parmi les marchands, ce qui explique l'importance du cortège funèbre.

Ti éclata de rire, et ne put s'empêcher de repenser à Chenapan, un drôle de petit chien disparu il y avait bien longtemps.

– Ah, je comprends, maître Ling. Souhaitons un agréable voyage à son âme.

Il reporta ensuite son attention sur la carte. Le bossu se pencha et suivit attentivement le doigt de son supérieur qui courut le long d'une des rues du parc Serpentine et s'arrêta sur un point cerclé de rouge qui indiquait un cul-de-sac, non loin de la porte sud du Moineau Vermillon.

– Voilà où nous allons, mes amis. Là, fit Ti en pointant le cercle. C'est la propriété de la famille Sung. Nous y accueillerons très bientôt nos visiteurs.

Il jeta un regard circulaire. Personne ne dit mot.

– Armez-vous bien. N'est-ce pas ce que vous recommanderait un bon général? J'aimerais vous dire contre quoi vous devez vous armer, s'excusa Ti, mais...

Il repoussa son siège et se leva. La pièce s'emplit de murmures et du bruit des préparatifs.

– Tout ce que je pourrais vous dire, vous le savez déjà. Nous allons certainement à la rencontre de... d'une monstruosité.

31

Lo-yang

Le corps inerte du moine Hsueh Huai-i reposait sur celui de l'Impératrice, sa respiration s'apaisait. Il avait longtemps haleté avec force comme s'il avait grimpé en courant une volée de marches. Ah, le temps était loin de leurs premières amours, quand il hurlait et grognait, le corps tout entier secoué d'extase, avant de durcir à nouveau, miraculeusement, et de recommencer inlassablement, de s'abandonner à elle, de s'offrir comme un objet avec lequel elle pouvait jouer des heures et des heures, et jouir à sa guise encore et encore.

Une volée de marches, songea Wu avec dédain, à moins que ce ne fût en traversant une cour. Une course bien modeste, à peine de quoi l'essouffler. Assis sur le divan, à l'autre bout de la chambre, ses deux carlins respiraient bruyamment ; ils avaient observé la scène avec intérêt, gueule ouverte, langue pendante. La chose avait à peine duré quelques minutes, en tout et pour tout.

Le moine était resté absent du palais plusieurs semaines ; elle avait attendu son retour avec impatience, et des appétits croissants. Au cours du repas, il avait semblé fatigué et distrait, mais elle avait, croyait-elle, affiché clairement son désir, et il lui avait semblé remarquer une lueur d'assentiment dans son regard. Elle s'était préparée avec soin, brûlant d'impatience, mais dès qu'il était arrivé dans sa chambre, il avait commencé à se plaindre des chiens, Girouette et Mâchoires de Dragon.

Je ne supporte plus de les voir nous regarder comme ça, avait-il dit. Ils ne font rien de mal, avait-elle répondu, ils s'intéressent aux activités humaines, c'est tout. Ils se préparent pour leur future réincarnation, avait-elle ajouté pour égayer l'atmosphère. Je n'aime pas qu'on me *surveille*, avait-il déclaré d'un ton glacial. De plus, leurs ronflements m'indisposent. J'en perds mes moyens. Ils ne ronflent pas, avait-elle rétorqué, ils respirent, tout simplement. Ce n'est pas de leur faute, c'est à cause de leur museau écrasé. Eh bien, avait-il dit, irrité, ce n'est pas de ma faute si cela me rend malade. Ils n'ont rien à faire dans la chambre. Ne pensez plus à eux, avait-elle dit, et elle avait commencé à le lécher à petits coups.

Mais il n'était pas d'humeur câline, et elle était furieuse de la rapidité bâclée avec laquelle il l'avait entreprise. Il la négligeait trop souvent ces derniers mois. Elle guetta un improbable regain, un signe, un frémissement.

La respiration du moine se fit plus légère et plus régulière. Cependant, Wu patienta encore. Puis ses membres tressaillirent, preuve indiscutable que le sommeil le gagnait ; Wu sentit bientôt sur elle le poids mort de son corps. Elle le souleva avec peine et le repoussa d'un geste brusque. Il se réveilla en sursaut.

— Pour qui me prenez-vous ? fit-elle. Pour un fauteuil ? Je fais partie du mobilier, c'est cela ?

Sentant la colère de sa maîtresse, l'un des chiens poussa un jappement d'excitation.

— Tais-toi ! cria-t-elle.

— Qu'est-ce qui vous prend ? ronchonna Hsueh. Laissez-moi, je suis très fatigué.

— Rien d'étonnant, avec vos voyages et tout le

reste. Vous devez être éreinté. (Elle s'accouda pour lui crier dans l'oreille :) Mais moi, je suis frustrée, figurez-vous !

Dans la pénombre, elle ne distinguait pas bien son visage. Elle attendit une réponse, mais s'aperçut avec rage qu'il ronflait. Dégoûtée, elle se tourna sur le côté, souffla la lanterne et s'étendit dans sa position favorite. Elle mit une bonne heure à s'endormir, dérangée par les chiens qui s'agitaient sur le divan, et les ronflements sonores de Hsueh qui dormait d'un sommeil lourd, loin, loin, si loin d'elle.

Le lendemain, Wu était assise devant sa coiffeuse, Dame Yang à ses côtés.

– C'est à cause des femmes, dit-elle à sa mère.

– Oui, j'imagine qu'elles y sont pour quelque chose.

– Elles sont jeunes, vierges et demandeuses. Je suis sûre qu'elles sont aussi tentantes qu'un verger de pêchers croulant sous les fruits mûrs.

Elle contempla d'un œil torve le museau noir de Girouette qui la regardait, sourcils froncés, inquiet du ton malheureux de sa maîtresse. L'image d'une pêche vulvaire, rosâtre et juteuse traversa son esprit et décupla sa colère.

Elle parlait, bien sûr, des filles que Hsueh Huai-i avait recrutées dans les provinces pour les couvents de Kuan-yin nouvellement rajeunis, un projet auquel le moine avait commencé à s'atteler quelques mois auparavant. Il avait fait le vœu, avait-il expliqué, d'honorer l'Impératrice en accroissant les rangs des fidèles de sexe féminin. Il avait trouvé des justifications convaincantes : dans cette ère de la Mère Souveraine Bénie, la nécessaire canalisation de l'énergie divine à travers le corps de la femme, et comment chaque nouvelle convertie exalterait et magnifierait son pouvoir et sa souveraineté. Le nom de Hsueh Huai-i était connu dans tout le pays, bien sûr, et partout où il allait les gens lui offraient leurs filles – les poussaient dans ses bras, plus exactement – pour ses couvents. Certains parents, les plus riches, accompagnaient même leur offrande d'une dot conséquente.

– Et pour elles, reprit Wu, il est l'égal d'un dieu, infaillible, irrésistible.

– C'est comme cela que tu le voyais au début, remarqua sa mère.

– Moi ? C'est toi qui étais aveugle, oui ! N'oublions pas que tu as été la première à profiter de ses « talents ». À quand remonte sa dernière visite ? demanda Wu en fixant Dame Yang d'un œil pénétrant.

Sa mère soutint son regard.

– Je suis moins sensible que toi à ce genre de choses, répliqua-t-elle. J'ai presque soixante-cinq ans, ne l'oublie pas.

– Fi ! Tu dis cela quand ça t'arrange. Mais personne ne croirait que tu es plus vieille que moi. En fait, ajouta-t-elle en examinant sa mère de plus près, tu as même l'air plus jeune. Oui, si quelqu'un ne nous connaissait pas et qu'il nous voie ensemble, il te prendrait pour ma fille. Je me demande quelles « potions de jouvence » il te donne. Je me souviens encore de la fois où vous avez essayé tous les deux de me persuader que je rajeunissais de jour en jour. Je n'en ai pas cru un mot, bien sûr.

– C'est ce que tu prétends aujourd'hui, rétorqua sa mère. Mais à l'époque, tu en étais drôlement fière.

Le ton de la conversation montait ; Mâchoires de Dragon s'en aperçut. Il se mit à japper et à gémir, bientôt imité par Girouette.

– Taisez-vous ! leur cria Wu.

Les deux chiens s'aplatirent et la fixèrent de leurs yeux globuleux.

– Je faisais semblant, expliqua-t-elle à sa mère. C'était pour vous faire plaisir. Je *te* connais trop bien ! (Elle se mira dans la glace.) Je *le* connais trop bien.

Elle prit une éponge et s'appliqua des produits de beauté sur le visage. Une centaine de pots encombraient la coiffeuse. Elle repensa au Nagaspa, et même à son époux, l'empereur Kao-tsung. Elle se souvint de la gratitude qu'elle avait éprouvée quand ils avaient disparu fort opportunément de sa vie, la laissant libre de saisir les occasions que lui offrait le Destin, lequel avait fait preuve à son égard d'une sollicitude toute particulière.

N'était-ce pas le propre de la jeunesse ? Le Destin vous tendait les bras, déposait des cadeaux à votre porte, vous courtisait. L'image juvénile que lui renvoyait son miroir ne lui rendait pas justice de son âge. Le véritable test était l'attention que lui portait le Destin, ou, pour énoncer les choses crûment, les trésors d'artifices qu'elle devait déployer pour que le Destin ne l'oubliât point. Inutile de se voiler la face, le cours du jeu s'était inversé. Wu se demanda si la perte d'intérêt du Destin s'expliquait uniquement en fonction de l'âge. Qu'adviendrait-il, par exemple, si elle vivait plusieurs centaines d'années sans montrer de signes physiques de déclin ? Le Destin s'intéresse-rait-il toujours à elle ? Ou reporterait-il son atten-tion sur d'autres en dépit de son apparence juvé-nile ? S'éloignerait-il d'elle dès que ses chairs s'affaisseraient ?

Elle enduisit ses joues de crème, puis son cou, s'appliquant à n'oublier aucun pli, aucune ride. Elle ne se rappelait plus quand elle avait commencé à « courtiser » le Destin, cela faisait si longtemps. Tout s'accomplissait progressivement, par étapes imperceptibles, mais peu à peu la trans-formation était totale. Des montagnes surgissaient, des vallées se creusaient, le visage lisse d'une jeune femme se flétrissait, les hommes cessaient de la désirer, et le Destin se détournait d'elle. Certes, elle n'était pas encore flétrie. Elle essaierait, pour un temps au moins, de vérifier si elle pouvait encore leurrer le Destin. Oui, ce serait une expérience enrichissante.

Elle contempla dans le miroir le reflet de sa mère qui, assise derrière elle, la regardait, impassible.

– Tu as l'air plus jeune que moi, mère, je le dis sincèrement. Je suis sûre que tu vivras plus longtemps.

– Sornettes! répliqua Dame Yang en haussant les épaules, mais Wu surprit dans ses yeux un éclat qui la contredisait.

Aidée par sa mère, Wu s'était maquillée avec la minutie d'une danseuse de pantomime Po-t'o. Elle avait comblé les plis de chaque ride autour de ses yeux et de sa bouche, puis avait appliqué une fine couche de blanc sur son visage et ajouté un léger saupoudrage. Elle avait terminé en peignant d'immenses sourcils, puis elle avait rehaussé ses paupières de bleu profond et souligné ses yeux d'un délicat trait noir. Ses cheveux, noirs et brillants, avaient été soigneusement peignés et relevés en chignon.

Elle avait arrangé les lanternes autour de sa chambre pour obtenir un éclairage doux et flatteur qui jetait une lumière d'or sur ses trésors et ses figurines exquises, disposés à des endroits stratégiques afin de rehausser la beauté du véritable chef-d'œuvre de la pièce, Wu en personne. Girouette et Mâchoires de Dragon, installés sur un fauteuil, suivaient leur maîtresse des yeux avec des expressions anxieuses de sollicitude canine. Elle chassa les chiens dans l'antichambre et ferma la porte.

Le moine arriverait d'un instant à l'autre. Il avait trop bu à table, mais avait tout de même consenti à venir la rejoindre. Elle s'admira une dernière fois dans la glace. Non, le Destin n'en avait pas encore terminé avec elle.

– Vous vous *cachez* derrière vos couches de peinture ! reprocha Hsueh Huai-i.

Il balaya la coiffeuse d'une main mal assurée, renversant rangée après rangée de pots et de flacons. Certains se brisèrent en tombant, d'autres déversèrent leur contenu sur le plateau en bois de rose, répandant des effluves de parfums exotiques.

– Vous essayez de cacher les ravages du temps qui enlaidissent ce visage...

Il ne lui avait jamais parlé sur ce ton.

– Ces... ces *misérables* potions n'y feront rien.

Il tituba, trébucha, et s'affala sur la coiffeuse.

– Mille excuses, fit-il galamment en retrouvant son équilibre avant de s'incliner avec déférence devant le meuble.

Wu se contenta de lui tourner le dos sans daigner répondre à ses insultes cuisantes. Elle ramassa un flacon encore intact qui contenait la fameuse potion de Hsueh, puis jeta un coup d'œil dans son miroir et vit le moine se diriger vers la porte comme pour prendre congé. Elle se retourna et lança avec force le flacon qui vint frapper le moine entre les omoplates. Il tressaillit, s'arrêta, mais ne se retourna pas. Wu était sûre de lui avoir fait mal.

– Vous êtes un porc, dit-elle d'un ton calme. Un porc lubrique et menteur.

– Pourquoi *ce* geste puéril, ma chère ?

La voix du Tibétain, bien qu'empâtée, oscillait entre la fierté blessée et l'insolence. Il lui fit face, les bras levés dans un geste d'apaisement, ou pour se protéger d'éventuels projectiles.

– Pourquoi ce geste puéril, mon cher ? se moqua Wu en désignant les pots et les flacons qui jonchaient le sol.

– Oh ! je ne cherchais qu'à vous débarrasser de cette quincaillerie inutile ! Pourquoi continuer à vous voiler la face, madame l'Empereur, Divine incarnation d'Avalokitesvara-Maitreya ?

Wu lança un autre flacon que Hsueh évita. Le projectile s'écrasa contre le mur.

— Inutile, vraiment? C'est *vous* qui me l'avez donné. *Vous* prétendiez que vos préparations secrètes inverseraient le cours du temps.

— Je vous ai menti, dit-il avec désinvolture.

— Oh! je ne vous ai pas attendu pour m'en apercevoir, merci!

— Vous êtes un dieu. Ou une déesse? Je ne me souviens plus... De toute façon, vous ne devriez pas avoir besoin de maquillage. Votre vie s'étend sur des *kalpas* infinis.

Il dessina un arc de cercle majestueux dans l'air, et faillit en perdre l'équilibre.

— Une autre naissance, une autre incarnation, et... c'est magique! Les rides disparaissent! À moins que vous n'ayez oublié la recette?

— Comment oublierais-je vos leçons? Fanfaron comme vous l'êtes! fit-elle avec dédain. Ah, le grand Hsueh Huai-i! Moine! Maître! Magicien! Le lama des mystérieuses montagnes d'Occident! Comment un homme aussi talentueux pourrait-il se tromper?

Sa voix se faisait moqueuse, arrogante, insidieuse.

— Hélas! soupira le Tibétain en levant les yeux au plafond. Hélas! je me suis trompé. Je n'avais pas prévu que vous vieilliriez si vite.

Elle choisit de l'ignorer. Elle refusait de se laisser impressionner par ce tricheur, cet ivrogne.

— Ni que l'âge vous marquerait à ce point, poursuivit Hsueh. Toutes ces potions, dit-il en montrant les flacons éparpillés, tous ces palliatifs peuvent inverser – c'est une image – le cours des ruisseaux, madame. (Cette fois, il s'enivrait de sa propre grandiloquence.) À la rigueur le cours des rivières. Mais un raz de marée! conclut-il avec un geste théâtral.

Content de lui, il ferma les yeux et savoura la sobre beauté de sa métaphore.

– Votre Majesté a atteint... quoi, la cinquantaine ? reprit-il. Aïe... Aïe... Aïe... Le temps ne l'a certes pas épargnée.

– Au contraire, lama. Le temps a été très bon avec moi, et il va devenir encore meilleur. C'est vous qui avez vieilli. Tout en vous s'avachit. Le membre est flasque, la source se tarit. Ce qui est bien naturel, vu votre débauche d'énergie, vos exploits de jeune homme...

– Suffit ! coupa-t-il.

« Tiens, songea l'Impératrice, aurais-je touché un point sensible ? »

– Voilà qui suffit ! Savez-vous quel est votre problème ? demanda-t-il en avançant, menaçant. Non ? Eh bien, je vais vous le dire.

Il s'arrêta devant son siège, s'agenouilla, et fouilla avec son nez d'un air dégoûté.

– C'est l'odeur, souffla-t-il. C'est l'odeur qui me coupe mes effets.

– L'odeur ? s'écria-t-elle, furieuse de ses insinuations insultantes. Quelle odeur ?

Ils s'affrontèrent du regard, leur visage à quelques pouces l'un de l'autre.

– Vous savez bien, dit-il. Je vous en ai parlé des centaines de fois. N'avez-vous pas remarqué que je vous offrais de plus en plus de parfums ? Eh bien, c'était pour ça.

Il plongea sa main dans une flaque répandue par un flacon brisé, la porta ensuite à son nez et respira longuement.

– Même en m'inondant de la sorte, je la sens encore flotter dans cette chambre.

– Vous sentez *quoi*, lama ? fulmina-t-elle.

Il s'essuya la main sur le tissu du divan, puis la huma avec une grimace éloquente.

– Vous sentez quoi ? répéta-t-elle entre ses dents.

Il soupira.

– Les chiens ! lâcha-t-il enfin. Vos stupides chiens au regard globuleux. Je ne les supporte plus. Ils laissent leurs odeurs partout...

Wu se détendit, rassurée. Hsueh continuait de sentir sa main en fronçant le nez.

– Ils laissent leurs odeurs partout, sur le lit, les divans, les fauteuils, les couvertures, les tapis, partout ! Et aussi sur vous, madame. Je ne peux rien manger sans avoir la nausée. Et Votre Majesté voudrait un amant enthousiaste !

– Oh ! Sa Majesté ne veut plus rien, lama !

Wu était souriante. Sa colère la tonifiait et clarifiait ses idées. Le lama devrait compter avec elle, il avait trouvé un adversaire à sa hauteur.

– Mais puis-je vous suggérer, poursuivit-elle, que cette nausée dont vous vous plaigniez est probablement due à une maladie qu'on nomme *gloutonnerie* ? Ce que vous sentez, c'est la puanteur de vos boyaux trop gavés. Bien sûr que l'odeur est partout. Bien sûr que vous la sentez sur les meubles, sur vos mains. Vous ne pouvez y échapper. Et votre gloutonnerie ne s'arrête pas au ventre, elle descend encore plus bas. Comparés à ce que je sens sur *vous*, lama, mes chiens embaument comme un buisson de jasmins. Vous empestez la *femelle*, moine.

– Que Votre Majesté se débarrasse de ses chiens et elle retrouvera son amant.

– Sa Majesté n'en fera rien. D'ailleurs, Sa Majesté ne *souhaite* peut-être pas le retour de son amant.

Hsueh fit semblant de ne pas avoir entendu.

– Mes chiens sont des amis fidèles, contrairement à ce charlatan arrogant qui se prend pour un saint. Ils ne prétendent pas être des maîtres éclairés par la sagesse divine. Mais si vous étiez capable de devenir un grand lama, sans doute y arriveraient-ils aussi, *Jeune Chien*.

Son surnom, héritage de son enfance tibétaine, lui avait échappé un jour qu'il était en veine de confidence. Il lui avait avoué qu'il avait mis des années à s'en débarrasser.

– Vous êtes peut-être tous trois des frères de race, ironisa-t-elle.

Elle touchait là une blessure à vif, le savait et s'en réjouissait. Elle adorait le traiter d'imposteur. Malgré toute son intelligence et sa roublardise, il était très sensible sur sa légitimité, sa crédibilité. Elle s'amusa à le voir lutter pour surmonter l'affront.

– Je ne connais pas d'animaux, sauvages ou domestiques, qui fassent un tel bruit en mangeant, déclara Hsueh en s'efforçant de trouver une insulte à la hauteur. Même un tigre, ou un ours, quand il déchire ses proies, est plus silencieux que vos horribles chiens. Mais j'imagine que c'est ce qui vous plaît en eux.

– Les bruits qu'ils font sont plus doux à mon oreille que ceux qui sortent de votre bouche, lama.

– Bien sûr, c'est votre prérogative impériale, madame. Si vous préférez la présence d'animaux aussi repoussants à la mienne...

– C'est très aimable à vous, lama. Vous me facilitez le choix.

– C'est bien sûr votre prérogative impériale...

– C'était aussi ma prérogative impériale d'héberger un imbécile vaniteux du nom de Hsueh Huai-i, coupa-t-elle d'un ton amer. Un homme qui se prétend le porte-parole du Bouddha et qui se complaît dans le mensonge et l'aveuglement. Si je suis le Bodhisattva Avalokitesvara-Kuan-yin, et aussi l'incarnation du Futur Bouddha Maitreya, dit-elle en le défiant du regard, paupières mi-closes, l'œil menaçant, alors dites-moi une bonne fois pour qui donc vous prenez-vous ?

Hsueh lui tourna le dos. Elle l'avait vexé ? Tant mieux ! Qu'il marine dans son jus, elle le tenait. Ah, quelle impression jouissive ! Le moine était devenu par trop insupportable, assommant. « Ils finissent tous par le devenir ! » songea-t-elle avec une pointe de regret.

Hsueh se retourna d'un coup et fixa sur elle un regard de feu qui la fit reculer. Il s'était métamorphosé ! L'ivrogne grossier, insolent, avait fait place à un démiurge en colère. Ses yeux noirs et profonds n'exprimaient rien, fenêtres ouvertes sur une âme vide. Elle ne l'avait jamais vu aussi terrifiant.

– Ah, vous voulez savoir qui je suis ! gronda-t-il. Eh bien, je vais vous le dire.

Il l'empoigna par les épaules. Lorsqu'elle voulut s'arracher à son étreinte, il la repoussa et la plaqua sur le divan. Elle essaya de se relever, agrippa ses mains, mais il lui tordit les poignets et les maintint derrière son dos. Cambrée au point de toucher presque le divan, elle lutta pour se redresser. Il la repoussa encore d'un geste brutal, se coucha sur elle et riva ses yeux dans les siens.

– Oui, je vais vous dire qui je suis.

Il se redressa sur ses bras tendus. Fini le petit jeu des invectives et des insultes, il était sérieux et elle le savait.

– Je suis la voie, le guide qui *Le* conduit à *vous*. Celui qui *Lui* permet de s'incarner dans votre corps inférieur de femme.

Il avait retrouvé le sourire. Il plia légèrement les bras, pesant sur elle de son poids.

– C'est *ça* que vous voulez ? demanda-t-il en pressant son sexe dur contre son ventre.

Wu parut s'abandonner l'espace d'un instant ; elle se détendit et soupira, offerte.

– Si seulement vous saviez, reprit-il. Vous ne m'insulteriez pas comme vous venez de le faire.

– Si je savais quoi, lama ?

Elle déplaça ses jambes pour qu'il soit plus confortable.

– Vous ne diriez pas ces vilaines choses, madame... vous ne m'accuseriez pas de telles ignominies.

Son regard noir s'était adouci ; elle y lut de la tristesse et une douleur offensée. « C'est bien trop tard pour espérer me convaincre », songea-t-elle.

– Si Votre Majesté savait tout ce que j'ai fait pour elle, pour qu'elle devienne l'incarnation du glorieux Avalokitesvara, le protecteur du Dharma, et qu'elle gouverne en tant que tel...

– Qu'avez-vous fait pour moi ?

Sa voix était douce et tendre, une promesse d'amante. Elle se cambra et pressa son ventre contre sa virilité, puis elle écarta les cuisses et l'enlaça de ses jambes.

– Vous ne pouvez pas savoir...

Il se rengorgea et lui adressa un sourire odieux. Wu s'offrit davantage.

– ... ce que je fais afin que vous, l'incarnation d'Avalokitesvara, puissiez régner dans l'Ère Nouvelle de la Loi.

Il se souleva à demi pour trouver une position plus confortable. Wu sentit la dureté de son membre, d'une raideur toute juvénile. Il y avait longtemps qu'il ne l'avait désirée à ce point. Tant mieux. Sa passion lui ferait baisser la garde. Sa respiration se fit rauque et superficielle, impatiente.

– Et moi, *je* vais vous dire ce que j'ai fait pour *vous*, moine, murmura Wu. Vous m'écoutez ?

Dressé sur un bras, Hsueh loucha vers elle. Un filet de salive coulait sur son menton pendant qu'il s'efforçait d'une main tremblante de dénouer le cordon de son pantalon de soie. Il suffoquait. Wu sentit son haleine avinée quand il se frotta contre elle à petits coups répétés tout en essayant maladroitement de libérer son membre, coincé dans les replis du tissu.

Ravie, Wu découvrait les deux aspects contradictoires de la personnalité du Tibétain. Le moine et le mâle. Deux partenaires enivrés qui se disputaient ses charmes, et se bousculaient pour la conquérir. La précipitation de Hsueh lui faciliterait la tâche. Il se cambra dans un effort désespéré, et arracha son pantalon qui céda enfin. Wu contempla le gland turgescent de son sexe dressé... il éjaculait déjà.

« Ah, l'imbécile, l'arrogant moine pompeux et bouffi d'orgueil ! » songea-t-elle. Sa semence se perdit dans le tissu satiné. Il n'avait même pas essayé de lui soulever ses robes. Il s'écroula sur elle, soulagé et béat.

Wu réagit vivement. Elle lui balança un violent coup de genou entre les jambes. Hsueh poussa un hurlement, roula sur le côté et atterrit sur le plancher avec un bruit mat. Ce fut trop pour les chiens ; la porte s'ouvrit à la volée et ils surgirent en aboyant furieusement. Hsueh se tordait de douleur, les mains sur le bas-ventre ; il injuria les chiens qui s'étaient rués sur lui, sautaient, bondissaient, jappaient avec tant de fougue que Wu éclata de rire, encore et encore, à en avoir les larmes aux yeux.

– Voyez, lama, ils veulent seulement profiter de la fête, pouffa Wu.

Les chiens frétillaient, sautaient, dansaient, poussaient des abois suraigus. C'était le son criard que Hsueh détestait le plus. Et pour cette raison, c'était pour Wu une musique divine.

– Comme ils sont mignons, vous ne trouvez pas ?

Il se releva, donnant des coups de pied aux chiens qui reculaient, chargeaient, feintaient, et aboyaient, aboyaient, aboyaient.

– *Lama !* hurla Wu avec tant de force que les chiens cessèrent brusquement d'aboyer. *Sortez immédiatement. Je vous ai assez vu !*

– Si vous saviez... bredouilla-t-il.

– *DEHORS, CHARLATAN !*

Il sortit en claquant la porte derrière lui. Wu se tâta la gorge, douloureuse d'avoir trop crié. Elle s'aperçut qu'elle n'avait pas crié avec autant de spontanéité ni de fureur depuis bien des années. Et c'était bon !

En fait, c'était la première fois qu'elle se mettait en colère contre lui.

– Mais c'est normal que les hommes soient... négligents et volages, déclara Dame Yang. Tu ne dois pas le prendre trop à cœur. Tu n'es pas visée personnellement.

Wu ne répondit rien. Elle caressait le ventre de Girouette qui s'était couché sur le dos, les quatre pattes en l'air.

– C'est dans leur nature, ajouta Dame Yang. On ne peut pas leur en vouloir. Critique-t-on un chien parce qu'il aboie ?

Cela fit sourire Wu. Dame Yang sourit, elle aussi, fière de son exemple imagé.

– Je me moque de son... libertinage avec les jeunes nonnes, reprit-elle. Et tu ne devrais pas t'en soucier non plus, mon enfant.

Wu continuait de gratter le ventre de Girouette. Elle trouva une puce, la pinça entre ses ongles démesurés, l'examina, puis l'écrasa, la jeta d'une pichenette et recommença à caresser le chien qui se tortilla d'extase, la langue pendante.

– Ses capacités sexuelles faiblissent sans doute, dit Dame Yang. Peut-être à cause du poids des responsabilités. Responsabilités que nous lui imposons... C'est une chose délicate pour un homme, reprit-elle après réflexion. Bien plus que les femmes ne l'imaginent. Elles croient qu'un homme devrait être toujours prêt, toujours disponible. Ce n'est pas aussi simple. Et toi, à ton âge, tu ne devrais pas attacher tant d'importance à ces choses.

Wu lui lança un regard aigu. Dame Yang soupira.

– Je reconnais qu'il est plutôt capricieux depuis quelque temps, admit-elle. Et sa conduite est loin d'être exemplaire. Il est imbu de lui-même, trop sans doute. Mais il n'en reste pas moins très amusant et imaginatif. Il nous fait prendre conscience de notre potentiel illimité.

Wu fronça les sourcils.

– Et il s'entend si bien avec l'historien Shu, conclut sa mère.

Mâchoires de Dragon s'était approché de Dame Yang. Il roula sur le dos en gigotant, quémandant les mêmes faveurs que son frère obtenait de Wu. Dame Yang lui chatouilla le ventre.

– C'est bien là le problème, fit Wu, retrouvant soudain l'usage de la parole. C'est ce que je reproche le plus au Tibétain.

Elle avait prononcé ce dernier mot avec un profond dédain ; c'était le nom méprisant dont elle l'affublait depuis quelque temps.

– Il ne s'entend avec Shu que lorsque cela l'arrange, reprit-elle. En privé, il le traite de « nabot à face de rat » et avoue qu'il fait des efforts pour le tolérer. Il se moque de lui, et le méprise profondément.

– N'est-ce pas une question de caractère ? Le conflit inévitable entre deux créateurs à la forte personnalité ?

Wu ne lui accorda pas un regard.

– C'est Shu qui a rétabli l'honneur de notre famille, dit-elle d'un ton égal. Pas le Tibétain.

Elle s'adossa, ignorant le chien qui roulait à ses pieds en l'implorant. Puis elle contempla l'animal d'un air distrait. Il se redressa sur ses pattes et la regarda d'un œil plein d'espérance.

– Si le Tibétain médit de l'historien aussi méchamment, reprit Wu, imagine ce qu'il peut dire de nous... Ah, père ne serait pas content. Non, il ne serait pas content du tout.

Résignée, Dame Yang soupira. Elle cala avec amour la tête de Mâchoires de Dragon entre ses genoux et entreprit de le gratter vigoureusement derrière l'oreille.

Sa fille avait raison, bien sûr. Son mari était fort mécontent... et il s'en était d'ailleurs plaint à elle. Elle n'avait pas voulu en parler, mais après avoir défendu le Tibétain, elle s'estimait quitte. Elle l'avait soutenu en souvenir de leur vieille amitié, mais la situation lui échappait dorénavant.

Son mari avait été très clair. Ayant transcendé les limites de l'état corporel, il pouvait voir simultanément le commencement et la fin. Certaines fins, lui avait-il confié, étaient tout bonnement plus inévitables que d'autres.

32

Ch'ang-an, en novembre de l'an 675

A l'exception de la grand-mère, la famille n'avait pas offert la moindre résistance. Quand le fameux juge Ti Jen-chieh leur avait appris qu'ils seraient, d'après ses calculs, les prochains à être massacrés, ils avaient chargé à la hâte quelques affaires dans des paniers d'osier et, profitant du crépuscule, ils s'étaient éclipsés dans les montagnes, chez un parent, emmenant les domestiques, les jardiniers, les concierges, et aussi la vieille grand-mère, malgré ses vives protestations.

Ti, les robes lourdement rembourrées afin de ressembler au maître de maison à l'embonpoint notable, avait pris la place de ce dernier à la table familiale et dégustait une bolée de soupe. À sa gauche était assis un homme qui aurait pu être son père, et à côté de celui-ci, le frère du vieil homme. Plus loin, le fils de la maison et sa femme mangeaient discrètement, la tête dans leur assiette ; leur fils était assis en face d'eux, à côté de la vieille grand-mère qui dévorait avec un appétit inhabituel chez une femme de son âge.

Ti la fusilla du regard.

– Grand-mère, gronda-t-il à voix basse, ta conduite est inconvenante. Je ne t'ai jamais vu de si mauvaises manières à table.

La vieille sourit faiblement, puis choisit du bout de ses baguettes une portion plus menue. Ti jeta un regard circulaire autour de la table. Il espérait que son intervention, qu'il avait voulue drôle, contribuerait à détendre l'atmosphère. Le bossu semblait le seul à manger de bon appétit. Le « majordome » passait derrière eux avec le plateau de victuailles.

– Mangez, conseilla Ti. Mangez, cela vous apaisera.

– C'est plein de graisse ! se plaignit « son père ». En plus, ça a un goût de brûlé.

Ti prit une bouchée.

– C'est tout à fait mangeable, déclara-t-il. Je suis sûr que notre capitaine et ses assistants font de leur mieux aux cuisines. Ne les critiquons pas trop sévèrement, ils risquent de se décourager.

– Surtout pas ! s'exclama le bossu. Sinon, nous perdrons courage, nous aussi.

Là-dessus, il mordit à belles dents dans un morceau de poulet. Quelques vagues sourires éclairèrent les visages.

Dans toute la maison et alentour, des hommes bien armés, déguisés en domestiques, en jardiniers, et même en femmes de chambre, vaquaient à leurs occupations avec un naturel étudié. On en apercevait parfois un, passant devant une fenêtre éclairée ou un porche. Devant le portail, et çà et là dans la propriété, des hommes de Ti patrouillaient, une précaution que toutes les familles riches de ce faubourg de Ch'ang-an avaient prise depuis quelque temps. D'autres hommes en armes étaient cachés dans les communs, dans la remise du jardinier, et dans les cuisines. Dans la salle à manger, la famille au complet se restaurait, gesticulait, conversait comme à l'ordinaire, et on devinait leurs silhouettes à travers les rideaux de soie.

Après le repas, Ti se retira dans l'étude du maître de maison. Chacun avait rempli son rôle avec un tel naturel qu'ils avaient l'impression de former une véritable famille. Lorsque le bossu, revêtu des habits de la grand-mère, avait souhaité bonne nuit aux autres, Ti s'était surpris à le couver d'un regard attendri, comme s'il était une frêle vieille dame et non le rusé renard à l'œil vif et à l'ouïe fine, tout à fait capable de se défendre sans son aide.

Arrivé dans l'étude de son hôte, séparée du reste de la maison par un long couloir, Ti laissa par précaution la porte entrebâillée. Dans la demi-obscurité, il tendit l'oreille un instant, et huma les odeurs du domaine privé d'un autre. Elles étaient proches de celles de son propre bureau, mais avec des proportions différentes : parfums de bois de santal, de lampe à huile, de vieux meubles, de parchemins, un soupçon de moisissure et d'humidité. La pièce n'était pas utilisée, Ti l'aurait parié. S'il avait été dans son bureau, il aurait su se déplacer dans le noir ; son secrétaire serait là-bas, songea-t-il en le visualisant, et son fauteuil là, juste devant la fenêtre.

Il tâtonna dans le vide, puis trouva une lampe à huile et une pierre à fusil. La vision de son propre bureau s'évanouit dans la soudaine clarté de la lampe. Ti vit aussitôt que le propriétaire des lieux, un aristocrate terrien, était autrement plus soigneux que lui. Le secrétaire était impeccablement rangé, loin du fouillis de paperasse et de pinceaux qui encombrait celui du juge. Les volumes qui meublaient les étagères donnaient l'impression que c'était un héritage que l'homme avait conservé par attachement sentimental, mais qu'il n'en avait jamais ouvert un seul.

Les tapis étaient d'une qualité exceptionnelle, de même que les peintures accrochées aux murs. Ti approcha la lampe pour examiner celles-ci et fut très impressionné en reconnaissant la signature du célèbre Ku K'ai-chih. Décidément, le propriétaire était un homme de goût. Ti parcourut ensuite le contenu des étagères et sourit en voyant une *apsara* en bois sculpté. Sans nul doute, la figurine provenait de la contrebande qui avait autrefois fleuri sur les canaux de Yang-chou. Elle avait certainement circulé entre plusieurs mains avant de parvenir à Ch'ang-an, dans l'étude d'un aristocrate raffiné. Il était fort possible qu'elle eût transité dans le cabinet du ministre des Transports, dont le meurtre avait longtemps occupé l'esprit du jeune Ti Jen-chieh, accaparé son temps et troublé son repos.

Ti prit l'*apsara* et examina son visage sculpté avec une délicatesse infinie. Il passa un doigt rêveur sur les courbes voluptueuses de sa poitrine, de ses hanches, essayant de ne pas succomber à son charme comme autrefois. Il se souvint qu'à l'époque, le bois avait pratiquement pris l'aspect soyeux d'une fine peau cuivrée au contact de sa main, et que l'*apsara* s'était mise à vibrer ; il se rappela l'éclat des rubis et des émeraudes, ses sens exacerbés, le désir que la statuette avait éveillé en lui.

Il considéra la figurine. Bien qu'exquise, elle n'était qu'en bois. Le sculpteur avait certes laissé son empreinte, sa puissance créatrice, mais le charme de l'*apsara* sommeillait dans l'attente, supposa Ti, d'être caressée par une main plus jeune et plus impétueuse.

C'était aussi bien, songea-t-il en replaçant la statuette sur l'étagère. Il se souvint aussi du moment fugitif pendant lequel son attention avait été distraite, distraction coupable qui avait failli lui coûter la vie. Qu'es-tu devenu ? se demanda-t-il en repensant au jeune voleur. Es-tu toujours en vie ? Ti ramassa distraitement quelques objets. Il n'avait pas oublié le contact de l'ossature frêle de l'enfant qui lui avait rappelé celle de ses propres fils, ni la retenue qu'il s'était imposée par crainte de le blesser. Funeste erreur, bien sûr. À ce moment précis, il se souvint avec plus de précision du corps efflanqué du garçon que des courbes voluptueuses de ses épouses.

Il jeta un coup d'œil derrière lui. Les circonstances se ressemblaient étonnamment, et il s'était juré de ne pas commettre la même erreur une deuxième fois. Mais la pièce était déserte. Il alla s'asseoir dans le fauteuil du riche marchand, et s'autorisa un instant de rêverie. Mais cette fois, il s'agissait juste de se détendre ; Ti était loin du charme qui avait failli l'ensorceler à Yang-chou.

Revêtu des habits de son hôte, assis dans son fauteuil, Ti se laissa glisser dans sa peau. Il essaya d'imaginer ses sentiments de satisfaction, de devoir, d'honneur, mais une autre impression le fit se relever brusquement et arpenter la pièce : il avait cru entendre un souffle, à peine un bruissement, des pas, peut-être. Il se souvint de la promptitude avec laquelle l'homme et sa famille avaient évacué leur maison ; c'était comme s'il venait de sentir dans l'air la trace d'une présence qui habitait la demeure depuis quelque temps déjà. Soudain, la solitude lui pesa. Il alluma une bougie avant d'éteindre la lampe, et sortit retrouver la compagnie rassurante de ses hommes.

En parcourant la maison, il s'adressa aux hommes qu'il avait postés çà et là, les salua, plaisanta avec eux, pour les encourager, certes, mais surtout pour qu'ils l'entendent approcher.

Il trouva son bossu dans les appartements de la grand-mère en discussion avec un de ses assistants. Les lampes étaient éteintes ; si quelqu'un surveillait par la fenêtre, il n'aurait rien vu d'anormal. Le bossu avait entendu le juge arriver, et il l'attendait à la porte de la chambre à coucher.

— Venez avec moi, ordonna Ti.

Sans un mot, ils suivirent le couloir, guidés par la flamme vacillante de la bougie, puis le bossu brisa le silence.

— C'était assez troublant d'être assis dans le fauteuil de la vieille, déguisé avec ses habits. J'avais l'impression d'avoir quatre-vingt-sept ans, moi aussi ; je me sentais léger et fragile et je me voyais bien me contenter de deux ou trois heures de sommeil par nuit, ou me nourrir avec un appétit d'oiseau. Je me suis rendu compte de l'effet que cela fait de rester éveillé quand tous les autres dorment à poings fermés, et je comprends mieux pourquoi les vieux dorment si peu ; c'est une perte de temps pour eux : la tombe est proche où ils pourront dormir tant qu'ils voudront. Et je me sentais... libéré de la peur. Je ne craignais plus la mort, d'où qu'elle vienne.

Il était vrai que la grand-mère avait exprimé son désir de rester dans ses appartements, et serait restée si son fils n'avait pas insisté pour qu'elle les suive. « Qu'ils me tuent dans mon lit, cela m'est bien égal », avait-elle bougonné. Quelle différence avec la mère de Ti, accrochée à la vie, et voyant partout des dangers imaginaires !

– Vous avez raison, lieutenant. Revêtir les habits d'un autre, c'est un peu comme se glisser dans son esprit. Mais, voyez-vous, contrairement à sa mère, mon double à moi n'est pas pressé de mourir.

En errant dans la maison calme et sans lumière, Ti s'interrogea sur ce que les autres ressentaient ; ceux qui jouaient les rôles du vieux père, de l'oncle, du jeune mari et de son épouse, de sa « propre épouse ». Il eut l'impression qu'ils s'introduisaient dans l'intimité d'autrui, fouillaient dans leurs placards. Dans l'étude du maître de maison, il avait lui-même dû lutter contre la tentation impérieuse de parcourir les papiers du propriétaire.

Ti et le bossu visitèrent chaque recoin de la maison afin de se familiariser avec sa disposition. Ils saluaient et murmuraient des paroles encourageantes aux hommes qu'ils croisaient. Ti les avait informés de son mieux sur le danger qui les attendait, et il leur avait expliqué son plan de bataille. Les regards qu'il avait surpris à ce moment-là étaient éloquents : s'il n'avait été le juge Ti Jenchieh, ils l'auraient pris pour un fou, et sa théorie pour un conte. Mais ses explications les avaient ébranlés, et il savait que personne ne risquait de s'endormir à son poste. Partout, les yeux étaient grands ouverts, les oreilles en alerte, les esprits en éveil. Ils étaient devenus le gibier, la proie.

Après avoir vérifié que tout était en ordre dans la maison et dans le jardin, Ti et le lieutenant se retirèrent dans le salon. Là, à la lueur d'une bougie, ils discutèrent une bonne partie de la nuit. Ti apprit avec fascination quelle avait été la vie du bossu, son enfance misérable dans un quartier pauvre de Ch'ang-an.

– Jusqu'à l'âge de huit ans, raconta le lieutenant, j'étais un beau garçon avec un dos solide et bien droit; ensuite, ma colonne vertébrale s'est mise à pousser comme une coquille d'escargot. La bosse a tiré ma jambe gauche, et a dû pomper toute l'énergie nécessaire à la croissance, car après ma douzième année j'ai cessé de grandir, comme vous pouvez le constater. J'ai passé mon enfance à voler et à vivre d'expédients. Quand ma bosse a fini de se développer, la vie est devenue plus facile car je me suis mis à mendier dans les rues.

» Un jour, je devais avoir dans les onze ans, un homme m'a invité chez lui. Comme mes parents m'avaient abandonné, je l'ai suivi et j'y suis resté trois ans. J'étais bien nourri et bien habillé; tout ce qu'on me demandait, c'était de distraire les invités en faisant le singe. Parfois, le maître de maison, un homme très riche, et sa femme m'ôtaient ma chemise pour que les invités examinent ma bosse, et même la touchent s'ils le voulaient. J'avais beau être petit en taille, je devenais un homme; je me suis lassé de mes bienfaiteurs et je les ai quittés une nuit sans prévenir. Peu après, un agent m'a récompensé parce que je lui avais fourni un indice qui lui avait permis de résoudre une affaire de meurtre. C'est là que j'ai découvert ma vocation. L'agent m'a pris comme apprenti, et j'ai vite vu que j'étais très doué pour me glisser dans la foule, surprendre une conversation, ou voir sans être vu. C'est comme ça que j'ai fait mon chemin et que j'ai aujourd'hui l'honneur et le privilège de travailler avec le célèbre juge Ti. J'ai même trouvé une femme que ma bosse ne repousse pas et qui m'a donné un fils qui me dépasse de deux têtes.

– J'ai deux garçons, confia Ti, mais je ne les ai pas vus depuis longtemps.

– Ils doivent être de beaux et brillants jeunes hommes, dit le bossu.

– Je l'espère, mon ami. Je l'espère.

Ti raconta ensuite sa vie à Yang-chou.

– Il y a des choses que l'on n'oublie jamais. Les détails nous reviennent avec une telle acuité qu'on a l'impression de les revivre. Ainsi, je me rappelle avec exactitude le goût de l'eau du canal que j'ai avalée par tasses pleines un beau soir, par une nuit sans lune. Le recteur m'étranglait et pesait de tout son poids pour me faire couler, mais ce que je me rappelle, ce qui ne m'a jamais quitté, c'est le goût de cette eau noire et puante. Depuis cette nuit, une sorte de nausée me poursuit et m'empêche, par exemple, d'apprécier pleinement un mets délicat ou un verre de bon vin, sans avoir dans la bouche un arrière-goût de l'eau du canal.

Après des heures de conversation, Ti, les articulations douloureuses et les membres gourds, se leva pour s'étirer. Bien qu'il fît toujours nuit, le ciel semblait s'éclaircir. Il comprit : cette nuit n'était pas la bonne.

Le bossu raconta une anecdote où il était question d'une nuit entière passée dans un cageot à guetter un criminel particulièrement cruel, mais Ti ne l'écoutait pas. Il venait d'avoir une pensée horrible : une famille du voisinage avait été massacrée pendant que ses hommes et lui montaient la garde non loin du lieu du crime, dans un déguisement grotesque.

Il s'excusa auprès du bossu, et sortit dans le couloir. Par les hautes fenêtres, il vit le ciel gris laiteux qui annonçait l'aurore. Une autre image traversa son cerveau, mais c'était absurde, impossible, dément ! Toutefois, il fallait qu'il sache.

Il se dirigea vers une pièce où les hommes veillaient. Il les appela à voix basse.

À son grand soulagement, ils répondirent aussitôt. Même chose dans les autres chambres. Un instant, il avait cru que les tueurs s'étaient introduits en silence dans la maison pendant qu'il bavardait tranquillement avec le bossu. Bien sûr, c'était impossible. Ses hommes n'étaient pas de vieilles grand-mères ni des aristocrates ramollis et bedonnants, mais l'hypothèse lui avait semblé suffisamment plausible pour qu'il envoie des éclaireurs vérifier que tous étaient sains et saufs. Les assassins possédaient des facultés quasi surnaturelles de silence et d'invisibilité. N'avaient-ils pas jusqu'à présent réalisé leurs exploits macabres sans éveiller les domestiques ?

Ti retrouva ses notes et ses papiers à l'endroit où il les avait cachés. Il les emporta dans le bureau du maître de maison afin de les étudier une nouvelle fois. Il avait besoin de vérifier ses calculs.

Pendant une heure, il parcourut ses notes, étudia le plan de Ch'ang-an avec soin, relut les soutras. Rien n'indiquait qu'il s'était trompé de maison, mais comment être sûr de l'heure précise ? C'était le facteur le plus aléatoire. Mieux valait faire preuve de patience et se préparer à l'attente.

Bien sûr, la nouvelle de son évasion était sans doute sur toutes les lèvres. Ti avait envisagé que les tueurs aient pu modifier leurs plans, mais il repoussa cette éventualité pour deux raisons : d'une part à cause de la nature et du but des massacres dont il estimait avoir percé la logique. Et d'autre part, pour des questions de temps et de distance : l'ordre d'annulation ne pouvait venir que de Lo-yang. Il aurait fallu que la nouvelle de son évasion parcourût les trois cents *li* jusqu'à la capitale impériale – distance que le plus rapide des messagers ne pouvait couvrir en moins d'une journée – et que l'ordre revînt ensuite à Ch'ang-an, ce qui exigeait une autre journée.

Malgré ses vérifications, Ti envoya un homme déguisé en domestique recueillir des informations au palais de justice. L'espion revint au bout d'une heure.

Rien, rapporta-t-il. Aucune nouvelle.

Ti conseilla à ses hommes de dormir quelques heures. Le jour s'était levé, et les chances d'une attaque étaient minces. Nous monterons la garde à tour de rôle, leur expliqua-t-il. Je prendrai le premier quart avec des volontaires jusqu'à midi, puis les autres nous relèveront. Un esprit fatigué est sujet aux hallucinations, ne courons pas ce risque.

La matinée était claire et ensoleillée, mais Ti fut insensible à son charme. La nuit blanche avait exacerbé ses sens, et il s'apercevait de l'instabilité de cet état particulier appelé « bien-être », un état fragile, une création du cerveau pour supporter les rigueurs de la vie sans devenir fou. Une nuit sans sommeil, et l'illusion perdait vite de son pouvoir. Ti se sentait sans défense, livré à ses regrets, à la merci de ses peurs et de ses émois, qui déferlaient sur lui comme une meute de chiens affamés soudain libérés du chenil.

Mais ce n'était pas le moment de s'apitoyer sur son sort.

Bien que frais, l'air s'était considérablement radouci ; le jardin offrait aux regards du juge la beauté tranquille de la nature. Nul doute que le maître des lieux profiterait d'une journée aussi belle pour faire le tour de sa propriété ; Ti sortit donc dans le jardin.

Le soleil le réchauffa. Sa fatigue ajoutée à la brillante luminosité le plongea dans un état second, irréel. Il marchait d'un pas lent afin de ne pas gaspiller le peu de forces qui lui restaient. Les toiles d'araignées perlées de rosée étincelaient ; à l'ombre, le sol était encore humide. Qu'il serait bon de se lover comme un animal à l'abri d'un bosquet et de dormir, dormir, dormir ! Mais Ti continua sa promenade. Le jardin était planté avec le même goût délicat qu'on retrouvait dans le choix du mobilier et de la décoration. Ici, une voûte gracieuse invitait le promeneur vers un agréable sentier ; là, des carpes fendaient avec élégance l'eau limpide d'une mare flanquée d'un banc de pierre accueillant qui incitait au repos contemplatif.

Ti hésita devant la voûte ; ses yeux surprirent un léger mouvement. Il crut d'abord qu'il avait rêvé et faillit s'éloigner, mais la chose bougea de nouveau. C'était un très long cheveu noir. Il le roula entre ses doigts d'un air songeur. Jamais il n'avait vu cheveu aussi long.

Sa fatigue avait disparu. Il examina le sentier dallé ; il était sec et dépourvu d'empreintes. Il scruta le sentier sinueux qui partait de la voûte ; il faisait une boucle complète autour du jardin. Ti l'emprunta.

Il avait pratiquement effectué un tour complet, et n'avait rien vu de plus, quand il approcha de la mare aux carpes. Il descendit les quelques marches qui conduisaient au banc de pierre, et s'assit un instant pour réfléchir.

Il contempla l'eau stagnante, mais se releva bien vite. Là, à trois pas, près de l'endroit où un petit ruisseau alimentait la mare, une empreinte marquait la terre humide. Ti s'accroupit pour l'examiner. Sa taille et son dessin lui étaient désagréablement familiers : c'était une trace de sabots, et elle était fraîche. Il reporta son regard sur le cheveu qu'il tenait toujours entre ses doigts. Non, il n'en avait jamais vu d'aussi long.

Sauf si c'était un crin de cheval.

Toutefois le cheveu n'était pas suffisamment grossier. Pourtant ? Il le roula encore entre ses doigts.

Une impression déplaisante le poussa à se relever et à se retourner pour scruter les feuillages. Le jardin, paisible et attrayant l'instant d'avant, semblait receler une menace tapie derrière chaque buisson. Malgré les chatoyantes couleurs de l'automne, le chant des oiseaux et la fraîche odeur matinale, Ti ne se sentait pas plus en sécurité que dans la ruelle sombre empestant l'urine d'un quartier mal famé.

Avec le sentiment inquiétant que son dos offrait une cible de choix, il se hâta de rejoindre ses hommes.

Ti comprit qu'il lui serait impossible de fermer l'œil. Il avait prévenu le bossu qu'il allait faire un tour dans le jardin, et les deux hommes s'étaient ensuite retrouvés dans l'étude du maître de maison. Ils sont venus, avait déclaré Ti à son assistant, et ils ont découvert la supercherie. Ils ont modifié leurs plans et vont frapper une autre famille cette nuit même.

Pas nécessairement, avait rétorqué le bossu. Qui sait ? Peut-être ont-ils l'habitude de surveiller la maison avant d'agir. Ils nous auront observés par la fenêtre, exactement comme vous l'aviez prévu. Mais qu'auront-ils vu ? Une famille ordinaire vaquant à ses occupations.

Je n'ai relevé qu'une seule empreinte, avait dit le juge. Quelqu'un est venu à cheval. S'il n'était pas seul, les autres ont fait attention de ne marcher que sur les dalles. Pourquoi prendraient-ils un tel risque ? Et comment ont-ils fait pour qu'on ne les ait ni vus ni entendus ? Nos hommes sont restés éveillés toute la nuit, et personne n'a rien remarqué. Non, il n'y en avait qu'un. Mais pourquoi à cheval ?

Le bossu avait longuement réfléchi.

Toutes vos questions, avait-il ensuite déclaré, doivent être étudiées à la lumière de votre théorie. Les réponses viendront alors d'elles-mêmes.

Certainement, avait admis Ti. Des questions, même fort déplaisantes, restent toujours des questions et peuvent être résolues.

« Déplaisantes est un euphémisme », avait songé Ti. C'était bien la première fois qu'il souhaitait que ses théories ne se vérifiassent pas.

Peu après midi, le lieutenant avait insisté pour que le juge se reposât au moins une heure ou deux. Je serai vos yeux et vos oreilles, lui avait-il dit. Je ne suis pas fatigué le moins du monde, je vais m'asseoir dans l'antichambre et faire le guet. Je peux rester plusieurs jours sans dormir, c'est l'un des avantages du rachitisme, avait-il plaisanté.

Ti avait suivi son conseil. Il s'était allongé sur un sofa, dans l'étude, puis s'était forcé à fermer les paupières et à respirer profondément. Oui, sa théorie s'écroulait d'elle-même, que cela lui plût ou non. Toutefois, une pièce du puzzle ne trouvait sa place nulle part, et Ti n'avait pas réussi à pénétrer sa logique : les empreintes de sabots. Ce détail incongru était des plus sinistres. Plus effrayant que si l'empreinte avait été laissée par un prédateur aussi redoutable que le tigre, le loup ou le chacal. Par un mystère qui ne lassait pas d'inquiéter Ti, le plus noble des animaux, le cheval, le fidèle serviteur de l'homme, s'était transformé.

Transformé... transformation... le monde entier avait été transformé, songea Ti en dérivant lentement vers le sommeil.

Il rêva qu'il faisait nuit, qu'il était un énorme oiseau de proie et qu'il volait sous une pluie battante. Il ne voyait rien, mais cela ne l'empêchait pas de voler ; ses ailes gigantesques fendaient la nuit noire avec une puissance prodigieuse. Sous lui, un paysage sauvage défilait et il se dirigeait vers une chaîne de montagnes qu'il ne voyait pas, mais dont il sentait la présence. Enivré par son pouvoir illimité, seigneur des ténèbres, il planait au-dessus du monde invisible.

Il refit presque surface. Comme un nageur dans l'eau gelée d'un lac, il chercha désespérément une ouverture. Il avait l'impression d'avoir dormi très longtemps, bien trop longtemps; et il lui fallait trouver une issue. En scrutant la lumière diffuse à travers la barrière de glace qu'il ne pouvait briser, il s'aperçut qu'il n'était pas dans un lac; il contemplait le plafond de l'étude où il s'était endormi. On marchait au-dessus de sa tête, et il y avait un son, une pulsation sourde et profonde qui semblait provenir du centre de la terre. On aurait dit que tous les morts, dans leur tombe, entonnaient à l'unisson la même note continue. Et au-dessus, les bruits de pas. Non, de sabots: il voyait les croissants sombres apparaître et disparaître tour à tour à chaque foulée de l'animal. Le profond murmure l'enveloppait; Ti se crut un instant dans une salle d'audience avant que la cour ne réclame le silence. Non, ce n'était pas l'écho de discussions à voix basse. C'étaient des chants. Le bourdonnement de psalmodies.

Des psalmodies!

Il se réveilla en sursaut. Le soleil déclinant découpait des ombres sur le plafond, les feuillages bruissaient en effleurant les murs de la maison. Combien de temps avait-il dormi? Longtemps, trop longtemps. Il s'ébroua pour chasser les restes de son rêve: le profond murmure, comme un bourdonnement d'insectes, à peine audible.

Il entendit un soupir derrière lui. Mon fidèle bossu, songea-t-il en se retournant. Il resta interdit: un homme entièrement nu se tenait devant la fenêtre. Un bossu.

La colonne vertébrale sinuait sous sa peau tel un serpent, et avait tiré les côtes vers le haut avec une force inexorable pour former la bosse. L'espace d'un instant, Ti se demanda ce qui avait pu pousser son lieutenant à se déshabiller et à lui tourner le dos, puis il comprit que c'était un autre bossu.

Ce dernier se retourna lentement. Ti reconnut le moine qu'il avait croisé au temple du Cheval Blanc : celui dont le visage brûlé n'était plus qu'une immense plaie rougeâtre, un masque ignoble et terrifiant. Au temple, il n'avait pas remarqué sa bosse.

Bondissant de sa chaise, il sortit son long couteau et crut voir l'étonnement sur le visage défiguré du moine. Comment se faisait-il que le maître de maison, pris par surprise, fût armé ? Mais le moment de surprise, si surprise il y eut, ne dura pas. L'homme se précipita sur Ti et l'agrippa avec une force surhumaine avant que le juge n'eût fini de sortir son couteau. Ils roulèrent au sol. Le bossu emprisonnait les bras de Ti dans l'étau de sa prise, son visage à la grimace immuable à quelques pouces de celui du juge. Ti pouvait à peine respirer, encore moins crier. Comme un cochon dans l'étreinte d'un boa constricteur, songea-t-il en commençant à tourner de l'œil. Le moine le fixait avec haine de ses yeux injectés de sang et son haleine fétide lui caressait la peau. La cicatrice de sa bouche dévoilait deux rangées de dents jaunâtres plantées dans des gencives rose vif. Ti se dit qu'il n'avait pas un être humain en face de lui, mais un démon, issu de sa propre imagination, et qui venait demander raison à son créateur.

Bientôt, la vision de Ti se rétrécit et il ne vit plus qu'une paire d'yeux protubérants, billes noires dans deux mares jaunes striées de filets rouges. Des points blancs lumineux semblaient jaillir autour de lui telles des comètes minuscules dans un ciel nocturne. Ses oreilles bourdonnaient, et au loin, il crut entendre des bruits de pas. Soudain, le corps de son agresseur se raidit, comme frappé par un objet ; le démon relâcha sa prise en grognant. Ti roula sur le côté, presque inconscient, il se sentit rouler, rouler encore, comme du haut d'une colline, le monde tournoyait, il avait la nausée.

Il se réveilla en heurtant violemment le mur, et

ouvrit les yeux sur une scène sortie droit de l'enfer : un démon horrible et nu luttait avec une vieille sorcière. Un manche de couteau était planté dans la bosse du démon et du sang coulait le long de son dos ; la sorcière brandissait une épée avec l'aisance d'un soldat aguerri. Sorcière et démon semblaient danser un ballet macabre qui annonçait une mort imminente.

Vif comme un furet, le lieutenant de Ti se fendit ; avec une rapidité égale, le démon évita le coup et empoigna la lame à mains nues. Les deux bossus s'observèrent une fraction de seconde ; le démon, bouche ouverte, mains ensanglantées, hurlait d'une voix suraiguë, alors que le lieutenant s'était figé, interdit. Avec une force surhumaine, le démon fit tournoyer l'épée, et le lieutenant perdit l'équilibre.

Ti recouvra ses esprits. Il se leva d'un bond, empoigna une lourde statuette et en fracassa le crâne du démon qui s'effondra. Ti et son lieutenant se jetèrent sur lui et, profitant qu'il était assommé, ils le ligotèrent avec les cordons de rideaux.

Après l'avoir attaché solidement, ils reprirent leur souffle. La créature sortie des enfers remua la tête, ouvrit des yeux apeurés, et ils se rendirent compte que ce monstre n'était qu'un homme, après tout.

— Je... je suis désolé, bégaya le lieutenant. J'ai dû m'endormir, sinon comment serait-il entré sans que je le voie ?

Ti échangea un regard avec son lieutenant. Le bruit sourd et persistant que le fracas du combat avait étouffé se faisait de nouveau entendre. C'était un bruit que les deux hommes auraient pu confondre avec leurs propres battements de cœur, le bourdonnement que Ti avait entendu dans son rêve, lointain, presque inaudible, et qui semblait provenir de toutes les directions en même temps.

— Suivez-moi, murmura Ti en se relevant.

Ils abandonnèrent leur prisonnier, se glissèrent à pas de loup jusqu'à la porte, et risquèrent un œil dans le couloir.

Il était désert. S'il y avait d'autres monstres, ils n'avaient apparemment pas entendu la bagarre. Ils revinrent dans l'étude, l'arme à la main, soulevèrent le prisonnier et le transportèrent dans le jardin. Ti était encore faible, le souffle court et les jambes flageolantes ; il déposa l'homme, récupéra un instant, puis l'empoigna de nouveau et aida son lieutenant à le cacher dans un buisson. Ils tendirent ensuite l'oreille : le bourdonnement n'avait pas cessé. D'où venait-il ? De la maison ? Du jardin ? De la rue ? Ti avait l'impression qu'il sortait de terre, s'insinuait dans les fibres de son corps et se mêlait aux propres battements de son cœur. La fatigue le reprit ; son énergie l'abandonna comme l'eau fuit d'un bol fêlé. Il regarda son lieutenant dont l'œil vitreux et les paupières lourdes trahissaient le même épuisement. Il brûlait d'envie de s'allonger, de se couvrir la tête de feuilles et d'herbe et de dormir enfin. Dormir. Dormir.

Il agrippa le bras de son lieutenant et le serra de toutes ses forces. Le bossu ouvrit les yeux, se ressaisit et regarda Ti d'un œil ferme. Puis Ti le pinça, se pinça à son tour. La douleur le réveilla. Les deux hommes échangèrent un regard, et Ti lui indiqua par gestes la marche à suivre. Ils longèrent la maison, à l'abri des massifs d'arbustes, et s'approchèrent du grand salon qui jouxtait la salle à manger.

Ti s'accroupit, puis avança pas à pas avec une précaution infinie. Les rideaux n'étaient pas tirés ; tapi derrière les feuillages, Ti lorgna dans le salon que le jour déclinant plongeait dans une demi-obscurité.

Ce qu'il vit le fit reculer. Il perdit l'équilibre et marcha sur les pieds de son lieutenant qui retint sa chute. Ti agrippa les vêtements du bossu et l'attira vers la porte.

– Dites-moi que je ne suis pas fou ! souffla-t-il à mi-voix.

Le bossu risqua un œil dans la pièce. Ti ignorait ce que son lieutenant ressentit, mais pour sa part il avait la nette impression de nager en plein cauchemar.

Des monstres nus, que les vitres dépolies déformaient encore plus, hantaient l'élégant salon, hideux et déplacés comme si la terre en s'ouvrant avait libéré les démons des mondes souterrains. Il y avait là l'homme au front protubérant, celui à la mâchoire saillante comme une proue de navire. Il y avait aussi le malheureux aux deux demi-faces discordantes. Ti n'avait encore jamais vu les autres en chair et en os, mais il reconnut les sosies des statues de Lung-men. Et par terre, comme des bouts de bois que les monstres enjambaient avec désinvolture, gisaient plusieurs membres de la « famille » : le « grand-père », le « frère » et le « fils ». Morts, songea Ti avec effroi, mais il comprit vite son erreur en voyant les corps bouger avec langueur, les têtes rouler de droite à gauche, comme s'ils dormaient. Pas comme s'ils avaient été assommés, mais... plongés dans un sommeil surnaturel.

Ti faillit se relever et crier quand un autre démon, affublé d'une tête de chauve-souris, entra dans la pièce en tenant par la main l'un des soldats les plus endurcis de sa troupe. Il se contrôla avec peine, et contempla, éberlué, son soldat se laisser conduire avec la docilité d'un enfant, la tête ballottante. D'une légère poussée, le démon-chauve-souris le fit s'agenouiller près des autres corps. Là, il s'étendit tranquillement comme s'il se mettait au lit.

Les monstres nus déambulaient avec lenteur ; leurs lèvres remuaient mais Ti n'avait pas l'impression qu'ils parlaient entre eux. Il commença à comprendre, et sut tout de suite qu'il n'y avait pas un instant à perdre.

– Les gardes, chuchota-t-il à l'oreille du bossu en l'éloignant vivement de la porte. Il faut aller chercher les sentinelles sans attendre. Frappez-les, pincez-les, n'importe !

Le lieutenant acquiesça d'un signe de tête. Il allait partir quand Ti le retint.

– Dépêchez-vous. Avancez caché et gardez votre épée à la main... et...

Il se pencha, et ramassa une poignée de mousse qu'il tendit au bossu.

– Tenez, bouchez-vous les oreilles avec ça. Et que les autres en fassent autant.

Le bossu s'exécuta, puis s'éloigna comme une flèche. Ti tremblait d'excitation ; il fourra deux boulettes de mousse dans ses oreilles, en enfouit une poignée dans sa poche et, courbé en deux, longea le mur en courant sous le couvert des bosquets, le visage fouetté par les branchages. Il arriva devant les cuisines dont la porte était entrebâillée ; il l'ouvrit d'une main tremblante et se faufila à l'intérieur. Autour de lui, tout était silencieux : à cause de la mousse, il n'entendait que sa respiration haletante et le sang battre dans ses tempes.

En contournant la longue table de travail, il faillit trébucher sur deux de ses hommes, dont l'héroïque pâtissier, qui gisaient sur le sol. Morts, crut-il. Mais il vit leurs côtes se soulever lentement au rythme d'une respiration paisible. Il s'agenouilla près du pâtissier, appliqua une main sur sa bouche et lui pinça le nez. L'homme se réveilla, mais regarda le juge sans le reconnaître. Ti lui pinça violemment le bras. Cette fois, l'homme écarquilla les yeux pendant que Ti lui bâillonnait toujours la bouche pour l'empêcher de crier. Voyant que le pâtissier l'avait enfin reconnu, il relâcha son étreinte et lui fit signe de se taire. Puis il réveilla l'autre garde.

Il tendit de la mousse aux deux hommes en leur enjoignant de s'en boucher les oreilles. Ils comprirent aussitôt et obéirent, puis ils se dirigèrent tous trois vers les communs.

Dans chaque pièce, ils trouvèrent des hommes affalés dans des fauteuils, allongés par terre, ou adossés au mur comme si le sommeil les avait surpris à l'improviste. Quand chacun fut réveillé à grands renforts de pincements ou de gifles, qu'il se fut bouché ses oreilles avec de la mousse ou un bout de tissu déchiré à la hâte, Ti regroupa ses hommes. Ils étaient neuf.

Ti ôta prudemment un bouchon de mousse d'une oreille, pointa son nez dans le couloir, puis se recula prestement. Quelqu'un approchait. Il fit signe aux autres de se tapir dans l'ombre. Les pas approchèrent encore. Ti entendit distinctement la respiration de l'inconnu, mêlée au bourdonnement inarticulé qui semblait l'écho de ses propres battements de cœur.

L'homme s'arrêta devant la porte, puis la franchit. Un cordon s'enroula autour de son cou et s'enfonça dans ses chairs avec une telle promptitude qu'il n'eut pas le temps de crier. Aussitôt, des mains l'étreignirent, le ligotèrent et le bâillonnèrent. Alors les gardes contemplèrent leur prisonnier avec effroi : c'était l'homme-chauve-souris dont la bouche n'était qu'un trou grotesque planté de dents minuscules. Ti avait essayé de mettre ses hommes en garde contre ce qu'ils risquaient de découvrir, mais il s'aperçut que ses avertissements avaient été vains.

Il se souvint alors de la créature qu'ils avaient cachée dans les fourrés. Ses acolytes ne tarderaient plus à s'apercevoir de son absence et à partir à sa recherche. Même chose pour l'homme-chauve-souris. Il empoigna le bras du pâtissier et lui ordonna par signe de cacher le prisonnier derrière un meuble.

– Dehors, articula-t-il ensuite de ses lèvres muettes.

Les hommes s'arrachèrent à la contemplation effarée du monstre et suivirent en silence Ti sans se retourner. Ils traversèrent les cuisines, puis sortirent dans le jardin. Là, Ti s'arrêta et ôta la mousse de son autre oreille. La vibration était devenue encore plus sourde, mais elle ne les enveloppait plus : elle provenait de l'intérieur de la maison.

Des feuilles crissèrent derrière eux. Ti se retourna d'un bond, puis poussa un profond soupir : c'était son lieutenant. Il était accompagné des sentinelles, les jambes molles, l'œil vague, encore à demi inconscientes.

– Il n'y a pas un instant à perdre, lança Ti.

Le bossu le dévisagea sans comprendre, puis ôta les boulettes de mousse de ses oreilles.

– Il n'y a pas un instant à perdre, répéta Ti.

Il jeta un regard circulaire, se pencha pour ramasser une grosse pierre, et la soupesa, circonspect.

– Vite, au grand salon ! ordonna-t-il.

La petite troupe se mit en marche d'un pas hésitant ; soudain, un nouveau bruit leur parvint du jardin, un son que Ti accueillit avec un soulagement mêlé d'effroi. Un son qu'il avait attendu avec impatience tout en espérant ne jamais l'entendre : celui de sabots qui martelaient le sentier dallé où il s'était promené le matin même. Avec l'obscurité croissante, les épais taillis et les arbres, ils ne pouvaient apercevoir le cheval, mais ils l'entendirent arriver au bout du sentier, puis le bruit des sabots résonna sur le plancher, suivi d'une cavalcade à travers le couloir.

Ti et ses hommes se mirent à courir jusqu'à la porte-fenêtre du grand salon. Ti appuya son front contre la vitre et vit enfin, déformé par la vitre, le responsable des empreintes mystérieuses, la créature qui avait marché au-dessus de sa tête dans son rêve, celle qui l'avait hanté ces dernières semaines. Il n'en crut pas ses yeux.

Telle la parodie grotesque d'un cheval dressé, la créature infernale dansait à travers le salon, enjambant avec agilité les corps endormis, puis elle s'approcha de la vitre et Ti entr'aperçut une tête de cheval, flétrie et desséchée, et une rangée de dents menaçantes. Il vit ensuite l'un des hommes endormis soulever une main incertaine pendant qu'un démon, penché au-dessus de lui, le ligotait avec un fil de fer. Le hideux animal poursuivait ses pas de danse dérisoires ; les autres démons contemplaient la scène en remuant les lèvres, comme pour une prière.

Ti recula d'un pas, visa, et lança violemment la pierre à travers la vitre, puis, négligeant les éclats de verre qui lui labouraient le bras, il déverrouilla la porte de l'intérieur. Aussitôt ses hommes se ruèrent dans le salon. En entendant la vitre se fracasser, les démons interrompirent un instant leur bourdonnement, puis, surpris et furieux, se remirent à psalmodier avec rage.

Il y avait cinq démons contre quinze hommes de Ti. Alors, le cheval se scinda ; deux hommes apparurent, chaussés de sabots attachés à leurs pieds, et recouverts d'une peau de cheval. L'un portait la tête desséchée, aux orbites vides et aux dents nues ; une longue queue de cheval pendait de la peau de bête de l'autre. Le premier lança la tête flétrie sur Ti qui s'écroula, touché en plein ventre. Mais pendant qu'il reprenait son souffle, il eut le temps de voir son lieutenant se ruer sur le démon.

Les deux hommes roulèrent au sol. Le démon essaya d'emprisonner le bossu dans son étreinte surhumaine, comme celui qui avait failli étouffer Ti un peu plus tôt, mais un garde lui décocha un violent coup sur la nuque, ce qui freina à peine le monstre, mais permit au lieutenant de se dégager. À deux contre un, ils réussirent à le maîtriser. Les autres démons se battaient comme si leur vie importait peu. Ils hurlaient, grognaient, ruaient, mordaient, mais ils semblaient n'avoir pas d'armes et les hommes de Ti étaient en surnombre, possédaient des filets, des cordes, des épées, des couteaux, des armures. En quelques minutes terribles, ils vinrent à bout des démons, les ligotèrent, et les maintinrent au sol.

Les démons n'avaient apporté qu'une seule arme : un long couteau qui gisait sur le sol près d'un sac ensanglanté. Ti rampa jusqu'au sac, l'ouvrit, et vit des jambes d'animaux. Il savait bien à quoi elles auraient servi, ainsi que le couteau d'ailleurs. Il referma le sac et s'écroula à bout de forces.

Dès qu'il eut recouvré la parole, il demanda à son fidèle lieutenant :

– Vous n'en avez pas vu d'autres... ? Ils devraient... être seize.

Essoufflé, le bossu jeta un regard autour de lui.

– Sept ici... un dans la maison... un autre dehors... et... et sept dans le jardin. Ils y sont tous. (Il respira longuement, puis reprit :) Il y en avait sept dans la rue ; ils psalmodiaient je ne sais quoi.

– Ils psalmodiaient... répéta Ti.

– Oui, c'était très étrange, Votre Honneur. Ils étaient nus. Nus, par ce froid ! Et ils n'étaient même pas armés !

– Non, fit le juge. Non, ils ne pensaient pas en avoir besoin. À part ce couteau, conclut-il en désignant l'arme, près du sac.

En décembre de l'an 675

Journal

Ce ne sera certes pas mon premier pari, mais celui-ci promet d'être le plus audacieux que j'aurais tenté dans ma carrière. Ceux qui liront ces lignes me croiront-ils fou quand j'ajouterai que je me mets demain en route pour Lo-yang afin d'obtenir une audience de Sa Majesté l'Impératrice, qu'elle m'accueillera chaleureusement, et que je me prépare à lui faire une proposition singulière ?

Oui, c'est possible. J'apporterai donc quelques précisions afin qu'ils puissent raconter en détail ma bien triste histoire à leurs descendants.

C'est une lettre de Wu-chi qui m'a conduit à prendre la décision de retourner à la Cité de la Transformation. Sa lettre, et un long cheveu noir.

Les jours qui suivirent l'arrestation des seize moines-Arhats du Cheval Blanc, quand les habitants de Ch'ang-an reconnaissants chantaient mes louanges, quand il apparut que je possédais enfin toutes les pièces du puzzle, je m'aperçus que mes ennuis ne faisaient que commencer. Car j'avais enfin la confirmation de ce que j'avais seulement soupçonné en contemplant les statues de Lungmen : mon vieil ami Hsueh Huai-i avait parcouru un sacré chemin ! Au point d'être maintenant hors de portée de la loi. Après mon illumination dans les grottes, lorsque je fis mes découvertes et échafaudai mes effrayantes hypothèses, je n'avais pas le temps de réfléchir au moyen de l'amener devant la justice. Qu'est-ce qui m'a fait croire qu'il était possible de poursuivre Hsueh Huai-i une fois que j'eus acquis la certitude qu'il était derrière les horribles carnages de Ch'ang-an ? Et qu'est-ce qui m'a fait croire qu'il n'essaierait pas de me faire arrêter ou de me tuer ? Pour l'heure, il n'y a pas un agent dans Ch'ang-an qui m'arrêterait, ni un seul juge qui m'incarcérerait, mais d'un point de vue juridique, je suis toujours un criminel en fuite. Assurément, Hsueh Huai-i n'hésitera pas à profiter cruellement de la situation, ou, tout simplement, à me faire égorger et à confier mon cadavre aux eaux noirâtres du canal.

C'est pourquoi je n'ai pas encore dévoilé au monde le rôle tenu par le Tibétain. Je laisse les gens penser que les seize moines ont agi de leur propre chef, et je n'ai publié aucun détail de l'affaire. Je le réserve pour l'Impératrice. Elle saura tout : comment les Arhats ont commis leurs meurtres – pratiquement en plein jour –, pourquoi, qui leur a enseigné la technique leur permettant d'agir en toute impunité, et les déductions qui m'ont permis de les arrêter.

C'est là que le lecteur va sans doute croire que j'ai définitivement perdu la raison. C'est peut-être le cas, mais j'ai des circonstances atténuantes : je suis victime de ma propre logique.

Après l'arrestation des moines, je reçus une lettre de Wu-chi, dans laquelle il m'apprenait comme toujours des choses fort intéressantes. Mais l'une d'elles, qu'il avait certainement glissée en pensant qu'une anecdote plaisante dériderait mon esprit préoccupé, racontait que Hsueh Huai-i s'était embarqué dans une bien curieuse aventure : une autre de ses entreprises destinées à lui assurer une place mémorable dans l'Histoire.

Maître Hsueh était en train de fabriquer des « reliques » qui, l'espérait-il, seraient associées pour toujours à son nom. Nombre de ces reliques étaient distribuées dans les temples des environs de Lo-yang, parmi lesquels celui du Lotus Immaculé, afin qu'elles soient conservées avec les autres trésors et que, dans cent, deux cents ou trois cents ans, les pèlerins pussent les contempler en se demandant : qui était ce Hsueh Huai-i ?

Les reliques, expliquait Wu-chi dans sa lettre, étaient de superbes « queues de cheval » qui symbolisaient et honoraient le rôle de Haya-griva, cheval mythique d'Avalokitesvara, protecteur du Dharma sous le règne éclairé de la divine impératrice Wu. Je pensai bien sûr au long cheveu que j'avais trouvé dans le jardin, le jour de l'arrestation des pseudo-Arhats. Je l'avais conservé précieusement à cause de son étrangeté et de sa longueur inhabituelle. En lisant la lettre de Wu-chi, je sortis le cheveu, et l'examinai soigneusement. Je me livrai à quelques comparaisons et découvris qu'il s'agissait indéniablement d'un cheveu humain. Ce cheveu avait appartenu à la queue du cheval des « Arhats », et j'avais la conviction que les queues de Hsueh Huai-i étaient fabriquées avec les mêmes longs cheveux.

Quelles autres conclusions tirai-je ? Premièrement que le cheveu, à en juger par sa longueur, ne pouvait provenir que d'un crâne de femme. Deuxièmement, à en juger par sa vitalité et son soyeux, du crâne d'une jeune femme. Enfin, à en juger par la somme considérable de cheveux nécessaires à la confection de queues, j'en conclus que le lama Hsueh Huai-i devait avoir accès à un grand nombre de jeunes femmes. Et dans quelles circonstances le célèbre lama aurait-il accès à la chevelure d'un si grand nombre de jeunes femmes ? La réponse allait de soi : lors de l'ordination de nonnes, cérémonie au cours de laquelle on rasait le crâne des novices.

Quelques vérifications confirmèrent mes hypothèses. Ces derniers mois, Hsueh s'était voué à un projet d'une importance telle qu'il l'accaparait presque entièrement : le renouveau et le rajeunissement des couvents Kuan-yin, longtemps simple retraite pour les femmes âgées, les indésirables et les exclues. Sous la tutelle du célèbre lama Hsueh, les couvents Kuan-yin prenaient une nouvelle dimension et se voyaient confier de nouveaux objectifs. Ils glorifieraient le rôle de la femme dans l'ère bénie de la Divine Mère Souveraine. Ils définiraient l'inestimable contribution des femmes à la propagation du nouvel ordre. Ils serviraient l'humanité par des œuvres de miséricorde.

Et ils procureraient, n'en doutons pas, de la chair fraîche au lama pour sa plus grande délectation.

Un soir, je m'attelai à la rédaction d'une formule, d'une équation, si vous préférez, basée sur des facteurs connus : l'égoïsme monstrueux de l'Impératrice ; ses notoires appétits insatiables ; son âge, qui est de cinquante ans ; l'âge de Hsueh, qui est de trente-six ; le nombre d'années qu'a duré leur liaison, pas loin de six ; les appétits du moine et sa mégalomanie avérée. J'en conclus que, sauf à méconnaître la nature humaine, il y avait de fortes chances pour qu'un certain désenchantement ait grandi entre les deux amants, comme la mauvaise herbe dans un jardin mal cultivé. C'était sans nul doute le moment le plus propice et le plus opportun pour narrer mon histoire à l'Impératrice.

Ainsi, je pars demain pour Lo-yang. Et comme je quitte le sanctuaire de Ch'ang-an pour pénétrer dans une juridiction où je suis toujours recherché, je me déguiserai, mais pas en moine cette fois-ci. Non, je me suis inspiré des récents événements ; cette fois, je crois que je me déguiserai en femme. Une vieille femme ordinaire et sans charme, un peu dérangée, peut-être... le genre de personne qu'on ignore et qu'on laisse en paix.

33

Dans les environs de Lo-yang, en décembre de l'an 675

C'était une de ces journées extravagantes de décembre, quand le ciel est d'un bleu pur et que le soleil chauffe. Assis dans le jardin, adossé à un mur du monastère du Lotus Immaculé, le juge Ti, paupières closes, le visage offert à la chaleur, se laissait aller à la rêverie.

Non qu'il eût changé d'avis sur l'affaire qui l'amenait à Lo-yang. Non que son cœur flanchât devant le danger, ni qu'il doutât, ou qu'il envisageât une quelconque reculade. Mais s'il avait pu, il aurait bien arrêté le temps afin de profiter plus longuement du soleil, de ce moment privilégié où son esprit voguait librement, débarrassé des soucis quotidiens et des pensées obsédantes.

La veille, à son arrivée, il avait trouvé le Lotus Immaculé inchangé; c'était toujours le même havre de paix et de tranquillité. C'était avec une profonde gratitude et une joie extrême qu'il avait franchi l'enceinte du monastère, qu'il avait senti la lumière l'envelopper et apaiser son corps et son âme. Il avait dîné avec Wu-chi et le recteur Liao, et leur avait tout raconté, puis il s'était couché et avait dormi comme un enfant. Maintenant, la tête doucement appuyée contre la fraîcheur de la pierre, il savourait, pour la première fois depuis de longs mois, le calme de la méditation, l'esprit libéré des calculs continuels, des recherches anxieuses et de l'attente angoissante.

Là, ses méditations dérivaient nonchalamment sur un sujet des plus dérisoires : les ossements jaunâtres des moines qui reposaient dans le cimetière, à quelques pas du mur d'enceinte où il était adossé. Il les enviait de reposer ainsi en paix dans la terre accueillante, débarrassés du labeur, des soucis, de la passion, des regrets, leur vie achevée – écrite ; oui, écrite de façon indélébile et irréversible. Quelle erreur de penser que la tombe est un lieu froid et désolé ! Ti était plutôt enclin à la considérer comme un lieu confortable, aussi chaud et douillet qu'un bon lit par une nuit d'hiver. Mieux même : là, dans sa tombe, personne ne viendrait le secouer, le réveiller, exiger qu'il se lève et se dépêche de partir au travail.

Il soupira d'aise. Pourtant, son instant de félicité pouvait s'interrompre à tout moment. Il avait adressé un message au palais impérial par l'entremise d'un contact sûr de Wu-chi et de Liao. Assis contre le mur, la caresse du soleil sur son visage, il attendait la réponse.

Le coche roulait en cahotant dans les rues de Lo-yang. Ti Jen-chieh tira le rideau de la cabine, contempla la Cité de la Transformation et se dit que la ville n'avait pas été transformée outre mesure ; en dépit de son nom, c'était toujours la ville qu'il avait connue, sereine et pleine de grâce, avec son réseau de rivières, ses parcs, et ses innombrables ponts en dos d'âne d'une architecture chaque fois renouvelée.

La réponse à son message ne s'était pas fait attendre. Elle était arrivée le soir même. Elle précisait qu'un coche passerait le prendre pour le conduire à un endroit de sa convenance ; Ti avait envoyé en retour des instructions explicites, et le lendemain matin, il s'était rendu à Lo-yang, déguisé en vieille femme afin de ne pas attirer l'attention sur la cachette de Wu-chi, malgré les années écoulées. Le coche l'avait pris devant une maison de thé, celle-là même où il avait attendu en vain Hsueh Huai-i. Le conducteur au visage impénétrable et ses assistants n'avaient pas semblé surpris par la course insolite qui les avait amenés à venir chercher une vieille femme bizarre dans une maison de thé du marché. Confortablement installé dans la cabine tendue de satin, Ti déballa les habits et les quelques objets qu'il avait emportés afin de reprendre l'apparence du juge Ti Jen-chieh. Il allait coiffer son bonnet quand il se ravisa et remballa ses affaires. Pourquoi pas, se dit-il en souriant.

Il n'aurait pas agi de la même manière s'il s'était rendu au palais impérial, mais le coche l'emmenait dans un lieu de son choix – un endroit où il serait plus difficile de le piéger, si toutefois piège il y avait. Mais il en doutait. Il croyait, en quelque sorte, avoir pris la température et senti de quel côté le vent tournerait.

Il jeta de nouveau un œil par la vitre. La voiture s'engageait dans un des plus riches quartiers de Lo-yang où des demeures princières cachaient leur luxe tapageur derrière de hauts murs.

L'ironie de sa destination n'échappa pas à Ti. Il se rendait là où Hsueh Huai-i avait noué le premier contact qui devait lui ouvrir les portes de sa nouvelle vie, là où Ti l'avait envoyé lui-même, là où il pensait qu'un crime horrible avait été commis, et qui, pour toutes ces raisons, avait toujours excité sa curiosité, là où il n'avait jamais mis les pieds : la résidence de Dame Yang.

Mais, cette fois, Ti n'avait pas l'intention de rechercher des indices ni de rouvrir une vieille affaire. Il venait proposer un marché. Le coche se pencha légèrement en prenant un virage. Ils étaient arrivés.

Ti resta un moment indécis. Était-ce l'Impératrice ou Dame Yang qu'il avait devant lui ? Des années auparavant, la ressemblance était déjà forte, mais les circonstances lui avaient toujours permis de distinguer les deux femmes. Là, dans cette demeure et avec les années, les différences s'étaient suffisamment estompées pour que Ti s'imaginât, l'espace d'un instant, que les deux femmes, par quelque magie mystérieuse, s'étaient fondues en un seul et même corps.

Elle regarda l'étrange petite vieille s'avancer dans le hall de réception. Les deux femmes se jaugèrent, puis l'hôtesse renversa la tête en arrière et éclata d'un rire joyeux.

– Ti Jen-chieh ! s'exclama-t-elle. Soyez le bienvenu. Vous venez de me rendre ma jeunesse et ma beauté.

Dès qu'il entendit la voix, Ti sut à qui il avait affaire. Il ôta son vieux foulard noir et s'inclina.

– Votre Altesse Impériale, fut tout ce qu'il put articuler.

Jamais Ti n'avait eu interlocutrice aussi attentive. L'Impératrice savait écouter ; captivée par l'étrange histoire, elle semblait boire ses paroles et l'encourageait à adopter un ton théâtral et à ménager le suspense.

Il lui raconta son voyage aux grottes de Lungmen, son illumination soudaine, son retour précipité à Ch'ang-an, son emprisonnement puis son évasion, et le remplacement hâtif de la famille d'aristocrates par lui et ses hommes. Il en était arrivé au moment où il s'était bouché les oreilles avec de la mousse, où il avait pincé et frappé son assistant pour l'empêcher de plonger dans un sommeil artificiel. Il avait décrit son cauchemar, le long murmure qui s'y était glissé et avait continué de vibrer après son réveil, quand il avait découvert dans la pièce un bossu qu'il avait pris pour son lieutenant, l'étrange engourdissement qui s'était emparé de son corps et de son esprit, la vue de ses hommes menés docilement par la main comme des enfants endormis.

— Ce devaient être les psalmodies, déclara Wu, l'œil brillant.

— Exactement, madame. Imaginez quelle fut ma réaction. J'étais terrifié et je savais qu'il fallait agir vite. Je luttais pour garder la tête claire afin de sauver mes hommes d'une mort certaine, et en même temps, je compris que je tenais l'explication du mystère qui m'avait hanté pendant des semaines entières. En fait, depuis le premier meurtre, qui n'avait laissé aucun indice susceptible de fournir un début de réponse à la question de savoir comment les meurtriers avaient réussi à s'introduire dans la maison, à massacrer toute une famille et à s'en aller sans se faire remarquer par les domestiques.

» Je devinai que mes sentinelles postées aux abords de la propriété étaient endormies, sous le charme des psalmodies, et que les Arhats avaient ainsi pu entrer sans combattre. Ensuite, plusieurs d'entre eux étaient restés dehors et avaient continué leur chant hypnotique. Ceux qui étaient entrés dans la maison psalmodiaient aussi de sorte que le son résonnait partout à la fois, et semblait venir du sol, des arbres et des murs. Comme je l'ai déjà expliqué, madame, ce n'était pas tant un son qu'une sorte de vibration d'une tonalité spécifique parfaitement modulée. Elle induisait une torpeur et une lassitude qui laissaient penser que nous avions bu une sorte de drogue. Cela peut aussi causer des hallucinations, ajouta Ti en repensant au vieux domestique qui avait certifié avoir vu une serre à sept griffes traverser le mur.

— Mais comment se fait-il que le lieutenant et vous-même ayez réussi à vous réveiller alors que vos hommes succombaient au charme ? demanda l'Impératrice en le dévisageant d'un œil perçant.

Par un curieux mimétisme, Ti sentit ses yeux se rétrécir lorsqu'il lui répondit.

– Ah! s'exclama-t-il avec emphase. Excellente question! Figurez-vous que je me la posais en me précipitant vers le grand salon où les Arhats déambulaient librement. La réponse est simple et évidente. Je l'ai découverte par la suite quand j'eus le temps d'y réfléchir, et elle m'a été confirmée par un Arhat que j'ai interrogé.

Il but une gorgée de vin puis contempla sa coupe d'un air songeur. En relevant les yeux et en voyant l'impatience de l'Impératrice, il comprit qu'il ne pouvait retarder davantage ses explications.

– Voyez-vous, madame, fit-il en reposant sa coupe de vin, le chant possède un pouvoir immense, quasiment irrésistible, mais uniquement si la victime se trouve dans un état de veille lorsqu'elle l'entend.

Un silence s'ensuivit pendant lequel Wu parut réfléchir.

– Bien sûr! s'exclama-t-elle ensuite. Vous dormiez! Vous faisiez une sieste!

– Tout juste. Et mon lieutenant aussi, apparemment. Disons qu'il avait surestimé sa capacité à rester éveillé après une nuit blanche.

– Et comme vos hommes ont tous succombé au chant...

– Votre Majesté fait preuve d'une grande perspicacité! s'extasia Ti. En effet, nous pouvons en conclure qu'ils étaient fidèles à leur poste et qu'ils étaient éveillés quand le chant a commencé. Voyez-vous, les Arhats ne venaient pas la nuit, comme nous l'avions cru après les meurtres précédents. Pas du tout. Ils arrivaient en fin d'après-midi, quand tout le monde était debout. Bien sûr, nous ne l'avions pas imaginé un instant.

– Bien sûr. Et ils ne s'attendaient pas à trouver quelqu'un en train de dormir à cette heure. Comme vous aviez veillé la nuit précédente, vous tombiez de sommeil.

– C'est juste. Si nous avions été la famille qu'ils s'étaient attendus à trouver, les Arhats auraient endormi toute la maisonnée, y compris les domestiques, puis ils se seraient tranquillement livrés à leur massacre, et auraient eu toute la nuit devant eux pour exécuter leur... mise en scène macabre avant de repartir comme ils étaient venus. Et les domestiques se seraient réveillés le lendemain sans aucun souvenir de la veille. Voyez-vous, les tueurs avaient une idée très précise du choix de leurs victimes. Ils ne touchaient jamais aux domestiques.

– Mais comment se fait-il qu'ils n'aient pas compris que vous n'étiez pas leur cible ? N'ont-ils pas remarqué, par exemple, que les femmes étaient en fait des hommes déguisés ? Assurément, ils ont dû s'apercevoir de quelque chose.

– Sans doute. Mais, que leur restait-il à faire dans ce cas particulier ? Nous tuer, bien sûr, ce qui était précisément leur but premier. Pensez un peu au bruit qu'aurait fait le massacre dans la ville : Ti Jen-chieh et ses hommes, victimes du dernier carnage !

– Expliquez-moi une chose. Comment votre bossu a-t-il réussi à réveiller les sentinelles et à revenir dans la maison sans être arrêté par les Arhats, restés dans la rue ?

– C'est que mes hommes étaient bien plus nombreux. En fait, il n'y avait que sept Arhats dehors. On les a attaqués par-derrière et maîtrisés un par un. Mes sentinelles étaient bien équipées (garrots, cordes, épées, filets, etc.), alors que les autres n'avaient pas d'armes, et qu'ils étaient nus.

– Pas d'armes, pas d'habits ? s'émerveilla Wu. Comme s'ils se livraient à une sorte de... d'exercice spirituel !

– C'est exactement cela, madame, acquiesça Ti, admiratif. Un exercice quasi rituel. Ils croyaient que leurs mains et leurs voix suffiraient.

– Leurs mains et leurs voix, répéta Wu, incrédule. Ils n'étaient tout de même pas invisibles pour agir en plein jour ! Et nus, en novembre ! Incroyable ! N'étaient-ils donc pas humains ?

Ti considéra sa coupe de vin.

– Ils avaient suivi un entraînement particulier, madame. Et de la part d'un spécialiste, versé dans la magie du tantrisme tibétain. Celui-là même qui leur a appris la Prière de l'Oubli.

La réaction de l'Impératrice le prit de court. Elle renversa la tête en arrière une nouvelle fois et éclata d'un rire gai et sonore. Ti remarqua ses dents d'une blancheur immaculée, dont pas une ne manquait. Envieux, il ne put s'empêcher de tâter de sa langue les nombreux trous que les siennes avaient laissés dans sa bouche.

– Oui, admit-elle, il n'est pas qu'un charlatan. Je commence à faire la différence, maître Ti. J'ai hébergé tant de moines et de sages de talents et de savoirs si divers.

C'était sûrement un euphémisme, songea le juge sans se départir de son attitude attentive et polie.

– Il y a quelques années, poursuivit-elle avec un sourire amusé, notre cour a été « bénie » par la présence d'un Indien de la région de Gandhara. Il se prétendait Nagaspa, un initié du bouddhisme tibétain aux pouvoirs magiques, mais c'était un imposteur, rien de plus. Notre lama Hsueh, en revanche, possède assurément certains... comment dire ?... secrets ésotériques.

– Oh ! je le concède bien volontiers ! J'ai travaillé quelque temps avec lui. Il m'est arrivé de croire qu'il possédait la faculté de se transformer en fantôme. Il prétendait qu'il s'agissait d'une simple question d'observation et de calcul. Il suffit d'agir, disait-il, quand l'attention d'autrui est accaparée, ne serait-ce qu'une fraction de seconde, par un événement extérieur, fortuit ou délibéré. Mais ses talents étaient plus complexes et plus mystérieux. Je ne l'ai pas fréquenté assez longtemps pour qu'il m'enseigne ses techniques, mais je sais de quoi il est capable. Vous a-t-il jamais dit que nous avions travaillé ensemble ?

« Vous a-t-il avoué que je l'avais envoyé dans cette maison pour y rechercher les preuves d'un meurtre ? » songea-t-il, mais il se garda bien de poser la question. Il se contenta de dévisager l'Impératrice d'un regard pénétrant.

– Il m'a laissé entendre qu'il vous connaissait, répondit-elle avec un sourire énigmatique. J'ai souvent eu l'impression qu'il avait une sorte d'admiration pour vous, et qu'il vous enviait. Les ingrédients parfaits pour faire de vous un adversaire privilégié, observa-t-elle, amusée.

– Je crois que c'est notre ancienne complicité qui l'a empêché de me faire tuer. Quand j'étais emprisonné à Ch'ang-an. C'est l'un des facteurs qui m'ont permis de fortifier mes soupçons sur l'identité de l'organisateur. Voyez-vous, quand j'ai compris qu'on ne m'exécuterait pas, j'en suis venu à penser qu'il m'épargnait en vue d'une confrontation future. Plus tard, en interrogeant les Arhats, j'ai pu vérifier qu'il était bien le cerveau derrière les meurtres.

Elle le regarda avec la même expression qu'elle avait eue quelques années auparavant lors de leur première rencontre. À l'époque, elle connaissait ses réussites et ses convictions, mais elle s'était prise d'amitié pour lui, amitié mêlée d'une fascination trouble pour celui qu'elle considérait comme un adversaire digne d'elle. Dans sa décision de venir à Lo-yang, il avait compté sur ce sentiment, si tant était qu'il existât encore après tant d'années et vu ce qu'elle était devenue entre-temps.

– Dites-moi, maître Ti... qu'est-ce qui vous a convaincu que... que d'autres n'étaient pas également impliqués ? demanda-t-elle en le regardant dans les yeux. Moi, par exemple, j'aurais pu vous épargner pour les mêmes raisons ? Qu'est-ce qui vous a donné le courage de venir tout me raconter ?

Il comprit tout de suite le sous-entendu.

– Madame, dit-il en soutenant son regard, vous

êtes bien trop pragmatique. Voyez-vous, ces meurtres n'ont pas été exécutés dans un but *pratique*. Si ce n'est dans certains termes particulièrement obscurs dont j'ai fini par pénétrer la logique. Et cette logique... (il choisit ses mots avec soin) ne possède pas votre empreinte. En outre, je vous ai bien observée pendant notre petite conversation, et je suis convaincu que vous ignoriez les explications des massacres.

– Et si tel n'avait pas été le cas ?

– Je maintiendrais que notre ami est le véritable instigateur. Et je serais toujours prêt à demander votre aide pour le faire comparaître devant la justice. Voyez-vous, ajouta-t-il en contemplant ses ongles, j'ai le sentiment qu'il a fini de vous être d'une quelconque utilité.

Elle lui lança un regard particulièrement noir. Ti avait conscience de s'aventurer sur un terrain de plus en plus délicat, et autrement plus dangereux que les explications sur les meurtres. Il faillit flancher en voyant l'Impératrice s'assombrir, mais l'orage passa, elle se détendit et afficha un étonnement amusé.

– Vous avez vu juste, admit-elle. Mais comment êtes-vous parvenu à cette conclusion ?

– J'ai un présent pour vous, madame.

Il prit son ballot de vêtements, le défit prestement et en tira un paquet enveloppé dans du papier ; elle le regarda dénouer la ficelle, puis sortir d'un morceau de tissu, avec des gestes d'une lenteur calculée, un long et brillant cheveu noir. Il déposa le cheveu sur la table puis le lissa pour lui redonner sa taille extraordinaire. Elle le reconnut immédiatement. Là encore, sa réaction le surprit. Elle caressa le cheveu en souriant. En regardant cette main délicate, il repensa au malheureux Kao-tsung, et à tous ceux qui avaient succombé à ses caresses. Un nourrisson, mort depuis tant d'années. Un fils. Il leva les yeux et s'aperçut qu'elle l'observait.

– Une de ses précieuses reliques, fit-elle avec une moue. Maître Ti, votre pouvoir de déduction est incomparable. Mais, dites-moi... où avez-vous trouvé ce spécimen d'une finesse toute particulière ?

– Il provient de la queue de Hayagriva, Majesté.

Elle fronça un sourcil interrogateur.

– C'est un cheval, une divinité. Il assiste les Arhats dans la protection du Dharma ; c'est le combattant le plus terrifiant des ennemis du Dharma. Hayagriva est une divinité du lamaïsme tibétain, précisa-t-il.

– Maître Ti, commença-t-elle en se levant pour aller à la fenêtre, je vais vous autoriser à poursuivre. Et je vous appuierai. Toutefois, il vous faudra accepter certaines conditions.

Elle se retourna et lui fit face. Son expression avait retrouvé toute sa dureté. Quelle que fût la proposition qu'elle s'apprêtait à lui faire, sa détermination était manifeste. Ti comprit que s'il venait à violer les termes de l'accord, la vision obsédante de sa tête fichée sur une pique pourrait bien devenir réalité.

– Fort bien, madame, se contenta-t-il de dire, car il avait une idée bien précise de ce qu'elle avait en tête.

En fait, il avait compté là-dessus. Et quand Dame Yang se glissa dans la pièce, surprenant Ti par son silence et sa ressemblance avec l'Impératrice, il comprit qu'il ne s'était pas trompé. Dame Yang s'assit sans un mot et le fixa dans les yeux, ses mains blanches aux ongles démesurément longs croisées sur ses genoux. Seuls les quelques cheveux blancs qui ornaient ses tempes et son regard légèrement voilé la différenciaient de sa fille.

– Mais d'abord, dit l'Impératrice en retournant s'asseoir, je voudrais un autre aperçu de vos extraordinaires facultés de déduction. Expliquez-moi exactement comment vous avez résolu l'énigme des meurtres.

– Avec plaisir.

Il fouilla dans son paquet de vêtements, en sortit ses papiers personnels, déroula le plan de Ch'ang-an et le croquis qui l'accompagnait, puis étala sa copie manuscrite du soutra du Démon Kirita et la lissa soigneusement. Dame Yang ne le quittait pas des yeux.

Ce soir-là, lorsque Ti retourna au monastère du Lotus Immaculé, Wu-chi voulut aussitôt connaître les détails de son entrevue avec l'Impératrice. Ti ne put s'empêcher de penser à un vieil amant délaissé qui demande des nouvelles de son ancienne bien-aimée. Avec une curiosité quasi morbide, Wu-chi voulut tout savoir sur son visage, sa voix, son physique, la couleur de ses cheveux. Il marchait avec Ti en buvant littéralement ses paroles.

– Elle est encore belle, expliqua le juge. Irrésistible, même. On sent chez elle une énergie, une vitalité, une volonté de fer. Elle me fait penser à un vieil arbre. Je n'ai aucun mal à l'imaginer dans une autre vie... par exemple, dans la peau d'une vieille paysanne. Elle serait à tout coup la plus influente du village. Une reine, quelles que soient les circonstances de sa naissance.

– Certes, elle possède un trop-plein d'énergie, remarqua Wu-chi. Elle s'est repue de la force vitale de ses innombrables victimes. Elle devrait vivre au moins cinq cents ans.

– Il est fort intéressant de rencontrer un véritable assassin. On se sent... étrangement menacé. En sa compagnie, c'était comme si ma vie, le simple fait de respirer, était un cadeau de sa part. Ce qui est d'ailleurs le cas. Elle aurait dû faire de moi un cadavre il y a des années pour m'être mêlé de ses affaires. Elle ne l'a pas fait. Je suppose donc que je lui dois la vie. C'était tout à fait palpable au cours de notre conversation... Elle va m'autoriser à poursuivre, mais elle pose des conditions draconiennes.

– Laissez-moi deviner, dit Wu-chi d'un air sombre.

Ti était malheureux de lui relater cette partie de l'histoire, mais il n'y avait pas moyen de l'éviter.

– C'était la seule solution, Wu-chi, s'excusa-t-il, sincèrement désolé.

– Je sais, je sais, dit le vieux conseiller en hochant la tête avec philosophie.

– Elle m'autorisera à arrêter le moine Hsueh Huai-i et à le juger ; elle m'y aidera même. Mais j'ai dû accepter son marché. C'est à ce moment que Dame Yang est entrée, et j'ai trouvé sa présence encore plus angoissante que celle de l'Impératrice. (Il rassembla ses souvenirs.) Les conditions sont très simples. Je ne dois pas rouvrir mon enquête sur les agissements de Dame Yang, ni sur les siens, ni sur aucun de leurs associés, dont d'anciennes « indiscrétions » ont pu faire état. En échange, non seulement je suis libre de poursuivre, mais je peux agir par l'intermédiaire d'un Censorat restauré.

Ti avait gardé ce détail pour la fin, espérant offrir à Wu-chi une sorte de consolation, bien que maigre et tardive.

– Peut-être pourriez-vous envisager de sortir de votre « retraite », Wu-chi, proposa-t-il timidement.

– Non, maître Ti. Je ne pense pas.

Ti faillit dire quelque chose pour convaincre le vieil homme, une platitude sur son rôle vital au cœur du gouvernement, mais Wu-chi, l'esprit ailleurs, ne l'écoutait visiblement plus, et Ti ravala vivement ses propos.

– Je me suis toujours raccroché à un vague espoir, Wu-chi, avança-t-il. C'était trop pénible d'abandonner toute espérance, j'aurais préféré me couper le bras avec un couteau émoussé. Mais il faut bien regarder la réalité en face : l'Impératrice et sa mère sont hors d'atteinte. Vous le savez aussi bien que moi, ajouta-t-il avec un geste las. Le moine, c'est une autre histoire. Elle allait s'en débarrasser, de toute façon, j'en suis convaincu. Mort, il aurait encore échappé à la justice, et c'eût été bien dommage, vous ne trouvez pas ? En venant à Lo-yang, je n'ai pas cessé d'y penser. Je craignais d'apprendre son assassinat en arrivant dans la capitale. L'Impératrice frappe toujours avec diligence et précision, vous ne l'ignorez pas.

Il leva les bras comme pour implorer les arbres dénudés et le ciel chargé de nuages.

– J'ai passé ma vie à lutter contre l'adultération des religions. J'ai vu des charlatans, des manipulateurs, des escrocs, des imposteurs, des criminels, tous acharnés à exploiter la dramatique vulnérabilité du cœur humain. Mais Hsueh Huai-i est de loin le pire de tous.

– Et il fut autrefois votre ami, remarqua Wu-chi.

– Il l'a été, c'est vrai.

– Et il a aussi été l'amant de l'Impératrice.

– Oui.

– Et elle va vous aider à l'appréhender.

– Elle me l'a promis.

– Oh ! quelle déchéance ! J'ai presque pitié de lui.

– Gardez-vous-en, déclara Ti. C'est un criminel aussi cruel que l'Impératrice.

– Pas tout à fait, affirma Wu-chi.

Ti comprit ce que le vieil homme avait en tête. Ils songeaient tous deux aux sombres rumeurs qui avaient couru voilà bien longtemps ; aux mots que l'on prononçait à voix basse mais que personne ne voulait croire : *Son propre enfant. Sa fille, un nourrisson.*

– Vous avez raison, déclara enfin Wu-chi. Oui, vous avez tout à fait raison. Le moine ne doit pas terminer sa vie sans répondre de ses atrocités. À propos, un message est arrivé de Ch'ang-an pour vous.

Avant son départ, Ti avait organisé un réseau de messagers fidèles pour correspondre avec son lieutenant, le bossu.

– Des complices des moines ont été arrêtés avec des coursiers qui faisaient la navette entre le temple du Cheval Blanc de Lo-yang et celui de Ch'ang-an. Apparemment, il y a eu une altercation au temple de Ch'ang-an au sujet de certains paiements pour services rendus. Ces messagers étaient des truands, voyez-vous, et non des moines. Les moines du Cheval Blanc les ont dénoncés. Ils sont entre les mains des autorités civiles qui attendent vos instructions pour statuer sur leur sort.

– Bonne nouvelle, déclara Ti. Je vais les faire transférer à Lo-yang. Leur témoignage me sera fort précieux. Je vous certifie, mon cher Wu-chi, que maître Hsueh Huai-i ne tardera pas à se retrouver en prison et à passer en jugement comme n'importe quel criminel. Toutefois, ce ne sera pas un jugement ordinaire, ça, je vous le garantis. Ce ne serait pas digne de son rang. Je lui réserve encore quelques surprises, vous verrez.

– Vous voulez dire que l'Impératrice a encore quelques surprises dans son sac, corrigea Wu-chi.

– Oui. Nous sommes devenus complices, elle et moi. C'est ce que vous appelleriez faire chambre commune, j'imagine.

– Ah, c'est un monde bien étrange, maître Ti !

– Bien étrange, vous l'avez dit, maître Wu-chi.

La nuit commençait à tomber. Les deux hommes savaient que Liao leur avait préparé un délicieux repas. Wu-chi entraîna le juge vers les appartements du recteur. Tout en marchant, Ti comprit les véritables motifs qui empêchaient Wu-chi de quitter le monastère pour reprendre sa place au gouvernement. À part son grand âge, sa résignation, et d'autres raisons évidentes, la vérité était que le vieux conseiller ne quitterait jamais son ami le recteur. Ils avaient vécu ensemble trop longtemps.

Les traits crispés par l'intense effort de concentration, l'historien Shu essaya une nouvelle fois, puis hocha la tête, mécontent. « Non, marmonna-t-il entre ses dents, cela ne va pas du tout. »

Le soleil, qui avait caressé son visage un peu plus tôt, devenait bien trop chaud. La pièce, qui baignait l'instant d'avant dans une douce lumière propice à l'inspiration, brillait à présent d'un éclat violent qui troublait ses pensées. Non, il avait besoin de toute sa concentration pour rédiger ce qui promettait d'être le chef-d'œuvre de sa carrière. Il ordonna aux domestiques de fermer les persiennes.

Ce n'était certes pas une matinée ordinaire, et la soirée précédente n'avait pas été banale non plus. Cela faisait bien longtemps qu'on ne lui avait confié la rédaction d'un document de cette importance. Et rarement, pour ne pas dire jamais, s'était-il autant délecté d'une telle tâche. Qu'il travaillât à la fois pour l'impératrice Wu et le brillant magistrat de Ch'ang-an était un honneur inestimable, et son corps tout entier en frémissait d'avance.

Il avait beaucoup apprécié de revoir son vieil ami Ti Jen-chieh. Il avait presque oublié combien il avait aimé la compagnie du célèbre fonctionnaire et grand érudit, et comme il s'était identifié à lui. Après tout, n'étaient-ils pas tous deux des hommes civilisés qui savaient apprécier une énigme délicate ? Et maître Ti n'était-il pas, tout comme lui, versé dans les subtilités de la littérature, de la prose limpide des poèmes à la rigueur plus classique des essais ?

Cela faisait des années que le célèbre magistrat était venu au palais et avait honoré l'historien d'une visite impromptu, mais Shu n'avait pas oublié ce jour. Ce souvenir émouvant serait à jamais gravé dans sa mémoire d'où il pourrait le sortir à volonté pour l'admirer comme on le fait de joyaux familiaux qu'on chérit. Il se rappelait par exemple avec émotion leur discussion sur l'affreux Examen Triennal de leur jeunesse, mais aussi leurs échanges enrichissants sur le poème que Shu avait écrit en l'honneur de la pleine lune.

Oui, cela avait été un jour en tout point mémorable.

Et maintenant, Shu avait le plaisir de composer un document, en partie pour le grand homme en personne. Tous deux étaient investis d'une mission d'une importance capitale, et rarement Shu avait ressenti un tel honneur.

Les persiennes fermées, la pièce fut plongée dans une semi-obscurité qui mettait Shu dans d'excellentes dispositions. Il prit son pinceau, le trempa dans son encrier, et s'apprêta à tracer le premier idéogramme. Il attendit l'inspiration qui ne tarderait pas, il le savait. Il s'agissait de ne pas décevoir le juge Ti ni la postérité. L'histoire devait être corrigée, l'Impératrice l'y avait engagé, le juge Ti l'avait approuvé, et Shu se préparait à y mettre tout son cœur. Personne n'était mieux qualifié pour mener cette tâche à bien. Maître Ti lui-même l'avait reconnu.

Shu sonna le majordome ; stimulé par une tasse de thé vert, il serait bientôt prêt à concocter ce qu'il faudrait pour remettre l'arrogant Tibétain à sa place. Bien sûr, le juge Ti et le tribunal restauré s'occuperaient du moine pour le temps présent. Mais le travail de Shu concernait le futur. Il écrivait pour les générations à venir, et peut-être pour l'éternité.

Des forces étranges gouvernent l'univers, songea Ti, et qu'il serait plus sage de ne pas analyser – telles celles qui avaient œuvré à son alliance avec l'Impératrice, et maintenant avec le petit historien Shu. L'Impératrice avait émis le vœu d'infliger une humiliation publique au Tibétain qui restait dorénavant cloîtré dans un couvent Kuan-yin. L'historien avait sauté sur l'occasion, et Ti avait approuvé le projet, espérant que l'opération servirait de diversion, pousserait le moine à sortir de son bois, facilitant par là même sa tâche. En outre, la chose n'étant pas dénuée d'humour, il ne voyait aucune raison d'épargner le moine. En fait, il la trouvait irrésistible. C'est ainsi que se noua leur collaboration. Shu avait accepté avec empressement certaines suggestions de Ti et s'en était servi pour rédiger son texte, permettant donc au juge de contribuer à la « restauration » de la place du Tibétain dans l'histoire. Pour un être transcendantal, un homme qui a atteint l'illumination, il ne saurait y avoir de différence entre les tâches les plus nobles et les besognes les plus viles, avait-il fait valoir ; dans votre biographie, trouvez-lui donc un emploi digne. Puis il avait regardé par-dessus l'épaule de Shu quand celui-ci, pouffant de jubilation, avait appliqué son conseil avec son talent habituel.

Ti n'arrivait pas à définir cette étrange attraction, qu'il n'approuvait certainement pas, mais il ne pouvait s'empêcher de trouver Shu sympathique. C'est la raison pour laquelle il avait cédé à une autre exigence de l'Impératrice : que son fidèle historien, son chroniqueur personnel, le détracteur redoutable de ses ennemis, bénéficiât aussi de l'immunité.

Ce projet différait des exploits habituels de Shu. Il détestait Hsueh Huai-i, sans nul doute. Il avait supporté sans riposter le mépris arrogant du Tibétain pendant de trop longues années. C'était un sacrifice nécessaire pour préserver sa relation avec l'Impératrice et avec Dame Yang qu'il adorait et vénérait. Mais comme le Tibétain n'était plus dans les bonnes grâces des deux femmes, il pouvait donner libre cours à son ressentiment trop longtemps refoulé et laver enfin l'affront. Il se mit donc au travail avec une joie féroce et Ti, en lisant le « chef-d'œuvre » de l'historien, remercia le ciel de ne s'être jamais attiré les foudres de Shu Ching-tsung.

Les Infortunes d'un Imposteur

Là où règne la grandeur, il y aura toujours
des parasites, des flagorneurs, des exploiteurs, des

opportunistes, et ceux qui ont une idée surfaite de leur propre grandeur. C'est inévitable, c'est la loi de la vie; bien sûr, celui qui est véritablement grand connaît ce phénomène et la nature l'a pourvu de qualités qui lui permettent de s'en accommoder.

C'est afin d'illustrer cette vérité que les tribulations d'un moine obscur du nom de Hsueh Huai-i sont relatées dans ces Histoires; en eux-mêmes, ses exploits sont insignifiants et ne méritent pas d'occuper une seule ligne dans les Annales de l'Immortalité. C'est pour attester de la perspicacité de notre vénérée impératrice Wu Tse-tien qu'il a le privilège d'y figurer.

On peut dire de cet homme qu'il possédait à tout le moins une habileté non dénuée de hardiesse. Ses origines sont plus qu'obscures, mais on pense qu'il a vu le jour en Occident, dans une famille affligée d'ancêtres alcooliques aux fortes tendances criminelles. Apparemment, son désir d'améliorer sa condition, ou au moins de goûter à une vie à laquelle les piètres circonstances de sa naissance ne le destinaient pas, le poussa à quitter sa famille à un âge précoce et à s'aventurer en Orient. Au cours de ses pérégrinations, les pays qu'il traversa abondaient suffisamment de toutes variétés d'espèces, comme l'océan abonde de poissons, pour qu'il eût de multiples contacts avec des moines-mendiants, des sages, des ascètes de toutes sortes qui lui fournirent un semblant de formation. On peut dire de lui que son habileté lui permit d'acquérir des outils de dilettante, un vaste échantillon de tours de passe-passe, d'escamotages, d'illusions ainsi qu'un certain jargon, grâce auxquels il se faisait passer auprès des naïfs et des crédules comme un sage et un initié.

Son ambition démesurée ne lui laissa pas d'autre choix que d'essayer d'atteindre la position qui surpasse toutes les autres ici-bas : une fonction aux côtés de la Sainte Mère, la Divine Souveraine elle-même, l'impératrice Wu Tse-tien. Manifestement, le destin se chargerait de lui dévoiler ses limites. Et c'est ce qu'il fit.

Pour rendre justice au moine, on doit avouer qu'il s'est ouvert les portes du palais grâce à un procédé original et astucieux. Il s'est présenté au responsable des cuisines impériales comme un pourvoyeur d'herbes rares ; il eut tôt fait par cette ruse d'occuper la position subalterne de porteur de poubelles, puis il gravit rapidement les échelons et fut bientôt autorisé à couper les légumes impériaux. Arrivé à ce stade, connaissant l'extrême dévotion de Son Altesse Impériale, il fit savoir au responsable du personnel de l'Impératrice qu'il avait appris au cours de ses voyages le menu exact du dernier repas de l'Éveillé avant le nirvana, et qu'il souhaitait préparer le même pour l'Impératrice. Dans sa grande sagesse et son infinie compassion, Sa Majesté accepta l'offre par curiosité divine. Sautant sur l'occasion, le moine, avec ses talents de palabreur, ses trucs et ses tours d'illusionniste, tenta de convaincre l'Impératrice qu'il n'était rien de moins qu'un sage, un bouddhiste initié, un maître ayant connu l'Éveil.

Dans son infinie perspicacité, l'Impératrice devina aussitôt l'imposture. Néanmoins, faisant preuve de mesure et d'équité, elle décida d'accorder une chance au faraud. Elle trouva un moyen qui lui laisserait le bénéfice du doute et par lequel il pourrait se prouver à lui-même qu'il était bien, par quelque obscur destin, celui qu'il prétendait être. En même temps, s'il s'avérait n'être qu'un vil imposteur, un charlatan sans vergogne, il serait justement récompensé de son audace suprême.

Il obtint une audience avec Sa Majesté, au cours de laquelle elle lui octroya une charge impériale : il sortit de l'entrevue avec le titre de Gardien du Pot de Chambre de la Maison Impériale. Dans son infinie sagesse, l'Impératrice avait reconnu que s'il était véritablement le bouddhiste éclairé qu'il se prétendait, une telle tâche lui serait aussi douce que s'il était le Roi des Rois cueillant des brassées de fleurs odorantes au printemps. D'un autre côté, s'il n'était qu'un vulgaire charlatan, quel châtiment plus approprié ?

Ainsi que l'Impératrice l'avait soupçonné, il ne fut pas long à se plaindre. À peine les premières récriminations sortirent-elles de sa bouche nauséabonde qu'il fut banni du palais pour toujours.

Comme les eaux usées qu'il avait autrefois jetées, comme le Pot de Chambre Impérial qu'il avait eu l'honneur de vider, il fut mis à la porte et sombra rapidement dans une obscurité bien méritée; il refit surface de temps à autre à l'occasion de grands événements publics ou de célébrations, au cours desquels il amusait le peuple avec ses vieux tours cousus de fil blanc et son répertoire éculé. L'esprit brouillé par la boisson et une vie dissolue, le moine Hsueh Huai-i ne se rendait apparemment pas compte que les rares badauds ne daignaient assister à ses piètres exploits que par pure pitié ou pour se moquer. Il fut plus d'une fois poursuivi pour menus larcins ou troubles à l'ordre public. On raconte qu'il ne dut pas uniquement son déclin à l'abus de vin, mais aussi aux effets débilitants d'une affection rampante. On pense généralement que, rongé par la maladie, atteint de démence, il fut recueilli par les nonnes miséricordieuses d'un couvent Kuan-yin où il périt, protestant, dans son délire et jusqu'à son dernier souffle, qu'il avait été béni de l'Éveil.

Ce récit a été introduit dans la biographie officielle des T'ang par l'historien Shu Ching-tsung en ce jour de janvier 676 afin qu'il soit donné à la postérité de connaître la vérité.

Hsueh Huai-i jeta le pamphlet avec dédain. Les jeunes nonnes qui le lui avaient apporté étouffèrent un rire lorsqu'il se leva et se mit à arpenter la pièce, l'œil furieux et les mâchoires crispées. Puis il grimaça un sourire sardonique; les nonnes se voilèrent la face en pouffant et en poussant, réjouies, des petits cris de terreur.

– Les nonnes miséricordieuses d'un couvent Kuan-yin? s'exclama-t-il. Ah, elle ne le sait pas, mais elle vient de me donner une idée! Une excellente idée!

Il se retourna d'un mouvement si brusque que deux nonnes sursautèrent, apeurées. Il traversa la pièce d'un pas lent, s'approcha des nonnes en hochant la tête, puis sa grimace mauvaise s'effaça devant un sourire rusé. Une nonne à genoux recula vivement en portant une main à sa bouche pour réprimer un fou rire nerveux pendant qu'une autre se prosternait en se cachant la tête dans ses bras.

Il s'était approché si près qu'elles l'entendaient respirer.

– Êtes-vous prêtes à recevoir l'inspiration divine d'Avalokitesvara ? demanda-t-il à voix basse. Le scribe ! cria-t-il ensuite. Qu'on aille quérir le scribe !

Inquiet du silence prolongé de l'Impératrice, Ti leva prudemment les yeux de la page. Elle avait ce regard vide, cette expression menaçante qui rappela à Ti les propos que lui avait tenus un montreur d'ours. Les ours, avait affirmé l'homme, sont les animaux les plus dangereux à dresser parce qu'ils n'expriment rien, qu'ils ne préviennent jamais. Un chien montrera ses crocs avant d'attaquer ; un tigre grondera ; un cheval couchera ses oreilles et montrera le blanc de ses yeux. Mais l'ours restera impassible jusqu'au moment où il sautera sur le dresseur et l'assommera d'un coup de griffes.

L'Impératrice dévisagea Ti de son air absent en caressant négligemment le bras de son fauteuil. Mal à l'aise, Ti s'agita sur son siège.

– Continuez, maître Ti, je vous en prie, ordonna-t-elle d'une voix aussi neutre que son expression.

Ti s'éclaircit la gorge, chercha la phrase qu'il avait interrompue et reprit sa lecture.

– «... on peut dire qu'à cause de la faiblesse inhérente au véhicule féminin, contestable de prime abord et insensible à l'action réparatrice de l'essence mâle, le principe de dualité mâle-femelle d'Avalokitesvara-Kuan-yin ne trouve plus son expression à travers la personne de l'impératrice Wu... »

Ti coula un nouveau regard vers l'Impératrice. Elle le dévisageait en se caressant le menton et la gorge d'une main distraite.

– « Ainsi, par obligation, il s'est envolé, comme l'oiseau migrateur quand le climat n'est plus propice, et a repris la place où il s'était manifesté pour la première fois, son point d'ancrage, le seuil d'où il rayonne sur ce bas monde, et où il peut se reposer dans un environnement hospitalier, à l'abri des souillures, jusqu'à ce qu'il puisse s'incarner... L'enveloppe corporelle du lama Hsueh Huai-i maintenue dans une pureté immaculée par la méditation rigoureuse et l'abstinence, telle l'humble hutte, balayée et nettoyée pour héberger un visiteur royal, a le privilège et l'honneur d'être le véhicule de l'Essence Divine... Conscient des lourdes responsabilités entraînées par cet hébergement, le lama a fait vœu de s'absorber dans la méditation absolue, même lorsqu'il vaque à ses occupations quotidiennes, afin que l'Essence Divine se sente en sécurité et reste dans ce bas monde pour le plus grand profit de l'humanité... »

L'Impératrice émit un sourd grognement.

– Dois-je... ? s'enquit Ti avec déférence.

Un geste impatient lui intima l'ordre de poursuivre.

– « En dépit de sa première expérience malheureuse, l'Essence Divine a communiqué son désir de s'incarner une nouvelle fois dans un corps féminin... Les exigences sont à présent mieux comprises... Un corps féminin qu'aucune basse ambition ne compromet, qui n'est pas souillé par la luxure, qui possède la vigueur et la pureté de la jeunesse... »

Ti jeta un regard effaré ; devant le silence de Wu, il reprit d'une voix mal assurée :

– « ... et une matrice vierge. »

Là, Ti n'osa même pas la regarder. Il n'entendit qu'un bruissement de soie qui témoignait du peu de réaction de l'Impératrice.

– « Ainsi, que le monde sache que le lama Hsueh Huai-i a gracieusement consenti à octroyer l'Étincelle Divine Infiniment Divisible aux fidèles nonnes du couvent Kuan-yin, en autant d'actes d'Insémination Divine requis, avec chaque novice qui le souhaitera, à l'occasion d'une cérémonie qui aura lieu le troisième jour de la seconde semaine du mois en cours. »

Ti eut la fâcheuse impression que l'impératrice allait l'estourbir d'un coup de griffes, au figuré, bien sûr. Mais elle ne broncha pas. L'espace d'un instant, il se demanda ce qui avait bien pu le pousser à s'exposer à sa merci ; ses yeux noirs et opaques, qui avaient vu périr maintes victimes, fixaient Ti qui manipulait nerveusement la proclamation du Tibétain. Comme la première fois qu'il l'avait rencontrée, il eut la désagréable impression qu'elle voyait en lui comme à travers le cristal. Son expérience particulière de meurtrière semblait lui donner une forme de connaissance charnelle qu'il n'avait pas. Elle possédait le savoir ; il était l'innocent.

– Êtes-vous prêt à agir, maître Ti ?

Sa voix glaciale le tira de ses rêveries.

– Presque, Votre Majesté.

– Que vous reste-t-il à faire ? demanda-t-elle.

Ti sentit dans la question l'impatience d'une affamée. Il réfléchit. En fait, il avait épuisé toutes les ressources que lui offrait l'approbation de l'Impératrice pour son enquête, et accompli un grand pas dans la restauration des rouages de l'État. Il avait fait de son mieux pour régénérer le Censorat et avait réussi à placer quelques fonctionnaires honnêtes à des postes clés. Mais il trouvait plus sage de minimiser l'ampleur de son travail.

– Il me reste encore à trouver quelques hommes de confiance pour réunir un tribunal, à classer les preuves, et... je n'aurai plus qu'à l'arrêter.

– Le moine a choisi lui-même l'heure et le lieu, vous ne pensez pas ?

Elle souriait à présent, et son plan apparut clairement sans qu'elle eût besoin de l'énoncer. Un plan vicieux et cruel, mais d'un raffinement extrême.

Le moine ignorait que le juge se trouvait à Lo-yang et qu'il avait rencontré l'Impératrice. Ti était persuadé qu'il le croyait toujours à Ch'ang-an en train de se demander comment le circonvenir. Le moine croyait à son immunité, sans aucun doute. Il ne pouvait imaginer que Ti eût osé requérir l'aide de l'Impératrice. Ti songea au plan de cette dernière. Outre son humour noir, il possédait un avantage incontestable : le moine ne pouvait s'y attendre. Il serait pour le moins désarçonné. Sans doute pas surpris, mais désarçonné.

– J'accepte, Votre Majesté, consentit enfin Ti.

– Et, maître Ti, ajouta-t-elle en posant une main délicate sur son bras, je le veux nu. Entièrement nu.

Ti s'inclina, incapable de répondre. Elle l'avait à peine effleuré, mais sa peau porterait pour toujours, il n'en doutait pas, la marque indélébile de ses doigts.

Y aurait-il pensé lui-même ? Ou l'Impératrice avait-elle introduit en lui le venin insidieux de son esprit démoniaque ? Ti n'aurait su le dire. Mais l'idée lui était venue la nuit de sa dernière entrevue avec l'Impératrice – alors que la marque de ses doigts le brûlait encore – et elle ne l'avait plus quitté.

Le deuxième jour de la cérémonie d'Insémination Divine était arrivé. Apparemment, le moine n'avait pas fait de promesses creuses en déclarant qu'il satisferait toutes les volontaires ; d'après les bulletins régulièrement émis par le couvent – pour le bénéfice de l'Impératrice, Ti l'aurait juré – il avait déjà octroyé l' « Essence Divine » à neuf jeunes filles, en se revigorant entre chaque session par le repos et la méditation. Ti était fort impressionné. Loin d'être sénescent à trente-sept ans, le moine n'était tout de même plus de la prime jeunesse. Mais l'Impératrice elle-même n'avait-elle pas concédé qu'il n'était pas un imposteur total ?

Ti avait réuni un groupe de gardes impériaux. Il comptait pénétrer dans le couvent à la tombée de la nuit, sans attendre le lendemain. Après tout, même si Hsueh Huai-i tenait son endurance extra-ordinaire de l'Esprit Divin, il n'en restait pas moins fait de chair et de sang, et Ti ne voulait pas qu'il interrompît les rites ni qu'il succombât de fatigue avant sa visite.

Lorsque Ti et sa petite troupe arrivèrent, une foule considérable était rassemblée devant les portes du couvent, des femmes, jeunes et moins jeunes, et des jeunes filles, encore des enfants pour certaines, accompagnées de leurs parents. Assuré-ment, songea Ti en se frayant un chemin, la nou-velle avait circulé. Certaines semblaient attendre depuis longtemps, dans l'espoir d'être admises et de recevoir la divine « inspiration » du moine. Ti était particulièrement dégoûté par les parents des fillettes. Qu'espéraient-ils, eux ?

Déguisé en vieille femme, comme pour son voyage à Lo-yang, Ti portait un baluchon et sa tête était couverte d'un fichu. Mais, cette fois, des gardes en armes l'accompagnaient. La foule éton-née s'écarta pour laisser passer la vieille au visage maussade. Ti savait que l'occasion ne se représen-terait plus ; il lui fallait profiter de l'effet de sur-prise et agir vite. Il conduisit ses hommes jusqu'à l'entrée principale où deux eunuques le regar-dèrent, abasourdis. Devançant leur question, il se campa devant eux et, comme il l'avait espéré, ce qu'il leur dit les figea.

– Je suis la mère du lama, annonça-t-il en imi-tant peu ou prou la voix de sa propre mère.

L'instant d'après, il franchissait la porte avec ses hommes et traversait d'un pas vif le couloir mal éclairé qui menait à la salle des prières. Il était facile de deviner où se trouvait le moine ; une longue file de nonnes patientait en psalmodiant devant une porte à deux battants. Dérangées dans leur méditation, les nonnes levèrent des yeux ébahis ; Ti poursuivit jusqu'à la porte en murmurant des paroles apaisantes, caressant une tête ici ou là.

– Ne vous inquiétez pas, il m'attend, j'espère que je ne suis pas trop en retard.

Il atteignit la porte, l'ouvrit et pénétra dans la salle des prières, les gardes sur ses talons.

Une odeur de sueur et d'encens le prit à la gorge. L'air était chargé des efforts appréciables dont la salle avait été témoin. Ti contempla la rangée de chandelles, le mobilier en désordre, et comprit que le moine n'avait pas tenu de propos en l'air ni proféré des promesses creuses ; il avait la ferme intention de mener à bien la tâche d'Insémination Divine qu'il s'était assignée.

Deux musiciennes qui jouaient une mélodie de quatre notes monotones sur des instruments à cordes s'interrompirent à l'entrée de Ti.

Des rideaux cachaient l'autel. Derrière les tapisseries de brocart, l'activité cessa soudain, remplacée par un silence attentif. Ti eut la fugitive impression que le moine avait deviné qui venait de faire irruption dans la salle. Derrière la tapisserie, le silence se prolongea, puis une main tira les rideaux et Hsueh Hai-i apparut, nu, le regard furieux.

Ti s'avança afin que le moine pût le voir à la lueur des chandelles.

– C'était très malavisé de votre part de m'avoir fait attendre si longtemps à la maison de thé, déclara-t-il en s'inclinant. Il faisait froid et j'étais inquiet. Ce n'étaient certes pas des façons de traiter un vieil ami, maître Hsueh.

– Mille excuses, maître Ti. Je n'ai pas pu faire autrement. Comme vous ne l'ignorez pas, j'avais d'importantes choses à faire.

Les deux hommes échangèrent un regard. Ti trouva le moine plus grand et plus émacié que dans son souvenir, les traits tirés et les yeux creux. Mais quelle image le Tibétain avait-il de lui ? Celle d'un vieil homme grisonnant ? Et que voyait-il dans ses yeux ?

Un attroupement s'était formé à la porte : des eunuques, des nonnes et quelques intrépides. Ti se souvint de l'ordre de l'Impératrice : « Je le veux nu. » Il fit signe aux gardes qui s'avancèrent aussitôt et s'emparèrent du Tibétain. Le moine se raidit, et, les poings serrés, foudroya Ti du regard.

– Comment osez-vous ? fulmina-t-il, le visage grimaçant. Vous n'avez aucune autorité ici !

Ti sortit le document qu'il avait apporté. Le moine le parcourut, puis roula les yeux et se mit à psalmodier à haute voix, espérant plonger Ti dans un sommeil hypnotique.

– Faites-le taire ! ordonna le juge.

Un garde le bâillonna d'une main gantée pendant que les autres affermissaient leur prise. Le gant étouffa la voix mais ne réussit pas à réduire le moine au silence. Il balança la tête de droite à gauche en continuant son bourdonnement pendant que Ti lui lisait le document.

– « Par le présent acte, Son Altesse l'impératrice Wu Tse-tien proclame le lama Hsueh Huai-i ennemi de l'État ; elle ordonne, désire, et souhaite ardemment son arrestation et son incarcération pour les ignobles meurtres... »

Malgré le bruit qu'il faisait, le moine parut comprendre les mots de Ti ; il cessa de bourdonner et dévisagea le juge d'un œil enflammé. Ti fit signe au garde de le laisser parler.

– Les meurtres ! cracha le moine. C'est comme si le corbeau reprochait à la hyène d'être un charognard !

Ti poursuivit sa lecture.

– « Les précisions suivantes seront dûment apportées à l'histoire des T'ang afin que la postérité sache la vérité. La chronique de la vie du moine Hsueh Huai-i, relatée ci-dessous par l'historien Shu Ching-tsung, sera légèrement corrigée par ces quelques détails d'une importance capitale : il fut arrêté en l'an 676 pour meurtre, reconnu coupable et condamné par le juge Ti Jen-chieh, et endura le plus terrible et le plus douloureux des châtiments : il fut écorché vif, peine que le code des T'ang réserve aux coupables de meurtres atroces. »

Le moine suffoquait, comme sidéré par tant d'ironie.

– Vous la connaissez, tout de même ! ricana-t-il en coulant un regard torve vers Ti. Vous n'ignorez pas avec qui vous conspirez ? Des meurtres ! fit-il, incrédule.

– Emmenez-le ! ordonna Ti.

Les gardes entraînèrent le moine. Ti s'effaça pour les laisser passer ; quand Hsueh parvint à sa hauteur, il lui glissa à l'oreille une phrase qui hanterait Ti pendant des années :

– Nous nous connaissons depuis plus longtemps que vous ne le pensez, souffla-t-il d'un air mauvais. Portez-vous toujours au bras la marque de mes dents ?

Ti ne comprit pas tout de suite. Le visage de Hsueh se tordit alors en une grimace de surprise mêlée d'effroi ; les deux hommes se toisèrent longuement, et Ti eut soudain l'impression de contempler le garçon de quatorze ans, le jeune assassin au regard sauvage et aux cheveux hérissés, qui s'était débattu quand il l'avait cloué au mur, et qui s'était enfui par le balcon après avoir failli interrompre la brillante carrière du célèbre Ti Jen-chieh avant même qu'elle ne commençât.

Le moine reprit ensuite son sourire sardonique, les gardes le tirèrent vers la foule qui s'écarta sur leur passage.

Ti resta bouche bée. Pour l'instant, le moine avait eu le dernier mot.

La veille du jugement, le jour se leva, gris et oppressant. En se rendant au Censorat, Ti n'était pas mécontent. « Ah, se disait-il, si le ciel pouvait garder son éclat menaçant jusqu'à demain, qu'il nous étouffe, nous autres pauvres mortels, sous son couvercle de plomb, qu'il nous ôte toute joie, toute espérance, tout souvenir d'un temps radieux ! »

Le temps était aussi maussade que le matin de l'exécution du jardinier, des années auparavant.

« Tu as raison, lama Hsueh, songea-t-il, nous nous connaissons depuis plus longtemps que je ne le pensais. Et plus même que tu ne le crois. En fait, avant de croiser ton regard dans mon bureau, je te recherchais déjà ; je te recherchais depuis le moment où l'esprit outragé du pauvre jardinier avait quitté son corps torturé. Aujourd'hui, après bien des années, le grand Ti Jen-chieh amène enfin le coupable devant la justice. Peu importe qu'un quart de siècle ait passé, que d'invraisemblables quantités de sang aient coulé, je t'ai enfin retrouvé.

« Il revient encore à l'historien Shu de façonner son patient tissage ; il ne serait pas convenable que la postérité entrevît les failles et les errements de maître Ti. Non, cela manquerait d'élégance. Au travail, maître Shu ! Habille-moi des soies resplendissantes de la vertu, de l'adresse et de la compétence. Prépare-moi pour mon voyage dans le futur. Rends-moi présentable. »

Toute la nuit, Ti avait repensé à son ancienne association avec Hsueh Huai-i ; il avait ressassé les détails de leurs nombreuses conversations, dans les maisons de thé, les tavernes ; il avait revu les endroits de Lo-yang où ils s'étaient promenés. Et tout ce temps-là, s'était-il dit, le moine savait, alors que lui-même n'avait rien deviné, rien senti, rien soupçonné : celui qui avait failli le tuer, celui qui avait assassiné le ministre des Transports, celui qui avait enjambé son corps pour manger les restes du gâteau, c'était Hsueh. Hsueh qui avait laissé un innocent mourir à sa place !

« Ainsi, malgré mes errements et ma nonchalance, j'ai fini par te retrouver. Peu importe que tu m'aies maintes fois glissé entre les doigts, que j'aie dû conspirer avec toi et t'aider à devenir un puissant. Sache-le, maître Hsueh, songea Ti en gravissant le grand escalier qui menait au Censorat. Demain, quand s'ouvrira le procès, on croira que tu réponds des meurtres de Ch'ang-an, ce qui est partiellement vrai ; mais toi, tu sauras la vérité : tu paies une vieille dette au fantôme du jardinier supplicié. »

Ce matin-là, les bureaux du Censorat bourdonnaient d'activité. Les préparatifs du procès s'achevaient ; les pièces à conviction et les rapports avaient été soigneusement classés, les articles du code des T'ang répertoriés et recopiés par les scribes. Les magistrats et les fonctionnaires nommés par Ti étaient réunis pour une dernière conférence. Partout régnait un sentiment de liberté retrouvée, la certitude que la chape de plomb s'entrouvrait, que les langues pouvaient enfin se délier sans crainte de représailles. Le murmure des voix emplissait les pièces, et ceux qui ne s'étaient pas adressé la parole pendant des années, ou qui ne s'étaient pas vus, conversaient avec la fougue d'affamés devant un bon repas après des jours de jeûne forcé. Malgré l'oppression du ciel grisâtre, on avait le sentiment que le soleil perçait enfin les nuages après un long hiver rigoureux.

Partout sur son passage, des hommes saluèrent Ti avec déférence. Il leur adressa un signe embarrassé, fuyant leur regard, anxieux d'éviter les démonstrations de joie intempestives. Il n'aurait pas supporté un excès d'adulation qu'il ne pensait pas mériter. Gêné, il s'engouffra dans son bureau avant que la situation n'échappe à tout contrôle.

— Bonjour, maître Ti, dit son assistant quand il eut refermé la porte.

Il avait à peine levé la tête qu'il replongea aussitôt dans ses dossiers. Ti lui fut reconnaissant de sa simplicité. L'homme le traitait comme un collègue digne de respect, mais il ne le noyait pas sous des adulations obséquieuses. Ti se servit un bol de thé puis s'assit. Lorsque l'assistant eut terminé de rédiger ce qu'il était en train d'écrire à l'arrivée de son supérieur, il leva de nouveau la tête.

– Notre organisation est excellente, maître Ti. Je pense que nous serons prêts demain. J'ai pris personnellement soin des détails particuliers du dispositif que vous avez recommandé. Nous y travaillons en ce moment même.

– Parfait, fit Ti, préoccupé.

– Ah, et les prisonniers dont vous avez exigé le transfert sont arrivés de Ch'ang-an. Ils vous attendent.

– Ah oui, les coursiers ! Les voyous engagés par les moines. Les messagers de la mort. J'aimerais les interroger. Avez-vous un scribe à disposition ?

– Bien sûr.

Ti se leva. Il voulait en terminer au plus vite afin de superviser les derniers préparatifs. Il tenait à ce que le jugement fût exemplaire, et il le serait. Même l'imagination fertile du petit historien n'aurait pu inventer procès plus spectaculaire. Ce serait le cadeau de Ti à l' « Histoire ».

Les prisonniers étaient détenus à l'étage supérieur. Ti, le scribe et l'assistant s'y rendirent en discutant des surprises qui attendaient le lama Hsueh. L'Impératrice elle-même avait apporté sa propre contribution à l'édifice. Ti voyait encore son expression gourmande à la simple idée de châtier son ancien amant ; il en avait presque éprouvé de la pitié pour Hsueh.

– C'est ici, maître Ti, dit l'assistant en ouvrant une porte.

Il s'effaça pour le laisser entrer. Dans la pièce, les prisonniers étaient assis, tête baissée, les pieds entravés dans des jambes en acier. À l'arrivée du juge, ils se retournèrent d'un air accablé

La main sur la poignée de la porte, Ti songea que c'était là la manœuvre suprême du Tibétain ; cela surpassait les Bouddhas en lévitation, les anges volants, les nuées de colombes magiques et les temples ruisselant de sang. Les Arhats, la Prière de l'Oubli, la Voix du Hibou Tonitruant, les légendes de Jataka et l'incendie de la statue géante de l'Éveillé n'étaient rien comparés à ceci.

Hébété, il contempla les visages de ses fils, puis tourna les talons et quitta la pièce. Son assistant lui murmura quelque chose qu'il ne comprit pas, et il ne se souvenait même plus où se trouvait l'escalier. Le scribe et l'assistant le regardèrent, perplexes.

– Il n'y aura pas d'interrogatoire, fut tout ce que Ti réussit à articuler avant de dévaler l'escalier sans se retourner.

34

Dans les environs de Lo-yang, au printemps de l'an 676, cinq mois après le jugement de Hsueh Huai-i

Ce jour-là, on aurait presque pu croire à l'existence d'un monde idéal. La surface ondoyante de l'eau, la douce senteur des fleurs, tout était perfection. À bord du vaisseau impérial, Ti crut un bref instant habiter réellement un tel monde.

Sur le pont du grand bateau-dragon, les avant-toits profilés des pavillons dorés à étages scintillaient sous la lumière aveuglante que reflétait l'eau du lac. La proue élégante fendait un épais tapis de nénuphars, les fleurs plongeaient pour reparaître ensuite, pures et fraîches, dans l'écume tourbillonnante de la queue du dragon.

Le navire glissait sur un tapis de nénuphars, voguait sur des champs d'herbes aquatiques ondoyantes. Perchées sur un haut balcon, vingt flûtes exhalaient leurs murmures suaves dans l'air printanier, et le vent balançait les clarines qui résonnaient de leurs tintements mélodieux. Le rivage s'éloigna et bientôt la silhouette des falaises et des forêts s'estompa à l'horizon, comme délavée d'un coup de pinceau.

En pénétrant les eaux profondes, le navire commença à tanguer, d'abord doucement, puis avec force lorsqu'il rencontra les courants des rivières et le vent qui s'engouffrait dans leur sillage. Ti fut tiré de sa rêverie par le roulis du pont sous ses pieds ; il se cogna le coude au bastingage, glissa et faillit perdre l'équilibre. Les vagues moutonnaient vers le milieu du lac et leur cime écumante se brisait dans un rythme chaotique.

Ti n'esquissa pas un geste pour masser son coude endolori de crainte de tomber s'il lâchait la rambarde ; lorsqu'il baissa les yeux sur les eaux sombres du lac, la douleur lui fit voir un océan pourpre comme le sang. Effrayé par cette vision funeste, il s'éloigna à pas prudents du bastingage.

Derrière lui, Ti entendit le soupir exaspéré de l'historien. Shu empoigna son petit écritoire et rassembla vivement les feuillets des poèmes qu'il avait composés ce jour de mai 676 en l'honneur du soixante-cinquième anniversaire de Dame Yang et de la fête annuelle du Dragon, et qui trempaient dans l'eau de son gobelet renversé. Une nouvelle secousse heurta le navire ; les lampions multicolores se balancèrent, Ti s'arc-bouta sous un porche sculpté pendant que Shu s'efforçait de rester sur sa chaise et de sauver ses précieux feuillets de l'inondation.

Le petit homme n'avait plus besoin de s'impliquer dans les scandales. Enfin débarrassé de ses tâches politiques, il semblait content de se consacrer à son art préféré : l'innocente poésie. La véritable personnalité de Shu Ching-tsung se dévoilait, songea Ti. Un homme heureux qui s'abandonnait à sa sensibilité d'artiste.

– La tempête s'est levée avec une soudaineté fâcheuse, vous ne trouvez pas, maître Shu ? demanda Ti, collé aux linteaux sculptés.

– Oh ! non, maître Ti ! C'est toujours ainsi quand on approche du milieu du lac. Le grand lac Tai est connu pour ses tempêtes dignes de l'océan. Dès qu'on vogue en eaux profondes les vagues exaltées déferlent. Cela ne vous inspire-t-il pas ? Je parle des forces de la nature. Et je vous assure que c'est une journée bien calme, maître Ti. L'homme est si vulnérable !

« Certes, songea Ti, vulnérable et exalté. Ô combien vulnérable ! Mais j'ai soupé des forces de la nature pour des centaines de vies futures. »

– Vous avez donc déjà navigué sur ces eaux, maître Shu ? demanda-t-il avec la déférence d'un marin novice.

– Oh oui ! De nombreuses fois, maître Ti. C'est le lac que l'Impératrice et Dame Yang préfèrent. C'est pourquoi le navire impérial est si grand. Qui voudrait s'exposer aux caprices des courants sur une frêle embarcation ? Nous faisons toujours cette croisière sur le lac Tai à chaque fête du Dragon et à chaque anniversaire de Dame Yang. Déplacer la suite impériale exige pourtant des efforts considérables, mais cela en vaut toujours la peine.

Ti ne put s'empêcher de penser aux pauvres bougres qui pédalaient dans la cale pour faire tourner les larges hélices qui propulsaient le navire. Devait-il à la seule fortune de naviguer sur le pont et les autres en dessous, lui le privilégié, et eux les laborieux ? Ou bien les bouddhistes avaient-ils raison de parler de la roue sans fin des réincarnations, et devrait-il un jour, dans une autre vie, changer de place avec eux ?

Les bannières claquaient au vent ; des embruns glacés balayaient le pont. Les musiciens s'étaient réfugiés dans les salons. Blotti sous le porche, Ti scruta l'horizon. L'air froid et humide, dépouillé des fragrances printanières, emplissait ses poumons. Le rivage avait disparu, comme avaient disparu les tapis de fleurs. De chaque côté du vaisseau-dragon, les jonques de guerre de la flotte impériale semblaient chevaucher les vagues écumantes, leurs voiles rayées gonflées par la brise.

– Ah, ce vent m'exaspère ! s'exclama Shu.

Il roula ses papiers, les glissa sous son bras, et quitta le pont d'un pas décidé sans prendre la peine de ramasser ses pinceaux et ses bols, ballottés au gré du roulis et du tangage.

– Je rentre au salon, lança-t-il. Voulez-vous vous joindre à moi ? L'Impératrice et Dame Yang doivent nous attendre.

À l'intérieur, l'orchestre s'était rassemblé et jouait une mélodie enlevée, appelée fort justement *Le Jeu des Vagues et du Vent*, un morceau délicat dans lequel les « vagues » des cordes et des clarines répondaient au « vent » des flûtes *hsiao* et des pipeaux *sheng*. Sur une mer calme de coussins multicolores, sous la lumière joyeuse des lanternes de mica qui se balançaient gaiement, une douzaine d'éphèbes agitaient de grands éventails au-dessus de l'Impératrice et de Dame Yang. Dans la longue et étroite pièce, confortablement allongées face à face, entourées de tables rondes chargées de vaisselle d'argent et de jade, les deux femmes festoyaient.

Les jouvenceaux massaient les pieds, les mains, le cou et les tempes de Dame Yang, pendant que d'autres déposaient avec des baguettes en ivoire des aliments choisis dans sa bouche. Les éphèbes étaient ceux de Wu, bien sûr, mais elle était toujours fort généreuse quand il s'agissait de partager avec sa mère.

Déséquilibré par le tangage, l'historien roula avec des gestes affolés, et atterrit dans les coussins à côté de Dame Yang, renversant une desserte et ses bols. Quand il vit que tout le monde riait, il esquissa un sourire gêné en jetant des regards inquiets à la ronde. Mais Dame Yang riait plus fort que les autres, et, apparemment heureux de jouer le bouffon pour son anniversaire, il se joignit à l'hilarité générale.

Il s'étendit avec volupté sur les coussins, sortit de sa manche les feuillets qu'il avait sauvés du vent et des flaques d'eau et annonça son désir de lire l'ode en l'honneur de l'anniversaire de Dame Yang qu'il venait de composer. Sa proposition recueillit l'approbation générale.

En observant l'Impératrice entourée de ses soupirants, Ti se rendit compte à quel point le monde avait changé en quelques mois. Pendant des années, le Tibétain avait été le seul homme de Wu. D'une jalousie maladive, Hsueh avait complètement asservi l'Impératrice... avec son consentement, car elle n'avait jamais cherché à briser l'envoûtement. En fait, elle avait toujours tenu les rênes, et lorsqu'elle s'était lassée du moine, elle avait rompu le charme avec le calme et le pragmatisme dénué de sentiment qu'on observe chez la lionne qui se détache de ses petits quand ils arrivent à maturité.

Lorsque Ti s'approcha, l'Impératrice l'accueillit d'un sourire. Elle se releva, chassa négligemment les jouvenceaux qui s'étaient précipités pour la soutenir, s'appuya contre le mur pour garder l'équilibre et fit signe au juge de la suivre dans ses appartements privés, un élégant pavillon qui dominait le navire.

En se retenant à la rampe, Ti gravit les marches derrière l'Impératrice. Ils pénétrèrent dans le pavillon où Wu lui enjoignit de s'asseoir.

– Shu m'a donné ceci aujourd'hui, déclara-t-elle en s'installant sur une chaise rembourrée. Il en est particulièrement fier, mais voulait que vous y jetiez un œil. Avec votre accord, son récit figurera dans les annales de l'histoire officielle.

Elle lui tendit le document orné du sceau de l'historien. Ti le prit en s'inclinant, et, sous le regard de Wu, il en commença la lecture.

Le châtiment de Hsueh Huai-i restera pour toujours une leçon exemplaire. Malgré toute son horreur, elle accorda à l'humble chroniqueur l'opportunité d'assister à l'exécution de la sentence de mort par écorchement, la fin la plus lente et la plus dou-

loureuse qui soit. Juste punition pour avoir souillé le Divin Monarque de la Chine et l'âme de l'Empire. Parfois le Ciel exige une telle exécution afin de réparer un terrible déséquilibre de l'univers. Ce fut le cas.

La mort par écorchement est un supplice réservé pour la pire des âmes que produit un univers dont l'harmonie a été rompue, un être foncièrement mauvais et irrémédiablement corrompu. La mort en est si lente que le ch'i du supplicié suinte par les plaies béantes. De la dualité de l'âme – hun et p'o – ce qui s'élève du corps – l'âme supérieure de la nature spirituelle de l'homme – est coupé en plein vol dans son ascension vers le Ciel quand on meurt par écorchement. C'est pourquoi – outre l'atroce douleur physique – ce supplice est considéré comme le plus affreux et le plus redoutable d'entre tous, mais si malfaisant et démoniaque était l'imposteur Hsueh Huai-i, l'odieux corrupteur de la foi bouddhiste, qu'il l'a cent fois mérité.

L'écorchage de Hsueh Huai-i commença à l'aube du jour dit et se prolongea jusqu'à l'heure du Cheval quand le soleil parvint au zénith. Ce fut à ce moment que le moine poussa son dernier soupir terrestre. Il hurla dans son agonie quand le bourreau découpa les lamelles de sa peau. Pendu par les poignets, les pieds fermement attachés au râtelier, il fut écorché à cent endroits différents, sur sa poitrine, ses reins, ses cuisses.

Les cris de Hsueh Huai-i percèrent l'air, secouèrent les collines et glacèrent les os de quiconque les entendit. Ah, il ne riait plus ! Il ne se vantait plus de son incarnation fortunée ! Il aurait moins souffert si son corps avait relâché plus tôt son fantôme, mais le Ciel en décida autrement. Hsueh Huai-i n'est plus, et de toutes parts s'élève un profond soupir de soulagement.

Ce même jour, le juge Ti Jen-chieh, président de l'Office National des Sacrifices, nous a reconduits sur le sentier de la Raison et de la Vertu, celui de l'humanisme confucianiste : il a décrété hors la loi les temples du Cheval Blanc de l'Empire, et a banni leurs clercs, exilés à mille li pour la vie.

Enregistré le dernier jour du sinistre hiver 675-

Ti soupira, puis, d'un geste machinal, entreprit de plier le rapport de Shu sur l'exécution de Hsueh Huai-i, et le reposa sans un mot sur la table. Il avait tenté de prendre quelques distances avec les événements des derniers mois, et voilà que le récit de l'historien réduisait ses efforts à néant.

– Ainsi, vous ne l'aviez pas lu ? demanda Wu. C'est bien ce que je pensais. Maître Shu l'a rédigé quelques jours avant d'embarquer. Tout se termine bien, maître Ti. Nous célébrons la fête du Dragon ; les fonctionnaires écartés retrouvent leur poste, et l'influence démoniaque du lama Hsueh s'est éteinte.

Elle parlait avec un tel détachement que Ti sentit ses genoux faiblir, ce qu'il n'attribua ni au roulis ni au tangage. Il dut se rasseoir vivement. Le lama aurait été inoffensif s'il n'avait bénéficié de la complicité active de l'Impératrice. Cependant, elle parlait de la fin du Tibétain comme s'il s'agissait de la mort d'un lointain parent, et ce manque de sentiments glaçait particulièrement Ti. Certes, Hsueh Huai-i était un monstre, mais n'était-il pour elle qu'un outil, source de satisfaction charnelle et capable d'extraire le poison qu'elle recelait en son sein ? Aucune trace d'émotion dans sa voix, elle énonçait des faits, sans plus.

Un bref instant, Ti accrocha son regard et sentit qu'il pénétrait son cœur et son âme, comme les esprits errants dont parlent les contes, et qui se glissent dans les corps pour ressentir une fois encore une émotion humaine. Et ce cœur était glacé, aussi vide qu'une grotte inhabitée depuis des siècles. Peut-être ce vide provenait-il seulement de l'imagination de Ti, mais c'était plus probablement dû à l'absence totale de sentiments humains. Était-ce possible ? Dans ce cas, c'était bien le pire gouffre au bord duquel il s'était jamais penché. Il détourna vivement les yeux.

– Un écrivain de grand talent, réussit-il à articuler en contemplant la page qu'il venait de lire.

Il ne trouva rien d'autre à dire, comme s'il venait seulement de réintégrer son propre corps.

– Oui... de grand talent. Je crois qu'il a très bien capté les derniers moments du moine.

Ce qui avait troublé Ti, et qui l'avait obligé à se rasseoir, c'était une image de ce que Hsueh avait été pour l'Impératrice : une sorte de grotesque miroir magique dans lequel elle se reflétait et se régénérait avec la fascination d'une grande beauté qui s'admire elle-même. Elle avait nourri Hsueh et s'était nourrie de lui en retour, développant ses qualités personnelles, parmi lesquelles une réelle miséricorde pour le petit peuple qui avait caractérisé son règne. Elle avait été à la fois la divinité aux châtiments redoutés, l'ange vengeur et le sauveur compatissant. Mais Hsueh ne savait-il pas cela depuis le début ? N'avait-il pas révélé les soutras prophétiques de sa venue ? Quand l'Impératrice lui avait remis le récit de la mort de Hsueh, Ti avait eu l'impression qu'elle se mutilait d'une partie d'elle-même. D'une main qui avait commis tant et tant de meurtres et qu'elle contemplait avec détachement, cette main baignée de sang qui avait autrefois fait partie intégrante de son corps.

Après un long silence, Ti s'aventura plus avant. Ils avaient depuis longtemps abandonné les chemins détournés de la diplomatie.

– Sans nul doute, madame, l'historien Shu a été un instrument efficace de votre pouvoir, déclara-t-il.

Wu parut se perdre dans la contemplation des vagues qui venaient se briser sur la proue du navire. Elle se tapota machinalement la lèvre supérieure du bout du doigt, un geste destiné à entretenir la fraîcheur de sa peau, et qu'elle tenait du Tibétain.

– Vous êtes toujours aussi belle, madame, remarqua Ti, et c'était vrai.

– Vous êtes trop aimable, maître Ti. Mais l'âge est une maîtresse ingrate. Ce visage n'a plus la fraîcheur de sa jeunesse.

– Il n'empêche.

– Je parle de « maîtresse » parce que seule une femme est capable d'une telle méchanceté.

– Ah ?

Ti attendit la suite avec impatience ; il trouvait pour le moins révélateur ses commentaires sur la différence des sexes.

– Si on devait donner un visage à l'âge, reprit-elle, il faudrait que cela soit celui d'une femme. L'homme est plus franc. Sa cruauté sert d'autres buts. Elle provient d'une partie différente de l'âme. Qu'en pensez-vous ?

Refusant de se compromettre, Ti l'encouragea à poursuivre d'un geste.

– Les femmes sont insidieuses. Leurs vengeances sont plus cruelles.

– Je ne vois pas bien la différence, avoua-t-il.

– Oh ! maître Ti ! Pour un homme qui connaît si bien le cœur des hommes, vous me décevez.

Wu s'accouda à la balustrade pour contempler le lac où les voiles humides des jonques luisaient sous le soleil qui venait de percer enfin la brume.

– Puisque vous avez l'amabilité de me dire connaisseur du cœur humain, faites-moi la grâce de reconnaître aussi que je ne peux supporter qu'une énigme reste insoluble. Cette faiblesse n'a pas pu vous échapper.

Il s'approcha de la balustrade à laquelle Wu était toujours accoudée. Sous l'effet du soleil, l'eau avait pris des teintes vert émeraude.

– C'est la curiosité qui me gouverne, poursuivit Ti. Un mystère non résolu m'exaspère et m'empêche de dormir, madame. C'est comme une maison construite par des maçons négligents ; elle est pleine de trous par où s'engouffrent le vent et la pluie. J'ai toujours agi de mon mieux, mais force m'est de reconnaître que mes motifs sont purement égoïstes. Je mène mes enquêtes avec acharnement pour la simple raison que je ne vis pas tant qu'un puzzle n'est pas entièrement reconstitué. Alors, faites-moi donc ce plaisir, madame... j'ai promis de ne pas enquêter *officiellement* dans... vos affaires anciennes. Mais aidez-moi, s'il vous plaît, à boucher les trous de ma maison. Aidez-moi à résoudre quelques questions restées sans réponse.

Elle lui jeta un regard surpris.

– Tiens ! Le fameux détective Ti Jen-chieh aurait-il besoin de *mon* aide ?

– Je vous laisse la responsabilité du terme de « détective », madame. Le fait est que j'ai besoin de votre éclairage sur certains points obscurs.

Elle sembla soupeser la question.

– Ma mère et moi, nous serions absolument enchantées de vous entendre raconter vos exploits de Yang-chou, maître Ti. Pourquoi pas au cours d'un dîner ? Mais je crains, ajouta-t-elle en souriant, que *nous* ne puissions vous offrir les anecdotes que vous espériez en échange.

Les rayons dorés du soleil déclinant dessinaient un halo d'innocence incongrue autour de l'Impératrice. Ti scruta son visage.

– Ti Jen-chieh, j'ai une responsabilité qui surpasse même mes devoirs d'Impératrice de Chine. Je suis, d'abord et avant tout, la fille de Dame Yang. Et j'attache trop d'importance à la piété filiale pour vous révéler nos secrets. C'est encore trop tôt. Rien ne filtrera avant que ma mère ne rejoigne les cieux. Vous, un confucianiste fervent, vous devriez le comprendre, n'est-ce pas ? Les pièces manquantes de votre puzzle ne trouveront pas encore leur place. Vous devrez, hélas ! endurer encore quelque temps les courants d'air de votre maison « trouée ». Tant que ma mère vivra, en tout cas.

Ti fut vaguement déçu.

– Pour son anniversaire, je souhaite encore dix milliers d'années à la Mère Impériale, déclara-t-il avec une gaieté forcée. Longue vie à notre divine Dame Yang!

Il fit de rapides calculs. Dame Yang avait soixante-cinq ans, huit de plus que lui, et quatorze de plus que sa fille.

Il avait apaisé le fantôme du jardinier, mais depuis peu des ombres nouvelles obscurcissaient ses pensées et réclamaient son attention. La duchesse. La nièce de Wu. Ses propres fils. L'infortuné Nagaspa. Et une voix ténue, mais celle qui soupirait avec le plus de force la nuit à ses oreilles, la première fille de Wu, son nourrisson de quelques jours.

Combien de temps la voix fluette devrait-elle encore gémir?

Journal

Très bien, j'attendrai. Je dois cultiver la patience du plus discipliné des ascètes, et sans idée aucune de la durée. Bien que l'impatience et la curiosité brûlent en moi comme la langue d'un assoiffé brûle pour une goutte de vin, je sais que je n'ai pas le choix. C'est à l'Impératrice qu'il appartient d'abréger mon supplice, et s'il est une chose que j'ai apprise, c'est qu'elle choisira seule son moment.

Je sais aussi que maître Shu, l'inestimable historien, travaille assidûment à rédiger pour la postérité les événements extraordinaires de ces derniers mois. Je n'ai nullement l'intention de m'en mêler ni de l'influencer d'aucune manière. Maintenant que j'ai appris que la vérité était chose relative et malléable, je le laisserai volontiers la façonner à son gré. Pendant ce temps-là, je me sens obligé de rapporter ma propre version des faits; assurément, celui qui comparera nos deux récits dans un ou deux siècles aura en main un rébus embarrassant. Voici donc l'ordre des événements et les paroles prononcées par les principaux protagonistes, vus et entendus par les yeux et les oreilles d'un certain Ti

Jen-chieh, lequel, quoiqu'il eût failli dans d'autres domaines, a toujours essayé de dire la vérité.

Les hauts fonctionnaires de la cour avaient commencé à se rassembler dès l'aube devant les portes du Palais de Justice du Censorat le jour du procès de Hsueh Huai-i. Ils savaient que j'avais un plan, que je me proposais de leur montrer quelque chose sortant de l'ordinaire, un peu de symbolisme tibétain qui, du moins l'espérais-je, retiendrait l'attention du lama.

Lorsque la foule se fut installée dans la grande salle, je sentis un frémissement de curiosité et d'impatience à la vue des rideaux tendus à l'extrémité du prétoire. Les murmures spéculatifs qui emplirent la salle me comblèrent. L'écho de conversations furtives éclata çà et là comme l'attention de l'audience hésitait entre les rideaux derrière lesquels se préparait, à n'en pas douter, un coup de théâtre, et le moine Hsueh Huai-i agenouillé sur l'estrade, et qui riait tout seul.

Je ne m'attendais certes pas à lire un quelconque remords sur le visage du Tibétain, pas plus que je ne m'attendais à ce que le déroulement du procès ait un effet sur lui. Je supposai que si Hsueh Huai-i pensait quoi que ce fût, c'était sans doute que son arrestation et la suite n'étaient que des inconvénients passagers, des obstacles à la poursuite de son « œuvre ».

En fait, le moine était indifférent à l'environnement. Il s'était renfermé dans son monde intérieur. À l'évidence, Hsueh était dispensé de la morale qui gouverne la conduite des hommes.

Au cours des audiences, en le voyant s'assombrir, je me laissai parfois aller à penser que le moine s'intéressait au déroulement du procès. Mais j'avais appris à me méfier. Car, soudain, aux moments les plus inopportuns, un sourire sauvage fendait son visage et une flamme singulière brûlait dans ses yeux, comme si un démon venait d'en remplacer un autre dans son infâme carcasse. J'avais déjà vu ce genre de sourire chez un dément, et qui semblait signifier que c'était nous, et non lui, qui avions l'esprit dérangé.

J'eus maintes fois l'occasion d'observer le Tibé-

712

tain. De temps à autre, son corps était agité de tremblements : il riait en silence. Parfois, raide et sérieux comme il convient à un homme de son rang, il baissait les yeux sur le coussin où il était agenouillé, et se retranchait totalement du monde. Dans ces moments, j'essayais de m'imaginer son âme ; ce que je voyais était un labyrinthe, un palais en ruine, hanté, aux milliers de salles sans fenêtres et remplies de trésors en putréfaction. Dans ces moments-là, le bourdonnement des lecteurs, les interrogatoires rhétoriques, les attendus complexes et les décrets qui se rapportaient à ce genre de crime exceptionnel, rien ne le touchait. Tel le rocher poli au milieu d'un torrent, il restait impassible, inébranlable.

Je dois avouer que je le préférais hargneux et révolté, quand il répondait par des insultes aux questions des juges, ou même quand il essaya de cracher sur mes sandales. Là au moins, je le savais présent, sensible à ce qui lui arrivait. Mais lorsqu'il se retranchait, riait en silence ou se parlait à mi-voix, je le sentais m'échapper. Et je ne voyais pas de raison de l'épargner.

Mais ses moments de rage soudaine étaient vite réprimés. Les gardes durent à un moment le bâillonner pour interrompre le flot d'invectives, et attacher ses mains à ses cuisses pour le contraindre à rester à genoux et l'empêcher de se relever.

Avec ou sans bâillon, Hsueh n'était pas coopérant. Il ignorait les questions précises, y répondant soit par un silence hautain, soit par des jurons, soit par des rodomontades hors de propos. Je ne pouvais qu'imaginer les effets de mon coup de théâtre final, mais j'espérais que la surprise agirait sur le moine. C'était un pari, bien sûr, car je me proposais d'entrer dans son jeu et d'utiliser son symbolisme.

Hsueh Huai-i fut reconnu coupable des crimes les plus haineux contre l'homme, l'État, et les Cieux eux-mêmes. Les déclarations, les plaidoiries et les délibérations du Censorat terminées, il était temps de passer à la sentence. Mon heure était venue.

Des murmures montèrent vers les dorures du

plafond. Puis les voix s'élevèrent, les conversations s'amplifièrent, s'animèrent, et bientôt un vacarme d'excitation agita la salle quand, dans le coin reculé du prétoire, les hauts rideaux qui cachaient ma surprise s'ouvrirent enfin.

Il y eut un moment de silence pendant lequel on n'entendit pas une toux, pas un raclement de gorge, pas un souffle. C'était comme si chacun essayait de comprendre le pourquoi de l'objet qu'on venait de dévoiler à l'assistance stupéfaite. Le miroir était d'une taille exceptionnelle parce que ce qu'il devait refléter, vu sa signification iconographique, était énorme, immense, inimaginable. Nombreux étaient ceux qui, dans la salle, furent abasourdis de découvrir leur reflet dans la glace.

J'ordonnai qu'on amène le lama Hsueh Huai-i, ou devrais-je dire qu'on le traîne de force, et qu'on le fasse s'agenouiller sur le coussin, en face du miroir. Mes assistants engagèrent ses poignets et son cou dans une lourde cangue de bois. J'avais imaginé d'utiliser certains aspects appropriés du symbolisme tantrique : maintenant que le moi corporel du moine avait reçu sa sentence, il était temps de condamner son âme selon les préceptes de sa propre imagerie. De ma voix la plus sonore et la plus autoritaire, je commençai à énumérer les divers degrés des Huit Enfers Brûlants du soutra Abhidharmakosa – référence symbolique que le lama ne manquerait pas de comprendre, j'en étais sûr.

– ... L'enfer des vies équivalentes, pour les pécheurs destinés à reprendre les mêmes formes et à répéter leurs péchés pendant cinq cents ans... l'enfer des liens funestes, où le pécheur est attaché puis coupé en morceaux et ses plaies saupoudrées de sel pendant un millier d'années... l'enfer où il est écrasé entre des rochers pendant deux mille ans... l'enfer des hurlements déchirants pendant huit mille ans... l'enfer de grande chaleur, où le pécheur endure la morsure des flammes pendant dix mille et soixante ans... l'enfer de la chaleur suprême, où le pécheur est aspergé de plomb fondu pendant huit millions quatre cent mille ans... Et pour toi, Hsueh Huai-i...

On n'entendait pas un murmure.

Le visage du moine avait perdu son impassibilité ; ses mâchoires se crispaient, ses poings se serraient dans la cangue. Si j'interprétais correctement ses gestes, c'était plus par dépit de voir ses instruments secrets retournés contre lui que par la peur de l'enfer. Peut-être était-il trop fou pour comprendre.

— Ce ne sont que quelques-uns des enfers qui te tendent les bras. Hsueh Huai-i, poursuivis-je. Passons à la sentence.

Je fis une brève pause et contemplai la salle impatiente.

— Pour les crimes odieux qui ont ensanglanté ta longue carrière... je t'absous.

La consternation s'abattit sur l'assemblée ; une marée de murmures, de grognements, de protestations. Je réclamai le silence d'un geste impératif.

— Tu es absous des meurtres de Ch'ang-an. Tu es absous pour la mort et la misère incalculable que tu as répandues pendant les années de ton ascension. Tu es absous des autres crimes connus de toi seul. Tu es absous de tous les meurtres que tu as commis.

Nouvelle pause ; nouveaux murmures de colère. Je levai une main apaisante et poursuivis :

— De tous, sauf un seul. Hsueh Huai-i, tu es condamné pour une mort obscure à laquelle tu n'as même pas assisté, une mort dont tu n'es peut-être pas conscient.

Un silence de plomb tomba dans la salle.

— Hsueh Huai-i, tu es condamné pour l'injuste exécution d'un jardinier de Yang-chou qui a eu lieu voilà bien des années, alors que tu n'étais qu'un enfant. Le jardinier n'a pas pu être sauvé, ni le déshonneur et l'humiliation publique épargnés à sa famille, et il a payé de sa vie le meurtre du ministre des Transports. Meurtre qu'il n'avait pas commis, car le meurtrier c'était toi. Or donc, pour la mort du jardinier, Yama, le roi des seigneurs de la mort, te conduira dans l'enfer suprême d'Avici... l'enfer des tourments ininterrompus, où tu resteras pendant six millions et huit cent mille ans.

» Toi, moine Hsueh Huai-i, tu franchiras après-demain les portes d'Avici. La divine impératrice Wu Tse-tien a décrété qu'il n'y aurait pas de report d'exécution ni d'appel. Hsueh Huai-i, prépare-toi donc à affronter la mort la plus douloureuse qu'il est donné à un homme d'endurer ici-bas.

Je repris mon souffle pour ma déclaration finale.

– Mais, avant de quitter cette cour, tu devras contempler tes péchés.

Je lui désignai son image dans le miroir géant.

Les gardes s'apprêtaient à le forcer à contempler son reflet, comme les malheureux dont parlaient les écritures ésotériques afin de voir les péchés particuliers pour lesquels ils endureraient des milliards d'années de tortures. Mais le moine fixait déjà le miroir et se mit à rire doucement. Les gardes voulurent le bâillonner, mais je m'interposai.

Au lieu de protester de son innocence, d'injurier la cour ou l'Impératrice, Hsueh pouffait en se balançant, la lourde cangue en travers des épaules.

– J'ai gagné, murmura-t-il. Jeune Chien a gagné son pari, vieux Pied Gauche !

Il était secoué d'un rire irrépressible.

– Je sais que tu te souviens des termes du pari, vieux chacal ! Tu peux commencer à compter tes battements de cœur, si c'est bien un cœur qui bat dans ta poitrine implacable. Ou plutôt, s'il existe un nombre assez grand pour les compter. Oh ! il te reste du temps, vieux Pied Gauche, beaucoup de temps ! Des myriades de vies. Des myriades et des myriades. Commence donc par mille vies dans la carapace d'un cafard. Un affreux... petit cafard... couvert de merde. »

Il s'étranglait de rire, incapable de continuer. Puis il recouvra ses esprits et reprit son sérieux.

– Alors que moi...

Il ferma les yeux et un sourire d'extase illumina son visage. Puis il reprit d'une voix douce, articulant chaque mot avec la tendresse d'un poète :

– Je renaîtrai sur les ailes dorées d'un aigle qui vivra deux mille ans, planera au-dessus des nuages et des plus hautes cimes habillées de forêts d'émeraude et ornées des diamants de colliers de glace, de neige et de cascades scintillantes...

Puis le moine détourna son regard du miroir pour le poser sur moi. Il avait l'air placide, serein. Je découvrais enfin la véritable folie de Hsueh Huai-i; tout le reste n'était que bruit et camouflage. Je fis taire l'assemblée qui grondait afin d'entendre ce que le moine voulait me dire. Il sourit avec grâce, et redevint l'espace d'un instant le cher compagnon avec qui j'avais arpenté les rues de Lo-yang et discuté des heures dans les tavernes et les maisons de thé.

– Je te remercie pour ma mort, maître Ti, roi du jour; je te remercie de hâter ma prochaine incarnation.

Il s'inclina avec un respect amusé, comme si la lourde cangue de bois avait la légèreté d'un manteau de soie.

Maître Shu m'a confié qu'il comptait se consacrer à la poésie vers la fin de sa vie; il m'a déjà laissé entendre qu'il travaillait sur une série de nouvelles en l'honneur de ma vie et de mon œuvre. Il a même eu la coquetterie de m'en montrer un ou deux fragments. Je les ai lus poliment, mais j'ai vite compris que je devrais me retirer dans mes appartements et coucher noir sur blanc ma version des événements. Si l'ouvrage de Shu devait continuer dans la direction qu'il semblait emprunter, j'étais dans l'obligation de m'assurer qu'il ne traverserait pas les siècles futurs sans escorte. Tel le petit âne marron qui trottine à côté du cheval à la longue crinière, au caparaçon étincelant, les serpentins de soie multicolore volant au vent, mon humble et insignifiante prose, qui relate sans fioriture la façon dont j'ai été amené à résoudre les meurtres de Ch'ang-an, doit cheminer à côté de l'odyssée épique de Shu. Les fragments qu'il m'a montrés laissent deviner des rêves prodigieux, des visions extraordinaires et des actes d'héroïsme quasi mythiques; en réalité, ce ne fut que chance, coïncidences fortuites, persévérance entêtée entrecoupée d'affreux moments de doute, lesquels n'avaient pas leur place dans la version glorifiée de Shu. Qu'il en soit donc ainsi. Il n'y a aucun moyen de l'arrêter et j'ai promis de ne pas m'en mêler;

toutefois, il ne peut pas m'arrêter non plus. Là encore, la postérité devra choisir.

Les meurtres, bien entendu, étaient aussi communs dans le pays que des pommes pourries sous les arbres à l'automne quand débutèrent les incidents de Ch'ang-an. Exécutions, tortures, exils étaient pain quotidien à Lo-yang, mais je ne rattachai pas les massacres de Ch'ang-an aux mêmes causes. À Lo-yang, les meurtres étaient à l'évidence politiques, choquants, déplorables, horribles, certes, mais faciles à élucider. Des meurtres simples, directs, stratégiques, obéissant à des mobiles clairs.

À Ch'ang-an, c'était différent. Ce qui me frappa tout d'abord et me laissa tremblant d'effroi, c'était l'amalgame de méthode et de carnage. Une orgie de destruction systématique et de chaos patiemment organisé, symbolisés par les bouches cousues des premières victimes qui dessinaient d'horribles sourires démoniaques. Ceux qui avaient suturé les lèvres avec du fil noir l'avaient fait avec la patience et le soin de couturières royales.

Chaque nouveau meurtre réaffirma le caractère systématique des massacres, mais les mutilations nous éloignaient de plus en plus d'une quelconque logique. Très bien : je compris alors que je devais pénétrer une autre logique, celle d'un esprit pervers, la logique folle d'un dément.

Lorsque je posai mon regard sur les statuettes des grottes, je ne savais encore rien, mais en voyant sculptés dans la pierre les visages des moines qui avaient défilé en psalmodiant dans les rues de Ch'ang-an, je sentis la main glacée du destin m'étreindre la nuque. J'ignorais encore ce que je contemplais, mais je compris aussitôt que je devais retourner à Ch'ang-an sur-le-champ. Il me fallait impérativement revoir ces visages. J'avais besoin de vérifier que je n'étais pas en train de devenir fou. Lorsque je me rendis au monastère du Cheval Blanc et que je vis de nouveau les moines difformes en chair et en os, déambulant avec une arrogance hautaine – loin des pauvres mécréants que j'avais naïvement imaginé la première fois –, je compris que je n'étais pas fou, qu'ils étaient la reproduction des statuettes des grottes, et qu'ils constituaient un corps d'élite, choisi, à n'en pas douter, avec un soin infini.

Toutefois, j'avançais encore dans l'obscurité la plus totale sur une voie semée d'embûches. Dans la bibliothèque, j'examinai les feuilles du *bodhi* avec les portraits peints dessus – assortis de l'inscription : les Arhats, exterminateurs de la Devadhatta – et je découvris encore la surprenante ressemblance. Exterminateurs ! Mon cœur battit, mais je n'en laissai rien paraître, quand j'entr'aperçus l'ancienne *tonka* qui représentait le royaume mythique de Jambudvida, avec ses quatre coins délimités et la noire rivière du danger qui coulait du royaume de la Devadhatta à l'extrême nord-ouest. C'est à ce moment précis que j'eus un avant-goût de la logique d'un fou.

Cependant, je ne savais toujours rien ; j'avais même le sentiment d'en savoir moins que lorsque j'avais franchi la porte du monastère. Mais j'avais compris une chose : les colonnes qui s'élevaient aux quatre coins de l'Empire délimitaient le royaume de Jambudvipa, et Ch'ang-an, site des meurtres, le site de la colonne du nord-ouest.

Était-il possible, me demandai-je, que les malheureuses victimes, qui ne se connaissaient même pas, qui n'avaient aucun lien avec une quelconque secte religieuse, et certainement pas avec l'aristocratie régnante de Lo-yang, en fussent venues à représenter la Devadhatta, d'où coulait la rivière noire du danger ? Les moines difformes étaient-ils les exterminateurs de la Devadhatta ?

Parvenu à ce point, et bien que je ne l'eusse pas encore formulé, le dément dont j'entrevoyais la logique commençait à posséder un visage ; un nom se formait sur ma langue réticente. Quelqu'un qui avait exercé son influence considérable pour choisir les seize monstres parmi des centaines et peut-être même des milliers d'aspirants ; quelqu'un qui s'était donné énormément de mal. Les seize monstres semblaient être la fierté du monastère du Cheval Blanc de Ch'ang-an. Or, qui était donc le chef de tous les temples du Cheval Blanc de l'Empire, le fondateur de la secte du Nuage Blanc ?

Ce fut dans l'intimité de mon bureau que l'extra-ordinaire mémoire de mon ami, le bouddhiste érudit, dévoila devant mes yeux un monde lugubre, un véritable festin pour une âme malade. Notre discussion sur les Arhats, sur la Devadhatta, sur la théorie de l'Ère de la Loi Dégénérée, me conduisit à l'inconfortable découverte suivante : le soutra du Grand Nuage n'était pas un faux. Là, inscrits des siècles avant la naissance de l'Impératrice, étaient les mots qui semblaient prophétiser la venue de son règne. Tout y était – tout ce dont Hsueh Huai-i avait besoin pour se forger dans son esprit malade la croyance inéluctable dans une réalité, ordinairement considérée comme purement symbolique. Ai-je déjà dit que j'avais un avant-goût de la logique d'un dément ? Eh bien, j'avais à présent l'impression de pénétrer au cœur de sa folie. Ce fut là, vers la fin de la récitation du soutra du Grand Nuage, que le nom de Mara fut prononcé pour la première fois ; et la porte s'ouvrit toute grande.

Mara, général de l'armée des démons, les destructeurs de la Loi, les ennemis du Dharma – connu aussi sous le nom de la Devadhatta.

Cela bien sûr, conduisait au soutra du Démon Kirita. Si vivante était la récitation de cet obscur texte sacré que les démons semblaient grouiller dans la pénombre et leurs vociférations résonner à mes oreilles. À l'origine, l'intention était sans nul doute d'affirmer la foi chancelante des indécis, tentés de succomber aux désirs de la chair qui les piégeaient dans le monde des réincarnations et des souffrances, mais les images qui représentaient symboliquement de tels désirs s'imprimaient sur les parties particulièrement sombres et effrayantes de l'âme. On pouvait certes devenir fou en prenant la symbolique ésotérique au pied de la lettre.

Je n'oublierai jamais comment les vers coulaient de la bouche de mon ami, sans hésitation ni erreur. Il ne reprit pas son souffle une fois. Là surgissaient les créatures démoniaques de la tentation, assaillant la sérénité de l'Éveillé, assis parmi elles dans une attitude de repos parfait, résolu, inflexible : « ... et les épées et les lances des démons de l'armée de Mara se transformeront en guirlandes de fleurs jetées à ses pieds, leurs pierres et leurs flèches en blanches colombes qui voleront autour de sa tête... »

Je notais fiévreusement pendant que le lettré récitait :

Alors Mara invoqua son armée afin de renverser le Sage des Sakya [1] ; les démons grouillèrent autour de lui, s'incarnant en diverses formes et armés d'arcs, de troncs d'arbres, de fléchettes, de gourdins et d'épées...

Avec des têtes de sangliers, de poissons, de chevaux, d'ânes et de chameaux ; de tigres, d'ours, de lions et d'éléphants ; cyclopes, faces multiples, monstres à trois têtes, visages à demi mutilés, la moitié du corps peint en vert, et leur bouche monstrueuse...

Échevelés, coiffés de toupets, les bras comme des serpents, certains de la taille d'un enfant avec des dents protubérantes, des genoux enflés comme des pots, portant des troncs sans tête, le nez coupé, sans cheveux...

La peau cuivrée, portant des gourdins parfois de la taille d'un arbre, des lances, le visage triomphant ou grimaçant, affaiblissant le corps ou fascinant l'esprit, avec des ventres protubérants ou mouchetés et des rictus de porcs...

Armés de défenses et de griffes, les cheveux jaunâtres ou fumés, avec de longues oreilles pendantes comme celles d'éléphants, revêtus de cuir rance et couverts d'excréments, à la ceinture des clochettes tintinnabulantes, avec des corps de boucs et prenant multiples formes...

Certains avançaient en bondissant, d'autres dansaient en se chevauchant, certains voltigeaient dans les airs, d'autres sautaient de branche en branche...

L'un dansait en brandissant un trident, un autre fonçait la massue à la main, un troisième bondissait de joie comme un taureau, d'un autre encore des langues de feu jaillissaient de chacun de ses cheveux...

À la fin du poème, non seulement la porte s'était ouverte, mais je l'avais franchie.

1. Sakyamuni, surnom de Bouddha.

J'avais reconnu les malheureuses victimes : corps à demi peints en vert, bouches monstrueuses, ventres mouchetés protubérants, sans nez et sans cheveux, avec des rictus de porcs, les corps mutilés pour ressembler aux démons de l'armée de Mara, offerts sur un autel sacrificiel invisible. C'était une sinistre bataille qu'un dément avait engagée, loin de la politique bassement matérielle. J'étais sidéré par la puissance de la foi pervertie, responsable de tant de monstruosité.

Je demandai à mon ami de répéter le cinquième vers. Sa chute laissait peu de place à l'imagination : « ... avec des corps de boucs et prenant multiples formes... » Facile de deviner ce qui était prévu pour la prochaine famille de victimes ; mon cerveau, qui commençait à s'habituer aux horreurs, n'eut aucun mal à imaginer la scène. Une scène dont je me devais à tout prix d'empêcher la réalisation.

Jusqu'à présent, la guerre contre l'armée des démons s'était déroulée en séquences précises. Le tout formait un ordre cohérent dont je possédais un début d'explication. Je savais ce qu'on allait faire avec la prochaine famille, mais je n'avais aucun moyen de prédire quelle serait cette famille ni quand aurait lieu le massacre.

– Trois familles ont déjà péri, avais-je dit à mon ami. Trois. Il y en aura bientôt une quatrième. Connaissez-vous d'autres détails sur cette armée de démons ? Un indice quelconque ?

– Laissez-moi réfléchir.

Quand un homme doué d'une telle mémoire demande cela, on se tait. Il ferma les yeux et resta longtemps pensif. Je pouvais presque le sentir errer dans le labyrinthe poussiéreux de son esprit qu'il m'avait décrit. J'attendis. Soudain, il désigna mon pinceau et une feuille de papier ; je les poussai vers lui, le cœur battant.

Quand les images de sa mémoire défilèrent, il se mit à dessiner avec une rapidité prodigieuse. Il esquissa un Bouddha sur le centre supérieur de la feuille, puis tira une série de traits verticaux et horizontaux ; il obtint une sorte de grille, le Bouddha occupant un large rectangle entouré de rectangles plus petits. Ensuite, il dessina des figures minuscules dans les petits rectangles. Je m'approchai pour regarder par-dessus son épaule : dans chaque case, des démons mi-humains, à tête d'animal, difformes, cabriolant, lorgnant de-ci, de-là. Je reconnus aussitôt l'armée de Mara.

Je me gardai de l'interrompre, mais, en observant ses dessins, je vis quelque chose. Je m'éloignai sur la pointe des pieds afin de ne pas gêner sa concentration, allai chercher le plan de Ch'ang-an, puis revins derrière mon ami et dépliai la carte pour l'étudier tout en examinant son dessin.

Quand il reposa enfin son pinceau, il avait dessiné un tableau d'une extraordinaire complexité.

– L'armée de Mara, expliqua-t-il. D'après une ancienne peinture qui décrit le siège de l'Éveillé. Un document très rare, que j'ai eu la chance de voir il y a des années, et que j'ai longuement étudié afin de le ranger dans ma mémoire. Même moi, ajouta-t-il en s'esclaffant, je ne connais pas tous les secrets que recèle ma mémoire.

J'étalai le plan sur la table, à côté de son dessin. C'était comme regarder la même personne, nue et habillée.

Le plan montrait la cité de Ch'ang-an avec ses divisions en quartiers rectangulaires, et au centre supérieur, un rectangle plus large que les autres. Là où dans le dessin était le Bouddha, l'espace correspondant dans le plan était occupé par le palais. Je comptai les lignes horizontales et verticales dans chacun, et découvris d'une main tremblante qu'elles étaient en nombre identique : onze verticales, dix horizontales.

– Trouvez-moi les démons qui correspondent aux descriptions des séquences finales des trois premiers vers du soutra Kirita, demandai-je à mon ami.

Il examina son dessin avec un soin minutieux, puis trempa le pinceau dans l'encre et fit plusieurs marques minuscules sur un groupe de rectangles du coin inférieur droit.

– Voici toutes les possibilités, expliqua-t-il. Il faudra trouver un moyen de réduire le choix.

– Cela me semble possible, dis-je.

S'il avait dessiné ses marques sur ma carte, elles seraient tombées dans les quartiers résidentiels du sud-est.

Les quartiers sud-est, où les massacres avaient tous été commis !

Je calculai le nombre de rectangles horizontaux et verticaux afin d'obtenir un point de référence. En effectuant la même opération sur le dessin, je trouvai dans chaque cas un démon, qui non seulement ressemblait exactement à ceux du soutra, mais dont les mutilations étaient identiques à celles des victimes du rectangle correspondant sur la carte.

Toutefois, il y restait encore un problème. Chaque rectangle du dessin ne comportait qu'un seul démon, et de nombreuses familles résidaient dans le périmètre délimité sur la carte par les rectangles dont la superficie était d'un bon *li* et demi [1] au carré. En outre, on ne décelait aucun lien dans les situations géographiques respectives des précédentes victimes. Il fallait donc chercher ailleurs les raisons de leur choix comme membres de l'armée des démons de Mara.

Nous découvrîmes le carré du plan qui correspondait à celui du dessin où se trouvait le démon aux pattes velues – au corps de bouc, disait le cinquième vers.

– Là, fis-je en pointant mon doigt sur la carte. Voilà le quartier où aura lieu le prochain massacre. Il y a sept propriétés dans ce secteur. Nous devons trouver laquelle sera attaquée.

Fort probablement, les victimes avaient appartenu aux familles les plus en vue de leur district. Nous consultâmes le registre et, après avoir vérifié l'exactitude de notre théorie, nous choisîmes la famille la plus influente du rectangle en question.

– C'est celle-là, dis-je à mon ami. Il le faut.

– Oui, acquiesça-t-il. Nous avons sans doute découvert les prochaines victimes, mais il reste une inconnue. La date.

J'avais fini par me rendre compte que le détective et le fanatique avaient de nombreux points communs. Ils partageaient, par exemple, la même

1. Environ 1 200 mètres.

passion de l'ordre. J'avais découvert la terrifiante rigueur qui gouvernait les meurtres de Ch'ang-an. À présent, je devais m'en remettre à Hsueh Huai-i – dont j'étais certain qu'il était le cerveau des massacres – pour qu'il maintienne le même ordre rigide. Ce fut le cas, comme je devais m'en apercevoir par la suite, et c'est pourquoi je pus l'arrêter. Mais à l'époque, je ne pouvais qu'espérer qu'il s'en tiendrait à son schéma rigoureux. Eût-il dévié d'un seul pouce que nous aurions été perdus.

Ce soir-là, lorsque mon ami me quitta, je commençai à réviser toutes nos découvertes, cherchant un détail qui nous aurait échappé, un indice qui m'aurait donné la date du prochain meurtre.

Et c'est précisément quand je m'escrimais avec rage sur ce problème insoluble que je fus arrêté. Et c'est pendant mon incarcération, bien sûr, que la date m'apparut en même temps que je découvrais les étranges méandres de la logique d'un esprit malade.

Mon arrestation fut comme la tonitruante proclamation de la culpabilité de Hsueh Huai-i : n'importe qui d'autre m'aurait fait assassiner. Pour des raisons qu'il fallait sans doute rechercher dans notre ancienne complicité, et à cause de son incapacité à résister à l'envie de s'amuser à mes dépens, il se contenta de me faire arrêter. J'imagine qu'il se proposait de me laisser en prison jusqu'aux prochains meurtres afin de jouir de mon impuissance, sachant que je serais tenu au courant des massacres sans pouvoir intervenir. Les meurtres accomplis, il m'aurait fait achever, assurément.

Le minutage précis de mon arrestation me fit soupçonner qu'on m'avait reconnu lors de mon enquête. Mais qui ? Ce ne pouvait être qu'aux grottes ou au monastère. Or, à cause de la pluie, il y avait peu de visiteurs à Lung-men, et nos capuchons nous rendaient difficilement identifiables. Dans la grotte même, en dehors du gardien, seuls Wu-chi et le recteur Liao étaient présents. Non, j'avais dû croiser quelqu'un au monastère du Cheval Blanc en me rendant à la bibliothèque. J'eus le loisir de le vérifier plus tard ; après la fermeture du

Cheval Blanc de Ch'ang-an par l'Office National des Sacrifices, un certain moine se présenta pour protester vigoureusement. Je le reconnus aussitôt. Ce n'était autre que le fameux Œil de Diamant que j'avais condamné à Yang-chou quelques années auparavant. Il s'était trouvé une place confortable au monastère où il était chargé de la garde des reliques. Il refusa de me dire quand il m'avait vu, mais j'imagine que ce fut lorsque je croisai les Arhats qui sortaient du monastère. Comme le monde est petit...!

Quand j'y repense, je me dis que j'étais plus inquiet du chaînon manquant que de mon propre sort. C'est dire combien cette affaire m'obsédait. Mais ce fut le goût du spectacle qui perdit Hsueh Huai-i. J'étais entre ses mains, plus rien ne pouvait l'arrêter. Mais c'était sans compter sur sa folie des grandeurs.

Le *thungchen* installé au sommet de la colonne de Ch'ang-an, qui marquait le nord-ouest du royaume métaphorique de Wu, fut peut-être son dernier spectacle. Un instrument qui n'entrait en action que lorsque le norois soufflait avec force ne pouvait manquer d'attirer l'attention sur la signification de ce vent.

Le matin où le gémissement plaintif et le vacarme de la tempête me réveillèrent, je restai étendu sur ma paillasse en repensant à un vers du soutra Kirita que j'avais pratiquement oublié tant la description des démons avait accaparé mon esprit : « ... un vent d'une force immense souffle dans toutes les directions, étendant partout l'obscurité de la nuit... Et telles étaient les troupes des démons qui encerclaient les racines du *bodhi*, impatientes de s'emparer de lui et de le détruire, attendant l'ordre de leur seigneur... »

Attendant l'ordre de leur seigneur ! Les vents ! Bien sûr, les vents, pensai-je en me levant d'un bond. Je réfléchis intensément et il me sembla que la veille des meurtres un fort norois soufflait. Quel avait été l'intervalle entre le norois et les massacres ? Un jour ? Deux ? Je ne m'en souvenais plus avec exactitude, mais j'étais sûr d'avoir remarqué des rafales déplaisantes la veille de chaque meurtre. Lorsque mon lieutenant me confirma que les vents soufflaient bien du nord-ouest – en provenance du royaume mythique de la Devadhatta – et que la corne ne résonnait que lorsque le norois atteignait une certaine intensité, je compris.

Je crois avoir déjà mentionné qu'avec la découverte de la date du prochain massacre coïncida la vision des méandres les plus terrifiants de la logique d'un esprit malade. Les épouvantables vents qui soufflaient chaque hiver des montagnes avoisinantes et faisaient trembler les maisons de Ch'ang-an représentaient la Rivière Noire du Danger qui, dans les peintures du royaume bouddhique, coulait du nord-ouest. J'avais déjà compris cela avant de m'évader. Je devais par la suite parfaire ma compréhension... grâce aux Arhats, après les avoir terrassés.

Une fois capturés, ces derniers lâchèrent d'abord leurs informations avec réticence. Je décidai alors de forger un message de leur chef disant que leurs vies avaient cessé de lui être utiles.

Ce faux message que je leur fis parvenir le soir même dans leur cellule – avec des détails convaincants, bien sûr – expliquait que leur âme, ayant été dans la bataille corrompue par le mal, devait être chassée de la vie et empêchée de se réincarner dans une forme meilleure. C'est avec une certaine fierté que j'obtins leurs aveux. Craignant pour leur vie et le salut de leur âme s'ils coopéraient, et croyant à ma miséricorde s'ils coopéraient, ils me révélèrent bien plus que je ne pouvais rêver. Ils confirmèrent mes pires théories, et même au-delà.

Grâce à leur confession, j'en vins à comprendre de nombreuses particularités de leur entraînement hautement spécialisé, dirigé par leur maître, le lama Hsueh Huai-i. Sous les auspices du Tibétain, ils étaient devenus fiers de leur laideur. En revanche, les démons de l'armée de Mara cherchaient toujours à habiter un corps normal, d'apparence plaisante. La tâche des Arhats consistait non seulement à rechercher tous ceux qui étaient habités par les démons, mais à détruire leurs corps pour éviter qu'ils ne soient de nouveau possédés. La mutilation des corps était simplement un moyen d'identifier le démon particulier du soutra Kirita qu'ils avaient vaincu. Et c'était le vent, la Rivière du Danger, qui portait le mal dans le cœur des victimes – une rivière éthérée, soufflant du nord-ouest, charriant les esprits des démons, et la corne plaintive annonçait leur venue. Insouciantes et innocentes, les âmes infortunées des futures victimes seraient chassées pour faire place à de nouveaux occupants. J'appris tout cela peu après le combat avec les moines difformes, alors que mon état d'esprit me prédisposait à croire à la réalité de ce mythe.

Le sac sanglant qu'ils avaient apporté, et dans lequel j'avais glissé un œil, confirma que le cinquième vers était bien leur source d'inspiration pour ce jour-là : il contenait des pattes de boucs. Avec l'unique arme des Arhats, l'atroce couteau à la lame acérée, les habitants de la maison – ou nous-mêmes – devaient finir, comme l'indiquait le soutra, « avec des corps de boucs, et prenant multiples formes ».

Les Arhats croyaient fermement à leur mission ; ils croyaient aussi qu'ils avaient été ordonnés par une main divine. Je me souviens encore, comme s'ils étaient assis devant moi dans leur horrible nudité, de la première fois où je les avais interrogés. J'étais épuisé et je tenais à peine debout, mais j'oubliai vite ma fatigue. Mes assistants n'étaient pas en meilleur état ; or, j'avais au moins eu la chance de dormir une heure ou deux, d'un sommeil qui m'avait sauvé de la prière hypnotique des Arhats.

J'ai encore dans les narines l'odeur d'encens mêlée à celle de la sueur qui émanait d'eux. Je me souviens que lorsque nous les avions rassemblés dans le grand salon, avant de recouvrir leurs difformités de couvertures et de draps, je fus surpris de voir leur corps luire d'un éclat singulier. Malgré le froid intense et leur nudité, ils transpiraient. C'était une forte indication de l'état de transe qui leur procurait cette force inhumaine et cette insensibilité aux rigueurs de l'hiver, et leur permettait d'accomplir leur tâche. L'odeur tenace de l'encens suggérait des cérémonies rituelles, sans nul doute accomplies au monastère du Cheval Blanc peu avant leur départ en mission.

Ainsi nus et attachés, l'étrangeté de leur corps ressortait davantage. Leurs traits chaotiques m'empêchaient de me concentrer sur un seul visage.

Toutefois, quand on les emmena je remarquai que leur transe perdait peu à peu de son efficacité car ils commencèrent à grelotter. Ils s'emmitouflèrent dans les couvertures, et leurs dents – pour ceux qui en avaient – claquaient distinctement. Lorsqu'ils passèrent devant moi, leur visage avait perdu de sa couleur, hormis les lèvres, à présent d'un bleu qu'un peintre n'aurait pas désavoué.

Les Arhats étaient attachés ensemble avec des cordes solidement nouées de sorte qu'ils avançaient avec une extrême difficulté. D'aucuns boitaient ou traînaient la jambe. Ils marchaient à pas heurtés, les cordes les étiraient puis les rassemblaient tour à tour, et je ne suis pas prêt d'oublier le spectacle qu'ils offraient ; ils ressemblaient à une horrible chenille géante. Malgré les gardes en armes qui les escortaient, les rares voisins qui les virent passer se reculèrent vivement, glacés d'effroi.

J'étais exténué, mes jambes flageolantes avaient refusé de me porter plus d'une fois, mais mon esprit aiguisé par les efforts des dernières semaines avait déjà imaginé un châtiment pour les Arhats. L'idée m'était venue en voyant la chenille géante déambuler dans les rues de Ch'ang-an.

Ce fut lorsque notre petite procession atteignit l'enceinte de la prison que je résolus de les interroger, et que j'appris la nature du vent démoniaque.

Mais lorsque je leur demandai sur quelle base était calculé le temps nécessaire aux « invasions » spirituelles après l'apparition du norois, ils me dévisagèrent tous avec la même incrédulité. Ou plutôt, les étranges mécanismes de leurs traits produisirent seize rictus différents qui exprimaient tous le même désarroi.

– Vous ne savez donc pas ? me demanda enfin celui qui paraissait être leur chef.

Sa voix s'éteignit avec une telle note désolée qu'on aurait pu croire qu'il s'adressait à un demeuré le questionnant sur le nombre de pattes qu'avaient les chiens.

– Vous ne savez pas le temps qu'il faut à l'âme errante d'un démon pour s'introduire chez son hôte ? s'étonna-t-il de sa voix chuintante après m'avoir longuement dévisagé.

Sa bouche était tellement déformée que j'eus du mal à comprendre ce qu'il me disait, mais je réagis de mon mieux, cachant ma surprise devant tant d'arrogance.

– Je dois avouer que je ne suis pas familiarisé avec ces questions, dis-je en m'efforçant de maîtriser mon émotion.

Là-dessus, ils passèrent de l'incrédulité à la pitié. C'est toutefois ce que je crus distinguer dans leurs yeux, dont certains étaient cachés par des protubérances de chair ou d'os, et d'autres à hauteurs différentes. Ils échangèrent entre eux des regards atterrés tout en marmonnant des propos inaudibles dont je parvins cependant à saisir quelques bribes : « Ah, les malheureux ignorants ! » et : « Ils ne seront pas prêts quand viendra l'Ère de la Loi. » Et bien sûr, les questions qui revenaient le plus souvent dans leurs bouches : « Comment peuvent-ils s'imaginer que nous les protégerons ? » et, « Comment feront-ils lorsque nous ne serons plus là ? »

– Ne vous inquiétez pas, messieurs, déclarai-je. Vous pouvez suspendre votre garde, nous n'avons plus besoin de vous. À partir de maintenant, nous nous chargeons de tout.

J'avais bien entendu déjà décidé où je les enverrais, en exil dans les montagnes du Tibet où ils resteraient pour toujours liés les uns aux autres par de lourdes chaînes. De cette façon, ils travailleraient, sous le commandement de la garnison militaire, à la construction au sommet des montagnes d'une gigantesque muraille qui empêcherait les « mauvais esprits » d'envahir la Chine.

Je suis heureux de confirmer qu'ils y sont toujours, et qu'ils viennent de compléter, me dit-on, plusieurs centaines de mètres de maçonnerie. L'air des montagnes est pur à cinq *li* au-dessus de la mer, et ils auront du travail pour leur vie entière, et pour des milliers d'autres à venir, je l'espère.

Au début, j'eus la faiblesse d'être fier de ma repartie. Les Arhats avaient dû croire que je ne pouvais entendre leur conversation privée ou ne pas les comprendre, parce qu'ils s'étonnèrent vivement de ma riposte. Étant devenu très habile à interpréter leurs expressions, je fus persuadé d'avoir lu du chagrin chez au moins huit d'entre eux. C'est pourquoi, avec tout ce que j'avais appris sur leurs plans, je décidai de les désarmer davantage et de leur montrer que j'avais une longueur d'avance sur eux.

– Nous sommes déjà entrés dans l'Ère de la Loi Dégénérée, messieurs. Cela explique peut-être pourquoi les non-initiés sont victorieux.

Mais ils ne furent pas surpris le moins du monde. Ils réagirent comme s'ils s'étaient attendus à ce que je sois au courant de ces tristes circonstances. Et dans leur esprit, j'avais raison : les ignorants et les non-initiés *étaient* les vainqueurs.

Ils marmonnèrent des acquiescements et se regardèrent d'un air abattu. Leur réaction me prit au dépourvu ; j'aurais pourtant dû la prévoir. Ne jamais douter de la certitude des fous, me reprochai-je.

Pour conclure, je suis obligé de m'intéresser aux circonstances tragiques qui ont amené ces seize hommes là où ils se trouvaient par une froide soirée d'automne. Je ne connais de leur passé que des bribes éparses, mais bien que les détails varient pour chacun j'en sais assez pour dresser un tableau général... sur l'état lamentable de la condition humaine. Les bouddhistes (je parle là des fidèles de la vraie foi) ont bien raison d'affirmer que naître de la chair est naître à la souffrance.

Il est difficile, sinon impossible, pour ceux d'entre nous qui ont la chance d'avoir un physique normal, sans grâce ou attrayant ou entre les deux, d'imaginer ce que peut être l'existence d'une gargouille humaine. Imaginons-nous seulement quel drame cela doit être de ne pouvoir faire le moindre pas sans avoir sur soi des regards de dégoût, ou de pitié, ou de cruauté ? Comment supporterions-nous de vivre en sachant que les gens, qu'ils nous dévisagent effrontément ou qu'ils détournent les yeux, pensent tous la même chose : qu'il vaudrait mieux cacher les monstres, les enfermer à la cave ou dans le grenier, afin que leur vue ne heurte pas les sensibilités ou ne gâche les appétits ? Et pourtant, il faudrait vivre, jour après jour, occuper son temps avec les mêmes tâches quotidiennes que tout un chacun.

Certains de ces êtres furent défigurés lors d'un accident, comme celui qui avait été brûlé. D'autres naquirent difformes. Pour ceux-là, il est difficile d'imaginer comment leurs parents ont été amenés à laisser vivre des rejetons aussi hideux. Cependant, l'enfant, sensible comme tous les enfants, a été autorisé à vivre – forcé serait plus juste, car c'est ce que le monde exige –, conscient de sa condition, et sans cesse rappelé à son statut d'intouchable. Dans ces circonstances, il ne faut pas s'étonner qu'ils aient embrassé un ordre qui a exalté leur laideur et leur difformité, les a honorés, a justifié le sens de leur misérable existence par des explications séduisantes concernant une tâche divine à accomplir. Un ordre en lequel ils ont pu croire de tout leur cœur, parce qu'ils y ont été entraînés par quelqu'un qui comprenait la véritable nature des monstres.

Hsueh Huai-i, n'aurait-il pas été préférable que leurs os reposent en paix dans leur tombeau ?

J'ai beaucoup appris de mes seize amis, notamment un détail qui a changé le sort d'au moins trois des participants à cette aventure. Les Arhats s'étaient apitoyés en apprenant que j'ignorais le temps que mettait l'âme errante d'un démon à s'installer dans l'enveloppe matérielle de son hôte ; je leur avais demandé de me l'expliquer parce que j'avais fait quelques recherches dans les rapports météorologiques des semaines écoulées, et que je ne discernais toujours pas un laps de temps constant entre l'apparition du norois et les meurtres. Il y avait parfois une journée, mais parfois davantage. Je savais, bien sûr, que des coursiers à cheval portaient un message secret de

Ch'ang-an à Lo-yang quand le norois atteignait une certaine intensité ; puis qu'une réponse, contenant des instructions sur le moment précis où les Arhats devaient frapper, était acheminée à Ch'ang-an par le même moyen. Il semblait donc que les démons de la Devadhatta obéissaient à des calculs arbitraires, et qu'un seul homme fût capable de prévoir le temps nécessaire. Cet homme n'était autre que Hsueh Huai-i, bien entendu.

Je leur avais fait remarquer que le temps écoulé entre le violent norois et leur arrivée dans la propriété avait été supérieur à ce qu'il était d'habitude. Il y avait eu deux jours trois quarts entre le moment où j'avais été averti de la tempête dans ma cellule et leur apparition dans la maison.

– Nous étions là plus tôt, m'avoua l'un d'eux, mais uniquement pour la purification rituelle.

Je me souvins du long cheveu et de l'empreinte de sabot que j'avais trouvés dans le jardin après notre nuit blanche.

– Mais vous avez raison, poursuivit-il. Le laps de temps était légèrement supérieur à la norme. Assurément supérieur à ce qu'il aurait dû être ; notre maître nous avait laissé entendre que notre prochaine mission commencerait presque aussitôt après le norois.

Ce devait être parce que Hsueh Huai-i avait appris mon incarcération et qu'il voulait me ridiculiser.

– Mais, voyez-vous, les instructions de notre maître ont été retardées.

Les coursiers, qui auraient dû rejoindre Ch'ang-an au plus vite, s'étaient attardés en chemin.

– Le vin et les femmes ! fit l'homme avec mépris. Ils avaient plusieurs heures de retard. Nous aurions commencé un bon jour plus tôt sans ces pécheurs sans foi et les faiblesses de la chair.

En d'autres termes, ils seraient arrivés longtemps avant nous, et, n'eussent été ces pécheurs sans foi dont l'Arhat parlait avec dégoût, nous aurions trouvé une famille entière suppliciée. Les pécheurs, mes fils ! Que l'Histoire retienne qu'il échut à Ti Jen-chieh de juger et de condamner ses propres fils. L'indulgence relative de leur sentence – vingt ans en Extrême-Occident à garder la frontière entre la Chine et le Tibet – n'avait rien à voir avec nos liens familiaux. Elle se justifiait parce qu'à leur insu, ils avaient sauvé la quatrième famille.

Une autre sentence fut allégée. La célèbre exécution par écorchement si brillamment relatée par notre maître historien Shu Ching-tsung, et les hurlements d'agonie de Hsueh Huai-i qui devaient résonner pendant des siècles, ne furent, bien sûr, qu'un simple cadeau destiné à l'Impératrice. Nous ne sommes pas certains qu'elle ait cru à l'exécution. Nous ne le lui avons pas demandé, et elle s'est bien gardée d'en parler. Elle est contente qu'il ait disparu pour toujours, et tient à ce que l'Histoire retienne qu'elle l'a traité sans merci et sans compromis. Elle n'a pas demandé à assister au supplice, pas plus qu'elle n'a demandé à voir la tête tranchée du Tibétain, ainsi qu'elle en avait le privilège.

Hsueh Huai-i fut banni à vie de l'Empire. En ce moment, d'après mes calculs, il devrait se trouver à des centaines de *li*, en route pour le Tibet. Il lui faudra au moins deux ans de marches forcées quotidiennes, été comme hiver, printemps comme automne, avant d'atteindre sa terre natale. Dans son cas, ma clémence n'a rien à voir avec notre ancienne amitié, mais s'explique par le fait que ses deux messagers n'étaient autres que mes fils. Comment aurais-je pu condamner Hsueh Huai-i à mort et épargner ma famille ? Ne suis-je pas également responsable pour ce qui est arrivé ? Ma fille, l'enfant que j'ai achetée à l'Indien il y a des années, proteste du contraire avec véhémence. Elle s'interpose entre moi et mon affreuse culpabilité comme une tigresse qui protège ses petits. Parfois, je me range à ses arguments, puis je me souviens qu'elle n'a pas hérité de moi sa noblesse, mais d'un couple de paysans anonymes. Elle n'en reste pas moins mon seul réconfort.

Certaines parties de ce journal seront détruites lorsque j'en aurai terminé la rédaction. Je les note tout de même afin d'éclaircir mon esprit fatigué. Le récit par l'historien Shu de l'exécution restera, lui. Et je lui autoriserai quelques fantaisies supplémentaires, pour que ceux qui ne sont pas encore nés puissent lire ses histoires merveilleuses.

Je lui ai demandé, quand il écrira mes Mémoires, de faire de moi un bon père.

35

Lo-yang, en l'an 706

Le magistrat à la retraite Ti Jen-chieh venait de recevoir un message. L'Impératrice, disait la lettre, était enfin prête à tenir la promesse qu'elle lui avait faite bien des années auparavant ; il devait se rendre au palais sur-le-champ.

Ti ne se souvenait que d'une seule promesse. Il n'avait pas entendu dire que Dame Yang était morte ni même souffrante, mais elle avait tout de même fêté son quatre-vingt-quinzième anniversaire au printemps. Au cours des ans, Ti avait vu ses collègues et amis disparaître les uns après les autres. Wu-chi était mort vingt-huit ans plus tôt ; son vieil ami le recteur Liao l'avait suivi un an après. L'historien Shu s'était éteint depuis dix ans, et il y en avait eu bien d'autres. Mais Dame Yang semblait immortelle. Elle se contentait de vieillir pendant que les autres tombaient autour d'elle comme des arbres dans la forêt.

Ce fut avec gratitude que Ti s'achemina vers la Cité Interdite par cette belle matinée ; préférant marcher, il avait refusé le coche que l'Impératrice lui avait proposé. Vingt ans plus tôt, il aurait couvert la distance deux fois plus vite. Bien qu'il fût moins leste, il continuait néanmoins à se promener à travers la ville quand ses vieux os ne le faisaient pas trop souffrir et que le temps le permettait. Ce jour-là, l'impatience hâtait son pas et il en oubliait presque ses quatre-vingt-six ans.

L'Impératrice, âgée maintenant de quatre-vingt-un ans, s'était peu à peu abstenue de participer activement aux affaires de l'État, se contentant, apparemment, de laisser le Conseil des Six et le Censorat gouverner. Ti essaya de se rappeler la dernière fois qu'il avait vu Wu Tse-tien ou Dame Yang : cela devait bien faire cinq ans. Lui-même s'était installé avec sa famille à Lo-yang et y vivait maintenant depuis près de trente ans. Il n'y avait plus de célébrations publiques ni d'anniversaires ; les deux femmes vivaient quasiment recluses. Les seuls visiteurs admis dans l'aile du palais où elles résidaient étaient, disait-on, des chamans taoïstes. Cela faisait bien, bien longtemps qu'un lama ou un moine bouddhiste n'avait franchi le seuil du palais. Avec la disparition de Hsueh Huai-i, l'Impératrice avait, semblait-il, perdu peu à peu de son intérêt pour les choses du bouddhisme ; là, vers la fin de sa vie, elle trouvait refuge et apaisement à une source aussi typiquement chinoise que les larges pieds des paysans qui labouraient la terre depuis quatre mille ans. Le nom de « Cité de la Transformation » était tombé en désuétude ; il y avait bien dix ans que Ti ne l'avait pas entendu prononcer. Les colonnes de l'Impératrice n'étaient plus considérées que comme des curiosités architecturales. On parlait de détruire celle de Ch'ang-an dont de nombreux ingénieurs de la ville affirmaient qu'elle risquait de s'écrouler à tout moment, et dont le précieux métal pouvait servir à d'autres fins plus utiles. Où que fût l'invisible royaume de Jambudvipa, il ne s'étendait plus sur l'Empire du Milieu.

Ti hâta encore le pas. La seule chose qui n'était pas morte, qui n'avait pas changé d'un pouce, qui n'avait même pas faibli avec les années... c'était sa curiosité légendaire.

Une servante silencieuse introduisit Ti dans la vaste chambre à coucher, puis referma sans bruit les portes derrière elle. Ti s'avança et contempla la vieille femme immobile qui gisait dans le lit immense, les yeux clos. Il ressentit une certaine déception en voyant la poitrine de la vieille frémir. Elle n'était donc pas morte ! Il vit le visage ridé, les yeux creusés, les cheveux blancs clairsemés, les contours du crâne sous la peau parcheminée. Oh ! elle était soignée : on avait peigné et coiffé ses cheveux, maquillé son visage fané, mais quatre-vingt-quinze ans ! Cela ne s'efface pas avec de simples artifices humains.

Un léger ronflement s'échappa de la bouche entrouverte. Ti venait d'apercevoir une rangée de dents d'une blancheur invraisemblable derrière les lèvres flétries quand une femme entra par une seconde porte ; elle était encore plus vieille, si c'était possible, que la femme endormie. Ti comprit aussitôt son erreur. Ce n'était pas la mère de l'Impératrice qu'il avait contemplée, mais l'Impératrice elle-même. La nouvelle venue, qui semblait se mouvoir avec aisance, n'était autre que Dame Yang.

Avant que Ti ne pût ouvrir la bouche, Dame Yang l'arrêta d'un geste et lui désigna un siège au pied du lit. Il s'assit docilement, puis elle s'installa elle-même sur une autre chaise à la tête du lit et caressa doucement le visage de la dormeuse.

L'Impératrice ouvrit un œil ; sa mère arrangea l'oreiller, l'aida à s'asseoir et approcha un bol de thé des lèvres de sa fille. Ti était conscient d'assister à la scène la plus extraordinaire de sa longue vie : une mère prenant soin de sa fille qui mourait de vieillesse. Il observa Dame Yang, et comprit qu'elle les enterrerait tous deux, l'Impératrice et lui.

Wu porta son regard vitreux sur la silhouette assise au pied du lit, reconnut Ti et lui sourit. Il remarqua une seconde fois l'étonnante dentition intacte ; des dents et des griffes, songea-t-il. Il fut un temps où ces deux mots définissaient l'Impératrice, mais les griffes avaient été rentrées depuis si longtemps que le peuple les avait presque oubliées. Mais pas Ti. Pas plus qu'il n'avait oublié un seul détail des questions qui l'avaient hanté pendant toutes ces années.

– Maître Ti, dit l'Impératrice en tendant une main osseuse. Approchez votre chaise que je puisse vous voir et vous entendre.

Il s'exécuta.

– Je devine... dit-elle alors d'un air ironique, des questions sur vos lèvres. Vous me semblez un brin impatient.

Il s'agita, mal à l'aise, se demandant si sa curiosité était si visible.

– Oh ! ne faites pas cette tête ! s'exclama-t-elle. Je sais ce que vous pensez. Et vous avez raison. Je vous ai demandé de venir parce qu'il devient évident que si je veux tenir la promesse que j'ai faite à ma mère d'attendre son départ pour divulguer nos petits secrets, je ne pourrais tenir ma promesse envers vous. Et vous vous demandez si je ne vais pas rendre l'âme devant vos yeux, avant même d'avoir pu répondre aux questions que je vois défiler dans votre tête.

Elle ferma un instant les paupières, puis but une gorgée de thé. Ti l'observa longuement ; il comprit qu'elle ne passerait pas de vie à trépas ce jour même, ni même le lendemain. Néanmoins, il valait mieux ne pas perdre de temps. Mais il ne trouvait pas les mots ; après avoir pensé pendant des années aux questions qu'il voulait lui poser, il était incapable de les formuler avec la délicatesse requise. Ce fut l'Impératrice qui prit l'initiative.

– Vous savez, maître Ti, vous n'êtes pas le seul à avoir des questions à poser. Ma mère et moi, nous avons toujours été fascinées par la justesse de vos déductions. Nous ne pouvons nous empêcher de nous étonner que vous ayez été aussi près de la vérité, à l'époque où vous... comment dire ? Où vous vous *intéressiez* à nous.

« Je m'intéressais à elles, songea Ti. Ah, que c'est joliment dit ! » Mais il lui sut gré d'avoir fait le premier pas.

– Eh bien, madame, commença-t-il avec déférence, je crois qu'il serait plus séant que vous posiez la première question.

Wu et sa mère échangèrent un regard, et Ti sentit l'étroite complicité qui unirait les deux femmes jusqu'à leur mort.

– Comme vous voulez. Voici une question que ma mère et moi nous sommes maintes fois posée. Nous nous sommes même disputées à ce sujet. (Les deux femmes se regardèrent de nouveau.) À laquelle de nous attribuez-vous le décès de ma jeune nièce ?

– Ah...

Ti baissa la tête. Il se souvint de la facilité avec laquelle il avait manipulé l'historien Shu, et comment ce dernier lui avait révélé, à son insu, que la mort de l'enfant avait été préméditée.

– Eh bien, reprit-il, d'après notre...

Il s'arrêta en se rappelant leur accord tacite de ne pas mentionner le nom de Hsueh Huai-i ni de parler de lui ne fût-ce qu'abstraitement.

– D'après mes découvertes, rectifia-t-il, il ressort que sa mort avait été longuement mûrie.

Il raconta sa visite à l'historien, le poème prétentieux, la façon éhontée dont il avait flatté le petit homme, le sceau ébréché, et sa visite nocturne dans le cabinet de travail de Shu. Il relata l'histoire en prenant grand soin de ne pas prononcer le nom du Tibétain, soupesant chaque phrase avant de la formuler.

– Et comme sa mort ressemblait fort à celle de sa mère, tant par les circonstances que par l'endroit où elle intervint, reprit-il, songeant à la propriété de Dame Yang, je ne pouvais qu'en conclure que vous, Votre Grâce, étiez... *l'auteur* de l'événement.

Elles le regardèrent toutes deux avec le même léger sourire.

– Mais, maître Ti... dit l'Impératrice d'un air innocent, vous n'ignoriez pas que la duchesse était de constitution fragile. Elle était connue pour ses fréquentes indigestions. Et sa fille lui ressemblait fort sur ce point.

– Oui, en effet. Elle lui ressemblait fort, répéta Ti avec juste une pointe d'ironie. Une indigestion, bien sûr. Et la duchesse est morte peu après un repas, tout comme sa fille ensuite. Mais... il me semble me rappeler une certaine vaisselle chez Dame Yang. Une vaisselle spéciale, rangée dans un placard fermé à clef. Je n'ai pu m'empêcher d'en conclure, fit-il avec un geste désolé, que cette vaisselle était davantage que... disons un souvenir sentimental.

La vaisselle dans laquelle mon défunt mari a pris son dernier repas, avait confié Dame Yang à Hsueh Huai-i.

– Très astucieux, maître Ti, déclara Dame Yang.

C'était la première fois qu'elle ouvrait la bouche ; sa voix était un ton plus bas que celle de sa fille, avec une sorte d'accent rouillé, comme si elle ne se fatiguait désormais plus à parler.

– Même si cette vaisselle dont vous parlez avait en effet une valeur sentimentale à mes yeux. C'était un cadeau de mon défunt mari. Il m'avait dit de la garder pour le jour où j'en aurais vraiment besoin. Mais il n'a jamais mangé dedans, je vous le concède, ajouta-t-elle avec un petit sourire.

– Non, fit Ti, momentanément interdit par le sourire d'une ancêtre de quatre-vingt-quinze ans qui parlait de ses crimes comme s'il s'agissait d'une banale espièglerie.

– Mère, intervint l'Impératrice avec humeur, je trouve injuste que tu laisses l'impression au juge Ti que tu étais la seule responsable. Après tout, c'est moi qui y avais pensé la première. Tu le sais très bien.

– Sans doute, répliqua Dame Yang, mais n'oublie pas qui a eu l'ingénieuse idée de se débarrasser de ces deux ennuyeux cousins qui fourraient leur nez partout. Rends-moi cette justice, tout de même !

Les malheureux cousins. Ti se rappela les deux jeunes gens, exécutés pour les meurtres de la duchesse et de sa fille. La mise en scène avait été une réussite, aucun doute là-dessus. Sans un mot, n'osant interrompre le spectacle inouï, il savoura la rivalité des deux vieilles femmes qui se disputaient la prééminence alors que des détails sordides de leur passé venaient enfin à la lumière.

– Je t'en rends volontiers justice, mère. Mais nous devons partager la responsabilité de certaines entreprises si nous devons être tout à fait justes. Les deux autres gêneurs, par exemple.

Les deux autres gêneurs ? Était-il possible qu'elle évoquât ses deux fils, Hung et Hsien, avec une telle désinvolture ? Ti se fit tout petit, de crainte que Dame Yang et l'Impératrice ne se rappelassent sa présence et ne fermassent la porte par laquelle un rayon de lumière venait de filtrer après tant d'années de noir secret. Mais Wu fixa son regard sur Ti et le prit à témoin.

– Ma mère oublie que, lorsqu'il s'agit d'efficacité, je ne suis pas manchote. Je sais, par exemple, que les voyages offrent toujours des conditions propices à certaines mesures urgentes.

Ti se souvint du prince Hung, qui avait plaidé la pitié pour les deux servantes de l'Impératrice précédente auprès de Kao-tsung, et de la flèche de l'assassin qui s'était logée dans le crâne du jeune homme alors qu'il se rendait au palais d'été. Ti n'y avait plus repensé depuis bien longtemps, mais il revit chaque détail de sa visite à l'Empereur agonisant. Il se rappela le non-dit, sombre et dangereux, qui flottait dans l'air pendant leur conversation, quand il offrit à Kao-tsung de l'aider à découvrir l'identité du coupable qui s'était infiltré dans la suite du prince... et son renvoi brutal du palais le lendemain matin.

« C'est à ce moment précis, songea-t-il en contemplant l'Impératrice, que j'ai compris à qui appartenait la main qui avait assassiné le jeune homme. Et voilà que, des années plus tard, elle m'avoue tacitement que je ne m'étais pas trompé. »

Et Hsien, le frère de Hung ? Celui qui s'était sui-cidé en exil après avoir été accusé de fomenter une rébellion contre sa propre mère ? On l'avait aussi accusé d'autres crimes.

Ti et Hsueh en avaient longuement débattu à l'époque. L'Impératrice, ils le savaient, s'était acharnée sur le garçon et l'avait accusé de la mort de son ex-amant, l'Indien Nagaspa qui avait été retrouvé décapité, un compas planté sur la tête.

– Le Nagaspa ! s'exclama Ti. Qui a supprimé le Nagaspa ?

– Oui, dites-le-nous, fit l'Impératrice avec une mine rusée. Quelles conclusions le grand Ti Jen-chieh a-t-il tirées de ses subtiles observations ?

– Comme vous voudrez, acquiesça Ti qui entrait dans le jeu. Franchement, madame, j'ai toujours pensé que vous aviez vous-même réglé son compte au devin. Ma théorie est que vous étiez l'instiga-trice de la manœuvre contre le prince Hsien ; sans doute s'était-il employé, avec son frère, à faire libérer les deux servantes. Et dans le même temps, vous vous étiez lassée du Nagaspa. Votre admi-rable efficacité, j'imagine, conclut-il avec un haus-sement d'épaules.

Wu le regardait d'un air amusé. Elle voulait en savoir davantage ; il poursuivit.

– Bien sûr, il y a toujours la possibilité que le prince ait tué le Nagaspa lui-même. Il y avait une certaine... euh, animosité entre eux. Mais il y a l'histoire de la cache d'armes qu'on a retrouvée chez le prince, et qui a justifié les charges retenues contre lui. Soit il préparait réellement un coup d'État, soit les armes ont été cachées à son insu pour le faire accroire.

Wu attendait son verdict en souriant.

– D'après moi, poursuivit-il, il n'y a jamais eu de cache d'armes significative chez le prince. Je crois qu'il a été accusé de fomenter une rébellion par commodité. Toutefois, je dois admettre que je n'ai jamais très bien compris la nécessité d'un plan aussi élaboré. Vous auriez pu tout simplement l'accuser du meurtre du Nagaspa. À moins que vous ne cherchiez à faire un exemple. Son suicide aussi me laisse rêveur. Certains, ajouta-t-il, évitant de prononcer le nom de Hsueh Huai-i, ont prétendu que le garçon a bien tué le Nagaspa, et qu'il avait préparé un coup pour venger la mort de son frère.

L'Impératrice poussa un profond soupir. Était-ce la compassion ? Les remords ?

– Je suis fort surprise que vous n'ayez pas découvert la vérité, maître Ti. Eh bien, non, ce n'est pas moi qui ai liquidé le Nagaspa. Ce n'était pas mon fils non plus, comme je l'avais d'abord cru. J'avais été témoin de leur inimitié, des remarques ridicules du Nagaspa à propos de la forme du crâne du garçon. Mais dites-moi : qui a défendu avec acharnement la thèse selon laquelle le prince aurait tué le Nagaspa ?

Elle l'obligeait à prononcer le nom maudit. Il hésita ; voyant son trouble, Wu vint à son secours.

– Le moine Hsueh Huai-i, bien sûr ! s'exclama-t-elle en détachant les trois syllabes comme si Ti n'avait jamais entendu ce nom-là. Ne me dites pas que vous n'y avez jamais pensé !

Ti la considéra sans comprendre. Elle haussa les épaules.

– Eh bien, moi non plus, fit-elle. Ce n'est que des années plus tard que le Tibétain m'a avoué la vérité. C'est lui qui a exécuté le Nagaspa.

Ti en resta bouche bée. Il se souvint du jour où il avait attendu Hsueh Huai-i dans la maison de thé un après-midi entier, ignorant que le moine s'était lancé dans des affaires autrement plus importantes. Enquêtant sur un meurtre, il avait été tenté d'en commettre un à son tour. Ti imagina le moment où Hsueh comprit la chance qui s'offrait à lui : tuer le Nagaspa, impliquer Hsien en plaçant le compas sur sa tête, libérer la place aux côtés de l'Impératrice, et entamer une nouvelle vie. Oh ! il n'avait pas hésité une seconde ! Il était passé à l'acte aussitôt. Sa nouvelle vie et l'ancienne s'étaient chevauchées un court instant ; le Nagaspa était déjà mort des mains de Hsueh que le Tibétain continuait à rencontrer Ti, à lui fournir des informations, à discuter de l'enquête en cours. Quel avait donc été l'événement décisif qui avait empêché le Tibétain de venir à son dernier rendez-vous ?

Pour Ti la réponse ne faisait pas de doute : le moine avait passé l'après-midi dans le lit de l'Impératrice. Il s'était lancé définitivement dans une nouvelle vie. Et le monde entier avec lui, bien que cela n'apparût que plus tard.

— Hsien, murmura l'Impératrice, prononçant le nom de son fils mort depuis longtemps. Il préparait quelque chose, c'était vrai. Vous avez peut-être eu le sentiment que j'avais monté l'affaire de toutes pièces, mais c'était faux. Le moine n'y était pour rien, lui non plus. Il ne vous a pas menti là-dessus. Hsien était mon fils préféré, celui qui me ressemblait le plus. C'est pourquoi il ne pouvait rester au palais. (Elle garda un instant le silence.) Mon fils, mon portrait craché. Et en effet, il a péri de ses propres mains.

Un silence s'abattit dans la chambre. La conversation avait été brève, le ton calme, dénué de passion, de sentiments, de regrets. Tous les mystères venaient d'être levés, sauf un que Ti n'avait pas eu l'audace d'aborder. Et il ne leur restait plus beaucoup de temps, ni aux uns ni aux autres, même si Ti eut quelques doutes en observant Dame Yang. Il aurait juré qu'elle tiendrait encore dix ans. Quant à l'Impératrice, il ne lui donnait que quelques mois, à peine. S'agissant de lui, Ti n'était pas trop sûr ; tenter un pronostic revenait à chercher dans le noir un objet dont on ne sait où il se trouve. Deux ans, trois peut-être ?

Alors qu'il contemplait ses sandales d'un air rêveur, il eut la surprise de voir l'Impératrice effacer une larme qui coulait sur sa joue. Une larme de Wu était aussi rare qu'une dent du Bouddha. Il joua un instant avec l'envie de recueillir cette larme dans un flacon, et de le ranger précieusement dans sa collection d'objets introuvables.

Mais pour qui, ou pour quoi, avait-elle pleuré ? Jusqu'à présent, ni le souvenir de ses fils, de sa nièce, de sa sœur, de ses amants, de son époux n'avait réussi à faire luire ses yeux. Alors ?

Dame Yang semblait savoir. Sans un mot, elle essuya les yeux de sa fille et lui moucha le nez.

– Il y en a eu un autre, maître Ti, déclara l'Impératrice. Dont vous n'avez sans doute pas entendu parler.

Ti retint son souffle. Le frêle fantôme qui le hantait depuis tant d'années se tapit, attentif lui aussi, dans un coin de son esprit.

– Ma fille, commença l'Impératrice.

Puis sa voix se brisa. Elle leva ses yeux humides vers sa mère.

– Mon premier-né.

Dame Yang hocha la tête d'un air désapprobateur, comme pour lui reprocher de se faire du mal inutilement, de gaspiller ses dernières forces. Ti surprit un accord muet entre les deux femmes. Plus rien ne serait dit sur les causes de la mort du nourrisson. Cela resterait à jamais leur secret.

– C'est que, maître Ti, reprit l'Impératrice qui avait recouvré ses esprits, je ne peux m'empêcher de me demander ce qu'elle serait devenue.

Journal

Il me restait une dernière affaire à traiter avec l'Impératrice. Je la remis à plus tard. C'était prendre un risque, bien sûr, car le temps filait, pour elle comme pour moi, mais l'affaire était si délicate que je voulais éviter l'erreur de trop lui en demander le même jour. Pourtant, c'était un problème vital. Je la laissai se reposer quelques jours avant de revenir à son chevet.

Dans les années qui suivirent le départ de Hsueh Huai-i, l'Impératrice avait changé du tout au tout. Elle était devenue plus frivole et son intérêt pour les affaires de l'État s'était réduit à un degré proche du néant. Elle eut d'abord son « harem » d'éphèbes dont les frères Chang furent les membres les plus éminents.

Les Chang préféraient garder leur intimité ; qu'ils fussent véritablement frères, personne ne le sut jamais. La question n'offre pas d'intérêt et n'est soulevée ici qu'incidemment. Comme tous les hommes qui traversèrent la vie de l'Impératrice, les Chang semblaient la contrôler, illusion qu'elle tolérait parce que cela l'arrangeait.

Comme les autres, les Chang influencèrent à leur manière son gouvernement. Leur empreinte se manifesta par un vif penchant pour la magie et le mysticisme, les choses du taoïsme, et, agréable nouveauté, pour la vraie Chine. Cette fois, elle fit bâtir des édifices et des pavillons, dessiner des jardins merveilleux et construire des palais, avec nul autre but que la recherche du plaisir. Et bien que je lui recommandasse à maintes reprises de limiter le fardeau des dépenses qui appauvrissaient le peuple, j'étais rassuré par la nature inoffensive de ses innombrables projets.

Si grand était mon soulagement que ses passe-temps fussent dénués d'arrière-pensées religieuses que je pus me consacrer aux affaires importantes : réduction des dépenses militaires, des campagnes superflues et des conquêtes inutiles, au profit du bien-être du peuple, etc. Et, pour l'homme d'État amateur que j'étais, je connus un certain succès.

Mais un autre problème me pesait, une dernière affaire m'empêchait de trouver le repos mérité d'un vieil homme qui arrive au seuil de sa mort. Je ne voyais, hélas!, pas de solution au problème. C'était une histoire de succession : la restauration de la lignée, le retour des T'ang dans leur juste souveraineté.

La dynastie Chou n'était plus depuis déjà vingt ans, noyée dans les brumes de la légende. Mais aucun prince héritier n'avait été désigné. Aucun des fils encore en vie de Wu, et qui vivaient en exil, n'avait été nommé pour lui succéder sur le trône à sa mort. Un oubli ? Peut-être. Je crois plutôt que Wu, bien que largement absente du pouvoir à présent, n'avait jamais complètement abandonné ses projets d'installer la famille Wu dans la lignée royale. Elle rêvait encore de laisser l'Empire avec une ligne de succession illégitime.

Bien qu'elle eût cessé d'être un despote, elle avait conservé l'obstination entêtée de sa jeunesse. Son neveu Wu Cheng-ssu, le collaborateur de l'infâme Lai Chun-chen, avait été banni avec son frère, Wu San-ssu, pourtant moins ambitieux, mais je savais, par mes conversations avec elle, qu'elle considérait ce dernier comme un candidat possible. Sa vieille ambition resurgissait avec une force nouvelle. Peu importait qu'il y eût encore quatre héritiers de la Maison des Li, des fils de l'empereur Kao-tsung. Je voyais avec inquiétude revivre l'ancienne Wu.

Voici quel était mon problème, mon dernier obstacle. Comment rendre le trône à ses fils ? Comment éviter le conflit sanglant qu'aurait inévitablement provoqué l'ascension de la famille Wu ? Cette question me minait, dernière obsession de ma longue carrière.

Un matin, peu après mon entrevue enrichissante avec l'Impératrice, je fus surpris de me réveiller avec la réponse à toutes mes questions, un cadeau admirable de simplicité. Avec quelques mots bien placés, je persuaderais l'Impératrice moribonde de faire revenir ses fils – et en particulier Chung-tsung, le plus prometteur.

Je la savais au bord du tombeau, donc plus disposée à s'inquiéter de la place qu'elle occuperait après sa mort. Je pris sur moi de l'interroger à son chevet et de lui rappeler une simple loi du plan cosmique : seule la mère de l'Empereur – et non la tante – peut être certaine de bénéficier d'un culte permanent et d'occuper une place dans le tombeau des ancêtres. Restaurer la lignée des T'ang, et faire de son fils l'héritier du trône, était le seul moyen de s'assurer que les prières respectueuses d'un Empereur monteraient jusqu'aux cieux, et son seul espoir que son fantôme en colère n'errât point éternellement, insatisfait et oublié.

Ma stratégie, comme l'histoire nous l'apprend par la suite, a parfaitement fonctionné ; sur son lit de mort, l'Impératrice a signé la proclamation nommant son fils Chung-tsung prince héritier.

En la regardant apposer son sceau sur la feuille que je lui tendais d'une main tremblante, j'eus peur qu'elle ne changeât d'avis, déchirât la proclamation et en jetât les morceaux. Mais elle n'en fit rien. J'avais touché un point sensible. Elle scella le document sans hésiter et sans discuter pendant que je murmurais en silence une prière de remerciements. Les T'ang étaient restaurés. Je pouvais enfin goûter au repos mérité.

Épilogue

Près d'un gompa *perché dans l'Himalaya, au Tibet, cent ans plus tard*

Le bourdonnement du moine résonnait, presque inaudible, dans le crâne des deux garçons. Du son informe se détachaient les paroles d'une chanson :

> *... humble moi, au-dessus de ma tête...*
> *Le tapis de la lune sur un lit de lotus blanc.*
> *Du bourdonnement surgit lama Dorje Sem*
> *Dans des atours d'un blanc étincelant...*
> *Une clochette vajra avec Nyemma...*

Puis la voix retomba dans un murmure inarticulé. Le moine marmonna pendant quelque temps, puis d'autres paroles émergèrent :

> *... sois mon refuge; purge mes crimes*
> *Qu'avec de lourds remords j'avoue*
> *Et que dorénavant, qu'il m'en coûte la vie,*
> *J'abjure...*

Le moine fit claquer son fouet au-dessus du cou épais des bœufs, tout en scrutant le sentier pavé d'un œil attentif.

— Pourquoi leur chantes-tu les paroles du poème sacré de Vajrasattva ? demanda le plus grand des deux novices, un sourire impertinent aux lèvres. Ce ne sont que des bœufs.

Le moine poursuivit son chant comme s'il n'avait rien entendu, agitant son fouet de temps à autre, l'œil rivé sur le sentier.

Prenant le silence du moine pour un encouragement, le garçon s'enhardit :

– Ils se ressemblent tous... sauf bien sûr par d'insignifiants traits de caractère qui différencient une bête sans cervelle d'une autre.

Il surprit le regard de son camarade – un novice presque de son âge – qui l'avertissait qu'il allait trop loin. Mais il l'ignora.

Le moine ne dit rien, insensible aux remarques du novice. Mais il cessa de chanter aux oreilles des bêtes laborieuses qui tiraient le lourd chariot. Il aperçut le premier rang des fanions de prières du *gompa* au-dessus de la crête. Ils approchaient. De temps en temps, il lançait son fouet et claquait la langue pour encourager son attelage, mais il ne répondit toujours pas au garçon.

Ils gravissaient lentement le sentier rocailleux, chaque pas les rapprochant du *gompa* à la peinture éclatante. Les ornements et les petites clochettes tintinnabulantes se balançaient sur le joug des bœufs et le vent jouait avec les bouts d'étoffes multicolores, les fanions de prières, et les plumes de paon attachées çà et là sur leurs cornes, et sur les harnais des bêtes pesantes qui tiraient le chariot chargé des poutres et des pierres de la future salle de prières du *gompa*.

L'œil brillant de malice, le moine se retourna enfin vers l'audacieux novice.

– Tu en sais, des choses, pas vrai ?

Le novice chercha une réponse pendant que l'autre coulait un regard furtif vers le moine, puis vers son camarade. Je t'avais pourtant prévenu, semblait-il dire.

– Tu n'es qu'un jeune sot, poursuivit le moine.

Gêné, l'intrépide novice riva ses yeux sur la croupe des bœufs.

– Mais c'est bien de poser des questions à ton âge, déclara le moine avec bonne humeur. C'est le seul moyen d'être prêt à recevoir un jour le savoir.

Le garçon s'illumina. Le moine claqua son fouet et imprima une légère secousse sur les rênes. Le bœuf de droite tourna la tête et le fixa d'un œil humide et las, puis renifla. Le moine fit des petits bruits avec sa langue ; c'était la pente la plus raide du sentier. En toutes choses, les derniers pas sont les plus durs, disait-il toujours.

– Tu prétends que toutes les bêtes se ressemblent, mais c'est que tu n'écoutes pas attentivement les textes sacrés, reprit-il en le réprimandant doucement. Certains assurent que se réincarner dans un bœuf est déchoir, d'autres affirment que c'est un pas en avant dans le cycle des réincarnations.

– Quel rapport avec ce que tu leur chantes ? interrogea l'effronté.

– Le chant soulage leur fardeau.

– Ils ne peuvent te comprendre, assurément. C'est la mélodie, le rythme, qui les apaisent. Rien de plus.

– Vraiment ? Comment sais-tu que les paroles ne leur font rien ? Ce sont des paroles d'encouragement, d'éloges et d'instruction.

Il reporta son regard sur les rubans qui flottaient au-dessus des têtes de ses bêtes. Le garçon qui était resté silencieux fronça un sourcil interrogateur.

– Oh ! ils comprennent les paroles, tu peux en être sûr ! Vieux Lettré, là, avec sa grosse tache marron sur le museau, il se fâche quand je me trompe. Quand il est en colère, il renifle bruyamment... et je sais d'autres choses sur lui.

Il avait capté l'attention des novices qui le dévisageaient, circonspects. Celui qui s'était moqué du moine lui adressa un sourire.

– L'autre, là... poursuivit le moine en pointant son fouet vers le bœuf de gauche. Vieux Sage ; il connaît un bon millier de prières par cœur. Mais ce grognon de Vieux Lettré, avec sa tache marron, lui...

Il donna une tape sur l'épaisse fourrure du bœuf, entre ses énormes cornes recourbées.

– Lui... il connaît tous les soutras par cœur. S'il savait tenir un pinceau, je crois bien qu'il pourrait en composer un lui-même.

Les deux novices déclarèrent en s'esclaffant qu'ils n'en croyaient pas un mot.

– C'est pourtant vrai. Je le jure, affirma le moine en venant se placer à côté de Vieux Sage.

Il se pencha et commença à réciter une prière dans l'oreille du bœuf. L'animal réagit au chatouillis du murmure en dressant son oreille velue, mais, imperturbable, continua d'avancer de son pas pesant.

– Vous voyez, Vieux Sage fait semblant de ne pas m'écouter. Il veut nous faire croire qu'il n'est qu'un bœuf ordinaire ; il ne regarde même pas dans ma direction quand je lui parle. Il garde son air stupide d'animal stupide. Comme si je ne le connaissais pas mieux que ça ! Mais celui-là, ajouta-t-il en agitant son fouet au-dessus de la tête de l'autre bœuf, Vieux Lettré, cet entêté, il me regardera de travers ou essaiera même de me piétiner si j'ai le malheur de réciter un soutra à son oreille pendant qu'il travaille.

Les deux novices écarquillèrent les yeux, incrédules.

– Vieux Lettré ne veut pas écouter les soutras. Il ne supporte pas la plaisanterie.

– Quelle plaisanterie ? demanda le plus jeune.

– Oui, quelle plaisanterie ? renchérit le plus effronté. Et comment des animaux aussi stupides en savent-ils autant ?

– Ahhh... ! fit le moine en se grattant le menton. Tu t'es enfin décidé à poser une question pertinente, poursuivit-il en pointant un doigt vers l'aîné. Ce sont des bœufs savants parce qu'ils hébergent les âmes de deux humains.

– Qui sont-ils ? demandèrent les novices à l'unisson.

– Il y a bien longtemps, deux hommes firent un pari. En fait, il s'agissait d'un garçon et d'un vieillard. Le garçon devait avoir votre âge, et l'homme n'était qu'à quelques semaines de la mort. L'un des deux crut avoir gagné. Son rire de victoire est monté jusqu'aux cieux, mais...

Le moine hocha la tête et caressa Vieux Lettré entre ses deux cornes.

– Il n'avait pas gagné. En fait, ils ont perdu tous les deux. Voyez-vous, ils étaient bien trop orgueilleux. Ils sont intervenus dans la vie des humains. Mais je vous conterai tout cela plus tard. Ce soir, peut-être, plutôt que de vous lire des textes sacrés, vous aurez droit à une histoire qui devrait vous servir d'exemple à tous les deux. Mais, pour l'instant, il nous reste encore du travail.

La perspective d'une nouvelle histoire fit sourire les deux garçons. C'était pour cela qu'ils l'avaient gentiment provoqué, bien sûr. Ils savaient que les histoires du moine n'étaient que des légendes, mais il racontait si bien.

Le moine claqua son fouet et se remit à chantonner, les yeux fixés sur les fanions multicolores qui s'agitaient furieusement dans le vaste ciel bleu.

...par quoi, je prie, seront effacés
Tous les karma, les klesa [1]*, graines de malheur...*
De l'ombre noire des péchés, le mal sème
Maladies et fléaux démoniaques.
Et le mien et dans tous les royaumes d'en-bas...

---

1. Accumulations karmiques, souillures de l'âme.

Note au lecteur

Les auteurs précisent que l'intention de ce livre n'est pas de jeter l'opprobre sur une sorte quelconque de bouddhisme, qu'ils considèrent, dans ses multiples formes actuelles et dans ses plus hautes expressions, comme le système de pensée le plus avancé jamais élaboré pour répondre au mystère de l'existence. Comme toute philosophie ou religion, le bouddhisme est malheureusement sujet à la corruption à cause de la faiblesse et de la cupidité humaines : c'est aux charlatans et aux opportunistes, si nombreux en Chine à l'époque, qu'est destinée la critique, et non aux fidèles de la vraie foi.

Vu la nature inhabituelle du sujet traité dans ce livre, le lecteur se demandera certainement jusqu'à quel point l'histoire est véridique.

Bien que *L'Impératrice des Mensonges* soit une œuvre de fiction, elle est basée sur des faits réels, dont certains dépassent largement la fiction la plus folle. L'impératrice Wu fut en fait la première et l'unique Impératrice de Chine. Elle a usurpé le trône de la dynastie des T'ang au VIIe siècle de notre ère et a fondé l'éphémère dynastie des Chou. Elle a gouverné par l'intermédiaire d'hommes cruels et dénués de scrupules, tels que Chou Hsing et Lai Chun-chen, les instruments principaux de son règne de terreur, qui ont créé de nombreux bureaux de renseignements ainsi que des officines de torture et de châtiments. Ses excès conduisirent aux massacres de milliers de fonctionnaires et de familles d'aristocrates, sans parler de ses proches parents – y compris les enfants et les nourrissons (dont les membres de la famille impériale cités dans ce livre).

Il est exact que l'impératrice Wu a réussi à maintenir une certaine paix, qu'elle a fondé de nombreuses œuvres de bienfaisance pour les nécessiteux. Elle a également réorganisé le système des clans et amélioré l'important système d'examen de la fonction publique. Mais le prix à payer en purges, en exils, en tortures et en ruines s'avéra bien trop onéreux. Certes, les rébellions furent matées et d'innombrables têtes se balancèrent en haut des piques ; l'utilisation par le ministère de la Sécurité Intérieure, aux méthodes dignes de la Gestapo, des infâmes boîtes – ou urnes, ainsi qu'elles sont justement décrites – plongea le pays dans un long règne de terreur. Des siècles avant les merveilles technologiques utilisées par les régimes dictatoriaux du xxe siècle, les murs avaient effectivement des oreilles.

Dans son ascension, l'impératrice Wu utilisa ses propres « interprétations » de textes bouddhistes respectés. Plus précisément, ces interprétations particulières furent fabriquées puis répandues dans le monde par son conseiller principal, le moine Hsueh Huai-i. Maître Hsueh a souvent été comparé à un autre conseiller royal, le moine russe Raspoutine. Pour l'Impératrice et la dynastie des Chou, Hsueh créa de toutes pièces ses fameux *Commentaires sur les Précieuses Pluies* du soutra du Grand Nuage. Hsueh Huai-i a effectivement existé et, même dans un contexte où l'étrangeté n'était pas rare, les annales historiques le décrivent comme un personnage bizarre et redoutable, responsable d'innombrables « miracles », de « découvertes » de textes sacrés apocryphes, et fondateur des temples du Cheval Blanc. C'est lui qui prédit la venue du bodhisattva sauveur et/ou du futur Bouddha Maitreya dans un corps de femme. La folie qui le rongea après le Règne de Terreur et le destin que lui réserva le juge Ti sont une création des auteurs.

Pour prendre le pouvoir dans une société chinoise où régnait depuis des millénaires un patriarcat strict, il fallait un caractère bien trempé. En établissant la version romancée de sa personnalité – visionnaire instable, redoutable et fantasque, et terriblement féminine – nous avons puisé à de multiples sources : documents officiels ou romans, témoins vivants ou morts, connus ou inconnus. L'histoire la décrit comme dangereuse, exaltée ; on n'atteint pas un tel sommet, contre toute attente, sans posséder ces caractéristiques. C'est sur cette réalité que nous avons bâti le personnage de notre héroïne.

Vient ensuite notre héros, le magistrat Ti Jen-Chieh, ou le juge Ti, comme il a été immortalisé par le sinologue hollandais Robert Van Gulik vers la fin des années cinquante. Mais où est la vérité ? Le professeur Van Gulik a créé un personnage fictif, mélange de lettré et de détective intègre. Van Gulik fait évoluer son héros dans une Chine qui ressemble à celle d'une autre dynastie que celle des T'ang, des empereurs Tai-tsung et Kao-tsung, et de l'impératrice Wu Tse-tien.

Toutefois, Van Gulik a sans doute raison sur un point : le vrai juge Ti critiquait sévèrement l'extension des religions « étrangères » et les superstitions. Quand il fut en fonction à l'Office des Rites et des Sacrifices, le vrai Ti Jen-chieh fit fermer quelque dix mille temples, reliquaires et monastères illégaux. Il protesta également contre la nature parasitaire de l'institution bouddhiste – ses richesses, ses privilèges, son vaste clergé improductif, et pas toujours scrupuleux. Une traduction originale d'un mémoire du juge Ti archivé sous la dynastie de T'ang figure à la fin de cet ouvrage.

Le juge Ti Jen-chieh est le ministre le plus important du VIIe siècle. Il jouit de la confiance de l'Impératrice et finit par restaurer la succession légitime. Il fit cesser les campagnes militaires coûteuses contre les Tibétains, les Turks et les Coréens. Sa personnalité, telle que nous la décrivons, est fondée sur quelques faits qui sont arrivés jusqu'à nous : les diverses villes où il résida et travailla, ses diplômes littéraires, les mémoires anti-religieux qu'il rédigea, les charges officielles qu'il occupa, et ses états de service dans les plus hauts ministères – notamment à l'Office des Sacrifices (ainsi qu'on le nommait à la fin du siècle) et au fameux Conseil des Six. Dans la tradition de Van Gulik, déjà connue de millions de lecteurs, nous lui avons conservé ses talents de détective, et nous avons développé la plus grande part de notre récit autour de lui en en faisant une sorte de Sherlock Holmes du Moyen Âge.

De tous les faits que nous avons pu recueillir et que nous avons utilisés dans l'intérêt de l'histoire, aucun ne nous intrigua davantage que la découverte des enfants du juge Ti. Il avait en réalité plusieurs fils, dont deux, d'après les documents officiels, étaient source d'embarras. Bien que cela remonte à plusieurs années, nous nous souvenons encore avec précision du jour et même du moment de cette découverte. Nous avons alors reposé les énormes volumes d'archives en échangeant un sourire. Nous savions que ces deux fils indignes allaient jouer un rôle important dans notre description de la vie du juge Ti. Une question nous troubla : si ces incorrigibles fils n'avaient pas existé, les aurions-nous créés quand même ?

Mémoire du juge Ti Jen-chieh rédigé au milieu du VIIe siècle contre les excès du bouddhisme populaire et les abus des charlatans[1]

En parlant du mal qui mine les fondements mêmes de l'État, je pense avant tout à la situation des hommes et des femmes de notre grand pays. J'implore notre Auguste Père Impérial d'avoir pitié de ses sujets qui sont, au moment même où je vous parle, trompés et exploités par dizaines de milliers. Leur vie tombe dans l'oubli avant que la mort n'intervienne ; la seule chose qui les unit encore est leur désir naïf de suivre les préceptes de cette religion bouddhiste qui les fait se pâmer devant les manifestations infinies de ses idoles.

N'est-il pas vrai que ces pagodes raffinées et ces monastères rivalisent avec les constructions impériales les plus grandioses, que ces constructions exigent, par leur nature même, une grande vénération ainsi que des dépenses aussi extravagantes que superflues ? Et n'est-il pas également vrai que les moines et les nonnes ont besoin de bienfaiteurs et d'admirateurs pour entretenir ces monastères bouddhiques et ces couvents ?

Afin d'obtenir les Précieux Enseignements du

1. D'après la traduction réalisée par Daniel Altieri à partir de l'original chinois.

Bouddha – le Précieux Radeau qui transportera les croyants sur la Terre de la Béatitude tant espérée –, le peuple est sommé d'honorer cette institution religieuse en apportant son offrande, accroissant de ce fait ses profits et renforçant son pouvoir. Quant aux monastères et aux couvents bouddhiques, ils vivent en dehors de la loi; ils échappent à la réglementation du Palais et de son Gouvernement de droit divin. Ils se soustraient d'eux-mêmes aux critiques et aux accusations.

Dans leur soif de richesses – une soif parfois sans limites – les membres de l'institution bouddhiste ont, sans scrupules, épuisé les forces des ouvriers et des artisans de la nation, et ils décorent de pierres précieuses et d'ornements leurs idoles, qui à leur tour nécessitent d'énormes quantités de matériaux précieux pour la construction des édifices qui les abriteront.

Mais, aujourd'hui, j'en appelle à votre conscience, à votre âme, et je vous prends à témoin du prix exorbitant qu'on nous force à payer. Il n'y a pas de magie, quoi que certains ecclésiastiques essaient de nous faire accroire. Si ce n'est la magie, d'où vient donc le labeur qui a permis ces importantes constructions? Ce n'est pas le labeur de l'esprit, si tant est qu'il existe. Non, c'est plutôt l'utilisation exhaustive du labeur du peuple. Et si les richesses et les matériaux ne tombent pas du ciel, d'où proviennent-ils donc? D'où viennent les terres sur lesquelles ont été bâtis les temples et les monastères? Des parcelles allouées équitablement pour sa récolte au simple paysan. Pour enrichir quelques élus, ils appauvrissent la masse. N'est-ce pas ainsi que les choses se passent?

Si les bouddhistes ne veulent pas porter préjudice au peuple, et je suis certain qu'ils ne le souhaitent pas, que recherchent-ils donc? La vie sur terre est courte, et il faudrait payer un prix illimité pour le temps qui nous est imparti? Des familles – et souvent les plus démunies, bien que les riches ne soient aucunement protégés de la fantastique duperie qui asservit le pays –, des familles entières servent cette institution avide et ne lui ménagent pas leurs efforts. Et cependant, incapable de satisfaire la cupidité infinie de l'Église bouddhiste, le peuple, corps épuisé et torturé de la nation, est séduit et poussé au-delà de ses limites d'endurance... ne refusant jamais un fardeau supplémentaire pour sa gloire.

Quant à ceux qui ont choisi la vie monastique, les soi-disant mendiants au cœur pur qui prétendent s'être détachés des notions terrestres du succès ou de l'échec, qui vont tondus pour se libérer de la vanité des cheveux, qui abandonnent la folie séculière des atours pour la simplicité de la robe... je n'en ai, dans mes rencontres, jamais vu un seul dont la nature profonde a changé. Ils sont toujours attachés aux petites mesquineries qui nous obsèdent tous, toujours honteux de leurs faiblesses. Intérieurement, ils sont restés les mêmes.

En outre, parmi les bonzes et les mendiants, les moines et les anachorètes, il y a ceux qui, volontairement, sèment la discorde dans les relations humaines, traitent l'étranger comme le parent, prennent des libertés avec les femmes et les filles d'autrui... Ils s'en remettent entièrement au code de leur propre loi dharmique, tout en trompant les crédules, tout en égarant les naïfs.

Regardez autour de vous. Promenez-vous dans les rues de notre grande cité. Partout où vous allez, les maisons, les cours, les rues, les avenues, sont plantées de monuments bouddhiques. Et partout d'étranges petits temples qui aspirent et dévorent l'âme des hommes. Ceux qui sont attirés sous le voile du bouddhisme, séduits, égarés, poussés à se retirer de la vie séculière, en viennent rapidement à refuser respect et adhésion à la Loi Impériale. Et cependant, les mêmes se précipitent dans les bras de la Sangha, et adhèrent corps et âme à ses règles et à la lettre de sa loi.

Et que dire des temples, et des terres fermières nécessaires à leur subsistance ? De tels établissements détournent du bien commun tant de propriétés et de terres fertiles, tant de moulins et de terrains communaux, qu'on n'en peut faire le compte. Il y a aussi un autre problème, un problème que j'ai trop souvent rencontré dans ma carrière. L'Église bouddhiste, en offrant un refuge au pur, accueille aussi le criminel. Ceux qui fuient la loi, les brigands, les mécréants de tout poil qui veulent échapper à la justice, tous se réfugient derrière les murs des monastères, sûrs d'y être en sécurité. Combien de milliers de criminels se sont ainsi réfugiés dans les bras accueillants de l'Église ? De minutieuses enquêtes judiciaires, dans la capitale et dans les provinces, ont déjà permis de retrouver plusieurs milliers de ces malfrats cachés dans le sein protecteur des monastères. Mais combien d'autres ont échappé aux recherches ? Et en se faisant passer pour des moines, pour des recteurs, pour des bonzes, ces imposteurs s'appuient sur les plus bas instincts de l'homme, plutôt que d'en appeler à son élévation d'esprit ou à la pureté de son cœur.

Et ce n'est pas tout. Que dire de celui qui ne travaille pas, et perçoit sa subsistance aux dépens d'autrui ? N'est-ce pas frauduleux ? Que dire de ceux dont les moyens dépassent de loin ceux de la multitude, mais qui accumulent encore des profits aux dépens des plus pauvres ? Et quand on pense à tous ceux qui vendent des faux soutras et de fausses reliques, de faux espoirs et des promesses fallacieuses, on ne peut que constater que nous vivons dans un monde de souffrances, ainsi que le bouddhisme nous l'enseigne.

Partout où vous allez, tout indique que, dans ses formes infinies, le bouddhisme prospère, croît et se multiplie. Les aumônes et la charité qu'il dispense égalent-elles les richesses qu'il a soutirées au peuple ? Ce que le peuple reçoit égale-t-il ce qu'on lui a pris au nom du bouddhisme ? Partout des monastères et des temples surgissent, plus nombreux que les vagues de San Huei, encore plus omniprésents que les nuages qui s'accrochent aux cimes sacrées de Wu Tai.

Nous assistons au spectacle d'une nation en crise et qui se plonge dans les ténèbres de la superstition pour fuir la réalité. Partout les routes grouillent des soies noires des robes des bouddhistes. Ne reste-t-il donc personne pour voler au secours de l'État ? On dirait que les meilleurs aussi succombent à cette maladie, ceux-là mêmes dont l'esprit rationnel nous avait autrefois guidés.

Récemment, dans certaines de nos provinces, les vents asséchants ont couvert les terres de poussière, et ailleurs, les constantes inondations et les sécheresses répétées ont occasionné des dégâts qui ne sont plus réparés, et il est fort douteux que ces calamités diminuent. Telle est la nature du monde. Partout le paysan est continuellement réduit aux extrêmes. Ses peines, ses malheurs et ses détresses sont illimités et ses souffrances insupportables. Je m'incline devant la grandeur de notre cour, je respecte ses immenses mérites... mais comment pourrait-elle pourvoir à de si vastes tâches ? Comment tolère-t-elle un tel gaspillage de labeur, d'efforts et de richesses ? Un seul moine amasse tant d'argent – ce qui en nourrirait cent ne suffit même pas à un seul.

Si, ainsi qu'il est affirmé, en préservant la richesse d'une nation, on préserve son peuple, alors que recherchent donc les bouddhistes ? Si ces belles paroles sont vraies, comment se fait-il qu'ils soient prêts à voler la richesse du pays, et à épuiser le fidèle et le loyal ? Ils nous disent que les biens terrestres ne sont qu'illusion et ils ne cessent d'en amasser. Comment, au nom sacré de la compassion, peuvent-ils... non, *pourquoi aggravent-ils* les souffrances des humbles ?

Si le bouddhisme est bien la religion de la

compassion, alors qu'ils fassent de la compassion leur principe fondamental, un idéal de vertu pour le peuple. La compassion doit habiter leur cœur et dicter leur conduite. Mais ils n'obéissent pas à ce noble principe. Ils n'obéissent qu'à la cupidité. Sinon, comment supporteraient-ils que le labeur de notre peuple serve à amasser ces vaines parures ? Une religion de la compassion ne devrait pas être la cause d'un labeur accru pour le peuple ; c'est pourtant ce qu'est le bouddhisme.

Si nous ne semons les bonnes graines dès maintenant, la famine nous attend. Sans la loyale et diligente aide de nos fonctionnaires, la vertu ne triomphera pas. Si nous laissons miner la fonction publique et abandonnons le peuple à l'exploitation des cyniques, aucune parcelle de l'Empire n'échappera aux redoutables conséquences. Et il sera trop tard pour se ressaisir. Les historiens parleront de la gloire perdue du passé... notre présent.

Achevé d'imprimer
par Maury-Eurolivres S.A.
45300 Manchecourt

ROMAN